文學菁選 13

曼斯菲爾莊園

Mansfield Park

作者／珍・奧斯汀

(Jane Austen)

作品導讀

美麗心靈與純潔愛情

——珍·奧斯汀和她的作品

珍·奧斯汀（Jane Austen，一七七五至一八一七年），十九世紀英國著名的小說家。出生於英格蘭漢普郡一個叫斯蒂文頓的小鄉村。她生長在一個有文化教養的牧師家庭。父親喬治·奧斯汀畢業於牛津大學，學識淵博，擔任當地兩個教區的主管牧師。她的母親出身於比較富有的家庭，也有一定的文化修養。家庭的優良條件和學習環境，爲她以後的創作打下了深厚的基礎。

珍·奧斯汀沒有受過多少正規學校教育。六歲那年，曾隨姊姊卡珊多拉讀過牛津女子寄宿學校，因爲她離不開姊姊。但沒過多久，她就得了一場大病，差點連小命都沒了。病癒後，她又陪姊姊到雷丁寺院學校讀書，九歲後，便再也沒上過學。

珍·奧斯汀回到家裡，在父母的指導和鼓勵下，充分利用家裡有著五百卷藏書的書房，大量涉獵各種書籍，尤其是古典文學作品和當代流行小說。從十二歲起，她就開始創作短劇、小品等文學作品。

十六歲時，她對寫小說產生了濃厚的興趣，常常坐在書房裡，把構思好的內容寫在一張張小紙條上。每寫好一部作品，她總要先讀給家裡人聽，徵詢他們的意見，然後反覆修改。一七九六年至一七九七年間，珍・奧斯汀完成了她的第一部小說《傲慢與偏見》的初稿——《最初的印象》。父親看過之後，覺得寫得不錯，便寫信給倫敦的一個出版商，希望自費出版，卻遭到拒絕。但珍・奧斯汀並沒有因此灰心喪氣，在以後的兩年裡，她又完成了《理智與情感》和《諾桑覺寺》的初稿。

一八〇〇年一月，父親退休後將牧師職位交給了大兒子詹姆斯。第二年，珍・奧斯汀隨父母和姊姊遷居巴斯。就在這年的一次旅行中，珍・奧斯汀與一位青年牧師相遇，兩人一見鍾情，當即約定了見面的時間和地點。但當珍・奧斯汀來到約會的地點時，等待她的卻是一個噩耗——青年牧師已不幸去世。

後來有一次，珍・奧斯汀與姊姊到朋友家去玩，朋友的兄弟向她求婚。珍・奧斯汀應允了，可是到了晚上，她又改變了主意，第二天即匆匆離開了朋友家。珍・奧斯汀和姊姊相依相伴，終身未婚。

一八〇五年，珍・奧斯汀的父親去世；次年，母親帶著她和姊姊移居南安普敦；三年後，又搬到漢普郡的喬頓，居住在哥哥愛德華的漢普夏莊園。在優美而寧靜的環境中，珍・奧斯汀的創作激情勃然煥發，再次提起筆寫作。她一邊修改整理十年前所寫的《傲慢與偏見》、《理智與情感》和《諾桑覺寺》三部小說，交給出版商發表，一邊又開始了新的創作。

一八一一年，珍・奧斯汀匿名發表了《理智與情感》，獲得好評，之後又接著出版了《傲慢與偏見》（一八一三）、《曼斯菲爾莊園》（一八一四）、《愛瑪》（一八一六）。就在此時，她的健康突然惡化了。一八一七年，姊姊卡珊多拉陪她到溫徹斯特接受治療，但一切已無法挽回。一八一七年七月十八日，在說完「除了死亡，我什麼也不需要了」之後不久，她便在姊姊的懷抱裡安詳地離去，終年四十一歲。她去世的第二年，《諾桑覺寺》和《勸導》問世。

珍・奧斯汀所處的時期，正是英國小說處於青黃不接的過渡期。十八世紀上半葉，英國文壇湧現了像斯摩萊特、斯特恩、理查森和菲爾丁等現實主義小說大師；到了七十年代，這些大師們相繼去世，他們開拓的現實主義傳統已被感傷派小說和哥德傳奇小說取而代之。

從一八一一年起，珍・奧斯汀陸續發表了六部作品。她的作品大都描寫她自己熟悉的鄉間中，所謂上流人家的生活與交往，看起來平凡而瑣碎。在她的小說裡，沒有拜倫式慷慨激昂的抒發，也極少見驚心動魄的現實主義描寫。她所描寫的都是小題材，據她自己說，「鄉間村莊的三、四戶人家」是她「得心應手的好材料」，但是這些小說卻用理性的光芒照出了感傷以及哥德小說中的矯揉造作和蒼白無力，使它們失去了容身之地，並爲英國十九世紀三十年代現實主義小說高潮的來臨開闢了一條康莊大道。在英國文學史上，珍・奧斯汀因其作品的獨一無二，以及承上啓下的作用，被人們譽爲「無與倫比的珍・奧斯汀」。

美國著名文藝評論家艾德蒙・威爾遜認爲：「最近一百多年來，英國文學史上出現過幾次趣味革命，文學口味的翻新影響了大部分作家的聲譽，唯獨莎士比亞和珍・奧斯汀經久不衰。」

珍・奧斯汀曾在《諾桑覺寺》第五章裡，對新小說讚揚道：「……總而言之，只是這樣一些作品，但在這些作品中，智慧的張力得到了最充分的發展，因而，對人生最透徹的理解，對其千姿百態恰如其分的描述，四處洋溢的機智和幽默，所有這一切都用最精湛的語言展現出來。」

用這段話來概括珍・奧斯汀的作品是再恰當不過了。因爲她的作品運用「最精湛的語言」及「恰如其分的描述」來展現作者「對人性的最透徹的理解」，從而使作品處處洋溢著「機智和幽默」。

珍・奧斯汀擅長運用樸素的白描手法，人物對話既鮮明生動、富有個性，又深具涵義，耐人尋味。作品的語言風趣詼諧，字裡行間滲透著幽默與嘲諷，這對人物塑造發揮了關鍵作用，所以她筆下的人物，個個都性格鮮明，又眞實動人。

她描寫的生活圈子雖然很狹小，大都是自己熟知的蘇格蘭鄉村和鄰近地區中產階級的生活，但她的觀察細緻入微，構思睿智合理，情節巧妙曲折，筆調輕鬆詼諧，富有喜劇性衝突，作品充滿了魅力，深受讀者的喜愛。

英國大作家司各特對此曾讚譽道：「這位年輕女士擅長描寫平凡生活的各種糾葛、感受及人物，我認爲她這種才華最是出色，是我前所未見……那種細膩的筆觸，由於描寫眞實，把平平常常的凡人小事勾勒得津津有味……我就做不到。」

《曼斯菲爾莊園》是珍・奧斯汀後期的作品，創作於一八一一年，完成於一八一三年；與其他作品一樣，這部小說仍是以戀愛婚姻爲題材。珍・奧斯汀本人曾寫道：「赫登先生第一次讀《曼斯菲爾莊園》，便認爲這本小說比《傲慢與偏見》好。」

在小說中，珍．奧斯汀主要表達了傳統美德的重要性，認爲愛情要以理智爲基礎，要重視心靈美，這也正是《曼斯菲爾莊園》獲得好評的原因之一。

《曼斯菲爾莊園》敘述了一個發生在曼斯菲爾莊園的愛情故事。

芬妮．普萊斯出身貧寒，十歲時寄養在姨媽家。雖然生活富裕，但她在姨媽家倍受冷落，只有二表哥艾德蒙對她格外關照和愛護。可貴的是，小芬妮雖然身處艱難的環境，卻始終有一顆溫柔親切的心，與想要表現得體的強烈願望；她善良、性情好、品德端正，而且頭腦清醒，是非分明。

例如，她對克萊福兄妹的自私和輕浮，看得非常清楚。當亨利熱烈地追求她時，她毫不猶豫一口拒絕，這一舉動讓所有的人不能理解。大家都認爲亨利是一個有財產有身分的年輕人，以她這樣的處境，能有這樣求婚者是相當難得的。但是，芬妮看重的不是金錢，而是人品和心靈。

芬妮始終不渝地暗戀著艾德蒙。最後，她的純潔、高尚的情操獲得了湯瑪斯爵士的重視，也贏得了艾德蒙的愛，最後得以有情人終成眷屬，過著美滿幸福的生活。

而芬妮的兩個表姊瑪麗亞和茱莉雅，卻因爲「沒有高尚的涵養，更沒有爲人著想的胸懷，也缺乏自知之明和明辨是非的能力」，最終落得悲慘的下場。

雖然萊斯渥是個「粗大肥胖、資質平庸」的年輕人，但瑪麗亞認爲「如果能嫁給這位萊斯渥先生，就能享有一筆比父親還要高的收入，並且在倫敦城裡還有一處住宅，這可是她目前最爲重視的目標啊！」所以，她很快與萊斯渥先生訂了婚。

不久，克萊福兄妹來到曼斯菲爾莊園。花花公子亨利・克萊福施展魅力討好瑪麗亞和茱莉雅，很快贏得了她們的芳心。爲此，瑪麗亞和茱莉雅還爭風吃醋，醜態百出。瑪麗亞更是不顧自己已經訂婚的身分，當著未婚夫的面與亨利調情。

後來，瑪麗亞雖然嫁給了萊斯渥，但卻繼續與亨利大搞曖昧關係，直至跟他私奔，最後被亨利遺棄。

茱莉雅跟姊姊一樣放蕩不羈，就在姊姊私奔的同時，也跟貴家子弟耶茨私奔。這兩起醜聞幾乎讓伯特倫家陷入了絕境。

艾德蒙被美莉美麗的眼睛和活潑的性情所吸引，深深地愛上了她。美莉起先也對他有意，但當她得知艾德蒙要當牧師時，認爲這是一個沒有出息的職業，對他也就沒有了往日的熱情。後來，艾德蒙的哥哥病危，她意識到艾德蒙可能成爲伯特倫爵士的繼承人，立即「舊情復燃」，然而，艾德蒙此時已經看清了她的眞面目。

與作者的其他作品相比較，本書的情節較爲複雜，在突發事件中社會諷刺意味也更加濃重。

珍・奧斯汀的研究者認爲，《曼斯菲爾莊園》在心理描寫和敘事技巧上都有重大突破，是英國小說發展史的一個重要的「里程碑」。

曼斯菲爾莊園　第一卷

1

大約三十年前，梅麗的運氣眞好，僅僅憑著七千英鎊的陪嫁，就贏得了北安普郡曼斯菲爾莊園的湯瑪斯．伯特倫爵士的愛慕。她一下子成了準男爵夫人，擁有豪華的住宅和豐厚的收入，享用不盡的榮華富貴讓旁人羨慕極了！當時，這門親事震動了整個亨廷登，人們對此驚歎不已！都說梅麗攀上了一門好親事，連她那位當律師的舅舅都說：「按常理，嫁入這樣的豪門，至少還應該再加三千英磅陪嫁才配。」

梅麗的富貴經歷，讓她的兩個姊妹——沃德和法蘭西（這三姊妹中，沃德爲大小姐，婚後稱爲羅禮士太太；梅麗爲二小姐，婚後爲伯特倫夫人；法蘭西是三小姐，婚後稱爲普萊斯太太。）也沾了光，因爲凡是覺得兩姊妹長得與梅麗一樣漂亮的親友都認爲，她們一定也會嫁入高貴人家！

然而，天底下有錢、有地位的男人似乎比配嫁給他們的漂亮女人要少得多，想遇到像梅麗那樣的親事恐怕不容易，所以，在蹉跎了五、六年後，沃德嫁給了她妹夫的朋友——羅禮士，一個幾乎沒有什麼財產的牧師。不過，比起可憐的法蘭西，她還算是好的。因爲在湯瑪斯爵士的照顧下，羅禮士受聘擔任曼斯菲爾莊園的牧師，有一份相當不錯的俸祿，一年下來，夫婦倆差不多有一千英鎊的收入，生活也還算美滿。

法蘭西的婚事就遜色多了，她看上了一個既沒文化又沒家產的海軍陸戰中尉，家人爲此寒透了心。他們認爲，不管法蘭西嫁誰，都比嫁那個中尉強上不知好上多少倍。

湯瑪斯・伯特倫爵士本來想利用自己的關係幫幫這位小姨子，他之所以這樣做，一方面是出於自尊和他一貫與人爲善的處世之道，另一方面則是希望與自己攀親帶故的人境況都能體面一些。不巧的是，在他妹婿所從事的行業裡，他一時找不到合適的關係。就在他考慮其他辦法的時候，她們姊妹的關係已經徹底決裂了。一般而言，凡是草率決定的婚事，結果總是如此。

爲了避免與家人起爭執，普萊斯太太在結婚前，從不在寫給家人的信中談論這件事。伯特倫夫人心性沉靜，性情隨和而懶散，平時就不愛管事，對這件事她採取不理不睬的態度，根本不願意動腦子。而羅禮士太太向來就愛管事，況且還是自己妹妹，於是，她很不甘心地寫了一封來勢洶洶的長信，大加指責普萊斯太太的愚蠢行爲，還恐嚇她說這種行爲可能帶來惡果。

這封信激怒了普萊斯太太，她回信把兩個姊姊痛罵了一頓，連帶也把湯瑪斯爵士奚落了一番，出言不遜地嘲笑他愛慕虛榮。羅禮士太太看了信後，當然也不會忍氣吞聲，於是，他們兩家與普萊斯太太家便斷絕了交往。

他們相距遙遠，又有各自的社交圈，因此在斷絕交往後的十一年裡，他們完全失去聯繫，根本不知對方是死是活。不過，讓湯瑪斯爵士深感驚訝的是，不知何故，在隔不了多久之後，羅禮士太太竟氣衝衝地來告訴他們，普萊斯太太又生了一個孩子。

十一年過去了，普萊斯太太已不再年輕氣盛，現實生活的艱辛讓她意識到不能只顧自尊和面子，而失去這些可能對她有很大幫助的親戚。她家裡養著一大群孩子，而且仍一個接一個地生；丈夫殘疾，再也不能衝鋒陷陣了，但卻照樣大方地宴請朋友。一家人的衣食住行，只靠微薄的收入度日，十分艱難。

因此，她急切想恢復過去輕率放棄的親戚關係，希望能從他們那裡得到幫助。於是，她寫了一封信給伯特倫夫人，訴說她的家庭近況，字裡行間充滿了淒涼和深深的悔恨。她在信裡說道，現在家裡除了大群等著吃飯的兒女之外，簡直一無所有，而且她馬上就要生第九胎了！所以，她只能求助於各位富貴的親戚，希望能重修舊好。

她又懇求，希望他們能成爲她即將降生的孩子的教父、教母，幫助她撫養這個孩子；還說她八個孩子的將來也需要他們的照顧。老大是一個漂亮活潑的男孩子，今年十歲了，一心夢想到海外去，可是她沒有辦法實現孩子的願望，如果湯瑪斯爵士在西印度群島上的產業將來需要人手，可不可以考慮用他呢？讓他做什麼都行！還有，不知湯瑪斯爵士覺得伍裡奇陸軍軍官學校怎麼樣？另外，有什麼辦法把一個孩子送到東方去呢？

於是，大家又重歸舊好，開始對她關心了起來。羅禮士夫人負責給她寫信；湯瑪斯爵士則關切地問她需要什麼幫助，並幫她出主意；伯特倫夫人則寄去急需的錢物，如嬰兒穿的衣服。

當然，這封信所產生的效果還不只是這些，因爲不到一年的時間，一件更好的事就降臨在普萊斯太太的身上。

羅禮士太太常對別人說，雖然他們對妹妹的事已經盡了不少心力，仍然放心不下她可憐的妹妹及那一大群孩子，總覺得應該再爲她做些什麼。她終於把自己的打算說了出來——幫助普萊斯太太負擔一個孩子！也就是從妹妹那群孩子中挑選一個，完全交給他們撫養。

「普萊斯太太的大女兒已經九歲了，可是她成天忙於生計，根本無法給女兒應有的照顧，不如讓我們來照顧這個孩子，怎麼樣？當然啦，這會增加不少支出，也會帶來一些麻煩，但是，對於行善來說，這算不了什麼。」

伯特倫夫人當即表示贊同：「這樣做再好不過了，就把那個孩子叫來吧！」

湯瑪斯爵士卻慎重地考慮著，沒有立即表態。他有些猶豫不決，因為這真的不是一件小事，不只是說說而已。因為在他們這樣的家境中長大的女孩，一輩子都得豐衣足食才行，否則，把她從家人身邊帶走，那就不是行善了。當然，他還有其他的顧慮，他想到了自己的四個孩子，尤其是那兩個兒子，他擔心表兄妹之間可能相愛等等問題。

當他很謹慎地提出自己的看法時，卻立即被羅禮士太太打斷。她把他所能想到的理由，不管是說出的還是沒說出的，都一一反駁了。

「親愛的湯瑪斯爵士，我很明白你的意思，我完全能夠理解，也很讚賞你的想法，這完全符合你一向慷慨又周全的為人。如果要領養孩子，就必須盡力將她撫養好，我也很贊同。你放心，在這件事上，我一定會竭盡我的微薄之力。你想想，我自己沒有孩子，現在妹妹的孩子需要幫助，而我又可以出點力，我當然會盡力的。自己的親妹妹都不幫，我還能去幫誰呢？

「我覺得羅禮士先生實在太──算了，你知道，我這人不愛多話，也不善於自我表白，但我覺得不要因為這點小小的顧慮，就嚇得不敢做好事了。一個小女孩只要受到良好的教育，能夠體面地進入社交界，她就有可能擁有一個美滿的家庭，就用不著別人來負擔她的一切了。

「湯瑪斯爵士，我的外甥女當然也是你的外甥女，如果她能在這樣的環境中成長，我敢說，對她一定很有幫助，雖說她長得沒她的兩位表姊漂亮，但在這麼好的條件下成長，再把她引薦到上等人的社交圈裡，她一定會找到一個體面的人家。

「你爲自己的兩個兒子感到憂慮，但你可能沒有想到，如果他們像兄妹一樣一起長大，這事發生的可能性反而不大。從道德上來說，這是絕不可能的，我也從來沒有聽說過。其實，這也正是預防他們之間產生戀情的最好方法。假若七年後她長成了一個漂亮姑娘，讓湯姆或艾德蒙第一次遇見，那就眞的麻煩了。當他們一想到漂亮的表妹，居然生活在那麼遙遠的地方，又貧窮，沒有人疼愛，這兩個天性敦厚的好孩子出於憐憫，誰都可能愛上她。如果現在就讓他們生活在一起，就算表妹美如天仙，對他們來說，也只不過是個妹妹而已。」

「你的話聽起來很有道理。」湯瑪斯爵士說道：「我絕不是找一些無端的理由來阻撓一個看起來非常好的建議，事實上，我覺得這個計畫很不錯，非常適合雙方的境況，只是我認爲不能輕率行事，應該要把事情辦得周全，讓普萊斯太太眞正受益，我們自己也問心無愧。假如以後這個姑娘並不像妳樂觀估計的那樣，找到一個所謂上流的人家，那我們也必須確保，或者說我們有義務讓她過著有身分的、豐衣足食的生活。」

「這我完全理解，親愛的湯瑪斯爵士！」羅禮士太太嚷道：「你慷慨大方，對人又體貼入微，在這一點上，我們的看法完全相同。你也很清楚我的爲人，爲了我所愛的人，只要我能辦到的，我都會竭盡全力的。

「當然，我對這孩子的感情遠遠不及對你那幾個親愛的孩子，對待她也不會像對待你的孩子們那樣，但是也絕對不會不管不問，如果眞是那樣，連我都會恨自己的，她畢竟是我親妹妹的孩子啊！只要能給她一點麵包吃，我怎會忍心看著她挨餓呢？親愛的湯瑪斯爵士，雖然我有許多的缺點，但我有一副好心腸啊！雖然我家裡也窮，但我寧願少吃一點、少用一點，也不會小氣得讓人瞧不起。

「那就這樣決定了？明天我就寫信給我那可憐的妹妹，把這個想法告訴她。如果你不反對，事情一談妥後，我就負責把那孩子接來，這個你就不用操心了，我多操點心倒沒關係，你是知道的，我向來都不在乎這些小事的。

「到時候，我會讓南妮（羅禮士太太的女管家）專程跑一趟倫敦，她堂哥在倫敦開了一家馬具店，她可以住在那裡，再叫那個孩子去找她。從普茨矛斯到倫敦很容易，那孩子應該沒問題，只要她家裡人把她送上驛車，再託個信得過的同路人關照一下就可以了。我想一定會有聲譽比較好的生意人的太太或別的什麼人要去倫敦吧，他們應該可以找到的。」

對羅禮士太太的安排，湯瑪斯爵士沒有提出反對意見，只是覺得南妮的堂哥有些靠不住，所以，他們又商量著一個比較審愼的辦法，只不過花費會多一些。最後，一切總算安排妥當了，大家都爲自己慈悲的行爲而備感欣慰。

他們每個人在這件事上滿足的程度是不同的：湯瑪斯爵士完全下了決心，要成爲這個孩子眞正而永久的撫養人，而羅禮士太太一開始就沒有打算爲撫養這個孩子花費分文。當然，若是從跑腿、耍嘴皮和出主意這些方面的貢獻來說，她算得上是慈悲又慷慨了，尤其在教別人如何大方這點上，她的表現是無人能及的。

可是，她不僅僅喜歡指揮別人，同時也喜歡錢，對於怎麼樣讓朋友花錢，又怎麼樣讓自己省錢，她是很在行的。這也難怪，當初她一直盼望嫁個有錢人，沒想到命運不濟，竟嫁給了一個收入微薄的丈夫，因此，從一開始她就不得不節約每一分錢。

起初，她這樣做只是出於謹愼的考量，後來就成了一種習慣，一種自覺的行爲，這都是爲了滿足她的一種需求，但羅禮士太太後來沒有兒女，也就沒有這種需求。因爲如果有兒有女，她就可能攢不了錢了。不過，這倒讓她省了心，從此後她就可以大方地攢錢了。於是，她那筆從未花完的收入，年年都在增加，她從中也得到了幾許快慰。

所以，從這點來看，對這麼一筆費用不菲的善舉，她是不會出半毛錢的；加上她對妹妹也沒有多少眞感情，所有的善行義舉都只不過是嘴上說說而已，所以，她的作用最多也只是出出主意、跑跑腿，或做做安排，她是絕不會多做的。讓人覺得奇怪的是，她完全沒有自知之明，而且總是自以爲是。就在這次商談之後，在回牧師住宅的路上，她還洋洋得意地覺得自己是天底下最寬厚的姊姊，最仁慈的姨媽呢！

當這件事再次被提起的時候，她的觀點就越來越明顯了。一向心平氣和的伯特倫夫人問她：「姊姊，孩子來了之後住哪裡呢？你們家還是我們家？」沒想到羅禮士太太回答說她自己完全沒有能力幫著一起照顧孩子。這話讓伯特倫爵士十分驚訝，他原以爲無兒無女的羅禮士太太一直希望膝下有個孩子做伴，但現在，他發現自己完全想錯了。

羅禮士太太用十分抱歉的口吻說：就他們家目前的狀況來看，小女孩住在那裡十分不合適，或者說根本就不可能。因爲可憐的羅禮士先生身體狀況很不好，如果一個小孩子住進來，整天吵吵鬧鬧，就會嚴重影響他的休息，他是無法忍受的。所以，這樣的安排是絕不可能的。

當然啦，如果以後他的痛風能治好，就沒什麼問題了。他們會十分樂意地把孩子接到家裡，撫養一段時間，一點也不在乎方便不方便。但是，可憐的羅禮士先生時時刻刻都需要她照顧，如果跟羅禮士先生提這事話，他一定會心煩意亂。

「好吧！那就讓她住在我們家吧！」伯特倫夫人坦然地說道。一會兒，伯特倫爵士也鄭重地說：「就這樣吧！就讓這裡成爲她的家吧！我們會盡力履行我們的義務，讓她健康成長；再說，她住在這裡至少也有兩個有利條件：一是有同齡的孩子做伴；二是這裡有正規的教師。」

羅禮士太太嚷道：「不錯！湯瑪斯爵士說得對，這兩個條件很重要。對李小姐來說，教三個女孩和教兩個都一樣，應該沒有什麼差別。其實，我真的是想多出點力，你們知道，我不是一個怕麻煩的人，我已經盡了自己最大的努力了。

「雖然我的女管家一走就是三天，給我帶來很多不便，不過我並不在乎。我會儘快派她去接孩子的。還有，妹妹，妳可以把那個孩子安置在靠近原來育兒室的那間白色的小閣樓裡，對她來說，那裡是很適合的地方，離李小姐的房間很近，離兩位小姐也不遠，而且還靠近兩個女僕，她們任何一個人都可以幫助她打扮穿戴，照顧她飲食起居。我想妳不會打算讓愛麗絲除了伺候兩個小姐之外，還要去伺候她吧？所以呀，除了那裡，妳不可能再有更好的地方了。」

伯特倫夫人點了點頭。

「不知這女孩的性情怎麼樣，但願她有個好性子。」羅禮士太太接著說，「我希望她能爲有這樣的親友而感到萬分幸運。」

湯瑪斯爵士說道：「如果她的性情很糟糕，爲了我們自己的孩子著想，就不能讓她繼續住在家裡。不過，我們現在沒有充足的理由認定她有什麼大問題。也許她身上會沾染一些不好的習慣，不過，我想這些都是可以慢慢改掉的。我們必須要有心理準備，或許她什麼都不懂，想法也比較狹隘，或者舉止粗俗讓人難以忍受，不過，這些缺點都是可以克服的，我想，對她的玩伴來說，也不會有什麼危險。

「假如我女兒比她還小，我就會慎重考慮這件事的，因爲小孩子接觸什麼樣的人，對她們的成長有很大影響。但實際上，我的兩個女兒都比她大，她們三個在一起，我沒什麼好擔心的，對那個孩子來說，也只有好處而沒有害處。」

「我們的想法是一樣的！」羅禮士太太嚷道：「今天早上，我還對丈夫說，有兩個表姊做榜樣，那孩子就等於是受到了最好的教育，即使李小姐什麼都不教她，她一樣可以跟著表姊學好。」

「我只是希望她不要去逗我那隻可憐的哈巴狗。」伯特倫夫人說：「我好不容易才說服茱莉雅不去逗它。」

湯瑪斯爵士說：「還有個問題需要事先考慮到，就是當三個姑娘一天天長大，她們之間該如何畫個適當的界線，也許我們會遇到一些困難，比如：如何讓我的兩個女兒能始終意識到自己的身分與表妹不同，但又不會太看不起自己的表妹；又，該如何能讓那小姑娘記住自己並不是伯倫特家的小姐，又不會使她太難過，影響到她的情緒。

「我希望她們能夠成爲最好的朋友，絕不允許我的女兒盛氣淩人地對待自己的親戚。不過，她們無論如何也不可能完全成爲同等人，因爲她們的身分、財產、權利和前程等等，永遠是不同的。這個問題非常棘手，妳得幫助我們好好想想，找出一個恰當的、正確的處理方法。」

對出主意這些事，羅禮士太太通常是很樂意效勞的。雖然她也覺得這個問題十分棘手，但還是得想辦法讓他們認爲應該不會有多大問題，完全可以輕鬆應付。

不難預料，羅禮士太太給妹妹的信發揮了應有的作用，但讓普萊斯太太驚訝的是，他們爲什麼會選中一個女孩，她明明有那麼多可愛的男孩呀！不過，對親戚們的這番好意，她還是千恩萬謝地接受了，並向他們保證說：她的女兒無論性情還是脾氣都非常好，絕不會給他們帶來麻煩。只是身體有點單薄，也比較瘦小。她還樂觀地表示，這孩子如果換一個好的生活環境，身體的狀況一定會大大改善的。

可憐的女人啊！也許她覺得她的孩子們都該換換環境吧！

2

經過長途跋涉，小女孩終於一路平安的來到了北安普敦。

羅禮士太太去迎接她，並帶著她回曼斯菲爾去見大家。她覺得自己有最先歡迎她的功勞，又有讓眾人關照她的臉面，羅禮士太太心裡不禁喜孜孜的。

小姑娘名叫芬妮．普萊斯，這時才剛剛十歲，看起來比實際年齡小許多，臉上沒有什麼神采，也沒有其他引人注目的地方。總之，她幾乎沒有出眾之處，但至少不讓人討厭。因爲她雖然表現得很膽怯、羞澀，看起來又有些笨拙，但舉止並不粗俗，而且聲音還頗爲動聽，小臉還挺好看的。

湯瑪斯爵士夫婦非常熱情地接待了她。見她初來乍到，顯得陌生膽怯，湯瑪斯爵士覺得應該給她一定的鼓勵，所以，他盡量和和氣氣地跟她說話。只不過，他一向不苟言笑，所以，要做到這點，還眞不太容易，但對伯特倫太太來說，這就輕鬆多了。她用不著他一半的力氣和十分之一的話，只要和顏悅色地笑一笑，就立刻讓孩子覺得她沒有湯瑪斯爵士可畏。

湯瑪斯爵士的幾個孩子也都在，見面的時候，孩子們表現得十分得體，始終都高高興興、大大方方的，一點也不扭捏，尤其是兩個男孩子。雖然他們一個十七歲，一個十六歲，但長得比同齡的孩子高大，所以，在小女孩看來，他們就如同大人一般。而兩位小姐就顯得畏怯一些，不像他們的哥哥那樣泰然自若。一方面是年紀還小，另一方面也是因爲父親對她們一向很嚴厲。不過，因爲她們常和客人應酬，也見過一些場面，聽慣了表揚，所以，絲毫沒有羞怯，加上新來的表妹一點自信都沒有，相形之下，她們個個信心十足，開始從容地、若無其事地打量這個陌生小表妹，對她的面容及衣著仔細地審視了一番。

在小表妹看來，這一家人十分令人羨慕。兩個兒子非常英俊，兩個女兒也漂亮，他們看起來個個發育良好，比實際年齡成熟些。因教育程度的不同，使他們與小表妹在談吐等方面有著明顯的差別，就連外貌也有極大差異。因爲從外表上誰也不會想到，表妹與她表姊之間年齡相差並不大。其實二表姊茱莉雅才十二歲，只比芬妮大兩歲，而瑪麗亞也只比芬妮大一歲。

面對陌生的環境，小客人芬妮自慚形穢，不敢抬頭看人，每個人都讓她感到害怕，心裡難過極了！甚至也不敢大聲說話，只要一開口眼淚就直流，她非常想念剛剛離開的家。

雖然從北安普敦到曼斯菲爾的路上，羅禮士太太一直開導她，對她說這是件好事，說她是福星高照，應該萬分感激，表現好一些。她的話讓小女孩覺得自己如果不高興似乎對不起人家的好意，有以怨報德之嫌，於是，她的心裡更加悲傷，眼淚不停地往下流，加上旅途的勞頓，讓她身心俱疲，雖然有湯瑪斯爵士屈尊降貴地關心她，伯特倫夫人還讓她跟自己和哈巴狗一起坐在沙發上，但都無濟於事。後來，他們又拿草莓餡餅請她吃，也沒能逗她開心，因爲沒吃兩口，她就淚汪汪，再也吃不下去了。這時候，看來只有睡眠是她最需要的了，於是她就被送到床上以排解憂傷。

「沒想到會這樣！」等芬妮進了了房間後，羅禮士太太說道：「一開始就這樣，似乎不是個好兆頭。一路上，我不停地對她說了許多，跟她說開始的表現有多重要，以爲她會表現得好一些。唉，但願她不要像她媽媽那樣，她媽媽的脾氣可不小。不過，我們也得體諒、體諒這孩子，離開了家難免傷心，不能怪她，雖然她的家不怎麼樣，但畢竟是自己的家呀！況且，到目前爲止，她還沒有弄清楚自己現在的境況比家裡不知好了多少倍呢！我想過一陣子，她就會了解了。」

然而，這個過程似乎比羅禮士太太預計的時間要長。對芬妮來說，要適應曼斯菲爾的新奇環境，以及適應與所有親友的分離，並不是件很容易的事。她的情緒一直處於低落的狀態，讓人無法親近、理解，當然也就無法給她切中心懷的關照。雖然沒人會虧待她，但也不會有人特意去安慰她。

第二天，伯特倫家特地讓兩位小姐放假，讓她們有時間陪陪新來的小表妹，或許玩熟了心情就好了，但是，她們相處得並不很融洽。因爲表姊們發現表妹只有兩條彩帶，而且竟然沒有學過法語，這讓她們有些瞧不起她。當她們表演自己拿手的二重奏給她聽時，她也沒有什麼反應，後來，她們只好大方地將那些最不想要的玩具送給她，讓她自己玩，兩人玩起當時最時興的假日遊戲——做假花；與其說是「做」，不如說是「糟蹋」金紙來得貼切。

不管是在課堂上、客廳裡，還是在灌木叢裡，不管表姊們在不在她身旁，芬妮總是感到孤若伶仃。這些人，這些地方，都讓她感到害怕、緊張。湯瑪斯爵士的嚴肅讓她感到畏懼；伯特倫夫人的沉默又讓她氣餒；羅禮士太太的諄諄告誡更是讓她誠惶誠恐；兩個表姊的評論讓她對自己的身材感到羞愧，爲自己的膽怯感到窘迫；就連女僕都譏笑她衣著寒酸，李小姐則嫌她什麼都不懂。

這些傷心事讓她更懷念以往的生活，想起以前與兄弟姊妹在一起的時候，玩得多麼開心啊！那時候，大家都很重視她。想到這裡，她小小的心靈就更加沮喪了。雖然這裡的房屋富麗堂皇得讓她吃驚，卻不能給她帶來安慰。她覺得這些房子都太大，待在裡面總是讓她覺得緊張。她躡手躡腳，小心地在裡面走動，生怕碰壞了什麼東西。因此，她常常一個人躲在自己的房間裡暗自哭泣。

昨晚，當這個小女孩離開客廳時，大家還說她已經如大家所希望的那樣，認識到了自己正是好運當頭，但誰又知到她總是哭泣著進入夢鄉，以此來結束一天的悲傷生活呢！一個星期過去了，從她文靜和順的言行中，誰也看不出她仍在傷心。直到有一天早晨，二表哥艾德蒙突然發現她正坐在閣樓的樓梯上哭泣。

出於善良的天性，艾德蒙非常親切地詢問她：「親愛的小表妹，妳怎麼啦？」艾德蒙一邊說，一邊在她的身邊坐下來，努力地安慰她，煞費苦心地想讓她不要因爲被人發現哭紅的鼻子而難爲情，另一方面，又想讓她把心裡的話痛痛快快地全說出來。

「有誰欺負妳嗎？和誰吵架了？是瑪麗亞，還是茱莉雅？是不是生病了？還是功課搞不懂，李小姐罵妳了嗎？這沒什麼！不懂的地方可以來問我，我可以幫妳。總之，妳需要什麼儘管對我說，我可以想辦法幫妳，說吧！有什麼事要我幫妳？」他不停地問，得到的答覆總是：「沒有！絕對沒有——謝謝你。」可是，表哥還是不停地問，當他提到她原來的家時，她更是泣不成聲，這下子他終於明白她傷心的原因了，便努力安慰她。

「哦，親愛的小芬妮，妳是因爲離開媽媽而感到難過嗎？」他勸說著她：「這說明妳是個好孩子。不過，妳要記住，妳的親戚朋友也都愛妳呀！都希望妳能快樂。別總在這兒坐著，我們到花園裡去散散步吧！跟我說說妳家裡和妳的那些兄弟、妹妹們的情況，好不好？」

經過再三追問，他終於發現，雖說表妹和她所有的兄弟、妹妹們關係都不錯，但跟其中一個最爲親密，也最讓她思念，就是她的哥哥威廉。她跟表哥談得最多，而她也最想見到的就是他。威廉是家裡最大的孩子，比她大一歲，不僅是她形影不離的夥伴和朋友，還是媽媽的寵兒。每當她闖了禍，媽媽要懲罰她時，威廉總是護著她。

「威廉不希望我離開家，他說他會非常想念我。」芬妮說。

「我想威廉會給妳寫信的。」表哥安慰著芬妮。

「他答應過要寫信給我，不過，他要我先寫給他。」

「那妳什麼時候寫呢？」艾德蒙關切地問。

她低下頭，遲疑地說：「我也不知道……我沒有信紙。」

「哦，如果妳是爲這事傷心，那眞的沒必要啦！信紙之類的東西由我來提供，妳想什麼時候寫，就什麼時候寫，好不好？給威廉寫信能讓妳快樂嗎？」

「嗯，非常快樂！」

「那就馬上動手吧！現在就和我一起去早餐室，筆、墨、紙張那兒都有，而且那裡一定沒什麼人。」

「可是，表哥，信寫好了，能送到郵局嗎？」芬妮擔心地問。

「當然，一定會的，和其他的信一起送去。而且，妳的姨父再蓋上免費郵遞的戳記，威廉就可以不用交費了。」

「我姨父！」芬妮重複了一聲，有些惶恐不安。

「是呀！妳把信寫好，我就拿到我爸爸那裡去蓋免費郵戳。」

芬妮覺得這樣做不太好，不過，她也沒有更好的方法，便點頭表示同意。於是，兩人來到了早餐室，艾德蒙熱心地準備好紙，又幫她打上橫格，親切的態度簡直和她的哥哥一模一樣，而他一絲不苟的認眞態度甚至勝過哥哥。

芬妮寫信的時候，他就在一旁守候著，看她有什麼需要，要削筆就幫她削筆，遇到不會拼寫的字，他又耐心地教她。這一切都讓芬妮十分感動，更讓她感激的是表哥對她哥哥的一番好意，他親筆向威廉表弟問好，還隨信給他寄了半個幾尼。芬妮高興極了，激動的心情無法用語言來表達。不過，她幾句樸實的話語和眞誠的神情，充分表達出了她的喜悅和感激，表哥也由此看出她是個討人喜歡的女孩。

他又和她談了一下，從她的話語中，他覺得這個姑娘有一顆溫柔、親切的心，而且她也儘量想處處表現得體。但她對自己的處境非常敏感，因此顯得很羞怯。雖然以前他從來不曾有意惹她痛苦過，但現在才眞正意識到，她需要更多的正面愛護，他認爲她應該得到大家更多的關照。所以，首先要想辦法去除她對衆人的懼怕心理，而最有效的方法莫過於勸她跟瑪麗亞和朱莉雅一起玩，這樣她就會慢慢地快活起來。

其實，從這一天開始，芬妮就覺得自在多了。因爲她覺得自己有了一個像哥哥一樣的朋友，對她是那麼關心，所以，跟別人在一起的時候，她的心情也漸漸好起來。這地方對她來說也不再顯得那麼陌生了，這裡的人也不再那麼可怕了。即使有的人還是無法讓她不害怕，但至少她開始慢慢了解他們的性格、脾氣，知道該如何順著他們。而她的那些讓別人深感不安，更讓自己忐忑不安的小小的無知以及笨拙之處，也自然消失了。

現在，她不再怕見到二姨父了，一聽到大姨媽的聲音也不再感到戰戰兢兢了，有時也能和兩個表姊玩在一起了。雖然她體質較弱，年齡又小，不能和她們形影相伴，但是有時她們玩的遊戲必須要有三個人，尤其需要一個和和氣氣、百依百順的第三人。每當大姨媽詢問表姊們小表妹有什麼缺點，或二哥艾德蒙要她們好好照顧她時，她們都不得不承認：「芬妮個性很好。」

二表哥艾德蒙對她很好，大表哥湯姆也沒有欺負她，只是偶爾逗她玩玩，一個十七歲的青年逗一個十歲的孩子，也十分平常。湯姆剛剛踏入社會，意氣風發，灑脫大度，身爲長子的他總是認爲自己生來就應該花錢和享受，而在對小表妹的態度上，也很符合他的身分和權利，不時會對她表示關切，送她一些漂亮的小禮物，也常取悅她。

隨著芬妮情緒的好轉，湯瑪斯爵士和羅禮士太太對他們的這項慈善計畫越來越感覺得意，這是他們的傑作啊！他們現在一致認爲，這孩子雖然談不上聰明，但是性情溫順，看來以後應該不會給他們帶來多少麻煩。當然，認爲芬妮笨拙的還不止他們倆，她的兩個表姊就時常驚訝地發現，許多她們早已經熟悉的東西，芬妮竟然一無所知，總覺得她眞是太愚蠢了。起初兩、三個星期，她們不停地把這些新發現彙報給客廳裡的大人們：

「媽媽，表妹連歐洲地圖都拼不起來，她竟然沒聽說過小亞細亞，她也說不出俄國有哪些主要河流，她連蠟筆畫和水彩畫都分不清，眞是奇怪呀！」

這時候，體諒人的大姨媽通常會說：「親愛的，聽起來是很糟糕，不過你們想想，不可能人人都像你們倆這樣懂事，又這麼聰明，對不對呀？」

「可是，姨媽，她眞的什麼都不懂啊！昨天晚上我們問她，如果去愛爾蘭，她想走哪條路。妳猜她怎麼說？她說她準備渡海到維特島。天啊！除了維特島，她心裡就沒有別的島了嗎？好像世界上只有維特島似的。我敢說，我在比她還小的時候懂的事情就比她現在知道的多很多，不然我會覺得很丟臉的。

「她現在還不懂的東西，我早就已經知道了，而且還懂得很多了。姨媽，在很久以前，我們就能按照先後次序背誦英國國王的名字、他們登基的日期，以及他們在位期間發生的重大事件了。」

「是呀！」另一個小姐接著說：「我們還會背誦古羅馬皇帝的名字，一直背到塞維魯（古羅馬皇帝）；所有的金屬名稱、半金屬名稱、行星的名字及傑出哲學家的名字，我們都能背出來，還記得許多異教的神話故事。」

「的確是這樣，親愛的。不過，雖然你們的記憶力極好，但是你們那可憐的表妹並不一定跟你們一樣啊！她可能什麼都記不住。你們要知道，人與人之間的差別是很大的，記憶力也是一樣，所以你們應該體諒表妹的無知，多包涵她的缺陷。雖然你們懂事早，又聰明伶俐，但是你們要謙虛。你們必須記住，就算你們懂得很多，但還有許多的事情需要學習。」

「那倒是！在十七歲之前，我還有許多事情需要學習，這我也知道。不過，還有一件有關芬妮的事情，實在太奇怪、太愚蠢了！我一定告訴妳，她竟然說她不想學音樂，也不想學繪畫。」

「的確很愚蠢，這只能說明她太沒有天賦，太沒有上進心。不過，在我看來，她不學也好。雖說你們的爸爸、媽媽按照我的主意收養了她，但並沒有想到把她培養成像你們一樣多才多藝，所以，你們和她之間應該有些差別的。」

羅禮士太太就是這樣教育兩個女孩子的。所以，這兩個富家小姐雖然天資聰穎，小小年紀就懂得很多，但她們全然不具備自知之明、寬宏大量、謙虛等這類不凡的資質，她們雖然受到各方面的良好教育，但在心性氣質方面卻沒有得到應有的教導。

湯瑪斯爵士並不十分清楚她們有這些缺陷，他熱切希望女兒們樣樣出色，但表面上卻不太看得出來，他總是呆板、嚴肅，女兒們在他面前始終活躍不起來，也無法達到真正的溝通。

對於女兒的教育，伯特倫夫人更是不聞不問，對孩子的關心還沒有對她的哈巴狗多。她一天到晚穿戴整齊地坐在沙發上，忙著做一些既沒用處又不漂亮的針線活兒，哪有工夫關心這些事呢！只要不給她找麻煩，她總是由著她們，大事由湯瑪斯爵士作主，小事由姊姊張羅，即使她有更多的閒暇時間，她也覺得沒有必要對她們多加關照。因爲兩個女兒有保母照顧，還有家庭老師，用不著她再去操心了。

關於芬妮的愚笨，她也說：「我只能說這的確很不幸！不過，有的人就是笨。芬妮必須多下苦功，除此之外，我眞不知道還有什麼其他辦法。不過，我要補充的是，這可憐的小東西除了在學習上笨拙之外，其他方面倒沒有什麼不好的。比如，讓她去送個信，取個東西什麼的，倒是跑得挺快，挺伶俐的。」

儘管芬妮有些笨拙、膽怯，但還是在曼斯菲爾莊園住了下來。隨著時間的推移，她漸漸適應了環境。她與兩個表姊一起長大，日子過得還算快樂。雖說瑪麗亞和茱莉雅經常搞得她沒面子，但她們並不是眞有什麼壞心眼，而且她也認爲自己不該有什麼過高的要求，所以也就不覺得傷心了。

往常每到春天的時候，伯特倫夫人都要到倫敦的宅子去住上一段時間。但是，大約從芬妮來的那個時候起，由於她的身體不太好，加上又懶得動，就沒有去倫敦，一直住在鄉下，而由湯瑪斯爵士獨自到倫敦履行他在議會的職責。當她不在身邊的情況下，湯瑪斯爵士過得怎麼樣，她不太過問，也不會多想。

兩位伯特倫小姐繼續在鄉下學習功課，練習二重唱，無憂無慮地長大成人，長得容貌秀麗，舉止得體，又多才多藝，湯瑪斯爵士看在眼裡，喜在心裡，感覺非常滿意。但大兒子湯姆卻讓他頗爲操心，湯姆成天無所事事，又揮金如土。慶幸的是，其他三個孩子看起來還不錯，以後一定會有出息。

他認爲，他美麗的女兒不但能在出嫁前給伯特倫家增添光彩，日後也必定會爲伯特倫家贏得體面的姻親。而艾德蒙人品出眾，是非分明，又胸懷坦蕩，以後必定有所作爲，給他自己和家族帶來榮譽和快樂，因爲他將成爲一個牧師，湯瑪斯爵士爲此深感欣慰。

湯瑪斯爵士在爲自己兒女操心的同時，也沒有忘記盡力爲普萊斯太太和她那群兒女幫幫忙，他慷慨解囊資助男孩子們上學讀書，等他們長到適當的年齡，又想辦法給他們安排工作。儘管芬妮與家人完全分離了，幾乎沒有了任何聯繫，但一聽說姨父給她的家人很多幫助，或聽說家裡的處境有了什麼好轉，兄弟、妹妹們在學業、品行方面有了哪些進步，她都會感到由衷的高興。

多年來，芬妮與親愛的哥哥只見過一次面，僅僅那麼一次，而家裡其他人，她連影子都沒見過。誰都覺得她再也不會回到她原來的家了，甚至連回去看看的可能性都很小，家裡的人似乎也把她忘記了。

在她離開家不久，威廉決定去當水手。出海之前，他應邀到北安普敦郡與妹妹聚會了一個星期。兄妹相見，喜悅之情自是無法言喻，他們快樂地交談著，情深意切。在這種情形下，不難想像，男孩總是興致勃勃，充滿樂觀，而女孩在分手時，一番離愁別緒自是免不了的。

好在這次相聚是在聖誕節假日期間，表哥艾德蒙正好休假在家，艾德蒙不斷開導她，述說威廉從事這個工作後，將會做些什麼，今後有什麼樣的發展。這些美好的前景讓芬妮感覺到他們的分離也是有好處的，才漸漸從悲傷的情緒中解脫出來。

艾德蒙對她一直很好，雖然他離開伊頓公學到了牛津大學讀書，但他體貼人的天性絲毫沒有改變。最為可貴的是，在對自己比別人更加盡心這一點上，他從不炫耀，也從不擔憂自己是否過了頭。只是一心一意關心著她，處處體諒她，盡力照顧她的情緒，幫她克服羞怯之類的缺點，不斷鼓勵她表現自己的優點，還不時地替她出主意，給她溫柔的安慰和鼓勵。

雖然在眾人的壓抑下，艾德蒙一人的力量顯得很微薄，不過，他的這番情義卻發揮了極大的作用，讓芬妮的心智得到健康的發展和改善，而且讓她心靈愉悅，使她對生活充滿了信心。

艾德蒙從不覺得芬妮愚笨，他認為芬妮聰穎、敏銳、頭腦清晰，還喜愛讀書，只要引導得法，她一定會有很大的進步。平時，李小姐教她法語，讓她每天讀一段歷史；艾德蒙則推薦許多有趣的書，讓她在課餘時間閱讀，以培養她的鑒賞能力，糾正她的錯誤見解。不僅如此，他還盡量找時間與她談論她讀過的書，讓她能更深刻地理解書的內容，體會閱讀的樂趣。透過這些富有見地的評價，芬妮漸漸領受到了讀書的魅力。

表哥艾德蒙對她如此盡心盡力，芬妮非常愛他，除了威廉，他是她最愛的人了。她的心一半屬於威廉，一半屬於艾德蒙。

3

在芬妮十五歲那年，羅禮士先生去世了，這恐怕是這個家族發生的第一件大事了。自此之後，家裡就發生了一些變化和新鮮事，而這自然也是免不了的。

首先，羅禮士太太離開了牧師府，先是住在曼斯菲爾莊園，而後又搬到了湯瑪斯爵士在村子裡的一座小屋。失去丈夫的羅禮士太太總是不停地安慰自己：沒有他或許自己會過得更好，雖然收入減少了，但自己現在更有理由厲行節約了。

其次呢，本來這個牧師職位應該由艾德蒙接任的，即使是姨父早幾年死，他又還沒到接受聖職的年齡，也只是由某個親友暫代幾年，時候一到再由艾德蒙接任。在姨父去世之前，由於湯姆的揮霍無度，這個職位只好另擇接任人選了。看來做弟弟的得爲哥哥的尋歡作樂付出代價。

雖然，家裡還有另一個牧師職位爲艾德蒙留著，爲此，湯瑪斯爵士良心上多少感覺好受一些。但他總覺得這事兒對艾德蒙不公平，所以，極力想讓大兒子也體認到這一點，或許這件事會讓湯姆因此覺醒，希望效果遠勝於嚴詞教訓。

他以非常莊重的態度說：「湯姆，我爲你感到汗顏！」、「我不得不改變計畫，採取應急措施。現在原本應屬於艾德蒙的一半以上的收入已經被你剝奪了十年、二十年、三十年，說不定是一輩子，作爲兄長，你不覺得慚愧嗎？也許我今後有能力，或是你今後有能力（但願如此），爲他謀得一個更好的職位。不過，即使我們做了這樣的好事，也絕不能忘記，我們並沒有超出我們做父兄的責任和應盡的義務。現在，因爲急著償還你的債務，他不得不放棄那份會帶來很大收益的職位，這是什麼也補償不了的。」

這番話起初讓湯姆感到幾分慚愧，心裡也有些難受，不過，自私還是占了上風，他很快就擺脫了這種心情，心裡還琢磨起來：比起那些朋友，他欠的債根本不算什麼，還不及他們的一半！在這件事上，父親不停的嘮叨眞夠煩人的；他想，不管由誰來接任那個牧師職位，一定會很快就死去。

後來，這個聖職由一位名叫格蘭特博士的人繼任了，不久之後，他來到曼斯菲爾住了下來。讓湯姆意想不到的是，這位格蘭特博士竟是一個四十五歲的壯漢，看來他的如意算盤是要落空了。不過，他又洋洋自得地認爲：「也難說，這個人的脖子很短，極容易中風，如果他貪吃貪喝，很快就會死去。」

這位新任牧師的妻子比他小十五歲左右，他們無兒無女。跟以往一樣，這些牧師初來之時，人們都會說他們是非常體面、和藹可親的人。

如今，羅禮士太太的處境發生了改變，芬妮也一天天長大，當初反對芬妮住進她家的理由也不復存在，現在讓她們住在一起應該是再合適不過了。湯瑪斯爵士認爲現在應該是大姨子履行義務，撫養芬妮的最好時候。再說，由於大兒子的揮霍無度讓他損失不小，加上他在西印度的種植場近來經營狀況也不如意，境況已經不如以前富裕了，所以，他也想就此解脫撫養芬妮的負擔，以及將來供養她的義務。

他覺得必須這樣做，便向妻提出自己的想法。一天，伯特倫夫人又想起了這件事，正好芬妮在場，於是，她平靜地對她說：「芬妮，看來妳得離開我們，住到我姊姊那裡去了，妳覺得怎麼樣？」

芬妮吃了一驚，把姨媽的話重複說了一遍：「離開你們？」

「是啊！親愛的，妳爲什這麼驚訝呢？妳在我們這裡住了五年了，自從羅禮士先生去世後，妳大姨媽總希望妳能過去。當然，妳仍要經常過來幫我縫圖案。」

這消息給芬妮帶來的不只是驚訝，還有十分的不悅。一想到大姨媽，她心裡就不舒服，因大姨媽從來沒有給她溫暖和愛護，她一點也不愛她。

「可是，離開這兒，我會很傷心的。」她聲音顫抖地說。

「芬妮，妳一定會傷心的。我想自從妳來到我們家後，沒有什麼事讓妳煩惱吧？」

「嗯，姨媽，妳不會認爲我忘恩負義吧？」芬妮有些尷尬地說。

「沒有！親愛的，妳怎麼會呢？我一直認爲妳是個好女孩。」

「那以後我再也不能住這裡了嗎？」

「是的，親愛的。不過，妳一定還會有一個舒適的家，不管妳是住在這裡，還是住在別的什麼地方，對妳來說，都不會有多大的差別。」

芬妮心情沉重地走出房間。她想，怎麼可能沒有差別呢？她無法想像和大姨媽住在一起能夠稱心如意。正好，她碰到了艾德蒙，就把這件傷心事告訴了他。

「表哥，我碰到了一件很不如意的事。以前只要我遇到不高興的事，一經你開導，我就想通了。但是這次，可能你也沒有辦法讓我想通了。因爲我要住到羅禮士姨媽家裡去了。」

「眞是嗎？」

「是啊！伯特倫姨媽剛剛告訴我的，我必須離開曼斯菲爾莊園，這事已經決定了。我想，等羅禮士姨媽搬到那座白房子，我就要搬過去了。」

「芬妮，或許妳不喜歡這樣的安排，但我倒認爲這樣挺好的。」

「喔！表哥！」

「其實，這個安排眞的不錯。大姨媽既然希望妳去，表示她還是挺通情達理的。說實在的，對大姨媽來說，選妳做她的朋友和夥伴眞是再恰當不過了。我很高興她沒有因爲貪財而不選擇妳，再說，妳去做她的朋友和夥伴也是應該的。芬妮，我希望妳不要爲這件事難過。」

「可是，我眞的很難過。我喜歡這裡，喜歡這座房子以及裡面的每一樣東西，那裡的一切我都不會喜歡。你知道，我跟大姨媽在一起會很不自在。」

「她以前對待妳的態度，我沒什麼好講的，那時候她只是把妳當作孩子，妳知道，她從來就不懂得該怎樣對孩子和藹可親。再說，她對我們大家的態度也和妳一樣，或者說差不多一樣。但是，妳現在已經長大了，她也許不會像以前那樣了對妳了，我看她對妳比以前是好多了。等妳成了她唯一的朋友和夥伴，她一定會更關心妳的。」

「不會，我永遠不會被人重視的。」

「為什麼要這樣子說呢？有什麼事情嗎？」

「很多事情，比如：我的處境、我的愚蠢、我的笨拙。」

「親愛的芬妮，別說什麼愚蠢、笨拙的，請相信我，妳根本沒有這些缺點，這些詞用在妳身上太不恰當了。不管在什麼地方，只要人們了解妳，就不會不重視妳的。妳難道不知道，妳是多麼通情達理，性情又是多麼溫柔，而且妳還有一顆感恩圖報的心，只要受到別人的一點好處，妳總是想報答人家的恩情。我覺得妳是一個優質的朋友和夥伴。」

聽到表哥的讚揚，芬妮不由得臉紅了，她說：「表哥，你把我說得太好了，我真不知怎麼感謝你。表哥！如果我離開這裡，我一定會永遠記得你的好，一直到我生命的最後一刻。」

「別這樣說！聽妳的口氣，好像要到兩百英哩以外的地方去似的，其實，不過是到白房子那麼一點距離，就在莊園的那一邊而已。當然，我也希望妳能記住我。雖然妳住到那邊，但是妳仍然是我們中間的一員，跟以前沒有什麼兩樣，我們兩家人一年到頭都是天天見面的。其實，妳跟大姨媽住在一起是有好處的，那裡的處境會激勵妳早些成熟，因為這兒人太多，妳可以躲起來，但是到了大姨媽那裡，妳就不得不自己面對啦！」

「不要這麼說嘛。」

「我必須這麼說，由羅禮士姨媽來照管妳，比我媽媽合適多了。依羅禮士姨媽的脾氣，只要是她真正關心的人，她就會照顧的十分周到；再說，在她那裡還能讓妳的能力充分發揮。」

「我的看法和你不一樣。」芬妮歎了一口氣說：「不過，我應該相信你，而不是我自己。我知道，你是想讓我對這些不可避免的事想開些，我非常感激。如果大姨媽眞的關心我，我當然會因爲有人看重我而高興啊！我十分清楚，在這兒我是無足輕重的，可是我非常喜歡這個地方。」

「芬妮，妳要明白，妳離開的是這座房子，而不是這個地方。雖然有一些小小的變化，但只不過是名義上的。妳可以和以前一樣自由享受這裡的一切，這座房子及裡面的花園，妳可以照常從圖書室裡挑書看，可以在原來的小路上散步，看原來的人，還有那匹馬，妳也可以騎。」

「親愛的老灰馬！是的，一點都沒錯！表哥，記得當初我是多麼害怕騎馬，只要聽見有人說騎馬對我有好處，我就嚇得渾身抖動。每次談到馬的時候，一看到姨父開口說話，我就嚇死了，我怕他叫我騎馬。是你一再安撫我不要害怕，費盡心機讓我相信只要騎上一次，保證就會喜歡。現在想起來，你說的話一點也沒錯！眞希望你每次的預言都一樣準確，也包括這一次。」

「當然，我完全相信，和羅禮士姨媽住對妳是有好處的，尤其有利於妳的智力發展，就像騎馬對妳的身體有好處一樣；而且，這對妳以後的幸福也是非常有幫助的。」

他們結束了談話，其實這番話原本沒有談論的必要，也不存在對芬妮有沒有好處的問題，因爲羅禮士太太根本就沒有要接收她的意思。事實上，羅禮士太太一直在試圖回避這件事。爲了預防它的發生，她小心翼翼地選擇了一處僅能容下她和僕人的房子。這所白房子是曼斯菲爾教區能夠維持上流社會體面生活的最小住宅。雖然，房子裡還有一個備用房間，但她總是不厭其煩地向大家強調，這是專爲一個朋友準備的。

不管羅禮士太太如何費盡心思地採取一系列防範措施，大家還是把她往好的方面猜想。比如，她一再強調需要有個備用房間，湯瑪斯爵士可能還以爲她是爲芬妮準備的。不久，伯特倫夫人就把這件事明確地提了出來。

她漫不經心地對羅禮士太太說：「姊姊，我想芬妮跟妳一起生活後，就不需要再雇用李小姐了吧？」

「跟我一起生活？」羅禮士太太嚇了一跳。「親愛的伯特倫夫人，妳這是什麼意思？」

「她不是要跟妳一起生活嗎？我還以爲妳和湯瑪斯早就談妥了呢？」

「我從來沒有跟湯瑪斯爵士談起這事兒，他也從沒有向我提起，一個字也沒提過。芬妮跟我住在一起？這事我絕不會考慮的。凡是眞正了解我們的人，都不會這樣想。一個孤苦伶仃的窮寡婦，領著一個不大不小的女孩，日子怎麼過？天哪！失去了親愛的丈夫，我的精神都快崩潰了，現在什麼都做不了。讓我帶著一個十五歲的女孩該怎麼生活呀？這個年齡的孩子正是最需要關心和愛護的時候，就是精力最旺盛的人也承受不了啊！

「湯瑪斯爵士是我的朋友，他不會眞的指望我來做這件事吧？不會的！他不會這樣做的。我相信，凡是希望我好的人，都不會讓我這樣做的。湯瑪斯爵士怎麼會跟妳提起這件事？」

「我不知道。我想，他可能認爲這樣做比較妥當吧！」

「那他是怎麼說的？我想，他應該說希望我把芬妮接走吧？他心裡一定不希望我這樣做。」

「他只是說他覺得這樣做比較合適。其實，我也是這麼認為的。現在妳一個人生活，有芬妮陪著，我們覺得對妳也是個安慰。當然啦，如果妳不願意，那就不用再說什麼了，芬妮在這裡對我們也沒有什麼妨礙。」

「親愛的妹妹，妳想一想，就我現在的悲慘處境，芬妮能給我帶來什麼安慰？我只是一個可憐的窮寡婦，失去了世界上最好的丈夫，我的精神狀況變得很差。為了伺候生病的丈夫，我的身體完全垮了，現在，我在人世間的寧靜生活被完全摧毀了，只能勉強維持一個有身分女人的生活，而這也是為了不辱沒我那已去世的丈夫。

「在這樣的情形下，再讓我擔負起照管芬妮的重任，我會得到什麼安慰呀？即使為了我自己想這麼做，那也得為那可憐的孩子考慮呀！這樣做是否對她公道？想想吧！她在高貴人家長大成人，前途一定無量，而我卻在艱苦中拚命掙扎。」

「一個人孤零零地生活，妳不在乎嗎？」

「親愛的伯特倫夫人，我還能怎麼樣呢？也許我只配過這樣的生活，只希望偶爾能有個朋友來看看我，在我那座小房子裡（我要永遠為朋友留個床位）住一住。除此之外，我想，我的大部分歲月都將在與世隔絕中度過，只要能勉強維持生活，我別無所求。」

「姊姊，從整個情況來看，妳的處境還不至於像妳說得那麼糟糕吧？聽湯瑪斯爵士說，妳每年都有六百磅的收入。」

「並不是我叫苦，妳是知道的，我的收入已不如以往，我不能再像以前那樣揮霍了，現在我必須盡可能地節省。以我目前的處境，就是省吃儉用也不怕別人笑話的。

「以前，由於羅禮士先生是牧師，許多素不相識的人來來往往，不知吃去了我們廚房裡多少東西，那可都是錢啊！現在我不會再去做那些事了，等搬到白房子後，我要好好計畫，盡可能量入爲出，不然就要挨餓受苦了。如果我多省一點，到年底可能就有一些積蓄。」

「我想你會的，你不是一直在努力存錢嗎？」

「我不是爲我自己，而是爲下一代著想，是爲妳的孩子們打算，我想留一些好處給他們。我沒有其他人可以關照，多存一些錢是想將來能給他們留下一份稍微像樣的財產。」

「妳眞好！不過，不要爲他們操心。湯瑪斯爵士會處理好這件事，我想我的孩子們將來一定是衣食無缺。」

「妳要知道，如果安提瓜種植園的收入還是不理想的話，湯瑪斯爵士的手頭就會很緊的。」

「這個問題不大，很快就會解決了。好像湯瑪斯爵士爲此正在做一些計畫。」

「好吧！伯特倫夫人。」羅禮士太太說著，準備起身離開：「我只能說，我唯一的願望就是留一些好處給你們的孩子。所以，如果湯瑪斯爵士再提讓芬妮和我一起住的事，妳就告訴他，我的精神和身體都不允許我這麼做。況且，還眞的沒有讓她睡覺的地方，那個備用房間是我爲朋友準備的。」

伯特倫夫人把這次談話內容轉述給丈夫，湯瑪斯爵士這才意識到自己以前對大姨子的心思完全會錯了意。從此以後，在這件事上，羅禮士太太完全不用擔心了，因爲湯瑪斯爵士不再對她抱任何希望了，更不會再提起，哪怕只是隻言片語。只不過讓湯瑪斯爵士十分不解的是，當初她那麼起勁地鼓動他們領養這個外甥女，現在自己卻一點義務都不肯盡。

不過，由於她提前告訴他們，將來她所有的財產都要留給他們的孩子，這對他們既有好處，又很有面子，所以，湯瑪斯爵士和伯特倫太太也就很快想通了。對芬妮未來的生活，他們也很盡力地進一步爲她做安排。

芬妮很快知道了這個結果，先前的擔憂也就隨之而去。而艾德蒙本以爲這是一個對芬妮有好處的事情，現在卻沒辦成，感到有點失望；但看到芬妮在得知不用搬走後的高興勁兒，心裡又感到幾分安慰。

羅禮士太太搬進了白房子之後，格蘭特博士也住進了牧師住宅，曼斯菲爾的一切活動又如往常一般。

新來的牧師格蘭特及他的妻子喜歡交際，待人又和藹可親，剛與他結識的人都說感覺還不錯。不過，兩人的缺點很快就被羅禮士太太發現了。原來格蘭特博士非常愛吃，幾乎每天都要大吃一頓，格蘭特太太便以與曼斯菲爾莊園一樣高的工錢請來廚師，她自己卻很少下廚房，甚至也很少去貯藏室。

羅禮士太太對此感到忿忿不平。一說起那家人竟然每天耗費那麼多的奶油和雞蛋，她就氣：「我最討厭小家子氣，我非常好客和喜歡大量，我敢說，在這一點上，誰也比不上我。過去，牧師宅在我當家的時候，該享用的東西一樣也不少，沒人說過我什麼不好，但要像他們這樣鋪張嗎？我無法理解。

「在鄉下牧師宅裡擺什麼闊太太的架子嘛！這根本就不相稱。說實話，我原來那間貯藏室是非常不錯的，格蘭特太太進去一趟並不會降低她的身分。我打聽過了，她的財產根本不超過五千英磅。」

伯特倫太太沒有多大興致聽羅禮士太太的這些指責，而且對別人在持家方面的過失，她也不太願意過問。不過，她覺得相貌平庸的格蘭特太太竟然也能過這麼好的日子，簡直是在侮辱漂亮的人。對此，她經常表示驚訝，就像羅禮士太太對他們的持家問題表示驚訝一樣。只不過，她沒有羅禮士太太那麼囉嗦。

這些看法和談論沒有持續多久，還不到一年吧，家裡又發生了一件大事。由於此事關係重大，自然在太太小姐們的言談中占據了一定的分量。原來，湯瑪斯爵士決定親自去一趟安提瓜種植場，以便妥善處理安排那邊的事務。他準備順便把大兒子帶過去，讓他遠離在家結交的這幫壞朋友，對他可能會有好處。他們這樣一走，大約要待上一年的時間。

湯瑪斯爵士心裡並不想離開家人，尤其是兩個正值妙齡的女兒。把她們交給別人指導，他不太放心。但是，從錢財的角度考慮，他又必須這樣做，加上這對兒子可能也有好處，於是他就下定了決心。

在對兩個女兒的教導方面，他雖然覺得伯特倫夫人不能完全替代他，只要她能把自己應盡的職責完成就很不錯了；但是，羅禮士太太的小心謹慎及艾德蒙的冷靜決斷，足以讓他放心離開，不再為女兒們擔心。

伯特倫夫人自然是一點都不願意讓丈夫離開，不過，她當然不是因為擔心丈夫的安全，或是關心他的生活是否舒適。對她這一類人來說，一般只會想到自己可能遇到困難、危險和勞頓，對別人是否也會遇到這類事就不太在意了。

在這次離別中，不由得讓人有點憐憫兩位伯特倫小姐，但不是因為她們為離別而傷心，而是因為她們一點都不傷心，她們竟一點都不愛自己親愛的父親！因為凡是她們喜歡的事，父親似乎從來沒有贊同過，所以父親現在出遠門了，她們非常高興。

這樣一來，父親的種種約束將不復存在了，她們可以隨心所欲地做自己想做的事，一切都可以自己決定了，再也不怕受到來自父親的禁止和指責。對芬妮來說，她也和表姊們一樣感到解脫和欣慰，只不過，她的心腸要比兩個表姊軟得多。她覺得自己這樣高興似乎有點忘恩負義，為自己有這樣的心情而感到傷心。

她暗暗自責道：「眞不像話！湯瑪斯爵士對我、哥哥和弟弟有這麼多的恩情，這次他出門要去那麼遠的地方，而且可能再也不會回來了！我竟然沒有為此掉一滴眼淚！我怎麼無情無義到了這種可恥的地步。」

而且，就在臨別的那天早晨，湯瑪斯爵士還對她說，希望她能再次見到哥哥威廉，並囑咐她在冬天即將來臨的時候，只要一聽到威廉所屬的中隊回到英國，就寫信邀請他來曼斯菲爾。芬妮聽到這話，感動地想：「他對我多麼體貼，多麼好呀！」

這時，只要姨父對他溫和地笑一笑，叫一聲「親愛的芬妮」，她就會忘掉以往姨父對她總是皺著眉頭，冷言冷語的對待。然而，姨父並沒有那麼做，不僅如此，他還說了幾句讓芬妮倍感屈辱的話：「如果威廉來到曼斯菲爾，我希望妳能讓他相信，分別這麼多年來，他妹妹不是毫無進步。不過，他一定會發現，雖然他的妹妹已經十六歲了，但在某些方面還跟十歲時一樣。我眞的有些擔心。」

姨父走後，一想到這番話，她就忍不住痛哭。兩位表姊見她兩眼紅腫，還以爲她裝模作樣呢！

4

至於湯姆，他以前就很少待在家裡，所以，他走後家裡的人也沒有什麼感覺。不久之後，伯特倫夫人突然發現，沒有湯瑪斯爵士天也沒塌下來，大家過得挺好的。艾德蒙替代父親擔負起了一家之主的責任，和管家商量事務，給代理人寫信，發工錢給僕人，甚至代父親切肉，所有勞累煩人的事情都替她一一做好了，她簡直不用擔心什麼，就跟以前一樣。只不過，她自己的信還得由她自己來寫。

湯瑪斯爵士終於來信了，父子倆一路平安抵達安提瓜，但信裡的消息卻讓羅禮士太太的想像破滅。原來她一直擔心父子倆會發生意外，沒有旁人的時候，她總是讓艾德蒙與她分擔這一擔憂，而且她堅信，不管發生什麼樣的大災大難，她一定會最先得到消息，所以，她預先就想好了到時候該如何向大家宣布這個噩耗。而此時卻傳來父子平安的消息，羅禮士太太只好把激動的心情暫時收起來，把為噩耗所準備的充滿深情的開場白先暫放一邊。

春去冬來，父子在海外依然很好，家裡也不需要他們。羅禮士太太由於忙於身邊的雜事，也沒心思擔心遠行的父子。她是個閒不住的人，除了料理自己的家務，還要過問妹妹的家務，以及指導兩個外甥女，出主意讓她們怎麼玩才更開心，指點她們如何梳妝打扮，還忙著幫她們物色丈夫。百忙之中，她還要留意格蘭特太太的浪費行為。

現在，兩位伯特倫小姐已經長得相當漂亮了，成為當地公認的美女。她們不僅容貌美麗，而且才華出眾，言談不俗，舉止落落大方，刻意表現得彬彬有禮，和藹可親，因此深受人們的喜愛和仰慕。

由於兩位小姐表現得體，雖然她們也愛慕虛榮，人們卻絲毫感覺不到她們的虛榮心和裝腔作勢的架子。大姨媽把她們這些表現贏來的誇獎轉告給她們後，兩位小姐更是越來越相信自己真的非常完美，幾乎無可挑剔。

伯特倫夫人從不與女兒們一起出席社交活動。她過於懶散，甚至不願意犧牲一點點個人的時間，親自去看看女兒們在社交場上是如何獲得榮耀，如何快活的，從而感受一下做母親的喜悅，她把這件事託付給姊姊，而羅禮士太太自然是求之不得，帶著外甥女出入各種社交場合，是多麼體面的事呀！而且自己不花一分一毫，不用自己租馬，就可以盡情享用妹妹家提供的一切方便。

至於芬妮，社交季節的各種活動自然都沒有她的分兒。對此，她倒不太在意，反而因爲她們都出門赴約後，家裡就只有她陪伴二姨媽，感覺自己成了一個有用的人，心裡還不免暗自高興；加上李小姐也離開了曼斯菲爾，每當舉行舞會或宴會的夜晚，伯特倫夫人更是一刻也離不開她。她陪著夫人聊天，聽她說話，讀書給她聽，成了夫人的忠實夥伴。

在這些寧靜的夜晚，芬妮與伯特倫夫人促膝談心，不用擔心有什麼逆耳的聲音。這對一顆始終處在惶恐不安之中，吃盡苦頭的心靈來說，眞有說不出的喜悅。表姊們回來後總是津津樂道地講述娛樂活動的情形，芬妮特別喜歡聽，尤其關心艾德蒙和誰跳舞之類的情況。

對自己的低微地位，芬妮向來有自知之明，她從來不敢奢望自己也能參加這樣的舞會，所以，她從來不在意這些事。總之，這個冬天，她覺得過得挺不錯的，雖說這期間威廉沒有回到英國，她沒能見到他，但心裡一直盼望他回來，這種情感是非常珍貴的。

在隨之而來的春天，芬妮卻遇到了一件傷心事，她失去了心愛的老灰馬。對她來說，這打擊不小，這事帶給她的不僅僅是情感上的失落，身體也因此受到小小的損傷。儘管姨媽們都認爲騎馬對她的身體有好處，卻沒有想辦法讓她再擁有一匹馬。她們只是對她說：「表姊們不騎馬的時候，不管是誰的馬，妳隨時都可以騎。」

雖然兩位伯特倫小姐看起來都是一副熱心腸的模樣，可是她們並不想放棄任何樂趣去關照芬妮，所以，每逢天氣晴朗的時候，總是先騎馬出去。在四、五月風和日麗的上午，表姊們都歡天喜地騎馬遊玩去了，可憐的芬妮不是整天坐在家裡陪著這個姨媽，就是跟著那個姨媽到外邊走得精疲力竭。

伯特倫夫人自己不喜歡活動，便認爲誰都沒有出去活動必要；而羅禮士太太喜歡成天在外面東跑西奔，所以認爲人人都應該天天走這麼多路。這時候，艾德蒙恰好又不在家，自然沒有人會來關心芬妮，幫她說上幾句話。如果艾德蒙在家的話，情形就不一樣了。

後來，艾德蒙回到家後，了解了芬妮的處境，意識到長期這樣下去，將會造成不良後果。所以，他不顧懶散成性的媽媽和精打細算的姨媽的反對，執意地宣布：「芬妮必須有一匹馬。」他認爲這是解決問題的唯一辦法。

但羅禮士太太強烈反對，她堅決地認爲：這根本不可能，也沒有必要！芬妮不可能像她兩位表姊那樣，擁有一匹自己專用的馬，這樣並不妥當。她想，能從莊園的馬匹中挑一匹穩當的老馬出來給芬妮，就很不錯了；或者可以向管家借一匹；或者格蘭特博士能把他派往驛站取郵件的那匹矮種馬偶爾借給他們，實在沒必要特地爲她找匹馬。她還斷定，湯瑪斯爵士絕對也沒有這樣的打算，趁他不在家的時候給芬妮買馬，會增加一筆養馬的巨大開支，在湯瑪斯爵士大部分收入還沒有妥善解決的情況下，這樣做是很不妥當的。

而艾德蒙只是回答說：「芬妮必須有一匹馬。」羅禮士太太無法接受，但伯特倫太太倒能接受，她完全贊同兒子的看法。她也認爲芬妮必須有一匹馬，並且還認爲湯瑪斯爵士也會這樣想的。不過，她認爲這事兒不能急，她要求兒子耐心一點，等湯瑪斯爵士回來後，由他親自定奪更好一些。湯瑪斯爵士九月份就要回來了，只不過等到九月，有什麼關係呢？

艾德蒙對此非常生氣，生媽媽的氣，更生大姨媽的氣，認爲她們一點都不關心自己的外甥女。不過，他不能不顧及她們的意見，但也不能看著芬妮沒有馬騎。最後，他決定採用折衷的辦法，既能解決芬妮的問題，讓她立即可以運動，又不至於讓父親認爲他做得過分。

他在自己身上打起了主意。他有三匹馬，兩匹用於狩獵，一匹用於拉車，都不是給女士騎的，所以他決定用拉車的那匹去換一匹可以讓表妹騎的馬。他也知道在什麼地方能找到這樣的馬。拿定主意後，他很快就辦妥了這件事。新換來的雌馬還眞不錯，只要稍加調訓，就能服服貼貼的，這匹馬就歸芬妮使用了。

芬妮從沒想到過，世上還有什麼比那匹老灰馬更讓她稱心如意，而騎上艾德蒙爲她換來的這匹雌馬，竟比以前騎老灰馬的感覺更舒服、更快樂；而且一想到這都是表哥帶給她的，心裡也就更加快樂。對於表哥的深情厚意，她心裡充滿了感激。她覺得表哥是世界上最善良、最偉大的典範，他的高尚品格只有她最能感受。她對他的感情無法形容，這種感情集萬分的尊敬、無限的信任、滿腔的柔情於一體，是世界上任何感情都無法比擬的。

由於這匹馬在名義上、在事實上都仍歸艾德蒙所有，所以，讓芬妮騎這匹馬，羅禮士太太也沒有什麼反對的理由。至於伯特倫夫人，更沒有什麼話說，即使她想起當初曾說，要等湯瑪斯爵士九月份回來再定奪，但她現在也不會怪罪艾德蒙，因爲到了九月，湯瑪斯爵士並沒有回來，而且短期內還不可能辦完事。

就在湯瑪斯爵士準備考慮回國的時候，突然又發生意外狀況，因此，他只好讓兒子先回家來，自己留下來處理。雖然湯姆平安回來了，而且告訴大家父親在那邊各方面都好，但羅禮士太太始終不相信。她總覺得湯瑪斯爵士可能預感到有什麼災難臨頭，基於父愛，先把兒子送回家，因此，她心裡不由得生出各種各樣的可怕的念頭。

秋天的黃昏越來越長，羅禮士太太獨自待在寂寞淒涼的小屋裡，腦子裡總是想著這些可怕的念頭，整天處於膽戰心驚的狀態，只得每天跑到曼斯菲爾莊園的餐廳裡避難。不過，到了冬天，情形就發生了改變，因爲冬季的約會應酬，讓她又忙碌起來。她開始滿腔熱情地爲大外甥女籌畫未來的命運，再沒有心思去東想西想，心神倒也安穩了許多。

「如果可憐的湯瑪斯爵士永遠都回不來了，但只要看到親愛的瑪麗亞嫁到了富貴人家，對他來說，也是莫大的安慰啊！」她總這樣想。當她們在約會應酬的過程中，和有錢的男人在一起時，特別是經人介紹認識了一位剛在鄉下繼承了一大筆產業或是一份最佳職位的年輕人時，這樣的想法就更加強烈了。

一位名叫萊斯渥的年輕人迷上了瑪麗亞的美貌。這位萊斯渥先生一心想成家，見到瑪麗亞小姐後，幾乎一見鍾情，很快就認爲自己墜入了情網。雖然他是個粗大肥胖、資質平庸的年輕人，但從言談舉止、身姿體態等方面來看，還不算太討人嫌，能夠博得他的歡心，瑪麗亞還是非常得意。

瑪麗亞・伯特倫已經二十一歲了，她覺得自己也應該結婚了。如果能嫁給這位萊斯渥先生，就能享有一筆比父親還要高的收入，並且在倫敦城裡還有一處住宅，這可是她目前最為看重的目標啊！因此，本著此一原則，她認為自己應該想辦法嫁給他。羅禮士太太也這樣認為，因此她極力撮合這門親事，用盡了花言巧語和各種手段，讓他們彼此認為兩人是多麼般配。

此外，她還使出了種種招數，比如，跟萊斯渥先生的母親拉近關係。萊斯渥太太目前和兒子住在一起，羅禮士太太甚至逼著伯特倫夫人趕了十英哩路去拜訪她。對伯特倫夫人來說，這可真不容易，因為不但得一大早起來不說，還要走顛簸難行的路。不過，這樣的努力很快收到了成效，羅禮士太太與萊斯渥太太不久便情投意合了。

萊斯渥太太說，她一直盼望兒子早日成家，還說瑪麗亞舉止得體，和氣有禮，又多才多藝。在她見過的小姐中，瑪麗亞最適合她的兒子，一定能讓他幸福。羅禮士太太對這番誇獎表示同意，認為她非常有眼光，把別人的優點看得很準。瑪麗亞的確是他們的快樂和驕傲，因為她純真無瑕，就像個天使。當然啦，追求她的人很多，難免會挑花了眼。雖然相識的時間不長，但如果讓她羅禮士太太做決定的話，她會認為萊斯渥先生是最配得上她的，也是她最中意的年輕人。

經過幾次舞會結伴跳舞後，兩位年輕人果然像兩位太太所預想的那樣投緣。一切進行的很順利，在寫信向遠在海外的湯瑪斯爵士稟報了情形之後後，兩人就訂婚了。對於這樁婚事，兩家人都很滿意，周圍的局外人也都覺得不錯，在這些日子以來，他們一直認為萊斯渥先生與瑪

麗亞非常適合結爲伴侶。

雖然湯瑪斯爵士的回信要在幾個月後才能收到，但大家都認定他一定會高興地同意這樁婚事，所以兩家人也就毫無顧忌地交往起來，誰也沒想到要爲這事保密，羅禮士太太更是見人就講，只不過每次講完後都告誡人家現在還不宜張揚。

伯特倫一家中，只有艾德蒙不看好這門親事，不管姨媽如何稱讚，他始終認爲萊斯渥先生不是個理想的伴侶。雖然，妹妹的幸福只能由她自己決定，她自己最清楚需要什麼，但是，他還是不贊成妹妹把自己的幸福都押在大筆的收入上。所以，和萊斯渥先生在一起的時候，他總是不停地想：「這傢伙如果不是每年擁有一萬二千英磅的收入，說不定是很蠢的。」

果然，湯瑪斯爵士非常贊成這門親事，並爲此由衷地感到高興，因爲這門親事對他們家非常有利；再說，從信上他看到的自然是最好、最令人滿意的一面，兩家住在同一個地方，又門當戶對，這眞是門再合適不過的親事了。所以，湯瑪斯爵士用最快的速度回了信，表示贊成。不過，他也說道婚禮必須等他回來才能舉行。這樣一來，他更加期望著能早日回家了。這是四月份寫的信，他希望能在夏季結束前辦妥那裡的一切事務，然後離開安提瓜回國。

到了七月份，芬妮剛滿十八歲，這個交際圈子裡又增添了兩個人物——亨利和美莉，他們是格蘭特太太的弟弟和妹妹，是格蘭特太太的母親第二次結婚後生下的孩子。這兩個年輕人都擁有大筆財產，亨利在諾福克有許多地產，美莉有兩萬英鎊。

在他們小時候，姊姊總是非常疼愛他們，姊姊出嫁後不久，母親去世了，便由一個叔叔來照管他們。格蘭特太太不認識這位叔叔，所以，她也很少再見到弟弟和妹妹。在叔叔家裡，兄妹倆感受到了家庭的溫暖。雖然克萊福將軍和克萊福太太在不少事情上總是存在著分歧，不過，在疼愛孩子這方面卻很一致。如果說還有什麼不同的地方，那就是兩人各寵愛一個，將軍喜歡男孩兒，克萊福太太則寵愛女孩子。後來，克萊福太太去世，她的被保護人在叔叔家住了幾個月後，不得不另投他處。

原來，克萊福將軍在生活行爲不太檢點，他想把情婦帶回家住，又嫌姪女礙事，因此想把她趕走。於是，格蘭特太太的妹妹提出投奔姊姊的提議，而這不僅方便了克萊福將軍，也正合了格蘭特太太的心意。因爲，無兒無女的格蘭特太太早就與鄉下那些太太們頻繁來往了，她又養了不少奇花異草、良種家禽，而她那心愛的客廳也擺滿了漂亮的家具，現在很想家裡能變個什麼花樣，所以，妹妹的到來讓她非常高興，因爲她一向喜歡這個妹妹，也希望妹妹能留在她的身邊，直到嫁人爲止。不過，讓她擔心的是，在倫敦住慣了的妹妹，現在來到曼斯菲爾不知能不能習慣。

其實，美莉自己對此也不是沒有顧慮，主要是拿不準姊姊的生活派頭和社交格調。所以，原先她想說服哥哥和她一起住到她鄉下的住宅，但哥哥不願意，她沒辦法，只好硬著頭皮投奔別的親戚。而哥哥亨利平生最討厭始終住在同一個地方，面對同一個社交圈子，但他不可能爲了照顧妹妹而做出這麼重大的犧牲。不過，他還是展現了關切之情，特地陪妹妹來到北安普敦，並很痛快地答應她，只要她覺得這個地方讓她心生厭倦，就立即告訴他，他會在半個鐘頭內把她帶走。

美莉見姊姊既不刻板，也不土氣；姊夫看起來也還體面，而且住宅寬敞舒適，陳設齊全，十分滿意，格蘭特太太對他們更是疼愛有加。兩個年輕人的儀表的確討人喜歡，美莉長得非常俏麗，亨利雖然不算英俊，但頗有風度，而且活潑、風趣。格蘭特太太覺得他們樣樣出色，十分喜歡兩人，尤其喜歡美莉。

格蘭特太太從來沒對自己的容貌感到自豪，現在卻能為妹妹的美貌而驕傲，她眞是打從心底裡感到高興。妹妹還沒到來，她就開始為她物色對象了。她看中了伯特倫家的大公子湯姆。在她看來，一個擁有兩萬英鎊，又文雅大方，又多才多藝的女孩，完全配得上一個男爵的大公子。格蘭特太太是個熱心，又心直口快的人，美莉來了還不到三小時，她就把自己的這一想法告訴了她。

一聽說有這麼高貴的人家離他們這麼近，美莉頓時感到特別高興。對於姊姊這麼早就為她操心，還給她物色了這麼一個對象，她並無不快，因為她的目標就是結婚，嫁一個稱心如意的人家。

她曾在倫敦見過湯姆，他的相貌和家庭條件都是無可挑剔的。因此，儘管表面上她只是把姊姊的話當玩笑話來聽，但還是在心裡記住了，認為這事可以認眞考慮。沒過多久，格蘭特太太又把這個主意告訴了亨利。

而且，她還進一步說道：「亨利，我還有一個想法，能讓這件事更加完美。我希望你們倆都能住在附近，所以，亨利，我要你娶伯特倫家的二小姐，她可是個又可愛又漂亮，脾氣又好，又有才華的姑娘，跟她結合一定能讓你幸福。」亨利向她鞠了一個躬，以表示謝意。

美莉說道：「親愛的姊姊，如果你眞能勸哥哥做成這件事，眞能讓我和一個那麼漂亮聰明的姑娘成爲我的大嫂，對我來說，眞是一件令人興奮的事呀！遺憾的是，妳這兒可供選擇的姑娘不太多啊！至少要五、六個才行。想說服哥哥結婚，除非對方具備法國女人的口才，否則恐怕很困難。」

「我有三個女友都先後迷上了他，她們可都是眼光很高、非常聰明的人，但是不管她們及她們的母親（也是非常聰明的人），還有我和我親愛的嬸嬸如何煞費苦心地勸他、哄他，誘他結婚，他根本無動於衷。你不知道我們費了多大的勁呀，妳想都想不到！姊姊，我告訴妳呀，亨利是個可怕的調情高手，所以，爲了不讓伯特倫家的兩位小姐心碎腸斷，最好還是讓她們離亨利越遠越好。」

「哦，親愛的弟弟，你是這樣的人嗎？我眞不敢相信。」

「是呀！妳一定不相信，因爲妳比美莉厚道。年輕人缺乏經驗，遇事自然顧慮重重，我想妳能體諒。其實，我是很重視婚姻的，我認爲能有個好妻子是福氣，正如詩人在他們的詩句所描述的那樣——上天最後賜予的最好禮物，所以，在這件事上，我一向謹愼，不想草率地拿自己的幸福冒險。」

「妳看看，他多會玩弄字眼，只要看看他那嬉皮笑臉的樣子妳就明白了。我跟妳說，他眞讓人可憎，將軍把他寵壞了。」

「在婚姻問題上，不管年輕人怎麼說，我才不當回事呢！」格蘭特太太說：「如果他們口口聲聲說自己不結婚，我只當他們沒有找到合適的對象。」

「還好，美莉不像像亨利那樣，不想結婚。」格蘭特博士笑哈哈地讚賞道。

「噢！當然，我一點都不覺得結婚有什麼不好意思的。只要安排妥當，我願意每個人都結婚，只是不喜歡人們草率從事，不管什麼人，只要什麼時候結婚好，就什麼時候結婚。」

5

這些年輕人各自都有不少吸引人的地方，所以相互間很快就產生了好感。按照規矩，他們剛結識的時候，先是矜持了一陣子，但緊接著就親熱起來。對美莉的美貌，並沒有造成兩位伯特倫小姐的不快。因爲她們自己就很漂亮，自然用不著去嫉妒別的女人。所以，一見到美莉活潑的眼神，光潔的褐色皮膚，以及舉手投足間表現出來的靈秀，她們幾乎像兩位哥哥一樣著迷。

當然，如果美莉身材高挑，軀體豐腴，容貌秀麗，那雙方可能會有一番較量，而事實上，她無法與她們相比，在她們看來，她最多也只是個可愛的漂亮女孩，而她們卻是當地最漂亮的美女。

至於她的哥哥亨利，當她們第一次見到他的時候，覺得他長得又黑又難看，實在真醜，但他的言談倒是頗討人喜歡，還像像一位謙謙君子；當第二次見面時，她們覺得他不那麼難看了，當然啦，他長得還是難看，只不過由於他非常活潑、風趣，加上長著一口好牙，身材又那麼勻稱，對他的其貌不揚，大家就很快就不太再意了。

等到第三次聚會，他們一起在牧師府吃過飯後，就沒人再說他長得難看了。事實上，現在他成了姊妹倆所見過的人最當中討人喜歡的的年輕人。雖然她們都喜歡他，但瑪麗亞已經訂婚了，他天經地義地應該歸茱莉雅。對此，茱莉雅十分清楚，所以，在亨利來到曼斯菲德來不到一個星期，她就準備跟他墜入愛河了。

在這個問題上，瑪麗亞的想法比較混亂，而且觀點也不太明確。她並不想正視這個問題，並把它搞得更明確：「我想喜歡一個彬彬有禮的人不會有什麼妨害吧！誰都知道我的情況，亨利可得把握住自己。」

亨利並不是有意要走這條險路，對他來說，兩位伯特倫小姐的確都值得他去討好，並且，她們也都希望並接受他的討好。起初，他的目標只是想讓她們喜歡他，而不是想讓她們深深陷入情網。其實，憑著他清醒的頭腦和平靜的心境，本可以看清楚這一點，心裡也許會好受一些。但是，在這兩方面，他卻給了自己很大的迴旋餘地。

那次宴會結束，把她們送上馬車後，回來時他對格蘭特太太說道：「姊姊，我非常喜歡兩位伯特倫小姐，兩個女孩都又文雅又可愛。」

「當然啦，我很高興聽你這麼說，不過，你比較喜歡茱莉雅吧！」

「噢！是的，我比較喜歡茱莉雅。」

「眞的嗎？你眞的喜歡茱莉雅嗎？」格蘭特太太說，「一般人都認爲瑪麗亞長得更比較漂亮。」

「我也是這麼認爲的。她的容貌秀麗，我非常欣賞，不過，我更喜歡茱莉雅。當然，我也覺得瑪麗亞長得漂亮又可愛，但是因爲妳吩咐過，所以我會更喜歡茱莉雅。」

「亨利，我不會勸你的，我相信你最後一定更喜歡她。」

「爲什麼？難道我沒對妳說過，我一開始就喜歡她嗎？」

「親愛的弟弟，別忘了，瑪麗亞已經訂婚了。」

「我知道，也許正因爲這樣，我才更喜歡她。一般說來，訂了婚的女子總是比沒訂婚的更可愛，因爲她已經了卻一樁心事，用不著再操什麼心，覺得自己從此可以放鬆下來，毫無顧慮地施展全部本領討別人的歡心。其實，一個訂了婚的小姐是絕對安全的，對人不會有什麼傷害。」

「我覺得萊斯渥先生是個非常不錯的年輕人，配她是綽綽有餘。」

「可是，瑪麗亞根本沒把他放在心上。」

「你就是這樣看待你的好朋友的嗎？我可不這樣認爲！瑪麗亞對萊斯渥先生一定是非常癡情的。當有人提到他的時候，從她的眼神裡就可以看出來。我覺得瑪麗亞人不錯，既然答應了別人的求婚，就不會虛情假意。」

「美莉，妳說我們怎麼收拾他？」

「我看還是不要去管他了，說也沒用，他最後會上當的。」

「那怎麼行呢？我們應該把事情弄得清清楚楚才好。我可不願意讓他上當，更不願意讓他受騙。」

「別管他啦！由他去吧。讓他上當去吧！再說，上上當也好。我們每個人都會上當的，不過是時間問題。」

「親愛的美莉，妳說的不只是在婚姻問題上吧？」

「當然！不過，在婚姻問題上尤其表現明顯。親愛的姊姊，妳想想，就目前有幸結婚的人來看，結婚時不上當的，一百個人中找不到一個，不管是男方還是女方。我走到哪兒，發現都是這樣，幾乎沒有例外。我想應該這樣，因爲在我看來，在各種交易中，只有這種交易要求對方最多，而自己卻最不誠實。」

「啊！看來你是在希爾街住久了，在婚姻問題上受到了不好的影響。」

「也許吧！我可憐的嬸嬸對自己的婚姻一定找不到喜歡的理由。不過，事實上，據我的觀察，婚姻生活是需要玩心計、耍花招的。許多人在結婚前滿懷期望，認爲與某人結婚會得到某種好處，或是相信某人有德或有才，但是，到頭來卻發現事實並不是這樣，自己完全受騙了，卻還不得不忍受這樣的結果！你說，這不是上當，是什麼呢？」

「親愛的美莉，妳的話也許有道理，但並不完全符合事實，我並不太贊同。我敢說，妳只看到了事情的一面，妳看到了婚姻的不好之處，卻沒有看到它帶來的快樂和安慰。至於說到微小的磨擦和不如意，這到處都可能發生，應該說是正常的，我們不應該對婚姻要求太高。

「當然，在追求幸福的過程中，一定會遭遇挫折，但沒關係，一次失敗了，人們自然會另想辦法，一招不靈，再用第二招，總之，我們總會找到安慰的。那些居心叵測的人竟然說什麼受騙上當，眞是小題大作，比起當事人，他們只是有過之無不及。」

「說得好！姊姊。妳這種精誠團結的精神讓我十分敬佩。如果我結了婚，也會像妳一樣忠貞不渝的。希望我的朋友們都能這樣，如果眞能這樣的話，我就不會一次又一次的傷心了。」

「妳和妳哥哥一樣壞。不過，我會想法子挽救你們，相信曼斯菲爾能把你們挽救過來，而且絕不讓你們上當。住到我們這裡，我們會把你們挽救過來的。」

雖然克萊福兄妹不想讓誰來挽救他們，不過，卻很願意住在這裡。美莉很樂意目前以牧師住宅爲家，亨利也同樣願意在此客居下去。剛來的時候，亨利本打算住幾天就走，但現在他對曼斯菲爾產生了極大的興趣，再說，在其他地方他也沒有什麼事非做不可。

兄妹倆能留在身邊，格蘭特太太心裡自然高興，格蘭特博士對此也十分滿意。對一個懶惰成性、不願意出門的男人來說，家裡有個年輕貌美、伶牙俐齒的姑娘做伴，自然會感到很愉快；另一方面，由於亨利在家做客，他自然有理由天天喝紅葡萄酒，對他來說，這也是件很愉快的事。

兩位伯特倫小姐都愛慕亨利，這讓美莉感覺特別高興。不過，她不得不承認，兩位伯特倫先生也非常出色，像他們這樣的年輕人，就算是在倫敦，也很少能一處碰到兩個。而且，他們個個氣質不凡，尤其大公子湯姆更是風度翩翩。據說他在倫敦住過很長一段時間，比起艾德蒙來，他更加活潑、風流，因此，美莉認爲最好挑他做爲目標，這其中還有一個重要因素，那就是作爲一個長子而言，湯姆的條件更爲有利。所以，她應該更喜歡老大才對，她知道她該這樣做。

不管怎樣，她都該覺得湯姆比較可愛。因爲湯姆舉止瀟灑，興致勃勃，交際廣又健談，是那種人人都喜歡的年輕人，非常容易受到賞識。即使他沒有曼斯菲爾莊園和準男爵爵位的繼承權，也無損於這一切。

經過全盤考慮，美莉很快就意識到，不管是他這個人，還是他的條件，幾乎無可挑剔：一座方圓五英哩的莊園，那可是名副其實的莊園啊！還有一幢寬敞的現代化房子，掩映在森森的林木間，位置相宜，風景優美，完全可以選入國王鄉紳的宅第畫集；唯一不足的是家具需要全部更新，當然啦，這不是大問題。

況且，他本人又是那麼討人喜愛，他的妹妹們又可愛，他的母親也非常慈祥，再加上兩個有利的條件：一是他曾向父親保證過，他不會再去賭博了；二是，他以後將成爲湯瑪斯爵士，這一切都非常理想，她沒有理由不接受他。於是，她開始對他那匹即將參加B城賽馬會的馬燃起了興趣。

在他們結識後不久之後，湯姆就要去參加賽馬會。從他平時的行爲來看，這一去就是好幾個星期，所以，家裡人可以由此推斷，他是否傾心於美莉。他大談賽馬會，滿懷著熱切的心情想引誘她去參加，還策劃著一大票人一起去，不過，他只是口頭說說而已，不見有什麼行動。

這期間，芬妮在做什麼？又在想些什麼呢？對兩位新來的年輕人，她是怎麼看的呢？沒有人來徵求她的意見，也沒有人把她放在眼裡。而她也總是低聲細語，盡量不引人注意，不過，對美莉的美貌，她還是暗暗讚賞起來。至於亨利，雖然兩位表姊一再誇他相貌堂堂，但在她看來，他依然其貌不揚，因此，她絕口不提他。

至於人們對她的注意，可以從下面的議論中知道個大概。

美莉與兩位伯特倫先生一起散步時說：「我現在比較了解你們每個人了，但卻不太了解芬妮，不知她是否已經進入社交界了？我眞的不太清楚，你們到牧師府來赴宴，她也跟著一起來了，從這裡來看，她似乎參加了社交活動，但她又那麼少言寡語，讓我覺得她又像沒有參加社交活動。」

這番話其實是講給艾德蒙聽的，艾德蒙回答道：「妳的意思我明白，可是，我想這個問題實在不該由我來回答。表妹已經長成大人了，不管在年齡上還是見識上，都不再是個孩子，所以，她有沒有參加社交之類的問題，我可回答不了。」

「一般說來，這是很容易判斷的。有沒有參加社交活動，這之間的差別非常明顯的，不管是外貌，還是言談舉止，都很不一樣。以這些來判斷一個女孩是否進入了社交界，我認爲是不可能誤判的。

「一個沒有進入社交界的女孩總是那身打扮——戴著一頂貼髮無邊小圓軟帽，並且總是安安靜靜的，一副嫻靜的樣子。雖然她們這樣做顯得有些做作，不過也還算恰當的，女孩子嘛，就應該文靜莊重才是。

「最讓人看不慣的是有些女孩剛一踏進社交界就立即換了模樣，給人的感覺太突然了。你想想，在極短的時間裡突然來個一百八十度的大轉變，從拘謹、沉默一下子變得無所顧忌，目前的風氣就是這樣。說實在的，人們並不願意看到一個原本不太說話的十八歲女孩一下子變得神氣活現的。你大概見過這樣的變化吧！」

「我見過。不過，妳這樣說有失公正。我知道妳的用意，妳是在拿我和安德森小姐開玩笑。」

「才不是呢！安德森小姐？這人是誰呀？妳說的又是什麼意思？我一點也不明白。你不妨說出來讓我聽一聽，或許我真的很高興和你開開玩笑。」

「啊！妳眞會應對呀，不過，我不會上當的。妳剛才說一個女孩突然變了，指的一定是安德森小姐。她的情形和妳形容的一模一樣，一聽就知道說的是她。一點也沒錯，就是貝克街的安德森家，我們幾天前還談起那家人呢！

「艾德蒙，你還記得我跟你說過的查理斯・安德森嗎？事情果眞像美莉說得那樣。大約在兩年前，安德森把我介紹給他一家人的時候，他妹妹還沒有進入社交界，他妹妹一直不開口說話。

「有一天上午，我在他們家裡等安德森。屋子裡沒別人，只有安德森小姐和一、兩個小女孩，家庭教師或許生病了，要不就是逃走了，她的母親則拿著聯繫事務的信件不斷地進進出出。我在那裡整整坐了一個鐘頭，這期間，我沒有辦法讓那位小姐跟我說一句話，或是看我一眼。她緊閉著嘴，神氣地背對著我，一點客氣的表示都沒有。

「之後，我有一年沒再見到她，但聽說這期間她進入了社交界。後來，我在霍爾福德太太家見到她，但我已經不記得她了。她走到我的面前說認識我，然後兩眼盯著我，看得我心裡直發毛，她還邊說邊笑，窘得我兩眼不知該往哪兒看才好。我想當時我一定成了滿屋子人的笑柄，妳一定也聽說過這件事。」

「這個故事確實很有趣，不過，我敢說，這樣的事情絕不僅僅發生在安德森小姐一人身上，這種現象太普遍了，我認爲很不正常。我想這是由於母親對女兒管教不當所造成的。當然，我也說不準錯在哪裡。我並不敢妄自去糾正別人，只不過，我的確發現她們眞的做的不太對。」

「那些以身作則向人們表明女性應該怎樣待人接物的人，對糾正她們的那些錯誤所起的作用是非常大的。」湯姆阿諛奉承地說。

「其實，錯在哪裡是很清楚的。」不太會逢迎的艾德蒙說道：「只因爲這些女孩子沒有受過良好的教育。從一開始，她們就被灌輸了錯誤的觀念，所以，她們的一舉一動不過是虛榮心的作用。其實，在公開場合拋頭露面之前，她們言行中羞澀忸怩的成分並不比拋頭露面之後多些。」

「喔！這不一定。」美莉猶豫不決地回答道：「我不同意你的看法。那當然是她們最羞澀忸怩的表現啦！如果女孩子在沒有進入社交界之前，就像進入了社交界後那樣隨隨便便，神氣活現的，那會很糟糕的。我就見過這樣的情形，實在讓人很討厭，眞的比什麼都糟糕。」

「沒錯！的確會造成很多麻煩。」湯姆說：「這會使人誤入歧途，不知所措的。戴上無邊的小圓軟帽和忸怩的神態，哈！妳形容的一點不錯，再恰當不過了。這樣讓人一看就知道該怎麼辦。去年，有個女孩正是因爲沒有你所形容的這兩個特徵，我被搞得非常狼狽。

「去年九月，我剛從西印度群島回來，與一位朋友到拉姆斯蓋特去了一個星期。我的這位朋友姓斯尼德。艾德蒙，我曾經跟你說起過他的。斯尼德的父親、母親、姊姊、妹妹都在那裡，我跟他們都是第一次見面。

「當我們到達他們住的阿爾比恩時，他們都不在家。我們就出去找人，結果在碼頭找到了他們，有斯尼德太太、兩位斯尼德小姐，還有他們的幾個熟人。我按照禮儀鞠了個躬，本想與斯尼德太太說幾句話，可她身邊圍了不少男人，我只好湊到她的一個女兒的面前，和她說話，回去的路上也一直陪在她的身邊，盡可能地討好她。

「這位小姐的態度非常隨和，又愛說話，我一點也沒覺得有什麼地方做得不妥當。再說，兩位小姐穿得都很講究，戴著面紗，拿著陽傘，看上去沒有什麼差別。可是，後來我才知道，我一直向她獻殷勤的竟是小女兒，她還沒有進入社交界。這位奧古斯塔小姐還要等到六個月後才能接受男人的殷勤。而我的言行自然惹火了大女兒斯尼德小姐，我想她現在或許還不肯原諒我呢！」

「這的確很糟糕，可憐的斯尼德小姐！雖然我沒有妹妹，不會遇到這樣的情況，但我非常體諒她的心情。年紀輕輕就被人看不上眼，一定非常沮喪。不過，這完全是她媽媽的錯。奧古斯塔小姐應該由家庭教師陪著，這種沒有區別，一視同仁的做法絕對不行。現在，我想知道芬妮的情況，不知她是否參加舞會？除了到我姊姊家赴宴，她還到別處去嗎？」

艾德蒙答道：「沒有！她從沒有參加過舞會。除了去格蘭特太太家之外，她從不去別處吃飯。妳知道我母親自己不喜歡熱鬧，芬妮便在家裡陪著她。」

「這麼一來，問題就清楚了，也就是說芬妮還沒有進入社交界。」

9

湯姆到Ｂ城參加賽馬會去了。美莉頓時覺得這個社交圈子似乎缺了點什麼，讓她提不起精神來。在兩家人天天聚會的時候，她常常爲湯姆的缺席而黯然神傷。在湯姆走後不久，大家一起聚在莊園吃飯，她仍舊坐在她最喜歡的位置上，但由於換了男主角，她總覺得這次宴會一定很乏味，所以，她做好了充分準備去感受這些使人惆悵的變化。

與哥哥湯姆相比，艾德蒙就顯得太安靜了。他不會說俏皮話逗大家樂，沿桌分湯時也無精打采的，連喝酒時都不笑一笑；在切鹿肉時，也不講講過去關於一條鹿腿的逸聞趣事。當然，更不會講幾個「我的朋友某某人」的逗人故事。克萊福小姐覺得無聊，只好觀察桌子上的情景，及萊斯渥先生的舉動來尋找樂趣。

自從克萊福兄妹倆來到這裡後，萊斯渥先生還是第一次在曼斯菲爾莊園露面。原來前些時間，他到鄰郡去探望一個朋友去了。不久前，這位朋友請了一位改建專家把自己的庭院改建了一番。從那裡回來後，萊斯渥先生的腦子裡就成天琢磨著這件事，一心想把自己的庭院也改造、改造。

他不停地談論著這件事，雖然許多話說得並不流暢，但他卻偏愛說，本來在客廳裡就已經談過了，現在又在餐桌上提起來。他這樣做的目的顯然是爲了引起伯特倫小姐的注意，想聽聽她的意見。對此，瑪麗亞毫無曲意逢迎的意思，從她的神情舉止來看，她頗有些優越感。不過，伯特倫小姐聽到他描述索瑟頓莊園的改造藍圖後，不由得生起種種美好的聯想，心裡便有一種得意的感覺。所以，她的表現還不過於失禮。

「眞希望你們能去康普頓看看。」萊斯渥先生說：「眞是美極了！我從沒見過哪個莊園的變化會這麼大。當時，我就對史密斯說，變得讓我一點都不認不出來了，那房子眞是令人驚奇！現在，通往莊園的那條路也成了鄉下最氣派的路。昨天，我回到索瑟頓，感覺怎麼也看不順眼了，覺得它就像一座監獄，對！一座陰森恐怖的監獄。」

「胡說什麼呀？」羅禮士太太嚷道：「怎麼會是一座監獄？索瑟頓莊園是世界上最壯觀的鄉間古宅了。」

「不，太太，這座莊園一定得改造才行，要不簡直沒法住，它破敗的樣子簡直不堪入目！這輩子我也沒見過哪個地方如此需要改造。不過，我眞的不知道怎麼樣改造才好。」

「難怪萊斯渥先生一心想著要改造它。」格蘭特太太笑眯眯地對羅禮士太太說：「你放心好了，萊斯渥先生，索瑟頓一定會得到改造的，到時候處處都會讓妳滿意。」

「當然！」萊斯渥先生說：「我一定會對它做一番改造，只是不知從何著手，希望能有個好朋友幫幫我。」

「在這方面，我想──」伯特倫小姐靜靜地說：「雷普頓先生（英國園林設計師）應該是你最好的朋友。」

「我也是這麼想的。妳看他幫史密斯做得多麼漂亮呀！我想我應該馬上就把他請來，他的條件是每天五幾尼。」

「那算什麼！我看哪怕是每天十幾尼，你也沒必要太再意。」羅禮士太太又嚷道：「如果我是你，就不會去考慮錢的問題，而是盡量弄得體面些，處處一定都要完美。說實在的，像索瑟頓這麼大的莊園，不管裝飾的如何高雅，花多少的錢都不算過分。你有那麼大的空間可以改造，並且還有能給你帶來豐厚報酬的庭園。

「如果我有一塊地方，哪怕只有索瑟頓莊園五十分之一那麼大，我也會在裡頭種花、植樹，不停地進行改造和美化，因爲我天生就愛做這些事。但是，我現在住的地方不到半英畝大，想在那裡有所作爲，實在有點好笑了！當然，如果面積能夠大一些，我一定會很有興致地進行改造，種花、植樹。

「當初我們住在牧師府的時候，就做過不少這樣的改造，所以，跟我們剛住進去時相比，變化是非常大的。你們年輕人可能已經不太記得它過去的模樣了，如果親愛的湯瑪斯爵士在場，他一定可以告訴你們，我們在那些方面做了改造。

「哎，如果不是可憐的羅禮士先生身體不好，我們還會做更多的改造的。本來有幾件事，我和湯瑪斯爵士商量著準備進行，但是，羅禮士先生眞是可憐呀！竟然不能走出房門欣賞外邊的風光，也因爲這樣我也就心灰意冷不想去做了。

「如果不是這個原因，我們也會像現在格蘭特博士那樣，繼續把花園的牆砌好，並在教堂墓地周圍種滿樹木。不過，我們還是三不五時地做了些改進，像是靠近馬廄牆邊的那棵杏樹，就是在羅禮士先生去世的前一年春天種下的，現在它已經長成一棵大樹了，並且越來越繁茂，是不是？」羅禮士太太這話是對著格蘭特博士說的。

格蘭特博士回答道：「羅禮士太太，那棵樹的確長得很茂盛，那是土質好的緣故。不過，它結的杏子卻採不得，每次我從樹旁走過的時候，心裡都感到遺憾。」

「這可是一棵摩爾莊園杏啊！我們是按照摩爾莊園杏的價錢買的，花了——哦，這是湯瑪斯爵士送給我們的禮物，不過，我看過賬單，花了七先令，也就是說這是一棵摩爾莊園杏的價錢。」

「那你們就上當了！太太。」格蘭特博士答道：「我跟妳說吧！那棵樹上結的果子所含摩爾莊園杏的味道，和土豆所含摩爾莊園杏的味道差不多，說它沒味道還算是好的，它簡直就不能吃，我園子裡的杏子沒有一個可以吃。」

「太太！」隔著桌子，格蘭特太太裝作對羅禮士太太竊竊私語地說：「其實格蘭特博士也不太知道我們園子裡的杏子是什麼味道，他根本嘗都沒有嘗過。因爲，這種杏子只要稍稍加工，就會變成一種非常珍貴的點心。所以，我們園子裡那些又大又漂亮的杏子，還沒長熟就被廚子摘下來做成了果餡餅和果餞了。」

本來羅禮士太太的臉都紅了，一聽這話心裡立即舒爽了起來。格蘭特博士向來與羅禮士太太不和，兩個人的習慣完全不同，他們才剛認識就發生了磨擦。這樣一來，關於索瑟頓改造的話題就被打斷了一陣。

不久之後，萊斯渥先生又重新撿起舊話題；「在雷普頓沒有接手改造之前，史密斯的莊園一點都不起眼，現在卻成了當地人人羨慕的對像。看來，我非得把雷普頓請來不可。」

「萊斯渥先生——」伯特倫夫人說：「我要是你，就會種一片漂亮的灌木林，在風和日暖的時候，很多人都會願意到灌木林裡走走的。」

萊斯渥先生本來很想向夫人表白一番，說自己如何願意聽從她的意見，再趁機對她說幾句恭維話，但是他心裡也很矛盾，因爲他既想表明願意接受夫人的意見，又想說明這也是他一直以來的想法；同時，他也想博得所有太太、小姐們的好感，又最想贏得其中一個人的歡心，所以，他有點不知該如何是好。

這時，艾德蒙建議喝一杯，想打斷他沒完沒了的話。可是，平時不太愛說話的萊斯渥先生，現在談起這個心愛的話題，像是打開了話匣子，竟有很多的話要說。

「史密斯的莊園也夠小的了，總共不過一百英畝多一點，他卻能把它改造得那麼好，眞是令人訝異！在索瑟頓，我們足足有七百英畝，還不包括那些水池。所以，雷普頓同樣能夠把它改造得好，對此我信心十足。

「我認爲離房子很近的那兩、三棵繁茂的老樹應該砍掉，視野就會變得開闊多了。還有，索瑟頓林蔭道兩邊的樹木一定也要砍掉，我想雷普頓或他這行的隨便什麼人都會這樣做。這你是知道的，就是從房子西面通到山頂的那條林蔭道。」說這話時，他把臉轉向了伯特倫小姐。

瑪麗亞想了想，覺得最好還是這樣回答他：「那條林蔭道！喔！我不記得了。說實在話，我還眞不太了解索瑟頓。」

芬妮坐在艾德蒙的另一邊，恰好與美莉相對。她一直都在專心聽人說話，這時，她看著艾德蒙，低聲說道：「把林蔭道兩邊的樹砍掉多可惜呀！你難道不會因此而想起考珀（英國詩人）的詩句：『你們這些倒下的林蔭大樹呀，我又一次爲你們無辜的命運悲傷。』」

艾德蒙含笑答道：「這些樹木恐怕要遭殃了，芬妮。」

「如果有可能，我眞想在樹木沒有砍去之前到索瑟頓看看，看看它現在的樣子，還有它古雅的原貌。不過，看樣子我恐怕是看不到了。」

「妳從來沒有去過索瑟頓嗎？當然，妳不可能去過，那地方太遠了，又不可能騎馬去，我看能不能想想法子。」

「沒關係！等以後我到了索瑟頓，你再跟我說哪些地方改變了就可以了。」

這時候，美莉問道：「我記得以前聽人說，索瑟頓是座很有氣派的古老宅子，它是屬於哪種建築呢？」

艾德蒙回答道：「那是一座高大的磚砌建築，是在伊莉莎白時代建造的。整個建築看起來很壯觀，有許多舒適的房間。不過，地點選得不太好，剛好位在莊園地勢最低的地方，對改造不太有利。不過，那裡的樹林很美，還有一條小河，我認爲那條小河倒可以善加利用。萊斯渥先生想把它改造得富有現代氣息，我想是很有道理的，他會把這一切都搞得非常好。」

美莉很恭敬地聽著，心想：「這是個很有教養的人，這番話說得多好。」

艾德蒙接著說：「當然，我並不想讓萊斯渥先生受我的影響。但是，如果我有一座莊園要改造的話，我不會放手讓景觀建築師替我做的。我寧願不搞得那麼華麗，也要自己作主，一步一步地來。我情願自己錯了，也不願意讓景觀建築師弄錯了。」

「對你來說，當然可以，因爲你知道該怎麼辦，可是我就不行了。對這種事，我既沒有眼光，又沒有主意，除非有現成的東西擺在我的面前。假如我在鄉下有一座莊園，一定會全權交給諸如雷普頓之類的人，給多少錢就幫我辦多少事，在沒完工之前，我看都不會看一眼。」美莉說道。

「我倒很想看到整個工程的進展情況。」芬妮說。

「當然啦，你有這方面的素養，而我在這方面卻從沒受過什麼教育，反倒有一次不愉快的經歷。那是由一個我不喜歡的設計師所造成的，從此之後，我就特別討厭親自參加改造之類的事情。

「在三年前，那位海軍將軍，也就是我那位受人尊敬的叔叔，在特威克納姆（位於倫敦郊區）買了一座鄉下住宅，他叫我們都到那裡去度假，而我和嬸嬸就歡歡喜喜地去了。那裡是個極美的地方，可是很快的我們就發現它必須改造。就這樣，接著的三個月，那裡處處都是亂七八糟、塵土飛揚，沒有一條可以散步的砂礫路，連一張可坐的椅子都沒有。

「我希望鄉下住宅什麼都要有，比如灌木叢呀、花園呀、很多的粗木椅。不過，在建造這一切的時候，最好不要我操心。在這一點上，亨利與我也不同，他喜歡親自動手。」

本來艾德蒙對美莉還有幾分傾慕，現在聽她這麼隨隨便便地議論她的叔叔，心裡有些不高興。他認為她這樣做是不明事理的表現，於是便悶著頭不再說話，一直到她又露出動人的笑容和活潑的姿態，才又把這話題暫擱一邊。

美莉又說：「你知道嗎？我終於打聽到我那把豎琴的下落了。聽說它就在北安普敦，而且還完好無傷呢！可能已經在那裡放了十天了。」

艾德蒙聽了這話，表示又高興又驚訝。

「以前，對這件事我們總是先派僕人去打聽，然後，又自己親自去。看來這樣做是不行了！再說，離那兒有七十英哩呢！可是，今天早晨，透過正常的途徑，我們竟然打聽到消息了！據說是一個農民看見的，他告訴了磨坊主人，磨坊主人又告訴了屠戶，又由屠戶的女婿傳到了那家商店。」

「我很高興，不管怎樣，總算得有消息了，希望能早點拿回來。」

「我明天就去拿回來。可是，怎麼運才好呢？村子裡竟然雇不到這類的車，大、小馬車都不行，也許我只能雇搬運夫和手推車了。」

「是啊！今年的草收割的晚，現在又正是最忙的時候，恐怕妳眞的很難雇到馬和車。」

「沒想到這事會這麼困難，眞讓我感到驚訝！鄉下是不可能沒有馬和馬車的，所以，我就叫女僕去幫我雇一輛。因爲我看見這裡有不少農家，每次我從梳妝室往外看，總會看到一個農家院子，而每次在灌木林裡散步時，也都會經過其他的農家，所以，我想，雇一輛馬車應該是沒有問題的，讓我覺得難過的，不能讓家家都能得到這個好處。

但是，眞是沒想到，我的作法居然變成是世界上最不合理、最要不得的請求，還惹怒了所有的農場主、勞工和教民。不僅如此，我的姊夫平時看起來是挺和藹的人，一聽說我要雇馬車，一下子便板起了臉，而他的那位管家的反應，讓我覺得還是離他遠一點好。」

「妳以前不了解，所以沒有考慮過這個問題。妳只要明白了收草是多麼重要的事，就不會這樣驚訝了。其實，不管什麼時候雇馬車，都不會像妳想的那麼容易，這裡的農民沒有把馬車租出去的習慣，一到了收割的時候，想租一匹馬更是難上加難。」

「我想我會漸漸了解這裡的風俗習慣的。剛來的時候，我認爲有錢沒有辦不成的事，而在倫敦，這是人人都信奉的格言，但在你們鄉下卻似乎行不通。這麼頑強的風俗，眞讓我不解。不管怎麼樣，明天我都要把豎琴拿回來，還好亨利很樂意幫我，他說他可以用他的四輪馬車去拿，能這樣運回來不是很有面子嗎？」

艾德蒙說他最喜歡豎琴，希望不久能夠一飽耳福。芬妮也說自己從沒有聽過豎琴的聲音，表示非常想聽。

「能夠彈給你們聽，我感到很榮幸！」美莉說：「你們願意聽多久，我就彈多久，說不定比你們願意聽的時間還要長呢！因爲我非常喜愛音樂。如果能遇到知音，對彈琴的人來說，是一件值得慶幸和高興的事。

「當你寫信給你哥哥的時候，請轉告他我的豎琴已經運到了，我爲了這事向他吐了不苦水，如果可以的話，也請轉告他，因爲我斷定他的馬一定會輸掉，所以，我已經爲他準備好了悲傷的曲子，等他歸來後好對他表示同情。」

「我一定會把你的意思都轉告給他的。不過，目前我覺得還沒有寫信的必要。」

「看樣子，即使他離家外出一年，你都不會寫信給他，而他也不寫信給你，除非有萬分緊急的事，否則你們誰也不會給誰寫信，是吧？你們兄弟倆眞是奇怪！

「而且，就算你們不得不提筆寫信，恐怕也只是寥寥數語，告訴對方哪匹馬病了，或者哪個親戚死了。你們這些人全都是這樣，我再清楚不過了。比如亨利吧，他算得上是一個好哥哥了，他愛我，凡事都和我商量，與我推心置腹，無話不談，我們常常一聊就是一個鐘頭。可是，他寫起信來從來不滿一張信紙，寫的內容大概就是：『親愛的美莉，我剛剛到達。巴斯似乎到處都是人，一切如常。謹此。』這就是做哥哥的寫給妹妹的信，一封完整的信，或許這就是所謂的男子漢風格吧！」

聽到這裡，芬妮想到哥哥威廉，很想爲他辯護，於是，她紅著臉說：「我想在他們遠離家人的時候，就會寫很長的信。」

艾德蒙說道：「芬妮的哥哥就非常善於寫信，所以，她覺得妳剛才說我們的那番話過於尖刻了，她的哥哥在海上。」

「她哥哥在海上？那一定是在皇家海軍囉！」

芬妮本想等艾德蒙介紹她哥哥的情況，但是見他一副打死不開口的樣子，只好自己來講了。她談到哥哥的職業及他到過的外國軍港，聲音不由得激昂起來，而說到哥哥已經離家多年時，兩眼又禁不停地淚汪汪的。

美莉有禮貌地祝她哥哥早日晉升。

艾德蒙說：「對了！妳知道馬歇爾艦長嗎？他是我表弟的艦長。我想在海軍裡妳一定有很多熟人吧？」

「當然，在海軍軍官中，我是有不少熟人，不過嘛——」美莉擺出一副派頭十足的樣子，「那些級別比較低的軍官，我們就不太知道了。至於你說的那位戰艦的艦長，或許他是個不錯的人，但跟我們沒什麼來往。海軍的將官嘛，我倒可以給你提供一些情報，比如他們本人、他們的旗艦、薪水等級，以及他們之間的猜忌與糾葛等等。

「不過，我告訴你，那些人都不太受重視，還時常受到虐待。我住在叔叔家裡的時候，結識了不少海軍軍官，什麼少講（將）呀，中獎（將）呀，我見得夠多了。哦，我用了雙關語（在英語中，rear admiral 是海軍少將，vice admiral 是海軍中將，美莉故意用rear和vice來指稱『海軍少將』和『海軍中將』，而這兩個詞又分別有『尾部』和『罪惡』的意思，所以她沾沾自喜地稱爲『雙關語』）請你別見怪啊！」

艾德蒙的心裡又是一沉，只說了一句：「我認爲這是個高尚的職業。」

「是的，至少從事這個行業有兩大好處，一是發財，二是不亂花錢。雖然我不喜歡這個行業，對它從來沒有產生過什麼好感。」

艾德蒙想轉移話題，又談起了豎琴，他說希望能在不久的將來聽到美莉彈琴，並再次表示非常期待。

此時，其他人則繼續談論著莊園改造的話題。格蘭特太太雖然擔心會轉移弟弟對茱莉雅的注意力，但她還是禁不停地對亨利說道：「亨利，在莊園改造方面，你就沒有什麼話說嗎？你不是改造過自己的莊園嗎？從我聽到的情形來看，愛芙林姆莊園可以與英國任何一座莊園比美的。我敢說，那裡的自然景色非常優美。其實，愛芙林姆莊園過去就非常美。那麼一大片豐美的土地，那麼漂亮的樹林，我眞想再去看看！」

亨利答道：「聽你這麼說，我很高興。不過，我想，恐怕你會失望，你會發現它並不是你現在想像的那樣。其實，它的面積眞的一點都不太至於說到改造，我還眞沒做什麼，即使做了點，也不值得一提。我能做的事太少了，眞希望有更多的事情讓我來做。」

「你喜歡做這類事情嗎？」茱莉雅問。

「非常喜歡。不過嘛，由於我那地方天然條件好，只需要做些小小的改造就行了。工程也非常簡單，連小孩子都能看得出該怎麼改。後來，我的確做了些改造，在我成年後不到三個月，愛芙林姆莊園就變成了現在這個樣子。

記得我是在威斯敏斯特制定的改造計畫，也許在劍橋大學讀書時做了些修改，反正最後動工是在我二十一歲的時候。說實在的，我眞羨慕萊斯渥先生還有這麼些計畫，可以享受這麼多樂趣，而我呢，已經把自己的那點樂趣一口呑掉了。」

「眼光敏銳的人就是不一樣啊，決心下得快，動作也快。我說，你絕不會沒有事做的，你不用羨慕萊斯渥先生，你可以幫他出出主意呀！」茱莉雅說道。

格蘭特太太一聽這話，立即竭力表示支援，並說在這方面，沒有一個人眼光能比得上她的弟弟。瑪麗亞對這個主意也同樣感興趣，並全力表示支持。她還說，找朋友或無關的人先商量、商量，比立即把事情交到一個專業人員手中要強得多。

萊斯渥先生聽了大家的建議，自然也非常樂意，便懇切地請亨利幫忙。亨利在對自己的才能說了一番謙虛之詞後，表示將盡力效勞。於是，萊斯渥先生提出能不能請亨利賞光在索瑟頓住下來的請求，以便幫他出主意。

這時，羅禮士太太或許看出兩個外甥女不太願意亨利就這樣被人從她們身邊拉走，於是，她提出了一個修正方案：「我說，萊斯渥先生，亨利當然會去的。不過，爲什麼不多去一些人呢？我們爲什麼不組織一個小型聚會呢？這裡有不少人對索瑟頓的改造都感興趣，大家一起去，一方面可以聽聽亨利的高見，另一方面，大家也可以談談自己的看法，或許對你的改造計畫會有些幫助呢！

而且，就我個人來說，我早就想去再看看你的媽媽，只是因爲沒有馬，才一直沒有去成。不如現在我們就出發，到那裡後，我可以跟你母親一起坐上幾個鐘頭，你們則可以到處去察看，商量著該怎麼辦，然後，我們再一起回來，吃一頓晚一點的正餐，也可以就在索瑟頓吃飯，我想你媽媽也許最喜歡大家在那裡進餐吧！吃完飯後，我們再往趕回來，來一次愉快的月夜旅行怎麼樣？我想，亨利一定會讓我和我的兩個外甥女坐他的四輪馬車的。妹妹，芬妮就留在家裡陪妳，艾德蒙可以騎馬去。」

伯特倫夫人沒有反對，想去的人都紛紛表示欣然同意。只有艾德蒙例外，雖然他從頭一直聽到尾，但至始至終沒有說一句話。

7

「喂，芬妮，現在妳覺得美莉怎麼樣？妳喜歡不喜歡她？」第二天，艾德蒙在思索了一番後問道。

「嗯，我覺得很好呀！我很喜歡，她讓我感到快樂，她長得眞漂亮，我非常喜歡看她；還有啊，她說話也非常動聽。」

「她的容貌是很討人喜歡，表情也嫵媚動人！不過，芬妮，妳沒有發現她說得話有些不太妥當嗎？」

「噢！是呀，她的確不該那樣說她的叔叔，我也覺得很驚訝。不管怎樣，她在叔叔的家裡也生活了這麼多年，就算她的叔叔有什麼過錯，對她哥哥卻非常好呀，聽人說就像對自己的親生兒子一樣，那樣談論她的叔叔，讓人眞不敢相信。」

「芬妮，我就知道妳也會聽不慣的。眞的，她這樣做很不合適，很不懂規矩。」

「而且，我覺得這是忘恩負義。」

「忘恩負義是說重了些。我不知道她叔叔是不是對她有恩，不過，她嬸嬸對她一定是有恩的，或許是對嬸嬸強烈的敬重之情才使她這樣說的吧！她的處境是比較尷尬的。你想，她有著熱烈的情感和勃勃的生機，在對嬸嬸一片深情的同時，對將軍恐怕就不會那麼敬重了。

「至於克萊福將軍與克萊福太太之間的不合問題是出在誰，我不想妄加評論，不過，將軍如今的行爲會讓人站在他妻子這一邊。美莉認爲她的嬸嬸沒有一點過錯，應該是合情合理的，只能說明她爲人隨和。我並不是指責她的看法，我只是認爲在大眾場合公開談論她的這些看法，是不妥當的。」

芬妮想了想說：「美莉是由克萊福太太帶大的，她有這樣不妥當的行爲，不覺得克萊福太太也是有責任的嗎？我想，在怎麼樣對待這位將軍方面，克萊福太太並沒有給姪女灌輸什麼正確的觀念。」

「這話說得有道理。是的，姪女的過錯的確是由於嬸嬸的過錯造成的。這樣一來，大家就可以想像得到美莉以前的環境是多麼不利了。不過，我想，現在這個家一定會給她帶來好的影響，因爲格蘭特太太待人接物十分得體。你不覺得美莉談到她哥哥時流露出的情感非常有意思嗎？」

「除了抱怨他寫信短了一點以外，其他倒還好，她的話逗得我差點笑出聲來。不過，話又說回來，做哥哥的在與妹妹分別後，竟懶得寫一封值得一讀的信給妹妹，對這位哥哥的愛心和好性子，我可不敢恭維。我相信，不管在什麼情況下，威廉是絕不會這樣對我的。還有，她憑什麼說，你如果出門在外，也不會寫很長的信呢？」

「芬妮，憑著她活潑的心性。對她來說，只要能讓她高興，或是讓別人高興，不管什麼她都會抓住不放。不過，只要沒染上壞脾氣和粗暴無禮，活潑一些也沒有什麼不好。從她的儀容和言談舉止來看，她爲人一點也不尖刻，脾氣不壞，更不粗暴無禮，或是粗聲粗氣。除了我們剛才談到的那件事情外，她的表現都非常有女人味。但是，在那件事情上，她怎麼說都是不對的。我很高興妳跟我的看法一致。」

艾德蒙一直在向芬妮灌輸自己的想法，並贏得了她的好感，使芬妮的看法也和他趨於一致了。不過，事情的發展卻讓他們在這個問題上開始出現看法不同的危險。原來，這期間，艾德蒙開始對美莉產生傾慕之情。若眞這樣發展下去，芬妮就不會聽從他的話了。

美莉的確很有魅力，豎琴運來後，更是讓她添了幾分麗質、聰穎與和悅。因爲她很熱情地爲他們彈奏，從神情到格調都拿捏得恰到好處，而且每支曲子彈完後，她總要說幾句妙語。艾德蒙每天到牧師府去欣賞他心愛的樂器，加上她也願意有人愛傾聽，所以，今天上午聽完後又邀請他明天再來，事情很快就有了苗頭。

你想想，一個美麗活潑的小姐，依偎著一架和她一樣雅致的豎琴，憑窗而坐，窗戶是落地大窗，面對著一小塊草地，四周是夏季裡枝葉繁茂的灌木林，此情此景足以讓任何男人心醉神迷。這季節，這景致，這氣氛，都會使人變得溫柔多情。一切都顯得那麼協調，連一旁做刺繡的格蘭特太太也成了一種很好的點綴，讓人賞心悅目。

愛情一旦在心中萌發，一切都會變得有意思，都值得一看，包括放三明治的盤子，以及正在盡地主之誼的格蘭特博士。只不過，艾德蒙並不明白自己在幹什麼，也從沒有認眞考慮過。這樣來往了一個星期後，他不由自主地墜入了情網。

對美莉來說，雖然這小夥子不諳世故，不是長子，又不懂得恭維的訣竅，沒有閒聊的風趣，但她還是喜歡上了他。對自己的這種感覺，她都無法理解，而且也是事先沒有料到的。因爲依平常的標準來看，艾德蒙並不討人喜歡。因爲他對自己的意見，總是堅定不移，而且不會說廢話，不會恭維人，連獻殷勤的時候都是心平氣和的，言語不多。或許在他眞摯、堅定和誠實中有一種魅力，雖然美莉並不能夠明白，但對這種魅力，她顯然是感受到了。當然，對這件事，她想得並不太多，只要現在他能讓她歡心，她喜歡跟他在一起就足夠了。

對於艾德蒙天天上午往牧師府跑，芬妮並不感到詫異。如果不經邀請就可以去聽琴的話，她又未嘗不想去呢！至於晚上散完步，兩家人分別的時候，總是由艾德蒙送格蘭特太太和她妹妹回家，而亨利則留在莊園裡陪伴太太、小姐們，對此，芬妮也沒有感到詫異。只不過，她覺得這樣交換很不好，因爲如果沒有艾德蒙在場給她摻和酒水，她寧肯不喝。

更讓她驚奇的是，對於美莉身上存在的缺點，就是艾德蒙以前曾經看到過的，現在他們在一起那麼長時間，他卻再也沒有發現了。而每當她與美莉在一起的時候，這位小姐身上有一種同樣性質的東西總讓她想起那些缺點。現在艾德蒙喜歡跟她談論美莉，不過，他似乎認爲美莉再沒有抱怨過將軍，這就很不錯了，至於其他方面，他可沒有注意到。在這種情形下，芬妮沒敢向他提起美莉都說了些什麼，怕他認爲自己不夠厚道。

美莉第一次給她帶來眞正的痛苦，是因爲這位小姐想學騎馬引起的。來到曼斯菲爾不久，美莉見莊園裡的年輕小姐都會騎馬，也想學一學。自從艾德蒙和她熟悉後，便一再鼓勵她，並主動提出在初學期間她可以騎他那匹性情溫和的雌馬，並說在兩個馬廄中，就只有這匹馬最適合剛學騎馬的人了。

當然，艾德蒙提出這個建議的時候，並不想惹表妹難過，更不想惹她傷心，因爲表妹還可以照常騎，一天不騎並不會有啥影響，而且也只不過是在表妹騎馬之前，把那匹馬牽到牧師府借用半小時。其實，這個建議剛提出的時候，芬妮一點也沒有感到對美莉有什麼輕慢的意思，而且表哥還徵求她的意見，對此，她還有些受寵若驚呢！

第一次學騎馬，美莉倒還講信用，並沒有耽誤芬妮的時間。艾德蒙全權負責這件事，把馬送過去，又送回來。他非常守時，在那個穩妥可靠的馬車夫還沒有做好出發的準備，而芬妮與表姊也都還沒有來時，他就把馬牽來了。

第二天情況就不一樣了。克萊福小姐正在興頭上，欲罷不能了。本來她就非常活躍，膽子又大，雖然個子小，但長得非常結實，似乎天生就適合騎馬。所以，她進步很快，覺得自己可以迅速地超過其他的小姐。再則，除了騎馬本身帶來的樂趣外，又加上有艾德蒙指導，就這樣，她騎在馬上就不想下來了。

而芬妮已經裝束好，等在那裡了，羅禮士太太不停地責怪她怎麼還不去騎馬。但時間一分一秒地過去了，仍然沒有傳報馬的到來，也不見艾德蒙回來。為了避開姨媽的叨叨，她想去找表哥。

雖然兩家的住宅相距不到半英哩，卻不能彼此望見。不過，從前廳門口往前走五十碼，順著庭園看下去，牧師住宅及其園地就可以盡收眼底了。它們就座落在村子裡大路的那邊，地勢微微隆起的地方。

芬妮一眼看見了那夥人——在格蘭特博士的草地上，艾德蒙和美莉兩人都騎著馬，並轡而行；格蘭特博士夫婦、亨利，帶著兩、三個馬車夫站在一旁觀看，他們所有人的目光都集中在一個人的身上，個個都很開心。芬妮覺得這幫人一定非常高興，她甚至能聽見他們的嬉笑聲。

而這嬉笑聲卻無法讓她開心，艾德蒙居然把她給忘記了，這讓她心裡感到一陣酸楚。她傻楞楞地望著那片草地，情不自禁地注視著那邊的情景。她看見他們兩人先是騎著馬繞著草場慢慢走，這一圈可眞不小！接著，在小姐的提議下，兩人催馬小跑起來。天生膽小的芬妮，看見美莉騎得這麼好，感到非常吃驚。

過了一會兒，兩匹馬一起停了下來，艾德蒙與美莉離得很近，顯然正在教她如何控制馬韁。這一幕並不是芬妮眼睛所能看見的，而是靠想像捕捉到的。對於眼前這一切，芬妮並不感覺很奇怪，因爲艾德蒙對誰都好，對誰都很和善，對他來說，這是再自然不過的事。

她只是覺得亨利完全自己可以教他的妹妹，而不必要麻煩艾德蒙，做爲哥哥，由他來做這件事再恰當不過了，本來就應該由他來幫助妹妹的。可是，亨利卻不大懂得這個道理，雖然他總是吹噓他如何爲人敦厚，又如何會騎馬趕車；與艾德蒙比起來，他一點沒有助人爲樂的熱情。

現在，芬妮幾乎忘卻了自己的痛苦，倒對那匹心愛的馬要承受雙重的負擔而感到難過，對馬來說，這似乎有些殘酷。唉，自己被人遺忘也就罷了，可憐這匹馬還得有人對它多些牽掛才好。

這時，她看見草地上的人群散了，於是很快收起對兩位騎馬人的紛紜思緒，讓自己平靜下來。美莉仍然騎在馬上，艾德蒙步行跟著，兩人穿過一道門走上小路，進了庭院，向她站著的地方走來。芬妮忽然有些擔心起來，顯露自己一點耐心都沒有，這樣就太魯莽無禮了。因此，她急忙地主動迎上前去，以免他們起疑心。

「親愛的芬妮，眞是對不起！」一走到彼此可以聽得見聲音的地方，美莉就說：「我來向妳道歉，讓妳久等了。我知道已經超過時間了，我沒有任何理由爲自己辯解，我知道我表現得很不好，但是，妳一定要原諒我。妳知道，自私是應該被原諒的，因爲它無法醫治。」

芬妮的回答非常客氣，接著艾德蒙還補充道：「我相信芬妮不會著急的，即使我表妹想比平時騎得遠一倍，時間也綽綽有餘。如果能晚動身半個小時，她倒會覺得更舒服了。因爲現在雲彩才出來，這樣她騎起來就不會像先前那樣熱得受不了。妳騎了這麼久，希望沒把妳累著，而且妳還要走回家去，如果不用走回去就好了。」

「其實，騎在馬上一點也不累。」美莉說著，並由艾德蒙扶下馬背：「我身體很好，只要是做我愛做的事，無論什麼都不會把我累著。讓妳久等了，眞是不好意思，希望妳快快樂樂地騎馬，也希望這匹心愛的、討人喜歡的、漂亮的馬讓妳處處滿意。」

那位老車夫牽著自己的馬一直在旁邊等著，這時，他走過來扶芬妮上了馬，然後，幾個人動身走向庭院的另一邊。芬妮回過頭來，看見那兩個人下坡一起向村裡走去，她心裡的不安並沒有因此得到緩解，而隨從又不停地誇獎美莉騎馬多麼機靈，讓她也不太好受。

美莉騎馬的時候，這位隨從也一直在旁邊觀看，他的興致與芬妮幾乎不相上下。他說：「能看到一位小姐這麼大膽地騎馬，眞是一件賞心悅目的事啊！說實在的，我還從來沒有見過有哪位小姐能騎得這麼穩當的。小姐，她跟妳大不相同，她心裡像好像一點都不害怕，而你呢？我記得湯瑪斯爵士第一次把妳放在馬背上的時候，妳抖動得很厲害！到下一個復活節，妳學騎馬已經整整六年了吧！」

美莉來到客廳後，博得了更熱烈的稱讚。兩位伯特倫小姐對她天生的力量和勇氣賞識有加。兩人興致勃勃地不停誇獎她，說她像她倆一樣喜歡騎馬，並且一開始就騎得這麼好，這點也非常像她們。

茱莉雅說：「我早就知道她一定會騎得很好，妳看她的身材多棒啊！和她哥哥一樣棒，她天生就適合騎馬。」

「是啊！」瑪麗亞也接著說：「她和她哥哥一樣生機勃勃、充滿活力，一個人的精神狀態與騎馬好不好也有很大的關係。」

晚上道別時，艾德蒙問芬妮第二天是不是還想騎馬。

芬妮答道：「我不知道。如果你要用馬，我就不騎了。」

「我自己倒是不用的。」艾德蒙說：「只不過，如果妳想待在家裡的話，美莉就想多騎一會兒。這樣說吧，她就可以騎一上午了。她很想能騎到曼斯菲爾共用牧場那裡，格蘭特太太總是跟她說那裡的風景非常優美，我覺得她一定辦得到。不過，隨便哪一天上午都可以的，如果影響了妳，她會對妳感到十分抱歉的。因爲妨礙妳是很不應該的，妳騎馬是爲了鍛鍊身體，而她只是爲了玩樂。」

「沒關係的，我明天眞的不想騎，」芬妮說：「近來我常常出去，所以，我想待在家裡。你知道，我現在身體不錯，走路是沒有問題的。」

聽她這麼說，艾德蒙禁不停地非常高興。看他這樣子，芬妮心裡感到很寬慰。於是，到曼斯菲爾共用牧場的事，就準備在第二天上午付諸行動了。一行人中包括這裡的所有年輕人，就是沒有芬妮。這天晚上，大家都非常高興地議論著。一般說來，這類計畫往往會一項完成後又引出下一項，他們去過曼斯菲爾共用牧場後，又興味盎然地想著第二天又去個別的什麼地方。

這一帶有許多的風景可以觀賞，雖然夏季天氣炎熱，但是走到哪裡都可以找到陰涼小路。對這些年輕人來說，找一條陰涼小道總是容易的。就這樣，連著四個晴朗的上午，他們帶著克萊福兄妹到處遊玩，觀賞這一帶最美的風景。

幾天來，大家感覺事事都很如意，個個興高采烈，笑顏逐開，就連天氣炎熱也沒有人在意了，反而把這當成笑料來談。直到第四天，發生了一件事讓一個人的快樂心情蒙上了濃厚的陰影。這個人就是瑪麗亞。

原來，這一天牧師府邀請了艾德蒙和茱莉雅吃飯，卻把瑪麗亞排除在外。這本是格蘭特太太的一片好心，因爲她估計著萊斯渥先生這天可能要到莊園來，所以，爲他著想的緣故，便沒有邀請瑪麗亞。然而，她的自尊心卻因此受到嚴重的損害，一路上，她極力用文雅的舉止掩飾著心中的苦惱和憤怒。回到家後，加上萊斯渥先生根本沒有來，這下她就更憤怒了，因爲連向萊斯渥先生施展一下威力，以求得一點慰藉都不能。所以，她只能給母親、姨媽和表妹臉色看，讓她們在吃正餐和甜點時，個個都鬱悶不已。

在十點至十一點之間，艾德蒙和茱莉雅走進了客廳。他們看起來容光煥發，面色紅潤，心情愉快，與坐在屋子裡的三位女士的樣子完全不同。瑪麗亞正埋頭看書，頭都沒有抬一下，伯特倫夫人則半睡半醒的，羅禮士太太被外甥女鬧得心緒不寧，也不像往常那樣精神奕奕了，在問了兩句有關宴會的情況後，見沒有人理她，也就不再作聲。

而那兄妹倆一心稱讚著這個美麗的夜晚，以及天上的星光，好一陣子心裡都沒想到其他人。不過，當他們的話頭停下來後，艾德蒙環顧了一下周圍，問道：「芬妮，芬妮呢？她睡了嗎？」

羅禮士太太答道：「沒有，我想沒有吧！她剛才還在這兒。」

這時，從長長的房間另一端傳來芬妮輕柔的聲音，大家這才看清原來她在沙發上。羅禮士太太一看便罵起來：「芬妮，一個人待在沙發上消磨一個晚上，妳就不能坐到這兒，像我們一樣找點事情做做嗎？如果妳沒有事做，這教堂濟貧筐裡多的是活兒，夠妳忙的。上星期買的印花布也還在這裡一動沒動，我剪裁花布差點把腰都累斷了，妳倒好，竟然懶洋洋地躺在沙發上，一個年輕人這樣子也太不像話了！妳應該學會想著別人。」

她的話還沒說到一半，芬妮就已經回到桌邊的座位上，做起事來了。茱莉雅因爲快活了一天，心情非常好，便主持公道地大聲叫道：「姨媽，這可不公平，芬妮待在沙發上的時間比這屋子裡的任何人都少。」

艾德蒙仔細看了她一陣子後說：「芬妮，妳是不是頭痛？」

芬妮不置可否，只是說不太嚴重。

「我不相信！」艾德蒙說：「妳看妳的臉色？瞞不過我的，妳病了多長時間了？」

「不長！飯前開始的。沒什麼！」

「大熱天的，妳跑出去啦？」

「跑出去！她當然要跑出去啦！」羅禮士太太說：「這麼好的天氣，你想讓她待在家裡啊？我們不是都出去了嗎？就是你的母親也在外面待了一個多小時。」

這時，伯特倫夫人忽然說道：「哦，是這樣的，艾德蒙。」她在羅禮士太太對芬妮的嚴厲斥責聲中驚醒過來：「我的確出去了一個小時，在花園裡，芬妮在剪玫瑰，我坐了三刻鐘，眞是舒服極了！不過，天氣很熱，但涼亭裡非常涼爽，說實的，我眞害怕再回到家裡。」

「芬妮一直在剪玫瑰，是嗎？」

「是啊，可憐的人兒！她也覺得熱。不過，沒辦法，這恐怕是今年最後一次開花了，花都盛開了，不能再等了。」

這時，羅禮士太太也輕言細語地說道：「這實在是沒有辦法呀！妹妹，我想她就是因爲這樣才會頭痛的。妳想想，站在太陽下面，一會兒彎腰，一會兒又直腰，很容易讓人頭痛的。不過，我相信明天就會好了。這樣吧，把妳的香醋拿給她喝一點，我總是忘記帶我的香醋。」

「她喝過啦！」伯特倫夫人說：「她第二次從妳家回來後，就給她喝過了。」

「什麼！」艾德蒙嚷起來。「這麼熱的天，她又是剪花又是跑來跑去，還讓她頂著大太陽穿過庭院跑到妳家，而且跑了兩次！姨媽，怪不得她會頭痛呢！」

羅禮士太太在和茱莉雅說話，裝作沒聽見他的話。

伯特倫夫人說：「我當時也怕她受不了，可是，她把玫瑰花剪完後，妳姨媽又想要，妳也是知道的，她必須把玫瑰花送過去。」

「可是，非得讓她跑兩趟嗎？有那麼多玫瑰花嗎？」

「的確沒有那麼多，可是，芬妮在把玫瑰花放在那間空房裡晾時，不巧房門忘了關，鑰匙也忘了帶走，所以，她不得不再跑一趟。」

艾德蒙聽後站了起來，在屋子裡走來走去，生氣地說道：「媽媽，我就不相信，除了芬妮，就找不出人來做這件事了？」

羅禮士太太沒法再裝下去了，大聲叫道：「除非讓我自己跑，要不我眞不知道怎麼辦才好。就算讓我自己跑，我也要有空呀！又不能把自己劈成兩半。當時，我正在與格林先生談事情，是關於你母親牛奶房女工的事，而且是你母親讓我談的。還有，約翰·格魯姆也在等著我，他要我幫他給傑佛瑞斯太太寫信，講講他兒子的情況，這可憐的傢伙已經等我半個小時了。

「我想誰也沒理由指責我偷懶，我的確不能同時做幾件事。至於讓芬妮替我到我家裡去一趟，也不是什麼大不了的事，那不過才四分之一英哩多一點的路嘛。再說，我要她去也沒有什麼不合理的。我常常一天跑三趟，不分早晚，不怕日曬雨淋，從來沒有說過什麼。」

「姨媽，芬妮的力氣如果有妳的一半就好了。」

「如果芬妮堅持經常鍛鍊身體，也不至於才跑兩趟就累垮了。這麼長時間，她都沒騎馬了，我認爲她沒騎馬的時候應該走走才對。如果她天天騎馬的話，我就不會讓她跑那一趟的。其實，我當時想，在玫瑰叢中，她彎了那麼久的腰，去走走對她反而有好處，走一走精神就會好起來。況且，當時太陽雖然大，但天氣並不很熱。艾德蒙，我私下再跟你說吧！」羅禮士太太朝著伯特倫夫人那邊意味深長地點了點頭。「她的頭痛其實是在剪玫瑰和在花園裡跑來跑去引起的。」

伯特倫夫人無意中聽到她這話，便坦率地說：「可能眞的是這樣，當時那裡很熱，眞是熱死人了，我怕她的頭痛眞的是因爲剪玫瑰而引起的。我坐在那兒，也只是勉強支撐著。我還叫住哈巴狗，讓牠不要往花壇裡鑽，光是就這點事我都差點讓受不了。」

艾德蒙不再理會她們，悶聲不響地走到還沒撤走餐盤的桌邊，給芬妮倒了一杯馬德拉白葡萄酒，勸她喝了大半杯。本來她想推辭的，但此時此刻的她百感交集，熱淚盈眶，對她來說，把酒吞下去似乎比說話更容易些。

艾德蒙雖然對母親和姨媽不滿，卻更加氣自己。他覺得自己近幾天的所作所爲比兩位太太還要糟糕得多，竟然把芬妮忽視到了這種地步，實在是不可原諒。只要他稍稍想到芬妮，這事就絕不會發生。可是，一連四天，她既沒有選擇夥伴的餘地，又沒有鍛鍊身體的機會，跟著兩個毫無理智的姨媽，無論她們讓她做什麼，她都沒有辦法推託。一想到芬妮連著四天都沒有馬騎，不由感到十分慚愧，所以，他鄭重地下定決心：從此後，雖然他不願意讓美莉掃興，但也絕不會讓這樣的事再發生。

芬妮心事重重地上了床，就像來到莊園的第一個晚上那樣。其實，她的精神狀態也是生病的原因之一，她心裡十分清楚。幾天來，她覺得自己受到冷落，一直壓抑著自己的不滿和妒忌。她躲在沙發上是爲了不讓人看見，其實，在她靠在沙發上的時候，她心裡的痛遠遠超過了她的頭痛。而艾德蒙的關心所帶來的突然變化，更是讓她不知該如何應對目前的狀況了。

8

第二天，在艾德蒙的關照下，芬妮又開始騎馬了。這天早晨空氣清新，涼爽宜人，沒有前幾天那麼熱。艾德蒙心想：表妹在健康與玩樂方面的損失這下很快就能到補償了。芬妮出去後沒多久，萊斯渥先生陪著他的母親來了。

萊斯渥太太這次來的目的是爲了表示她是多麼的重視禮貌。在兩個星期前，羅禮士太太曾提出到索瑟頓遊玩的計畫，因爲她不在家而暫時擱置。如今她專程來訪，就是爲了催促他們趕快執行這項計畫。

到索瑟頓的計畫再次被提起，羅禮士太太和她的兩位外甥女都萬分高興，她們商量著把日期確定下來，以便早日動身。不過，得看亨利當天是否有空。本來羅禮士太太非常想對她們說亨利一定會抽得出身的，但兩位小姐似乎根本不想讓她隨便作主，而她自己也不願意太冒昧。最後，在瑪麗亞的提示下，萊斯渥先生決定自己直接去牧師府拜訪克萊福先生，問他禮拜三是否有時間。而他發現這是最妥當不過的辦法了。

萊斯渥先生去牧師府後，格蘭特太太和美莉進來了。原來她們倆在外面走了一會兒，過來的時候與萊斯渥先生走的不是同一條路，所以沒有碰到。不過，她們安慰說，亨利應該在牧師府，萊斯渥先生一定會見到他的。

於是，大家又談起了索瑟頓之行。當然，這時也不會有其他的什麼話題好談。因爲羅禮士太太對索瑟頓之行的興致非常高，加上萊斯渥太太又是一個心腸非常好，又懂禮貌的女人，客套話自然比較多，又特別講排場，凡是跟她及她兒子有關的事，她都非常看重，所以一直不懈地勸說伯特倫夫人，想讓她和大家一起去索瑟頓。

而伯特倫夫人卻一再表示不想去，只不過，她拒絕的態度比較溫和，讓萊斯渥太太誤認爲她想去，直到聽了羅禮士太太高聲粗氣講的一番話後，她才相信伯特倫夫人是眞的不想去。

「萊斯渥太太，我妹妹就免了吧！因爲她受不了那種勞累。你想想，這一去有十英哩，而回來又要十英哩，她會受不了的，這次你就不要勉強我妹妹了，就讓我的兩個外甥女和我去就行了。說實在的，雖然索瑟頓是唯一能激起她欲望，讓她肯跑那麼遠去看一看的地方，可她是心有餘力不足，實在去不了啊！家裡有芬妮做伴，她不會有什麼問題的。至於艾德蒙，他人不在這裡不能表達自己的意見，不過，我敢說他會非常樂意去，他可以騎馬去。」

對此，萊斯渥太太不能不表示遺憾，只好同意伯特倫夫人留在家裡了。不過，她又說道：「伯特倫夫人不能和大家一起去，這是個非常大的遺憾。但如果芬妮能去的話，我也會非常高興的。你知道，她還從來沒有去過索瑟頓，如果這次又不能去看看，那眞是太可惜了。」

「親愛的太太，妳的心腸眞是好極了，」羅禮士太太嚷道：「不過，芬妮以後會有很多機會到索瑟頓的，她的日子還長著呢！這次不行去，因爲伯特倫夫人不能離開她。」

「是呀！我還眞離不開芬妮。」

萊斯渥太太總是以爲人人都願意去索瑟頓看看，所以，她的目標又轉向美莉，想把她也列入邀請的範圍。雖然萊斯渥太太來到這一地區後，格蘭特太太還一直沒有去拜訪過她，但還是非常客氣地謝絕了對她的邀請。不過，她倒是很想成全妹妹，讓她有一個快樂的機會。所以，經過一番勸說和鼓動後，克萊福小姐也接受了邀請。

萊斯渥先生從牧師府凱旋而歸，而艾德蒙回來的也正是時候，不僅知道了禮拜三的索瑟頓之行已經談妥，同時又可以送萊斯渥太太到車前，然後，又陪著格蘭特太太及她的妹妹走一段路程。

等艾德蒙回到客廳時，羅禮士太太正在琢磨，不知美莉跟著一起去好不好。她哥哥的四輪馬車是不是坐得了那麼多人呢？兩位伯特倫小姐都笑她想得太多了，她們安慰她說，四輪馬車除去趕車人的座位，坐四個人足足有餘，一點問題都沒有，而且在趕車人的座位上，都還可以再坐一個人。

艾德蒙卻說：「我眞搞不懂，爲什麼不用母親的車，偏偏要用亨利的車？爲什麼只用他的車？前次提出這個計畫的時候，我就不明白自家人外出爲什麼不坐自家的車？」

「什麼？」茱莉雅首先叫起來：「這麼熱的天，放著寬敞的四輪馬車不坐，卻讓我們三個人去擠驛車！親愛的艾德蒙，那可不行。」

瑪麗亞接著又說道：「再說啦，亨利也非常願意讓我們坐他的車。從當初商量的結果來看，這已是說定了的事，我想他是知道的。」

羅禮士太太補充道：「親愛的艾德蒙，一輛車就可以坐得下，何必要用兩輛車呢？這不是多此一舉嗎？我告訴你，我們的車夫很不喜歡去索瑟頓的那條路，那條狹窄的鄉間小道兩邊有許多的籬笆會刮壞他的車，每次他都會氣呼呼地抱怨。你知道，誰也不願意親愛的湯瑪斯爵士回來後發現車上的漆給刮掉了。」

「這並不是我們要坐亨利馬車的充足理由。」瑪麗亞說。「其實，那個車夫威爾科克斯根本就是個笨頭笨腦的老傢伙，他能趕得好什麼車？說不定會把我們卡在半路上；我敢擔保坐亨利的馬車，禮拜三那天我們一定不會因爲路窄而遇到什麼麻煩。」

「我想，那個趕車人的座位應該不錯吧！坐在上面不會不舒服。」艾德蒙說。

「不舒服？絕對不會！」瑪麗亞嚷道：「我相信每個人都會認爲那是最好的位置。如果想看沿途的風景，那絕對是一個最棒的位置。我想，或許美莉自己就會挑那個座位。」

「這樣說來，那就沒有理由不讓芬妮和你們一起去了，因爲車上有芬妮的位置。」

「芬妮！」羅禮士太太又了一聲：「親愛的艾德蒙，她不去索瑟頓，我們根本就沒想讓她去，她必須留下來陪二姨媽；再說，我已經跟萊斯渥太太說過她不去了。」

艾德蒙對母親說：「媽媽，爲什麼妳不願意讓芬妮跟我們一起去呢？難道說只是爲了妳自己嗎？我眞想不出還有什麼理由。如果妳離得開她的話，妳就會讓她去而不是把她留在家裡吧？」

「當然，可是我眞的離不開她。」

「如果我留在家裡的話，妳就離得開她了，是不是？那麼，我就留在家裡吧！」

大家一聽都不約而同地驚叫一聲。

「沒錯！」艾德蒙接著說：「我打算留在家裡，我根本就沒有必要去，但是芬妮很想到索瑟頓看看，她說過她非常想去，這樣的機會對她來說並不多啊！我相信，媽媽一定會樂意讓她享受這次的樂趣吧！」

「當然，我非常樂意，只要你大姨媽沒意見就行。」

無計可施的羅禮士太太，只能說已經跟萊斯渥太太說過芬妮要留下來陪她的二姨媽，如果又把她帶去，大家就會覺得非常奇怪。她認爲這事情很棘手，對富有教養和講究禮貌的萊斯渥太太來說，這樣做顯得太無禮了，簡直是對她不敬。我想，這樣的做法她是難以接受的。

羅禮士太太不喜歡芬妮，從來也不想給她些什麼快樂。不過，這次她強烈地反對艾德蒙的意見，主要還是因爲事情是她一手安排的緣故。她覺得一切都已經安排妥當了，不希望有任何的改變，況且，她認爲沒有什麼安排會比她的更好。

趁著姨媽還願意聽他講話的機會，艾德蒙告訴她，讓她不要爲這事操心了，萊斯渥太太不會有意見的。因爲他送萊斯渥太太走過前廳時，就趁機向她提出芬妮可能和大家一起去索瑟頓，萊斯渥太太當即表示歡迎，而他也替表妹接受了她的正式邀請。

羅禮士太太聽了，非常惱怒，但又不想就這樣認輸，便沒好氣地說道：「好，好，你想怎麼樣就怎麼樣吧！你看著辦吧，我管不了那麼多了。」

「奇怪！」瑪麗亞說：「你不要芬妮留在家裡，卻要自己留在家裡。」

「我想她一定會非常感激你。」茱莉雅一邊說著便匆匆離開房間，她覺得芬妮應該主動提出自己願意留在家裡。

「需要感激的時候，她自然知道感激的。這件事就這樣吧！」艾德蒙回了她一句。

對艾德蒙的這一番安排，芬妮內心的感激之情其實大大超過了喜悅之情。艾德蒙的好意讓芬妮十分感動，她對他的依戀之情也越來越濃厚了，但由於艾德蒙對此一點也沒察覺，所以也就體會不到她的心意。其實，艾德蒙爲了她而放棄自己的遊樂，在感激他的同時，又讓她痛苦。沒有艾德蒙一起去，她到索瑟頓還有什麼意思呢？

後來，出訪計畫又發生了一些改變。原來兩家人再次碰面的時候，對原來的計畫作了更改，對這一改動大家都一致贊成。原來格蘭特太太主動提出，到禮拜三那天伯特倫太太可以由她來陪伴，格蘭特先生來和她們共進晚餐。

伯特倫夫人非常滿意這個安排，小姐們再次興奮了起來。當然，艾德蒙也同樣高興，因爲這樣他就可以和大家一起去了；而羅禮士太太也不忘補充說，這個計畫實在是非常好，本來她一直想說的，不過，剛準備開口，格蘭特太太卻先說出來了。

到了星期三這天，天氣非常晴朗，早飯後不久，亨利的四輪馬車就到了。他負責趕車，他的兩個姊妹坐在車裡。每個人都準備好了，只等著格蘭特太太下車，她們就入座。不過，趕車人旁邊的那個雅座，那個最好的位置，那個人人眼紅的位置，還沒有定下由誰來坐。

誰能有幸坐上這個位置呢？兩位伯特倫小姐雖然表面上互相謙讓，心裡面卻琢磨著如何才能坐上去。這時，格蘭特太太一句話把這件棘手的事解決了，她下車時說：「車裡只能坐四個人，你們一共五個人，最好一個和亨利坐在一起。茱莉雅，最近聽妳說想學趕車，不如妳坐上去，這可是一個學習的好機會呀！」

茱莉雅一聽，馬上興高采烈地坐上了駕駛座，而瑪麗亞則垂頭喪氣，滿腹委屈地進了車裡。隨著格蘭特太太和伯特倫太太的告別聲，以及女主人懷裡哈巴狗的汪汪聲，馬車慢慢駛出了曼斯菲爾莊園。

一路上，放眼望去，一片片清心爽目的鄉野，令人心曠神怡。芬妮從沒有走這麼遠過，即使是騎馬也只是在莊園近處活動，所以，她很快就認不出這些地方了。種種新奇的景色和沿途旖旎的風光，讓她目不暇給。她欣賞著、讚歎著，心裡有說不出的高興。車裡其他人說話，她插不進去，也不想插進去。對她來說，自己的心思和想法才是最好的伴侶。

她對眼前的一切都感興趣，鄉野風貌、村舍牲畜、道路狀況、土質差異、收割情形以及玩耍的孩子等等，她都仔細觀察著，津津有味地欣賞著。她想：如果艾德蒙坐在身邊，聽她說說心裡的感受，那她的快樂可就到了頂點了。這是她與鄰座的美莉，唯一相像的地方，除了共同對艾德蒙關心以外，她們倆幾乎沒有一點相同之處。

美莉沒有芬妮那種細膩的情感、敏銳的心性和高雅的情趣。她只對男人和女人以及他們之間的事感興趣，她喜歡輕鬆活潑的生活，對質樸的大自然，無生命的大自然，絲毫沒有什麼感受。不過，每當艾德蒙落後於她們一段距離，或是爬長坡努力追上她們的時候，她們都會不約而同地大聲喊叫「他在那兒呢？」，這情況發生的次數還不止一次。

在旅途的前一段時間，瑪麗亞心裡一直不舒服。亨利與茱莉雅並排坐著說說笑笑，她的目光總是不由自主地落在他倆身上，一看見亨利那富於表情的半邊臉笑容可掬地轉向茱莉雅時，或是一聽到茱莉雅開心地大笑時，她更是氣惱，只是害怕有失身分，才強忍著，勉強沒有發作。

當然，茱莉雅也不時喜形於色地回過頭來，說兩句像是「我這兒看到的風光眞是迷人啊！我多麼希望你們都能看見啊！」之類的話，她說話時，總是興高采烈的，但是當眞正說要跟別人換座位，她也只提出過一次，不過也只是客套而已。那是在馬車爬上一個長坡頂上時，茱莉雅回過頭向美莉說：「妳如果坐在我這個位置就好了，這兒可以看到美麗的景色。不過，我敢說妳不想坐我這個位置，我勸妳還是趕快跟我換吧！」還沒等她回答，馬車又飛快往前走了。

直到馬車駛入索瑟頓的所屬範圍後，瑪麗亞的心情才漸漸好轉。她的心一半屬於萊斯渥先生，另一半是屬於亨利的，就如一把弓上的兩根弦，緋得緊緊的。前面一段路程，她的心大部分放在後者，而進入索瑟頓的地域之後，她的心就開始往前者靠攏了。萊斯渥先生的勢力就是她的勢力。

她開始變得興致勃勃起來，一會兒對美莉說：「這些樹林是索瑟頓的。」一會兒又似漫不經心地來一句：「我相信，這路兩邊的一切都是萊斯渥先生的財產。」說這話的時候，她流露出得意的神情。那座對她來說可能是終身所有的莊園大宅，那座擁有莊園民事法庭和莊園刑事法庭權力的家族豪宅，越來越近了，她也就越來越興奮了，剛才的不快立即一掃而空。

「美莉，從現在起，那些高低不平的艱難路程都結束了，以後的路就好走了。萊斯渥先生繼承了這份家產後，就把路修好了。妳看，村子從這裡開始，不過，那些村舍實在簡陋。妳看見教堂的那個尖頂了嗎？大家人都覺得非常漂亮。一般在古老的莊園，教堂往往就緊鄰著住宅，還好這座教堂離住宅有一定的距離。你也知道，教堂的鐘聲實在吵得人心煩。

「那是牧師的住宅，房子看起來很整潔。據我所知，牧師和他的妻子都是正派人。那邊是救濟院，好像是這個家族的什麼人建造的。這右邊是管家的住宅，他是個非常體面的人。妳看，這裡風景還不錯吧？這片樹林眞漂亮！大約再走一英哩左右，我們就會穿過莊園，到莊園的大門了。可惜的是大宅的地勢不太好，我們下坡後再走半英哩就到了。如果這條路好走一些就好了，這地方還真不錯！」

美莉很會說話，一席誇獎的話讓瑪麗亞越發高興。她看透了瑪麗亞的心思，覺得從面子上來說，她有責任讓她高興到極點。羅禮士太太自然是歡歡喜喜地說個不停，就連芬妮也不時稱讚幾句，聽來的確讓人不由得飄飄然。

芬妮對所能看到的一切，一直懷極熱切的目光欣賞著。好不容易看到了大宅後，她不由得驚歎道：「這樣的房子讓我一看就肅然起敬。」緊接著她又說道：「林蔭道呢？上次說的那個林蔭道呢？看起來這房子是向東的，萊斯渥先生曾說過林蔭道在西邊，那它就一定在這房子後面了。」

「是的，林蔭道確實在房子後面。從房後不遠處開始，沿著坡往上走半英哩便到了庭園的盡頭，從這裡可以看到一點，妳看到遠處的樹了嗎？都是橡樹。」

看來瑪麗亞對索瑟頓的情況還是比較了解的，並不像當初萊斯渥先生徵求她意見時，那麼一無所知。當馬車駛到正門前寬闊的石階時，在虛榮和傲慢的驅使下，她已經高興得飄然欲飛了。

9

萊斯渥先生已經站在門口迎接他的漂亮小姐了，當然，他也很有禮貌地歡迎其他人。大家一起來到客廳後，萊斯渥太太熱誠地接待了大家。對瑪麗亞，母子二人自然是另眼相看，關照有加，讓她心裡喜孜孜的。

賓主相見，寒喧一陣後，便開始進入正題。當然，首要問題是吃飯，於是，一扇門忽然打開，客人們通過一、兩個房間就到了指定的餐廳，那裡已經準備好了豐富而講究的茶點。大家吃了不少的茶點，又說了許多的應酬話，一切都是那麼稱心如意。

緊接著就討論這次特意來辦的那件事。亨利準備怎樣察看庭園，又怎麼去？萊斯渥先生建議坐他的雙輪輕便馬車。而亨利卻說，最好能乘一輛可以坐兩個人以上的馬車。「你知道，只是我們兩人去，而不讓其他人跟著去看看，會比失去現在的樂趣還要令人遺憾。」

萊斯渥太太建議把那輛輕便馬車也駕去，但卻沒有人回應，小姐們個個都不作聲，就連笑容也沒有。於是，她又建議讓沒來過的人參觀一下大宅，這次似乎得到了大家的歡迎。瑪麗亞想就此展示一下大宅有多宏偉，而其他人也樂得有點事做。

於是，大家都站起身來，在萊斯渥太太的帶領下，參觀了好幾個房間。這些房間都非常高大，都是按五十年前的流行風潮所布置的，鋪著亮晃晃的地板，堅實的紅木家具上，有的罩著富麗的織花臺布，有的是大理石面，有的鍍金，有的刻花，有說不出的美麗。

屋子裡還掛著許多的畫像，其中有不少好作品，不過，大多是家族的畫像。這畫像除了萊斯渥太太以外，誰也不知道畫的是誰了。萊斯渥太太對此可是下過一番工夫的，女管家了解的所有情況，她全都學了起來，所以，現在領著大家參觀大宅，她幾乎和女管家一樣稱職了。

目前，她做介紹的對象主要是美莉和芬妮，但兩人聽介紹的心態卻是截然不同。對美莉來說，她見多了像這樣的大宅古院，所以只是基於禮貌才裝出很專心的樣子。而芬妮對樣樣東西都感興趣，在她眼裡的一切都感到新奇的。對萊斯渥太太講解這個家族的過去、它的興起、它的榮耀，以及歷史上曾有哪些君主駕臨，本家族又有多少人為王室立過功等，她都誠摯而熱切地傾聽著，並興味盎然地把聽到的這一切與學過的歷史聯繫起來，或者拿過去的場面來活躍自己的想像。

由於這幢房子所處的地勢不太理想，不管從哪一個房間看出去，都看不到多少宜人的景致。比如，從西部正面的每個房間望出去，看見的都是草地，再往前就是高高的鐵欄杆和大門，大門外就是那條林蔭道的起點了。所以，當芬妮等人跟著萊斯渥太太參觀，聽她講解介紹的時候，亨利卻一本正經地板著臉孔，對著一個個窗口直搖頭。

大家又跟著看了很多房間。不過，他們幾乎都認為除了多貢獻些窗戶稅（英國在一八五一年以前，曾對城鎮房屋的窗戶或透光孔徵過稅）或讓女僕們有活幹以外，這些房間眞不知有多少用處。這時，萊斯渥太太說道：「這裡是禮拜堂，按規矩我們應該從上邊往裡進，由上往下看。不過，大家都是自己人，如果你們不見怪的話，我就帶你們從這裡進去。」

於是，大家跟著走了進去。在芬妮的想像中，禮拜堂應該是個宏偉莊嚴的地方，讓她沒想到的是，這只不過是一個長方形的大房間，根據做禮拜的需要做了些布置。除了滿屋子的紅木擺設，以及樓上廊台家族的座位上鋪著的深紅色天鵝絨墊子，就再也看不到什麼比較顯眼或是莊嚴的東西了。

「表哥，我有些失望。」芬妮悄悄對艾德蒙說：「我想像中的禮拜堂不是這樣的。我想它應該是讓人望而生畏的、莊嚴的，或者說讓人感覺有些悲傷的。而這裡什麼都沒有，沒有幽深的過道，沒有拱形結構，沒有古老的碑文，沒有『讓天國的夜風吹動』的旗幟，更沒有跡象表明有一位『蘇格蘭國王安息在下邊』。（兩行詩引自英國詩人司各特的長詩〈最後一個吟游詩人之歌〉

「芬妮，妳忘記了，這都是近代才修建的，只是供這個家族使用的，與城堡、寺院裡的古老禮拜堂相比，它的用途非常有限。妳剛才說的那些先人，我想他們應該葬在教區的教堂墓地。妳想看他們的旗幟，了解他們的功績，應該到那兒去找。」

「我真傻，竟沒想到這些。不過，我還是有點失望。」

這時，萊斯渥太太介紹道：「這個禮拜堂現在的樣子是在詹姆斯二世（一六三三至一七七○一，英國國王，被『光榮革命』所推翻）時期布步置成的。據我所知，在那之前，還只是用壁板當座位，我猜，那時候講臺和家族座位的襯裡和墊子可能都還是紫布，不過，這也是一種假想。這座禮拜堂很美觀，以前早晚都不斷地使用，或許現在不少人還記得，那時候家庭牧師常在裡面念禱文。但是，已故的萊斯渥先生把它給廢除了。」

克萊福小姐笑吟吟地對艾德蒙說：「每一代都有改進啊！」

萊斯渥太太又把剛才那番話向克萊福先生說了一遍，艾德蒙、芬妮和美莉仍在一起談著他們的話題。

芬妮嚷道：「眞可惜！這一習俗竟然中斷了！我覺得這個習俗非常可貴。你們想想，對於擁有一座古老大宅的氣派人家來說，一個禮拜堂，一個牧師，這是多麼和諧呀！一家人按時聚在一起祈禱，這有多麼好呀！」

「的確很好！」美莉笑著說：「對主人們來說，這樣做是大有好處的。那些可憐的男僕、女傭被迫扔下全部的工作和娛樂，一天到這裡來做兩次祈禱，而主人們自己卻可以找種種藉口不來。」

艾德蒙說：「芬妮所說的一家人聚在一起祈禱可不是這個意思。如果男女主人自己都不參加，就沒有什麼意義了。」

「不管怎麼樣，我認爲這種事情還是讓人們自行決定。一般說來，人人都願意自由選擇表達虔誠的時間和方式。被迫參加過於拘泥形式，而且每次要花那麼長時間的活動，眞是一件可怕的事情，我想任誰都會起反感的。過去那些不得不跪在廊臺上打呵欠的虔誠的人們，如果知道有那麼一天，在他們醒來後，還可以在床上再躺十分鐘，而不必因爲沒有去禮拜堂而受人責備，他們的心裡應該會高很興，也一定很嫉妒現代的人！

「你難道想像不出來嗎？對每天必須到禮拜堂做禮拜，從前萊斯渥家族的那些美人們是非常不情願意的。年輕的愛麗諾太太和布里傑特太太們，雖然一本正經地裝出一副虔誠的樣子，她們的腦子裡可是在轉著別的念頭，尤其是當那可憐的牧師不值得一看的時候。我想，在那個年代，牧師的地位甚至遠不如今天的牧師。」

她的這番話讓在場的人一時沉默下來。芬妮氣得臉通紅，兩眼直盯著艾德蒙，一句話也說不出來。艾德蒙稍稍整理了一下思緒，鎮靜地說：「妳的頭腦眞靈活，竟然能將這麼正經八百的話題變得不嚴肅。妳爲我們描述的那幅圖畫多有趣呀！就人之常情來說，也不能不說它不眞實。有時候，我們每個人都會感到很難如我們所希望的那樣集中注意力，但是，如果妳認爲這樣的現象會經常發生，也就是說，由於自己的疏忽，讓這種弱點變成了習慣；那麼，妳想想，這樣一些人在他們一個人做禱告時又會怎樣呢？妳該不會認爲一個放任慣了的人，在禮拜堂裡可以胡思亂想，到了私人祈禱室祈禱時就會思想集中？」

「這很有可能。不過，獨自祈禱至少有兩個好處，一是分散注意力的外在事情比較少，二是祈禱的時間不會拖那麼長。」

「依我看，一個人在一種環境下不能約束自己，在另一種環境下也是一樣。其實，一起祈禱的時候，由於受環境及旁人虔誠祈禱的感染，往往會使人產生更虔誠的情感，比一開始更虔誠。不過，我也承認，有時做禮拜的時間拖得越長，人的注意力越難集中。這不是人們所希望的。我離開牛津的時間不久，到現在還清楚記得那裡禮拜堂做禱告的情形。」

就在他們熱烈討論的時候，其餘的人則分散到了禮拜堂各處。茱莉雅看見不遠處的姊姊，便向亨利說道：「快看萊斯渥先生和瑪麗亞，他們倆肩並肩站在那裡，就像是在舉行結婚典禮的樣子」

亨利笑著點了點頭，表示默認。同時走到瑪麗亞的面前，低聲說了一句只有她一個人能聽見的話：「我不願意看見瑪麗亞離聖壇這麼近。」（這是一句雙關語。按照西方風俗，婚禮是在教堂聖壇前舉行。）

瑪麗亞驚了一下，本能地向後退了一兩步，不過，她很快就鎮靜下來，勉強地笑了笑，也用同樣低的聲調對他說：如果他願意把她交給新郎呢？（按照西方風俗，在婚禮上，新娘由她的親人將她的手放在新郎手裡，意思是把新娘交給新郎照管。）

「不會由我來交吧？我想我會搞得很尷尬。」亨利答道，臉上露出意味深長的神情。

這時，茱莉雅走了過來，繼續開著之前那個玩笑。

「不能立即舉行婚禮眞是遺憾哦！現在我們大家都在這兒，這是很難得又很恰當的時機，如果有一張正式的結婚證書就好了。」她毫無顧忌地說笑著，萊斯渥先生和他的母親明白她話裡的意思。萊斯渥先生立即對瑪麗亞輕言細語起來，而萊斯渥太太則帶著恰如其分的微笑和得體的尊嚴說：不管什麼時候舉行，我都覺得這是一件快樂的事情。」

茱莉雅又大聲叫道：「如果艾德蒙當上牧師就好了！」一邊說著，一邊朝艾德蒙、美莉和芬妮站著的方向跑去：「親愛的的艾德蒙，假如你現在就是牧師，你可以馬上主持婚禮了。萊斯渥先生和瑪麗亞亞已經萬事俱備了，而你還沒有接受聖職，眞是遺憾呀！」

在場的人中，對茱莉雅這番話最爲吃驚的，恐怕要數美莉了。在聽到這個從沒有想到過的事情後，她驚呆了。她的神色在旁人看來非常有趣，芬妮不由得對她憐憫起來，心想：「茱莉雅剛才的那番話，讓她心裡該有多難受啊！」

「什麼？接受聖職！」美莉說。「怎麼，你要當牧師？」

「等我父親回來，我就會很快接受聖職，可能會在耶誕節吧！」

美莉鎮定了一下，然後輕描淡寫地說了一句：「如果我早知道這事，剛才談到牧師時或許會更尊敬些。」隨後就轉入了別的話題。

不久，大家紛紛從禮拜堂裡出來，這間長年很少受人干擾的屋子又很快恢復了寂靜。瑪麗亞因爲生妹妹的氣，一個人先走出去了，其他人也覺得在那裡待得太久了。

客人們看完了大宅第一層的全部房間後，萊斯渥太太又興致勃勃地準備奔向主樓梯，帶著客人參觀樓上的所有房間。對萊斯渥太太來說，做起這件事從來不感到會厭倦。幸而萊斯渥先生及時阻止了她，說怕時間來不及了。他提議道：「我們看房子的時間太長了，一會兒就沒有時間到戶外參觀了。現在已經兩點多了，而五點鐘就要吃飯了。」這是明擺著的事，只要是腦子比較清醒的人都會提出來的。

萊斯渥太太接受了兒子的意見。但是如何參觀庭園的問題，包括怎麼樣去，哪些人去，則可能引起更激烈的爭論。羅禮士太太心裡已經在籌畫著用什麼馬套什麼車最好。而這個時候，年輕人們已經走到了通向戶外的門口。門外下了臺階就是草地和灌木叢，以及各種充滿樂趣的遊樂場，正敞開著大門誘惑著他們，大家心裡都湧出一種衝動，都想呼吸新鮮空氣，自由活動一下，便不由分說一起走了出去。

萊斯渥太太客氣地順從了客人的意思，跟著走了出去，並說道：「我們就從這裡下去吧！園子裡面大多數花木都在這邊，裡面還有珍奇的野雞。」

「請問——」亨利環顧左右後說：「我想我們是不是先看一看這裡有沒有需要改造的地方，然後再往前走？萊斯渥先生，你看這些牆就大有文章可做，不如我們就在這片草地上開個會怎麼樣？」

「詹姆斯——」萊斯渥太太對兒子說：「我想那片荒地也許會讓大家感覺新鮮，兩位伯特倫小姐還沒有看過那片荒地呢！」

對此，沒有人提出異議，不過，大家似乎既不想按什麼計畫，也不想往什麼地方去，因爲他們也被園子裡的花木和野雞吸引住了，於是，大家便樂呵呵地三五一群各自散開，隨意地四處走動。亨利首先向前走去，想看看房子那頭有什麼需要改造之處。

草地四周有很高的圍牆，越過第一片花木區看過去是草地滾木球場，過了滾木球場是一條長長的階徑，再過去是鐵柵欄了，緊挨著鐵柵欄的便是萊斯渥太太所說的荒地，越過柵欄可以看到荒地上的樹梢，如果要挑出庭院的缺陷，這可是個好地方。

亨利剛到不久，瑪麗亞和萊斯渥先生就跟著來了，其他人也隨後各自結成一隊。艾德蒙、美莉和芬妮很自然地走在了一起，他們來到階徑的時候，只見那三個人正在熱烈地討論著，又是表示惋惜，又是列舉種種的困難。聽了一會兒，艾德蒙他們便離開繼續往前走。羅禮士太太、茱莉雅和萊斯渥太太，則遠遠地落在了後面。這次茱莉雅不再那麼幸運了。萊斯渥太太慢吞吞地走著，茱莉雅不得不極力放慢著自己急促的腳步，一步不離地陪著她。而她的姨媽正碰到管家出來餵雞，此時，也慢吞吞地走在後面與她聊天。

在這九個人中，只有可憐的茱莉雅非常不滿目前的狀況，但又脫不了身。現在她垂頭喪氣的樣子，與先前坐在駕駛座上的茱莉雅簡直判若兩人。礙於從小受到的禮教，她只能強忍著心中的焦慮，但她並沒有更高的修養，更沒有爲人著想的寬大胸懷，也缺乏自知之明和明辨是非的能力。所以，雖然她表面上陪著萊斯渥太太，心裡卻深感委屈。

當大家在階徑上蹓了一個來回，第二次走近通向荒地的中門時，美莉說道：「眞熱，快要受不了！不會有人反對到涼快一點的地方去吧？這片小樹林很不錯，如果能進去就好了，不知有沒有上鎖？如果沒有鎖就好了！不過，按常理來說，一般門都是鎖上的，只有園丁才能自由出入。」

但令人慶幸的是，那門還眞沒有鎖。於是，眾人興高采烈地一擁而出，躲開了熾熱的陽光，走下一段長長的臺階，來到了荒地上。這片人工培植的樹林大約有兩英畝左右，種的主要是落葉松和月桂樹，山毛櫸已經被砍倒了。雖然樹林過於齊整，但與滾木球場及階徑比較，這裡不僅陰涼許多，還給人一種自然的美感。

大家感覺一陣清爽，便一邊漫步，一邊欣賞。過了一會兒，美莉開口問道：「伯特倫先生，你眞的要做牧師了嗎？我感到很意外。」

「怎麼會呢？我總得有個職業吧！這你應該想到的，我想你可能已經看出我既不是律師，也不是軍人或是水手。」

「說得倒也是！不過，我眞的沒想到你會做牧師。照一般情形，做叔伯的或做爺爺的往往會給第二個兒子留下一筆財產。」

「這樣的做法的確值得稱道。」艾德蒙說：「不過，並不是很普遍，我就是一個例外。正因爲如此，所以我得爲自己找點事兒做。」

「你爲什麼要當牧師呢？我一直以爲這個職位是哥哥們把好的選擇挑完了，留給小兒子的。」

「照你這樣說，好像從來就沒有人會選擇教會這條路似的？」

「當然，說從來沒有比較絕對。不過，通常人們說從來沒有也就是不常有的意思，從這點來看，我的確認爲從來沒有人選擇過。我眞想不出，去教會能做出什麼名堂呢？你知道，男人們都喜歡出人頭地，做其他任何一行都可能出人頭地，但在教會裡就不行，牧師是沒地位的。」

「我想，人們常說的沒地位和從來沒有一樣，是有程度上的差別。牧師不可能衣著華麗，追逐時尚的生活，也不可能威風凜凜，成爲公眾領袖人物，但我並不認爲這種職位沒地位，對人類來說，因爲這種職位所擔負的責任，有著極其重要的意義。不管是從個人來說，還是從整體來考慮，不論是從眼前來看，還是從長遠來看，都是這樣的。

「這一職位負責維護宗教和道德及受宗教和道德影響而產生的言行規範，所以，誰也不能說這一職位無足輕重。如果一個牧師被認爲是沒地位沒影響力，那可能是因爲他怠忽職守，背棄了自己的誓言，或是沒有認識到這一職務的重要意義，這只能說明他不是一個眞正的牧師。」

「我想，你可能把牧師的作用看得過於重要了，我從沒有聽說過牧師有這麼重要，我不大能理解妳說的話。說實話，現今社會的人們不太看得到這種影響和重要性，因爲他們連牧師的影子都難得見到，哪還談得上產生什麼影響和重要性呢？一個牧師一星期也就佈道兩次，就算他講得很好，很値得一聽；就算他腦子還算清醒，知道自己比不上布雷爾（Hugh Blair，一七七一八至一八〇〇，蘇格蘭修辭學教授，以善於布步道布聞名於世，著有五卷佈道集）的佈道，但是僅僅兩次佈道就能發揮你說的那種作用？那麼其餘幾天呢？你還能管得住那些教徒們的行爲，讓他們的言行舉止合乎規範嗎？人們只在佈道壇上看得見牧師，在別的地方就很少看見。」

「妳說的是倫敦的狀況，而我說的是全國的整個情況。」

「我想首都應該是全國各地的範本吧！」

「我覺得就善與惡來說，首都並不能代表全國。在大城市裡，我們不一定能找到最高的道德風尙。不管哪一個教派，那些德高望眾者的大德大善都不是在城市裡施行的；而牧師的影響也不是在大城市裡才最能覺察到的。

「一個優秀的牧師自然會受到人們的擁護、愛戴。一個能在他的所屬教區發揮有益作用的好牧師，不僅僅只是因爲他講道講得好，還因爲在教區這個有限的範圍內，人們能夠了解他的品德，看到他的日常行爲。而在倫敦，這種情形是很少有的。在那裡，牧師被淹沒在無數的教民中，大多數人只知道他們是牧師而已。

「至於說到牧師可以影響公眾的言談舉止，並不是說牧師是優秀教養的裁決人，謙恭文雅的規定者，精通生活禮儀的大師，請克萊福小姐不要誤解我的意思。我所說的言談舉止，更確切地說，或許可以叫做行為，那是正當原則的產物。簡單的說，就是他們的職責應該傳授宣揚的那些信條所產生的效果。不管走到哪裡，妳都會發現有恪盡職守的牧師和不盡職守的牧師，全國各個地方都是一樣的。」

「當然是這樣。」芬妮溫文而鄭重地說。

「看吧！」美莉嚷道：「芬妮已經被你說得心服口服了。」

「但願我也能說服美莉。」

美莉帶著調皮的笑容說：「我看呀，你永遠也別想說服我。我對你要做牧師一事仍然感到意外，就如我剛聽說時一樣的震驚。你不如改變主意吧！我認為你適合去做其他好一些的事，現在還不算太晚，去做律師吧！」

「律師？妳說得容易，就像勸我到這片荒地上來一樣，不過，我想還是算了吧！」

「我替你說好了，你是說律師比這荒地還要荒蕪。記住，我先替你說出來了。」

「不用急，你只不過怕我說俏皮話，而我對此卻沒有一點天賦。我是個實話實說的人，一就是一，二就是二，要讓我說點什麼巧言妙語，就是搜腸刮肚半個小時也說不出來。」

接著是一陣沉默，似乎人人都陷入了沉思。芬妮首先打破了寂靜，說道：「奇怪！在這樣涼爽宜人的樹林裡走起來竟然會感覺累，如果有座位可坐的話，我眞想坐會兒，如果你們不反對的話。」

「親愛的的芬妮——」艾德蒙立即挽住了她的胳膊，說道：「看我多麼不會體貼人啦！希望妳不會太累。」說著又轉向美莉：「也許，我的另一個夥伴會給我一點面子，讓我挽著她。」

「謝謝，不過，我一點也不累。」美莉雖然這樣說，手卻挽住了他的胳膊。艾德蒙見她照他的意思做了，加上又是第一次與她這樣親密接觸，一高興起來差點又把芬妮忘了。

他對美莉說：「妳根本就沒有抓住我呀！一點也沒有讓我派上用場。我發現女人胳膊的重量與男人的相比眞是天差地遠呀！記得我在牛津上學的時候，一個小夥子經常靠在我身上走，一走就是一條街那麼遠，與他相比，妳就像隻飛蠅那麼輕。」

「我眞的不累，不過我也覺得奇怪，我們在這樹林裡，起碼也走了一英哩吧，難道你不認爲有這麼遠嗎？」

「沒這麼遠，我想大概有半英哩，恐怕也還不到。」看來艾德蒙還沒有被搞暈頭，說起距離和時間來，倒沒有像女人那樣不著邊際。

「我們走的這條路曲曲彎彎的，轉了不少的彎，這你沒算進去吧？而這片林子從這頭到那頭的直線距離一定就有半英哩，我們從離開第一條大路到現在，還沒望見樹林的盡頭呢！」

「不會吧！妳應該記得我們站在第一條大路上的時候，一眼就能看到林子的盡頭，而順著那條狹長的空地望過去，我們還看到了林子盡頭的鐵門，這之間最多也不過一浪（浪，furlong，長度單位，相當於八分之一英哩，或二〇一．一七七公尺）地遠。」

「你別跟我說什麼一浪、兩浪，我不懂那有多遠。但是，我敢肯定這片樹林非常大。況且，進了林子後，我們就一直轉來轉去，我說走了一英哩，一定沒有言過其實。」

艾德蒙又把他的錶拿出來，繼續爭論道：「我們來這裡剛好一刻鐘，照妳的說法，我們一個小時能走四英哩，妳認為這有可能嗎？」

「你不要用錶來壓我，錶並不是很準確的，常常不是快就是慢，我可不想讓錶來支配我。」

大家又往前走了幾步，出了樹林來到他們剛才說的小道的盡頭。路邊林蔭下有一條寬大的長凳，從這裡可以越過暗籬（指造在溝界中不阻擋視線的籬、牆等建築，也稱暗牆）觀賞莊園的景致。他們坐了下來。

「芬妮，妳很累了吧？」艾德蒙一邊觀察她一邊說：「妳應該早點說的！如果把妳累垮了，今天的遊玩就沒有意義了。美莉除了騎馬外，她不管做什麼活動，都很快就感覺疲倦的。」

「那在上星期你竟讓我把她的馬整整占用了一周，這樣說起來我們不是太可惡了嗎？我眞替自己和你感到害臊，不過，我想以後再也不會發生這樣的事了。」

「妳對她這麼關心體貼，更讓我感覺自己的照顧不周了。我看，不如妳來關照芬妮，可能比我還要穩妥些。」

「不過，她現在覺得累，我一點都不覺得奇怪。你想想吧！今天上午，我們參觀了一座大宅，從這個房間走到那個房間，這比做什麼都累人。況且，還要裝作很感興趣的樣子，去聽那些聽不懂的東西和不喜歡看的東西，搞得人神疲眼乏。我想，這一定是世界上最讓人厭倦的事，芬妮也有同感吧？只是她以前沒經歷過。」

「我很快就能緩合過來，」芬妮說：「在這樣的晴天裡，坐在樹蔭下，觀賞著鬱鬱蔥蔥的樹林，眞讓人心曠神怡。」

坐了不久，美莉又站了起來說：「我越坐越累，得起來活動、活動。再說，總是隔著暗籬往那邊看，已經讓我厭倦了，我要到鐵門那邊看看，或許有一片好景色，我得過去好好看一看。」

艾德蒙也隨之離開了座位。「美莉，如果妳從這條小路看過去，就會認爲這條路不會有半英哩長了，甚至半個半英哩長。」

「是嗎？」美莉說。「可我看這條路還是長得很哪，我一眼就看出，它有那麼長。」

艾德蒙還在繼續與她爭論，但她就是不聽，她不想計算，也不想比較，只是笑，只是固執已見，眞讓他沒有辦法。不過，她這樣子倒是很迷人，所以兩人談得非常愉快。最後，他們約定在樹林裡再走一走，看它到底有多長。他們打算沿著正在走的這條路線（在暗籬的一邊，順著樹林還有一條直直的綠陰小道）向樹林的另一頭走去。如果有必要的話，或許中途會往其他的地方拐一拐，不過很快就能走回來。

芬妮說她也休息夠了，要活動、活動，但沒有得到艾德蒙的同意。他懇切地勸她不要動，再休息一會兒。對他的這番好意，她似乎沒有理由拒絕。於是，只好獨自一人坐在那兒。想到表哥對自己這麼關心，她不由得心裡甜蜜蜜的，但又為自己身體不夠強健而感到遺憾，只能羨慕地望著他們，直到他們轉過彎去，身影從她的視線中消失。她聽著他們邊走邊談，直到聽不見為止。

10

十五分鐘過去了，二十分鐘過去了，芬妮仍然獨自一人坐著，想著艾德蒙、美莉和她自己，沒有人來打擾她的沉思。但是隨著時間的流逝，她心裡開始不安，他們怎麼把她扔下這麼長的時間呢？

於是，她開始側耳傾聽，急切地希望能再聽到他們的說話聲和腳步聲。她聽了又聽，總算聽見了，說話聲和腳步聲越來越近。當她意識到這不是她盼望的聲音時，從她走來的那條路上，出現了瑪麗亞、萊斯渥先生和亨利的身影。

這幾個人一看見她便說：「芬妮，怎麼妳孤零零一個人啊？」、「親愛的芬妮，這是怎麼回事呀？」芬妮只得把事情的經過告訴他們。她表姊聽了，立即嚷道：「可憐的小芬妮，他們竟然這樣怠慢妳！早知道這樣，不如和我們在一起呢！」

隨後，表姊坐了下來，兩位先生也分別在她的兩邊坐下，又開始繼續談論他們剛才的話題

——如何改造莊園。他們興致勃勃地交談著，只是沒有任何實質性的結果。雖然，亨利有滿腦子的主意，而且，一般情況下，只要他提出的建議，都會得到贊同，先是瑪麗亞，而後萊斯渥先生立即跟進。一味贊同別人的意見，似乎成了萊斯渥先生的主要任務，他自己是沒有任何主見的。但遺憾的是，大家沒見到過他朋友史密斯的莊園。

就這樣子過了一陣子，瑪麗亞望著鐵門，忽然說想穿過它到庭園裡看看，那麼關於莊園改造的想法和計畫就會更加周全了。她的提議得到其餘人的一致贊同，尤其是亨利，他一直認爲這對他的思維有所幫助，自然再好不過了。而此刻他也發現不到半英哩之外有座小山丘，從那上面俯瞰整個大宅，所以，他們必須穿過鐵門到那座小山丘去。

但門是鎖著的，而萊斯渥先生沒帶鑰匙，他十分後悔，本來在出來的時候，還想過是不是應該把鑰匙帶上，現在看來眞是應該帶上。他下定決心，以後再來這裡的時候一定要把鑰匙帶上。可是，目前的問題該怎麼樣解決呢?他們出不了鐵門，但瑪麗亞想出去看看的願望並沒有因此而有絲毫的減弱，於是，萊斯渥先生爽快地決定，他去拿鑰匙，說著便很快行動了。

萊斯渥先生走後，亨利說：「這是我們目前所能採取的最好辦法，這裡離大宅太遠了。」

「這的確是最好的辦法，因爲沒有別的什麼法子了。不過，說實話，這座庭院是不是比你預想的要差啊？」

「那倒沒有，恰恰相反。事實上，我覺得比我預想中的更好，更氣派。從它的風格來說，也還是比較完美的，雖說這種風格可能並不是最好的。跟你說實話——」亨利忽然壓低聲音對她說：「我想，如果我再次看到索瑟頓的話，絕不會像這次這樣興高采烈。一到了明年夏天，我不會覺得它改造得比現在更好。」

瑪麗亞不知說什麼，過了一會兒後才答道：「哦，你是個精於世故的人，用世俗的眼光看問題自然不奇怪。不過，如果大家都覺得索瑟頓變好了，我想你也會那麼認爲的。」

「說到精於世故，我想我還差得遠吧！因此，對於是否有利於自己的某些方面總是不太顧及得到。而且，我的感情不像老於世故的人那樣說變就變，對於往事的記憶，我也不像老於世故的人那樣容易受到別人的影響。」

一陣短暫的沉默後，瑪麗亞又開口了：「今上午趕車到這裡來的時候，你看起來很開心，你和茱莉雅笑了一路。看你這樣快樂，我也感到非常高興。」

「是嗎？哦，對！我們確實笑了一路。不過，我眞想不起當時爲什麼事而笑了。喔！我想起來了，我講了我叔叔的愛爾蘭老馬夫的一些滑稽事，妳妹妹就喜歡笑。」

「你覺得她比我開朗吧？」

「應該說更容易被逗樂。」亨利答道：「所以——」他笑了笑：「她更適合做伴。我想，如果換成妳，恐怕很難在十英哩的路途中，被我講的一些愛爾蘭的奇聞逗樂。」

「其實，我的個性和茱莉雅一樣，不過，我現在的心事比她多。」

「這是一定的，妳的心事一定比她多。在某些處境下，情緒激昂其實意味著麻木不仁。不過，照理說，妳現在處處如意，前程似錦，不應該有什麼讓妳情緒低落的心事，你的前途是一片明媚的景色。」

「明媚的景色？你不會說得是比喻意義吧？我想應該是字面意義。景色是不錯，陽光燦爛，庭園令人賞心悅目。不過，讓人感覺遺憾的是，這座鐵門，這道暗籬，總是給我一種約束和困苦的感覺。正如椋鳥說的那樣：『我無法飛出牢籠。』（引自英國小說家勞倫斯・斯特恩（一七一三至一七六八）所著的《感傷的旅程》）」

伯特倫小姐一邊表情豐富地說著，一邊向鐵門走去，亨利跟在她後邊。

「萊斯渥先生怎麼去了這麼久呀！」

「是呀！無論如何，沒有鑰匙，沒有萊斯渥先生的許可和保護，妳是出不去的。不過嘛，想出去也很容易。我想在我的幫助下，妳可以毫不費力地從門上邊翻過去。當然，妳是不是真的想要自由，並且認爲這樣做不失禮呢？」

「失禮？什麼話！我當然可以這樣出去，而且我就是要這樣出去。萊斯渥先生一會兒就就會回來了，我想，他會看見我們的。」

「這個好辦，就算他看不見我們，還可以請芬妮告訴他，讓他到山丘附近去找我們，或是到山丘上的橡樹林裡找我們。」

芬妮覺得他們這樣做很不妥當，實在忍不停地要阻止，於是，她嚷道：「瑪麗亞，你這樣子會受傷的。妳最好不要過去，鐵門上的那些尖頭一定會把你刺傷，還會把妳的衣服撕破。妳還會掉進暗籬裡去。」

她話還沒有說完，瑪麗亞已經翻過去了，一點事兒也沒有。她洋洋得意地笑著對芬妮說：「謝謝你，親愛的芬妮，我和我的衣服都安然無恙，再見！」

芬妮又一次孤零零地被扔在那裡，比起先前，現在她的心中卻另有一種說不出的難受。她爲剛才所看到的和聽到的一切難過。瑪麗亞讓她感到驚訝，而亨利更是讓她氣憤。他們倆往小山丘走去，選擇了一條在她看來很不合理的路線，由於小路彎曲迂迴，很快就看不見他們的身影了。

就這樣又過了一會兒，周圍一片沉寂，既見不到人，也聽不到什麼聲音。整個小樹林裡似乎就只有她一個人。她開始懷疑艾德蒙和美莉是不是已經離開樹林了，但她又覺得艾德蒙應該不會把她忘得這樣徹底。

這時，突然傳來一陣匆匆的腳步聲，將她再次從懊惱的沉思中驚醒，原來又有人從那條路上走過來了。她以爲是去拿鑰匙的萊斯渥先生，沒想到卻是茱莉雅。她冒著汗，喘著氣，一臉失望的樣子，見到芬妮便叫起來：「啊！那些人都到哪裡去了？我還以爲瑪麗亞、亨利和妳在一起呢！」

芬妮向她說明了事情的原委。

「什麼？我敢說，他們在搗鬼！」茱莉雅邊說邊用急切的目光在庭院裡搜尋：「他們在哪兒呢？我怎麼也看不到，他們應該不會離開這兒很遠。嗯，我想瑪麗亞能過去，我也能過去，而且不用人攙扶。」

「茱莉雅，妳還是稍等吧！萊斯渥先生拿鑰匙去了，可能就快到了。」

「我才不等啦！我一個上午都陪著這家人，妳知不知道有多煩人？我剛剛才擺脫他那個討厭透頂的媽媽。妳倒好，一個人安安靜靜、快快樂樂地坐在這裡，我卻在那裡活受罪！早知道就應該讓妳去陪她，可是妳很聰明，總是想辦法躲開了。」

對於茱莉雅這番無理的責難，芬妮沒有跟她計較，而是寬容地認爲，她現在正在氣頭上，又是個急性子，過一會兒就好了。所以，芬妮沒有理會，只是問她過來的時候有沒有碰到萊斯渥先生。

「我碰到了！他急急忙忙的，像救火似的，只匆忙地對我們打了一聲招呼。」

「可惜他白忙了一場。」

「那是瑪麗亞的事，與我無干。我爲什麼要爲她的過失而跟自己過不去。討厭的大姨媽拉著管家婆東逛西逛，讓我沒辦法甩開萊斯渥太太，我不想又和她的兒子相遇，至少可以甩開他。」

說著，茱莉雅很快翻過柵欄走開了，至於芬妮的最後一個問題：問她有沒有看見美莉和艾德蒙，她根本就沒時間理會啦！不過，現在芬妮對他們久去不回的問題倒是想得不太多，只坐在那裡擔心著見到萊斯渥先生該怎麼辦，她覺得他們這樣做太對不起萊斯渥先生了。一會兒他來了，剛才的事情還得由她來說，她感覺很難受。

就在茱莉雅跳過柵欄不到五分鐘，萊斯渥先生匆匆趕來了。雖然芬妮把事情的經過講得很婉轉，但看得出來萊斯渥先生還是感到異常的憤怒和屈辱。剛得知事情的原委時，他沒說什

麼，只是在臉上表現出極度的驚訝和惱怒。而後，他走到鐵門前，站在那裡，完全不知所措。

這時，芬妮說道：「瑪麗亞表姊讓我轉告你，你可以到那座小山丘附近一帶去找他們。」

萊斯渥先生終於忍不住了，氣呼呼地說：「我不會去找他們的，我現在一步也不想走了。誰知道他們會在什麼地方，我連他們的影子都沒看見，就算我趕到山丘那裡，也許他們又跑到別的地方，我走的路已經夠多了！」

他一臉陰鬱地在芬妮的旁邊坐下來。

「對這事我感到很抱歉，眞的！」芬妮十分過意不去，極力想找些妥貼的話來安慰他。沉默了一會兒，萊斯渥先生說：「他們可以在這兒等我。」

「瑪麗亞認為你會去找她。」

「她如果待在這兒，我有必要去找她嗎？」

這話的確沒錯對此，芬妮也無話可說，只好沉默。

過了一會兒，萊斯渥先生又說：「芬妮，請問妳是不是也像有些人那樣，對那位克萊福先生佩服得五體投地？說實在的，我眞的看不出他有什麼了不起的。」

「我覺得他長得不好看。」

「好看？誰說他好看？一個這麼矮小的男人！我看他那樣子還沒有五英呎九英吋高，也可能還不到五英呎八英吋，我覺得這傢伙實在不好看。其實，克萊福這倆兄妹完全是多餘的，沒有他們我們照樣過得挺好。」

芬妮聽了這話，不知道該怎麼反駁，只是輕輕地歎了一口氣。

「如果瑪麗亞需要鑰匙時，我表現得很爲難的話，他們不等我倒也情有可原。可是，當時我一口就答應了，而且還立即就去拿了。」

「是啊！你當時的表現非常爽快，而且你走路的速度也是非常的快。只不過，從這裡到大宅，又到大宅裡面，是一段滿長的距離。你知道，人們在等待的時候，對時間的把握總是不太準確，常常才過半分鐘就以爲過五分鐘了。」

聽到這裡，萊斯渥先生站起身來，又走到鐵門那裡，說道：「當時我如果有帶鑰匙就好了。」

芬妮見他站在那裡，態度稍有緩和，便又勸道：「你沒有和他們一道去，眞的很遺憾！因爲沒有你在，有關庭院改造的事情是決定不了的。況且，他們也認爲那邊可以更仔細地察看整個大宅的情況，對如何改造是很有幫助的。」

她發現打發這位夥伴離開會比把他留在這裡更容易一些。萊斯渥先生似乎被芬妮的這番話打動了，便說道：「好吧！也許眞的如妳所說的，我還是應該去，至少不會白跑一趟去拿鑰匙。」說完後，他打開門走了出去，連招呼也沒打就匆匆走開了。

剛剛才鬆了一口氣的芬妮，不由得又想起了那兩個人，一去不回的艾德蒙與美莉。她實在坐不住了，決定去找他們，便起身順著林邊的小路，朝他們去的方向走去。剛轉到另一條小路，就聽見了美莉的說笑聲。她尋聲走過去，聲音越來越近了，又轉了幾個彎後，她終於看見了那兩個人。

據他們說，他們剛剛才從庭院回到這片樹林來。原來，他們踏上那條小路沒多久，遇到一扇沒有鎖的邊門，便走了進去。他們在庭院裡走了一陣子，竟走到了那條林蔭大道，這可是芬妮一上午都想去的地方。後來，他們就在林蔭大道的一棵樹下坐了下來。

原來他們是這樣玩的。看樣子他們玩得很開心，已經忘記離開她有多久了。艾德蒙對她說，如果當時她不是已經走不動了，他一定會回來叫她一起去的，他多麼希望她也能和他們在一起。雖然，這話多少讓芬妮感覺一些安慰，但並沒有消除她心中的委屈，本來他說過很快就會回來的，誰知道把她一扔就是整整一個小時。另外，她很想知道這期間他們都談些什麼，但她的好奇心並沒有得到滿足。因爲大家一致認爲該回大宅了，所以，她感到十分失望和傷心。

這個時候，萊斯渥太太和羅禮士太太剛走上階徑臺階的最上一階，準備向荒野走去，而她們離開大宅足足已有一個半鐘頭了，她們走得很慢，因爲羅禮士太太一路上遇見了太多事情。雖然外甥女感覺很不順心，心裡十分不快活，但這個上午，羅禮士太太卻過得非常開心，而且收穫很多。

先是女管家十分客氣地跟她詳細介紹了有關野雞的許多情況，接著帶她到乳牛場，詳細介紹了乳牛的情況，還給她了一張領單，讓她去領了一包有名的乳酪。後來，在茱莉雅離開她們之後，她們又遇到了園丁，與園丁的相識，讓羅禮士太太非常高興；因爲園丁的孫子得了病，她告訴他說孫子得的是瘧疾，並答應給他一個治瘧疾的偏方。爲了報答她，園丁帶著她參觀了園子所有的奇花異草，還把一株珍貴的石楠送給了她。

大家相遇之後，一起回到了大宅，有的坐在沙發上聊天，有的看《評論季刊》，以消磨時間，等著其他人回來，等著開飯。直到天色已晚，兩位伯特倫小姐和兩位男士才回來。從他們的表情看來，似乎在外面遊玩的並不愉快。看樣子，這一趟對原來的計畫根本沒有什麼幫助。照他們的說法，他們一直都在互相找來找去，雖然最後碰到了，但是依芬妮看來，已經太晚了，想恢復原來的和諧關係已經不太容易，而且正如他們所說，也沒有時間對莊園改造作出任何決定了。她看了看茱莉雅和萊斯渥先生陰沉沉的臉，心想：看來今天感到不快的不只我一個人啊！相比之下，亨利和瑪麗亞就快活多了。吃飯的時候，亨利很想消除兩個人對他的怨恨，讓席間充滿歡笑，為此他費了不少苦心。

飯後不久，茶和咖啡很快送上來了。因為回去還有十英哩的路，所以從入席開始，就一直顯得緊緊張張，至於那些無關緊要的客套應酬能省就省了。當然，最忙亂不安的要算是羅禮士太太了，又要接過從女管家那裡弄來的一包乳酪和幾個野雞蛋，又要對萊斯渥太太說一大堆客氣話，還要準備帶頭起身。

此時，亨利走到茱莉雅面前，說道：「如果我來時的夥伴不怕在夜色中坐在一個沒有遮攔的位置上，我希望回去時，她還能和我坐在一起。」茱莉雅一點沒有料到他會有這樣的請求，不過，她還是高高興興地接受了。這樣看來，雖然她中途有許多的不快，但在這一天結束的時候，或許也能和剛來時一樣愉快吧！

當然，瑪麗亞有些失望，本來她是另有打算的。不過，現在她已經確定克萊福先生眞正中意的是她了，而這點足以讓她感到安慰。所以臨別時，對萊斯渥先生的殷勤，她也能得體的接受。對亨利來說，他自然更願意把她扶進馬車，而不是扶上駕駛座，這樣的安排使他更加洋洋得意。

馬車經過庭院的時候，羅禮士太太對芬妮說：「妳這一天過得不錯呀！自始自終都十分開心！我想妳應該非常感激伯特倫姨媽和我，是我們安排讓妳來的！」

瑪麗亞心中頗有不快，便率直地說：「姨媽，看來妳今天的收穫不小呀！妳懷裡抱得都是些什麼好東西。這裡還放著一個籃子，裡面像好像也裝著什麼東西，一直碰到我的胳膊，碰得好痛哦！」

「那只不過是一株漂亮的小石楠，那個好心的老園丁一定要送給我，我沒有辦法拒絕他的好意呀！如果它妨礙了妳，我就把它抱在腿上吧！喂，芬妮，這個包幫我拿著，小心一點不要掉下來，裡面是乳酪，就是我們吃飯時吃的那種高級乳酪。那位惠特克太太眞好，一定要讓我拿一包，我不肯，她急得快哭了，我只好拿了一包，我知道我妹妹喜歡這東西。惠特克太太眞是位難得的好管家呀！我問她是否允許僕人在飯桌上喝酒時，她竟然嚇了一跳。她還辭退了兩個穿白裙子女僕。芬妮，小心乳酪！我現在可以好好地照顧這一個包裹和籃子了。」

瑪麗亞聽她這麼樣恭維索瑟頓，便有幾分得意地說：「妳還白拿了些什麼？」

「親愛的，怎麼是白拿呢？那只不過是四個漂亮的野雞蛋，惠特克太太硬是要我拿，我不要她就不答應。她說我孤零零的一個人過日子不容易，如果能養幾隻小生靈，一定會給我帶來不少樂趣。我想也是，一定會很好玩。回去後，我想把它交給牛奶房的女工，如果有母雞正在孵蛋，就放進去，要是眞能孵出雞來，我就把它們帶回家，再借一個雞籠。我寂寞的時候逗弄牠們，說不定還不錯！如果養得好，我還會給你母親幾隻的。」

這一晚夜色很美，又溫和又寧靜，在這樣的時刻坐車旅行，眞是非常愜意。羅禮士太太的叨叨聲停下來後，車裡便是一片靜悄悄了。大家都已經疲憊不堪，各自琢磨著這樣的一天給自己帶來些什麼，是快樂？還是痛苦？

11

對兩位伯特倫小姐來說，雖然在索瑟頓度過的這一天，有些不如意的地方，但比起此後不久湯瑪斯爵士從安提瓜寄回曼斯菲爾的那些信來，簡直不算什麼了。信上說她們的父親過一陣子就要回英國了，一想起這事兒，她們就覺得頭痛。當然，想念亨利自然比想念出門在外的父親要有意思得多。

對她們來說，一月是個令人沮喪的月份，因爲父親湯瑪斯爵士決定在這個月回到家。對此，他寫得非常明確，一看就知道是個老練而又歸心似箭的人才有的寫法。因爲他的事情很快就要辦妥了，再沒有理由停留在那裡，所以將乘坐九月份的郵船回國，大約一月份就能與親愛的妻子、兒女團聚。

比起茱莉雅來，瑪麗亞更爲可憐，因爲父親一回來，她就要嫁人了。父親十分關心她的幸福，他回來後，她沒有理由不嫁給當初她爲了自己的幸福而選定的意中人。但一想到未來，她就感覺前途暗淡，只能將未來蒙在一層迷霧中，幻想著迷散開之後，能有另一番景象出現。

雖然父親說一月就要回來，但這事也難說，路上總有個耽擱什麼的，比如航行不順利，或出點什麼事，總之，凡是不敢正視現實、接受現實的人，都會無端地想出點什麼事來自我安慰。這樣一來，父親至少也要到一月中旬才能回來，這之間還有三個月呢！三個月就是十三個星期，十三個星期可能會發生很多事情。

湯瑪斯爵士如果知道他的兩個寶貝女兒對他回家的想法，哪怕那想法只是稍縱即逝的一個念頭，一定會讓他傷心透頂的。當然，如果他知道自己回家的事也引起了另一位小姐內心的關注，也不會感到安慰。美莉和他的哥哥晚上到曼斯菲爾莊園來玩，聽到了這個好消息。對這件事情，雖說美莉只是出於禮貌地問了問，又平心靜氣地祝賀了一番，似乎並不太關心，但實際上恐怕沒有人比她更關注了。只要有人講這件事，她都會很用心地一字不漏地從頭聽到尾。

羅禮士太太把信的內容原原本本地告訴了大家，然後便拋開了這個話題，但是這個話題很快又被美莉再次提起。那是在喝完茶之後，她和艾德蒙、芬妮站在窗前觀看黃昏的景色；兩位伯特倫小姐、萊斯渥先生和亨利則在鋼琴旁邊忙著點蠟燭。這時，美莉忽然轉過身來，朝著忙碌的他們說道：「你們看，萊斯渥先生多高興啊！他一定在想著十一月份呢！」

聽她這一說，艾德蒙也轉過頭來，望著萊斯渥先生，不過他沒說什麼。

「看來你父親回來是件大喜事呢！」

「當然，他離家這麼久了，而且還冒著許多風險，能平安回來自然是件大喜事。」

「而且這件喜事還帶來了其他的喜事，像是你妹妹出嫁，你接受聖職。」

「哦，是的。」

美莉忽然笑著說：「你猜，這件事讓我想起了什麼？說出來你不要生氣。我想起了過去的一些異教英雄，他們外出立了戰功，平安回來後就奉獻犧牲品來祭神。」

「在這件事上沒有什麼犧牲品，對她來說，那是完全自願的。」艾德蒙非常認眞，但仍帶著微笑地答道，同時又向那邊看了一眼。

「我知道她自己願意，我只是開個玩笑。她做事很有分寸，就像一般年輕女子那樣。我一點都不懷疑她是出於自願的。不過，對於另一樁犧牲，你是不能理解的。」

「我可以保證，我與瑪麗亞一樣，我當牧師也完全出於自願。」

「看起來你很幸運啊，你的意願正好和你父親的要求一致。我聽說，你父親給你保留了一個有很高收入的牧師職位，好像就在附近。」

「妳以爲我是因爲這個才願意做牧師的嗎？」

芬妮嚷道：「絕不！絕不是！我知道絕不是爲了這個。」

「芬妮，謝謝妳這麼說。不過，我自己倒不敢這麼認爲。相反地，極有可能正是因爲有這樣

一份生活保障，我才願意當牧師的，我覺得這也沒什麼錯。我並沒有什麼天生抵觸的情緒。誰說一個人如果知道自己早年會有一份不錯的收入，就不能成爲一個好牧師呢？我認爲這種看法上沒有根據的。

「再說，我一直處在可靠的人的保護之下，所以，我想我不會受到什麼不良影響；我父親是一個非常認眞負責的人，他也不會讓我受到不良影響。在這件事情上，可能有個人的考慮，這點我並不想否認，但我認爲這是無可指摘的。」

「這有些像是——」芬妮稍稍停頓了一會兒，接著說道：「陸軍將領的兒子要參加陸軍，海軍將領的兒子要參加海軍，沒有人會說這樣的安排有錯，任誰都會想要選擇親朋好友最能幫得上忙的那一行，一點都不奇怪。再說，他們投入了這一行後，誰不會認爲他們就不認眞，就像表面上裝的那樣。」

「親愛的芬妮，妳說的沒錯，從道理上來說的確是這樣。而從職業的本身來說，這樣做也沒什麼錯，不管是海軍還是陸軍，因爲這樣的職業需要大無畏的精神，還要冒著失去生命的危險，再加上威武雄壯的打扮和驚天動地的經歷，所有的這一切都是十分讓人敬仰的。妳知道，在上流社會中，海軍和陸軍總是很受歡迎的，一個男子漢參加海軍和陸軍，誰也不會感到奇怪的。」

這時，艾德蒙說道：「如果只是爲了一份不菲的俸祿，一個男子漢竟然去當牧師，那他的動機就値得懷疑了，妳是這樣想的吧？在妳看來，要證明自己動機純正，最好是在事前不知道有俸祿的情況下去當牧師吧！」

「什麼？沒有俸祿去當牧師！瘋子才會那樣做呢！眞是發瘋！」

「我可不可以問你一句：如果不管有沒有俸祿，都沒有人去當牧師，那教會的牧師從哪裡來呢？我想這問題還是不問你比較好，因爲你根本無法問答。就你剛才的說法，牧師的職業與那些大無畏的精神、驚天動地的事業、威武雄壯的裝扮無緣，而他們能不受這種種你所欣賞的思想的誘惑，毅然決然地選擇了牧師這個職業，他們的眞誠與好意就更不應該受到懷疑了。」

「他們當然很眞誠。因爲從此後，他們就擁有了一份現成的收入，而不用靠勞力去賺取了。他們的確也是一片好意，因爲從今以後，他一輩子都可以無所事事，只需大吃大喝，把自己養得肥肥胖胖的。伯特倫先生，這實在是懶人的表現呀！他們不求上進，沒有雄心壯志，不願意結交上流人士，只是想貪圖享受，正是這些毛病讓有的人當上了牧師。

「你看看那些牧師，成天無事可作，只知道讀讀報紙，看看天氣，或是和妻子吵吵架，一副自私自利、窩窩囊囊的樣子，所有的事務都由助理牧師幫他作了，而他的日常事務就是到處赴宴。」

「這我不否認，這樣的牧師一定有，但我認爲那只是少數。美莉把它當成牧師的通病是不妥當的。我想，妳把牧師說得一無是處，這樣無理的指責——請原諒我這麼說，我想並不是妳自己的看法，而是妳受到了持有這種偏見的人的影響。憑妳自己的觀察，妳不可能對牧師有多少了解。在妳這麼無情所指責的這類人中，妳認識的有幾個？我想妳的這些話，不過是從妳叔叔的飯桌上聽來的。」

「我認為剛才我所說的，都是大家普遍的看法，而大家的看法通常是正確的。雖然我沒有親眼見到過牧師們的家庭生活，，但有不少人親眼見過的，所以，我說的那些話並非毫無根據。」

「不管怎麼說，對於任何一個有文化的人組成的團體，無論它屬於哪個派別，如果有人黑白不分一味地指責其中的每個成員，那麼，這個人的話一定有不可靠的地方，或者（笑了笑）有別的什麼原因。除隨軍牧師外，妳叔叔和他的將軍對牧師們的情況根本不了解，而隨軍牧師，不論好壞，都不會受到歡迎的。」

「可憐的威廉！安特衛號上的隨軍牧師對他的關照可是不少啊！」芬妮由衷地說道，雖然與談話的主題沒有關係，卻是她真情的流露。

「我才不會被我叔叔的意見影響呢！」美莉說：「對我來說，這是難以置信的。其實，我不是沒有條件了解牧師是什麼樣的一種人，你想想我如今在什麼地方作客。不過，這可是你逼我說的。雖然我姊夫格蘭特博士對我非常好，照顧也很周到，我認為他是個真正有教養的人，也是個知識淵博的學者，他為人聰明、有體面，佈步道也很受歡迎；但是，在我看來，他就是一個懶惰、自私、無所事事，只知道吃喝，一點都不為別人著想的人。

「你可能想像不到，就因為廚子沒有把飯做好，不管妻子平時對他如何好，他也照樣衝著她大發脾氣。我老實跟你們說吧，今晚上我和亨利在某種意義上說是被逼出來的，因為一隻鵝沒做好，他很不滿意，氣得沒完沒了，而我那可憐的姊姊只得待在家裡受氣。」

「對於妳的不滿，我並不覺得奇怪。他在性情上的確有不少的缺點，而且因爲養成了自我放縱的習慣，他的性情也就更加地壞了。像妳這樣的心地，看著姊姊受氣，心裡一定很不是滋味。芬妮，對這樣的行爲，我們是不贊成的，我們可不能爲格蘭特博士辯護。」

「的確不能！」芬妮答道，「不過，我們也不能因爲他就否定這個行業吧！我想，不管格蘭特博士做哪一行，他的壞脾氣照樣會帶到那一行去。如果他參加海軍或陸軍，他的屬下一定會比現在多很多，也就是說，如果他當海軍軍官或陸軍軍官，會比他當牧師給更多的人帶來不幸。

「再說，我覺得不管我們希望格蘭特博士做哪一行，而在這些緊張的世俗行業中，他只可能比現在的情況還要糟糕。因爲做別的行業，讓他沒有多少時間和義務來反省自己，或者說他很可能逃避自我反省，至少也會減少自我反省的次數，而現在的他是沒辦法回避的。

「一個像格蘭特博士那樣有頭腦的人，每個星期都在教育別人怎麼樣做人，每個星期天都要做兩次禮拜，並且還要和顏悅色地講道，講得又是那麼好，他本人難道就不會因此變得更好一些？不管怎麼樣，這些應該會給他帶來一些思考的。我相信，比起其他的行業，當牧師會給他帶來更多的自我約束。」

「當然啦，我們也沒辦法證明相反的情況會如何，不過，芬妮，我倒希望妳的運氣好一些，不要嫁給一個靠講道才能變得和藹的人。雖然這樣的人可以在每個星期天藉助講道讓自己變得和和氣氣，但從星期一上午到星期六晚上，卻因爲鵝肉沒做好和家裡吵吵鬧鬧，這就麻煩了。」

艾德蒙親切地說：「能經常和芬妮吵架的人，我想即使是講道也感化不了。」

芬妮別過臉去，探身窗外。美莉帶著高興的神態說：「我想，芬妮常常是值得人稱讚的。不過，對別人的稱讚，她似乎又不習慣。」正在這時，兩位伯特倫小姐懇切地邀請她參加三重唱，她便輕快地向鋼琴那邊走去。望著她婀娜的背影，艾德蒙他反覆琢磨著她的種種好處，從謙恭和悅的儀態到優美輕盈的步履，這一切都讓他心醉神迷。

「我相信她的脾氣一定非常好。」艾德蒙說：「這樣的脾氣永遠不會給別人帶來痛苦。她走起路來多麼優美呀！接受別人的請求時，又是多麼爽快！別人一叫，她就過去了。」他想了想，又說，「眞可惜！她怎麼會落在這樣一幫人的手裡！」

芬妮對此表示同意。令她感到高興的是，他沒有去理會即將開始的三重唱，繼續和她待在窗前，並且和她一樣把視線投向了窗外的景色。在清朗燦爛的夜空中，在濃濃樹蔭的襯托下，一切都顯得那麼寧靜美麗，令人心曠神怡。

「這景色是多麼和諧呀！」芬妮抒發著她的情感：「一切又是多麼恬靜啊！比什麼圖畫、什麼音樂都要美，就算是詩歌也無法表達它的美妙。它能讓你忘掉人世間的一切煩惱，讓你的心裡充滿了喜悅。每當這樣的夜晚，我臨窗眺望的時候，都會覺得世界是這麼美好，既沒有邪惡，也沒有憂傷。如果人們多看看大自然的崇高壯美，多多留意這樣的夜晚、這樣的景色而忘掉自已，那麼邪惡和憂傷一定會減少很多。」

「芬妮，眞好！我喜歡聽妳抒發妳的情感。這是個令人陶醉的夜晚，那些沒有像妳這樣受過薰陶的人，或者說那些早年沒有受過愛好自然的培育的人，是非常令人同情的！他們失去了很多東西。」

「表哥，是你培養了我在這方面的情感。」

「是啊！妳是個好學生，非常聰明。妳看，那兒是大角星，非常明亮。」

「還有大熊星；如果能看見仙后星就好了。」

「那得到草坪上才能看到，妳怕不怕？」

「一點也不怕！我們好久沒有去看星星了。」

「是呀！我也不知道是怎麼一回事。」這時，三重唱開始了：「我們等她們唱完了再出去吧！芬妮。」艾德蒙說著，轉過身來，面向著鋼琴。隨著歌聲，芬妮見他慢慢向那邊移去，心裡不由感到一陣屈辱。歌聲停下來後，他已走到了她們的面前，和大家一起熱烈地要求她們再唱一遍。

芬妮獨自站在窗前歎息，直到羅禮士太太責備她當心著涼，她才鬱鬱離開。

12

十一月時湯瑪斯爵士就要回來了，湯姆也因為有事將提前趕回。快到九月時，他發了消息回來，先是獵場的看守人收到了他的來信，接著艾德蒙也收到了一封。到八月底，他人也回來了。

雖然，他仍然積極地向美莉獻殷勤，每逢合適的場合或遇到美莉要求的時候，他總是興沖沖地談賽馬和韋茅斯，談他參加過的舞會和結交的朋友。如果在六個星期前，或許美莉還會對此感興趣，但是現在，經過一段時間的比較，她覺得自己更喜歡他的弟弟，對此她十分篤定。

雖然，她感到有些苦惱和愧疚，不過，事情已經發展到了這一步，這也是沒辦法的事。現在她一點也不想嫁給這位大公子，甚至都不想用心取悅他；再說，自己的姿色如此美麗，只需要稍微向他施展幾分就可以了。他一去就是這麼久，只知道自己尋歡作樂，遇事從不與她商量，根本就沒把她放在眼裡。不過，她的態度比他還要冷漠，她想，即使是他成了曼斯菲爾的主人，成了名正言順的湯瑪斯爵士，她也不願意嫁給他。

爲了趕上這個時節的活動，伯特倫先生回到了曼斯菲爾，而亨利卻去了諾福克。因爲一到了九月初，愛芙林姆是不能缺少他的。他這一去就是兩個禮拜，對兩位伯特倫小姐來說，這兩個星期是漫長且難熬的。

其實，她們本該對此有所警覺的，茱莉雅雖說與姊姊爭風吃醋，但已經意識到克萊福先生的甜言蜜語是完全不可信的，並且希望他不要再回來了。而對亨利來說，這兩個星期除了打獵、睡覺之外，還有充足的閒暇時間，本來他可以利用這些時間來反省、反省，自己這樣做的動機是什麼，這樣無聊地貪圖虛榮究竟是爲了什麼。如果他認眞考慮一下，就會醒悟的，而不該急著回去。

但是，在優裕的生活和壞榜樣的影響下，他變得又愚蠢又自私，只顧眼前快活，根本不做長遠打算。他只知道那兩姊妹又聰明又漂亮，對他又情意綿綿，能給他那顆對什麼都厭倦了的心帶來快樂；而在諾福克哪裡會比在曼斯菲爾和小姐們廝混有意思呢？於是，在預定的時間，他歡天喜地地回來了，而那些愛和他廝混的人自然也都歡天喜地迎接他的到來。

在亨利回來之前，只有萊斯渥先生一個人圍在瑪麗亞身邊轉，整天跟她嘮叨著白天打獵的事。她的耳邊翻來覆去聽到的都是些他的獵犬多棒啊，或者如何妒忌他的鄰居啊、懷疑他們的資格啊，以及追蹤偷獵者等等之類的話題。這些話題除非說話的人巧於辭令，而聽話的人又有幾分情意，否則，不太容易撥動小姐的心弦。所以，瑪麗亞十分想念亨利。

對茱莉雅來說，她既沒有訂婚又無事可做，自然更有權利想念他了。這姊妹倆都以爲自己才是他的意中人。再說，從格蘭特太太的話裡，茱莉雅也找到了充分的依據來證明她的想法，格蘭特太太對這件事的看法正合她的心意。瑪麗亞則是依據亨利自己露出的口風來斷定。

亨利返回後，一切又恢復到了原狀。他對兩位伯特倫小姐都興致勃勃，和顏悅色，同時討得她們兩人的歡心，但又不失分寸，在旁人看起來交往還算正常，沒有頻繁走動，也沒有特別的關照，更沒有難捨難分，免得引起大家的注意。

在這些人中，只有芬妮覺得他們不對勁。自從那天去索瑟頓之後，每當看見亨利與她們之中的某一個在一起，她就不由自主地留心觀察，而觀察的結果常讓她迷惑不解，或是感覺不對勁。對這事兒，她並不像對其他事那樣有自信，如果她能夠肯定自己看得清楚，而且判斷公正無誤的話，早就告訴了她通常無話不談的那個人。事實上，每當她鼓起勇氣暗示一下的時候，對方總是無法領會。

她說：「我覺得很奇怪，亨利在這裡住了這麼久，整整有七個禮拜了吧？怎麼這麼快又回來了？我以前聽說他不喜歡長期待在一個環境裡，喜歡東遊西逛的，我還以爲他一離開這兒，就一定會被其他什麼事情吸引到別處去了呢！我想比曼斯菲爾熱鬧的地方還多是，他應該更習慣那些地方才對。」

艾德蒙卻答道：「他能按時回來沒什麼不好，我想至少他妹妹會感到高興，他妹妹不喜歡他到處遊逛的習性。」

「我的兩個表姊多麼喜歡他呀！」

「沒錯，他對女士禮貌很周到，自然討人喜歡。格蘭特太太以爲他看中了茱莉雅，不過，我倒沒看出多少跡象，但願如此吧！我想，只要他眞心愛上了一個人，他的那些毛病應該會改掉的。」

芬妮小心翼翼地說：「我覺得如果瑪麗亞沒有訂婚的話，他應該會更愛慕她。」

「或許這更能說明他喜歡茱莉雅，只是芬妮妳沒有意識到而已。一般情況往往是：男人在決定愛一個女人之前，對她本人反而還沒有對她的姊妹或密友好。我想，亨利是一個明智的人，如果他意識到自己有愛上瑪麗亞的危險，他就不會長期待在這裡了。至於瑪麗亞，我不用爲她擔心，從她目前的表現看，她對克萊福先生的感情並不熱烈。」

芬妮心想一定是自己弄錯了，決定從今以後改變自己的想法。但是，雖然她努力接受艾德蒙的看法，雖然她不時從別人的神情和話音裡聽出，他們也都認爲亨利中意的是茱莉雅，但對這件事情的看法，她始終與他們有些不同。

這一天晚上，芬妮聽到羅禮士姨媽對這個問題的想法和心願，同時也聽到萊斯渥太太對類似問題的看法，不禁感到驚奇萬分。當然，她並不願意坐在那裡聽她們談話，只是因爲這時候其他年輕人都在跳舞，她只能陪著幾位年長的太太坐在爐子邊，雖然她心裡極不情願。她一心巴望著大表哥再進來，因爲大表哥是她唯一能指望的舞伴。

這是芬妮的第一次舞會，並沒有像許多小姐第一次舞會那樣準備充分，因爲舞會是當天下午臨時決定舉行的，參加的人包括了僕從室新來的一位提琴手，及格蘭特太太和剛回來的湯姆新結交的密友在內的五對舞伴。但是，芬妮還是非常高興，她連著跳了四場舞，休息一刻鐘都會讓她感到遺憾。

就在她等候之時，一會兒看看跳舞的人，一會兒瞧瞧門口的時候，無意中聽到了那兩位太太的對話。

「太太，我想——」羅禮士太太注視著萊斯渥先生和瑪麗亞，他們正第二次結伴跳舞，說道：「現在我們又可以看到幸福的笑臉了。」

「太太，一點都沒錯。」萊斯渥太太答道，老成持重地假笑一聲：「剛才眼看著他們被拆開，我心裡眞不是滋味，現在好了，坐在這裡看著他們，眞是讓人高興。其實，在他們這種情形之下的年輕人，沒有必要死守著老規距。我的兒子爲什麼不去邀請她呢？我還眞不太明白。」

「我敢說他邀請了，萊斯渥先生絕不是那種怠慢別人的人。不過，萊斯渥太太，瑪麗亞是個嚴守規距的姑娘，像她這麼端莊穩重的人如今可不多，她是不想讓人感覺自己對舞伴挑肥揀瘦啊！親愛的太太，妳看看此時此刻她那張臉，與剛才和別人跳那兩場舞時是多麼不同啊！」

這時候的瑪麗亞的確春風滿面，笑臉盈盈，說起話來也是興致勃勃，因爲茱莉雅和她的舞伴克萊福先生離她很近，大家都擠到一起了。至於先前瑪麗亞是什麼表情，芬妮沒有什麼印像了，因爲那時她正與艾德蒙跳舞，沒時間留意。

羅禮士太太接著說：「太太，看到年輕人這麼快活，這麼相配，這麼時尙，眞是讓人高興啊！我不禁想起湯瑪斯爵士，我想他的心情也會是快活的。太太，你不覺得有可能再出現一對嗎？這種事情是很有傳染力的，萊斯渥先生已經做出了好榜樣。」

萊斯渥太太一心想著自己的兒子，根本不明白對方在說什麼：「太太，就是那一對，妳沒看出他們之間有什麼跡象嗎？」

「哎呀！妳是說茱莉雅小姐和亨利，沒錯！的確是非常相配的一對。亨利有多少財產？」

「一年四千英鎊。」

「還可以吧？找不到更多財產的人了。一年四千鎊是一筆可觀的財產，而且他看起來又是一個很有教養、很穩重的人，所以，我想茱莉雅小姐會非常幸福的。」

「不過，這事兒還沒有定下來，我們只不過是朋友間私下裡說說而已，但我想會定下來的，妳看，他對茱莉雅眞是再專一不過了。」

這時，湯姆進屋來了。芬妮心想，他一定會請自己跳舞的，雖然她覺得大表哥能請她跳舞是莫大的面子。因此，對兩位太太的對話，芬妮聽不下去了，而且連思索也都暫時中斷。湯姆朝著他們這夥人走過來，但是他沒有請芬妮跳舞，而是拉過一把椅子坐在她面前，跟她談起了那匹病馬目前的病情，以及他剛從馬夫那裡聽來的看法。

芬妮意識到大表哥不會請自己跳舞了，由於她生性謙恭，對此倒沒有過多的想法，只是覺得自己不應該那樣指望他。講完馬的事情後，湯姆順手從桌上拿起一張報紙，從報紙的上方望著她，慢吞吞地說：「芬妮，妳如果想跳舞的話，我陪你跳。」芬妮趕忙搖頭，客氣地說她不想跳舞。

「啊，眞讓我高興！」湯姆立即用比剛才活躍得多的口氣說，隨後把報紙又扔在桌子上：「我都快累死了，眞不明白這些人怎麼能跳這麼久。我想他們一定是全都墜入情網了，要不然怎麼會對這種蠢事感興趣。我說得果眞沒錯，如果妳仔細瞧一瞧就會發現，他們墜入情網了，除了格蘭特太太和耶茨之外，其他的都是一對對的情人。

「我們就私下說說吧，格蘭特太太好可憐哦！我想她跟博士在一起，生活一定非常乏味，她一定也需要有個情人，就像其他人一樣。」

湯姆一邊說，一邊往格蘭特博士的座椅做了個鬼臉，不料博士就坐在他旁邊，他趕緊改變口氣，換了一個話題。儘管芬妮心裡有許多不順心的事，她還是不由得笑了起來：「美洲的事

情眞怪，格蘭特博士，你認爲呢？我向你請教怎麼樣看待國家大事。」

不久，他姨媽叫道：「親愛的湯姆，你既然不跳舞，不如和我們打一局，怎麼樣？」說著便起身離開座位，走到他的面前進一步鼓動。她悄悄地對他說：「你知道，我們想幫萊斯渥太太湊一桌，如果你母親能參加就好了，可是她現在正忙著織圍巾，雖然想參加，但沒有時間。你加上格蘭特博士和我，就正好湊一桌了。雖然我們只玩半克朗（英幣，値二先令六便士），但你和格蘭特博士可以賭半幾尼。」

「我非常願意！」湯姆大聲說道，一邊站了起來：「我很高興，不過我現在要去跳舞了，走吧！芬妮。」說著便抓住了她的手：「不要再坐了，舞會就要結束了。」

芬妮對此倒是十分樂意，心甘情願地被他帶走。不過，她並沒有因此感謝大表哥，因爲她弄不清楚是大表哥自私，還是大姨媽自私；而大表哥對此倒是十分清楚。

表兄妹倆離開了那夥人後，湯姆就憤憤地說道：「哼！虧她想得出，給我分派這麼個好差事！她和格蘭特博士總是爭吵不休，而那個老太婆根本不會打牌；而她竟然想把我捆在牌桌上陪著她、格蘭特博士和那個愛管閒事的老太婆。

「眞希望我那姨媽能夠安靜一點！她竟然當著這麼多人的面，毫不客氣的說，讓我根本無法拒絕！我最痛恨的就是這一套。表面上裝著求你，似乎給了你一個選擇的餘地，實際上卻是非要你依她的意思做不可。不管做什麼事都是這樣，這讓我氣憤到了極點！幸好我想起了和妳跳舞，要不然我就逃不過了，那就太糟糕了。不過，我那姨媽一旦興起了什麼念頭，總是不肯輕易放棄的。」

13

那位貴公子約翰·耶茨是大家初見面的新朋友。他是一位勳爵的二兒子，有一筆可觀的財產，衣著講究，出手大方。不過，除此之外，幾乎沒有什麼可取之處。如果湯瑪斯爵士在家的話，這樣的人是不會被帶進曼斯菲爾莊園的。

他是湯姆在韋茅斯的時候結識的，當時，兩人在那裡參加了十天的社交活動。伯特倫先生邀請他在方便的時候到曼斯菲爾莊園做客，他高興地答應了。因爲，他們之間如果稱得上有友誼存在的話，彼此之間的關係便得到了確認和發展。

後來，他從韋茅斯趕到另一個朋友家參加一場大型的娛樂活動，沒想到活動因故停止，他只好帶著滿腹的失望，提前來到了曼斯菲爾莊園。他這次參加的活動原本是爲了演戲而舉辦的，他在戲裡還擔任一個角色，眼看著兩天內就要登臺演出了，誰知這家人的一個近親去世了，原先的計畫被打亂，演戲的人也都散了。

他爲此感到失望和痛心，眼看一場快樂就要來臨，眼看自己又可以大出風頭，卻又變卦了！因爲這場在康瓦爾郡雷文肖勳爵大人埃克爾斯福德府上的業餘演出，即將見報，被記者們大大吹捧一番，至少名噪一年，而今卻只能眼看著唾手可得的東西，一下子全泡了湯。所以，到了曼斯菲爾後，約翰滿腦子全是演戲的事，講起話來總是不離這個話題，開口就是埃克爾斯福德和它的劇場，以及演出的安排、演員的服裝、怎樣彩排，甚至於開了些什麼玩笑等等，誇耀已經過去的事中成了他唯一的安慰。

不過，算他運氣好，這裡的年輕人都很喜歡戲劇，巴不得有一個演出的機會，所以，儘管他沒完沒了地講，卻沒有使他的聽眾感到厭煩。從最初選派角色，到最後的收場白，一切都讓他們心醉神迷，都渴望著能有機會一展身手，扮演其中的某個角色。

約翰準備參加演出的那部劇名為《海誓山盟》（德國戲劇家科澤畢於一七九一年發表的一個詩體劇本，由因奇博爾德夫人譯成英文，一七九八年在英國出版後深受歡迎，曾多次再版、上演）他原本要扮演劇中的卡斯爾伯爵，他說：「這是一個不重要的角色，一點也不合我的口味，以後我一定不會同意再演這樣的角色。而我當時為什麼會答應，主要是不想讓別人為難。我認為劇中只有兩個角色值得扮演，不過，在我尚未到達埃克爾斯福德，雷文肖動爵和公爵已經把那兩個角色挑走了。

「雖然雷文肖動爵提出把他的角色讓給我演，可是我是不能接受的。說實話，他也太有些自不量力了，你看他個子那麼小，聲音那麼低，說不到十分鐘嗓子就啞了，哪裡配演男爵這個角色？我真替他感到難過。這齣戲讓他來演只會大煞風景，可是我不想讓別人為難。

「亨利爵士認為公爵演不好弗雷德里克這個角色，那是因為他自己想演。不過，在我看來，他們兩人中，這個角色由公爵來演一定更好一些。亨利爵士的演技之糟糕，我完全沒料到的，幸好這齣戲並不靠他來撐場面。我們的愛葛莎眞是演得妙極了，許多人認爲公爵也演得不錯。總括來說，如果這齣戲能夠正式演出，一定非常精采。」

對此，聽的人總是深表同情地說道：「說實話，沒演成眞是遺憾。」「眞爲你感到惋惜。」

「倒也沒有什麼好抱怨的，只不過，那位可憐的老寡婦死得眞不是時候。其實，她去世的消息如果能晚三天公布就好了，只需要三天！我認爲把死訊壓三天也不是什麼大不了的事，她不過是這家的外婆，而且又死在兩百英哩之外。據說，還眞有人提這個建議，但是，雷文肖勳爵不同意，我想或許他是全英國最講究規距的人。」

「喜劇沒演成倒來了場悲劇，」湯姆說：「《海誓山盟》結束了，雷文肖勳爵夫婦只能獨自去演《我的外婆》〈《霍爾王子》發表於一七九四年的一個鬧劇了。或許外婆的遺產能給他帶來一些安慰。不過，我想，他是不是怕演不好男爵而丟了面子；或是怕他的肺受不了，本來就想撤銷原計畫。這樣吧，約翰，爲了彌補你的損失，不如我們在曼斯菲爾建個小劇院，由你來指揮，怎麼樣？」

雖說這只是他一時的想法，但這次可不是說說而已。因爲經他這麼一提，大家想演戲的欲望就紛紛冒出來了，而且勢不可擋。其中最想演的就是他本人。他目前是一家之主，有的是閒暇，幾乎什麼新鮮事都想玩個痛快；再加上他頭腦靈活，又富有喜劇素養，倒也十分適合演戲。

對他的這一建議，總有人反覆地提出來。他的兩位妹妹就頗有同感地說道：「如果能用埃克爾斯福德的戲院和景演戲該有多好呀！」而亨利雖然經歷過種種尋歡作樂的事，但對這種歡樂事倒沒有嘗試過。因此，一聽到這個提議，他立即活躍了起來：「我敢扮演劇本裡任何一個角色，不管是夏洛克、理查三世，還是滑稽劇裡身穿紅色外衣、頭戴三角帽演唱的主人公。

「我覺得我什麼都能演，英語裡的任何悲劇或喜劇，無論是那些慷慨激昂、大發雷霆的，還是聲歎氣、活蹦亂跳的，我好像都沒問題。不如我們選個劇碼演演吧！哪怕僅僅是一場，一幕也行啊！我想，對我們來說，應該沒有什麼困難，大家總不會認為我們這些人長相不行吧？」

說著，他又把目光投向兩位伯特倫小姐：「至於說到戲院，我們只不過是自娛自樂而已，要戲院幹什麼呢？我想這座大宅的哪間屋子都夠用了。」

「我們還得有個幕，」湯姆說，「也許只需要幾碼綠絨布就夠了，我們可以去買。」

「噢！夠了！」約翰嚷道，「我們只不過自娛自樂，不需要搞得太複雜，只要布置一兩個側景，幾個房間的門，三、四場布步景就足夠了。除此之外，演這麼點戲就不再需要什麼啦。」

瑪麗亞接著說：「我認為還可以再簡單些，因為我們的時間不多，而且還有可能遇到別的困難。我想亨利的建議就很好，值得我們採納。現在我們的目的是演戲，而不是搞舞臺布景。再說，我們知道許多最優秀的戲劇在某些地方都不是靠布景取勝的。」

「不！」艾德蒙聽到這裡甚為驚訝了，不禁開口說：「我們做事怎麼能這樣馬馬虎虎呢？就算我們眞的要演戲，也要找個正規的戲院，正廳、包廂、樓座都應該樣樣俱全，從頭到尾完完整整地演一齣戲。而且，不管演德國的哪齣戲，幕與幕之間都要有幽默滑稽的表演，比如舞蹈、號笛、歌聲等等，假若我們還沒有埃克爾斯福德演得好，那還不如不要演！」

「艾德蒙，不要說這些喪氣話啦！」茱莉雅說。「誰都知道你愛看戲，爲了看戲，跑再遠的路都不在乎。」

「沒錯！但那是看眞正的演出，演技嫻熟的眞正演出。但是，一群從沒有受過訓練的少爺、小姐們的蹩腳表演，即使就在隔壁房間演，我也不會過去看的。這些人因爲所受的教育和禮儀規距上的緣故，演戲時一定就會受到束縛的。」

不久，大家又熱烈地談論起了這個話題，越說越想做，個個都摩拳擦掌。有的聽到別人都願意，自然不甘落後，就更加願意了。不過，雖然談得熱火朝天，但最終什麼事也沒有談妥，只知道湯姆要演喜劇，他的兩個妹妹和亨利要演悲劇，看樣子想要找到一個人人都喜歡的劇本可眞不太容易。

儘管遇到一些困難，但他們演戲的決心卻絲毫沒有動搖。艾德蒙爲此感到十分不安，他也下定決心，只要有可能就一定要阻止他們。然而，他的母親也同樣聽到了飯桌旁的議論，卻一點也沒有表示不贊成。

當天晚上，艾德蒙找到了機會，想試試自己到底有沒有能力阻止。瑪麗亞、茱莉雅、亨利及約翰先生都在彈子房裡。湯姆離開他們回到了客廳，這時候艾德蒙正站在爐火邊若有所思，不遠的沙發上坐著安靜的伯特倫夫人，緊挨著她的芬妮正在做針線活。

湯姆邊走進客廳邊說道：「我相信，天底下再也找不到第二個像我們家這麼糟糕的彈子台！我再也不能容忍它了！再也沒有什麼能誘使我去打彈子了！不過，我現在給它找到了一個好用場，這是我剛剛才想到的。

「這房間演戲正合適，形狀和長度都正好，只需要把父親的書櫥挪一挪，五分鐘內就可以把屋那頭的幾扇門互相連通，如果我們決定演戲，這正符合我們的需要。父親的房間與彈子房相通，做演員休息室正好，這好像專門爲我們安排似的。」

「湯姆，你說要演戲，不會是眞的吧？」湯姆來到爐旁的時候，艾德蒙低聲問道。

「當然是眞的！告訴你吧，對這件事，我再認眞不過了。你爲什麼這麼說，像好像很奇怪似的。」

「我認爲這樣做很不妥當。一般情況下，私人演戲都容易受到指責。從我們家現在的情況考慮，我們要演戲就顯得有點不愼重，而且還不僅僅是不愼重的問題。你想想，父親孤身在外，時時刻刻都處在危險中，這個時候我們演戲會讓人覺得我們太不把父親放在心上；再說，瑪麗亞的情況也很值得我們操心，從目前的各種因素來看，她讓人很不放心。處在這樣的情形下，我們再去演戲，十分欠考慮。」

「你把事情也看得太嚴重了！被你這樣一說，好像我們每星期都要演個兩、三次，而且全國的人都被我們邀請來觀看似的。我們又不是要搞這樣的演出，我們只不過是個人娛樂、娛樂，調劑一下生活，嘗試點新花樣，我們不要觀眾，也不上報。

「你應該相信我們會挑選一個完美的劇碼來演。我認爲，比起我們自己的閒聊，用某個令人敬重的作家寫出的優美文字對話，應該不會有更多的害處和危險。對此，我一點也不擔心，也沒有任何顧慮。

「至於父親還在海外，這絕不應該成爲反對演戲的理由，反倒是是我們演戲的動機所在。你想想吧，在這幾個星期裡，母親盼望著父親歸來，心裡一定焦慮不安，而我們能讓母親忘記憂愁，那我們的日子會過得多麼有意義啊！我相信父親也會這樣想的。這段時間是母親最爲不安的時期。」

他說這話的時候，兩人同時向他們的母親望去。伯特倫夫人靠在沙發的一角，正安然入睡，那樣子看起來又健康又富貴，而且神態恬靜，無憂無慮。芬妮則正替她做那幾件挺費工夫的針線活。

艾德蒙微微笑了笑，不由得搖了搖頭。

「這看起來不能算是一個理由。」湯姆嚷道，一邊撲地坐在一把椅子上，放聲地大笑起來：「親愛的媽媽，剛才我說你焦慮不安，看來我說錯了。」

「怎麼啦？」伯特倫夫人用半夢半醒的沉重語調問道：「我並沒有睡著呀！」

「媽媽，的確沒有，沒有人說你睡著了！」見伯特倫夫人又打起了盹，湯姆用原來的姿態和語氣，談起了剛才那個的話題：「喂，艾德蒙，不過，我還是堅持我的觀點，我們演戲並沒有什麼不好。」

「我不同意你的看法，我相信父親一定不同意。」

「對於能夠發揮年輕人才幹的事情，父親比誰都喜歡，而且一向很支持。至於演戲、背誦台辭等，他也喜歡，以前還鼓勵我們培養這方面的才能呢！還記得在我們小的時候，就在這間屋子裡，爲了逗他開心，多少次我們對朱利亞斯．凱撒的遺體表示哀悼，多少次學著哈姆雷特說：「生存還是死亡！」你不記得了嗎？我可記得很清楚，有一年耶誕節，在每天晚上，我們都要說『我叫諾弗爾』（引自當時廣爲流傳的一部悲劇的開場白，劇名爲《道格拉斯》，作者是約翰．霍姆）

「這完全是兩回事，你又不是不知道，那時候，我們還在念小學，父親要我們這樣做的目的只是爲了讓我們練練口才，但他絕不會想讓他已經長大的女兒們去演戲，他是很重視規距的。」

「這我都知道！」湯姆不快地說：「我像你一樣了解父親，我會小心注意的，不會做什麼惹他生氣的事。艾德蒙，你把自己管好就行了，家裡的其他人，我會好好關照的。」

「你如果堅持要演——」艾德蒙仍不肯放棄地答道：「我希望能夠悄悄地進行，不要大張旗鼓。而且，我看用不著布置什麼劇場，父親不在家，他的房間最好不要隨便動用。」

「這些事一概由我負責！」湯姆用果決的語氣說：「我們不會損壞他的房子，我會像你一樣用心關照他的房子。至於挪挪書櫥，打開一扇門，或一星期不打彈子，把彈子房另作他用之類的，我剛剛提到的這些小小的變動，如果你認爲父親也會反對的話，那麼他在家時，常常在這間屋多坐一會兒，或是在客廳裡少坐一會兒，要不就把妹妹的鋼琴從房間的這邊移到那邊，你可能認爲他也會表示反對，這純屬無稽之談！」

「就算這些變動本身沒有錯，但你花錢總不對吧？」

「是呀！這樣的事當然會花費很大，也許要花去整整二十英鎊。但我們好歹也需要一個劇場，我們可以盡可能地簡化，也就不過一幅綠幕，一點木工而已，而那點木工可以讓家裡的克里斯多夫·傑克遜自己做。只要是傑克遜做的，湯瑪斯爵士還會有什麼意見呢？如果說花費多，那簡直是胡說八道。艾德蒙，得啦吧！別以為這屋裡就你一個人最高明，你如果不喜歡演戲不演就是了，但你不要以為你能夠管得住大家。」

「我沒這樣認為，但是我是不會演戲的。」艾德蒙說。

沒等他說完，湯姆就走出屋去了。艾德蒙只好沮喪地坐下來，憂心忡忡地撥動著爐火。

芬妮聽到他們弟兄倆的這席對話，心裡始終是贊成艾德蒙的看法。見他擔憂的樣子，芬妮很想給他點安慰，便鼓起勇氣說道：「或許他們找不到合適的劇本。你哥哥和妹妹的興趣好像不大一樣。」

「芬妮，我是不抱希望的。妳知道，如果他們執意要演，總會找到劇本的，不如我再跟兩個妹妹談談吧！勸她們倆不要演，我只能這樣做了。」

「我想羅禮士姨媽會跟你站在一邊的。」

「這點我也相信，但是對湯姆和妹妹，她根本發揮不了多少作用。如果我說服不了他們，也只有順其自然了。一家人吵架總是很糟糕的事，說什麼我們最好也不要吵架。」

第二天早晨，艾德蒙找了個機會勸說兩個妹妹。沒想到她們跟湯姆一樣，對他的勸告和意見一點也聽不進去，一心一意只想著如何尋歡作樂。再說，他們的演戲計畫，母親根本就不反對，而父親不在，自然也不怕他不贊成。

況且，那麼多體面的家庭，那麼多的大家閨秀演了戲都沒引來什麼評論，他們只不過是兄弟姊妹加上親朋好友關起門來自娛自樂一番，又不讓外人知道，如果這也不行，那也未免太小心謹慎了。不過從瑪麗亞的情況看，倒是需要特別穩重、特別謹慎，茱莉雅有意地表明這一點。當然，不能拿這來要求她，因爲她是不受任何約束的。而瑪麗亞卻認爲，正因爲自己訂了婚，才更加無拘無束，不像茱莉雅那樣事事還要徵得父母同意。

依此情況看起來艾德蒙眞的不抱什麼希望了，但他仍舊不肯甘休地勸說著。正在這時，亨利從牧師府過來，走進屋裡，叫道：「瑪麗亞，我們演戲不缺人了，連演僕從的人都不缺啦，我妹妹求大家把她也納入戲團，你們不願意演的角色，像是什麼年老的保母、溫順的女伴等等，她都很樂意演。」

瑪麗亞瞥了艾德蒙一眼，意思是說：「看你現在還有什麼話說？美莉不是和我們想的一樣的嗎？你還能說我們不對嗎？」艾德蒙一下子啞口無言了，心裡不得不承認，演戲的魅力連聰明人都會著迷，他懷著無限深情，久久地琢磨著她那種助人爲樂的精神。

計畫不斷地向前推進，任何反對都是徒勞的。艾德蒙原以爲羅禮士姨媽會站在他一邊，沒想到又判斷失誤。原來，對大外甥和大外甥女，大姨媽一向是無可奈何的。她剛剛提出一點異議，立即就被他們說服，連五分鐘都不到。事實上，她是非常贊成他們這樣做的。

她盤算好了，從整個安排來看，花不了多少錢，她自已更是一個錢兒也不用花。而且，辦這些事免不了要她張羅，當然就會顯現出她的重要了，想到這，她就不免心花怒放。另外，對她來說，這又是一個占便宜的機會，她在自己家已經住了一個月了，花的都是自己的錢，而現在她覺得不得不離開自己的家，搬到他們家來住，因爲這樣才方便隨時給他們幫忙。

14

看來，芬妮原來的估計比艾德蒙預料的要準確。事實上，要找到一本人人都滿意的劇本確實不容易。準備工作已經陸續開始了，木匠接受了任務，測量了尺寸；根據他的提議，還解決了至少兩件難辦的事，但也因此擴大了計畫，也增加了開支。他已經動工了，而劇本還沒有確定。

其他的準備工作也都展開了。用來做布幕的一大捲綠絨布已經從北安普敦買來了，並且由羅禮士太太裁剪好（由於她精心計畫，節省了整整四分之三碼），再交給女僕們做，也已經完工了，但劇本仍然沒有著落。就這樣過了兩、三天，艾德蒙不由得生出一線希望——或許他們永遠找不到一個合適的劇本。

劇本的確不太容易找，因爲要考慮的因素太多。首先，要讓這麼多人個個都滿意，劇中就必須得有那麼多出色的人物；最爲棘手的是，劇本還必須既是悲劇又是喜劇。這樣一來，事情就變得很難解決了，就像年輕氣盛的人做任何事一樣，總是僵持不下。

主張演悲劇的有兩位伯特倫小姐、亨利和約翰先生；主張演喜劇的是湯姆。雖說出於禮貌，美莉沒有公開表態，但顯然是想要演喜劇。所以說，湯姆並不算孤單。不過，湯姆對此倒不在乎，他主意已定，況且又是一家之主，似乎也不需要同盟。

除了這個不可調和的矛盾外，他們還要求劇中的人物要少，而且每個人物都要非常重要，必須得有三個女主角。因此，所有優秀的劇本都考慮過了，沒有一本符合他們的要求。無論是《哈姆雷特》、《馬克白》、《奧賽羅》，還是《道格拉斯》、《賭徒》（前三部的作者是莎士比亞，《道格拉斯》的作者是約翰．霍姆，《賭徒》的作者是愛德華．莫爾，在當時，這都是深受歡迎的悲劇。），包括那幾位主張演悲劇的人都不滿意。

至於《情敵》、《造謠學校》、《命運的車輪》、《法定繼承人》（前兩部的作者是謝立丹，《命運的車輪》的作者是理查．坎伯蘭德，《法定繼承人》的作者是喬治．科爾曼，在當時，這都是流行的喜劇。），以及許多其他的劇本，都一一遭到更激烈的反對。

不管誰提出一個劇本，總有人加以反對，而且總是重複著這樣幾句話：「噢！不行，這戲絕對不能演！純粹是裝腔作勢，我們不要演這樣的悲劇。」、「人物太多了吧？我們到哪兒去找這麼多人來演；況且，劇中竟沒有一個像樣的女主角，親愛的湯姆，隨便哪一戲都比這好。」、「那一個角色誰也不會演的，從頭到尾只會講粗話。」、「要不是有哪些下流的角色，這戲也許還可以。」、「如果一定要我發表意見，我認為這本英語劇本是最為平淡無味的。」、「我很想助你一臂之力，並不想反對你，不過，我還是覺得不管選哪一個劇本都比選這個好。」

芬妮在一旁看著、聽著，覺得這幫人雖然個個都這麼自私，卻又或多或少地加以掩飾，眞是讓人感到好笑，心想不知他們會怎麼收場。如果爲了自己快樂，她倒希望他們能找到一個劇本演演，因爲長這麼大，她從來還沒看過戲，半場都沒有。但是從更重要的方面考慮，她又不贊成這樣做。

一番無益的爭論後，湯姆說道：「這樣不行！你們知不知道，我們這是在浪費時間，我們必須選定一個劇本，不管什麼劇本，只要定下來就好，我們不能太挑剔了。人物多幾個有什麼關係？可以一個人演兩個角色嘛！我們又不要那麼高的標準，那些不起眼的角色，如果演得好，就更加顯得有本事啊！從現在開始，你們叫我演什麼我就演什麼，我完全沒意見，只要是喜劇，我只提這麼一個條件，我們就演喜劇吧！」

接著，他又提出演《法定繼承人》的建議，這是他第五次提出意見，唯一拿不定主意的只是自己究竟演杜伯利勳爵好，還是演潘格勞斯博士好。他非常懇切地說明好讓其他人相信，在他挑剩的人物中有幾個出色的悲劇人物，但是沒有人相信他。

勸說無效後，接著就是一陣沉默。爾後，打破沉默的還是這位湯姆。他從桌子上眾多的劇本中，隨手拿起了一本，翻過來一看，突然叫道：「《海誓山盟》！我們怎麼一直沒想到它呢？既然雷文肖家能演，我們爲什麼不能演？你們覺得怎麼樣？我覺得它非常適合我們。

「那兩個棒極了的悲劇人物由約翰和亨利演，我演那個愛做打油詩的男管家，當然啦，如果沒人想演的話，雖然是一個無足輕重的角色，不過我倒願意演這樣的角色。我剛才說過，你們叫我演什麼我就演什麼，而且一定會盡力。其他人物還有卡斯爾伯爵和安哈爾特，你們誰願意演都可以演。」

大家終於一致贊成這個提議。因爲討論來討論去，總沒有一個結果，大家都有些厭倦了，一聽到這個建議，都覺得比起先前那些劇本，適合每一個人。約翰尤其高興，在埃克爾斯福德的時候，他就特別渴望演男爵這個角色。每當雷文肖勳爵朗誦台辭的時候，他嫉妒得不得不跑到自己的房間也從頭到尾地朗誦一遍。

他演戲的最大願望，就是想通過演維爾登海姆男爵來大顯一手。況且，他已經能夠背下一半場的台辭了，加上這個有利條件，他就更加急切地想演這個角色了。當然他也不是非演這個角色不可。他記得弗雷德里克也有一些非常出色的、慷慨激昂的台辭，他也表示願意扮演。

對亨利來說，無論哪個角色他也都願意扮演。不論約翰挑剩的哪一個角色，他都會心滿意足地接受。兩個人互相謙讓了一番，瑪麗亞主動提出爲他們做裁決，因爲她看中了劇中的女主角愛葛莎。她對約翰說：在分配角色的時候，身高和身材是必須加以考慮的因素；而約翰的個子比較高，演男爵似乎更爲合適一些。

大家都覺得她說得不錯，兩位先生也都接受了安排。這下瑪麗亞可以放心了，因爲弗雷德里克有了合適的人選。現在已經有三個人分配了角色，至於萊斯渥先生，他總是由瑪麗亞做主，什麼角色都可以演。茱莉雅也和姊姊一樣想演愛葛莎，便打著美莉的幌子，提出了自己的意見。

「這樣做對不在場的人公不公平呀！」她說：「這個劇裡的女性角色不多，瑪麗亞和我演阿米麗亞和愛葛莎，那就沒有角色給你妹妹演了，亨利。」

亨利希望大家不要爲這事操心。她妹妹只是想爲大家盡些力，至於演不演都沒關係，但是，湯姆立即對此表示反對。他毅然決然地說，無論從哪個方面考慮，阿米麗亞這個角色都應該由美莉來演，如果她願意的話。

「就像由我的一個妹妹來演愛葛莎一樣，」湯姆說：「美莉演阿米麗亞是完全合理的。其實，我的兩個妹妹並沒有吃什麼虧，因爲這個角色帶有很強的喜劇色彩。」

接著是一陣短暫的沉默。兩姊妹都神色不安，都想要演愛葛莎，也都盼著有誰來推薦自己。這時候，亨利拿起了劇本，似乎漫不經心地翻了翻第一幕，很快這事就被他定下來了。

他說：「茱莉雅，我懇請妳不要演愛葛莎，否則，我根本就嚴肅不起來。說實在話，妳不能演，眞的不能演——（轉向她）。妳想想，平時我們在一起總是嘻嘻哈哈的，我對妳的印象始終是這樣；如果妳裝扮成淒慘的樣子，我看了會受不了的，根本就演不下去，弗雷德里克只好無奈地背著包跑下臺去。」

這番話雖然說得又謙恭又風趣，但現在茱莉雅看重的不是他說話的態度，而是他說話的內容。她看見亨利說話的時候瞥了瑪麗亞一眼，於是，她立即意識到，他們是在耍詭計。

很明顯地，她受到了冷落，而瑪麗亞無疑受到了抬舉。她看見瑪麗亞極力壓抑著得意的微笑，就更加確信瑪麗亞充分領會了亨利的這番用意。但是，還沒等她反應過來開口說話，她哥哥又給她當頭一棒。

湯姆說道：「是呀！愛葛莎的確應該由瑪麗亞來演。雖然茱莉雅自認爲喜歡演悲劇，但我不相信她能演好悲劇。她身上哪有一點悲劇的氣質嘛？她的樣子長得就不像，你看她的臉就不是演悲劇的臉，而且她總是忍不住地要笑，走路也快，說話也快。

我想她最好演那個鄉村老太婆，就是那個村民婆子。茱莉雅妳聽我說，妳眞的應該演這個角色，村民婆子是個很好的角色，這位老婆婆非常了不起，她能毫不猶豫把丈夫所做的善事承接下來，而且滿腔熱情地去做，妳就演這個村民婆子吧！」

「村民婆子！」約翰大聲叫道：「你在說什麼呀？那是個最卑微、最低賤、最無聊的角色，一個非常平庸的角色！從頭到尾沒有一段像樣的台辭，讓你妹妹演這個角色！虧你想得出，這對她簡直是一種侮辱。

「在埃克爾斯福德，這個角色是由家庭教師扮演的。當時我們大家都一致認爲，這個角色不能派給其他任何人。總管先生，還是請你公正一點，如果你不能妥當安排你戲團裡的人才，那你就不配當這個總管。」

「我的好朋友，在我的戲團沒有演出之前，誰也說不準我是否能安排妥當。不過，我並不是有意貶低茱莉雅，我們的劇中不能有兩個愛葛莎，但得有一個村民婆子。再說，我已經給她樹立了一個遇事謙讓的榜樣，我自己都能演老管家，她爲什麼就不能演村民婆子呢？

「正因爲這個角色無足輕重，所以，她能演好就更說明她了不起。如果她堅持不要幽默的東西，那就不說村民婆子的台辭，改成說村民的台辭吧！就是說把兩個角色調換一下，我敢說，那個村民還是夠憂鬱、夠悲慘，這對整個戲不會有什麼影響，而那個村民的台辭改成他妻子的台辭後，我還眞願意演他這個角色呢！」

亨利說：「儘管你喜愛村民婆子這個角色，但不一定適合你妹妹演啊！雖然你妹妹脾氣好，但我們也不能把這個角色強加給她呀！我們更不能硬讓她接受這個角色，正因爲她好說話我們就更不應該欺負她呀！

「我覺得阿米麗亞這個角色非常適合她，能讓她的天分得到充分的發揮。我認爲整個劇本中，阿米麗亞這個角色是最難演的，甚至比愛葛莎還難演得好。要想把她演得既活潑又純眞，而又不過分，這需要很高的演技，並且能夠把握準確。

「我見過一些優秀的演員都沒有把她演好，因爲這需要細膩的情感，除非是大家閨秀，茱莉雅就完全適合，我想妳願意吧？」

亨利一面說著，一面轉向茱莉雅，帶著急切懇求的神情，想讓她心裡好受一些。可是，就在她猶豫不決，不知道該說什麼好的時候，她哥哥又插話說：美莉更適合演這個角色。

「不行！不行！不能讓茱莉雅演阿米麗亞，這個角色根本不適合她演，她也不喜歡這個角色，怎麼演得好？阿米麗亞應該是個嬌小、輕盈、有些稚氣的、蹦蹦跳跳的人物；而茱莉雅太高，也太壯，我說這個角色只適合美莉來演，她看起來就像這個角色，我相信她會演得非常出色。」

亨利並沒有理會他的這番話，而是繼續懇求茱莉雅。他說：「妳一定要幫這個忙，一定要幫這個忙！只要妳仔細研究這個人物，就會發現這個角色非常適合妳。妳想要選擇悲劇，不過實際情況是喜劇選擇了妳。妳將提著一籃子吃的東西到監獄裡來探望我，妳不會拒絕到監獄裡來探望我吧？我覺得我好像看見妳提著籃子進來了。」

他的聲音的確產生了極大的威力，茱莉雅動搖了，可是他是不是只是想安慰安慰她，使她不再介意剛才受到的侮辱呢？她不再相信他。剛才他對她的冷落太明顯了，或許他只是不懷好意地拿她開心。她疑惑地看了看姊姊，她想從瑪麗亞的神情中應該找到答案。

瑪麗亞是一副安詳自得的樣子，完全沒有一點氣惱和吃驚；茱莉雅知道，在這種情況下，除非她受到捉弄，否則瑪麗亞是不會這樣子高興的。因此，她當即勃然大怒，聲音顫抖著對亨利說：「我提著一籃子吃的進去，你不怕自己會忍不住地笑呀？雖說別人認爲你會忍不住地笑，不過，我只有演愛葛莎才會有這麼大的威力！」

她停住不再往下說。亨利一臉呆呆傻傻的模樣，彷彿不知道說什麼好。湯姆又開口說話了：「美莉一定要演阿米麗亞，她會演得很出色的。」

「妳以爲我想演這個角色呀？我看妳不用擔心，」茱莉雅氣衝衝地說。「如果我不能演愛葛莎，那就一定什麼都不演。至於這個阿米麗亞，是我最討厭的角色，一個唐突無禮、矯揉造作、厚顏無恥，又令人作嘔的又矮又小的女子。我從來就不喜歡喜劇，而這又是最糟糕的喜劇。」說完便匆匆走出房去。

在座的人全感到侷促不安，但誰也不同情她，除了芬妮之外。因爲芬妮一直在旁靜靜地聽著，看到她被嫉妒弄得這麼心煩意亂，不禁對她產生了憐憫之情。

茱莉雅走後，大家沉默了一陣子，但湯姆很快又打破沉寂，談起了劇本和正事。他拿著劇本急急地翻看著，與約翰討論，決定需要些什麼樣的布景。在這同時，瑪麗亞和亨利則在一旁說著悄悄話，瑪麗亞說：「本來，我是會心甘情願把這個角色讓給茱莉雅的，不過，雖然我可能演不好，但我相信她會演得更糟糕。」她之所以說出這番話顯然受到了哪一位的恭維。

就這樣過了一陣子後，幾個人便散開了。湯姆和約翰一起來到現已改叫「劇場」的那間屋子進一步商量；瑪麗亞決定親自到牧師府上邀請美莉演阿米麗亞，而芬妮則一個人獨自留了下來。

她在孤寂中做的第一件事，就是拿起留在桌子上的那本書，想看一看他們剛才談論的那個劇本。不看不要緊，一看便嚇一跳，她的好奇心被挑了起來，便迫不急待地從頭讀到尾，只是在吃驚的時候才稍稍停頓一下。她非常驚訝，他們居然選了這麼一個劇本！竟然有人建議在私人劇場演這樣的戲，而且居然有人接受！

她認爲，在家裡一點不適合表演愛葛莎和阿米麗亞這兩個人物，原因很多，不管處境或語言，都不適合正派的女人。她懷疑，她的表姊們是否知道她們將要演得是什麼，艾德蒙一定會出面反對的，她盼望他能想辦法讓她們盡快醒悟過來。

15

美莉非常爽快地接受了被分派的角色了。就在瑪麗亞從牧師府回來後不久，萊斯渥先生也來了，於是也給他分派了一個角色。起初讓他在卡斯爾伯爵和安哈爾特中任選一個，但他不知道該演哪個角色好，便請瑪麗亞幫他出點主意。後來，等他搞清楚了兩個角色，了解到他們是兩個不同類型的人物之後，忽然想起自己曾在倫敦看過這齣戲，他記得那個安哈爾特好像是個蠢貨，所以他立即決定演卡斯爾伯爵。

瑪麗亞非常贊成他的決定，因爲他背的台辭越少越好。他還希望伯爵和愛葛莎能一起出場，但瑪麗亞並不贊同，而他仍拿起劇本一頁頁慢慢地翻著，想找到這一幕，瑪麗亞等在一旁爲此感到很不耐煩。

但她還是很客氣地拿過他的台辭，幫他把台辭盡可能地縮短，還告訴他，他必須要挑選衣帽領帶，穿戴上華麗的服飾。萊斯渥先生一聽自己可以盛裝打扮，雖然表面上瞧不起這些東西，心裡卻不由得高興起來，腦子裡只想著自己在盛裝之下會是個什麼樣子，也就沒有再去想別的人或事；當然也沒有看出什麼問題，更沒有感到不快，對此，瑪麗亞早就料想到了的。

整個上午艾德蒙都不在家，對於事情的進展他一無所知。在開飯前，他走進客廳，湯姆、瑪麗亞和約翰正在熱烈地討論；萊斯渥先生則走上前去，興高采烈地向他報告這個好消息。

他說：「我們選定劇本了，是《海誓山盟》。我演卡斯爾伯爵，先出場的時候，是穿一身藍服裝、披一件紅緞子斗篷，然後再換一套盛裝作爲獵裝，我不知道自己會不會喜歡這身打扮。」

聽到這番話，芬妮兩眼緊盯著艾德蒙，看著他的臉色，也看出了他此時的心情，她爲他心跳不已。

「《海誓山盟》！」他用十分驚訝的口氣，對萊斯渥先生回答了一句，然後，轉向他的哥哥和妹妹，好像預想到自己會受到反駁似的。

「是的！」約翰大聲說道：「關於劇本的選擇我們爭論了很久，最後覺得《海誓山盟》最適合我們，也最受到大家的歡迎，我們起初居然沒有想到，我眞是太笨了！在埃克爾斯福德的有利條件，這裡全都具備，而且有人已經演過了，這對我們有好處啊！現在劇中的角色基本上都選派好了。」

「小姐們的角色是怎樣安排的？」艾德蒙嚴肅地看著瑪麗亞說道。

瑪麗亞不由得臉紅起來，答道：「我演雷文肖夫人演的那個角色，（眼神大膽了一些）美莉演阿米麗亞。」

「我認爲這樣的劇本，從我們這些人裡是不大容易找到演員的。」艾德蒙答道，轉身走到母親、姨媽和芬妮坐的爐火面前，滿是怒火地坐下來。

萊斯渥先生跟在他的身後說：「我出場三次，說話四十二次，你覺得還可以吧？不過，我不太喜歡打扮的那麼漂亮；如果我穿一身藍衣服，披一件紅緞子斗篷，我會認不出自己來的。」

艾德蒙不知該怎麼樣回答他。不一會兒，有人將湯姆叫出屋去了，說是要解決木匠提出的問題，約翰陪他一起去了，萊斯渥先生也跟了出去。趁著這個機會，艾德蒙對瑪麗亞說道：「我不便當著約翰的面說對這個劇的看法，不然會有損他在埃克爾斯福德的朋友們的名譽。親愛的瑪麗亞，現在我必須告訴妳，我認爲這個劇非常不適合家庭演出，希望妳不要參加，妳只要把劇本仔細地讀一遍，我相信妳就會放棄，你只要把第一幕讀給媽媽或姨媽聽，妳就不會贊成的，更不用說寫信請父親裁決了。」

瑪麗亞卻大聲說：「我們對事情的看法有很大的不同！我對這個劇很熟悉，當然劇中是有某些不妥當的地方，但只要把這極少的幾個地方刪去，我認爲沒有什麼不合適的；再說，認爲這個劇適合家庭演出的年輕女子可不止我一個。」

「我爲此感到遺憾！」艾德蒙答道：「不過，在這件事情上，領頭的應該是妳，妳應該樹立榜樣。如果其他人有過錯，妳還要幫忙改正，讓他們知道文雅端莊是什麼是妳的責任；在各種禮禮儀問題上，妳的行爲必須是其他人的表率。」

這番抬舉的話讓瑪麗亞十分受用，因爲她最喜歡領導別人，心情因此比剛才好了許多，回答道：「艾德蒙，我非常感謝你。我知道，你完全是一片好心。不過，我覺得你把事情看得過於嚴重了。在這件事上，我還眞沒有辦法講一通大道理把大家訓一頓，我覺得這樣做最不合禮節規距。」

「妳以爲我會讓妳去這麼樣做嗎？不是的，是用妳的行爲來說服大家。妳可以對他們說，妳仔細研究了這個角色，覺得自己演不了，演這個角色要下很大的工夫，還要有足夠的信心，而妳卻沒有足夠有信心，也下不了這麼大的工夫。只要妳說得很堅決，腦子稍微清楚的人都會明白妳的意思，那麼，他們就會放棄了，妳的嫻雅穩重自然會受到敬重。」

「親愛的，」這時，伯特倫夫人說道：「不要演有失身分的戲，湯瑪斯爵士會不高興的。芬妮，搖搖鈴，我要吃飯了。茱莉雅這時候一定已經穿戴好了。」

艾德蒙沒讓芬妮搖鈴，說道：「媽媽，我相信湯父親會不高興的。」

「親愛的，妳聽見艾德蒙的話了嗎？」

瑪麗亞興致又來了，她說：「就算我不演這個角色，茱莉雅也會演的。」

「什麼？」艾德蒙嚷道，「如果知道妳為什麼不演了，她還會演嗎？」

「她一直覺得我們倆不一樣，處境不一樣，所以，她會覺得她不用像我這樣顧忌，我想她一定會這樣說的。妳得原諒我，我答應的事不能反悔，而這是已經說定了的，如果我反悔了，大家會失望，湯姆也會大發雷霆；再說，如果我們總是這樣挑剔，那就永遠找不到一個能演的劇本。」

「我正想這麼說。」羅禮士太太說：「如果見一個劇本就反對一個，那就什麼都演不成了，我們那麼多的準備工作不是就白做了麼，花的那些錢不就白花了嗎？這讓我們太丟臉了！雖然我不了解這個劇，不過，正如瑪麗亞所說的，如果劇本中有什麼粗俗的內容（大多數劇本都有些這樣的內容），刪去就行了！艾德蒙，我們也不要太古板了！再說，萊斯渥先生也要參加演出，這就不會有什麼問題了。

「我現在擔心的倒是那些木匠，他們做邊門可是多用了半天工呀！我想他們開工時，最好湯姆心裡有個數。不過，布幕會做得很好的，那些女僕們做得很用心，說不定還可以省下幾十個幕環退回去呢！因為沒有必要弄得那麼密，我希望我能在防止浪費和物盡其用上發揮一點作用，總得有個老練沉穩的人在一旁監督這麼多年輕人才行。

「今天我遇到了一件事，還忘記了告訴湯姆。我從養雞場裡走出來的時候，你猜我看見誰了？我看見迪克．傑克遜！他手裡拿著兩塊松木板正向僕人住處走去，我想那一定是送給他爸爸的。原來他媽媽因爲有事讓他給他爸爸送個信，他爸爸就讓他順道拿兩塊板子來，說是非常需要。

「這時候，僕人的開飯鈴正在叮噹響，我當然明白這是怎麼回事。我特別討厭占便宜的人，而傑克遜這家人就愛占便宜。你知道，這孩子已經十歲了，個子長得也不小，應該懂得羞恥了。所以，我就直接對他說：『迪克，板子我幫你爸爸送去，你快點回家吧！』我想可能是我的話說得太不客氣了，他傻呆呆地看著我，然後扭頭就走了，一句話沒說。我敢說，在近期內他不敢再來大宅內偷東西了，我眞恨他們這樣貪心不足啊！要知道你們父親對他們這家人多麼好，長年都在雇用那個當家的呀！」

沒有誰能接續她的話題。隨後其他幾個人都回來了，看來是無法阻止他們了，艾德蒙感到無能爲力；唯一讓他感到安慰的是，他已經非常盡力地勸說過他們了。

飯桌上的氣氛很沉悶。羅禮士太太又把她戰勝迪克．傑克遜的事說了一遍，但沒有人再提起劇本和準備演出的事。不管怎樣，艾德蒙的強烈反對還是影響了哥哥的情緒，雖然湯姆自己不肯承認這一點。由於沒有亨利在場的積極支持，瑪麗亞覺得最好還是避開這個話題。約翰極力想討好茱莉雅，卻發現談到自己因爲她不能參加戲團而深感遺憾的話題，比什麼話題都讓她悶悶不樂，而萊斯渥先生雖然一心只想著自己的角色和服裝，但這兩個話題該說的已經反覆說過幾遍了。

不過，由於許多問題還沒有解決，加上晚飯又喝了點酒，給他們增添了新的勇氣；於是，在飯後的一、兩個小時，又開始討論起關於演戲的議論了。湯姆、瑪麗亞和約翰聚在會客廳，三人圍著一張桌子坐下來，把劇本攤開放在面前，準備深入研究一番。

恰好在這時，克萊兄妹來了。儘管夜已深沉，天空陰暗，道路泥濘，但他們還是忍不住來了，這可是讓那幾位求之不得的事，所以都欣喜萬分地歡迎他們的到來。

一陣寒暄之後，便開始了如下對話：「喂，你們進行的怎麼樣了？」、「你們已經解決了什麼問題了？」、「噢！你們不在我們什麼也做不成。」轉眼間，亨利便與那三個人坐到了一起，而他妹妹則走到伯特倫夫人的跟前，直跟她討好。

「劇本終於選好了！」她說：「謝謝你容忍我們爲劇本不停地爭來吵去，讓您爲此心煩。現在劇本定下來了，演戲的人固然感到高興，但我想旁觀的人可能更加感到萬分慶幸。夫人，我衷心祝您快樂，還有羅禮士太太，以及所有受到干擾的人。」一邊說著，一邊越過芬妮，半是膽怯，半是狡猾地瞥了艾德蒙一眼。

伯特倫夫人很客氣地答謝了她，但是艾德蒙一句話也沒說。他想他的確也只是一個旁觀者而已。美莉繼續和爐子周圍的人聊了一會兒，便回到桌子旁邊那幾個人那裡，站在一旁聽他們的討論。

這時，她好像突然想起什麼似的，便大聲叫道：「各位朋友，你們自顧談論那些農舍和酒店，一會兒裡邊又怎麼樣，一會兒外面又怎麼樣，請你們也讓我了解一下我的命運吧！我想知道誰來演安哈爾特，我將有幸與你們其中的哪位先生談情說愛呀？」

一陣沉默之後，他們不得不告訴她一個悲慘的事實：沒有人演安哈爾特：「萊斯渥先生演卡斯爾伯爵，但還沒有人演安哈爾特。」

「本來我可以選擇演安哈爾特的！」萊斯渥先生說：「可是我覺得我更喜歡演伯爵，雖然對我並不太喜歡那些華麗的衣服。」

「我認為你的選擇非常明智。」美莉笑瞇瞇地說：「安哈爾特是個頗有分量的角色。」

「但是伯爵也有四十二段台辭，並不輕鬆啊！」萊斯渥先生回答說。

「沒有人演安哈爾特！」稍稍頓了頓，美莉說道：「就這個角色來說，我一點也不感到奇怪，這麼放浪的姑娘，男人不被嚇跑才怪呢？」

湯姆嚷道：「如果有可能的話，我倒很願意演這個角色。遺憾的是，那個老管家和安哈爾特是同時出場的。不過，讓我想想有沒有別的辦法，我再看一看劇本，我可不想輕易放棄這個角色。」

「應該讓你弟弟演這個角色，」耶茨低聲說道，「你是不是認爲他不肯演？」

「我才不去求他呢！」湯姆堅決又冷漠地說。

不久，美莉又說了點別的事後，又回到爐子邊這幫人這裡：「他們一點也不希望我在那兒。」她說著，坐了下來：「我只會讓他們疑惑，而他們還不得不客氣地應付我。艾德蒙·伯特倫先生，你不參加演出，你是旁觀者，你的意見應該是公正的。所以，我向你求教，你認爲我們應該怎麼處理安哈爾特這個角色？能不能讓哪個人同時演兩個角色呢？你的意見如何？」

「我的意見是——」艾德蒙冷靜地說：「你們換一個劇本。」

「這我並不反對。」美莉回答道。「但是，如果角色搭配得好，如果一切進展順利的話，我也不反對飾演阿米麗亞。雖說這樣，我還是不願意給別人帶來不愉快，只不過，坐在那張桌邊的人（她回頭看了看），他們是不會聽你說的話，也不會採納你的意見。」

艾德蒙沒有說話。

「我想如果有哪個角色適合你演的話，應該是安哈爾特，」稍稍頓了頓，美莉調皮地說：「因爲你知道，他是個牧師。」

「我絕不會因爲這樣而想演這個角色！」艾德蒙答道：「不能因爲我的蹩腳演技，而把他演成一個可笑的人物，我不願意！說實話，要想把安哈爾特演好，讓他看起來不像一個拘謹刻板的佈道者，那一定是不容易的。我想一個選擇了牧師作爲職業的人，也許最不願意到臺上去演牧師的。」

這番話說得美莉啞口無言。她心裡冒出幾分羞憤，於是她使勁將椅子往茶桌那邊移了移，把注意力全都轉向了坐在那裡忙碌的羅禮士太太。

「芬妮！」從另一張桌子那裡傳來湯姆的叫聲，他們在那邊一直開著小會，氣氛頗爲熱烈，說話聲一直沒斷過。「我們需要妳的幫助。」

芬妮以爲要她做什麼事，便立即站了起來，儘管艾德蒙一再告誡大家，但這些人還是改不掉這種支使芬妮的習慣。

「不是！不是要妳離開座位做什麼事，也不是要妳現在就幫我們什麼忙，我們只想讓妳參加演出，妳演村民婆子。」

「我！」芬妮叫了一聲，滿臉驚恐地坐下來：「我不會演！你們不要強求我。無論如何，我都不會演。不行！我眞的不能演。」

「可是，妳一定得演，因爲我們不能沒有妳。妳不用怕成這個樣子，這個角色又是一個微不足道的角色，一共也只就五、六段台辭。就算觀眾聽不見妳說的話，也都不要緊的，就算妳的聲音小得像老鼠都可以，但是，妳一定得出場。」

「不過五、六段台辭，妳就嚇成這樣。」萊斯渥先生嚷嚷道：「如果讓妳演我的角色，背四十二段台辭，妳怎麼辦？」

「我並不是怕背台辭！」芬妮說完，吃驚地發現這時整個房間裡只有她一個人在說話，而且幾乎所有的眼睛都盯著她：「可是我眞的不會演。」

「會的，會的！妳一定可以演好的，我們會教妳，妳只要把台辭記住就行了。妳只有兩場戲，那個村民由我來演，該妳上場的時候，我會帶著妳一起上去，會告訴妳往哪裡走，只要聽我指揮，我保證妳會演得很好。」

「眞的不行！湯姆，你一定得饒了我。你不了解我，如果我去演的話，只會讓妳失望，我眞的沒辦法演。」

「得啦！得啦！別這麼忸忸怩怩的，妳會演得很好的，我們會盡可能地關照妳，不會對妳提出過高的要求。妳只要穿一件褐色長裙，紮一條白圍裙，戴一頂頭巾式的女帽；然後我們再幫妳畫幾條皺紋，眼角上再畫一些魚尾紋，這樣，妳就像一個小老太婆了。」

「你們饒了我吧！」芬妮大聲說道。由於太過激動，她的臉脹得通紅，無助地望著艾德蒙。艾德蒙親切地看著她，但又不願意介入，怕哥哥不高興，只能笑吟吟地鼓勵她；而湯姆絲毫不理會她的懇求，又把剛才的話重複了一遍。除了湯姆，瑪麗亞、亨利和約翰也都紛紛要求她演，他們也都在強迫她，只不過語氣稍稍溫和一點，稍稍客氣一點。在幾個人的合力逼迫下，芬妮感覺快要頂不住了。

就在她還沒來得及緩過氣來的時候，羅禮士太太又給了她一記悶棒，她故意用別人聽得見的低語惡狠狠地對她說：「什麼大不了的事要費這麼大的勁？妳竟然爲了這麼一件小事，爲難妳的表哥表姊，平時他們對妳那麼好，我眞爲妳感到害臊啊！妳還是痛快地答應了吧！不要讓我們再聽見議論這件事了。」

「姨媽，妳不要逼她！」艾德蒙說。「她不喜歡演戲，這樣逼她是不公平的，妳讓她像我們大家一樣自己決定。我們應該完全相信她是可以自己選擇好壞的，不要再逼她了。」

「我不會逼她！」羅禮士太太厲聲回答道。「不過，如果她不肯做她姨媽、表哥、表姊希望她做的事，我就認爲她是個非常倔強、忘恩負義的姑娘。。」

艾德蒙氣得說不出話來。這時，美莉驚訝地看著羅禮士太太，然後又看了看芬妮，只見她兩眼淚汪汪的，便立即帶刺地說：「這位置太熱了，我想我還是換一下我快受不了。」說著便把椅子搬到桌子對面靠近芬妮的地方，一邊坐下來，一邊親切地低聲對她說道：「親愛的芬妮，不要在意，今天晚上是一個容易發脾氣的晚上，似乎人人都在動氣、捉弄人，我們不要理他們。」

然後，她十分關切地繼續陪她說話。雖說自己的情緒也低落，但她還是希望芬妮能打起精神。她給哥哥使了個眼色，讓他們戲團不要再勉強芬妮了。對她的這一片好心，艾德蒙看在眼裡，對她已經失去的好感很快又恢復了。

雖然芬妮並不喜歡美莉，但美莉此時此刻對她這麼關心，讓她打從心裡感激。美莉先是讚美她的刺繡，說自己也能繡這麼漂亮就好了，並向她要刺繡的花樣。她還猜測說，芬妮這是在爲進入社交界做準備，因爲表姊結婚後，她當然要開始社交活動。

爾後，美莉又問起她當海軍的哥哥，猜想他一定是個英俊的小伙子，如有機會眞想見見他，不知她哥哥最近來信沒有？她還建議芬妮，在她哥哥下次出海之前，可以找人幫他畫張像。芬妮雖然知道這都是些恭維話，但又不得不承認，聽起來的確很悅耳。所以，她也就身不由己地應答著，而且越說越有勁，眞讓她沒想到。

演戲的事還在繼續商量著。湯姆的一席話把美莉的注意力從芬妮那裡轉移了過來。湯姆對她說：他眞的覺得很遺憾，自己不能同時演男管家和安哈爾特，本來是很想演的，也花了一番苦心，但看起來還是不行，只好放棄了。

但他又補充說：「不過，要找到扮演這個角色的人根本不難；只要開口，有的是人讓我們挑，就在離我們不出六英哩的地方，至少就有六個年輕人，這幾個人都巴不得能加入我們的戲團。奧利佛弟兄倆和查理·馬多克斯三個人，隨便哪個都可以放心讓他去演。湯姆·奧利佛是個聰明人，查理·馬多克斯很有紳士派頭。我準備到斯托克去一趟，與他們商量、商量，明天一大早就騎馬去。」

湯姆說這話的時候，瑪麗亞不安地回頭看了看艾德蒙，因爲這已經違背了當初閉門演戲的想法，她害怕艾德蒙又會站出來反對，但是，艾德蒙什麼也沒說。對此，美莉想了想，冷靜地說道：「只要你們大家認爲合適的事，我都不會反對。不過，我想知道這幾個年輕人中有沒有我認識的？我想起來了，那個查理像好像到我姊姊家來吃過飯，是不是，亨利？我還記得他。這個人看起來倒還沉穩，如果你認爲可以，就請他吧！對我來說，總比請一個完全不認識的陌生人要好些。」

於是，請查理的事就這樣定下來了，湯姆說他第二天早晨就動身。這時，一直沒怎麼開口的茱莉雅說話了。她先是瞥了瑪麗亞一眼，又看了看艾德蒙，挖苦道：「看來曼斯菲爾的這場戲劇演出要在這一地區引起轟動啦！」艾德蒙仍一言不發，只是鐵青著臉來表明他的態度。

美莉思考了一會兒，然後低聲對芬妮說：「我對這個戲不抱多大的希望，我要告訴馬多克斯先生，最好在我們排練之前，我要把他的台辭縮短一些，我的台辭也要縮短。這樣可能會變得很沒有意思，完全不符合我最初的願望。」

16

雖說有克萊福小姐的勸慰，但芬妮並沒有眞正忘記剛才發生的事。夜裡上床的時候，她的腦子裡依然轉著晚上的情景。在這麼多人面前，大表哥一再欺侮、打擊她，讓她現在仍然心神不安；而大姨媽對她冷酷的指責和辱罵，更讓她難過不已。

一直被人支使來支使去不說，現在還要被逼著去演戲，做自己不願意做的事；接著又招來一頓辱罵，說她固執、忘恩負義，影射她寄人籬下，當時眞讓她痛苦極了。當她一個人躺在床上想著這些事的時候，心裡自然也不好受，她還擔心今天這個話題明天又會被提起。

美莉只是在當時保護了她，而他們則有可能再次脅迫她，逼著她接受角色，這種事湯姆和瑪麗亞完全做得出來。如果那時候艾德蒙又不在場，那該怎麼辦呢？她一籌莫展，想著、想著，還沒找到答案就睡著了。

第二天早晨醒來後，她想著這個難題，仍然覺得無法解決。自從來到姨媽家後，她就一直住在白色小閣樓裡，但這裡似乎不能讓她釐清思緒。於是，她一穿好衣服，就跑到另外一個房間，希望能在那裡得到幫助。這個房間比較寬敞，更適合踱步與思考，現在全歸她所有。這間屋子原來是孩子們的教室，雖然後來兩位伯特倫小姐不准人再叫它教室，但它仍作爲教室且使用了一段時間。

這裡最早是李小姐住，自然也就成了小姐們讀書、寫字、聊天、嬉笑的地方。三年前，李小姐離開了曼斯菲爾，這間屋子就沒有了什麼用途，除了芬妮，很少有人再來。芬妮因爲所住的小閣樓太狹小，連書架都放不下，有時她就把書及所養的花草放在這裡，不時會來照看一下花草，或是拿本書。

漸漸地，她越來越喜歡上了這裡，不斷增添花草和書籍，在裡面度過的時光也越來越多。就這樣，她自然而然地占用了這個房間，因爲這對誰都沒有妨礙，所以大家也都公認這間屋子屬於她。從瑪麗亞十六歲那年起，這間屋子就一直叫做東屋，而這間東屋已明確地成爲了芬妮的房間，就像那間小閣樓一樣。

由於芬妮的小閣樓太小，再擁有一間房間也是合理的；而兩位伯特倫小姐在住房等各方面條件都優越許多，所以，對芬妮使用那間房子完全贊成。但是羅禮士太太曾經說過，這間房子絕不能爲了芬妮而生火，所以，對芬妮使用這間誰也不需要的屋子，也就聽之、任之了。不過，她有時說起這事，竟認爲他們姑息芬妮，而那口氣好像這房間是大宅裡最好的房間似的。

不過，這間屋子的座向很不錯，對芬妮這樣一個容易滿足的女孩來說，即使不生爐火，在早春和晚秋季節，仍然有許多個上午可以待在這裡。即使是冬天，只要有一絲陽光照進來，她也不想離開這裡。

這間房間給她帶來了很多的安慰。在她空閒的時候，在遇到不順心的時候，就可以來到這裡來做做活、看看書，或想想心事，很快就能得到許多的慰藉，因爲這裡有她養得的花草，有她買的書。自從擁有可以由她支配的一個先令開始，她就一直在買書；房裡還有她的寫字臺，她爲慈善事業做的藝品，她繡的花，全都在她的手邊。

如果沒有心思做事，只想默默沉思，那麼房間裡的一切，都能給她帶來愉快的回憶。在她看來，這裡的每一樣東西都是她的朋友，或者能讓她聯想到某位朋友。雖然有時候她遭受了巨大的痛苦，人們常常誤解她的動機，沒人理會她的感受，沒人重視她的見解；雖然她飽嘗了人們的專橫、嘲笑和冷落；但是，每當她受到這些委屈時，總有人給她很許多的安慰。

她記得，伯特倫姨媽爲她說過情，李小姐也曾鼓勵過她，尤其是表哥艾德蒙總是替她打抱不平，和她非常要好，她做的事總是會得到他的支持，她的用意總會得到他的理解，受到委屈時，他總是耐心地勸她不要哭，或向她表明他有多疼愛她，讓她破涕爲笑。時間漸漸遠去了，而這一切卻和諧地融合在了一起，每一樁痛苦的往事也因此披上了迷人的色彩。

雖然這間房間裡的家具很普通，而且又被孩子們糟蹋得不成樣子，但對她來說，這裡的一切都無比珍貴。即使用大宅裡最精緻的家具，她也不肯換。房間裡主要有幾件藝術品和裝飾：

一幅茱莉雅畫的腳凳，因為畫得不好，不適合掛在客廳裡，現在已經褪色了！窗子下方三個窗格鑲嵌著三塊雕花玻璃，那是在流行雕花玻璃的時候製作的；中間一塊是廷特恩寺，兩邊一塊是義大利的一個洞，另一邊是坎伯蘭的湖上月色。

除此之外，還有一組家族人物側面像，由於掛在哪兒都不合適，所以就掛在了這間屋子的壁爐上方。在側面像旁邊的牆上，則釘著一張四年前威廉從地中海寄來的素描，畫著一艘輪船，畫的下方寫著HMS Antwerp（皇家海軍艦艇「安特衛·號」）。

現在，芬妮來到這裡，看自己是不是還能像往常一樣得到撫慰，讓激動不安的心情平靜下來，幫她找到解決難題的辦法。她看看艾德蒙的側面像，想從中得到一點啟示；又幫天竺葵透透氣，看自己能不能從中吸取一些精神力量。

她在房間裡踱來踱去，漸漸對自己的行為產生了懷疑。現在她不僅為自己的執意擔心，還對自己到底應該怎麼辦猶豫起來。這幾個人都是她應該百依百順的人，現在他們這麼強烈地要求她，熱切地盼望她；況且，這件事對他們熱衷的計畫又是那麼重要，而她竟然不答應，這樣做是不是合適呢？

這說明了什麼？心地不善，自私自利？怕自己出醜？或是因為艾德蒙反對演戲，並說湯瑪斯爵士會不高興，但這能成為她不顧別人的願望而斷然拒絕的正當理由嗎？她把參加演出看得那麼可怕，這樣的顧慮是否有必要？其中是否完全沒有私心雜念呢？她開始懷疑了。

她又環顧四周，表哥表姊送給她的一件件禮物映入眼簾。在兩個窗子之間的桌子上，放滿了針線盒與編織盒，這都是湯姆送給她的，這一切都讓芬妮越來越覺得自己應該知恩圖報。自己收了別人這麼多禮物，欠下了多少人情呀？

就在她悶頭思索著該怎樣償還這些人情時，一陣敲門聲把她驚醒。她輕柔地說了聲「請進」。一見是艾德蒙，她眼睛頓時一亮。這是她遇到疑難問題總要向他請教的那個人，也正是她此時此刻最想見到的人。

「芬妮，可以和妳談一下嗎？」艾德蒙說。

「當然可以。」

「我想向妳求教，想聽聽妳的意見。」

「我的意見？」芬妮受寵若驚，不自主地往後縮了縮。

「我想聽聽妳的意見和建議，我不知道該怎麼辦才好。妳知道，這次演出搞得越來越離譜了，本來他們選的劇本就已經夠糟的了，現在又要請一個我們都不太認識的人來湊角色。這樣一搞，我們最初說的演出只限制在小範圍內的計畫就全泡湯了。

「至於查理斯．馬多克斯，我倒沒有聽說有什麼不好的地方，只不過讓他和我們一起演出，一定會引起過於親密的關係，這不好吧？而且可能不僅是親密，還可能造成隨便，這一點讓我無法容忍。我覺得這件事危害極大，必須要設法阻止。妳也是這樣認爲的吧？」

「我和你的看法一樣，不過，有什麼辦法呢？你哥哥的態度非常堅決。」

「芬妮，現在只有一個辦法，那就是由我來演安哈爾特。對於固執的湯姆，還能有什麼別的辦法呢？」

芬妮沒有說話。

「當然，我並不喜歡這樣做。」艾德蒙接著說：「這種反覆無常的事，誰願意被逼著做呢？大家都知道我從一開始就反對這件事，現在他們在各個方面都打破了最初的計畫，我卻要加入，再沒有比這更荒唐可笑的事了。可是我又想不出別的辦法，妳有辦法嗎，芬妮？」

芬妮遲疑地說：「我一下子想不出，不過……」

「不過什麼？我知道妳不贊成我的做法。可是，妳想一想吧，一個陌生的年輕人，突然間與我們的關係無拘無束，像一家人一樣和我們待在一起，隨時有權在我們的家裡出入，這樣的關係可能帶來的危害以及必然帶來的不愉快，也許妳了解的沒有我清楚，但妳只要想一想，每排演一次，他就會放肆一次，這有多糟糕呀！芬妮，妳設身處地替美莉想一想，跟一個陌生人演阿米麗來會是什麼樣滋味。她應該得到大家的同情，而她也希望能得到大家的同情。

「昨晚我聽見了她對妳說的話，她說她不願意和陌生人一起演戲，我非常能理解。她答應演這個戲，很可能另有期望，或許當初她沒有認眞考慮過，也沒想到事情會是這樣。在這種情況下讓她去活受罪，那也太不義了，太不應該了。她的心情應該受到尊重，難道妳不這樣認爲嗎？芬妮。」

「我爲美莉難過，可是我更爲你難過。大家都知道你反對這件事，而且你說過姨父也會反對，但現在眼看著你就要被捲進來，做你原本不肯做的事，我想他們可能會很得意！」

「如果他們看到我糟糕的演技，就不會得意了。當然，一定會有人特別得意，但我現在管不了那麼多啦！只要不把這件事張揚出去，只在有限的範圍內丟人現眼，不要搞到放蕩的地步，我覺得就很值得了。

「現在我得罪了他們，與他們鬧得很僵，他們根本不聽我的，發揮不了任何作用，什麼事也辦不成；如果我讓步了，他們一高興，或許就有希望說服他們縮小演出的範圍，這個收穫就大了。我的目標是把演出限制在萊斯渥太太和格蘭特一家人，妳覺得這樣的目標是否值得爭取？」

「這一點的確很重要。」

「可是妳還沒有表示同意呢！妳有沒有其他的辦法，也能讓我達到這一目的呢？」

「我想不出別的辦法。」

「那就贊同我吧！芬妮。沒有妳的贊同，我心裡不踏實。」

「噢！表哥。」

「如果妳不同意我的意見，我就要懷疑我自己了。不過……不過，我絕不能讓湯姆這樣子騎著馬四處去拉人來演戲，我絕不會讓他這樣做！芬妮，我原以爲妳會體諒美莉的心情。」

「她一定會高興，會大大鬆一口氣的。」芬妮說道，努力讓自己顯得熱情些。

「昨天晚上，她對妳那麼好，這是從沒有過的，所以我就一定得好好待她。」

「她眞的很好。我很高興能讓她別和陌生人……」

芬妮沒有說完這句大氣度的話，她的良心阻止了她，不過，艾德蒙已經滿足了。

「早飯後我就立刻去找她，」他說：「她一定會很高興。親愛的芬妮，我就不打擾妳了，我知道妳還要讀書，但是不和妳說說，我拿不定主意，心裡會不踏實的，不管是睡著還是醒著，我腦子裡盡想著這件事，現在我這樣做一定能減輕這件事所可能造成的危害。湯姆起床後，我就去找他，把這事兒定下來。那麼，到吃早飯的時候，我們大家就會爲共同做蠢事而興奮了。

「妳在看這本書？哦，一會兒妳就要到中國去了？（麥卡特尼勳爵，一七三七至一八〇六，是英國首任駐華使節，著有《使華旅行記》，對開本於一七九六年出版，芬妮可能正在閱讀這本書。）旅途順利嗎？（說著打開桌上的一本書，隨後又拿起幾本）如果你讀鋸著讀倦了，還可以讀一讀克雷布的《故事集》（喬治．克雷布，一七五四至一八三二，是英國詩人，他的《故事集》於一八一二年出版。以及《懶漢》（詹森博士，一七〇九至一七八四）著的散文集。來消遣。我眞的非常羨慕妳這個小小的書庫，等我一走，妳就會忘掉演戲這件無聊的事，舒舒服服地坐在桌邊看書。不過，在這裡不要坐太久，小心著涼。」

艾德蒙走了，但芬妮並沒有安安心心地坐下看書，去中國旅行。她平靜不下來，因爲艾德蒙給她帶來了最離奇、最不可思議、最壞的消息。她哪兒有心思再去想別的事，包括自己的那些傷心事。

艾德蒙要去演戲！這可能嗎？先前還堅決地反對，那麼理直氣壯！她知道那是發自他的眞心，因爲她親耳聽到他這麼說的，也親眼看到過他當時的神情。但是，現在他居然又決定去演戲，艾德蒙會這樣反覆無常？他是不是自欺欺人？是不是判斷錯了？

這都得怪美莉，她的每句話對艾德蒙都有影響，芬妮為此很苦惱。現在，她自己的那些疑慮和恐懼都被拋在腦後了，因為與這個更大的煩惱比起來，它們已變得無足輕重。她想，不管這事情的結局如何，她已經不在乎了。表哥表姊可以逼她，但不至於纏住她不放，因為他們拿她沒辦法。最後如果不得不屈服，那也沒關係了，因為再糟也不會比現在更糟。

17

這一天，對湯姆和瑪麗亞來說，眞是大獲全勝的一天，他們竟然戰勝了艾德蒙，完全出乎意料，這讓他們異常興奮。從今以後，再不會有什麼人來干擾他們了。他們感覺滿意極了，私下都開心地相互祝賀，都認為這一變化是由於嫉妒的緣故。

雖然艾德蒙還是板著臉，說他不喜歡演戲，尤其反對演這齣戲，但是他們的目的已經達到了，對此並不在意。況且，他們認為艾德蒙能參加演出，完全是受制於私心的驅使。看著他從原先堅守的崇高道德觀上跌落下來，他們兩人更是快活，而且也更加自命不凡。

不過，當著艾德蒙的面，他們還是很客氣，除了嘴角不自覺地流露出幾許微笑外，臉上絲毫沒有得意的神色。似乎他們也認為能把查理斯・馬多克思拒之門外是件萬幸的事，當初他們並不是有意要他來的，只是迫不得已。

「把演出完全控制在自家人的圈子裡，也正是我們所希望的。如果我們中間夾雜著一個陌生人，的確會讓人十分掃興。」趁此機會，艾德蒙表示希望對看戲的人加以限制，由於一時得意，不管他提什麼要求，他們都答應。眞是皆大歡喜，令人鼓舞！羅禮士太太還主動表示幫他設計服裝，約翰向他保證安哈爾特和男爵的最後一場戲要增加場面和分量，萊斯渥先生則答應給他查一查他有多少段台辭。

湯姆說：「也許現在芬妮也會比較願意幫我們忙了，也許你能說服她。」

「她非常堅決，她一定不會演。」

「好吧！」湯姆沒再說什麼。不過，這倒讓芬妮想起自己的危險了，她曾把這危險置之度外，現在又開始擔心起來。

牧師府跟莊園這邊一樣，在艾德蒙轉變態度後，展現一片歡騰。美莉帶著迷人的微笑，對這件事也立刻又熱切起來，這讓艾德蒙深深意識到：「我尊重這樣的情感看來是正確的，我很高興做出了這樣的決定。」這一天上午過得甜蜜而快樂，雖然對艾德蒙來說，這種快樂並不十分歡暢。

不過，芬妮卻得到一個意想不到的收穫。原來，在美莉的懇求下，一向性情溫和的格蘭特太太答應扮演那個角色，就是他們要芬妮扮演的村民婆子，這讓芬妮放心許多，讓她感覺開心多了。只不過，當艾德蒙告訴她的時候，她又感覺到一種難言的痛苦，因爲艾德蒙一再表示，這事兒全虧了美莉，她得感謝美莉的好心相助。

雖然現在沒什麼可擔心的了，但是她的心並沒有因此得到寧靜；相反地，她的心開始躁動不安，這樣的情形從沒發生過，除了感到自己並沒有做錯什麼事以外，其他的樣樣事情都讓她感覺不安。對艾德蒙做出的這個決定，無論理智還是情感，她都無法接受。她不能原諒他說變就變，因爲這一變，他倒是高興了，卻害得她難受。

她心裡充滿了嫉妒和不安。美莉春風滿面地走來，她感覺這對她是一種屈辱；美莉親切地和她說話，她卻不能心平氣和地回答她。在她的周圍，人人都又興奮又忙碌，因爲他們都有各自關心的目標、自己的角色，個個顯得又順心又神氣。幾乎人人都在議論、商討著他們的服裝、他們熱愛的場面，以及他們的朋友和盟友，他們嬉戲調笑，互相尋求開心。

全家只有她悶悶不樂，無足輕重。凡事都沒有她的份兒，沒有人注意她，沒有人需要她，更沒人牽掛她。她可以留下也可以走開，可以處於喧鬧之中，也可以回到寂靜的東屋。她似乎被人遺忘了，這境況讓她感覺糟透了。

但是格蘭特太太卻受到了大家的推崇，一下子變成了重要人物。大家敬重她的情趣愛好和善於審時度勢，稱讚她的爲人和藹可親，紛紛向她求教，圍著她轉，誇獎她，幾乎事事都需要她到場。

剛開始，對於格蘭特太太承擔這個角色，芬妮幾乎有些嫉妒了。但是經過仔細考慮後，她認爲格蘭特太太是應該受人尊敬的，而她無論如何是不會受到這種尊敬的。這樣一想，她的心情就好了許多；而且就算她受到最大程度的尊敬，也絕不會心安理得地參加演出，因爲一想到姨父，她就覺得這戲根本不該演。

當然，在這些人中，並不僅僅芬妮一人難過，茱莉雅也成天悶悶不樂，芬妮很快意識到了這一點，只不過，茱莉雅的傷心倒不是無辜的。亨利雖然玩弄了她的感情，但不可否認的，為了和姊姊爭風吃醋，長久以來，她不是也接受甚至於逗引他向她獻殷勤嗎？本來這種爭風吃醋也是可以理解的，但她們也應該努力抑制自己的情感，不讓它放任自流才好。

亨利中意的是瑪麗亞，現在她總算看清了這一現實。但是，她並沒有為瑪麗亞的境況感到擔心和吃驚，更沒有以理智努力使自己平靜下來。她總是板著一張臉，陰沉沉坐在那裡，一句話也不說，也不想去打聽什麼，對什麼俏皮話都無動於衷；要不就是聽任耶茨先生向她獻殷勤，只對他一人強作歡笑，譏笑別的表演。

在得罪茱莉雅後的最初一、兩天，亨利依舊討好她，向她獻殷勤，以努力消除他們之間的隔閡。只不過，他並不怎麼太再意這件事，所以，碰了幾次釘子後也就不再堅持了。不久之後，他因為忙於演戲，根本沒有工夫再去調情了。漸漸地，他也就不再把這次爭吵的事放在心上，甚至還認為這可能是件好事。於是，人們對他倆產生的期待，也就在無形之中悄然終止了。而產生這種期待的，還不只格蘭特太太一個人。

格蘭特太太看見茱莉雅沒有加入這個戲團，獨自坐在一邊沒有人理會，心裡感到很不高興。不過，這件事必竟與她的幸福並沒有多少關係，這是亨利自己的事，應該由他自己作主。況且，亨利曾帶著他那至誠可信的微笑對她說過，在這件事上，他和茱莉雅誰都沒有認眞動過心思。所以，她也不好再說什麼，只是再一次提醒他，茱莉雅的姊姊已經訂婚了，懇求他對她不要過於傾心，免得自尋煩惱。然後，她就興味盎然地參加了這個能給那些年輕人，特別是和自己親近的兩位年輕人帶來快樂的各種活動。

她對美莉說：「我覺得很奇怪，茱莉雅竟沒有愛上亨利。」

美莉卻冷冰冰地說道：「我敢說她愛上亨利了，我認為姊妹倆都愛他。」

「姊妹倆都愛！不，不，不能出這樣的事。要為萊斯渥先生考慮、考慮，這事可不能讓他知道。」

「你最好叫瑪麗亞為萊斯渥先生多考慮、考慮，這樣做只會對她有好處。我經常想萊斯渥先生的那份財產、那筆不菲的收入，如果能換一個主人該多好呀！可是我從來沒想到過要打他的主意。一個人有這麼多的資產就可以做一個郡的代表，不用從事任何職業就能代表一個郡。」

「在湯瑪斯爵士回來以後，我相信他會當上某個市鎮的代表，或許還會很快進入國會，不過，目前還沒有人支持他。」

「看來湯瑪斯爵士回來後，一樁樁大事就會做成的。」停頓片刻，又說道：「還記得霍金斯·布朗（一七〇五至一七六〇，英國詩人，以妙語連珠著稱）模仿波普寫得《煙草歌》嗎？

神聖的樹葉啊！你芬芳的氣息能使

聖殿的騎士彬彬有禮，教區的牧師頭腦清晰。

聽我來個學學吧：

神聖的爵士啊！你那威嚴的神情能使兒女們個個豐衣足食，拉思沃思先生頭腦清晰。

格蘭特太太，妳覺得怎麼樣，還合適吧？我怎麼覺得像好像什麼事都取決於湯瑪斯爵士回來似的。」

「跟妳說吧，只要妳看見過他和家人在一起的情景，自然就會明白他有這樣的威望是完全正常的。作爲這種人家的戶主，他是非常適合的；他的舉止優雅、莊重，他的家人一個個規規距距；比起他在家的時候，現在伯特倫夫人說話更沒人聽了。至於羅禮士太太，我想除了湯瑪斯爵士，誰也管不住她。

「聽我說，不要以爲瑪麗亞看上了亨利，而且茱莉雅也不一定看上他，不然昨天晚上，她爲什麼和約翰調情？雖然，現在瑪麗亞和亨利很要好，不過，我覺得她還是比較喜歡索瑟頓，所以她不會變心的。」

「如果亨利在她沒有正式訂婚之前就出現，我想萊斯渥先生是沒有多少希望的。」

「既然是這樣，那我們對這件事就不能聽之任之，而應該採取必要的措施。我想等戲演完後，就和亨利正式談一談，問他到底是怎麼想的。如果他根本就對這事無意，那麼就算再捨不得他，也要讓他離開這裡，到別處去住段時間。」

不過，茱莉雅的確是愛上了亨利，而且現在仍然愛著他，她的內心正經受著痛苦的煎熬，只是格蘭特太太沒看出來，而家裡其他人也沒有去注意罷了。隨著她那熱切而又缺乏理性的希望破滅，她深深感覺自己受到了極大的傷害和屈辱，只是由於性情高傲，才強忍下這萬般的痛苦，但她心裡其實悲憤交加，只能靠發洩憤怒讓自己的心理達到平衡。

本來和她一向要好的姊姊，現在倒成了她最大的敵人，她們彼此之間已經疏遠了。現在茱莉雅希望正在談情說愛的那兩人沒有好結果，她認爲姊姊這種對自己、對萊斯渥先生都極爲可恥的行爲應該受到懲罰。平時，在這姊妹倆沒有利害衝突的時候，倒還情投意和，目標一致，現在遇到這樣的考驗，姊妹之情就被丟在一邊了，甚至連起碼的爲人之道也不見了。她們撕破臉面和情面，彼此之間如水火般不能相容。

得意洋洋的瑪麗亞，全力追逐著她的目標，根本沒把茱莉雅放在眼裡。而茱莉雅一看見亨利對瑪麗亞獻殷勤，就惡狠狠的希望他們之間出點什麼事，引一場大風波出來才好。

對茱莉雅的這種心理，芬妮基本上能夠理解，也非常同情。不過，從表面上，兩人倒看不出什麼交情。茱莉雅不主動搭理，她也不敢冒然。她們的傷心之處不同，只是芬妮從心裡把兩人連在了一起。

兩位哥哥和大姨媽成天忙於他們的事情，對茱莉雅的煩惱不聞不問，對煩惱的眞正原因更是視而不見。因爲他們再沒有多餘的精力來關心她的事情了。湯姆把心思全放在演戲上，其他不相關的事自然看不見。而艾德蒙考慮的事更多，扮演的角色要琢磨，眞正的角色更需要仔細考慮，談情說愛雖然重要，但行爲準則也必須遵循，這讓他根本無法顧及身邊發生的事。

羅禮士大姨媽更是忙得團團轉，要爲劇組籌畫，指導各類細小事務，還要厲行節約，監督各種服裝的製作，雖然沒有人感激她，她還是要爲遠在海外的湯瑪斯爵士這裡省一點，那裡省一點，並因此而沾沾自喜，自認爲爲人清廉。所以，她哪裡有多少閒暇時間去關注兩個外甥女的行爲，以及她們的幸福呢？

18

現在，一切的進展似乎都很順利，劇場的布置、演員的練習、服裝的趕製等等，都沒什麼大問題。但沒過多久，芬妮便發現戲團裡的人並不一直都事事順心。起初，他們全都是皆大歡喜的樣子，但這種局面並沒有維持多久，煩惱便一個個出現了。

艾德蒙就有許多的煩心事，因爲他們根本不聽他的意見。他們從倫敦請來一個繪景師，已經開始工作了，這樣一來，開支自然大大增加了。更糟糕的是，事情的發展並不如他所願，哥哥湯姆不但沒有遵照他的意思不請外人，反而向與他家有來往的每家人都發了邀請，事情鬧得沸沸揚揚。

湯姆也是煩惱重重，只要能與男管家合併的小角色，他全都承擔下來，也早就背熟所有台辭了。他迫不急待地想要演出了。而繪景師的進度總是太慢，讓他很不耐煩。他一天到晚無所事事，越來越覺得自己所擔任的角色全都沒意思，後悔沒選其他的戲。

那些人幾乎都要向芬妮抱怨訴苦，因爲對別人的談話，她總是謙恭有禮地傾聽；而那些人身邊往往又只有她一個願意聽他們說。於是，她就聽到了：約翰的大聲吵鬧總是讓大家感覺很可怕；亨利的表演讓約翰非常失望；湯姆說話太快，台下會聽不懂；格蘭特太太特別愛笑，總是大煞風景；而艾德蒙連台辭都還沒有背熟；萊斯渥先生每次開口都需要人提示，讓大家很爲難；幾乎沒有人願意與萊斯渥先生一起排練，爲此，萊斯渥先生不停向她訴苦，向其他人訴苦。

芬妮看得很清楚，瑪麗亞總是躲著萊斯渥先生，倒是和亨利常常在一起排練他們一起共演的第一場，這分明沒有多少必要。所以，芬妮擔心萊斯渥先生又有什麼苦要訴了。她發現，這夥人都想得到一點自己沒有的東西，而給別人帶來不快。

這樣一來，他們當然不是人人都滿意，個個都高興。每個人不是說自己的戲長，就是說自已的戲短，說誰不按時到場，誰都不去記自己從哪邊出場……一個個都只知道埋怨別人，而自己則完全不服從指導。

現在，雖然自己不參加演出，但是芬妮卻從中找到了同樣的樂趣。排練第一幕時，她悄悄溜進劇場觀看，覺得亨利演得很好，瑪麗亞也演得不錯，只不過某些台辭讓她有點反感，但她仍然感到很愉快！排練一、兩次後，觀眾席上常常只剩下芬妮一個人，她有時在一旁觀看，有時還幫著演員提詞，常常能幫上忙。

她認爲亨利絕對是最好的演員，與他相比較，艾德蒙有些缺乏信心，而湯姆在判斷能力方面則略爲遜色；至於天賦和鑒賞力，約翰根本比不上亨利雖然她不喜歡這個人，但不得不承認他是最好的演員。

對於這一點，很多人與她的看法相同。當然，約翰似乎對此持有不同看法，認為他演得枯燥無味。有一天，萊斯渥先生終於轉過身，陰沉著臉對她說：「妳認為他哪點演得好？說實話，我不欣賞他，妳不覺得這很好笑嗎？一個相貌平平、又矮又醜的傢伙竟被捧成好演員！」

從這時開始，他的嫉妒心又爆發了。而此刻瑪麗亞想得到亨利的心，也比以往更為熾熱，對他的嫉妒自然也就不管不顧。這樣一來，萊斯渥先生就更加難以背熟他那四十二段台辭了。現在除了他媽媽，幾乎人人都不再對他抱希望，只要求他把每段台辭的頭一句記住，其餘的台辭能提一句說一句，也就很不錯了。

而他媽媽甚至認為她兒子應該扮演一個更重要的角色。芬妮向來心腸很軟，挺可憐他，便盡可能從各個方面幫助他、提醒他。為了教會他背台辭，幫助他記憶，她花了很大的力氣，想盡了各種方法，結果她把每一句台辭都背會了，而他還是那樣，幾乎沒什麼進步。

芬妮有這麼多事要忙碌，還有其他事要她操心、要她花工夫，比如還要幫著做許多的針線活等等，雖然心裡有許多的不安、焦慮和憂心，但她沒有獨自一人坐立不安，也絕不會無事可做，因為總是有人來占用她的閒暇時間，也有人來求她的憐憫。她感覺自己絕不是沒有用處的。她原先擔心自己會在憂鬱中度過，現在才發現並不是這樣。偶爾能對大家做點事，使她的心情和大家一樣平靜。

就這樣，她成天興致勃勃，和大家過得一樣快活。羅禮士太太發覺了這點，便叫道：「芬妮，來，這些天妳倒是挺快活，總是自由自在地從這個屋竄到那個屋。妳不要光在一旁看熱鬧，我這兒需要妳。我想用這些緞子給萊斯渥先生做斗篷，我看妳可以幫我的忙。不過三條縫，妳一下子就可以縫好了。

「如果我只是管管事，那我的運氣就眞的是太好了，可是我一直不停地做事，都快站不住了。我跟妳說吧，這些人中妳是最快活的了，如果人人都像妳這樣清閒，我看我們的進展一定快不起來。」

芬妮一聲不響地把活兒接了過來，也不想爲自己辯護。然而，伯特倫姨媽卻替她說話了，她向來是比較心善的：「姊姊，這沒什麼好奇怪的，芬妮應該覺得快活，這樣的場面，她可從來沒有見過。以前，我們都喜歡看戲，到現在我都還喜歡看，只要能稍稍閒一點，我也要進去看看他們排練。芬妮，這齣戲講的是什麼？妳從來沒跟我說過。」

「噢！妹妹，請妳現在不要問她，芬妮可不是那種一邊說話手裡還能幹活兒的人。我跟妳講吧，那戲講的是情人的誓言。」

芬妮對伯特倫姨媽說：「妳明天晚上去看，明天要排練三幕呢！一下子就可以看到所有的演員。」

羅禮士太太插嘴說：「過一、兩天布幕就掛好了，我想妳最好等布幕掛好了再去，如果沒有布幕那戲就不好看。妳想想，布幕拉開時，那褶子看起來多漂亮啊！」

伯特倫夫人一聽，也願意等待。她不覺得有多急切，早去晚去關係並不太大。然而，對明天的排練，芬妮卻是惴惴不安，既想看又怕看，因爲在第三幕有一場艾德蒙和美莉的戲，明天他們兩人將第一次同台演出，她自然非常關注。因爲這整部戲的主題就是談情說愛，男的講述愛情要建立在愛情的基礎之上，而女的幾乎就在傾訴愛情。

芬妮把他們的這場戲看了一遍又一遍，心裡滿懷著苦澀和惶惑，越想越覺得揪心，但又忍不住想看，所以，她懷著滿心的不安等待著看他們的演出，想看個究竟。她相信他們在私底下應該還沒有排練過。

第二天到了，晚上的計畫繼續進行著。雖然在大姨媽的指揮下，芬妮依然勤懇地做著事，但一想到晚上的排練，她就變得焦躁不安。即使是埋頭苦幹，一言不發，也掩飾不了情緒，她看起來心不在焉。

快到中午的時候，聽到亨利提出要排練第一幕，她對此一點都不感興趣，覺得完全沒必要再去排練這一幕；加之爲了避免看到萊斯渥先生，就趕緊拿著針線活逃回東屋，準備一個人清靜、清靜。經過門廳的時候，她看見從牧師住宅走來兩位女士，但依然沒有停下步子，急忙回房躲避。在東屋，她一邊做事，一邊沉思，周圍靜悄悄的沒有任何干擾。過了約一刻鐘，忽然聽見有人敲門，美莉走進門來。

「我沒有走錯吧？這應該是東屋。請妳原諒，親愛的芬妮，我是特地來請妳幫忙的。」

芬妮一聽，非常驚訝。但想到自己是屋主人，不由得客氣一番。隨後，她望望空爐柵上發亮的鐵條，感覺有些不好意思。

「不冷！一點也不冷，謝謝妳。是這樣的，我想請妳聽我背第三幕台辭，妳一定得幫幫我的忙，讓我在這裡待一會兒，我把劇本帶來了，妳願意和我一起排練嗎？我會非常感激妳的。本來今天來這兒，是想找艾德蒙一起練的，我想我們自己先練練，爲晚上做個準備，可是我找不到他。不過，即使見到他，恐怕我也不好意思，妳看這裡面眞有一、兩段台辭，我有點說不出口，不如等我把臉皮練得厚一點再與他一起練，妳會幫助我的，是不是？」

芬妮很客氣地答應了，但語氣不是很堅決。

「我說的那段台辭，不知妳看過沒有？」美莉又說道，一邊翻開劇本：「就在這兒。妳看這段話，還有這段，還有這段。剛開始我也不覺得有什麼，但是，覺得兩眼望著他怎麼也說不出這樣的話來，妳覺得呢？妳說得出來嗎？不過，他是妳表哥，這就不一樣了。有時候妳的神情眞像他，我可以把妳想像成他，這樣就應該就會慢慢習慣了。妳一定得幫我練一練。」

「我像嗎？我很樂意和妳一起排練，但是我只能念，背不來，我盡力而爲！」

「當然會給妳劇本，我想妳恐怕一句也背不出來。那我們現在就開始吧！我們需要兩把椅子，臺子前邊那兒有，可以拿來用用。這椅子用來上課倒是不錯，小女孩可以坐在上邊踢著腳學習功課，而演戲就不太適合了。如果你們的家庭女教師和妳姨父看見我們用這椅子來演戲，不知道會說什麼？

我想，如果這時候湯瑪斯爵士突然回來看見他的家處處都變成了排練場，一定會氣急敗壞的。我在上樓時，聽見約翰在餐廳裡裡大喊大叫；而那兩個不知疲倦的排練者——愛葛莎和弗雷德里克，現在一定占領著那個劇場。如果他們演不好，那才叫奇怪呢！

我告訴妳，五分鐘前，我進去時恰好看見他們正在克制自己不要擁抱，而萊斯渥先生就在我的身邊，我發覺他的臉色很難看，就想盡量把事情岔開，於是低聲對他說；『我們的愛葛莎將會非常出色，你看她舉手投足間是不是很很有母性的韻味，而她的聲音和神情更是母性味十足。』一聽這話，他就高興起來了，妳說我還行吧？好，現在我開始練習獨白。」

她們的排練開始了。一想到自己代表艾德蒙，芬妮不由得變得嚴肅穩重起來；不過，無論她的聲音還是神情都完全是女性的，所以，她扮演的男人形象並不是很好。但是，對美莉來說，這樣一個安哈爾特，倒讓她比較有勇氣面對。兩人剛練完半場，忽聽見有人敲門，便停了下來。隨即艾德蒙走了進來，她們的排練只好停止了。

三個人這樣子不期而遇，眞讓他們又驚又喜，又有些尷尬。艾德蒙也是前來請求幫助的。他帶了劇本，想請芬妮幫他練練，爲晚上的排練作準備，沒想到竟在這裡碰上了美莉，原來她就在大宅裡。現在兩人碰在了一起，相互說明了各自的計畫後，都高興極了。他們還一起讚美芬妮的好心腸。

他們倆充滿了喜悅之情，而芬妮卻沒有這樣的興致。看著他們興高采烈的樣子，她的情緒卻一下子低落下來。因爲對他們倆來說，她現在已經變得微不足道了。雖然兩人都是來找她請求幫助的，但這似乎沒有給她帶來多少安慰。在艾德蒙的提議、催促和懇求下，他們準備一起排練了。起初美莉還害羞地推脫，後來也就同意了。而芬妮的作用只不過給他們提提詞而已。

雖然，兩人非常懇切地希望，她能夠行使他們賦予她的評判和提意見的權利，指出他們的每一個缺點，但是她不能、不願，也不敢這樣做，因爲她對此總是抱有一種畏縮的心理。此外，這件事自始自終讓她心裡不是滋味，她覺得這個時候提的意見一定不會客觀，所以，即使她有資格提意見，她也不敢貿然提出批評，她的良心不允許她這樣做。況且，僅僅給他們提詞就已經夠她忙了，有時還不一定做得好，因爲她的心沒有辦法時時都用在劇本上。看著他們排練，她不由得常失神。

艾德蒙越練越起勁，她也就越感到焦灼不安。一次，應當給他提詞的時候，她忍不住把劇本合上轉過身去，對此，她找了一個正當的理由，說自己有些疲倦了，想休息一下。他們自然不知道芬妮此刻的心情，雖然對她的幫助，他們不停地表示感謝和憐憫。

這一場終於練完了，這兩人彼此讚美、鼓勵，而芬妮也強作歡顏稱讚了他們。他們走後，她獨自坐在那裡前思後想，覺得他們演得情眞意切，一定會得到大家的好評，不過，她卻要爲此承受巨大的痛苦。而且，不管以後結果怎麼樣，這樣沉重的打擊，她還要再忍受一次。

晚上就要進行前三幕的第一次正式排練了。格蘭特太太、克萊福兄妹約定吃完晚飯後就過來，而其他相關人士也都急切地盼望著夜晚的來臨。這期間，大家似乎都笑顏逐開。湯姆一想到即將大功告成便興奮不已；由於上午的那次練習，艾德蒙也是興高采烈；大家心裡的那些小小的煩惱似乎消失的無影無蹤了。

到了晚上，除了伯特倫夫人、羅禮士太太和茱莉雅之外，女士們都紛紛起身了，男士們也都立即跟上，迫不急待地提前來到了劇場。蠟燭點燃了，照亮了還沒有竣工的舞臺，只等格蘭特太太和克萊福兄妹一來，排練就可以開始。

不久，克萊福兄妹來了，卻沒看見格蘭特太太。原來格蘭特博士說身體不舒服，不讓她來，她來不成了。不過，美莉──格蘭特博士迷人的小姨子卻不相信他有什麼病。她裝出一副正經八百的樣子說：「格蘭特博士病了，他一直不舒服，今天的野雞一點也沒吃，說是沒燒爛，便把盤子推到一邊，然後，就一直不舒服了。」

格蘭特太太來不了眞是令人遺憾呀！因爲格蘭特太太討人喜歡的儀態與隨和快樂的性情，向來深受眾人的喜愛，而今天晚上，她更是不可缺少。因爲她不來，大家就排練不好，也演不好，沒有她，整個晚上就會缺少樂趣。

那該怎麼辦呢？演村民的湯姆一籌莫展。一陣躁動不安之後，有幾個人的眼睛轉向了芬妮，並且其中有人還說道：「不知芬妮肯不肯幫幫忙，念念她那個角色的台辭。」頓時，來自四面八方的懇求聲幾乎把芬妮淹沒，似乎人人都在求她，甚至連艾德蒙也說道：「芬妮，如果妳不覺得很反感的話，不妨試試吧！」

但是，芬妮仍然猶豫不決。因爲對於她來說，這樣的事是無法想像的。她心想，爲什麼他們不去求美莉呢？自己又爲什麼不早些回房，偏偏要來看排練，明明知道那裡才是最安全的，明明知道來這裡看排練只會生氣上火，明明知道自己不該來的。現在好了，眞是活該受到懲罰。

亨利又一次懇求說：「妳只要念念台辭就可以了。」

緊接著瑪麗亞又補充道：「我敢說她會背每一句台辭，那天她糾正了格蘭特太太二十處錯誤。芬妮，妳一定能夠背出這個角色的所有台辭。」

她簡直不敢說自己背不出台辭，大家都在苦苦地懇求她，包括艾德蒙，他又請求了她一次，神情親切，還帶著依賴，相信她一定會幫忙的。在這種情形下，她不得不屈服了，答應盡力而爲。這會兒大家都滿意了，個個開始準備，而芬妮的心卻還在急劇跳動。

排練正式開始了。人們只顧著熱火朝天地演戲，根本沒有留意從大宅的另一頭傳來一陣非同尋常的腳步聲。門忽然打開了，茱莉雅站在門口，驚慌地叫道：「我父親回來了！已經到門廳了。」

曼斯菲爾莊園　第二卷

1

湯瑪斯爵士已經回到家了！大家信以爲眞，沒人懷疑，因爲從茱莉雅的表情就可以看出，這絕不會是訛詐或誤傳。此時此刻，對這夥人驚惶失措的狼狽相，該如何描述呢？對大多數人來說，這都是一個萬分驚駭的時刻。

經過最初的張惶尖叫之後，隨即是一陣沉默，約有半分鐘的光景，大家你望著我，我看著你，目光直愣愣的，臉也變了樣。看來這個打擊對他們每個人來說都來得太突然、太糟糕、太可怕了！

當然，對約翰而言，他只不過爲晚上的排練被打斷而惱怒；而萊斯渥先生或許認爲還是一件幸運的事；但對其他人來說，事情就沒有這麼簡單了。他們個個沮喪，帶著幾分自責，以及幾許莫名的恐慌，都在心裡盤算著：「現在我該怎麼辦？我的下場會怎樣呢？」一陣可怕的沉默。就在此時，幾乎人人都聽到了開門聲和腳步聲，這讓他們心驚肉跳，不知如何是好。

第一個挪動腳步，第一個開口說話的是茱莉雅。在這樣的時刻，她暫時忘記嫉妒和憤怒，患難與共的念頭讓她收起了自己的私心。只不過，當她來到門口的時候，卻看到愛葛莎正情意綿綿地向弗雷德里克表白，她的手被他緊緊握著壓在他的心口。

儘管茱莉雅宣布了這一可怕消息，但弗雷德里克仍然抓著她的手不放，保持著原來的姿勢。茱莉雅見此情形，那顆受傷的心又被刺痛了，剛才嚇得發白的臉這會兒又被氣得通紅，轉身就走出房去，一面說道：「我才用不著害怕見他呢！」

她這一走，大家如夢方醒。伯特倫兄弟倆頓時覺得不應該這樣傻站著，於是一起走上前來。此時此刻，他們之間用不著說太多的話了，也不容有什麼不同意見，他們必須立刻到客廳去。瑪麗亞懷著同樣的想法，也跟著一起去了。在這三人中，她現在是最有勇氣的。

原來，給她勇氣和力量的是剛才把茱莉雅氣走的那一個時刻，也是她最愜意的時刻。在這樣一個面對特殊考驗的重要時刻，亨利仍然握著她的手不放，使她長期以來的懷疑和憂慮頃刻之間便消解了。她認爲這是忠貞不渝的愛的表示，一想到這裡，不由得就心花怒放，即使見到父親也不感覺那麼害怕了。

萊斯渥先生不停地問他們：「我也去嗎？我是不是最好也去呢？我去不知合不合適？」但是那幾個人只顧往外走，誰也沒有理會他。不過，他們剛一走出門，亨利便走上前來，鼓動他一定要去向湯瑪斯爵士表示敬意。就這樣，這些急迫的問題得到解決後，也興沖沖在緊跟著出了門。

這時，劇場上除了克萊福兄妹、約翰，就只剩下芬妮了。表哥、表姊完全不管她，她也不敢奢望自己能和他們一樣得到湯瑪斯爵士的疼愛，所以，她也想留在後面，先定一定神再說，因爲她已經嚇壞了！雖然這事與她關係不大，可是，她生性正直、善良，自然比其他人更加感覺惶恐不安，她覺得自己就快要暈過去了。

對姨父一貫的畏懼感在這一刻又恢復了，但是，與此同時，她又對姨父充滿了同情。因爲她想到姨父看到這樣的情形，心裡該有多麼難過呀！同時，她也同情這夥人，尤其對艾德蒙的處境，她無法形容他的憂慮。她找了個座位坐下來，腦子裡轉著這些可怕的念頭，緊張得渾身直打哆嗦。

而此時，劇場的另外三個人卻是毫無顧忌地發起了牢騷，埋怨湯瑪斯爵士這麼早回來，連一個訊息都沒有。對這個可憐的人，他們絲毫沒有憐憫之心，恨不得他在路上多花一倍的時間，或者乾脆就不要離開安提瓜。

比起約翰，克萊福兄妹更了解這家人，對湯瑪斯爵士回來後將要發生的事自然更加清楚。他們知道，湯瑪斯爵士一回來，戲一定演不成了，他們的美妙計畫將會徹底泡湯。所以，一談起這件事，自然也就顯得更加激憤。而約翰則認爲這只不過是暫時中斷，只是耽擱一個晚上而已，他甚至認爲等喝完茶，迎接湯瑪斯爵士的忙亂場面結束後，說不定排練還能繼續進行呢！

聽了他的這番話，克萊福兄妹倆不由得大笑。兩人很快商定，最好現在就悄悄離開，讓這家人自己去折騰。他們還建議約翰跟他們一起走，可以在牧師府先消磨一個晚上。然而，約翰卻看不出有什麼溜走的必要，因爲在他過去交往的人中，根本沒有誰把聽父母的話或是家人之間的赤誠當做一回事。

於是，他謝過他們並說：「我覺得還是不走的好，既然老先生回來了，就應該大大方方向他表示敬意；再說，我們這樣子溜走也不尊重人家啊！」

芬妮也稍稍鎮定了些，覺得繼續留在這裡不妥；再說，對這些問題，她現在也考慮清楚

了，加上克萊福兄妹又託她代為表示歉意，於是在他們準備離開的時候，她也準備走出房去見可怕的姨父。

轉眼間，她就來到了客廳門口，她在門外停了一下，想給自己打氣，她知道這勇氣是很難鼓動起來的，就只好硬著頭皮推開了房門。客廳的燈火以及那家人驀地出現在她面前。她走進去，聽到有人在說她的名字，原來湯瑪斯爵士這時正四處環顧，問道：「芬妮呢？怎麼沒看見我的小芬妮？」

一見到她後，湯瑪斯爵士便趕緊向她走過去，那親切的樣子眞讓她受寵若驚，又刻骨銘心。他叫她親愛的芬妮，親切地吻她，喜不自禁地說她長了好高啊！芬妮對此百感交集，湯瑪斯爵士從來就沒有親切過，對她從沒有這樣親切過。她說不清此時內心的滋味，眼睛也不知往那裡看才好了。

她覺得姨父的態度好像變了，說起話來不再那麼慢條斯理，過去那種可怕的威嚴似乎也消失了，或許是欣喜激動的緣故，他變慈祥了；接著，他又把芬妮帶到燈光前，再一次端詳她，問她的身體好不好，但隨即又否定自己說，這根本沒有必要問，因為從她的外表就可以完全看得出來，她不但越來越健康，而且長得越來越美了。這時，芬妮先前那張蒼白的臉上泛起了豔麗的紅暈，由此可見，湯瑪斯爵士的看法一點都沒錯。隨後，湯瑪斯爵士又問起她家人的情況，尤其關於她哥哥威廉的情況。

姨父這麼和藹可親，芬妮不由得責備自己以前怎麼會不愛他，還認為他回家來是件不幸的事。她鼓起勇氣抬眼望著姨父的臉，發現他比以前瘦了、黑了，也憔悴了，大概是在外勞累和熱帶氣候的緣故。這讓她對姨父更加憐憫不已，而一想起隨後還不知有多少惱人的事在等著他，就更加爲他難過了。

按照湯瑪斯爵士的吩咐，一家人圍著爐火坐下來。他快活地說著話，滔滔不絕，一下子就成了一家人活力的泉源。當然，此刻的他是最有權利說話的，長久遠離家園，現在又回來了，回到妻子兒女身邊，一興奮起來話就自然比較多。他說著自己漂洋過海的種種見聞，對兩個兒子提出的每個問題，他都樂於回答，甚至不等他們問就開始回答。

原來他在安提瓜的事情後來辦得很順利，也就沒等著坐班輪，而趁機搭乘一艘私人輪船去了利物浦，又從利物浦直接回到了家。他坐在伯特倫夫人身邊，懷著滿心的喜悅，把他辦的大大小小的事情，以及來來去去的行蹤，都一一說明白。他一邊講一邊環顧周圍的一張張臉龐，還說儘管事先沒有通知，但是回來後，看見一家人都在這裡，感到很幸運。雖然在路上他都一直這樣盼望著，卻不敢抱著太大的希望。

當然，湯瑪斯爵士自然不會忘記萊斯渥先生，因爲他的外表沒有什麼讓人生厭的地方，所以湯瑪斯爵士很快就喜歡上了他，先是熱情地跟他握手，對他表示友好，爾後，又特意關照他，把他當做曼斯菲爾關係最密切的親朋之一。

在圍坐著的這群人中，恐怕只有伯特倫夫人自始自終帶著滿心的喜悅，傾聽丈夫講他的經歷。看到丈夫回來，她眞是高興極了！丈夫的突然歸來，讓她心花怒放。二十多年來，她幾乎從沒有像今天這樣激動過。在開始的幾分鐘裡，她激動得不知如何是好，隨後雖然仍舊激動不已，但能夠清醒地收起針線活兒，推開身邊的哈巴狗，挪出位置給丈夫，同時也把自己的全部注意力集中在丈夫的身上。

與其他人不同，她沒有任何擔憂的事情，愉快的心情不會受到任何影響。她認為丈夫在海外期間，自己的生活無可指責，織了不少毛毯和花邊。她不僅能夠坦然地為自己的行為擔保，而且保證這裡所有年輕人都行為端正，做得也都是些有益的事。

她又見到了丈夫，聽他談笑風生，感覺又悅耳又賞心，十分愜意。直到現在，她才意識到，如果丈夫逾期未歸，那日子該有多麼可怕！成天朝思暮想的，怎麼能忍受得了啊？

比起妹妹來，羅禮士太太就沒有那麼快樂了。當然，她倒不是擔心家裡弄成了這個樣子，湯瑪斯爵士知道後會責備。雖然出於本能的反應，在她妹夫進來的時候，她趕緊收起了萊斯渥先生的紅緞子斗篷，除此以外，她絲毫沒有其他驚慌的反應，因為她已經完全失去了理智。

讓她氣惱的是湯瑪斯爵士回來的方式。羅禮士太太一向認為，湯瑪斯爵士不管是死在外邊，還是回到家來，都應該由她來公布這一消息。然而，他大概認為妻子兒女的神經很堅強吧，對他的突然歸來能夠經受得起，所以回到家後直接找到管家，而且幾乎跟管家同時進入客廳；而她原以為他會先請她出房去，第一個跟她相見，然後由她把這一消息告訴全家，但現在，她感覺這一權利被剝奪了，自己被扔在了一邊，發揮不了任何作用。

她很想張羅一番，卻又沒有什麼事需要她張羅；她很想展示一下自己的作用，但現在除了安靜和沉默，其他什麼也不需要。如果湯瑪斯爵士需要吃飯的話，她還可以去找女管家，吩咐這吩咐那；或是給男僕下達任務，責令他們東奔西跑，但湯瑪斯爵士堅絕不吃晚飯，他什麼都不想吃，只說等到喝茶時可以吃些茶點。

可是，羅禮士太太還是不時地勸他吃點什麼。當湯瑪斯爵士正講到他回國途中最精彩的一段時，也就是他們的船得到警報可能遇到一艘法國武裝民船的時候，她突然插嘴說道：「親愛的湯瑪斯爵士，你喝碗湯吧？喝湯一定比喝茶好多了。」

湯瑪斯爵士仍然不為所動，只是回答道：「親愛的羅禮士太太，妳還是那樣關心大家。不過，我現在真的什麼也不想要，只等著喝茶。」

「那好吧！伯特倫夫人，妳就叫人上茶吧！今天晚上巴德利好像拖拖拉拉的，妳催催他吧！」伯特倫夫人沒說什麼，照著她的意思辦了，湯瑪斯爵士則繼續講他的故事。

終於，湯瑪斯爵士把能想起的話都講完了，但他還是不停地地環顧四周的親人，愉悅地看看這個，又瞧瞧那個，一副很滿足的樣子。然而，沉默的時間並沒有維持多久，伯特倫夫人由於過於興奮，話也多了起來，根本沒有顧及到孩子們聽了她的話後會有什麼反應。

她說：「湯瑪斯爵士，這些年輕人近來搞些什麼娛樂活動，你知道嗎？他們在演戲，現在大家都在為這事忙碌呢！」

「哦，真的嗎？你們在演什麼戲呀？」

「噢！他們會全都告訴你的。」

「很快就會全部告訴你的。」湯姆一邊急忙叫道，一邊又裝作不在乎的樣子：「不過，沒必要現在就向父親嘮叨這事。爸爸，我們明天再跟你詳細說吧！其實，也不是大事。在上個星期，因爲我們沒事做，又想逗母親開開心，就排練了幾場，實在沒什麼！

「您不知道，從十月份以來，這裡幾乎一直在下雨，我們差不多天天悶在家裡。從三號到現在，我就沒動過一次槍，只有在月初的頭兩天，我們還打了些獵物。記得第一天，我去了曼斯菲爾樹林，艾德蒙去了伊斯頓那邊的矮樹叢，總共打了六對野雞。其實，我們一個人就能打六倍這麼多。

「不過，我們都盡可能按照您的吩咐，愛護您的野雞。您放心，爸爸，我希望您最近能去打一次獵，您會發現您林子裡的野雞一定比以往多得多。我長這麼大，還從沒有看到過曼斯菲爾樹林裡的野雞像今年這樣多。」

見危險暫時過去，芬妮的心稍稍放鬆下來。但在茶上來後不久，湯瑪斯爵士站起身，說要去看看自己的房間，這下子大家又都緊張起來。大家還沒有來得及跟他說房間發生了什麼變化，讓他有個準備，他就已經起身走了。在他出去以後，客廳裡的人個個都嚇得說不出話來。

艾德蒙第一個開了口。他說：「得想個辦法。」

而此時的瑪麗亞仍然感覺自己的手被按在亨利的心口上，對別的事毫不在乎。她說：「我說該想想我們的客人了。芬妮，妳把美莉留在哪兒了？」

芬妮說他們已經走了，並把他們的話轉告了一下。

湯姆聽後叫道：「這麼說劇場裡就只剩可憐的約翰一個人了，我去把他叫來吧！或許事情敗露後，他還能幫我們解圍呢！」湯姆匆忙向劇場走去。到了那裡，他正好看見父親與他朋友初次見面的情形。

走到自己的房間，湯瑪斯爵士發現裡面燭光通明，再四下一看，不由得大吃一驚，家具一片雜亂，明顯有被人占用過的跡象，尤其注意到彈子房門前的書櫥被搬走了。正當他驚疑不定的時候，又聽見彈子房裡傳出動靜，就更加覺得奇怪了。有人在裡面大聲說話，不只說話，是在大聲吵鬧，他聽不出這是誰的聲音。

他往門口走去，見有門相通，還覺得挺高興。但是當他打開門後，不禁大吃一驚！他發現自己竟然站在舞臺上，一個年輕人迎面站著，正扯著嗓子念台辭，那架勢似乎要把他震翻在地。當約翰也看清了湯瑪斯爵士，並猛然一驚時，湯姆正好從房間的另一邊走進來。他看見約翰的表現得比任何一次排練表演都出色，而他的父親竟破天荒的第一次上戲臺，正板著一張驚愕的臉，無論如何難以做到不動聲色。

而此時，剛剛還在慷慨激昂的維爾登海姆男爵漸漸變成了彬彬有禮、笑容可掬的約翰，向湯瑪斯爵士又鞠躬又是道歉，那樣子像是眞的在演戲，湯姆忍俊不住，怎麼也不願意錯過這場好戲，這極可能是這個舞臺的最後一場戲。他相信這應該也是最精彩的一場戲，將會贏得全場如雷鳴般的掌聲。

只不過，他卻不能沉湎於這種愜意的想像中，他必須走上前去，幫他們介紹一下。雖然目前的場面實在讓他感覺狼狽，但也只有硬著頭皮上了。按照湯瑪斯爵士的待客之道，他是熱烈歡迎約翰的但以這種方式來結識這樣一個人，還眞讓他心裡感覺很不愉快。

其實，對約翰的家人及其親友，湯瑪斯爵士倒是頗爲了解的，所以，當兒子介紹他是自己「特別親密的朋友」（他有上百個這樣「特別親密的朋友」）時，爵士眞是反感極了！在自己家裡，他竟然受到這樣的捉弄。一切都亂了套，讓他措手不及。在亂七八糟的舞臺上，上演了這麼可笑的一幕，被迫認識一個他不喜歡的年輕人，這一時刻對他來說，眞是太不幸了！

最可氣的是，這傢伙在起初的五分鐘裡，竟是一副不在乎、從容不迫的樣子，滔滔不絕地說著話，似乎比湯瑪斯爵士更像是這家的人。只不過湯瑪斯爵士剛回到家，正在興頭上，對什麼事還能忍耐幾分，所以才沒有發作。

對父親此時的心思，湯姆再明白不過了。他衷心希望父親能始終保持這種良好的心情，不要發作。但他現在比任何時候都清楚，父親的確有理由生氣。他注視著天花板和牆上的泥灰並不是沒有道理；他一本正經地詢問彈子台到哪兒去了，也不僅僅是出於好奇。對此，大家都有些不愉快，不過只持續了幾分鐘。

隨後，約翰熱切地請求湯瑪斯爵士，看他們的布置是否合適。湯瑪斯爵士不冷不熱地說了幾句贊同的話，非常勉強。於是，三個人一起回到了客廳，大家都注意到了這時的湯瑪斯爵士悶悶不樂。

他坐下後平靜地說道：「我剛從你們的劇場回來，我沒有想到我會闖進劇場，劇場竟然緊靠著我的房間，完全出乎我的意料，你們演得這麼鄭重其事，我一點也沒有想到。看來我的朋友克里斯多夫．傑克遜幫你們做得不錯，在燭光下，看起來似乎布置得還很漂亮。」

隨後，他準備換個心平氣和的話題，聊些比較平靜的家務事。然而，那個沒有絲毫洞察力，毫不懂得體貼他人，又不謙虛謹慎的約翰，自然搞不明白湯瑪斯爵士此刻的意思，一再把話題引到演戲這上面，不斷用這些問題和言語去糾纏他，並且還把自己在埃克爾斯福德遇到的掃興的事原封不動地講給他聽。

身爲外人的他，對自己如此作法竟然毫無冒昧唐突的感覺。湯瑪斯爵士對此相當反感，認爲他不懂得規矩，但還是客氣地聽著，只不過越聽對他的印象越不好。聽完之後，也只是微微鞠了個躬，並沒有任何表示。

湯姆經過一番思索，說道：「其實，我們正是因爲這個緣故才演戲的。我的朋友從埃克爾斯福德帶來了這個傳染病，您知道，這類事情很容易到處傳染的，我們很快就被傳染上了；再加上您以前總是鼓勵我們從事這樣的活動，所以，我們自然也就被傳染得更快，也更加輕車熟路。」

約翰迫不及待地搶過話題，立即把他們已經做過，並且現在正在做的事情向湯瑪斯爵士一一細訴，他們的計畫是怎麼樣逐步完成的，他們最初遇到的困難是怎麼樣圓滿解決的，又講到目前的狀況是如何的順利。

他興致勃勃地講著，完全沒有意識到他的話讓在座的朋友們多麼坐立不安。他們的臉上紅一陣白一陣，身子動來動去，還不停地咳嗽！對於這一切，他全然看不見，只是目不轉睛地望著那張面孔，然而，甚至於這張面孔上的表情，他也看不清楚。因爲，此時湯瑪斯爵士正緊皺著眉頭，用探詢的目光看著他的兩個女兒和艾德蒙，尤其是艾德蒙。這目光像會說話似的，讓人感覺到一種責備，一種訓斥。對此，艾德蒙倒能心領神會。

芬妮也同樣深切地感受到了，不由得把自己的椅子移到姨媽的沙發後面，這樣就避開了人們的注意，而又能看清眼前發生的一切。她沒想到姨父會用這樣的目光看艾德蒙，那目光似乎在說：「艾德蒙，我本來對你抱著很大希望，希望你有主見，而你做什麼去了？」她認爲艾德蒙根本不應該受到這樣的責備，爲此她感到很惱火。芬妮的心像好像跪在了姨父的面前，氣呼呼地說道：「噢！別這樣對待他，您應該用這樣的目光去看其他所有的人，而不應該看他！」

約翰還滔滔不絕地說著：「說實話，湯瑪斯爵士，今天晚上您到家的時候，我們正在排練。我們打算先排練前三幕，其實這戲還不算成功。現在看來今天晚上是演不成了，克萊福兄妹已經回家去了，戲團的人已經湊不齊了。不過，如果您肯賞光的話，明天晚上應該沒有什麼問題。您知道，這都是年輕人演的戲，所以還要請您多多包涵。」

「先生，我會包涵的！」湯瑪斯爵士板著臉答道：「不過，不要再排練了。」隨後又溫和地笑了笑，補充說道：「我回到家來自然是想要快樂，想多包涵。」隨後，他又轉過臉去，像是向著某人又像是向著眾人，平靜地說道：「你們從曼斯菲爾寫給我的最後幾封信中，都提到了亨利和美莉，與他們交往，你們感覺愉快嗎？」

在場的人中只有湯姆能夠爽快地回答這個問題。對於這兩個人他說不上特別關注，更不嫉妒他們，不管是在情場上，還是在戲場上。因此，他盡可能大方地誇讚著他們。「亨利舉止文雅，很有紳士的氣派，他妹妹美莉也是個文雅活潑、溫柔大方的姑娘。」

萊斯渥先生再也不能沉默了。「亨利很有紳士的氣派？我倒不這麼認爲。我想你應該告訴你父親，他的身高還不到五英呎八英吋，否則你父親還以爲他長得一表人才呢！」

湯瑪斯爵士不太理解他這番話的意思，只好莫名其妙地看著他。

「說句實在話吧！」萊斯渥先生繼續說道：「我覺得總是這樣排練讓人很厭倦，就像再好的東西吃多了也會倒胃口。我現在已經不像開始那樣喜歡演戲了，我覺得大家就這樣舒適地坐在這裡，什麼事也不做，感覺比演戲好多了。」

湯瑪斯爵士又看了看他，然後讚許地笑著答道：「看來在這個問題上，我們的看法很一致，對此，我由衷地感到高興。對我來說，嚴謹愼重，具有一定的洞察力，對孩子們考慮不周的問題，也應該考慮周到，是理所當然的。此外，與孩子們相比，我更加重視家庭的寧靜，不搞吵吵鬧鬧的娛樂，當然也是理所應當的。

「不過，你這樣的年齡就有這樣的想法，是很值得稱許。這對你及對每一個與你相關的人來說，都是十分有益的。能遇到你這樣一個志同道合的人，我覺得眞是難能可貴。」

對萊斯渥先生的這番見解，湯瑪斯爵士本想用更漂亮的話來稱讚的，只可惜一時沒找到合適的詞語。他知道萊斯渥先生不是什麼天才，但認爲他是個明辨是非、穩重踏實的年輕人，雖然不太會說話，但頭腦還算清楚，因此對他十分賞識。

對湯瑪斯爵士的這番讚美，在座的許多人都忍不住想笑。而面對這樣的情形，萊斯渥先生簡直不知該怎麼辦才好。不過，對於湯瑪斯爵士的好評，他自然是喜形於色，努力裝作一聲不響地坐在一旁，多玩味一下這番好評。

2

第二天早晨起來，艾德蒙的第一件事就是單獨面見父親。他誠實地跟父親談了談整個的演出計畫，並對自己爲什麼會參與其中進行了辯護，談自己這樣做的動機；當然，他的讓步並沒有帶來預想的結果，對此，他也坦率地承認，並認爲自己原來的看法顯得十分可笑。

他一方面爲自己辯護，另一方面又不想說別人的壞話。不過，這些人中有一個人的言行是不需要他辯護，也不需要他掩飾的，這個人就是芬妮：「我們大家或多或少都有過失，」他說：「我們每個人都有，只有芬妮除外。她自始自終都反對演戲，一個人始終堅持著正確的意見，不犯過錯。她從沒有忘記應該尊重您，我想芬妮會讓您覺得樣樣都滿意的。」

正如他兒子所料想的那樣，對這樣一幫人，演這樣一齣戲，而且又是在這樣一個時候，湯瑪斯爵士簡直反感到了極點，認爲完全不成體統。他握了握艾德蒙的手，氣得話都說不出來。

不過，他想盡量抹去讓他不愉快的一切，首先徹底清除房間裡能勾起這些記憶的每一樣物品，恢復原有的秩序；然後，盡量忘掉他不在的時候他們怎樣不把他放在心上；他也不想再去責怪另外那三個孩子了，不想再對他們的錯誤追根問底，他寧願相信他們已經知道了自己的錯誤。現在，只需要讓他們立即停止這一切，把準備演戲用的一切物品統統清理掉。對他們來說，這個懲罰也夠他們受了。

這些年輕人制定這樣的計畫的確欠考慮，他們本應該做出更恰當的決定的。不過，他們畢竟還年輕，除了艾德蒙，其他人都不太穩重。然而，對這大宅裡的一個人——羅禮士太太，他卻不能不以語言向她表明，他原指望她能出面制止她明知不對的事情，因為僅僅以行動說明是不能讓她領會他的意思的。

對年輕人搞這樣的娛樂活動，他固然感到驚訝，但他們做這樣的錯事，搞這種招惹是非的娛樂活動，竟然得到了姨媽的默許和支持，更是讓他驚訝萬分。對此，羅禮士太太自然無話可說。她既不好意思說自己看不出有什麼不成體統的，因為湯瑪斯爵士分明認為那是不成體統的事，又不願意說她沒有那麼大的影響，就算勸阻也沒人聽。她有些心慌意亂，只想盡快岔開這個話題，把湯瑪斯爵士的注意力轉移到一些比較愉快的話題上。

於是，她例舉了很多的事例來說明自己對這個家是如何地盡心盡力，比如，她處處關心他家人的利益和安樂，為此，她花費了很大的力氣，吃盡了不少苦頭。冬天時，她沒有待在爐邊烤火，而是天天在外為家奔忙，給伯特倫夫人和艾德蒙提了許多好建議，讓他們提醒僕人節約開支。結果，他們真的節省了不少錢，而且還查出了不只一個僕人手腳不乾淨的問題。

不過，她最主要的功勞還是在索瑟頓。他們家能攀上萊斯渥家這樣一門親事，全靠她的努力，這是她的最大功勞和榮耀，誰也抹殺不了的。萊斯渥先生能看上瑪麗亞，全是由於她的緣故。

她說：「如果不是我積極主動，說服妹妹親自上門去結識他母親，我敢說絕對不會有這樣的結果。你知道，對於萊斯渥先生這樣又和藹又靦腆的年輕人，就非得女方積極鼓勵不可，打他主意的姑娘有不少呢！我們必須採取主動才行！我費了不少勁勸說妹妹，最後終於把她說服了。你知道到那兒有多遠嗎？而且，那時候正是隆冬季節，路又特別難走，不過，我還眞把她說服了。」

「我知道妳很有影響力，伯特倫夫人和孩子們都很聽妳的話，也應該聽妳的；不過，這更讓我不安，爲什麼那件事，妳的影響……」

「親愛的湯瑪斯爵士，你要是看到那天路上是什麼樣子就好啦！當時我就想，就算是用四匹馬拉車，也很難把我們拉到那裡。雖然老馬車夫基於忠誠和善良一定要給我們趕車，不過，可憐的他患有關節炎，幾乎不能坐駕駛座。雖然從米迦勒節（九月二十九日，英國四大結帳日之一）開始，我就一直在幫他治療，最後是治好了，但整個冬天他都很不舒服。那天的情形正是這樣。

「出發之前，我到他房裡去了一趟，勸他不要冒這個險。當時，他正在戴假髮，我對他說：『我想你最好不要去，我和夫人不會有問題的，你不用擔心；再說，史蒂芬很穩當，而查爾近來也常常騎領頭馬。』但我的勸說絲毫沒有作用，他非去不可。你知道，我不是個喜歡瞎操心、多管閒事的人，所以也就不再多說什麼了。只不過，每當車子顛一下，我的心就會痛一下。

「你想像不到那路有多糟糕，尤其是斯托克附近那條坎坷不平的小路，石頭的路面上又是霜又是雪，我眞是爲他感到心疼呀！你知道我一向愛惜馬，所以，當我們走到桑德克羅夫特山腳下的時候，我乾脆下了車徒步往山上走。你一定想不到吧？但願你不要笑我，我知道這樣做並不能減輕多少負擔，不過總會減輕一些吧！說實在話，讓我安然地坐在車上，看著那些駿馬吃力地往山上拉，眞是不忍心啊！雖然當時我正患著重感冒，可我才不在乎呢！不管怎樣，這次走訪，我達到了目的。」

「我希望這家人値得我們費這麼大的力氣去結交。雖然從外表看，萊斯渥先生沒有什麼出眾的地方，不過，在昨天晚上，他的一個觀點倒頗讓我欣賞。他明確表示寧願一家人安安靜靜地聚在一起，也不願意吵吵鬧鬧地演戲。他那麼年輕，竟有這樣的想法，還眞是難得！」

「是呀！一點都沒錯。你越了解他，就會越喜歡他。當然啦，他不是一個特別耀眼出眾的人物，但絕對很優質！他非常敬仰你，大家還笑我說，都是我教的。格蘭特太太就說過：『羅禮士太太，我敢說就算萊斯渥先生是你的兒子，他也不可能比現在更敬仰你了。』」

在她彎彎繞繞的甜言蜜語中，湯瑪斯爵士被徹底弄迷糊了，不知不覺間就放棄了自己的看法。不僅如此，他反倒認爲她之所以縱容年輕人搞這樣的娛樂活動，是由於太溺愛孩子們，以至於失去了明辨是非的能力。

再說，這天上午他很忙，沒有多少時間跟誰談話。他要重新開始料理曼斯菲爾的日常事務，要去見見管家，還有代理人，得查一查、算一算；趁辦事的空隙，還要去馬廄、花園及距離最近的種植園去看看。

他是個勤快而又能幹的人，做事俐落乾淨，還沒到吃晚飯的時候，這位一家之主就辦完了這所有的一切。不僅如此，他還讓木匠拆去了彈子房裡新搭建的舞臺，並將解雇的繪景師打發走了。

這位繪景師把馬車夫所有的海綿都給毀掉了，而且還帶壞了五個幹粗活的僕人，一個個變得懶惰不說，還滿腹牢騷，幸好他只糟蹋了一個房間的地板。湯瑪斯爵士希望再花個一、兩天，就能把演戲留下的痕跡全部清除乾淨。至於家中所有還沒有裝訂的《海誓山盟》劇本，他是見一本燒一本。

現在約翰總算有些明白湯瑪斯爵士的用意了，只是他仍然不能理解這到底是爲什麼。他和朋友揹著槍出去了大半個上午，利用這個機會，湯姆爲他父親的苛刻行爲表示了歉意，並對可能出現的情況作了解釋。

連續兩次遭遇這樣掃興的事，的確非常不幸！約翰的憤怨之情是可想而知的。他十分惱火，在曼斯菲爾的樹林裡及回來的路上，始終抱定這樣的想法，如果不是爲了朋友和他的小妹妹，他一定會找湯瑪斯爵士理論一番，說他做事荒唐，讓他懂點道理。不過，等到晚上大家圍著同一張桌子吃飯的時候，他覺得還是不問的好，因爲湯瑪斯爵士身上有一種力量迫使他改變了主意。

他也見識過不少讓人討厭的父親，也常常對他們對兒女們的橫遮豎攔感到吃驚；不過，像湯瑪斯爵士這樣蠻橫無理的人，他還眞是第一次遇見。如果不是看在他兒女們的面上，他簡直無法容忍這樣的人；他之所以還願意在他家多住幾天，完全要感謝爵士的漂亮女兒茱莉雅。

這一天晚上，雖然表面上過得平平靜靜，但是幾乎每個人都心煩意亂。應父親的要求，兩個女兒彈起了琴，藉助琴聲的幫助，事實上的不和諧被暫時掩蓋了。但瑪麗亞心中的焦躁不安卻是一刻也沒停下來。亨利應該立即向她表露愛慕之情，對她來說，這是至關重要的。

日子一天天地過去了，事情仍然沒有什麼進展，她爲此感到惶恐不安。整個上午、整個晚上，她都一直盼著他來。萊斯渥先生一早就回索瑟頓，報告這裡的重大消息去了。她天眞地希望亨利立即表明心跡，如果眞的是這樣，萊斯渥先生也就不用再回來了。然而，除了收到格蘭特太太寫給伯特倫夫人的一封便箋，向她表示祝賀和問候外，根本沒見牧師府有人來，連個人影都沒有，也聽不到那裡的任何消息。

這是令她憂心如焚的一天，多少個星期以來，兩家人第一天完全沒有來往。自從八月初開始，沒有哪一天他們不是以某種方式相聚的。終於，她等來了第二天，也等來了亨利。不過，在最初的一陣欣喜若狂之後，接著便是揪心的疼痛，雖然與第一天的所不同，但程度上絲毫不亞於第一天。

亨利是跟格蘭特博士一起來的。由於格蘭特博士急於拜望湯瑪斯爵士，因此，他們早早就來到了大宅，並被領進了早餐廳。此時，一家人大多在這裡。湯瑪斯爵士很快出來了，看著自己的心上人被介紹給父親，瑪麗亞又是高興又是激動，心情眞是無法用語言表達，但這樣的心情很快就被痛苦所取代了。

當時，亨利坐在她和湯姆之間，只聽他低聲問湯姆，湯瑪斯爵士回家的喜事阻斷了他們的演戲計畫後（說到這裡他有禮貌地看了湯瑪斯爵士一眼），是不是還準備繼續排演。因爲他馬上要走了，得趕緊去巴斯與他的叔叔會面。不過，如果繼續演戲的話，無論什麼時候需要他，他都會趕回曼斯菲爾的。他會跟叔叔明明白白地說，只要還有可能再演《海誓山盟》，他就會堅決參加的，不管是否有其他的事，什麼時候需要他，他就來參加演出，總之這戲絕不能因爲他不在就半途而廢。

「不管我在什麼地方——巴斯、諾福克、倫敦、約克……只要接到通知，我就會在一個鐘頭內動身，從任何地方趕來參加你們的演出。」

幸而當時回話的是湯姆，而不是他的妹妹。湯姆立即爽快地回答道：「你要走了，眞遺憾！至於我們的戲，已經完了——徹底完結了（說著意味深長地望瞭望他父親）。繪景師昨天就被打發走了；至於劇場，我想可能明天就會被完全拆除掉。其實，一開始我就知道會這樣。你現在到巴斯還早吧？去了也不一定見得到人。」

「哦，我叔叔常在這個時候去。」

「那你什麼時候走？」

「也許我今天就能趕到班伯里。」

湯姆接著又問道：「在巴斯，你用誰的馬廄？」兩人便開始討論起這個問題來。

出於自尊的考慮，瑪麗亞不得不橫下心來，準備平靜地參與他們的談話。不久，亨利向她轉過臉來，又把剛才跟湯姆說過的不少話重複了一遍，只不過神態比較柔和，臉上遺憾的表情更加明顯而已。

但是，他要走了，對她來說，這些神態和表情又有什麼用呢？雖然他不是自願要走的，卻也是願意的。雖然他口口聲聲說自己是迫不得已的，但她非常清楚，他並不受制於人，就算這裡面可能有他叔叔的意思，但他的一切約會應酬，是可以由他自己做主的。

把她的手壓在他心口的那隻手啊！現在，那隻手和那顆心已經變得僵硬了，冷冰冰了！她的內心充滿了痛苦，但還不得不強打精神。一方面，對他言行不一的表白，她要痛苦地忍受著；另一方面，由於禮儀的約束，她又不得不抑制住翻騰的心潮。幸好這一切並沒有持續多久，因為要應酬在座的眾人，他很快就把她擱在一邊了。

隨後，他又公開表明是來告別的，因此，這場造訪也就很快的結束了。他走了——最後一次碰了碰她的手，向她行了個臨別鞠躬禮，給她留下了無盡的孤獨。他走了——走出了這座大宅，再過兩個小時還要離開這個教區。由於他自私的虛榮心，而激起的瑪麗亞和茱莉雅心裡的希望，也就這樣全部化為了泡影。

對於他的離去，茱莉雅頗為慶幸，因為她已經開始討厭見到他了。至於姊姊瑪麗亞，她也不想報復了。她現在也比較冷靜了，既然姊姊沒有得到他，她也就不想在人家遭到遺棄後，還要揭別人的傷疤。在亨利走後，她甚至有些可憐姊姊。

芬妮是在吃飯的時候，得知亨利要走的消息。她覺得這是一件好事，並以她那純淨的心感到高興。別的人提起這件事都感到遺憾，還誇讚亨利的好處，從艾德蒙誠心誠意的稱讚誇獎，到他媽媽漫不經心的隨聲附和。當然，艾德蒙是出於偏愛，而羅禮士太太則是奇怪於亨利怎麼沒和茱莉雅談成戀愛。她擔心自己沒盡心促成這件事。不過，話又說回來，即使她再怎麼努力，也不可能事事都成功吧！再說，她還有那麼多事需要操心呢！

又過了一、兩天，約翰也走了。對此，湯瑪斯爵士特別感到稱心，他就喜歡一家人關起門來過日子，一個外人住在家裡，即使比約翰可愛，也會讓他感到厭煩的。何況這位約翰是個輕薄自負、好逸惡勞、揮霍無度的傢伙，就更讓他厭煩透頂了。讓湯瑪斯爵士尤其反感的是，這位令人討厭的傢伙，竟是兒子湯姆的朋友，女兒茱莉雅的心上人。對克萊福先生的去留，他毫不在意，但是，約翰的離去，卻讓他大鬆了一口氣。當他把約翰送到門口，祝他一路平安的時候，他心裡其實很高興。

約翰走的時候，大宅裡已恢復了往日的清靜，演戲的一切準備工作被取消，演戲用的每一樣東西也被清除了；而他是與演戲有關的最惡劣的一個人，也是讓湯瑪斯爵士聯想到在這裡演過戲的最後一個傢伙，在湯瑪斯爵士送他出門的時候，從此就從曼斯菲爾徹底消失了。

還有一樣可能會引起他生氣的東西，但沒讓他看見，而被羅禮士太太搬走了。就是她花了不少工夫張羅的精緻布幕，因爲她正好需要綠色絨布，所以就被她拿走了。

3

湯瑪斯爵士回來後，不僅《海誓山盟》停演了，而且家裡的氣氛也發生了很大的變化。在他的掌管下，曼斯菲爾完全變了樣。他們那個小團隊中，有的人走了，另外有不少人情緒低落，與過去相比，處處都顯得沉悶了許多。一家人在一起時，也總是板著臉，很少見到喜氣洋洋、活潑歡快的場面。

湯瑪斯爵士一向不願與人保持密切的聯繫，尤其在目前這樣的情形下，他更不願意與任何人有來往。當然，萊斯渥家是一個例外，他現在只想跟他們家來往。對於父親的這種做法，艾德蒙並不感到奇怪，也沒有什麼可說的；只不過，他覺得不應該把格蘭特一家排除在外。

他對芬妮說：「為什麼不讓他們與我們來往呢？我覺得他們就像是我們自己人一樣，好像是我們的一部分，他們是有權利與我們來往的。我希望父親能夠知道，他不在家的時候，他們家對母親和妹妹是如何關心照顧的，我擔心他們會覺得自己受到了冷落。

說實在的，父親不太了解他們。他離開英國的時候，他們到這兒還不到一年。如果父親對他們多了解一些，就會發現他們正是他所喜歡的那種人，自然會贊成和他們來往的。現在家裡缺乏生氣與活力，兩個妹妹看起來無精打采，湯姆也是心神不定。我想，說不定格蘭特博士和

格蘭特太太能給我們帶來活力，讓我們的晚上時光過得更加愉快，甚至讓父親也感覺愉快。」

「你這樣想嗎？」芬妮說：「我覺得姨父不喜歡外人介入我們的生活。而你說的那種安靜又是他最爲看重的，他只希望在自家的小圈子能過著安安靜靜的生活。我並不認爲我們現在的生活比以前呆板、枯燥，我是說比姨父離開英國之前。在我的記憶中，家裡一直都是這樣的，你不覺得嗎？

「以前姨父在家的時候，從來就沒有人大聲說笑過。如果說現在感覺有什麼不同的話，那也只是因爲他長期不在家，現在剛剛回來，自然會感到有點怯生生的。我記得，以前我們在晚上也不是快活的，除非姨父去了倫敦。我想，只要有大家都敬畏的人在，年輕人總是感覺有些拘束，不會快活的。」

「我想妳說得對，芬妮。」艾德蒙想了想後回答道：「我想我們的確是恢復了以往的樣子，而不是有了什麼新變化。前段時間讓人感覺新奇是因爲晚上比較活躍的緣故。不過，也就僅僅幾個星期卻給人留下多麼深刻的印象呀！我覺得我們以前好像從沒有這樣生活過。」

「或許我比別人更古板些吧！」芬妮說：「我不認爲晚上的時間有什麼難過的，我喜歡聽姨父講西印度群島的故事，我可以連續聽他講上一個小時，這比許多事都讓我更快樂。不過，我想我跟別人不一樣。」

「妳爲什麼這樣說？（一邊笑笑）跟別人不一樣？妳是不是想讓我告訴妳，妳比別人更聰明、更穩重？不過，芬妮，妳是知道的，我不善於恭維，對妳也好，別人也好，什麼時候聽到過我的恭維呢？如果妳想聽恭維話，那就去找我的父親，他會滿足妳的要求的。妳只要問妳姨父是怎麼看妳的，妳就會聽到許多恭維話，雖然都是些對妳外表的恭維，不過，我想他遲早也會看出妳的內心同樣美。所以，他的恭維話，妳一定得聽進去。」

芬妮還是第一次聽到這樣的話，覺得很尷尬。

「親愛的芬妮，妳姨父認爲妳很漂亮，情況就是這樣。除了我之外，誰都會對此大驚小怪的；當然，除了妳之外，誰都會因爲以前沒人認爲自己漂亮而生氣。實際上，妳姨父以前也不認爲妳漂亮，而是現在才覺得妳漂亮的。

「說實在的，比起以前，妳的臉色的確好看多了！變漂亮多了！還有妳的身材——好啦，芬妮，別不好意思了，不過是姨父嘛！連姨父的讚賞都受不了，那妳怎麼辦呀？芬妮，妳要學著大方些，要覺得自己值得別人欣賞，不要在意別人說自己長得好看。」

「不要這麼說！不要這麼說！」芬妮嚷道。對於她的滿腹苦衷，艾德蒙是體會不到的，現在見她不高興，也就不再往下說，只是一本正經地又加了兩句：「從各方面來說，妳姨父很喜歡妳，妳應該多和他說說話。晚上我們在一起的時候，有些人話太少了，妳就是其中的一個。」

「可是，我跟他說的話比以前多了，眞的比以前多了！昨天晚上，你沒聽見我向他打聽販賣奴隸的事嗎？」

「當然聽見了。不過，我想除了這個問題之外，妳還可以問點別的問題，一個問題接著一個問題地往下問，妳姨父一定會高興的。」

「我當然想問下去啦！可是大家都不說話嘛！表哥、表姊一聲不響地坐在旁邊，對這個問題好像一點也不感興趣，我也就沒心思再問了。我想姨父一定希望自己的女兒對他的經歷感興趣，如果我總是好奇地提問，就怕別人說我抬高自己，貶低了表姊。」

「美莉說得一點沒錯！那天她說，別的女人就怕被人冷落，而妳呢，就怕被人注意，被人誇獎。這是她說的，記得我們是在牧師府裡談到妳的。說實話，她很有眼光很好，在我認識的人中，沒有人的眼光比她看得準，不但年輕還這麼有眼力，眞是了不起呀！妳不覺得在妳認識的人中，她最了解妳嗎？至於對其他人，如果不是有所顧忌，她同樣也會準確說出許多人的性格特點。這是我從她一時高興給我的暗示和一時說漏嘴的話中發現的。

「我眞想知道她怎麼看我父親的！她一定會對他大加讚賞，認爲他儀表堂堂，嚴肅端正，又文質彬彬，很有紳士風度。不過，因爲相見的機會不多，她有可能對他的嚴肅、寡言產生反感，如果他們有更多的機會在一起，我想他們一定會相互喜歡的。父親一定會喜歡她的活潑性情；而她有眼光，一定會敬重父親的才幹。如果他們能經常見面該有多好呀！希望她不要以爲父親不喜歡她。」

「她一定知道你們都很看重她。」芬妮有些悲哀地說：「不要爲這擔心。姨父因爲剛從海外回來，自然想多和家人聚聚，她應該也不會說什麼，過一陣子，我想我們又會像以前那樣見面了。」

「是啊！我想這還是她在鄉下度過的第一個十月吧！她長這麼大，從沒有在鄉下待過。到了十一月，鄉下的景色就更加蕭條了。我想隨著冬天的到來，格蘭特太太就怕她覺得曼斯菲爾單調乏味了。」

對這個話題，芬妮本來還有許多話要說，但她覺得還是什麼都不說比較好。對於美莉的活潑可愛、聰明才智、多才多藝，以及她的朋友們等等問題，芬妮不想去議論，害怕哪句話說得不妥當而顯得自己沒有氣度。況且，美莉似乎對她的看法不錯，就算是出於感激也應該氣度大一點度，所以，她談起了別的事情。

「明天姨父要到索瑟頓去赴宴，你和湯姆也要去吧？這樣家裡就沒有多少人啦！但願姨父能繼續喜歡萊斯渥先生。」

「這不可能！芬妮。明天他要陪我們五個小時，我眞擔心會過得枯燥無聊，更怕出什麼大問題，給父親留下不好的印象。我想這次見面之後，父親就不會那麼喜歡他了。不管怎麼樣，他終究要面對的，不可能長久自我欺騙下去。我只爲他們感到遺憾，當初他們倆就不該相識。」

艾德蒙說得不錯，湯瑪斯爵士的確感到失望了。雖然萊斯渥先生很敬重他，而他也想好好看待萊斯渥先生，但他還是很快看出來，這位萊斯渥先生是個低能的青年，既沒有知識，也沒有辦事的能力，對什麼都沒有主見。更爲糟糕的是，對自己的這些缺點，他似乎毫無知覺。」

湯瑪斯爵士完全沒有想到這個女婿會是這個樣子。他的心情有些沉重，開始爲瑪麗亞擔心，想了解一下女兒的想法。透過觀察，他發現女兒對這件事完全是冷漠的。也就是說，對萊斯渥先生，瑪麗亞態度冷淡，根本就沒把他放在心上。她不會喜歡他的，事實上她也不喜歡他。

湯瑪斯爵士決定認眞地跟她談一談。雖然這門親事對他家有好處，雖然他們訂婚的時間也不短了，而且人人皆知，但他不能因此而犧牲女兒的幸福。或許女兒與萊斯渥先生相識不久就訂婚了，對他不太了解，但隨著了解的深入，她一定後悔了。

湯瑪斯爵士與女兒進行了一次長談，態度嚴肅而又和氣。他談到自己的憂慮和擔心，希望她能開誠佈公地談談她的想法；還對她說，如果她覺得這門親事不會讓她幸福，那麼他會想盡辦法，不顧一切解除這門親事，他會立即採取行動，幫助她解脫出來的。

瑪麗亞一邊聽父親說，心一邊掙扎，只不過這個過程非常短，只是片刻而已。因此，父親一說完，她便立即做出了明確的回答，讓人完全感覺不到她思想上的波動。她說，對於父親的關懷和慈愛，她非常感謝，不過，父親誤會她了。其實，她從沒有想到過要解除婚約，自從訂婚以來，她就從沒有動搖過，她非常敬重萊斯渥先生的性情和人品，和他在一起一定會幸福的，對此她深信不疑。

湯瑪斯爵士對她的回答感到非常滿意。本來這是一門放棄了他就會心痛的親事，但他知道，這種事不像別的事那樣非得按他的意見辦不可。既然瑪麗亞這麼肯定他們在一起會幸福，而她這樣說並不是出於盲目的癡情和偏見，那就應該相信她的話。或許她的感情不是很強烈，他也從來沒有這樣認爲。不過，她的幸福並不會因此而減少。

他是這樣想的，萊斯渥先生還很年輕，以後和上流人士在一起，一定會有進步的；再說，如果瑪麗亞對丈夫的要求不是很高，非要讓他光芒四射、出人頭地不可，那麼，她一定會很滿足的。一個心地善良的年輕女人，如果不是爲了愛情而結婚，那麼她往往更依戀家庭。而索瑟頓離曼斯菲爾那麼近，自然對她產生了極大的誘惑，那麼結婚後也一定會給她帶來最稱心、最純眞的快樂。

除此之外，湯瑪斯爵士之所以高興，還因爲避免了解除女兒婚約必將招來的非議和責難等令人尷尬的局面；同時，也是因爲鞏固了一樁會大大增加他的體面和勢力的親事。想到女兒的性情這麼好，能順利保住這樁婚事，他就有說不出的歡喜。

女兒和父親對這次談話的結果都感到滿意。瑪麗亞再次下定決心要去索瑟頓，對於自己能牢牢把握住自己的命運，她感到由衷的高興。因爲她不能讓亨利得意，以爲他能支配她的行動，毀掉她的前程。她躊躇滿志地回到自己房間，決定以後要謹愼行事，對萊斯渥先生熱情些，免得父親又起疑心。

假如這次談話是在亨利剛走的那三、四天內，或許瑪麗亞的回答就會完全不同。因爲那時候，她的心情還沒有完全平靜下來，對他還沒有死心；或者說她還沒有橫下心來嫁給他的情敵。但是三、四天過去了，亨利一去毫無音信，沒有一點點消息，沒有一點點回心轉意的跡象，更沒有因爲別離而產生的眷戀，似乎從此一去不回頭了。她的心冷了下來，只想從傲慢和自我報復中尋求安慰。

她的幸福被亨利破壞了，但是她的名聲、她的儀表、她的前程，卻不能再讓他毀掉。她不能因爲他而放棄索瑟頓和倫敦，放棄如此豐厚的家產和榮耀，而眼睜睜的在曼斯菲爾盼望著他，讓他洋洋得意。

對她來說，父親去海外期間所享受的那種自由，現在絕對是不能缺少的。對於父親的約束，她也越來越不能忍受，她必須儘快逃離他，逃離曼斯菲爾。所以，她現在迫切地需要一份豐厚的家產，她越來越感覺到沒有自己獨立的家產是多麼不方便。她要過有錢有勢的生活，要交際應酬，要見世面，以安慰她那受傷的心。她主意已定，絕不改變。

既然已經拿定了主意，她就不想再把事情拖延下去，許多的準備事項可以往後再說。新馬車和家具可以等到春天再到倫敦去採買，那時候她也許可以靜下心來辨別好壞了。

萊斯渥先生也沒有像她那樣急於結婚。她準備出嫁，已經完全做好了思想準備，因爲她有無數的理由這樣做，她厭惡她的家，厭惡家裡的約束，厭惡家裡的死氣沉沉，再加上情場上失意所帶來的痛苦，以及對結婚對象的輕視等等所有這一切。

主要問題都決定了，婚前必要的準備工作在幾個星期內就可以完成。

對於給她寶貝兒子挑選的這位幸運的年輕女人，萊斯渥太太非常樂意把位置讓給她。於是，十一月份剛到，她完全按照寡婦應該遵守的規矩，坐著四輪輕便馬車，帶著男僕、女僕，搬到了巴斯。在那裡，藉著牌興，她每天晚上向客人誇耀索瑟頓的美妙景色，如同身臨其境一樣的興高采烈。還不到十一月中旬，婚禮就舉行了，索瑟頓又有了一位新主婦。

婚禮十分隆重體面，新娘打扮得雍容華貴、光彩奪目，兩位女嬪相打扮得恰到好處。父親把新娘交到新郎的手裡，母親拿著嗅鹽站在那裡，準備激動一番；姨媽使勁想往外擠眼淚，格蘭特博士把婚禮主持得生動感人。除了把新郎、新娘和茱莉雅從教堂門口拉到索瑟頓的馬車，萊斯渥先生已用過一年之外，這次婚禮幾乎沒有什麼可挑剔的，那天的儀式在各方面都經得起最嚴格的檢驗，經得起左鄰右舍的人議論。

婚禮結束了，新人也走了。這時為人父的湯瑪斯爵士內心感到極度的不安；而他妻子原擔心自己會激動，竟成了杞人憂天。對羅禮士太太來說，這是她欣喜萬分的一天，要幫著張羅大小事情，要在莊園裡安慰妹妹，再加上在給萊斯渥夫婦祝酒時又多喝了一、兩杯，簡直快樂到了極點。婚事是她促成的，一切都是她的功勞，她有充足的理由神氣十足、洋洋得意，讓人看起來似乎她這輩子就沒聽說過有什麼不幸的婚姻，更不知道她對看著長大的外甥女其實沒有半點的了解。

按照計畫，這對新婚夫婦過幾天後就會去布里奇頓，並在那裡租房子住上幾個星期。布里奇頓的冬天幾乎像夏天一樣歡樂，瑪麗亞從沒有去過那兒的公共場所，她準備把那裡所有的新鮮遊樂統統玩一遍，然後再去倫敦大開眼界。

茱莉雅準備陪他們倆前往布里奇頓，現在兩姊妹不再爭風吃醋了，漸漸恢復了往日的和睦，像朋友一樣相處。這個時候，她們非常願意彼此做伴。對於瑪麗亞來說，除了萊斯渥先生以外，她迫切需要再有一個夥伴。而茱莉雅呢，她也同樣渴望新奇和快樂，所以甘願處於從屬的地位，快快樂樂地跟他們上路。

他們這一走，曼斯菲爾莊園又發生了重大的變化，這個家庭的圈子又大大地縮小了，她們留下的空白，要過一陣子才能慢慢彌補。雖然近來兩位伯特倫小姐很少給家裡帶來快樂，但她們走後，家人仍然非常思念她們。連她們心境總是平靜的母親都想她們，何況她們那心腸柔軟的表妹。她在房間裡轉來轉去，思念她們，憐憫她們，因爲見不到她們而傷心，而那姊妹倆可從來沒有對她這麼好過呀！

4

隨著兩位表姊的離去，芬妮的身價倍增。現在，客廳裡只有她一個年輕女子。本來在這個家裡，她一直處於不起眼的末位，而今這家裡除了她，再也沒有別人了。所以，比起以往，人們不可能不對她投注更多的眼光，注意她，想到她，關照她。於是，「芬妮到哪兒去了？」就成了一個經常性的問題，即使沒有什麼事要她幫忙的時候也是這樣。

不僅如此，她的身價在牧師府裡也提高了。自從羅禮士先生去世以後，她幾乎很少去那裡，一年也去不了兩次，但是現在卻成了一個經常被請上門的客人，受到熱烈歡迎。在十一月的一個陰雨天，一個偶然的機會，她來到牧師府，受到美莉的熱情接待，之後她就經常被邀請繼續到牧師府做客。格蘭特太太的目的是想給妹妹解解悶，然而，她卻用最簡捷的自我欺騙方式，認爲經常邀請芬妮來府上，是做了一件特大的好事，因爲她給芬妮提供了一個最重要的上進機會。

原來，在那一天，羅禮士太太讓芬妮到村子裡去辦件事，走到牧師府附近時，她遇上了大雨，只得在牧師府院外凋零的櫟樹下避雨，裡面的人從窗戶裡看見了她，於是邀她進去。起初她謝絕了僕人的好心邀請，之後，見格蘭特博士親自拿了把傘出來，她覺得很不好意思，便進屋去了。

此時，可憐的美莉正望著窗外的淒風苦雨，心情沮喪，因爲整個上午的戶外計畫全都泡了湯。她不停地地歎息，看來整天除了自家人以外，再也見不到其他什麼人了。她忽然聽到前門口有動靜，隨後便看見芬妮濕淋淋地走進了門廊，心裡不禁高興起來。她深深體會到，在鄉下這樣的陰雨天，能來個客人實在難得。

她立即活躍起來，非常熱情地關心芬妮，說她的衣服都濕透了，又幫她找來了乾衣服。起初芬妮並不承認自己的衣服濕了，後來也只好接受了她熱情地關照，任由太太、小姐和女僕們幫她換衣裳。雨不停地下著，芬妮不得不回到樓下，在客廳裡坐了一個小時。芬妮突然來訪所帶來的新鮮感，讓美莉興味盎然，這興致足可以維持到吃飯、更衣的時間。

姊妹倆對她和顏悅色，客客氣氣。如果不是感覺自己打擾了別人，如果能預見到一個小時後天會放晴，而不是難爲情地接受主人的意見，讓格蘭特博士的馬車把自己送回家，那麼，對自己在這裡做客，她一定會感到稱心如意的。

至於在這樣的天氣，她被困在了外面，家裡會不會著急，她倒不必擔心。因爲只有兩個姨媽知道她出來，她們兩人誰也不會爲她擔心，只要羅禮士姨媽說她會躲在哪座農舍裡避雨，伯特倫夫人就會深信不疑。

天色不那麼陰暗了。這時，芬妮看見屋裡有架豎琴，便隨口提了幾個問題。不久，她又表露出自己很想聽一聽的願望，並說自從這架豎琴運到曼斯菲爾以來，她還從來沒有聽過，說起來還眞讓人難以置信。因爲自從豎琴運來後，她幾乎就沒有來過牧師府，當然她也沒什麼理由進來。

她這一說，倒讓美莉有些過意不去，因爲她想起很早以前曾說過要彈琴給芬妮聽的，結果自己竟忘了。現在她非常樂意彈琴給她聽，於是，便和顏悅色地連連問她：「我現在彈給妳聽，好嗎？」

美莉按芬妮的意願彈起琴來，她很高興又有了一個聽琴的人；而且這位聽琴人似乎滿懷著感激，還不停地地讚美她的琴藝，自己也覺得頗有情趣，所以她一直興味盎然地彈著，直到芬妮向窗外望去，那神情好像在說天已經晴了，她也該告辭了。

美莉說：「雨剛停，妳看那幾塊雲彩，不如再等一刻鐘吧！先看看天氣怎麼樣再走。」「我一直看著那些雲彩，它們已經飄過去了。」芬妮說：「這雨是從南邊過來的。」

「不管是從南邊來，還是從北邊來，烏雲就是烏雲，我一眼就能認出來。妳看天還是陰沉沉的，妳不能走；再說，我想再彈一首曲子給妳聽，一支非常好聽的曲子，妳表哥艾德蒙最愛聽的曲子。妳不要走，留下來聽聽妳表哥最喜歡的曲子。」

芬妮覺得她沒有辦法立刻就走，就算沒聽美莉說這話，她心裡也想著艾德蒙，經她這麼一提醒，更是滿腦子都是他了。她想像著他一次又一次地坐在這間屋子裡，或許就坐在她現在坐的地方，然後樂滋滋地聽著他最喜愛的這支曲子。芬妮想像著自己爲他彈起了這首曲子，曲調是多麼優美，彈琴人的神態又是多麼優雅。

不過，雖然她也喜歡這曲子，而且很高興和他有相同的喜好，但是，曲子彈完後，她還是急著要走，比先前還要著急。見她執意要走，美莉便親切地邀請她再次來這兒聽她彈琴。對此，芬妮倒不怎麼反對，只要家裡允許，是完全可以的。

在兩位伯特倫小姐走後的半個月內，這兩人的親密關係就這樣開始了。對美莉來說，她主要是圖新鮮；而芬妮呢？對美莉也說不上有多深的感情，其實她也不喜歡她，兩人也湊不到一塊；但是，不知爲什麼，她總是往那兒跑，每隔兩、三天就要去一次，不去心裡就不踏實。

不過，對此她倒沒什麼心理負擔，反正現在沒有別的人可請，所以請她去，她完全可以不領情。跟美莉談話雖沒有什麼的樂趣，但偶爾也覺得好玩。而這點好玩，也往往是拿她所敬重的人或所看重的事打趣，她只不過跟著敷衍幾句而已。但是，她還是去找她玩，在這個季節少有的溫和的天氣裡，她們常常在格蘭特太太的灌木叢裡一起漫步，往往一走就是半個小時。

有時她們甚至不顧天氣已涼，而久久地坐在已經沒有濃蔭遮掩的凳子上。然後，芬妮會柔聲細語地感歎秋天的無盡情趣。恰在這時，一陣突如其來的冷風吹過來，樹枝上飄落下最後幾片黃葉，兩人站起來走動、走動好讓身子暖和、暖和。

有一天，兩人又這樣坐在一起的時候，芬妮環顧四周說道：「這兒眞美，非常美！每次來到這片灌木林，我都感覺樹又長了，林子更美了。眞是難以想像，當初長在地邊上的這一排不像樣的樹籬，在三年後，卻變成了一條散步的林蔭道。那時可是誰也沒把它放在眼裡，誰也不會想到它會成爲什麼景色呀！而現在它的可貴之處是爲人們提供了方便，還美化了環境。」

「也許再過三年，它原來的樣子又會被我們忘記了。我總是想，時間的作用和思想的變化是多麼奇妙呀！實在是太奇妙了！」稍微頓了頓，她又順著自已的思路繼續說道：「在我看來，人的記憶力是人的天生技能中最爲奇妙的。人的記憶力發展很不平衡，有時強，有時弱，有時記得很清楚，很牢固，很溫順，而有的時候卻很糊塗，甚至很專橫，無法駕馭！我覺得比起人的其他才智，人的記憶力更加不可思議。雖然人的各個方面都很奇妙，不過，記憶力和遺忘力尤其奇妙無比。」

美莉心不在焉地聽著她的這番感歎，無動於衷，因而也沒什麼話來應答。芬妮覺察到了，便把思緒扯到她認爲有趣的話題上。

「我覺得這條散步的林蔭道設計的多麼好呀！它看起來多麼幽靜，多麼樸實啊！一點看不出人工雕琢的痕跡。我眞佩服格蘭特太太懂得這方面的情趣。」

「哦，是的，」美莉漫不經心地說道：「對這種地方來說，還算不錯吧！在這兒，人們的要求也不是很高。說實話，在沒來曼斯菲爾之前，我還眞沒想到一個鄉下牧師還有這樣的情趣，比如弄個灌木林之類的東西等等。」

「妳看這冬青長得多好呀！」芬妮回答道：「姨父的園丁總說這兒的土質比他那兒好，從月桂和常青樹的生長情形來看，好像眞的是這樣。看這常青樹，長得多麼好，看起來多麼美啊！眞是奇怪，同樣的土質，同樣的陽光，養育出來的植物竟然有著不一樣的生存規律。妳想一想，大自然多麼令人驚奇啊！我知道，在某些地方，有一種落葉樹木就屬於這一品種。

「妳會以爲我瘋了吧？不過，只要一來到戶外，尤其是在戶外靜坐的時候，總是會引發我這樣的遐想，即使看著大自然最平常的事物，人們也會產生漫無邊際的幻想。」

美莉答道：「說實話，從這些灌木叢裡，我眞看不出什麼奇妙之處，有點像路易十四宮廷裡那位有名的總督。不過，我現在卻能置身其中，眞是讓人驚奇！如果在一年前，誰對我說這地方將成爲我的家，而我將在這兒一個月又一個月地住下去，就像現在這樣，說什麼我也不會相信的。但是，我已經在這兒住了快五個月啦！這是我有生以來最清閒的五個月。」

「對妳來說，的確是太清閒了。」

「從理論上說是這樣的。」美莉兩眼亮閃閃地說道：「我從沒有度過這麼快樂的夏天。不過——」她臉上呈現出一副苦思冥想的樣子，同時壓低了聲音：「以後會怎麼樣，眞的很難說。」

芬妮的心跳頓時加快，不知她接著會說出什麼話來，也不敢求她往下講。不過，美莉很快又興致勃勃地說道：「對於鄉下的生活，我從來沒想自己會適應，不過，現在還是適應多了。我甚至認爲在鄉下住上半年也不錯，而且在某些情況下，還非常愜意。

「一座雅致的、大小適中的房子，周圍有親戚彼此常來往，支配著附近的上流社交圈，甚至於比更加富有的人還受人敬重，而且還能和自己最投機的人促膝談心。芬妮，這情形似乎還不錯吧？有了這樣一個家，妳就不用再羨慕剛過門的萊斯渥太太（瑪麗亞）了吧？」

「羨慕萊斯渥太太？」芬妮重複了一句。

「好了，好了，我們這樣苛刻地議論瑪麗亞似乎有些不太厚道，我還指望著她給我們帶來許多快樂的時光呢！對大家來說，瑪麗亞的這門親事無疑是個福音，我期待來年我們都能到索瑟頓住上很長時間，賓朋滿座應該是瑪麗亞的最大樂趣，當然還有舉行鄉下最高雅的舞會。」

芬妮沒有做聲，美莉重又陷入沉思。過了一會兒，她突然抬起眼來，驚叫道：「啊！他來了。」來的是艾德蒙。只見他正和格蘭特太太一起朝她們走來。

「是我姊姊和伯特倫先生。我很高興艾德蒙又可以做伯特倫先生了，因爲你大表哥走了。（按英國的習慣，一個家庭的子女中，只有大兒子、大女兒可以用「姓加先生、小姐」來稱呼，而二兒子、二女兒以下要正式稱呼某某先生、小姐時，還必須在前面另加上教名）我不喜歡叫他艾德蒙·伯特倫先生，這名字聽起來太刻板、太可憐，太像個小兒子的名字。」

芬妮卻叫道：「我的看法不同！我覺得『伯特倫先生』僅僅表明是個男人而已，聽起來多麼冷漠，多麼呆板，多麼沒有個性，一點也不親切！但是艾德蒙聽起來有多麼高貴呀！它是英勇和威望的別稱。這個名字國王、王子和爵士們都用過的，它洋溢著騎士的精神和熱烈的情感。」

「當然，從這個名字本身來說是不錯，艾德蒙爵士或艾德蒙勳爵也很好聽，但是如果變成了

『艾德蒙先生』，就不比『約翰先生』或『湯瑪斯先生』強到哪兒去。好了！他們又要教訓我們在這個季節不該坐在外邊了，趁他們還沒開口，趕緊先起來，好讓他們少說兩句。」

能在這裡遇見她們，艾德蒙自然非常高興。對於她們日益親密的關係，他心裡有說不出的滿意。他之前都只是聽說，看見她們在一起還是第一次。他心愛的兩個女孩能夠友好相處，正是他求之不得的事。或許是情人心有靈犀吧！他認爲她倆的友好，芬妮並不是唯一的，甚至不是主要的受益者。

美莉說：「對於我們的不小心，你不會責備吧？我們坐在外邊就是等著挨訓，等著別人懇求我們以後不要再這樣，你不會也這樣認爲吧？」

艾德蒙說：「你們倆只要有一個獨自坐在外邊，被我看見了，也許我會責備的，不過，現在你們一起犯錯，我就會比較寬容了。」

格蘭特太太嚷道：「哦，她們坐在外邊的時間不是很長，我在樓上拿披巾的時候，從樓梯上的窗戶看見她們，那時她們還在散步呢！」

艾德蒙又說道：「天氣這麼暖和，你們在外邊坐的時間又不長，不過幾分鐘。我們也不能只靠日歷來判斷天氣，有時候，或許十一月份比五月份還隨意些。」

美莉嚷道：「像你們這樣的朋友可眞是少見啊！對人一點也不關心，眞是讓失望呀！我們現在都凍成這樣子了，多麼難受啊，你們難道看不出來嗎？一點也不爲我們擔心嗎？不過，對女人要得違背常識的小花招，伯特倫先生是最不會輕易上當，這我太了解了。所以，從一開始，我就對他不抱什麼希望。不過，我親愛的格蘭特太太，我的親姊姊，我想妳會被我嚇一大跳的。」

「最親愛的美莉，不要在那裡自以爲是了，我才不會被妳嚇到呢！我當然有擔心的事，不過，完全不是妳想像的那樣。如果我能改變天氣的話，就來一場刺骨的寒風吹著你們，看你們還能不能坐得住。羅伯特說現在夜裡還不冷，非要把我那幾盆花放在外邊，但我擔心會突然變天，一下子天寒地凍，讓大家（至少讓羅伯特）措手不及，而我的花就會全被凍死，我想一定會是這樣的結果。

「還有更糟糕的是，廚子剛才跟我說，火雞不能放到明天了。我原準備放到禮拜天吃的。因爲禮拜天格蘭特博士比較累，吃起來一定格外香，這些事才值得我發愁呢！我覺得這天氣悶得反常。」

「看來在鄉下料理家務，眞是充滿了無窮的樂趣呀！」美莉調皮地說：「不如把我介紹給花圃工和家禽販子吧！」

「我的好妹妹，想要我把妳介紹給花圃工和家禽販子，除非妳介紹格蘭特博士去做西敏寺教長或聖保羅教長，怎麼樣？不過，曼斯菲爾好像沒有這樣的人，妳想讓我幹什麼呢？」

「噢！你只要做現在正在做的事就可以了！你只要常常受氣，可千萬不要發火！」

「謝謝妳！但是生活中這些小小的煩惱總是免不了的，不管妳住在那裡。以後等妳在倫敦安頓下來，我去看妳的時候，我敢說妳也會有煩惱的。儘管妳有花圃工和家禽販子，也許正是他們給你帶來的煩惱。比如他們住得遠，不準時來，或者要價太高，騙你的錢，這些都會讓妳叫苦的。」

「我想只要很有錢，就不會在乎這些事了，更不用叫苦。確保幸福的萬能靈藥就是大筆的收入，只要有了錢，還怕沒有桃金娘和火雞之類的東西嗎？」

「妳想很有錢。」艾德蒙說。在芬妮看來，他的眼神極爲嚴肅認眞。

「那當然！難道說你不想？難道有誰不想嗎？」

「對根本辦不到的事，我當然不會去想。或許妳能夠選擇自己富有到什麼程度。妳想一年有幾千鎊，就有幾千英鎊。不過，我的願望是只要不窮就行。」

「我了解你。像你這樣收入有限，又沒有什麼靠山的人來說，採取節制節儉、量入爲出的措施，倒是個很恰當的辦法。你只想生活上過得去就行了，那你就老老實實地做窮人吧！因爲你平常沒有多少時間，也沒有多少幫得上忙的、有錢有勢讓你自慚形穢的親戚。不過，告訴你吧，我不會羨慕你的，也不會敬重你。我想我會比較敬重那些老實而有錢的人。」

「我並不關心你對老實人（不管有錢還是沒錢的）敬重到什麼程度，而且我也並不想做窮人。我絕對不願意做窮人，我只是希望你不要瞧不起那些介於貧富之間，擁有中等物質條件的人。」

「如果能向上卻不願意積極向上，我就是瞧不起。那些本可以出人頭地，卻甘願默默無聞的人，我一概瞧不起！」

「可是怎麼向上呢？我這個老實人怎麼出人頭地呢？」

對於這個問題，那位漂亮小姐難於回答，她只是長長地「噢！」了一聲，然後又說道：

「你應該進國會，或者十年前就該去參軍。」

「現在說這話還有什麼用呢？至於進國會，除非有一屆特別國會，專門讓沒有錢的小兒子們代表參加，否則我是沒有希望的。」艾德蒙突然用更加嚴肅的口氣說，「出人頭地的門路應該還是有的，我也不是可憐巴巴的一點機會都沒有，沒有絲毫成功的機會或可能——只不過，性質完全不一樣。」

艾德蒙說話時露出難為情的樣子，美莉笑嘻嘻地回了一句，神情也不太自然。眼前這情景，讓芬妮心裡很不是滋味。她走在格蘭特太太的身邊，跟在他們的後面，覺得沒有辦法再繼續跟著走下去了，想要離開他們，立即回家去，卻鼓不起勇氣開口。

恰在這時，曼斯菲爾莊園的大鐘響了三下，她意識到這次在外邊待的時間確實太長了，比平時長了許多。於是，她立即找到了告別的理由，便毫不遲疑地與他們告別。這時艾德蒙也想起來了，他是到牧師府來叫她回去的，母親一直在找她。

芬妮一聽，更加著急了，本打算一個人匆匆走掉的，沒想到艾德蒙會陪她一起回去。於是大家都加快了步子，陪她一起走進必須穿過的房子。在門廳裡，他們看見格蘭特博士，於是又停下來和他說話。這時候，芬妮從艾德蒙的舉動中看出，他真想和她一起走，他也在向主人家辭別。芬妮心裡油然升起一股感激之情。

格蘭特博士邀請艾德蒙第二天過來與他一起吃羊肉。芬妮心裡不太愉快，就在這時，格蘭特太太忽然醒悟過來，轉身邀請她也一起來吃飯。芬妮一下子有些不知所措，因爲長這麼大，她還從來沒有受到這樣的厚待，這讓她驚喜萬分。她結結巴巴地表示感激，但又說自己「恐怕做不了主」，說完便望著艾德蒙，求他幫著拿主意。

芬妮受到邀請，讓艾德蒙感到很高興。他看了她一眼，然後說道，只要她姨媽不反對，當然可以來；而他的母親是絕不會阻擋的，所以明確地建議她接受邀請。雖說有艾德蒙的鼓勵，但芬妮還是不敢貿然答應。最後，大家說定，如果沒有通知不來，格蘭特太太就按她要來做準備。

格蘭特太太笑吟吟地說：「你們知道明天會吃什麼，火雞——一隻燒得非常不錯的火雞，我敢保證。因爲，親愛的——」說著轉向丈夫：「廚子說那隻火雞明天非吃不可了。」

「很好！很好！」格蘭特博士嚷道：「這就更好了。我很高興家裡有這麼好的東西。不過，火雞也行，鵝也行，羊腿也行。我敢說，芬妮和艾德蒙不會介意吃什麼的，我們又不是大擺宴席，只一次朋友間的聚會。」

表兄妹一起走回家去，兩人一出門便談起了明天的聚會。艾德蒙特別高興，認爲芬妮與他們親近是件特大的喜事，眞是再好不過了。談完這件事後，他便陷入了沉思，不再談別的事。於是，兩人就一直默默地走回家。

5

「格蘭特太太爲什麼要請芬妮呢？」伯特倫夫人問：「妳知道，芬妮從沒有這樣被邀請過，現在怎麼會忽然想到請她呢？我不能讓她去，我想她一定也不想去。芬妮，妳不想去，是吧？」

不等芬妮回答，艾德蒙就叫起來：「妳如果這樣問她，她當然會說不想去。親愛的媽媽，我敢說一定她想去，我看不出她有什麼不想去的理由。」

「我只是猜不透格蘭特太太爲什麼會請她，她常常請妳的兩個妹妹，但從來沒請過芬妮。」

「姨媽，如果妳離不開我的話……」芬妮準備放棄了。

「可是，我母親可以讓我父親陪一晚上呀！」

「我的確可以。」

「媽媽，不如徵求一下父親對這件事的意見吧！」

「這倒是個好主意，就這麼辦吧！一會兒湯瑪斯爵士進來，我就問他，我能不能離開芬妮。」

「媽媽，這個問題可以由妳自己決定。我的意思是，妳可以問問父親，讓芬妮接受邀請還是不接受邀請，怎麼做比較妥當。我想他一定會認爲，不管對格蘭特太太，還是對芬妮，照理說第一次受到邀請都是應該接受的。」

「這問題我說不清楚，我們可以問問你父親，我想他也會覺得奇怪，爲什麼格蘭特太太會請芬妮。」

在湯瑪斯爵士沒有出現之前，大家只能暫時拋開這個話題，因爲大家對此無話可說，說了也沒什麼用。不過，伯特倫夫人心裡總是放不下，因爲這關係到她第二天晚上的安逸。半個小時後，湯瑪斯爵士從種植園回來，在回梳妝室時路過這裡，順便進來看看，就在他又走出去準備關門的時候，伯特倫夫人又把他叫了回來：「你等一等，我有話跟你說。」

她說話總是慢慢吞吞的，有氣無力，聲音不大，不過，湯瑪斯爵士總能聽得清楚，從不怠慢。他立即走回來，夫人便提起剛說的事。芬妮趕緊悄悄走出房門，姨媽和姨父談論的事與她有關，她無法硬著頭皮聽下去，因爲她心裡很著急，讓她有些莫名其妙，其實，去不去又有什麼關係呢？只不過，她很怕看見姨父板著面孔，琢磨半天，然後正色地看著她，告訴她不能去，到那時候，她眞的很難裝出坦然接受、滿不在乎的樣子。

伯特倫夫人先開了口：「我告訴你一件事，你一定會覺得訝異，格蘭特太太請芬妮去吃飯！」

「哦。」湯瑪斯爵士說，好像並不覺得有什麼值得驚訝的，只是等著她往下說。

「艾德蒙想讓她去，但我怎麼能離得開她呢？」

「她回來可能會晚些，不過——」湯瑪斯爵士說著，一邊拿出表來：「妳有什麼好爲難的？」

這時，艾德蒙不得不開口了，他一五一十地把事情說了一遍，把母親沒講到的地方又進行了補充。對此，伯特倫太太只說了一句：「眞奇怪！格蘭特太太從來沒有請過她。」

「我倒覺得這是件很自然的事，格蘭特太太只不過想給她的妹妹請一個討人喜歡的客人而已。」艾德蒙說。

湯瑪斯爵士想了想說道：「的確如此！就算她不爲她妹妹著想，我認爲也很正常。芬妮是妳的外甥女，格蘭特太太以禮相待，這沒有什麼值得驚訝的呀！讓我驚訝的倒是她怎麼現在才想起請芬妮，第一次對她這麼有禮貌；而芬妮當時的回答也完全正確，她一定也喜歡和年輕人一起玩，這是人之常情，我敢說她一定想去，我認爲沒有什麼理由不讓她去。」

「可是我離得開她嗎？湯瑪斯爵士。」

「妳當然離得開她。」

「妳知道，我姊姊不在這兒的時候，茶點總是由她來準備。」

「也許可以請妳姊姊在我們家待一天，再說，我一定也會在家。」

「那好，芬妮可以去啦！艾德蒙。」

艾德蒙回房的途中，敲了敲她的門。芬妮很快得到了這個好消息：「好了，芬妮，事情圓滿解決了，妳姨父絲毫沒有猶豫，他認爲你應該去。」

「謝謝你，我眞高興！」芬妮應聲答道。不過，等她轉身關上了門，不由得又想：「可是，我有什麼高興的呢？在那兒，我只能親眼目睹讓我痛苦的事，難道說我會爲此而高興嗎？」

雖說這樣想，但她心裡還是感到高興，因爲這樣的邀請對別人來說或許算不了什麼，但對她來說，是又新鮮又驕傲。除了那次到索瑟頓之外，她還沒有到誰家吃過飯，雖然這次出門只有半英哩，主人家也只有三個人，不過，也算是出門赴宴。而出門之前應該準備的那些瑣碎工作，眞是有趣極了，讓人心裡喜孜孜的。

只不過，那些本該體諒她的心情，指導她怎麼樣穿戴打扮的人，不但不給予她絲毫的體諒和幫助，反而潑她冷水。伯特倫夫人就不說了，她從來沒有想過幫助別人；而羅禮士太太在第二天一早，由湯瑪斯爵士登門請來後，心情就很不好，她想煞煞外甥女的風景，讓她不要那麼高興。

「芬妮，說實話，妳能得到這樣的抬舉和恩寵，眞是榮幸呀！妳要把這看做是一件非比尋常的事，心裡應該充滿感激，要感謝格蘭特太太能想到妳，要感謝二姨媽讓妳去，我希望妳能明白；其實，讓妳這樣去做客，讓妳外出赴宴，是完全沒必要的。妳不要以爲往後還會有第二次，妳要知道別人之所以請妳，是看在妳二姨父、二姨媽和我的面上，並不是特別抬舉妳。格蘭特太太只是爲了討好我們，才會對妳另眼相看的，要不然，她怎麼會想到請妳，如果妳表姊茱莉雅在家的話，我敢說她絕不會請妳的。」

羅禮士太太這番巧詐的話語，把格蘭特太太的那番美意抹殺得一乾二淨。芬妮認爲應該表個態，但也只能說她非常感謝伯特倫姨媽能讓她去，並表示會把姨媽晚上要做的活兒盡力準備好，免得姨媽因爲她不在而感覺不方便。

「放心吧！妳二姨媽完全離得開妳，否則怎麼會讓妳去，而且我在這兒，妳不用爲妳二姨媽擔心，希望妳今天過得非常愉快。只不過，我覺得很奇怪，五個人坐在一起吃飯，這個數字眞是很奇怪，格蘭特太太怎麼沒想到這一點，她是那麼講究的人，怎麼沒有想得周到一些！

「而且他們那張大桌子，把整個屋占得滿滿的，他那張桌子比你們家這張還要寬，眞的太大了。芬妮，妳一定要記住，一個做事不用腦袋思考，不講規矩的人，無法得到別人的尊敬。才五個人，那麼大的桌子只坐五個人哪！我敢說，那桌子坐十個人吃飯也絲毫沒有問題。」

羅禮士太太喘了口氣，又繼續往下說：「有些人總是自以爲了不起，不顧自己身分地想展現自己，實在是很愚蠢、無聊。芬妮，我要再次提醒妳，這次妳一個人去做客，不能因爲我們都不在場，就冒冒失失，以爲自己是瑪麗亞或茱莉雅，這絕對不行！不論在什麼地方，妳都要記住，妳的身分都是最低的，位置也是最末的；雖說在牧師住宅裡，美莉不算客人，但妳也不要去坐她該坐的位置；至於什麼時候回家，我想這應該由艾德蒙來決定，他待多久妳就待多久。」

「好！姨媽，我會遵照您的指示的。」

「我還從沒見過像這樣陰沉沉的天氣，看樣子今晚會下雨。如果下雨的話，妳自己想辦法克服吧！我們不會派車去接妳，因爲今天晚上，我一定不回去了，所以最好有個準備，該帶的東西都帶在身邊。」

芬妮對自己的安樂一向要求不高，甚至與羅禮士太太說的一樣低，所以，她覺得大姨媽的話很有道理。不久，湯瑪斯爵士推開門，還沒走進來就說：「芬妮，妳希望馬車什麼時候來接妳去？」芬妮驚訝得說不出話來。

「親愛的湯瑪斯爵士！」羅禮士太太氣得滿臉通紅地叫道：「芬妮可以自己走去。」

「走路去？」湯瑪斯爵士用嚴肅的口吻重覆了一句，然後，向前走了幾步，果斷地說：「在這樣的季節，叫我外甥女走路去赴宴？四點二十分來接妳可以嗎？」

「可以，姨父。」芬妮怯生生地答道，覺得說這話就像冒犯羅禮士太太似的，所以，她不敢待在屋裡，再跟羅禮士太太在一起，怕別人感覺得她心裡洋洋得意，於是，便跟著姨父走出房去，只聽見羅禮士太太氣衝衝地說道：「沒必要！心腸好得太過分了！不過，或許是爲了艾德蒙的緣故，因爲他也要去。對！一定是這樣，完全是爲了艾德蒙，星期四晚上時我發覺他的嗓子有點啞。」

不過，芬妮對她的話並不以爲然。她覺得馬車專爲她派的，姨父一定是在聽了大姨媽對她的數落後故意這樣做的。等到獨自一人時，芬妮想起姨父的關懷，不由得流下了感激的淚水。

馬車準時來了，隨後艾德蒙也下樓來了。芬妮小心翼翼的，生怕遲到，所以早早就坐在客廳等候。

湯瑪斯爵士向來嚴格守時，所以準時把他們送走了。

「芬妮，讓我看看妳！」艾德蒙帶著兄長般親切的微笑，情眞意切地說道：「我要告訴妳，我是多麼喜歡妳，妳眞漂亮！即使是在車裡這樣的光線下也看得出來。妳穿的是什麼衣服？」

「是表姊結婚時，姨父買給我的那套新衣服，我希望不會太華麗。我覺得我應該找時間穿，就怕在整個冬天裡不會再有這樣的機會了。」

「一點都不華麗，眞是恰到好處。妳知道，女人穿一身白衣服，無論如何也不會顯得華麗。妳的長裙看起來很漂亮，我喜歡上面那些光亮的斑點，好像美莉也有一條，跟妳這件差不多。」

快到牧師府了，馬車從馬廄和馬車房旁經過。

「嘿！」艾德蒙大聲叫道：「妳看，來了一輛馬車，他們還請了別人，他們請誰來陪我們呀？」說著便放下車窗，想看個仔細。「是亨利的馬車！我敢確定。就是亨利的四輪馬車，他的兩個僕人正把馬車往過去存車的地方推，他一定來了！眞是想不到呀！芬妮，見到他讓我好高興。」

芬妮本想說對此她與他的心情大不相同，不過，沒有時間也沒有機會了。再說，現在芬妮想得卻是另一回事，本來在這樣的情形下走進客廳，已經夠讓她膽顫心驚的了，現在又多了一雙注視的眼睛，她那顆膽怯的心就更加忐忑不安了。

亨利的確就在客廳裡，而且來得挺早的，已經做好了吃飯的準備。他的周圍站著另外三個人，個個都喜形於色。看來，他們都非常歡迎他的到來。原來，亨利離開巴斯後，臨時決定到這裡來住幾天。艾德蒙和他親切地寒暄著，大家都非常高興，只有芬妮除外。

雖然說對他的到來，芬妮並不感興趣，不過，就此刻來說，對她也有幾分好處，因爲宴席上增加一個人，也就減少一分對她的注意。這樣她就可以默默不語地坐著，這正是她求之不得的事。很快地，她就發現情況正如她想的那樣。

雖然羅禮士太太一再告誡，但因爲基於禮儀的考量，她還是勉強擔起了宴席上主要女賓的角色，並受到了小小的禮遇。不過，在飯桌上坐定之後，她就發現大家都在興高采烈地侃侃而談，沒有誰再對她稍加注意了。那兄妹倆說著有關巴斯的話題，兩個年輕人則談著打獵的話題，亨利與格蘭特博士說著有關政治的話題，與格蘭特太太之間更是天南地北地說個沒完。這樣一來，她就只需悄悄坐在那裡聽別人說話，樂融融地度過這段時光。

格蘭特博士建議亨利在曼斯菲爾多住些日子，他可以派人到諾福克把他的獵馬送過來。艾德蒙也跟著勸說，他的兩個姊妹更是百般地鼓動，他很快就動了心。不過，他似乎希望芬妮也鼓勵、鼓勵他，讓他好拿定主意。他問芬妮，這樣暖和的天氣大約能持續多長時間。芬妮對這位新來的先生沒有多少興趣，並不想他在這裡住下去，也不想他跟她說話。於是，在禮貌允許的範圍內，她只是給了他一個簡短的、冷漠的回答。

一看到這位克萊福先生，她不由得就會想起出門在外的兩個表姊，尤其是瑪麗亞。不過，回憶那些尷尬的往事似乎不會影響亨利的情緒。他又回到了這個曾經發生過種種糾葛的地方，而且看起來即使沒有兩位伯特倫小姐，他也照樣願意住在這裡，照樣快活，好像他從不知道曼斯菲爾有過那兩位小姐似的。

對兩位伯特倫小姐，他只是略微提了一下。直到回到客廳後，艾德蒙和格蘭特博士走到一邊聚精會神地談著什麼，一本正經的樣子；格蘭特太太則坐在茶桌旁專心專意地品茶，亨利這才詳細地和他姊姊談起了那姊妹倆。

他意味深長地笑著說：「這麼說來，萊斯渥和他的漂亮新娘現在正在布里奇頓，好幸福的人兒啊！」看他笑的樣子，芬妮就覺得厭惡。

「沒錯！他們去那兒了。芬妮，他們大約去了兩個禮拜了吧？茱莉雅也和他們在一起。」

「我想，約翰也離他們不遠。」

「約翰？我們沒有他的消息。我猜想，在寫給曼斯菲爾的信中不大可能提到他。妳是不是也這樣認爲？我想我的朋友茱莉雅不會拿他去逗她父親，這點她應該心裡有數。」

「好可憐的萊斯渥先生，竟要背四十二段台辭！」亨利繼續說道：「我想，大概沒人會忘記他背台辭的情景，這傢伙眞是太可憐了！至今我還清楚地記得他那個樣子，那麼絕望，那麼拚命！唉，如果哪天他那可愛的瑪麗亞想讓他講那四十二段台辭，那才叫奇怪呢！」正經了片刻，他又說道：「他配不上瑪麗亞，她太好了，實在太好了。」

接下來，他又用柔聲細語的腔調，對芬妮獻殷勤：「應該說妳是萊斯渥先生最好的朋友，因爲妳不厭其煩地幫他記台辭，想用妳的聰明才智讓他變得聰明起來。妳的好心和耐心眞是讓人欽佩呀！也讓人永遠難忘！不過，萊斯渥先生是沒有頭腦的，對妳的好心，他一定體會不出來。不過，我敢說，其他人妳都非常敬佩。」

芬妮臉紅了，沒有說話。

亨利想了想，又感歎道：「眞像是做了一場夢，一場非常愜意的夢！對這場業餘演出，我想我會永遠懷念的。每當回憶起來，我心裡都充滿了快樂。那時候，大家的興致多麼高呀，多麼朝氣蓬勃，多麼快樂啊！我想每一個人都感覺得到。我們每個人都活躍起來了，都懷抱著希望。一天之中，隨時都有事做，總是忙忙碌碌；當然也有一些阻力要克服，一點小小的疑慮要解除，一點小小的憂慮要打消。我從來沒有那樣快樂過！」

芬妮憤憤不語，只是在心裡說：「從來沒有那樣快樂過？明知自己做不正經的事，還從來沒有像那樣快樂過？盡做那些卑鄙無恥、無情無義的勾當，還從來沒有像那樣快樂過？唉！他的心地眞卑劣啊！」

「芬妮，我們的運氣實在不好！」對芬妮的情緒，亨利完全沒有察覺，爲了不讓艾德蒙聽見，又壓低聲音繼續說道：「我們眞的運氣不好，只要再有一個禮拜，一個禮拜就夠了！我想，假如我們有呼風喚雨的本事，就是說曼斯菲爾莊園能把秋分時節的風雨控管一、兩個禮拜，那情況就會不一樣了。當然，我們並不需要一場狂風暴雨危及他的安全，只需要一場持續不斷的逆風，或是風平浪靜也行啊！我想大西洋只要在那時候能風平浪靜一個星期，我們就可以盡興地把戲演完了。」

聽亨利說話的口氣，似乎非要芬妮回答他不可。芬妮心中不平，便轉過臉，以少有的堅定口吻說：「我想我不願意姨父晚回來一天；而且，在我看來，那件事情已經很過分了，我姨父一回來就堅決反對。」

芬妮還從來沒有一次對亨利說過這麼多話，而且也從來沒有對任何人這樣氣沖沖地說過話。她的這番話，不但讓他感到吃驚，也讓她自己感到害怕、臉紅，她不知道自己哪來的膽量。

亨利沉默不語地琢磨一陣後，平靜而嚴肅地回答道：「我認爲妳說得對。我們是有些只求快樂而不顧規矩，我們鬧得太過分了。」聽他這話，好像對她很坦率很信服似的。接著，他轉換了話題，想跟她談點別的事情，但她的回答總是很羞怯、很勉強，不管他談什麼，都無法和她談下去。

美莉一直密切關注著談興正濃的艾德蒙和格蘭特博士，這時，她說道：「那兩個人一定在討論很有意思的事。」

「當然，他們正在討論世上最意思的事。」她哥哥答道：「他們在談如何賺錢？如何使收入越來越高。艾德蒙正在請教格蘭特博士怎麼樣擔任他即將就任的牧師職位，因爲再過幾個禮拜艾德蒙就要成爲牧師了。他們剛才在餐廳裡就在談論這個事。

看來艾德蒙要過好日子了，我眞爲他感到高興，他將有一筆很可觀的收入，不費多大力氣就能得到的收入，只不過在復活節和耶誕節各講一次道而已。我估計，他一年的收入不會少於七百磅。對一個小兒子來說，一年能有七百英鎊的收入已經很不錯了；況且，這筆收入只供他一個人使用，至於吃、住，他都可以靠家裡。」

他妹妹聽後，想一笑置之，說道：「我覺得實在很可笑，自己比別人闊多了，卻羨慕別人比自己富有。亨利，如果你一年的個人開銷控制在七百英鎊，我想你可能會不知道該怎麼辦才好。」

「有可能。不過，妳這種說法也只是相對比較而言，這還要看與生俱來的權利和個人的習慣。即使父親是準男爵，但對一個小兒子來說，有這樣一筆收入當然算得上很富裕了。我想，等他到二十四、五歲的時候，一年七百英鎊的收入一點都不費力。」

美莉本來想說，艾德蒙掙這筆錢並不像他說得那麼輕鬆，但她抑制住了自己，沒有理會他，並擺出一副事不關已的神態。過了不久，艾德蒙和格蘭特博士也過來了。

亨利說：「艾德蒙你第一次講道的時候，我一定會專程到曼斯菲爾來聽的。對一個初試啼聲的年輕人，我說什麼也要來鼓勵、鼓勵。什麼時候講呀？芬妮，妳不想和我一起鼓勵妳表哥嗎？妳想不想去聽他講道，自始至終都目不轉睛地盯著他，一字不漏地聽他講，只在記錄特別漂亮的語句時才把目光移開？我可是要這樣做喔！我們要準備好紙和筆。什麼時候講呀？我想你應該在曼斯菲爾講，如果是這樣，湯瑪斯爵士和伯特倫夫人就可以聽得到啦！」

「我要想辦法不讓你聽。」艾德蒙說：「我最不願意你來，因爲你比誰都容易讓我心慌。」

「他竟然沒想到這一點！」芬妮心想：「沒錯！他總是想到他應該想到的事。」

這時，大家都聚到了一起，話多的人又繼續說，芬妮依然安安靜靜地坐著聽。茶點過後，爲了讓丈夫開心，體貼入微的格蘭特太太特地吆喝大家玩起玩「惠斯特」，美莉則在一旁彈豎琴，無事可做的芬妮，便坐在那裡聽琴，她一直保持著平靜的心境，沒有人來打擾她，只有亨利不時問她一個問題，或對她談點什麼看法，她免不了回答兩句。美莉則有些心煩意亂，除了用彈琴給自己解解愁、逗逗趣外，對其他什麼事都不感興趣，她的心被剛才聽說的事完全攪亂了。

艾德蒙很快就要當牧師了，這對她實在是個沉重的打擊。以前雖然說起過這件事，不過那時候並沒有最後決定。她一直抱著希望，認爲這件事爲時還早，或許有什麼改變。今晚，再次聽到這個消息，她惱羞成怒，對艾德蒙氣憤至極，看來她過於高估自己的影響力了。

她本來已經開始傾心於他，滿懷深情，心意已定，但現在，她也要像他那樣子來對待他，冷漠地對待他。明知她反對、不屈服的事，他卻偏偏要做，可見他並沒有認眞打算，對她也沒有眞正的情意。她也要用同樣的冷漠來回報他，今後如果他再向她獻殷勤，她最多只能逢場作戲因爲既然他能控制他的感情，那麼她也不能當感情的奴隸。

6

第二天早晨，亨利決定在曼斯菲爾再住兩個禮拜，於是他就吩咐把獵馬送來，又給海軍將軍寫了一封短信解釋了一番。信封好交出去後，他回過頭來看了看妹妹，見周圍沒人，便微笑著說：「在我不打獵的時候，妳知道我準備怎麼消遣嗎？我現在已經不年輕了，一禮拜最多也就打三次獵，不打獵的日子時我有一個計畫，妳知道我準備怎麼安排嗎？」

「當然是和我一起散步，一起騎馬啦！」

「不完全是，雖然這兩件事我都很願意做，不過，那只是活動、活動身體，我還要充實我的心靈；再說，那些活動不過是一些簡單的娛樂，一點不需要動什麼腦筋，對我沒有什麼益處，我可不喜歡這種無所事事的生活。我的計畫是要讓芬妮愛上我。」

「芬妮？胡說！不行，不行！她的兩位表姊也應該讓妳滿足了。」

「不！不給芬妮的心上捅個小洞，我是不會滿足的。難道妳沒有發覺她有多可愛嗎？昨天晚上我們談論她的時候，好像都沒有注意到，這六個禮拜以來，她的容貌發生了多麼微妙的變化。或許你們常在一起，對她的變化感覺不不出來，不過，我可以告訴妳，與秋天的時候比較，簡直判若兩人。

「那時候，她只不過是個文靜、靦腆、不算難看的姑娘，而現在卻漂亮極了。過去我覺得她的臉色不好，表情又呆板，但是現在，妳看看她那柔嫩的皮膚，就像昨天晚上那樣，常常泛起一抹紅暈，嫵媚極了。根據我的觀察，她的眼睛和嘴在心有所動的時候，表情一定很豐富；還有她的神態、她的舉止，她的一切全變了！我敢說，從十月份以來，她至少長高了兩英吋。」

「算了吧！我想那是因爲沒有高個子的女人和她比較的關係，再加上她又穿了一件漂亮的新衣服，而且你從來沒有看見她這樣打扮過，其實，她和十月份時一模一樣。

「我一向認爲她漂亮，當然不是特別漂亮，但是越看越美；雖然她的眼珠不是很黑，但笑得很甜美。至於你說的那種奇妙變化，我想是因爲她衣著得體，還有就是你沒有別的什麼人可看。你如果眞想挑逗她，也只是因爲你無所事事，百無聊賴，而絕不是因爲她長得美。」

聽這番批評，做哥哥的也只是一笑。過了一會兒，他又說：「芬妮到底是怎樣一個人，我並不是十分清楚，我並不了解她。昨天晚上，對她說話的意思，我一點也不懂；對她的性格，我也捉摸不透。她總是這樣一本正經嗎？她是不是有點假正經？她看起來挺古怪的，總是畏首畏尾的。爲什麼她對我總是板著臉？

「我還從沒有想過要討一個女孩的歡心，而和她在一起待這麼長的時間，卻碰了一鼻子灰！我從來沒遇到一個女孩這樣板著臉對我，她的神情彷彿在說：『我不喜歡你，我絕不喜歡你。』而我非要說：『我一定要讓妳喜歡不可！我一定會改變這個局面的。』

「傻瓜！原來是這麼回事。就是因爲她不喜歡你，才這樣充滿了魅力呀！又是皮膚柔嫩，又是個子長高了，又是那麼嫵媚，那麼迷人！我希望你不要給她帶來不幸，讓她燃起一點愛情之火或許對她有好處，不過，我可不許你讓她陷得太深，她可是個很可愛的小女孩，一個感情很豐富的人。」

「只不過是兩個禮拜！」亨利說。「如果兩個禮拜就要了她的命，那她也太弱不禁風了。就算我不去招惹她，她也沒救了。我不會害她的，她是個可愛的小精靈！我的要求不是很高，只不過希望她能親切地對待我，能微笑著、紅著臉對我；或是不論在什麼地方，她的身邊能留個位子給我，等我坐下來後，也能興致勃勃地跟我說話；還有，就是要她和我的想法相同，對我的財產和娛樂感興趣，盡量讓我在曼斯菲爾多住些日子，等我離開的時候，她會覺得永遠不會再快活了，僅此而已。」

「要求果然不高呀！」美莉說：「看來我應該沒有什麼好顧慮了。好了，她現在常和我在一起，你有的是機會討好她。」

她沒有再表示反對，就此扔下芬妮任她接受命運的考驗。但是，她沒有料到，芬妮對此早有戒備，兩位表姊已是前車前鑒，否則恐怕她眞的難以招架這命運的考驗。天下一定有一些十八歲的女孩是不可征服的，不管你再怎麼費盡心機，再怎麼獻殷勤，再怎麼甜言蜜語，再怎麼賣弄風采，都沒有辦法讓她們違心地陷入情網。

不過，我覺得芬妮好像不屬於這類女孩。她性情這麼溫柔，又這麼富有情趣，如果不是心裡另有他人的話，遇到亨利這樣的男人，她也很難做到芳心不動的；雖然以前對他的印象不好，而且他追求她的時間也只有兩個禮拜。

由於對另一個人的愛及對他的輕視，讓她在受到追求時仍然保持平靜。但是，對亨利持續不斷又注意分寸地獻殷勤，她不一定能夠承受。因爲他會想盡辦法迎合她文雅穩重的性情，所以，才過沒多久，她就不會像以前那樣討厭他了。雖然她絕不會忘記過去，而且依然看不起他，但對他的魅力，卻沒有辦法拒絕。因爲他很有趣，言談舉止也改進很多，變得客氣、規矩，因此，她也不能不客客氣氣地對他以禮相待。

不過，卻發生了一件讓芬妮欣喜萬分的事。這件事樂得她見到誰都眉開眼笑，對亨利也一樣，這對他進一步討她歡心也非常有利。原來，她的哥哥——那個久在海外的哥哥回到英國了。她收到他的一封短信，只有幾行，那是他在他們的軍艦駛入英吉利海峽時匆匆寫下的。在斯皮特黑德，「安特衛普」號軍艦拋錨後，他就把信交給從艦上放下的第一艘小艇送到了普茨矛斯。

亨利拿著報紙走來，本想給她帶來最新的消息，不料卻看見她正拿著信高興得發抖，一容光煥發地懷著無比的感激，聽姨父從容自若地口述回信內容，對威廉提出熱情的邀請。

前一天亨利才知道芬妮有一個在軍艦上服役的哥哥，當時聽說後，他頗感興趣，不過也沒有多說什麼，打算回到倫敦後仔細打聽，「安特衛普號」可能什麼時候從地中海回國；而第二天早晨，他在查閱報紙上艦艇的消息時，恰好看到了這條消息。

眞是感謝老天的幫助！亨利即刻有了一個討好她的絕妙主意。一方面可以討得芬妮的歡心，一方面又可以表明自己對海軍將軍多麼關切。多年以來，他一直在訂閱登有海軍最新消息的這份報紙，他原想由他帶給她這個美妙的驚喜的，沒想到她已經得到消息了。不過，對他的關心和好意，芬妮表示了感謝，而且是熱情的感謝，因爲對哥哥威廉深厚的愛，讓她忘記了平日的羞怯。

親愛的威廉很快就會來到了。他還只是個海軍候補少尉，一定會馬上請到假的，他有可能已經見到父母親了，因爲他們就住在當地，或許天天都能見面。他們相信，威廉請到假後，就會立即來看妹妹和姨父的，因爲七年來，妹妹一直給他寫信，寫了很多，而姨父也一直在盡可能地幫助他，爲他尋求晉升的機會。

因此，芬妮給哥哥寫的那封回信很快就收到了回音，威廉已經確定了造訪的日期。從芬妮心情激動地出門赴宴的那一天開始，到現在更加激動地等候著威廉的到來，其間還不到十天。她焦急等待著這一時刻，在門廳裡，在門廊下，要樓梯上，傾聽著哥哥馬車到來的聲音。

馬車終於在她殷切的期盼中到來了。威廉一走進屋來，芬妮便撲到他的身邊，在這樣一個時刻兩人真情流露沒有被人打斷，也沒有人看見。這是湯瑪斯爵士與艾德蒙爲他們安排好的，兩人不約而同地勸羅禮士太太留在原地，不讓她一聽到馬車到來的聲音，就往門廳裡跑。

不久，威廉和芬妮來到了大家的面前。湯瑪斯爵士高興地發現，他的這位被保護人，經過七年的的磨練，現在完全變了個樣子，成了一位彬彬有禮、開朗和悅、誠摯自然、情真意切的青年，讓他覺得越來越可以做他的朋友了。

芬妮的激動、喜悅之情，過了很久才平靜下來，她的欣悅之情才真正得以表現出來，初見到威廉所產生的陌生感也慢慢消失了，這時她才從他身上見到了原來的威廉，也才能像她多年來所盼望的那樣與他交談。

而對威廉來說，他與妹妹同樣有著一樣熱烈的感情，妹妹是他最愛的人；他不太講究文雅和缺乏自信，但是，現在的他意氣更風發了，性格更加堅強了，愛得也就更坦然，表達得也很自然。

第二天，他們一起外出散步的時候，才真正體會到重逢的喜悅，以後兩人天天都在一起談心。湯瑪斯爵士打從心裡爲他們感到高興。

與哥哥的這種無拘無束、平等無憂的如同朋友一般的交往，給芬妮帶來了莫大的幸福感受，除了在過去的幾個月中，艾德蒙對她的一些明顯的、出乎意料的體貼所帶來的快樂外，這幸福是她從沒有感受過的。

威廉敞開心扉，向她述說他爲了嚮往已久的工作，說他怎麼樣滿懷希望，翹首以待，又怎麼樣憂心忡忡。總之，好事得來不易，應該倍加珍惜。接著又說了爸爸、媽媽、弟弟、妹妹們的詳細情況，因爲她很少聽到他們的消息。對妹妹講述在曼斯菲爾的生活情況，他興致勃勃地聽著，聽她講這裡的舒適生活，以及遇到的種種不愉快的小事。妹妹對這家人每個成員的看法，他都非常贊同，只不過在談到羅禮士姨媽時，他比妹妹更痛恨。

兩人一起回憶起小時候的事，一起懷念以往共同經歷過的痛苦和快樂，兩人越談越親密，兄妹之情甚至勝過夫妻之愛。在夫妻親朋關係中，很難感受到來自同一家庭，同一血緣，以及幼年時同樣的經歷、習慣，使兄弟姊妹在一起感到的那種快樂。

一般情況下，兒時留下的珍貴情誼，只有在出現了長期的、不尋常的疏遠，或者關係破裂後沒有得到及時修補時，才會被徹底忘卻。雖然骨肉之情勝過一切，而有時候卻也一文不值。但對威廉兄妹來說，由於他們的感情沒有受到利害衝突的損害，也沒有因爲各有所愛而變得冷漠，所以，他們的感情依然又熱烈又新鮮，長久的分離反而使彼此感情越來越深重。

兄妹之間如此相親相愛，讓每一個珍惜美好事物的人都更加敬重他們，亨利也深受感動。年輕水手對妹妹的一片深情和毫不掩飾的愛，讓他頗爲讚賞。他把手伸向芬妮的頭，一邊說道：「妳知道嗎，最初我聽說英國有人梳這樣的髮型時，我簡直不敢相信。當我在直布羅陀長官家看到布朗太太和其他女人都梳著這種髮型時，我以爲她們都瘋了。不過，我現在喜歡上了這種奇怪的髮型，芬妮能讓我對什麼都看得慣。」

哥哥威廉出海這麼多年，自然遇到過不少突發的危險和壯觀的景色。一聽他說起這些事，芬妮就容光煥發，兩眼發亮，興致勃勃，全神貫注，讓亨利羨慕極了。從道德的角度來說，這一幅情景，讓亨利極爲珍惜。芬妮的吸引力也因此增加了兩倍，因爲多情本身就很富有魅力，而這使她看起來更加動人。

他想她不但有感情，而且那感情是多麼純眞啊！如果能得到這樣的情感，這樣一位姑娘初戀的情感，讓她年輕純樸的心靈產生愛的激情，該是多麼難得，多麼可貴呀！他對她的興趣超出了他的預想，看來兩個禮拜絕對不夠，他準備不定期地住下去。

湯瑪斯爵士認爲威廉的見聞非常有趣，於是，常常要他給說給大家聽。不過，他主要的目是想透過這種方式來了解他，透過他的經歷來認識這位年輕人。在聽到威廉簡明扼要又生氣勃勃地講述他的詳細經歷後，湯瑪斯爵士感到非常滿意。從這些經歷中，他看得出威廉爲人正派，英勇過人，又性格開朗，充滿活力，這一切說明他以後能夠受到重用，將會有所作爲。

雖然威廉還很年輕，卻已經有了豐富的閱歷，他到過地中海、西印度群島，又回到地中海。艦長喜歡他，每到一處，時常把他帶上岸。這七年來，他經歷了大海和戰爭給他帶來的種種危險，有這麼多不平凡的經歷，他的講述自然值得一聽。在他講到海難或海戰的時候，雖然羅禮士太太走來走去，總是打岔，不是向這個要兩根線，就是向那上要一枚襯衫釦子，但其他人都聚精會神地聽著，就連伯特倫太太聽到這些事後都覺得可怕和震驚，不時放下手裡的活兒抬眼說道：「天哪！多可怕呀！怎麼會有人去當水手，我眞不明白。」

亨利卻不這樣想，他巴不得自己也像威廉那樣去當水手，經歷那麼多的事情，有那麼多的見識，受過那麼多的苦。他心潮洶湧，感慨萬千，特別敬佩這個還不到二十歲就飽嘗艱難險阻，而充分顯現聰明才智的小夥子。想著威廉的艱苦奮鬥、吃苦耐勞、英勇無畏、為國效勞的精神，再想想自己整天只顧吃喝玩樂，簡直就是卑鄙無恥。他眞想做威廉這樣的人，滿懷自尊和歡快的熱忱，靠自己奮鬥來建功立業，而不是像現在這樣！

當然，他的這種想法來得快，消失得也快。當艾德蒙問他第二天打獵怎麼安排時，他立即就從回顧往事和悔恨中驚醒過來，又覺得做一個有馬車、有車夫的有錢人也不錯嘛！從某種意義上說，或許這樣更好，例如想對別人施惠的時候。

威廉對什麼事都興致勃勃，無所畏懼，都想去試試，一聽說打獵，便也想跟著去。對亨利來說，爲威廉準備一匹打獵的坐騎，倒是一件極爲容易的事。不過，他還得除去湯瑪斯爵士的顧慮，因爲他比外甥更了解欠別人人情的代價。另外，他還要說服芬妮，讓她不必擔心，因爲芬妮特別不放心威廉去打獵。

雖然威廉對她說，他在很多個國家騎過馬，也騎過不少脾氣暴烈的騾子和馬，還參加過非常危險的爬山活動，摔過很多次都沒有摔死，但她仍然不相信，他能駕馭一匹肥壯的獵馬在英國獵狐嗎？而且，如果哥哥沒有平安無事地打獵回來，她就會認爲不該去冒險，對且亨利借馬給哥哥騎一點不感激。其實亨利的原意是想得到她的感激。

幸好，威廉沒有出事，她也感受到亨利的一番好意，而且馬的主人亨利慷慨地提出讓威廉繼續騎他的馬，可以儘管在北安普敦郡騎用的建議，隨即又極其熱情把馬完全交給了威廉，這時候，芬妮向亨利報以微笑。

7

近來，兩家人又開始頻繁來往了。對老相識們來說，這是誰也不曾料到的。說起來，這與亨利的返回及威廉·普萊斯的到來有很大的關係。當然，也與湯瑪斯爵士對兩家的友好交往採取的寬容態度有關。

湯瑪斯爵士現在已經淡化了當初的煩惱，心裡還多了幾分悠閒和解脫。他發現格蘭特夫婦和那兩個年輕人的確值得交往，儘管兩家人明顯存在著結爲親家的可能，這對他們家也極爲有利，但湯瑪斯爵士全然沒有往這方面想過，誰要在這件事上過於敏感，他都不以爲然。不過，亨利對他外甥女的態度顯然與眾不同，對於這點，他一下就看出來了。也許就是因爲這個原因，對那邊府上的邀請，他總是欣然接受。

牧師府想請湯瑪斯爵士全家去吃飯，但又不知對方的態度，經過反覆討論，他們終於決定了。湯瑪斯爵士欣然接受了邀請。對他來說，這樣做一方面出於禮貌和友好，另一方面，也是想和大家一起快活、快活，與亨利沒有關係。然而，就是在這次做客中，他才意識到，亨利看上了芬妮。當然，只要稍稍留意，任何人都會這樣認爲的。

兩家人聚在一起，有的愛講，有的愛聽，人人都感到快活。

按照格蘭特家一貫的待客原則，飯菜既精美又豐盛，大家都覺得實在太多，無暇顧及其他，只有羅禮士太太例外。她不是嫌飯桌太寬，就是怨菜做得太多，每次僕人上菜經過她的椅子後面時，她總要挑點毛病；離席後，她更是覺得，在這麼多菜中，有一些一定是涼的。

晚上的娛樂，格蘭特太太與她妹妹預先做了安排，一桌人打惠斯特，其他的再圍一桌玩投機（一種輪回牌戲，參加者各打各的，相互買牌、賣牌，最後擁有點數最多者勝）。在這樣的情況下，大家似乎沒有其他的選擇，自然人人都願意參加。只有伯特倫夫人覺得爲難，她猶豫不決，不知該打「惠斯特」，還是玩「投機」，幸好湯瑪斯爵士就在身旁。

「湯瑪斯爵士，我玩什麼好呢？你說哪一種好玩？」

湯瑪斯爵士自己愛打「惠斯特」，卻建議她玩「投機」，或許怕與她做搭擋沒意思吧！

「好吧，」伯特倫夫人滿意地答道，然後回頭對格蘭特太太說：「那我就玩投機吧！不過，我完全不會打，芬妮妳教我吧！」

芬妮一聽，急忙說自己也一點不懂，這種牌戲她從沒有玩過，也沒見別人玩過。伯特倫夫人又開始猶豫了，於是，大家紛紛對她說，這是牌戲中最簡單的一種，很容易打，比什麼都容易，學起來也很快。就在這時，亨利走了過來，非常熱切地說他可以坐在芬妮和夫人中間，同時教她們兩人。問題就這樣解決了。

最後，那幾位既尊貴又老道的人——湯瑪斯爵士、羅禮士太太和格蘭特博士夫婦圍成一桌打「惠斯特」，另一桌則由剩下的六人組成，在美莉的安排下玩「投機」。

坐在芬妮的身邊，十分合亨利的心意，他忙得不可開交——不僅要照看自己的牌，還要指點芬妮，照應伯特倫夫人。儘管芬妮不到幾分鐘就學會了打法，但他還得鼓勵她要有勇氣，要貪得無厭，要心狠手辣。對她來說，這還有一定難度，尤其是與威廉競爭時更是如此。至於伯特倫夫人，從發牌開始到最後的勝負輸贏，他自然是全權負責，往往還沒等她看清楚，他就已經將牌整理好，再放在她的手上，然後，從頭到尾指導她出每一張牌。

興致勃勃的亨利眞是如魚得水，牌翻得瀟灑，出得敏捷，又風趣、賴皮，左右逢源，整個牌戲因他而顯得既輕鬆又活潑；而另外一桌從頭到尾都井然有序，沉悶不語，正好與他們形成了鮮明的對照。

湯瑪斯爵士曾兩次探問夫人輸贏如何，是否玩得開心，都沒有得到確切的答覆。因爲牌隙間的停頓太短，根本沒有時間讓她把情況說清楚，直到第一局打完了，格蘭特太太跑到夫人跟前恭維她時，大家才知道她的詳細情況。

「夫人，是不是很容易打？我想妳一定很喜歡吧！」

「噢！的確很有意思。這種玩法很奇怪，不過，我還是不懂得怎麼打，全是亨利替我出得牌，我根本連牌都沒有看到。」

過了一會兒，亨利終於玩得有些疲倦了，於是他對艾德蒙說道：「我昨天獨自騎馬回來，在路上遇見的事還沒有跟你說呢！」

原來，他們一起打獵，縱馬馳騁到了離曼斯菲爾很遠的一個地方時，亨利發現自己的馬掉了一個馬掌，他只好放棄打獵，抄近路先回家。

「我像好像跟你說過，我不喜歡問路，所以過了那座四周種著紫杉樹的農舍後我就迷路了。但是卻歪打正著，走進了一個很早就想去遊玩的地方。我的運氣一向很好，即使出了狀況也總會得到補償。

「我策馬轉過一塊陡坡地，眼前出現了一個優美寧靜的小村莊，它坐落在一片平緩的山坡上，一條清淺的小溪從前面流過，右邊的山崗上有一座教堂，又大又漂亮，矗立在那裡顯得非常醒目。離教堂約一箭之地，有一幢上流人家的房子，我想那座房子一定是牧師的住宅了。除此以外，周圍再也看不到一處甚至半處上流人家的房子。總之，我到了桑頓萊西！」

艾德蒙說：「聽起來挺像那地方，不過，過了休厄爾農場以後，你是怎麼走的？」

「那地方一定是桑頓萊西！你不要問我這些耍小心眼、毫不相干的問題，我不會回答你。因爲即使你問我一個鐘頭，我把你的問題全部回答完，你也無法證明那裡不是桑頓萊西。」

「那你向當地的人打聽過了？」

「我說過，我從不向人打聽。不過，我看見一個正在修籬笆的人，我對他說那是桑頓萊西，他也表示認同。」

「你的記性不錯，我都記不得什麼時候跟你說過那個地方。」

艾德蒙將要去就任的教區就是桑頓萊西，對此美莉十分清楚。這時，她正興致勃勃地準備爭奪威廉手裡的J。

艾德蒙接著說：「你喜歡那個地方嗎？」

「是一個不錯的地方，我很喜歡。你這傢伙運氣不錯！不過，那房子必須經過修整才能住人，至少要做五個夏天吧！」

「沒有你說的那麼糟！除了那個農家院需要遷移外，別的我都不太在意。那房子絕不算糟，等農家院遷走了以後，我會修一條很齊整的路，看起來會很不錯。」

「從那兒的地形來看，這樣的規劃應該很合適。場院必須遷走，需要多種些樹，把鐵匠鋪子徹底隔離開。

「爲了讓正門和主要房間都座落處在風景優美的一面，房子必須要由向北改爲向東，我想這應該很容易辦到的。你要修築的那條路應該穿過現在的花園，然後，屋後另外修一座往東南方向傾斜的新花園。這樣一改，那兒就變得相當漂亮了，我敢說它會成爲世界上最美妙的景觀。

「昨天，我騎馬順著教堂和農舍間的那條小路走了五十碼，四處望了一下，就知道該如何改造了，這事兒非常容易。

「還有，那一片往東北方向延伸，通向穿村而過的那條主要道路的草地，也就是現在這座花園及以後新修花園外邊的那部分，要全部連成一片。這些草地在樹木的點綴下會顯得十分漂亮！我想那片草地應該是牧師的產業，不過，你可以把它們買下來；還有那條小溪，也需要整一整，我有兩、三個想法，目前還無法決定用哪一個。」

「我也有兩、三個想法。」艾德蒙說：「我喜歡樸實無華，所以，你這些關於桑頓萊西的計畫是不會付諸實施的。其實，用不著這麼麻煩，也不需要花費這麼大，我就能把房子和庭院整理得舒舒服服，讓人一看就知道是上流人住的地方，這就足夠了，當然我也希望所有關心我的人都會感到滿足。」

當艾德蒙說到最後的希望時，他有意無意的目光及說話的語氣，使美莉產生了疑慮，她有些惱怒，草草結束了與威廉的鬥牌，一把抓過他的J，嚷道：「我要做個有勇氣的人，你看！我連最後的老本都拚上了。我天生就不會前怕狼後怕虎，更不會毫無作爲地坐在那裡，即使是輸了，也不會是因爲我沒有努力拚搏。」

這一局她的確贏了，不過，她贏來的還抵不上拚出的老本。

下一局開始了，美莉又談起了桑頓萊西。

「艾德蒙，我明白你的意思，不過，那地方眞的值得你下功夫。雖然我的設想不一定是最好的，當時的確也沒有多少時間考慮周全，但你還是得多下點功夫才好，不在那裡下足功夫，我想你自己也不會滿意的。夫人，對不起！讓你的牌就這樣扣著，不要看。那地方很值得你多下功夫。

「你剛才也談到要讓它像一個上等人家的住宅，只要搬走那個農院就可以了，那個農院眞是糟糕，只要一去掉，我看沒有一座房子比它更像一幢上流人家的住宅，而不是那種看起來毫不起眼，家裡一年只有幾百英鎊收入的牧師住宅。」

「那房子眞是不錯！牆壁堅固，居室寬敞，看上去像一座至少有兩百年歷史的大宅子，讓人感覺裡面住著一戶代代相傳、德高望重的古老世家，每年的開支起碼有兩、三千英鎊，而不是那種土裡土氣、四四方方的農家院，以及那種屋頂和窗子一樣多，由一些矮小的單間屋子拼湊而成的房子。」

他的這番話讓艾德蒙很贊同，美莉也仔細傾聽著。

「所以嘛，只要你下點功夫，就會讓它看起來像上流人家的住宅。不過，你還可以改造得更好，比上流人的住宅還要好得多。哦，美莉，別急！讓我想想。什麼？伯特倫夫人出一打要這張『Q』。不行，不行，伯特倫夫人，這張『Q』根本不值一打，她不會出的，過吧！過！如果這房子按照我的建議改造，價值一定會大大提高，它可以成爲一座大宅第。經過一番精心改造後，它就不僅僅是一個上流人家的住宅，而且是一個舉止高雅、結交不凡，又有學識、有情趣的人家的宅第。

這座房子就是要有這樣的氣派，要讓每一個經過那裡的人都認爲房子的主人是本教區的大地主，因爲附近沒有眞正的地主宅第能與它相比，所以，自然沒有人對此持懷疑態度。我實話實說吧！這對保持特權和獨立自主是非常有幫助的，希望你能認同我的想法——」

這時，他轉向芬妮，用柔和的聲音說：「妳去過那個地方嗎？」

芬妮正聚精會神聽著這番話，忽然間問她，她急忙搖頭表示否定，並趕快把注意力轉向她的哥哥，極力掩飾她對這個話題的興趣。她哥哥正跟她討價還價，極力想和她達成交易。亨利一旁緊跟著說：「妳不能出『Q』！不行，不行，妳哥哥的出價還不到它價值的一半，妳付的代價太高了。先生，你妹妹不出『Q』，哎！不許動，不許動，她絕不會出。這一盤是你的。」說著又轉向芬妮：「妳一定贏。」

「我想芬妮倒情願輸給威廉。」艾德蒙笑著對芬妮說：「可憐的芬妮！想故意打輸都不行啊！」

停了一會兒，美莉說道：「艾德蒙，你知道，亨利在環境改造設計方面是一個了不起的專家，如果你想對桑頓萊西進行改造，不請他幫忙是不行的。那次在索瑟頓，他發揮了多麼大的作用啊！還有，在那個八月的大熱天，他創造多麼了不起的成績！那天，我們一起坐車在庭園裡漫遊，看他施展才能。你只要想一想：我們跑到那裡，又從那裡回來，到底幹了些什麼，眞是無法用語言來形容呀！」

聽到這裡，芬妮用眼睛掃了掃亨利，神情變得嚴厲，似乎有責怪的意思，但一接觸到他的目光，卻又馬上退縮了。

對妹妹的稱讚，亨利很明白其中的含義，於是，他向妹妹搖了搖頭，笑呵呵地說：「不敢說我在索瑟頓做了多少事情。不過，那天天氣太熱，我們互相找來找去，又都是步行，弄得暈頭轉向的。」

隨後，大家你一言我一語地議論起來，趁著嘈雜聲的掩護，他悄悄對芬妮說：「不好意思，他們竟拿我在索瑟頓的表現來判斷我的設計才能，現在我的見解與那時大不一樣了，不要以我當時的表現來看待我。」

一聽到索瑟頓這幾個字，羅禮士太太的注意力立即被吸引了過來：「索瑟頓！我們曾在那兒度過了非常愉快的一天，那可眞是個好地方！」她興沖沖地叫道，由於剛剛憑著巧計，她與湯瑪斯爵士贏了格蘭特博士夫婦的一手好牌，所以興致正高：「威廉，你來得眞不巧，但願你下次來的時候，親愛的萊斯渥夫婦不再外出，他們一定會盛情款待你，我敢保證。你的表姊們都不是那種會忘掉親戚的人，況且萊斯渥先生又很和藹，很好相處。

「你知道，萊斯渥先生非常有錢，他們在布里奇頓住的是最高級的房子。我不知道它的確切距離，如果不太遠的話，你回普茨矛斯的時候，可以去那裡看看，順便也把我的一個小包帶給你的兩個表姊。」

「大姨媽，我很願意去，不過，布里奇頓靠近比奇角，距離很遠。即使我能去，我怕他們也不會歡迎我，因爲那是一個時髦的地方，而我只是個小小的海軍候補少尉。」

羅禮士太太正急切地準備向他保證，他一定會受到熱情的接待，讓他盡可以放心，但剛開口就被湯瑪斯爵士打斷，他以權威的口吻說道：「威廉，我倒是勸你不要去布里奇頓，我相信不久的將來，你們會有更好的見面機會。不管在什麼地方，我的女兒們見到她們的表弟、表妹都會很高興，還有，萊斯渥先生也會眞心誠意地款待你，你會發現他把我們家的親戚都當成他

自己的親戚。」

「我倒希望他是海軍大臣的私人祕書。」威廉小聲地嘀咕了一句，因為不願意讓別人聽見，就立即止住了這個話題。

打完第二局，「惠斯特」牌桌便解散了，只剩下格蘭特博士和羅禮士太太為上一盤爭論不休，湯瑪斯爵士把注意力轉向另一張牌桌。在這之前，湯瑪斯爵士還沒有看出亨利的言行舉止有什麼值得注意的地方，但這時，他發現他的外甥女成了獻殷勤的對象，或者更確切地說，亨利其實正對著外甥女說話。

亨利對桑頓萊西的改建仍舊興致勃勃，於是又向艾德蒙提出了一個方案，但他的滿腔熱情始終沒有得到艾德蒙的回應，他只好對著鄰座——漂亮的芬妮說起話來。他說自己打算在來年冬天，把那幢房子租下來，這樣他就可以在附近有一個自己的家了。但他租房子的目的不僅僅是為了在打獵的季節用一下，儘管這也是個重要的因素。雖然說格蘭特博士是個很厚道的人，但自己連人帶馬住在別人家裡總會給別人帶來很多不便。

其實，他之所以喜歡這個地方，並不僅僅出於打獵的考量，他想在這裡有一個安身之地，有一個自己的小院子，想什麼時候來就什麼時候來，一年的假日都可以在這裡度過，這樣他就可以經常與曼斯菲爾一家人保持密切的聯繫，使他們之間的友好情誼能夠繼續培養、增進。

芬妮安靜聽著，很少說話，只是偶爾點頭，對他的話表示同意。對他的恭維，她一點也沒有流露出高興和感激的意思，也沒跟著附和他對北安普敦郡的讚美。

湯瑪斯爵士在一旁聽到這些話，並不覺得有什麼不妥，這年輕人說得一本正經，話語不輕薄，也不隨便，而芬妮的表現也很得體。

這時，亨利發現了湯瑪斯爵士在注意自己了，便回過頭與他談起這個話題，語氣雖然平淡了些，但言詞依然熱烈。

「湯瑪斯爵士，我想做你的鄰居，我剛才正跟芬妮談這事兒。對我的這個要求，不知您是否同意？還有，您的兒子會不會拒絕我這個房客？我希望能夠得到您的允許。」

湯瑪斯爵士客氣地點點頭，答道：「你想長久定居在這裡，與我們家爲鄰，我當然歡迎，只是不能以房客的方式。我相信，不久的將來，艾德蒙會住進他在桑頓萊西的那座房子，是不是這樣？艾德蒙。」

聽到父親問他，艾德蒙轉過身來，等弄清楚他們所談的內容後，便爽快地回答道：「當然啦，爸爸，我已經決定住在那兒了。不過，亨利雖然你不能做我的房客，但如果你以朋友的身分住在我那裡，我會非常歡迎的！每年冬天，你都可以把房子的一半當做是你的，我會根據你修改後的計畫增加馬廄，並根據你今年春天可能想出的修正方案，再對房子進行一些改建。」

湯瑪斯爵士接著說：「他走了，這是我們的損失，雖然那兒離曼斯菲爾只有八英哩，但大家還是不願意家裡又少一個人。不過，一個牧師如果不經常住在教區，怎麼能夠知道教區的詳情，了解教區教民的需要和要求呢？僅靠代理人的了解是遠遠不夠的，我的兒子要是連這一點也做不到，我會感到這是莫大的恥辱。當然啦，你在這個問題上是不會想這麼多的。

「雖然，艾德蒙也可以像人們常說得那樣，既可以在桑頓萊西履行他的職責，又可以不離開曼斯菲爾莊園。比如，他可以在每個星期天騎馬到他名義上的住宅去一次，帶領著大家做一次禮拜，他只要每七天去桑頓萊西做上三、四個小時的牧師就可以了。但是，他這樣做是無法感到心安的，因爲他很清楚，人性的教導不是每禮拜講一次道就能解決的；他更清楚，如果不生活在他的教民中間，不給予教民經常的關心，他怎麼能夠得到教民的信任，怎麼能夠證明他是他們的祝願者和朋友呢？這樣做是不會給任何人帶來好處的。」

亨利點點頭表示同意。

湯瑪斯爵士又補充道：「我再重申一遍，我不想讓亨利租用桑頓萊西。」

亨利又點頭表示謝意。

艾德蒙說道：「湯瑪斯爵士很了解牧師的職責，當然，大家也都應該希望，他的兒子能表明自己也懂得這種職責。」

湯瑪斯爵士的這番簡短訓導，不知亨利聽進去多少，產生了什麼樣的作用，但卻讓兩個在座的、專心聽他講話的人——美莉和芬妮，感到侷促不安。芬妮沒想到艾德蒙這麼快就要離開曼斯菲爾，以桑頓萊西爲家。她低垂著頭，心想不能天天見到他，會是一種什麼樣的滋味。

自從聽了哥哥的描述後，對桑頓萊西充滿了甜美的幻想，在她的想像中，那裡應該是一個現代化的、高雅考究的，偶爾去消遣、消遣的宅第，但在對未來的憧憬中，什麼教堂、牧師、祈禱、佈道哦，早就被她扔在了腦後。現在，湯瑪斯爵士的一番話，讓她從夢幻中驚醒，心中的美景也一下子破滅了，爲此，美莉對湯瑪斯爵士十分不滿，她認爲這一切都是他一手破壞的，她打的如意算盤全都落空了。

看著湯瑪斯爵士那副自以爲是的樣子，美莉也很惱怒，但又不得不強忍著，不敢反駁他以發洩心中的憤怒，而這讓她更痛苦。由於不斷有人說話，牌無法再打下去了，於是她趁機結束了牌局，很高興能就此擺脫這一局面，換個地方坐坐，找別的人說說話調劑一下心情。

人們都圍著火爐隨意地坐著，等待著聚會的結束，只有芬妮和哥哥威廉仍然坐在牌桌邊，愉快地聊著天，忘記了其他人的存在，直到其他人想起他們。亨利第一個把椅子轉向他們，坐在那裡默默觀察了他們好一陣子。在此同時，湯瑪斯爵士也站在那裡，一邊觀察著他，一邊與格蘭特博士閒聊。

「今晚如果有個舞會就好了！」威廉說：「如果是在普茨矛斯，我或許會去參加。」

「威廉，你不會希望你現在是在普茨矛斯吧？」

「當然不希望啦，芬妮。妳不在我身邊的時候，我在普茨矛斯已經玩得夠多，舞也跳得夠多了。其實，去參加舞會也沒有多大的意思，我可能連一個舞伴都找不到，普茨矛斯的那些女孩只看得起當官的，對我這個海軍候補少尉正眼都不會瞧一下的。當這個候補少尉眞沒意思，還不如什麼都不是！你還記得格雷戈家的女孩吧，她們現在已經長成漂亮的大女孩了，容貌光彩照人，可是她們根本就不理我，因爲有一個海軍上尉正在追露西。」

「噢，眞不像話，眞不像話！（她氣得臉通紅）不過，威廉，你不要放在心上，知道嗎？這

事兒不值得你放在心上。不管別人怎麼樣對待你，都沒有關係。那些偉大的海軍將領在年輕時或多或少也經歷這樣一些事情，這並不奇怪。你應該把這些事當成是每個水手都可能遭遇的麻煩，就像惡劣的天氣一樣，不可避免。其實，這種事也有它的好處，因爲總有一天它會結束，這樣你就不會再爲它煩惱了。哎，威廉，等你成爲海軍上尉時再說吧！你想想看，如果你當上了海軍上尉，這些無聊的小事還值得計較嗎？」

「可是，芬妮，我覺得我永遠也當不上海軍上尉，其他人都升官了，就我沒有。」

「不要灰心！千萬不要這樣說。雖然姨父沒說什麼，但我想他一定會幫助你的，會想辦法讓你得到提拔，這是一件很重要的事情，他和你一樣清楚。是不是？」

這時，芬妮忽然發現姨父離他們很近，連忙住了口，把話題扯到了別處。

「芬妮，妳喜歡跳舞嗎？」

「喜歡，非常喜歡！不過，我跳一會兒就感覺累。」

「以前我們經常在一起跳來跳去，那時街上還時常響起手搖風琴聲，我的舞跳得很好，風格獨特，不過，妳比我跳得還要好。現在眞想和妳一起去參加舞會，看看妳的舞跳得怎麼樣。你們北安普敦從不舉辦舞會嗎？我想看妳跳舞，如果妳願意，我可以再一次做妳的舞伴，陪妳一起跳，反正這裡也沒有人認識我。」

這時，湯瑪斯爵士來到他們的面前，威廉便轉向他說：「姨父，芬妮跳舞跳得很好吧？」

這個突如其來的問題讓芬妮吃了一驚，她窘得都不知道往哪兒看才好，她不知道姨父會說出什麼樣的話來。她想姨父一定會嚴厲地訓斥幾句，至少也會冷冰冰的不屑一顧，讓威廉難堪，也讓自己無地自容。

然而，出乎芬妮的意料，姨父只是淡淡地說道：「啊，眞抱歉！我沒法回答你的問題。因爲芬妮從小到現在，我還從沒有見她跳過舞。不過，我相信，芬妮一定會跳得像個大家閨秀，也許在不久的將來，我們會有這樣的機會。」

這時，亨利忽然傾身向前，插話道：「威廉，有什麼問題儘管問我好了，我見過你妹妹跳舞，我的回答保證讓你百分之百滿意。不過，我想（他看見芬妮神情尷尬），這問題以後再找時間說吧！這裡有一個人不喜歡芬妮被說來說去。」

亨利說得沒錯，他的確看到過芬妮跳舞，他還可以詳細地描述芬妮的舞姿是多麼優美、輕盈。但事實上，他根本就想不起她跳舞的樣子，他只是憑想像認爲她理所當然到過舞場，並不是因爲他想起了什麼。

當然，大家也沒有過多地深想，只是認爲他誇芬妮的舞跳得好而已。對此，湯瑪斯博士也沒有感到絲毫的不高興，反而興致很高地繼續談論跳舞，描繪安提瓜的舞會，並認眞地傾聽外甥講述他見過的各種舞蹈，連僕人通報馬車到了，他都沒聽見。直到羅禮士太太張羅起來，他才反應過來。

「喂，芬妮，妳在幹什麼呀？我們要走了。快，快，二姨媽已經起身了，你沒有看見嗎？威爾科克斯老漢在外面等著呢！我可不忍心讓他等得太久了，你得替車夫和馬著想呀！親愛的湯瑪斯爵士，一會兒再讓馬車回來接你和艾德蒙，還有威廉，就這樣決定了。」

這原是湯瑪斯爵士的安排，事前就告訴了他妻子和大姨子，他當然不能不表示同意。只不過，羅禮士太太似乎忘記了這一點，以爲這事是由她決定的。

芬妮心裡有一種淡淡的失落，因爲在臨走時，本來艾德蒙不聲不響地從僕人手裡接過披巾，準備給她披上；不料，亨利動作很快，一把搶了過去。面對這種露骨的殷勤，芬妮還不得不表示感謝。

8

威廉想看芬妮跳舞，湯瑪斯爵士答應要給他一個機會。他並不是說說而已，而是牢牢地記在了心上。經過認眞考慮，他暗暗下決定一定要滿足威廉這份對妹妹的眞摯親情。同時，也可以滿足其他想看芬妮跳舞的人的心願，而且也給這裡所有的年輕人一次娛樂的機會。

於是，在第二天早晨吃早飯的時候，湯瑪斯爵士又提起外甥的話，並讚賞了一番，然後他補充道：「威廉，我很高興看你們兄妹倆跳舞，所以，我想讓你在離開北安普敦之前參加一次活動。你曾提到北安普敦的舞會，你的表哥、表姊偶爾也去參加過，不過，那裡的舞會不太適合我們，太累人了，你姨媽吃不消。我想，我們不要去管北安普敦什麼時候舉行舞會，不如我們自己在家裡開個舞會更合適，如果——」

「啊！親愛的湯瑪斯爵士——」羅禮士太太打斷他的話：「我知道你接著會說什麼，如果最親愛的萊斯渥太太（瑪麗亞）在索瑟頓，如果親愛的茱莉雅在家的話，她們倆一定會爲舞會增色不少，那麼，你就有充足的理由爲曼斯菲爾的年輕人開個舞會了。我想你會這樣做的，今年耶誕節你就可以舉辦舞會了。快謝謝你姨父，威廉，快謝謝你姨父。」

「我的女兒們在布里奇頓有自己的娛樂活動，她們會玩很快樂，不用我操心。」湯瑪斯爵士認眞地說道：「這次在曼斯菲爾舉辦舞會是專門爲她們的表弟、表妹舉辦的。當然，如果全家都在，那是最好不過了。但是，不能因爲有的人不在，就不讓其他人從事娛樂活動吧？」

湯瑪斯爵士的態度很堅決，看來主意已定，羅禮士太太便不再說什麼，但她心裡很火，好一會兒才平靜下來。這事太讓她驚訝了，他的女兒都不在家，他竟然舉辦舞會！而且事先也不和她商量，問問她的意見。但她轉念一想，這次舞會必然由她操辦，伯特倫夫人是不會費心的，事情只能落到她的身上。一想到舞會將由她來主持，她心情馬上大爲好轉，很快就和大家有說有笑了起來。

正如湯瑪斯爵士所預想的那樣，艾德蒙、威廉和芬妮一聽說要開舞會，個個喜形於色，紛紛表達著自己的欣喜與感激之情。艾德蒙是爲他們兄妹倆感激父親，以前父親也曾幫過別人幫不少忙，做過不少好事，但都沒有像這次這樣讓他感到高興。

伯特倫夫人自然沒有任何意見，她十分滿意，因爲湯瑪斯爵士向她保證，舞會不會給她帶來什麼麻煩，雖然她也向丈夫保證她不怕麻煩。其實，她根本就想不出會有什麼麻煩。

羅禮士太太興高采烈地正想建議哪些房間可以用來舉行舞會，卻發現場地早已經安排好了；她又想在日期上發表意見，但舞會的日期似乎也定了；不僅如此，湯瑪斯爵士還制定了一個周密的計畫，只等羅禮士太太安靜下來，他就開始宣布。

首先，他念了準備邀請的家庭名單，因爲通知發得比較晚，預計能請到十二或十四對年輕人；他又說了把日期定在二十二日的理由，因爲威廉二十四日就要趕回普茨矛斯，二十二日是他在這裡的最後一天。

對此，羅禮士太太似乎無話可說，因爲就這樣時間已經很倉促了，沒法再提前，所以，她只得表示這正是她的想法，本來她的打算也是在這一天，她認爲這日期定的非常合適。

舉辦舞會的事就這樣完全定了下來。接著便是發放請帖，消息迅速傳開來了，還沒到黃昏，幾乎人人都知道了。當晚，那些年輕的小姐都興奮得睡不好覺。芬妮更是如此，她年齡小，沒有多少經歷，對自己的眼光又缺乏自信，打扮成了一個讓她傷腦筋的難題。她左想右想，幾乎忘記了舉辦舞會給她帶來的快樂。

最讓她苦惱的，就是那件她唯一擁有的裝飾品。那是一個十分漂亮的琥珀十字架，是威廉在西西里島爲她挑選的，可她沒有什麼東西來綁這十字架，只有一條緞帶。雖然她以前也曾這樣戴過一次，但是這次恐怕不行，其他的小姐都會戴著貴重的裝飾品，她還能那樣戴著出現在她們中間嗎？如果不戴十字架呢？那威廉一定會傷心的。因爲他原來想買一條金項鍊給她，但錢不夠。

她前思後想，坐立不安，儘管舞會是專門爲她舉辦的，但她卻打不起精神。

舞會的準備工作有條不紊地進行著。湯瑪斯爵士負責下命令，羅禮士太太負責跑腿。伯特倫夫人依然坐在沙發上，完全不用她操心。只是女管家多來了幾趟，侍女忙著爲她趕做新衣。但這一切都沒有給伯特倫夫人帶來絲毫的麻煩，正如她所預料的那樣：「其實，這件事沒什麼麻煩的。」

這段時間，艾德蒙的心事特別多，他的腦子裡總是不停地旋轉著決定他一生命運的兩件大事——接受聖職和結婚，這兩件事對他來說都很重要，舞會過後，他就將面臨其中一件。在二十三日，他就要到彼得伯勒附近去找一個與他境況相同的朋友，然後準備一起在耶誕節的那個星期接受聖職。那時候，他的命運也就決定了一半，但另一半卻不一定能夠順利解決。他反覆考慮著這些事，因此對即將舉辦的舞會，不像家裡其他人那樣熱中。

是啊！他的職責很快就能確定下來，但他的另一半呢？能他能否找到與他共同分擔職責，給他鼓勵，並與他共享快樂的妻子呢？他心裡沒有多少把握，但對自己內心的想法是非常清楚的，但是，對美莉的想法，他有時並不太清楚；在某些問題的看法上，他們的意見也並不一致。

儘管他完全相信她的情意，並且他也決定一旦眼前的種種事務安排妥當，只要他知道有什麼可以奉獻給她，他會毫不猶豫地做出決斷，但是，這樣做的結果會如何呢？他總是很憂慮，放心不下。

有時候，他回想起長期以來她對他的綿綿情意，就深信她是鍾情於他的，而且這種情意完全不是出於金錢的因素。但有的時候，他的心裡又摻雜著隱隱的疑慮和擔心，因爲，她曾經明確地向他表示過，她要在倫敦生活，而不願意隱居鄉下，這不擺明著是在拒絕他嗎？除非他改變主意，放棄自己的職位和職業，她或許會接受他，可是，這怎麼能行呢？他的良心不允許他這樣做。

現在的問題是，她是否眞心愛他？如果眞的愛他，也許她就會覺得那些條件不那麼重要了，就會願意爲了他而放棄。這個問題是關鍵，整件事也就取決於它，所以，他經常拿這個問題自問自答，雖然他的回答常常是肯定的，但有時卻是否定的。眼看克萊福小姐就要離開曼斯菲爾了，這些肯定和否定的念頭也就更加強烈地交替出現在他的腦子裡，令他十分苦惱。

前陣子，美莉收到了朋友的來信，請她去倫敦住些日子，哥哥亨利也答應她在這裡住到一月，便送她到倫敦。朋友的這封信和亨利的這番厚意，讓她欣喜萬分。一說起這事兒，她的兩眼就閃爍著喜悅的光芒，尤其在談到即將到來的倫敦之行時，喜悅之情更是溢於言表。從她興奮的語調中，他似乎聽出了否定的意味。

這一切都發生在她做出決定的那一天，而且還是在接到消息的那一個鐘頭裡，當時她的心中只是想著要去看望的朋友，但在他聽來，她說的話就有些不同了，感情上也產生了一些變化，似乎充滿了矛盾。

她對格蘭特太太說，她捨不得離開她，捨不得離開這兒。儘管她必須去倫敦，而且在那裡她也會過得快樂，但她已經開始盼望著能夠早日重返曼斯菲爾了。艾德蒙聽了，心裡又燃起希望的火花，她的這番言語似乎又有肯定的意味。

艾德蒙反覆思量，反覆琢磨，根本沒有心情像家裡其他人那樣興致勃勃地期盼著那個夜晚的到來。在他看來，那個夜晚除了能給表弟、表妹帶來快樂外，與平常兩家人的聚會沒有多大的差別。況且，以往每次聚會時，他都巴望著美莉能進一步向他表白眞情，而在熱鬧的舞會上，似乎不利於她產生和表白情感，所以，他對這個舞會實在沒有多大的興趣。現在，他唯一能做的就是想辦法提前跟她約好，與她跳頭兩曲舞，這是這次舞會能給他個人帶來的全部快樂。所以，其他人從早到晚都在爲準備舞會忙碌的時候，他也就僅爲這件事做了唯一的準備。

舞會在星期四舉行，而在星期三早晨，芬妮仍然無法決定該穿什麼衣服，最後她決定去徵求在這方面頗有見識者的意見。格蘭特太太和她的妹妹是大家所公認有見識的人，以她的意見打扮應該沒有問題，於是，芬妮打算去請教她們。

芬妮有些躊躇，但她只想在私下裡請教她們。這對她來說非常重要，因爲這樣操心自己的打扮讓她有些不好意思。這幾天艾德蒙和威廉都到北安普敦去了，那麼，亨利可能也不在家，她不會找不到機會和她們姊妹倆私下商量的。她這樣猜想著，便向牧師住宅走去。

在離牧師府幾公尺遠的地方，她遇見了美莉。美莉正要去找她，一見到她後便決定折返回去。但芬妮想，美莉也許並不樂意失去這個散步的機會，於是，就趕緊對她說明來意，並且說，如果美莉願意幫助她，幫她出出主意，在外面說和在家裡說都是一樣。

聽說芬妮要向她求教，美莉感到非常高興。她想了想，便做出更加親熱的樣子，請芬妮跟她一起回去，並說她們倆可以到樓上她的房間裡安安靜靜地聊天，這樣就可以不必打擾待在客廳裡的格蘭特夫婦了。

這個建議正合芬妮的心意，她非常感激朋友的一片好意，便隨著她一起走進房內，上了樓梯，在房間裡聊起來，並很快地進入了正題。對於芬妮的求教，美莉非常樂意，所以，她毫無保留的將自己所知道的全都教給她，並對她這次舞會的穿著提出了具體的建議。如此一來看似困難的問題一下子變得容易了許多，加上美莉又熱情的鼓勵她，芬妮漸漸感覺快樂起來。

服裝問題基本上解決了，這時，美莉忽然問她：「妳戴不戴妳哥哥送妳的十字架？」說著，她解開一個小包。芬妮想起，她們在門外相遇的時候，她的手上就拿著這樣一個小包。經她一問，芬妮就坦率地向她訴說了自己在這個問題上的想法和顧慮，她眞的不知道是戴好還是不戴好。

一個小小的首飾盒放了在芬妮的面前，裡面是幾條金鍊子和金項鍊，美莉請她從中任選一條。原來，這就是美莉手上拿的那個小包裡的東西，她原本就是要去找她，把這些東西送給她挑選的。現在，她非常懇切地請芬妮挑一條配她的十字架，並且可以留作紀念。芬妮嚇了一跳，一個勁地搖頭，臉上露出驚恐的神色。

「沒有關係，我有好多條，我連一半都用不上。」美莉再三相勸，幫她打消顧慮，「我又不是買新的給妳，這都是我平時戴過的，只不過是送妳一條舊項鍊。說實在的，我這樣做有點冒失，不過我們既然是朋友，妳就不要怪我，給我些面子吧！」

這禮物對芬妮來說太貴重了，她就是不肯收，但美莉並不就此作罷，她反覆向她說明理由，讓她替威廉和十字架想想，替明晚的舞會想想，作爲舞會的主角她應該替自己想想。美莉的話情眞意切，她終於決定從命；再說，她可不想爲此而揹上瞧不起人、不夠朋友之類的罪名。

芬妮遲疑地點點頭，勉強挑選著。她一條條拿起來看了又看，想斷定哪一條最便宜。其中有一條她似乎看見美莉戴過多次，她想這條可能比較舊一點，於是就選擇了一條精緻的金項鍊。其實，她覺得那條比較長的、沒有特殊花樣的金鍊子更適合她一些，但她還是選擇了這一條，她想這條可能是美莉最不想保留的。

美莉做了個成功的舉動，對她笑了笑，趕忙把項鍊幫她戴在脖子上，讓她對著鏡子看看有多麼合適。

芬妮覺得戴在脖子上的確好看，能得到這樣一件合適的裝飾，她也感到十分高興，只不過心裡的顧慮並沒有完全消除。她隱隱感覺這份人情如果是欠了別的人，或許還會好些，但她又覺得自己不應該這麼想，美莉待她這麼好，爲她考慮得這麼周到，能夠事先想到她的需要，說明是她眞正的朋友。

想到這裡，她對美莉說：「妳對我這麼好，當我戴著這條項鍊的時候，我會想著你的。」「妳戴這條項鍊時，還應該想到另外一個人。」美莉笑著說道。「那就是亨利呀！因爲這條項鍊原是他買給我的，我轉送給妳，現在由妳來記住這個原來的贈鍊人，想到妹妹也要想到哥哥。」

芬妮一聽，嚇了一大跳，她不知所措的想立即把項鍊歸還給她。這是別人送給她的禮物，而且是她的哥哥，自己怎麼能收呢？絕不能收！她急急忙忙的把項鍊取下來放了回去，想換一條或乾脆一條也不要了。

美莉覺得眞有意思，她還從沒見過這麼多慮的人，於是，她笑著說：「我親愛的小姐，妳怕什麼呀？怕亨利見了這條項鍊會說是我的，或怕他認爲妳用不正當的手段弄到手的嗎？要不就是妳以爲亨利看到這條項鍊戴在這麼漂亮的脖子上，會感到特別高興？妳要知道，他還沒看到這漂亮的脖子之前，那項鍊已經買了三年了。或許——」她露出調皮的神情：「妳可能懷疑我們兄妹串通一氣，是他要我這麼做的吧？」

芬妮臉漲得通紅，連忙說自己沒有這麼想。

「那好！」美莉並不太相信她的話，於是認眞地說道：「爲了證明妳不是懷疑我耍花招，那妳就要像往常一樣相信我，什麼話都不要說，把項鍊拿去，不能因爲這項鍊是我哥哥送給我的，我就不能再送給其他人；當然，也不能因爲這項鍊是我哥哥送給我的，妳就不能接受。他總是送我這樣送我那樣，送給我的禮物不計其數，我不可能樣樣都當成寶貝收藏起來。這條項鍊的確很漂亮，但我從來沒有把它放在心上。雖說首飾盒裡的鍊子和項鍊，不管哪一條我都十分樂意送妳，但妳恰好挑了一條我最捨得，也最願意送人的一條。妳什麼也別說了，這不過是一件小事，不要費這麼多口舌，好不好？」

芬妮不敢再推辭，只好再次道謝，接受了下來。只是，她已經沒有了當初的愉悅心情，因爲她從美莉的眼裡看到一種神氣，讓她頗爲不舒服。

亨利．對她態度的改變，她不可能沒有察覺。其實，她早就看出來了。他非常明顯地向他獻殷勤，討她的歡心，就像以前對她的兩個表姊一樣。她猜想，他也許又想像耍弄表姊那樣來耍弄她，所以這條項鍊不可能與他沒有關係！她不相信與他無關，雖然美莉也關心她哥哥，但是在她看來，她平時卻是個不會體貼朋友、漫不經心的女人。

走在回家的路上，芬妮想來想去，滿腹疑雲，即使是得到了自己朝思暮想的東西，但她一點也不高興，憂慮也沒有減少多少，只不過又換了一種形式。

9

芬妮回到家裡，便急忙往樓上走，來到東屋，想把剛才的意外收穫——那條令人生疑的項鍊，放進她的小盒子裡，那裡專門保存她心愛的小東西。但是推開門，她吃了一驚，見艾德蒙表哥正坐在桌邊寫東西！這是從沒有發生過的事，她又驚又喜。

「芬妮！」艾德蒙一見她，隨即扔下筆離開座位迎了上來，手裡還拿著什麼東西，一面說道：「請原諒我進了妳的房間。我是來找妳的，本以爲妳快回來了，就等了一會兒，正在給妳留言，剛好開了個頭，現在我可以直接告訴妳我的來意。這一條是威廉送妳的十字架鍊子，我請妳接受這份小小的禮物。

「我剛把它從北安普敦拿來，本來一個星期前就該給妳的，可是我哥哥到倫敦比我預料的晚了幾天，就耽擱了，芬妮，我想妳會喜歡這條鍊子。我知道妳喜歡樸實，就根據妳的喜好來選擇，我想妳能夠體諒我的用心，是不是，芬妮？把這條鍊子看作是一位老朋友的愛的象徵，事實上也是愛的像徵。」

說著便匆匆往外走。芬妮悲喜交加，百感交集，一時說不出話來。但是，一種強烈的願望促使她叫了起來：「表哥，等一等，請等一等。」

艾德蒙轉過身。

「我眞不知怎麼感謝你才好。」芬妮非常激動地繼續說道：「我不知該說什麼，我眞的很感謝你，這種感激之情無法表達。你替我設想得這麼周到，你的好心好意超出了……」

「如果妳只是要說這些話，芬妮……」艾德蒙笑了笑，轉身要走。

「不只是這些話，我還有點事和你商量。」

這時，芬妮下意識地解開了手裡的小包，一個包得非常講究的小包，只有珠寶商才可能包得出來，這是艾德蒙剛才放到她手裡的。隨即，一條沒有花飾的金鍊出現在芬妮的眼前，又樸素又精美。她一見，又情不自禁地叫了起來：「眞美呀！表哥，這正是我想要的！跟我的十字架正相配兩樣東西配戴在一起，是多麼美啊！我一定把它們戴在一起。噢！表哥，你不知道我多麼喜歡呀！」

「親愛的芬妮，別把這些東西看得這麼重。妳能喜歡這條鍊子，明天又正好能派上用場，我感到很高興。不過，妳沒有必要這樣謝我了。芬妮，請相信我，能給妳帶來快樂就是我最大的快樂，這快樂如此純眞，我相信絕對沒有任何快樂能與它相比。」

芬妮聽他到這樣的眞情表白，久久說不出話來，直到艾德蒙問她：「妳想和我商量什麼事？」她才猛然回過神來。

她對表哥說了剛才去牧師府的經過及原由。現在她想立即把那條項鍊退回去，希望表哥同意她這麼做。艾德蒙聽她說後，感覺心弦一震，他爲美莉能這麼做，感到非常高興。

現在他心裡有一種更大的快樂，對此，芬妮不得不承認，雖然這種快樂有它的缺憾。艾德蒙幾乎沒注意表妹在說什麼，也沒有回答她的問題，只是偶爾說幾句讚歎的話。此時此刻，他已沉浸於充滿柔情的幻想之中。許久之後，他終於清醒過來，堅決反對芬妮退回項鍊。

「退回項鍊？不！親愛的芬妮，不能退！說什麼也不能退。那會嚴重傷害她的自尊心。妳想想，如果妳好心好意送了件東西給朋友，以爲朋友會很高興，不料卻被退了回來，妳會怎樣？我認爲這是世上最讓人不快的事了。她這樣做的目的是爲了得到快樂，爲什麼要掃她的興呢？」

芬妮說：「如果當初這項鍊是給我的，我當然不會退給她。可是這是她哥哥送給她的禮物，現在我已經不需要了，她收回去很自然呀，難道不是這樣嗎？」

「她不會想到妳不需要了，至少不會想到妳不想要。再說，就算這禮物是她哥哥送她的也沒有關係，她不能因爲這就不能送給妳，妳不能因爲這就不能接受，我想她送的項鍊一定比我的漂亮，更適合於舞會。」

「不，沒你送的漂亮。一點也不比你送的漂亮；你送的這條更適合我，與威廉的十字架更相配，那條項鍊根本沒法和它相比，連它的一半都不及。」

「就戴一個晚上，芬妮，戴一個晚上吧！也不過一個晚上。我相信，經過愼重考慮，妳會將就一下的，要不然會讓一個關心妳的人傷心的。她對妳的關心，並沒有超過妳應該得到的限度，我也絕不認爲會有超過的可能，但她卻是始終是關心妳的。

「我相信，照妳的個性，妳不會這樣去報答她的。因爲這樣有些忘恩負義，當然我知道妳絕沒有那個意思。聽我說，芬妮，明天晚上就按原來的計畫，把那條項鍊戴上。至於這條鍊子，妳就把它收起來，留在一般的場合戴吧！它本來就不是爲這次舞會訂做的。這是我的建議，我不希望你們兩人之間出現一點點隔閡。

「看著妳倆的關係這麼親密，我特別高興。你們兩人的性格很相似，爲人都忠厚大度，對人又體貼入微，雖然有一些細微差異，那是因爲各自的環境所引起的，但並不影響你們成爲知心朋友。我不希望你們兩人之間出現一點點隔閡。」艾德蒙聲音稍稍低沉地又說了一句：「你們倆可是我在世界上最親愛的兩個人。」

他留下芬妮獨自一人盡力抑制著自己的情感。以前她從沒聽他這樣直言不諱過，最親愛的兩個人——她是他最親愛的兩個人之一，她當然可以得到很大的安慰，但另一個人呢？占第一位的那個！雖然對此她早就有察覺，但猛然聽到他的表白，心裡還是感覺一陣刺痛，他明確地道出了自己的心思——他要娶美莉，儘管這是她意料之中的事，但還是給她帶來了沉重的打擊。

「她是他最親愛的兩個人之一」芬妮茫然地重複著這句話，一次又一次地念著，卻不知道自己到底在叨念什麼。如果美莉配得上他的話，那會——噢！那麼她的心裡或許會好受多！

但是他根本不了解她，根本就沒看清楚她，給她加了一些她根本就不具備的優點，而對她的缺點卻視而不見。他看錯人了！芬妮爲此痛哭一場，許久之後心情才平靜下來，爲了擺脫內心的極度沮喪，她只好拚命爲他的幸福祈禱。

她開始努力調節自己的心情，努力剔除對艾德蒙感情中那些過分的、自私的成分，她認爲自已有義務這樣做。在任何情況下，她都不能對他抱有非分之想，最多也只能和他做做朋友；如果自已像美莉那樣對他充滿期待，那她不是瘋了嗎？如果因爲這件事而感覺失落或受挫，那她也太自作多情了，這與她謙卑的天性不合。她怎麼能想入非非呢？她根本就不應該有這樣的非分之想。她要盡量保持頭腦清醒，正確判別美莉的爲人，並且理智地、眞誠地關心艾德蒙。

雖然她不乏年輕人生性具有的種種情感，但是，她更有堅守節操的勇氣，履行義務的決心。更爲難能可貴的是，在她下決心自我克制後，他決定更加珍惜艾德蒙沒有寫完的那張字條，她一把抓起，滿懷柔情地讀起來：「我親愛的芬妮，妳一定要接受——」

芬妮把艾德蒙送的鍊子和這張字條一起鎖起來，在她看來，這張字條比鍊子更珍貴，這是艾德蒙給她的唯一一件類似信件的東西，可能從此不會有第二件了，她認爲再也不會收到第二件讓她無比喜愛的東西了。即使是最傑出的作家也從沒寫出過比這更讓她珍惜的一句話；即使是從最癡情的傳記作家那裡，也找不到一句比這更讓她珍惜的話。

對她來說，不論內容如何，僅僅那筆跡就神聖無比。雖然艾德蒙的筆跡極爲普通，但世界上沒有第二個人能寫得出來！雖然這行字是在匆忙之間寫的，卻寫得那麼完美，恰到好處。開頭的那幾個字「我親愛的芬妮」，安排得多麼好呀！她眞是百看不厭。

就這樣，她巧妙地把理智和弱點融和在一起，認眞整理好自己的思緒，努力安撫住自己的情緒，準時下樓來坐在伯特倫姨媽身邊做日常的針線活兒，對姨媽如往常一樣恭敬，完全看不出情緒低落的樣子。

預想中將給人帶來希望和快樂的星期四來到了。早飯後不久，威廉收到一封亨利送來的短簡，說第二天早晨他要去倫敦幾天，想找一個人做伴，如果威廉願意提前半天動身，可以順便搭他的馬車。他打算在叔叔傍晚吃正餐時趕到倫敦，他將請威廉一起在海軍將軍家裡用餐。

這個建議十分合威廉的心意。與一位性格開朗、討人喜歡的人，坐著四匹驛馬拉著的馬車，這等於坐專用馬車回去，他覺得眞是又快樂又體面，自然高高興興地接受了。

對亨利的建議，芬妮也非常高興，雖說這讓威廉提前離開她許多個小時，但是這可以減少威廉的旅途勞頓。因爲若依原計畫，威廉要在第二天夜裡從北安普敦乘郵車出發，然後再轉乘去普茨矛斯的公共馬車，中間連一個小時的休息時間都沒有。芬妮一高興，也就不多想了。

湯瑪斯爵士對此也很贊成。他外甥將被介紹給克萊福將軍，這對他有好處。他相信，這位海軍將軍是很有勢力的。總之，這封信眞讓人高興，大半個上午，芬妮都在爲此快活，其中有部分原因是由於那個寫便箋的人也要走了。

至於即將到來的舞會，由於她太過於激動、過於憂慮了，所以，她的興致卻遠遠沒有達到期盼中的程度，或說遠遠沒有達到許多姑娘認爲應有的程度。和芬妮一樣，這些姑娘也盼望著舞會，不過，她們的處境比芬妮輕鬆得多。在她們看來，舞會對芬妮來說應該更新鮮、更有趣、更值得高興，因爲在應邀的人中，只有半數的人知道芬妮·普萊斯小姐，這是她第一次露面，一定會被寵爲當晚的皇后，所以有誰會比芬妮更快活呢？

但對芬妮來說，她根本不懂得初次進入社交界是什麼，更不明白這次舞會對她的意義，因爲她從來就沒有受到過這方面的教育。還好她不知道，否則，她會更加擔心自己舉止不當，更加害怕受到眾人注目，那她的快樂就會大大地減少的。

她最大的希望僅僅是跳舞的時候不太引人注目，能有精力跳上大半晚，能看見威廉跳得開心，半個晚上一直都有舞伴，能與艾德蒙跳上幾首曲子，少跟亨利跳幾次，最好能避開羅禮士姨媽……僅僅這些就足夠讓她得到最大的快樂了。然而，在上午那段漫長的時間裡，她卻只能待在兩位姨媽的身邊，或多或少是受到不快活念頭的影響。

威廉外出打鷸去了，這是他在這裡的最後一天，自然想出去痛快地玩一玩。艾德蒙呢？一定在牧師府上。現在只剩下她一個人忍受羅禮士太太的叨擾。女管家一定要按自己的意思安排晚飯，羅禮士太太正爲此發脾氣，女管家可以對她敬而遠之，但芬妮卻無法避開她。

到最後，芬妮被大姨媽弄得一點情緒都沒有了，似乎跟舞會有關的樣樣事情都讓人痛苦。換衣服的時候，她眞是沮喪到了極點，有氣無力地向自己的房間走去。她一點也快活不起來，覺得這快樂是別人的，與她沒有關係。

昨天就是這個時候，她從牧師府回來，發現艾德蒙正在東屋。她想著昨天的情景，慢慢地往樓上走。「但願還能在那兒見到他。」她自言自語地說道。

「芬妮！」她突然聽到一個聲音，就在離她不遠的地方。她吃了一驚，抬頭望去。在她剛剛走到的門廳對面，另一道樓梯的頂端，只見艾德蒙正站在那裡。他向她走來。「芬妮，妳看起來非常疲憊，是不是路走得太多了？」

「沒有，我根本沒出去。」

「那就是在家裡累著了，這比出去還要糟糕。」

芬妮向來不喜歡叫苦，只好默不作聲。艾德蒙還像往常一樣親切地打量著她，但是她認爲很快他就不會這樣關心她了。看得出來，艾德蒙的情緒也不好，不知是什麼事情沒辦好，不過一定與她無關。他們一起走上樓去，兩人的房間在同一層樓上。

不久，艾德蒙說道：「我剛從格蘭特博士家過來。芬妮，妳猜我去那兒做什麼？」他似乎有些難爲情。當然，去那裡只能爲一件事，芬妮想著，心裡很不是滋味，一時也不知該說什麼。「我想跟美莉跳頭兩曲舞，想和她先約定。」他接著解釋說，芬妮一聽，來了興致，見他正等著自己回話，便說了一句什麼，似乎是打聽他們約定的結果。

艾德蒙答道，「她答應和我跳，不過（勉強笑了笑），她說這是最後一次和我跳舞，這是她的玩笑話。我想，我希望，我敢肯定她是開玩笑話。不過，我不願意聽到這樣的話。她說她以前從沒有和牧師跳過舞，以後也絕不會和牧師跳舞。我明天就要離開家了，爲我自私的希望不要舉行這個舞會。我的意思是不要在這個禮拜，不要在今天舉行舞會。」

芬妮強打著精神說：「很遺憾你遇到了不順心的事，不過，今天應該是個快樂的日子，這是姨父的意思。」

「噢！應該是這樣。今天應該會過得很快活，我不過是一時煩惱，最後一切都會如意的。其實，我並不是說今天的舞會安排的不是時候。我也不明白我到底要說什麼，不過，芬妮——」他一把拉住她的手，嚴肅地低聲說道：「妳能明白的，妳明白這一切，妳向來看得清楚，告訴我吧！我爲什麼煩惱，或許妳說的比我更清楚。

「妳的心地善良，願意耐心聽我說。我跟妳說，我現在怎麼也開心不起來，因爲今天早晨，她傷了我的心。我知道她的性情跟妳一樣溫柔、完美，但因爲環境的影響，以及受到以往接觸的那些人的影響，有時候她的言行明顯欠妥，不管說話也好，發表意見也好，都是這樣。或許她心裡並沒有什麼壞念頭，但她一開玩笑就說出來了。雖然我知道她不是是認眞的，卻讓我感到非常傷心。」

「是受過去教育的影響，」芬妮柔和地說。

對此，艾德蒙不得不表示同意：「是啊，那樣一位嬸嬸，那樣的一位叔叔，他們傷害了一顆多麼美好的心靈！芬妮，有時候我感覺還不只是說話的問題，而是心靈的問題，好像心靈也受到了污染。」

芬妮知道他是要她發表看法，於是略想了想，然後說道：「表哥，如果你只是要我聽一聽，我會盡量滿足你的要求，若是希望我出主意，我眞的不夠格，不要叫我出主意，你知道我是沒辦法的。」

「芬妮，我知道妳不肯幫這個忙，不過，妳是對的。在這個問題上，我永遠不會徵求別人的意見，這妳不用擔心。這樣的問題最好不要去徵求別人的意見，事實上也很少有人會去徵求別人的意見，即使徵求，也只是接受些違背良心的影響。我只想跟妳談一談。」

「還有，請恕我直言——對我說話要愼重，不要對我說任何不該說的話，你會後悔的，因爲你早晚會——」

芬妮說著，臉紅了起來。

「最親愛的芬妮！」艾德蒙大聲說道，一面把她的手按在自己的嘴唇上，那熱烈的樣子就像是抓住了美莉的手：「妳處處替別人著想，可是在這件事上沒有必要。那一天永遠不會到來，妳所說的那一天是不會到來的，我越來越感覺到這是絕不可能的。即使眞有這個可能，對我們今天的談話，不論是妳還是我，也沒有什麼好後悔的，我永遠不會對自己的顧慮感到羞愧。

「我剛才這番話，全世界只有妳一個人會聽到。我對她的看法，妳一向是知道的。芬妮，我從來沒有陷入盲目，妳可以爲我作證，我們曾多少次在一起談論她的毛病，妳用不著顧慮，我幾乎不再認眞考慮她了。不管結局怎麼樣，如果對妳的好意和盛情，我不能由衷地感激，那我一定是個傻瓜。」

這番話足以憾動一個只有十八年閱歷的年輕女孩的心。芬妮感受到一種巨大的安慰，這是近來不曾有過的。於是，她容光煥發地說道：「是的，表哥，儘管有的人可能不會這樣，但我相信你一定會這樣的。你說什麼我都沒有顧慮，你就說吧！想說什麼就說什麼吧！」

他們站在三樓，由於來了個女僕，就沒再往下說。這次談話正好在芬妮最快慰的時候中斷了，對她來說，這是最恰當不過了，因爲如果再讓艾德蒙多說五分鐘，說不定他的沮喪和美莉的缺點就會說完了。雖然沒再往下說，但在兩人分手的時候，艾德蒙情意綿綿，一臉的感激；芬妮的眼裡也流露出一種彌足珍貴的情感。

幾個小時以來，芬妮的心裡還從來沒有這樣痛快過。這段時間，除了亨利給威廉的短信給她帶來一陣歡快外，她的心就一直處於非常沮喪的狀態，從外面得不到什麼安慰，自己心裡又沒有希望。但是，現在一切都變了，變得喜氣洋洋了。

她又想起了威廉的好運，感覺比當初更加可喜可賀；還有舞會——等待她的將是一個多麼快樂的夜晚呀！現在，這個舞會眞讓她無比高興。她懷著女孩子參加舞會前的那種激動、喜悅之情，開始打扮起來。一切都很如意，她覺得自己看起來還不錯。

更讓她欣喜萬分的是那條項鍊，美莉送的那條項鍊怎麼也穿不過十字架上的小環。本來，看在艾德蒙的面上，她準備戴上這條項鍊的，沒想到它太大了，穿不上去。所以，她只能戴上艾德蒙送的那條。她覺得她的好運眞是達到了頂點。她興高采烈地將鍊子和十字架穿在了一起，戴在脖子上。

這可是她最親愛的兩個人送她的紀念品，這兩件珍貴的信物，無論從實物還是從意義上，都是十分相配的。這兩件禮物充分展示了她與威廉、艾德蒙之間的深情厚意，這是她能看得出來，而且能夠感受到的。因此，她毫不猶豫地把美莉的項鍊也一起戴上，她認爲應該這樣做，因爲她不能辜負了美莉的情誼。

當另一個人更深厚的情誼、更眞摯的感情，不會被她這位朋友的情誼妨害和干擾的時候，她倒能公正看待她，自己也感到快樂。這條項鍊的確好看！芬妮最後走出房時，心裡極爲舒暢，不僅對自己滿意，周圍的一切也讓她滿意。

這時，伯特倫姨媽突然清醒過來，想起了芬妮，想起她正在爲舞會作準備，如果只是靠女僕怕是不行的，於是，她主動吩咐自己的女傭去幫助她。只不過，已經太晚了，幫不上什麼忙了，因爲芬妮已經穿戴好了，當查普曼太太來到小閣樓時，她剛好從房間裡走出來，只是彼此寒暄了一番。但芬妮還是能感受到姨媽對她的關心，就像伯特倫夫人和查普曼太太所期望的那樣。

10

芬妮走下樓時，姨父和兩位姨媽都在客廳裡，她的出現自然引起了湯瑪斯爵士的關注。見她體態優雅，容貌出眾，湯瑪斯爵士心裡非常高興，便當著她的面，誇她衣著得體；過了不久，等她一出去，他便毫不猶豫地誇起她的美貌來。

「是呀！」伯特倫夫人說：「她的確很漂亮，是我讓查普曼太太去幫她打扮的。」

「漂亮！噢，當然！」羅禮士太太嚷道：「她當然漂亮！她的條件有多麼好呀！在這樣的人家長大，有兩個漂亮的表姊作榜樣，親愛的湯瑪斯爵士，你想一想，這一切都是你和我給她帶來的啊！她穿的那條長裙，就是你在瑪麗亞結婚時慷慨送給她的禮物。如果不是我們把她要來，她會是這樣子嗎？」

湯瑪斯爵士沒再說話。但是，等他們圍著桌子坐定後，從兩個年輕人的眼神中，他看出只要女士們一離席，他們又可以順利地再談這個話題了。由於受到眾人的賞識，又意識到自己長得好看，芬妮看起來更加亮麗了。她有很多高興的理由，而且馬上就會更加高興。

她隨著兩位姨媽走出客廳時，艾德蒙爲她們打開門，她從他身邊走過時，聽見他說道：「芬妮，妳一定要和我跳舞，只要不是頭兩曲，其他的都行。妳一定要爲我保留兩曲舞，聽見沒有？」芬妮心滿意足，別無所求了。

長這麼大，她幾乎從來沒有這樣高興過。直到這時，她才明白，爲什麼當初兩位將去參加舞會的表姊會那麼地歡天喜地。男管家生起了旺旺的爐火，羅禮士姨媽正忙著，所以沒有注意到她，趁此機會，她興奮地在客廳裡練起舞步來。

半小時過去了，芬妮依然興致勃勃，如果在別的情況下，至少也會讓她感到無精打采的；而現在，只要回味她和艾德蒙的談話就行了。至於羅禮士太太的坐立不安，伯特倫夫人的呵欠連連，這又有什麼關係呢？又算什麼呢？

男士們也都進來了。不久，大家都開始盼望著聽到馬車的聲音。這時，一種悠閒歡快的氣氛溢滿整個屋子，大家隨意四處站著，滿懷著快樂和希望，又說又笑。在芬妮看來，艾德蒙一定是強作歡笑，不過，他能掩飾得這麼不露痕跡，多少讓她感到寬慰。

馬車陸續來了，客人們開始聚集，面對這麼多陌生人，芬妮又恢復了以前的羞怯，歡快之情也隨之被壓抑下來。一大批先到的客人似乎人人都板著臉，顯得十分拘謹，這種沉悶的氣氛，不管是湯瑪斯爵士，還是伯特倫夫人，都沒有辦法改變。

讓芬妮感覺更爲糟糕的是，姨父一會兒把她介紹給這個人，一會兒又介紹給那個人，所以她不得不聽人嘮叨，給人屈膝行禮，還要和人說話。對她來說，這眞是個苦差事，姨父每次叫她的時候，她都會看看在後面悠然漫步的威廉，希望能和他在一起。

隨著格蘭特夫婦和克萊福兄妹的到來，這一局面得到了迅速的扭轉。他們討人喜歡的舉止，對待眾人的親密態度，很快將場上的拘謹氣氛一掃而空。大家開始三三兩兩地組合起來，個個都感到自在隨意。而芬妮也從沒完沒了的禮儀應酬中解脫出來。如果她的目光不是情不自禁地總在艾德蒙和美莉之間流盼，她還眞是感覺萬分的快樂。美莉俏麗動人極了，就憑這點，有什麼目標她達不到呢？

亨利的出現打斷了她的思緒，把她的心思引到了另一面。他過來邀請她跳頭兩曲舞。她的心情可以說是喜憂參半，一開始就有了舞伴，對她來說，無論如何也是件大好事。她一向對自己缺乏信心，眼看舞會就要開始了，如果他不先來邀請她，說不定女孩們都被請完了也輪不到她；如果在一連串問訊、奔忙和他人的干預下才找到舞伴，那也太可怕了。

只不過，約她跳舞時，亨利的態度有些欠含蓄，讓她頗爲不悅。她覺得他在笑，笑著看了一眼她的項鍊，讓她感到很狼狽，她的臉不由得紅了起來，雖然他再沒有看第二眼，卻已讓她亂了方寸。他的用意也只是想不聲不響地討好她，但她始終覺得侷促不安，而且一想到他會注意到自己的不安，就更加感覺不安了。還好他走開和別人說話去了，她這才定下心來。這時，她漸漸感覺到，在舞會開始前就得到一個舞伴，還是一個自動找上門的舞伴，眞是一件讓人高興的事。

在走進舞廳的時候，她和美莉第一次相遇。與她哥哥一樣，她也毫不猶豫地把目光和笑臉投向了她的項鍊，並談論起這個話題來。芬妮感覺非常狼狽，恨不得立即結束這個話題，便急忙向她提起了第二條項鍊，那條鍊子的來歷。她仔細聽著，完全忘記了原先準備好對芬妮恭維和影射的話，心裡只是轉著一個念頭。

她那明亮的眼睛更加明亮了，愉快地嚷道：「眞的嗎？眞的是艾德蒙送的？這很像他的爲人，別人是想不到這些的，我對他眞是佩服得不得了！」她環顧四周，彷彿彷彿想把這話說給艾德蒙聽。艾德蒙卻不在附近，他正在舞廳外陪著一群太太小姐。格蘭特太太向她們走過來，一手拉著一個，跟著其他人一起走進舞廳。

芬妮的心直往下沉，不過，對美莉的心情，她沒有閒暇去琢磨。她必須留心每件事怎麼進行。她們來到舞廳後，正拉著小提琴，她的心緒隨著琴聲顫動，無法集中在任何嚴肅的問題上。

一會兒，湯瑪斯爵士來到她面前，問她是不是已經約好舞伴了。她答說：「姨父，約好了，跟亨利。」這正合湯瑪斯爵士的心意。湯瑪斯爵士把不遠處的亨利領到她面前，交代了幾句，意思是讓芬妮領舞。她一聽，大爲駭然，這是她從沒有想過的事。在此之前，她總認爲理當由艾德蒙和美莉領舞，每次想到舞會的具體安排時，她都是這個印象。

現在姨父開口要她領舞，她嚇得尖叫一聲，表示她不合適，甚至懇求姨父饒了她。居然敢違抗姨父，可見這事讓她有多麼爲難。她直瞪瞪地盯著他的面孔，請他另作安排，但一點用也沒有。湯瑪斯爵士笑了笑，給她鼓勵，隨後板起臉斬釘截鐵地說：「必須如此，親愛的。」芬妮不敢再說什麼了。轉眼間，亨利就把她領到舞場上，站在那裡，等著眾人結成舞伴，跟著他們起舞。

她簡直不敢相信，她居然被安排在這麼多漂亮的小姐之中！對她來說，這個榮譽太高了。這是把她與她的表姊一樣看待呀！於是，她不由得想起兩位在外地的表姊，並眞心地爲她們不在家中而感到遺憾。因爲她們不能占據她們在舞場中應有的位置，也不能享受讓她們十分開心的樂趣。

以前，她常常聽她們說，她們盼望能在家裡舉辦個舞會，這將是最大的快樂！而眞到開舞會的時候，她們卻離家在外。現在不但由她來領舞，而且還是與亨利一起領舞，希望她們對她現在的這份榮譽不要嫉妒才好。只不過，一旦想起秋季時的情形，以及那次舞會上她們之間的關係，她簡直沒法理解目前的這種安排。

舞會開始了。對芬妮來說，這次舞會的感覺，尤其跳第一曲時的感覺，與其說是快樂，不如說是榮耀。她的舞伴興高采烈地想極力感染她，而她由於過於恐慌，卻沒有心思領受快樂，直到她認爲不再有人注意她時才放鬆了下來。

不過，由於她年輕、漂亮、文雅，即使是在侷促不安的情況下，也不失優雅的風采，贏得了在場許多人的讚賞。她嫵媚動人，舉止端莊，既是湯瑪斯爵士的外甥女，聽說還是克萊福先生愛慕的對象，這一切都讓她足以得到眾人的歡心。

看著芬妮翩翩起舞，優雅美麗，湯瑪斯爵士不由得喜形於色。外甥女讓他感到驕傲，雖然他沒有像羅禮士太太那樣，把她的美貌完全歸功於自己，不過，他把她接到了曼斯菲爾，並爲她提供了這一切，讓她受到了良好的教育，養成嫻雅的舉止，爲此，他感到非常欣慰。

美莉看出了湯瑪斯爵士的心思，雖然她認爲他讓自己受了不少委屈，不過，她還是很想討得他的歡喜。於是，便找到一個機會來到他的面前，把芬妮稱讚了一番。如她所希望的那樣，對她熱烈的讚美，湯瑪斯爵士欣然接受，並且謹慎、禮貌的、緩言慢語的和她一起誇獎。

在這個問題上，比起他的夫人，他當然更有熱情；而對伯特倫夫人來說，與芬妮的好看相比，她吩咐查普曼太太去幫芬妮打扮這事，更讓她感興趣些，她總是念念不忘自己的這份恩惠。所以，當美莉看到伯特倫夫人坐在不遠的沙發上，趁跳舞還沒開始，便走過去，誇獎芬妮好看，以討她的歡心時，她平靜地說道：「她的確很好看，查普曼太太幫她打扮的，是我讓查普曼太太去幫她的。」她不是眞的爲芬妮受人讚揚感到高興，她只是因爲幫她打扮了而沾沾自喜。

對於羅禮士太太，美莉是很了解的，所以，她不敢向她誇獎芬妮，而是迎合她道：「啊！太太，今天晚上我們多麼需要瑪麗亞和茱莉雅啊！」羅禮士太太忙得不可開交，她給自己攬了好多事，又是組織打牌，又是不斷提醒湯瑪斯爵士，還要把小姐們年長的女伴領到舞廳合適的角落。不過，對美莉的感歎，她還是盡可能地回答，忙裡偷閒地說了一大堆客套話。

不過，在討好芬妮的時候，美莉卻犯了個最大的錯誤。在頭兩曲舞跳完後，美莉向她走過去，想逗一下她那顆小小的心，讓她泛起一股情不自禁的高傲之情。她看到芬妮臉紅了，自以爲得計，便帶著意味深長的神情說道：「也許妳可以告訴我，明天爲什麼我哥哥要去倫敦吧？他說他去那裡辦點事，卻不肯告訴我什麼事，他可是第一次對我保守祕密呀！不過，人人都有這一天的，早晚都要被人取代。現在，我要向妳打聽消息了。告訴我吧！亨利是去幹什麼？」

芬妮感覺十分尷尬，斷然聲明自己一無所知。

「那好！」美莉大笑著說：「我想一定是爲了專程送你哥哥，順便也談談妳。」

芬妮一下子慌亂起來，這是因爲不滿引起的慌亂。而她卻沒有意識到這點，看到芬妮面無笑容，還以爲是她過於牽心的緣故，或是她的性情有些古怪。總之，她對此做了種種猜測，唯獨沒有想到芬妮對亨利的殷勤絲毫不感興趣。這天晚上芬妮的確感覺非常快樂，但跟亨利的大獻殷勤並沒有多大關係。

對於他請她跳一次舞後馬上又邀請了一次，她並不是太喜歡。她甚至也不想認爲，他先前向羅禮士太太打聽晚飯的時間，是爲了在那個時候把她搶到手。對於這事，她是無法回避的。他讓她感覺到自己爲眾人所矚目，他的態度既不粗俗，也不輕浮；有時候，他談起威廉來，也不令人討厭；而且，他對威廉表現出來的那份熱心腸，還眞是難能可貴。雖然他做的這一切不能說讓她不快，不過，他並無法給她帶來快樂。

每逢五分鐘的間隙時間，她總是和威廉一起漫步，兩眼只是望著他，認眞聽他談論他的舞伴，看他興高采烈，她也感到高興。對大家的讚賞，她也非常高興。同時，她還懷著興奮的心情期待著和艾德蒙跳兩曲舞。不過，在舞會的大部分時間裡，人們爭相請她跳舞，她與艾德蒙約定的兩曲舞一再往後推。

終於輪到他們跳了，但此時他已經十分疲憊，他對她說道：「我已經被大量的應酬搞得疲憊不堪了，整個晚上我都在不停地說話，而且是沒話找話說。可是跟妳在一起，我就可以得到安寧。芬妮，妳不要跟我說話，讓我們享受一下默默無語的樂趣。」芬妮連表示同意的話都不說了。芬妮感到非常高興，是因爲艾德蒙把她當作朋友，可以在她這裡得到安樂，而不是由於他的興致高，或是由於他又流露出早晨的脈脈溫情。

在很大程度上，艾德蒙的厭倦情緒，是因爲早上在牧師府的那番不愉快引起的。這自然讓芬妮特別關注。兩人平靜地跳著那兩曲舞，旁觀者看了，絕不會認爲湯瑪斯爵士收養這個姑娘是要給他二兒子做媳婦的。

這個晚上，艾德蒙沒得到多少快樂。美莉跟他跳頭兩曲舞的時候，還是高高興興的，但並沒有給他帶來多少喜悅，反而增添了他的苦惱。後來，他又忍不住去找她，但她對他未來工作的討論眞讓他傷透了心。

他們一會兒談論，一會兒沉默；一個進行辯解，一個加以嘲諷，最後不歡而散。芬妮自然免不了對他們進行觀察，這情景讓她頗爲滿意。雖然看見艾德蒙痛苦，自己反而高興，好像有些殘忍。不過，看著他爲此吃盡苦頭，心裡難免高興。

跟艾德蒙跳過兩曲舞之後，她就沒有心思也沒有力氣再跳下去了。在越來越短的舞隊中，她垂著手，氣喘吁吁，簡直不是跳而是在走了。湯瑪斯爵士看見後，強迫她坐下好好休息，亨利也跟著坐了下來。

威廉本來在和舞伴使勁跳著舞，這時走過來看一看她，嚷道：「可憐的芬妮！這麼快就累垮了！我剛剛才跳上勁來，我希望我們能跳上兩個鐘頭，妳怎麼這麼快就累垮了？」

「這麼快！我的好朋友，」湯瑪斯爵士說，一邊小心翼翼地掏出錶來：「已經三點鐘了，你妹妹可不習慣熬到這麼晚啊！」

「那麼，芬妮，明天我走之前，妳不要起床了，妳儘管睡吧，不用管我。」

「噢！威廉。」

「什麼！她想在你動身之前起床嗎？」

「是的，姨父！」芬妮嚷道，急忙起身湊到姨父跟前：「您知道這是最後一次，最後一個早晨，我要起來跟他一起吃早飯。」

「妳最好不要起來，他九點半吃過早飯就動身。克萊福先生，我想你是九點半來叫他吧？」

但芬妮一再堅持，眼裡滿是淚水，沒法不答應她，最後姨父只好客氣地說：「好吧！好吧！」算是允許了。

「沒錯，九點半。」威廉要離開的時候，亨利對他說：「我會準時來叫你的，因為我可沒有個好妹妹叫我起來。」他又壓低聲音對芬妮說：「明天我離家時，家裡會一片孤寂。妳哥哥明天會發現，我和他們的時間概念完全不同。」

湯瑪斯爵士略想了想，便建議第二天早晨亨利不要一個人吃早飯了，可以過來和他們一起吃，他自己也來作陪。亨利爽快地答應了，這就更加證實了湯瑪斯爵士原來的猜測。他必須承認，這次之所以要舉辦舞會，有很大部分原因正是由於這個猜測——亨利愛上了芬妮。湯瑪斯爵士為這個前景打著如意算盤。

不過，對他剛才的安排，芬妮可一點不領情。在最後一個早晨，她多麼希望能和威廉單獨在一起。然而，這個要求似乎有些過分，她沒法說出來。不過，雖然她的願望沒有達到，雖然這個安排很掃興，但心裡並沒有什麼怨言。因爲，她早就習慣了，從來沒有人會考慮她的樂趣，也從來沒有讓什麼事如她的願。因此，她並不抱怨，反而覺得能夠堅持到這一步，已經很不錯了，足夠讓她驚奇和高興的了。

不久，湯瑪斯爵士又小小地干涉了一下，勸她立即去睡覺。雖說是勸，其實完全是具有權威的命令。她只好起身，美莉非常親熱地跟她道別。然後，她悄悄走了。走到門口又停下來，像蘭克斯霍爾姆大宅的女主人（引自英國詩人司各特的《最後一位行吟詩人》）一樣，「只求再駐足片刻」，回望那快樂的場面，最後看一眼還在不辭辛苦決心跳到底的那五對舞伴。

然後，她慢慢地爬上樓梯，耳邊傳來鄉村舞曲的旋律。她被希望和憂慮、湯和酒攪得心搖神蕩，雖然她感覺腳痛體乏，但是她還是覺得舞會的確讓人快樂。

湯瑪斯爵士讓芬妮去睡覺，或許並不僅僅出於對她健康的考慮，有可能是覺得亨利在她身邊坐得太久了，或者想讓他看看她多麼溫順聽話，十分適合做他的妻子。

11

亨利果然來得很準時，這頓飯吃得緊湊又愜意。舞會結束了，早飯也很快吃完了，告別的親吻給過了，威廉走了。

送走威廉後，芬妮心情沉重地回到早餐廳。面對這一變化，她感到無比的心酸和悲傷。姨父以為，兩個年輕人剛剛坐過的椅子或許會勾起她的一番柔情，出於好意，便讓她獨自坐在早餐廳裡靜靜流淚。只不過，他覺得克萊福先生盤子裡的蛋殼在她心裡引起的傷感，或許更多於威廉盤子裡剩下的冷豬排骨和芥末所引起的傷感。

正如姨父所想像的那樣，她坐在那裡痛哭。只不過，讓他意想不到的是，她只是為哥哥的走而哭得那麼傷心，實在與其他人無關。威廉走了，她這才意識到，她那些與他無關的操心和煩惱，竟讓他在這裡虛度了一半的光陰。現在，回想起兩個禮拜來，她對威廉的絲絲言行，點點思念，覺得非常愧對他。

芬妮敦厚善良，就連羅禮士姨媽每次想到芬妮她住在那麼狹小、那麼淒涼的小屋裡，都會責備自己和她在一起時，不該對她那麼冷漠，何況是威廉呢？

這是一個沉重沮喪的日子。第二次早餐吃過不久，艾德蒙也走了。他告別家人騎馬去了彼得伯勒，要一個星期後才回來。人都走了，一下子變得冷冷清清，昨晚的熱鬧與快樂只留下記憶。芬妮想跟人談談舞會，卻沒有人可以和她分享。

她講給伯特倫姨媽聽，姨媽又不怎麼感興趣；況且，伯特倫夫人除了對自己記得清外，至於其他人，比如誰穿了什麼衣服，誰吃飯時坐在什麼位置，根本就弄不清，和姨媽談沒有什麼意思。關於昨天的舞會，姨媽說得最清楚，也是最長的一段話是：「是誰談到馬多克斯家哪位小姐的事？我一點都記不得了！還有，普萊斯考特夫人好像談起過芬妮，不過，我記不得她是怎麼說的。至於哈里森上校說舞廳裡最漂亮的小伙子，是亨利還是威廉？我實在有些拿不準。有人悄悄地對我嘀咕了幾句，我不知道那話是什麼意思，也忘了問湯瑪斯爵士。」

除此之外，其餘的都是些懶洋洋的話：「是的——是的——哦，好——是這樣嗎？——我沒看出這點——我不知道兩者有什麼差別。」實在是令人掃興。只比羅禮士太太刻薄的回答好些。羅禮士太太回家了，還把剩下的果凍都帶走了，說是拿給一個生病的女僕吃。這樣一來，家裡的這幾個人，雖然沒有什麼特別高興的事，倒也過得安安靜靜、和和氣氣的。

這天晚上像白天一樣沉悶。茶具撤去之後，伯特倫夫人說：「我覺得昏昏沉沉的，一定是昨天太晚睡了。芬妮，妳想想辦法，別讓我睡著了，我覺得頭昏腦脹的，乾脆我們來打牌吧！」於是，芬妮陪姨媽玩起了「克裡比奇牌」（一種二至四人玩的牌戲），一直玩到睡覺的時候。湯瑪斯爵士則默默地坐在一旁看書，兩個小時的時間，中除了算分的聲音，再沒有別有響聲。

「這就夠三十一點了。一手牌四張，配點牌八張。該妳發牌了，姨媽。要我替妳發嗎？」芬妮總是反覆想著這一天來的變化。昨天夜裡，這個房間及整棟房子還燈火輝煌，人聲鼎沸，到處都是歡樂和笑臉，大家都忙忙碌碌，現在卻是一片寂靜，死氣沉沉。

芬妮夜裡睡得不錯，第二天早晨起來，人有了精神，再想起威廉來，心情就不再那麼低沉了；而且在上午的時候，她終於找到機會跟格蘭特太太和美莉談起了星期四晚上的那場舞會，她們興致勃勃地任憑想像馳騁，說到高興處便放聲大笑。這次交談對消除舞會後的感傷，發揮了極爲重要的作用。所以，不多久她就恢復了平日的心情，很快適應了這一個禮拜的寂靜生活。

這一整天，她從沒有覺得家裡的人這樣少過。每次家裡有聚會，或是一起吃飯的時候，她都會感到歡欣快樂，那完全是因爲有另一個人存在的緣故，而現在這個人卻走了。不過，她必須習慣這樣的狀況，因爲不久以後，他會常常離家的。

還好現在她和姨父在一起時，不會像以前那樣忐忑不安了。她跟姨父坐在同一間屋裡，聽他說話，回答他的提問，倒也興味盎然：「見不到兩個年輕人，心裡還挺惦記的。」連著兩天，一家人晚飯後坐在一起時，面對著人數大大減少的一家人，他都會這樣說。

第一天的時候，他看到芬妮眼淚汪汪，便沒說什麼，只是建議爲他們的健康乾杯。在第二天，話題就稍稍扯遠了些。湯瑪斯爵士又稱讚起了威廉，希望他能得到晉升：「他今後一定會常來看望我們。」他接著說道：「我們絕對相信相信；而艾德蒙，以後他會長年不在家，我們要慢慢習慣。這個冬天，是他在家度過的最後一個冬天了。」

伯特倫夫人說：「是的。不過，我們希望他不要走遠。他們似乎都要遠走高飛了，我希望他們能待在家裡。」

她這個願望，主要是針對茱莉雅來說的。不久前，茱莉雅請求和瑪麗亞一起去倫敦，湯瑪斯爵士認爲這對她們倆都有好處，便同意了。伯特倫夫人天生的好脾氣，自然不會阻擋，但是按照約定的日期，茱莉雅也該回來了。伯特倫夫人只能埋怨臨時有變，讓她不能按時歸來。對此，湯瑪斯爵士也盡可能地勸解，讓妻子對這事想通些。

幾乎該說的他都說到了，比如：一個體貼的母親應該怎樣處處爲兒女著想；一個疼愛兒女的母親如何事事讓兒女快樂等等，還說她天生就具有這樣的情懷。對此，伯特倫夫人表示由衷的贊成，平靜地說了聲：「是的！」不過，沉默了一刻鐘後，她又說道：「人都走了！湯瑪斯爵士，我一直在想，幸而我們當初收養了芬妮，現在，我深深感受到這一招帶來的好處。」

湯瑪斯爵士覺得應該把話說周全些，便立即補充道：「一點也不錯！現在她是一個非常可貴的夥伴，我們對她一直很好，她現在對我們也十分重要。我們之所以這樣當面讚揚芬妮，是想讓她知道我們把她當作一個多麼好的女孩。」

伯特倫夫人緊接著說：「是呀！一想到她會永遠和我們在一起，我就感到非常欣慰。」

湯瑪斯爵士稍停片刻，微微笑了笑，看了一眼外甥女，然後一本正經地答道：「當然，希望她永遠不要離開我們，直到有一天，她被更能讓她幸福的人家請去。」

「不會吧！這是不太可能的，湯瑪斯爵士。誰會請她呢？或許瑪麗亞偶爾會請她到索瑟頓去住幾天，但一定不會想要她在那裡長住。我敢說，她在這裡比去那裡都要好，再說，我也離不開她。」

這個禮拜，曼斯菲爾的大宅裡過得平平靜靜，不過，在牧師府的情況卻大不相同。其實，不如說兩家的兩位小姐心情大不相同。讓美莉感到厭煩和苦惱的事，芬妮卻感到寧靜和欣慰。雖說這與她們的性情習慣不同有關——一個容易滿足，一個遇事不能容忍，不過，更爲主要的，還是她們對某些問題的看法大不相同，而這與她們各自的境遇有關。

對艾德蒙離家外出，就他出行的動機和意向來說，芬妮的確感覺欣慰。但對美莉來說，卻感到痛苦不堪。雖然她渴望著與他相聚，每天、甚至於時時刻刻都渴望著，但一想到他這次外出的動機，她又感到十分的惱怒。

哥哥走了，威廉也走了，而他也偏偏在這個時候外出，這下子他們這個生氣勃勃的小圈子就徹底瓦解了。她心裡眞不是滋味！這次離去讓他的重要性大大顯示出來。現在家裡只剩下可憐的三個人，又被持續的雨雪困在家裡，眞是百無聊賴，沒有一點新鮮的事可以讓她期盼。

雖然她對艾德蒙的固執非常憤恨，對他根本不顧她意願的行爲非常惱怒（正是由於這個原因，導致他們在舞廳裡不歡而散）；但是，等他離開家後，她又身不由已地想他，不停地念著他的好處和深情，盼望著又能像從前那樣天天相聚。

眼看她就要離開曼斯菲爾了，更認爲他不應該在這個時候外出，而且一去就是一個禮拜，根本用不著去這麼久啊！但她又責怪自己，後悔在最後那次談話中，言辭和口氣不應該那麼激烈，尤其在講到牧師的時候，她用了一些輕蔑、侮辱性的言語，現在回想起來，才發覺那樣是不對的，只能說明自己沒有教養。對此，她深感後悔。

本來這一切已經讓她夠煩的了，但一個禮拜過去了，她的煩惱並沒有結束，反而添了更多的煩惱。因爲，艾德蒙沒有回來！禮拜五那天，他沒有回來；星期六來了，他還是沒回來；星期天，她從他家裡得到消息，原來他寫信回家來，答應在朋友家再住幾天，所以延遲了歸期。

如果說現在她已經後悔當初不該說那些話，並爲那些話會給他帶來過分的刺激而感到擔心、感到悔恨、感到不耐煩的話，那麼，現在這種悔恨和擔心更是增加了十倍。除此之外，她必須和她從來沒有體會過的嫉妒鬥爭，這是一種讓人討厭的，非常折磨人的心情。因爲他的朋友歐文有妹妹，他或許會覺得她們很迷人。

按照原定的計畫，她很快就要去倫敦了。在這個時候，他卻待在外地不回來，不管怎麼說，這總有點不像話，讓她無法忍受。如果按照亨利所說，他三、四天就回來的話，那她現在就該離開曼斯菲爾了。

她不能再這樣愁悶下去，必須去找芬妮，向她探聽點情況。於是，她向大宅走去，只是想再聽到點他的消息，哪怕能聽到他的名字也好。如果在一個禮拜前，她一定不會跑這一趟的，她會覺得路很難走。

芬妮和伯特倫夫人在一起，所以，起初的半個多小時就這樣白白過去了；只有和芬妮單獨在一起時，她才可能聽到有關艾德蒙的消息。終於，伯特倫夫人出去了。這時，美莉急不可待地，盡可能以得體的口氣說道：「妳艾德蒙表哥離開家這麼久了，家裡只剩下妳一個年輕人，感覺怎麼樣？我想妳一定想念他，感覺很苦悶吧？他延遲了歸期，這個妳沒有想到吧？」

「我說不清！」芬妮支支吾吾地說：「我沒有想到。」

「或許以後他常會這樣的，不能說什麼時候回來就什麼時候回來，年輕男人一般都是這樣。」

「他以前也去過歐文先生家一次，不過，那一次他是按時回來的。」

「也許這一次他覺得那家人比以前更讓他喜歡了，而且他自己原本就是個非常——非常討人喜歡的年輕人。我現在有些擔心，或許我去倫敦之前再也見不到他了。從目前的情形看，一定會這樣的。雖說我每天都盼望著亨利回來，他一回來，就再沒什麼事情讓我留在曼斯菲爾了。說實話，我眞想再見他一面。

不過，妳可以替我向他轉達我的敬慕。芬妮，在我們的語言中，我找不到一個恰當的詞，介於敬慕和愛慕之間，來表達我們友好的關係，我們相處了那麼久啊！不過，也許敬慕這個詞完全夠了。他寫的信長嗎？有沒有詳細告訴你們，他在幹什麼？不知他是不是要在那裡過耶誕節？」

「這我不太清楚，信是寫給姨父的，我只聽到部分內容。我想不會寫得太長，也就寥寥數語吧！我只聽說他的朋友一定要讓他多住幾天，他就答應了。不過，是多住幾天還是多住些天，我並不清楚。」

「噢！原來是寫給他父親的，我還以爲是寫給伯特倫夫人或是寫給妳的。如果是寫給他父親的，自然不會有太多的話。在給湯瑪斯爵士的信中，誰會寫那麼多閒話呢？如果他寫信給妳的話，就會寫得很詳細的，妳就會了解那邊舞會、宴會的情況。他一定會把每件事、每個人都向妳描述一番的。妳知道，歐文家有幾位小姐？」

「有三位長大成人的。」

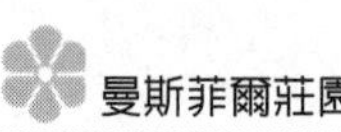

「不知她們喜不喜歡音樂？」

「這我不清楚，從來沒聽說過。」

美莉裝出快活的樣子，若無其事地說道：「對於喜歡樂器的女士來說，在打聽別的女士時，這是首先要問的問題。不過，妳可不要傻乎乎地去打聽那三個剛長成人的年輕小姐。其實，不用打聽也能想像得到，她們會是什麼樣子，一個個都多才多藝，討人喜愛，說不定其中一個還很漂亮，幾乎每家都會有一個美人。我想她們應該有兩個彈鋼琴，一個彈豎琴，個個都能唱。對！如果有人教的話，應該個個都會唱，或許沒人教會唱得更好。就是這樣吧！」

「對歐文家的這幾位小姐，我真的一點都不了解。」芬妮平靜地說。

「常言說得好，不知少操心。妳對從沒見過的人，怎麼會去在意呢？等妳表哥回來，他會發現曼斯菲爾異常安靜，因爲妳哥哥、我哥哥，還有我全走了。眼看著行期就近了，一想到要和格蘭特太太分手，我心裡就不是滋味，她不想讓我走。」

芬妮覺得自己不得不說幾句：「妳走後一定會有很多人想妳。」她說：「大家會非常想念妳。」

美莉凝望著她，似乎還想聽點什麼，隨即又笑著說：「噢！是的，大家會想念我的。就像令人討厭的吵鬧聲突然消失，也會讓人思念一樣，因爲這會讓人一下子感覺不習慣。妳不要恭維我，我可不是繞著圈子討恭維。不過，如果眞有人想我，那是一定的，只要想見我都能找到我，我又不是住在什麼神祕莫測或遙不可及的地方。」

芬妮沒有心思說話，對此，美莉感到失望。她原以爲芬妮很了解她的魅力，會說些奉承話，因此她的心頭又罩上了陰影。

「芬妮——」她又說：「妳覺得歐文家的幾位小姐中，有沒有可能有哪一位能在桑頓萊西找到歸屬？我認爲這不是沒有可能，比這更稀奇的事都發生過呢！而且，我認爲她們一定會盡力爭取。她們完全有理由這樣做，對她們來說，這是一份很不錯的家業。對此，我一點都不感覺奇怪，也不會怪她們。人人都有權利爲自己贏得利益！

「作爲湯瑪斯爵士的公子，他也算得上是一號人物。而今，他又成了他們家的同行。妳想想，她們的父親是牧師，她們的哥哥是牧師，牧師和牧師湊在一起了。芬妮，妳明明知道的，妳是不說，對不對？說實話吧！妳是不是也是這樣想的？」

「不！」芬妮斷然地說：「我從沒這樣想。」

「從沒這樣想嗎？」美莉嚷道：「我覺得很奇怪。不過我敢說，對此你是非常清楚的。我一直以爲妳——也許妳認爲他根本不想結婚，或者目前不想結婚。」

「我是這樣認爲的！」芬妮委婉地說。她不希望自己判斷錯誤，但又不知該不該承認自己的看法。

美莉目光犀利地看著她，她不由得漲紅了臉。這讓她的夥伴不由得精神一振，只說了句：「他現在這樣對他而言再好不過了！」緊接著便換了個話題。

12

這次的談話讓美莉心中的不安大大減少，她又興高采烈地走回家去。這樣一來，即使是再下一個星期的陰雨，仍舊是這麼冷冷清清的幾個人，她也能夠忍受了。不過，就在當天晚上，她哥哥從倫敦回來了，像平時一樣興奮，似乎還要興奮些。因此，她就可以不再承受考驗了。

對於此行的目的，哥哥仍舊不肯告訴她。不過，她並沒有爲此生氣，如果在前一天，她也許會生氣的，但現在卻成了一個有趣的玩笑。她猜想，哥哥之所以不告訴她，是想給她一個驚喜，他一定瞞著她在做什麼事。第二天，果眞發生了一件讓她沒有料到的事。

亨利說去伯特倫家問個好，十分鐘就回來，可是他去了一個多小時。他妹妹一直等他陪她到花園裡散步，可是左等右等，卻不見他的蹤影，最後等得實在不耐煩，終於在拐彎處遇見他，便大聲嚷道：「親愛的亨利，這大半天你跑到哪兒去了？」亨利只好說，他在陪伯特倫夫人和芬妮。

「不會吧！陪她們坐了一個半鐘頭啊！」瑪麗亞嚷道。

然而，她的驚奇僅僅是個開始。

「是啊！美莉。」亨利挽著她的胳膊，順著拐彎處走著，好像不知自己身在何處似的。「我眞的沒辦法離開，妳不知道芬妮看起來有多美呀！我已經下定決心，妳也許會吃驚的，你會不會？不會的！妳應該想得到，我決心要和芬妮結婚。」

這讓做妹妹的驚訝到了極點。雖說對哥哥的心思有些了解，可是怎麼也沒想到他會有這種打算。見妹妹如此吃驚，亨利又把剛才的話說了一遍，並且還正經八百做了充分的說明。當美莉明白這是哥哥認眞的決定後，想到他們家與伯特倫家將結爲親戚，她覺得似乎也不錯。在驚訝之餘，她又感滿心歡喜。雖說哥哥的這樁婚事有點低就，不過，她也不太在意了。

亨利最後說道：「我墜入情網了！妳是知道的，我開始打的是些無聊的主意，根本沒想到卻是這樣的結局。我自認爲，我已經讓她對我有好感了，而我對她的感情卻已是堅定不移的。」

「多麼幸運的女孩呀！」美莉心情平靜下來後嚷道：「對她來說，這是多麼好的一門親事呀！這是我第一個的感覺，親愛的亨利，我要眞誠地告訴你，對你的選擇我由衷地表示贊成，並衷心希望你幸福。你將會有一個對你感激不盡、忠心耿耿的嬌小的妻子，你絕對配得上這樣一個人。

「這門親事對她來說是多麼意外呀！羅禮士太太常說她的運氣好，這次又會怎麼說呢？對他們全家來說，這都是一件喜事啊！在這一家人中，她的那幾位眞正的朋友，該多麼爲她高興呀！你從什麼時候開始認眞考慮她的？說給我聽聽吧！從頭到尾，講得仔細些。」

這種問題雖然最喜歡讓別人問，卻又是最難以回答的。他說不出來「那令人陶醉的煩惱爲何偷偷襲上我的心頭」（引自英國劇作家和桂冠詩人威廉・懷特海德的詩句），只得他略爲改了改措詞反覆表達這個意思，沒等重複完三遍，他妹妹就急切地打斷他，說道：「啊！親愛的亨利，你就是因爲這去倫敦的嗎？你就是要去辦這件事呀！你是不是找海軍將軍商量後決定的。」

對此，亨利一口否定。他太了解叔叔了，海軍將軍討厭結婚，認為一個有獨立財產的年輕人要結婚是不可原諒的事，他自然不會拿自己的婚姻問題去徵求叔叔的意見。

「如果他認識了芬妮，」亨利繼續說：「一定會非常喜歡她的。海軍將軍這種人對女子有種種成見，而芬妮足可以打消他的成見，他一定會認為她正是世上少有的那種女子，他會發現她正是他所描繪的不可能存在的女人。不過，在事情沒完全定下來之前，我是不會讓他聽到一點風聲的。剛才妳完全猜錯了，妳還沒有猜出我到倫敦辦什麼事呢！」

「好了，好了，我知道了。我知道事情和誰有關了，至於其他什麼事，我並不急於想知道。芬妮，眞是太妙了！曼斯菲爾竟然對你造成了這麼大的作用，你竟然在曼斯菲爾找到了命運的寄託！不過，你做得對，你的選擇再好不過了！

世上再也找不到像她那麼好的姑娘，至於她的親戚們，也都是些好人。在這個國家，伯特倫家無疑是上等人家。而她又是湯瑪斯爵士的外甥女，僅僅這一點，也會讓人另眼相看的，況且你又不需要財產。不過，再繼續說說你的想法，多講一講吧！你是怎麼打算的？這件大喜事，她是不是已經知道了？」

「不知道。」

「你還在等什麼？」

「在等——等一個比較適當的時機。她與她的兩個表姊不一樣，不知我提出來，會不會碰釘子？我得考慮到這點。」

「不會的，你不會碰釘子。就算你不太可愛，或是她還沒有愛上你（我毫不懷疑她已經愛上你），你也會萬無一失的。她性情溫柔，知恩圖報，我想只要你一提出，她就會馬上同意的。我敢說，如果她嫁給你，是不會不愛上你的。如果世上還有一位不為虛榮所動的女孩的話，那麼這個人就只能是她了。不過，你儘管求她愛你好了，她絕對狠不下心來拒絕你的。」

待美莉急切的心情平靜下來後，兩人便興致勃勃地交談起來。亨利開心地聽妹妹講著，妹妹也愉快地聽哥哥講著。不過，其實亨利除了自己的感情之外，並沒什麼可講的；除了芬妮的嫵媚之外，也沒什麼可談的。芬妮俏麗的面容、婀娜的身姿、文雅的舉止、善良的心地，成了他談不完的話題。

他懷著滿腔熱情，把芬妮的的溫柔、和悅、賢淑，反覆地誇來誇去。在男人看來，這種溫柔正是每個女人最可貴的氣質，雖然他有時愛上的女人並不溫柔，但他並不認為對方欠缺這種氣質。至於芬妮的脾氣，他有充足的理由去信賴、去讚揚，因為他經常看到她的脾氣受到考驗。除了艾德蒙以外，這一家人中，哪個不是在以種種方式考驗她的耐心和包容心呢？

然而，她的感情又是熾熱的，妳看她對哥哥多麼好呀！這足以證明她不僅僅溫柔，而且有豐富的情感。這對一個想要贏得她愛情的男人來說，不是莫大的鼓舞嗎？此外，她又聰慧又敏銳，從她的言談舉止就可以看出她的穩重和涵養。她的好處還不止這些。

雖然亨利向來不習慣於認眞思考，對於妻子應該具有什麼樣的美德，他說得並不太清楚。不過，他又非常聰明，很懂得妻子身上具有美德的價值。他談到芬妮為人穩重，舉止得體，又自尊自重，講究禮儀，這讓他完全相信她也會對丈夫忠貞不渝。他之所以說這些話，是因爲他知道她有高尚的道德標準，有虔誠的宗教信仰。

「我可以完全信任她！」他說：「而這正是我需要的。」

他妹妹認爲他對芬妮的誇獎並不過分，所以對他的前景滿懷喜悅。

她嚷道：「我越思考這件事，就越覺得你做得很對。雖然我從沒想到你會迷上像芬妮這樣的女孩，但我相信她會讓你幸福。你原來不過想惡作劇，攪得她心神不寧，現在倒成就了你自己。」

「對這麼好的人，我當初竟然存心不良，眞是太惡劣了！不過，那時我並不了解她。我一定要讓她幸福，沒有理由爲我當初心裡冒出的那個念頭而遺憾。我會讓她比以往任何時候都幸福。我準備把愛芙林姆租出去，在附近這一帶租房子，也許會租下斯坦威克斯的宅第，因爲我不想把她從北安普敦郡帶走，我想把愛芙林姆租出去七年，只要一開口，我一定就能找到一個非常好的房客，現在我就能說出三個人，不但能符合我的條件，還會感謝我。」

「哈哈！」美莉大聲嚷道：「在北安普敦定居呀！這太好啦！那我們大家都在一起了。」

話一出口，她立即後悔了，覺得不應該說這話。不過，她也不必爲此慌張，她哥哥以爲她仍要住在曼斯菲爾的牧師府上，因此，他非常親切地邀請她到他家作客，並且要她先滿足他的要求。

「妳必須把妳一半以上的時間給我們。」他說。「我不允許格蘭特太太跟芬妮和我機會均等。芬妮將是妳眞誠的嫂嫂，我們倆對妳都有一份權利。」

美莉只有表示感激，含含糊糊地做了許諾。只不過，她並不願意在姊姊家長期住下去，也不打算在哥哥家久住。

「你準備一年中輪流住在倫敦和北安普敦郡嗎？」

「是的。」

「這就對了！那麼，你在倫敦一定要有自己的房子，而不是再住在將軍的家裡吧！我最親愛的亨利，離開將軍對你有好處。我覺得你還是趁早離開他比較好，否則，你會傳染上他那些愚蠢的見解，學會一味地講究吃喝，好像人生最大的幸福只有吃喝似的。你已經被你對他的崇拜蒙蔽了眼睛，根本不明白離開他的好處。我想，你早些結婚也許能挽救。看著你在言行、神情和姿態上越來越像將軍，我會很傷心的。」

「好了！好了！這個問題我們的看法大不一樣。雖然將軍有缺點，爲人卻很好，待我比親生父親還好。即使是做父親的也很少像他那樣，我做什麼他都支持，妳不能讓芬妮對他產生偏見，我要讓他們彼此相愛。」

美莉覺得，他們兩人是那麼格格不入，不論從品格來說，還是從禮貌教養來說都一樣，但她沒有說出口，到時候他自然會明白的。不過，與有關將軍的一些想法，她還是講了出來：

「亨利，芬妮是多麼好的一個人，如果我認爲她也會像我那可憐的嬸嬸那樣受到虐待，並且像我嬸嬸那樣憎恨克萊福太太這個稱呼的話，哪怕她僅僅只受到嬸嬸的一半虐待，只要有可能，我都會盡可能阻止這樁婚事的。我知道，你愛的妻子會是最幸福的女人。不過，即使你不愛她了，你也應該讓她從你身上看到一位紳士的寬容大度和良好教養。」

亨利立即滔滔不絕地回答她，說他會永遠愛芬妮，會全力以赴讓她幸福的。亨利接著說：「如果妳沒有看見過她是如何關照她姨媽的，妳就難以想像她溫柔、有耐心，今天上午我恰好看到了這一情形。

「她跟姨媽一起做事，盡可能滿足她的種種愚蠢的要求，當她俯身做活時臉上飛起豔麗的紅霞，然後，又回到座位上，繼續替那個蠢女人寫信。做這一切的時候，她看起來十分柔順，絲毫沒有做作的感覺，似乎這一切都應該做似的，好像不需要一點由自己支配的時間。她的頭髮總是梳得柔順平整，寫信的時候一綹秀髮掉在額頭上，她不時地甩回去。在這整個過程中，她還時不時跟我說話，或聽我說話，似乎我說什麼她都愛聽。只要妳看到這情景，妳就會知道她對我的魅力永遠不會消失。」

「我親愛的亨利！」瑪麗亞嚷道，又突然打住，笑嘻嘻地望著他：「看到你這樣一片癡情，我很高興呀！眞讓我萬分欣喜，可是，瑪麗亞和茱莉雅會怎麼說呢？」

「我才不管她們會怎麼說，更不管她們會怎麼想。這下子她們應該知道了吧，什麼樣的女人才會討我這樣一個有頭腦的人喜歡，我希望這一發現能讓她們受益，我要讓她們知道她們的表妹應該得到的待遇，讓她們爲過去可惡的怠慢和冷酷感到羞愧。她們會惱火！」亨利稍稍頓了頓，又用比較冷靜的口吻說：「尤其是瑪麗亞，她一定會惱火。對她來說，這無疑是一粒苦藥，就像別的苦藥一樣，先苦上一陣，然後嚥下去，再忘掉。

「我不是一個沒有頭腦的花花公子，雖然她鍾情於我，但我並不認爲她的感情會比別的女人長久。我的芬妮的確會感受到一種變化，她身邊每個人的態度，每天每時都在發生著變化，她對此有深深的感受。一想到這都是由於我的緣故，是我把她的身分抬到她應有的高度，就忍不住不停地樂不可支。而現在，她寄人籬下，孤苦伶仃，無親無友，受人冷落，被人遺忘。」

「不！亨利，不是無親無友，也不是被人遺忘。這樣說吧，至少不是被所有的人，不是被所有的人遺忘，她表哥艾德蒙從來沒有忘記她。」

「艾德蒙——他對她是不錯，湯瑪斯爵士對她也不錯，不過，那種關心只是出自於一個有錢有勢、獨斷專行的姨父。湯瑪斯爵士與艾德蒙能爲她做什麼？就算他們加在一起，爲她的幸福、體面和尊嚴所做的事，比起我將要爲她做的事，又算得了什麼呢？」

13

第二天上午，亨利在比平常還早就來到了曼斯菲爾莊園，兩位女士都在客廳裡。讓他倍感幸運的是，他進來的時候，伯特倫夫人正要出門，她已經快到門口了，不想再折回去又白走這麼遠的路。於是，便客氣地與他打了個招呼，說有人在等她，並吩咐僕人稟報湯瑪斯爵士，然後繼續往外走。

見此情形，亨利自然是喜出望外，躬身向她行了個禮，又目送她出去，這才抓緊時機，立即轉身走到芬妮跟前，掏出幾封信，眉飛色舞地說：「我必須承認，無論誰給我這個與妳單獨相見的機會，我都會非常感激的。妳一定無法想像，我是怎麼樣盼望著這樣一個機會的。我了解妳做妹妹的心情，對於我給妳帶來的這個消息，妳一定不希望與這家人中的任何人同時獲得。妳哥哥當少尉了！我懷著無比高興的心情，向妳祝賀！這些信是剛收到的，妳也許想看看吧。」

芬妮一時說不出話來了，不過，他也不需要她說什麼，因爲從她的眼神、臉色的變化，就完全可以看出她此時的心情，由懷疑到慌張，到欣喜，對他來說，這就足夠了。芬妮把信接了過來。第一封是海軍將軍寫給姪子的，只有寥寥數語，大意是他已經把提升小普萊斯的事給辦妥了。同時，裡面還附了兩封信，一封是海軍大臣的祕書寫給將軍委託的朋友的，另一封是那個朋友寫給將軍本人的。

從信的內容可以看出，對於查理斯爵士的推薦信，海軍大臣非常高興地批閱了，而查理斯爵士呢？也很高興有這麼個向克萊福將軍表示敬意的機會，威廉·普萊斯先生被認命爲英國皇家輕巡洋艦「畫眉」號少尉，這一消息傳出後，很多人都會爲此高興的。

芬妮的心情非常激動，從這封信看到那封信，手不停顫動著。亨利則急切切地繼續表白他在這件事中的作用。

「雖然我欣喜萬分，但對此我不想談太多。對我來說，妳的幸福才是最爲重要的，還有誰比妳更配得到幸福呢？本來這件事妳是應該最先知道的，我並不想比妳先知道。不過，今天早晨郵件來遲了，我收到後一分鐘也沒耽擱。妳不知道，在這件事上，我是多麼焦急，多麼不安呀！我都快要發狂了，我就不多說了。

「在倫敦的時候，因爲沒辦成這件事，我失望極了，也感到無比羞愧呀！我在那裡待了一天又一天，就是盼望著辦成這件事，這件對我來說至關重要。如果不是爲了完成這件事，我絕不會離開曼斯菲爾這麼長時間。

「雖然叔叔爽快地答應我的要求，並滿腔熱情地立即著手操辦，但還是遇到一些困難，一個朋友不在家，另一朋友有事脫不了身。最後，我實在等不下去了，想著事情已經託給了可靠的人辦了，相信要不了幾天就會有消息，所以，我在星期一便動身回來了。

「我叔叔是世上最好的人，對這事他可是盡心盡力地幫忙了。我就知道，見到妳哥哥後，他會盡力幫忙的。他喜歡妳哥哥，至於將軍是多麼喜歡他，是怎樣誇獎他的，昨天我沒跟妳提起，我等一等再說，等到有了結果後，這點自然會得到證明的，而今天算是得到證明了。現在我可以告訴妳，他們那天晚上相會以後，我叔叔對威廉非常感興趣，非常欣賞，對他的事情也非常熱心，眞是出乎我的意料。這一切完全是我叔叔自己願意表現出來的。」

「那麼，這一切都是你努力的結果？」芬妮嚷道：「天哪！太好了，眞是太好啦！眞的——眞的是你提出來的嗎？還是克萊福將軍要求的？我都給弄糊塗了。是怎麼辦成的？我眞糊塗了。」

亨利又興致勃勃對此作了說明，並從頭開始講起，特別強調他在這件事中所發揮的作用。他說這次去倫敦就是專程爲此事去的，主要想把她哥哥引薦到希爾街，勸說將軍盡可能運用他的關係幫他晉升。他沒跟任何人提起過此行的使命，甚至於對美莉也都沒露一點口風。因爲當時他還不能確定結果如何，不想過早地讓別人知道他的心思。不過，他此行的使命就是爲這件事。

他非常感慨地講到他如何關心這件事，並用了不少「最深切的關心」、「雙重的動機」、「不便說出的目的和願望」等熱烈的字眼。如果芬妮用心聽他的話，不會聽不出其中的意思的。不過，由於突然到來的消息讓她又驚又喜，根本無暇他顧，即使是在他講到威廉的時候，她都沒聽得很清楚，只是不停地地說道：「噢！亨利你眞好心啊！我們對你感激不盡！」

她突然站起來，匆匆向門口走去，一邊嚷道：「我要去見姨父。應該盡快讓姨父知道。」但是，面對這千載難逢的機會，怎麼能放她走呢？亨利已經急不可耐了，立即追上去：「妳不能走，妳得再給我五分鐘。」說著便抓住了她的手，把她領回到座位上，又向她作解釋，而她根本不明白爲什麼不讓她走。

終於，她聽明白了對方在說什麼，亨利說她引起了他從沒有過的感情，說他爲威廉所做的一切只是因爲對她無限的、不可比擬的愛。爲此，她感到異常痛苦，久久說不出話來，覺得這只不過又是他騙人的逢場作戲和獻殷勤，她覺得這一切太荒謬了。她覺得他這是用不正當、不體面的手法來對待她，而她不應該受到這樣的對待。

不過，這正是他的爲人，與她所見到的以往的手法沒有絲毫不同。可是她還是盡力壓抑著心中的不快，不流露出來。因爲他畢竟對她有恩，不管他怎樣粗俗放浪，她都不能輕看這份恩情。這時，她的心還在撲通地跳著，只顧著爲威廉高興，爲威廉慶幸，而對自己受到傷害的事，卻沒有多少時間去怨恨。

她兩次把手縮回來，兩次想擺脫他而沒擺脫掉，便站了起來，非常激動地說：「不要這樣，亨利，請你不要這樣！我求你不要這樣！我得走了。我不喜歡這樣，我受不了！」可是，亨利還在不停地傾訴著他的深情，求她給他回報。

最後，話已經說得相當露骨了，無論如何芬妮已聽得懂其中的意思。他說，他將把他的人、他的一生、他的財產、他的一切都獻給她，要她接受。他已經很清楚明白地說出來了。對此，芬妮感到非常驚訝和慌亂，幾乎站不住了，不知該怎麼辦才好。對他說的話，她分不清是眞是假，而對方卻催她回答。

「不！不！不！」芬妮搗著臉叫道：「這完全不可能。不要惹我煩惱了！我不要再聽到這樣的話。你對威廉幫助很大，我眞的有說不出的感激，但是，我不想聽你這些話，我不需要，也受不了！不要擾亂我的心思。不過，妳也不會動搖我的心思，我知道這是不可能的事。」

她已經掙脫他了。這時，湯瑪斯爵士正向這間屋子走來，只聽見他跟一個僕人說話的聲音。對亨利來說，已經沒時間表白了，對他來說，在這個緊要關頭談話被打斷，未免太殘酷了。不過，他認爲她沒有立即答應他，給他所追求的幸福，只不過是因爲她故作嬌羞的緣故。

看來他過於樂觀自信了。

聽見姨父朝這裡走來了，她趕緊從對面的那個門衝出去，很快來到東屋，在裡面走來走去。這時，湯瑪斯爵士可能還在與客人寒暄，或者客人剛剛開始向他報告他帶來的喜訊。她心裡非常矛盾，非常混亂。她思索著，琢磨著，爲剛剛發生的事擔憂。所有的情緒——激動、快樂、苦悶、感激、惱火等等，都一起湧上心頭，眼前發生的一切讓她難以置信！她認爲克萊福不可原諒，也無法讓人理解！

不過，做什麼事都摻雜著邪念，這是他的一貫作風。他先讓她成爲世上最快樂的人，然後，又來侮辱她——她眞不知該怎麼樣說才好——對這件事不知該怎樣去看待，去理解。也許他在戲弄她，不過，如果眞是這樣，他爲什麼又要說那樣一些話，許下那樣的願呢？

不過，威廉當上了少尉，這個事實卻是不容置疑的。她應該記住這點，而把其他的事忘記。亨利一定不會再向她求愛了，他一定看出自己是多麼不喜歡他這樣做。如果是這樣，僅僅因爲他對威廉的幫助，她就應該好好地感謝他呀！

在沒有確定亨利離開這座房子前，她只能在東屋到中間的樓梯口活動。等她確認他已經走後，她才急忙跑下樓找姨父，跟他分享彼此的喜悅，聽他講一講或猜測一番威廉會去什麼地方。正像她期望的那樣，湯瑪斯爵士非常高興，非常慈愛，話也非常多。

他跟他談起了威廉，談得非常投機，讓她暫時忘掉了先前讓她煩惱的事。可是，與姨父的談話快結束時，她聽說已經與亨利約好，他今天還要來吃飯，這個消息頗讓她覺得掃興。雖然他可能不會把已經過去的事放在心上，不過，這麼快又見到他，讓她覺得很彆扭。

她只有設法讓自己平靜下來。快到晚飯時間，她已經盡量讓自己心裡的感覺和平時一樣，而且外表看上去也像平常一樣。但是，等客人進屋時，她不由得又感到極不自在起來，也顯得非常羞怯。她眞是沒有想到，在聽到威廉晉升喜訊的第一天，竟會遭遇這麼一件讓她痛苦不堪的事。

亨利進屋後，很快來到她的面前，轉給她一封美莉寫的信。芬妮不敢看他，但從他的話語中，也聽不出他爲上午說的蠢話而羞愧。她立即拆開了信，很高興有點事做。羅禮士姨媽也來吃飯，這讓她非常高興，因爲姨媽總是不停地動來動去，讓芬妮感覺自己不會那麼受到注意。

親愛的芬妮：

從現在起，我可能要永遠這樣稱呼妳了，而不再像過去那樣，我的舌頭總算可以得到徹底的解放了。

我要寫幾句話讓哥哥帶給妳，向妳表示熱烈的祝賀，對他的決定和選擇，我很高興地表示贊成和支持。親愛的芬妮，請妳不要畏懼，要勇敢向前！妳的面前沒有任何障礙。我相信我的支持也會發揮一定的作用吧！所以，請妳用最甜蜜的微笑迎接他吧！讓他回來的時候比去的時候更加幸福。

妳親愛的

這些話對芬妮沒有一點幫助。她匆匆讀完信，心裡感覺糟透了，對美莉信裡的意思，一點也猜不透。從信上看來，似乎是祝賀她贏得到了她哥哥的鍾情，好像她挺當眞似的。這讓芬妮不知所措，簡直被弄糊塗了。一想到這事可能是眞的，她就感到非常痛苦，怎麼也想不通，心裡覺得忐忑不安。

每次亨利跟她說話，她都感覺心煩，而他卻偏偏愛和她說話，而且對她說話的口吻和態度都有些特別，不同於跟別人說話時的模樣。這讓她很煩惱，以至沒了胃口，幾乎什麼都吃不下。

湯瑪斯爵士開玩笑地說，她是因爲是高興得吃不下飯，這讓她羞怯到了極點，害怕亨利認爲她姨父所說的話別有用意。他就坐在她的右手邊，雖然她一眼也不想看他，卻覺得他的眼睛一直在盯著她。

此時她比任何時候都要沉默，就連談起威廉也很少話。因爲坐在她的右手邊的這個人一手促成了威廉的晉升，一想到這點，她就感到有說不出的痛苦。

她從沒覺得哪次吃飯有這次這麼長，似乎永遠都散不了似的，而伯特倫夫人也從沒有坐過這麼久。大家終於來到了客廳，兩位姨媽以她們的方式談起了威廉，她這才有了機會想自己願意想的事。

羅禮士太太之所以會對威廉這件事感到高興，主要是因爲這幫湯瑪斯爵士省了錢。她說：「對湯瑪斯爵士來說，這事可不同尋常，因爲威廉現在可以養活自己了，他的二姨父就可以不再爲他破費了，而我也可以少送些東西了。威廉這次走的時候，我很高興送了點東西給他。我的確感到高興，雖然我手頭並不寬裕，但還是送了些像樣的東西給他。

「我家財力有限，對我來說，那些東西就很像樣了。現在這些東西可以派上用場了，拿來布置他的房艙，眞是再合適不過了。我知道他要買不少東西，需要花錢，雖然他父母也會幫他買些很便宜的東西，但我很高興我也盡了點心。」

「我很高興你給了他點像樣的東西。」伯特倫夫人對她的話深信不疑，平靜地說道：「我只給了他十英鎊。」

「眞的呀！」羅禮士太太的臉紅了起來，她嚷道：「他走的時候口袋裡一定裝滿了錢！不過，去倫敦的路上他並不需要花錢呀！」

「湯瑪斯爵士跟我說給他十英鎊就夠了。」

至於十英鎊錢夠不夠，羅禮士太太並不感興趣，她是從另外一個角度來看這個問題的。

「眞讓人吃驚！」她說：「看看這些年輕人吧！要爲他們花多少錢呀！從把他們撫養成人到幫他們進入社會，這些錢加起來有多少？他們的父母、姨父、姨媽一年要爲他們花多少錢？他們卻很少想到這些。就拿來我妹妹普萊斯家的那些孩子來說吧！湯瑪斯爵士花在他們身上的錢全部加在一起，每年恐怕有不少吧？這還不包括我給他們的零用錢。」

「姊姊，妳說得沒錯。不過，孩子們眞可憐呀！他們也是沒辦法；再說，這對湯瑪斯爵士來說，也算不了什麼。芬妮，如果威廉去東印度群島，別忘了幫我帶一條披巾，我眞希望他能夠到那兒去，這樣我會有披巾了。芬妮，我要兩條！」

這時，芬妮一心想著克萊福兄妹倆到底是什麼意思，因此只有到了非得答話的時候她才說話。她覺得從各方面看，這事情都不太可能，他們不會是眞心眞意的。從他們平日的作爲和想法來看，不僅不合常情，都是不可能的，也說不過去。

不過，從亨利說的話及他的態度來看，倒有點像是眞的。但是，他怎麼會眞心愛上她呢？他遇見過多少的女人，跟多少個女人調過情，又受到過多少女人的追捧和愛慕，而這些女人都比她強不知多少倍，她們費盡心機地取悅他，都沒能打動他的心。但他把這種事看得很淡、很輕，總是滿不在乎，別人都覺得他很了不起，而他似乎瞧不起任何人。

況且，在婚姻問題上，他妹妹很重視門第，注重利益，她怎麼會積極促成這件事呢？眞讓人難以想像。他們兩人的表現太反常了！芬妮越想越覺得羞愧，認爲什麼事情都有可能，唯獨他不可能眞心愛上她，她妹妹也不可能眞心贊成。對此，她深信不疑。

不過，當湯瑪斯爵士和亨利走進客廳後，她的想法又開始動搖了，因爲有一兩次他投向她的目光，她無論如何也無法解讀那只是一般的意思。如果換做是別人以這樣的眼光看她，她一定會認爲那裡帶著懇切的、明顯的情意。但她盡可能地把這看做是他的慣用手段，就像對待她的兩位表姊和其他的女人一樣。

她感覺他想避開大家跟她說話，整個晚上，他都在尋找這樣的機會，但她總是設法躲開，不給他任何機會。

最後，芬妮內心的不安總算要結束了，還好結束得還不算太晚，因爲他說要走了。芬妮一聽這話如釋重負，而他卻轉過臉來向著她，對她說：「妳有什麼東西要給美莉嗎？要不要回信給她？如果她什麼都收不到的話會失望的，給她回個信吧！就算只有幾句也行啊！」

「當然，我這就去寫。」芬妮嚷道，匆匆站起來，急切地想走開，以擺脫這種窘迫的處境。

於是，她走到經常替姨媽寫信的桌邊，提筆準備寫信，但又不知道寫什麼好。美莉的信，她只匆匆看了一遍，而且根本沒弄明白其中的意思，現在要回信，眞讓她傷腦筋。她從沒有寫過這種信，幸而時間很緊，如果認眞琢磨的話，她根本就無從下筆。現在，她考慮不了那麼多，得立即寫點什麼出來才行。

此時，她心裡只有一個念頭，那就是必須明確表明自己的態度，不要讓對方看了信以爲她眞的有意。於是，她動筆寫起來，整個身心都在激烈地顫抖。

親愛的美莉：

妳對最親愛的威廉的事表示祝賀，我非常感謝！至於信的其他內容，對我來說，沒有一點意義。我深深感覺自己不配，希望以後不要再提此事。

我和亨利相識已久，對他的爲人十分了解，如果他也同樣了解我的話，應該不會有此舉動。倉皇就筆，不知所云，倘若不再提及此事，將不勝感激。承蒙來信，謹致謝意。

至於結尾到底寫了些什麼，她在慌亂中也記不清楚了，因爲她發現亨利以拿信做藉口，正向她走來。

「不要以爲我是來催妳的！」看她驚惶失措地將信折好裝封，他便壓低聲音說：「妳不要急，我並沒有要催妳的意思。」

「謝謝你，我已經寫完了，剛剛寫完，馬上就好了。非常感謝你將這封信轉交給美莉。」

他只好接下芬妮遞過來的信。芬妮立刻轉頭向大家圍坐的爐邊走去。無奈的亨利只好走掉了。

芬妮覺得從來沒有像今天這樣激動過，既有高度的快樂，又有極深的痛苦。不過，好在快樂總是時時存在的，不會隨著今天的消失而消失。因爲她天天都會爲威廉的晉升而快樂；至於痛苦，她希望能一去不復返。

她知道她的信寫得糟透了，語句組織可能還不如一個孩子。但這也是沒辦法，誰讓她那麼心煩意亂，根本就不可能仔細推敲。不過，至少這封信能讓他們明白，亨利的百般殷勤既不會讓她上當受騙，也不會讓她自鳴得意。

曼斯菲爾莊園　第三卷

1

第二天早晨醒來的時候，芬妮又想起了亨利，她也同樣記得她那封信的大意，對這封信可能產生的效果，仍然像昨晚那麼樂觀。現在她最大的願望，就是巴不得亨利能遠走高飛。

本來他就是要走的，按他的安排，這次他重返曼斯菲爾是爲了接他妹妹，只是她不明白他怎麼還不走，一定不是爲了美莉，她根本不願意在這裡多待些時日。本來昨晚亨利來做客的時候，她就希望能聽到他到底哪天走，而他只是說不久便要起程。

就在她滿意地認爲她的信產生了預想的效果時，她突然看見亨利向大宅走來，並且與昨天一樣早，不由得大驚失色。或許他這次來與她無關，不過，她認爲最好還是避開他。於是，還沒下樓的她決定繼續待在那裡，等他走了再說。還好在今天羅禮士太太在家，用該她出場的時候不太多。

她忐忑不安地坐了一陣，顫抖地聽著動靜，時刻擔心著有人來叫她。過了一會兒，因爲沒有聽到腳步聲向東樓走來，她才漸漸鎮靜下來，並坐下做起了活兒。希望不管亨利來或去，她都用不著理會。半個小時過去了，她的心放了下來，但就在這時，她突然聽到一陣腳步聲。聲音很重，這附近不常聽到這聲音，這是姨父的腳步聲。對這腳步聲，她非常熟悉，就像熟悉他說話一樣。以前，她一聽見這個腳步聲就發抖，而現在，想到他來這裡一定是有話跟她說，不由得又顫抖起來。不管姨父要說什麼，她都覺得害怕。

來的正是湯瑪斯爵士。他推開了門，問她是不是在屋裡，他可不可以進來。芬妮感覺他似乎又來考她的法語和英語了，以前他偶爾來到東屋的那種恐懼又出現了。

她盡量表現得受寵若驚的樣子，恭敬地搬了把椅子請他坐。由於心神不定，她並沒有注意這房間與其他房間有什麼不同，但，湯瑪斯爵士發現了差異，他吃驚地突然停住腳步問：「妳今天爲什麼沒生火呀？」

外面白雪紛飛，芬妮披了條披巾坐在那裡，呑呑吐吐地說：「我不冷，姨父。這個季節我從不在這裡久坐。」

「那妳平時生火嗎？」

「也不生火，姨父。」

「怎麼會這樣。我以爲妳來這間房間是爲了取暖，因爲妳的臥室裡沒法生火。這裡沒生火，妳這樣坐在這裡很不好，就算一天只坐半小時都不好。妳身體單薄，看妳凍的——妳姨媽一定不知道這種情況。」

芬妮本來不想說話的，但爲了她那位最親愛的姨媽，不得不開口，忍不住地說了幾句，其中提到了「羅禮士姨媽」。

「我明白了！」姨父知道是怎麼回事了，不想再聽下去，便大聲說道：「我明白了！妳羅禮士姨媽向來認爲對孩子不能嬌慣，但是任何事都要有個度。因爲她自己過得苦，自然就會影響她對別人需求的看法。對她這種一貫的看法，我完全能理解，原則並沒有什麼錯，不過，我認爲對妳可能做得太過分了。當然，在某些問題上，有時候是不可能，也不應該做到一視同仁的。不過，芬妮，我想妳不會因爲這記恨的。我對妳的印象很好，妳是個聰明人，遇事不會只看一面。對過去的一切，妳會全面地去看待、去面對。

「妳要考慮到不同的時期，不同的人，不同的機遇，妳將會覺得那些教育妳，爲妳準備中等生活條件的人們都是妳的朋友，因爲這些條件似乎是妳命中註定的。就算他們的小心謹慎最終證明沒有必要，但他們的用心是善良的。妳要相信，雖然被迫吃點小小的苦頭，受點小小的約束，到了富足的時候就能更加快樂。不管什麼時候，妳都要用應有的敬重和關心來對待羅禮士姨媽。我很看重妳，我想妳是不會辜負我的。親愛的，坐下，我要和妳談一會兒，不會占用妳太多時間。」

「妳也許還不知道，今天上午我接待了一個客人。早飯後，我回到房裡不久，亨利就來了，我想他來找我的目的，妳大概知道的。」

芬妮的臉越來越紅，姨父見她非常窘迫，話也說不出，頭也不敢抬，便不再看她，講起了亨利的這次來訪。

亨利是來求婚的，他說他愛芬妮，請求姨父答應。因爲他老人家似乎在履行著父母的職責。他的表現非常有禮、坦誠、大方和得體，而姨父的答覆和意見又很妥當。於是，對他們談話的細枝末節，湯瑪斯爵士欣喜不已地介紹起來，根本沒有注意外甥女的態度，以及她心裡的想法。

在他看來，這次談話的詳情，不僅僅他樂意講，外甥女更樂意聽，因此他滔滔不絕地說著。對此，芬妮不敢打斷他，也不想去打斷他。她現在心裡亂糟糟的，換了個姿勢，定定看著一扇窗戶，聽姨父講著，越來越感覺惶恐不安。

姨父已經停下來了，她竟沒有察覺。他站起身，對她說道：「芬妮，我已經完成了我的部分使命，給妳打下了最牢固的、最如意的基礎，這妳已經看到了。現在，我的使命就是勸妳陪我一起下樓，或許妳已經料到了，亨利還沒有走。雖然我認為剛才陪我說話，妳不會討厭，不過，樓下會有一個說話更動聽的人陪你，他在我的房裡，他希望在那裡見見你。」

芬妮一聽這話，頓時花容失色，驚叫一聲，讓湯瑪斯爵士嚇了一大跳。不過，最讓他吃驚的還是她激烈的言詞：「不！姨父，不行！我不能下樓見亨利！真的不能！我昨天已經跟他說清楚了，他應該明白，他一定明白。昨天他跟我說過這件事，當時我就明確地告訴他，我根本不同意，無法回報他的好意。」

「我不明白妳的意思。」湯瑪斯爵士說道，又坐下來：「無法回報他的好意？這是怎麼回事？我知道他昨天對妳講過，並從妳這裡得到了鼓勵。從他的話中，我了解你當時的表現，感到非常高興。妳對此很謹慎，頗值得稱道。不過，現在他已經鄭重其事地提出來了，真心實意地提出來了，妳還有什麼顧慮呢？」

「姨父，你搞錯了！」芬妮嚷道。她心急火焚，也顧不得許多了。「你完全搞錯了！他怎麼能這樣說呢？昨天我根本沒有鼓勵他。實際上，恰恰相反，我對他說──具體說了些什麼我記不太清了。但是，我一定對他說過，我不願意聽他講，求他不要對我說那些話，我實在不願意聽。我這樣對他說過了不止一次。

「如果當時我知道他是當眞的話，還會多說幾句。但是，我不敢相信他眞的會對我有什麼意思。我不願意那樣想，不願意想他會有更多的意思。我當時覺得，對他來說，不過說說而已，過了就算了。」

她幾乎透不過氣來，再說不下去了。

湯瑪斯爵士沉默了一會兒，然後問道：「妳意思是說，妳要拒絕克萊福先生？」

「是的！姨父。」

「拒絕他？」

「是的！姨父。」

「拒絕亨利！什麼理由？什麼原因？」

「我——我不喜歡他，姨父，我不能嫁給他。」

「眞奇怪！」湯瑪斯爵士語氣平靜但略有不快：「我有點難以理解。向你求婚的這位年輕人，各方面都很優秀，不僅有地位、有財產，而且人品好，待人和氣，討人喜歡，妳應該是了解的，你們又不是第一次見面，已經交往過一段時間了。

「他的妹妹還是妳親密朋友，而且，他還幫了妳哥哥那麼大的忙。且不說他的其他好處，單憑這一點，也該打動妳的心吧！如果靠我的關係，威廉什麼時候才能得到晉升都很難說，而他這麼快就把這事辦成了。」

「是的！」芬妮沮喪地說，難為情地低下頭。經姨父這麼一說，她真是覺得自己不喜歡亨利簡直是可恥。

湯瑪斯爵士接著又說：「亨利對妳的態度特別，妳應該有所察覺的。我想妳一定早就察覺了，對他的求婚，妳不應該感到意外。他向妳獻殷勤，妳也一定注意到了。雖然妳接受他的殷勤時表現很得體（在這方面我無話可說），可是我從沒見你討厭過。芬妮，我倒是覺得，對妳的情感，妳可能並不完全了解。」

「姨父，我完全了解，但我不喜歡他的殷勤。」

湯瑪斯爵士更加吃驚地看著她：「我無法理解！」他說：「為什麼？妳這麼年輕，幾乎沒遇見過什麼人，不會妳心裡已經——」

他停下來，兩眼直盯著她。見她臉漲得通紅，像是要說不，卻又沒有說出來。一個靦腆的女孩露出這樣的神態，有可能是由於純真無辜的緣故。為此，他顯出滿意的樣子，很快又說道：「我知道這是不可能的，完全不可能。好了，不說這事了。」

他沉默了，他在沉思。他外甥女也在沉思，以便鼓足勇氣、作好準備，應付他進一步的盤問，但是她寧願死也不會說出真情。她希望調整一下思緒，無論如何不能洩露出自己的祕密。

「我對這件事表示贊成，除了被亨利看中可能帶來的好處之外，」湯瑪斯爵士又用非常沉靜的口吻說道：「另一方面，也是因為他願意這麼早結婚。我認為年輕人只要結得起婚，就應該早些結婚。我認爲每個有足夠收入的年輕人最好過了二十四歲就結婚。但讓我感到遺憾的是，我的大兒子，你的表哥湯姆卻不能早點結婚。在我看來，目前他根本不打算結婚，如果他能定下來就好了。」說到這看了芬妮一眼，「至於艾德蒙，無論從氣質來看，還是從習性來說，都可能比他哥哥早點結婚。說眞的，最近我覺得他好像遇上了意中人，我相信我的大兒子還沒有。我說得對嗎？妳是不是同意我的看法，親愛的？」

「我同意，姨父。」

這話說得很溫柔，又很平靜，看起來她不會對哪一位表哥有意。於是，湯瑪斯爵士不再起疑心。不過，這並不能給外甥女帶來什麼好處，由於她無法解釋爲什麼要拒絕亨利，就更讓湯瑪斯爵士不高興了。

他站了起來，在房間裡走來走去，眉頭緊鎖。雖然芬妮不敢看他，不過，她卻能夠想像他的樣子。過了一會兒，他用威嚴的口吻說：「孩子，妳是不是認爲他的脾氣不好？妳有什麼理由嗎？」

「沒有。姨父。」

芬妮很想說：「我有理由認爲他品行不好。」但是，想到說出來後一定會引起的爭辯和解釋，以及一切可能的麻煩，就沒有勇氣說了，況且，她也不一定能說服姨父。她對亨利的負面看法，主要是憑自己的觀察所得，因爲關係到兩位表姊，所以她不敢把實情說出來

她原以爲姨父目光敏銳，誠實、公正，對於這樣一個人，只要老實承認自己確實不願意就

行了，然而，她發現事實並不是這樣，這讓她很傷心。

她可憐地坐在桌邊，湯瑪斯爵士向桌子走來。她戰戰兢兢地看著他，只見他板著鐵青的臉，冷冰冰地說：「看來跟妳說也沒用，我想最好結束這場讓人難堪的談話，不能讓亨利再等下去了。不過，對妳的這種行爲，我想我有責任表明我的看法，妳的個性並不是我原來所想的那樣，妳辜負了我對妳的所有期望。

「芬妮，我回到英國後，對妳的印象非常好，我想從我對妳的態度，妳一定可以看出來。我原以爲妳不任性、不自負，也沒有獨立的個性。現在很流行獨立個性，眞是讓人反感，讓人厭惡。然而，今天我從妳的身上看出，妳也會任性，也會倔強，而且自行其是，一點也不尊重、不考慮那些有權指導妳的人們所提出意見，甚至根本不徵求他們的意見。從妳的這些行爲中可以看出，妳一點都不像是我想像的那樣。

妳在考慮這個問題的時候，心裡想的就只有妳自己，卻沒把妳的家人、父母、兄弟姊妹放在心上，根本就沒有爲他們著想。至於攀得這門親事會讓他們多麼高興，讓他們得到多大的好處，對妳來說都無所謂。

「妳斷然拒絕亨利，只是因爲妳覺得從他那裡感受不到年輕人幻想中的美滿姻緣應有的激情，妳甚至都不願用點時間稍稍考慮，不願用點時間冷靜地稍微再考慮一下，仔細再想一想。任憑自己一時愚蠢的衝動，放棄了一個解決婚姻大事的機會。這麼體面、高貴的親事，也許妳永遠再也碰不到了。

「向妳求婚的這個年輕人，有頭腦，有教養，人品好，脾氣好，又有錢，還特別喜歡妳，這眞是太難得了！我告訴妳吧，就算妳在這個世上再活個十八年，也不會碰到一個能有亨利一半財產，或有他十分之一優點的人向妳求婚。

「我願意把我兩個女兒中的任何一個嫁給他，當然啦，美莉已經嫁給了一個高貴人家，如果克萊福先生向茱莉雅求婚的話，我一定會把茱莉雅許給她，比把美莉嫁給萊斯渥先生還讓我高興。」

停頓了片刻，他又說：「如果我的哪個女兒遇到一門親事，如果她不徵求我的意見，就立即斷然拒絕，我會非常吃驚的這種做法不僅讓我訝異，也讓我傷心。我認爲這是大逆不道。但是，我不會用這個標準來要求妳。不過，芬妮，如果妳覺得妳沒有忘恩負義的話——」

他停下來，這時，芬妮已經哭得傷心欲絕。雖然湯瑪斯爵士怒氣衝衝，但也沒法再責怪下去。姨父竟然把她看成任性、固執、自私、忘恩負義……的人，她的心都快碎了！這麼多、這麼重的罪名，她怎麼承受得了。現在，她辜負了他的期望和對她的好感，她該怎麼辦呢？

「我很抱歉！」芬妮淚流不止，口齒不清地說：「我眞的很抱歉。」

「我希望妳會感到抱歉。妳也許會爲今天的行爲一直心懷抱歉。」

芬妮又強打精神說：「我深信我絕不會讓他幸福的，而我自己也會很痛苦。」淚水再次湧了出來。

雖然她很傷心，雖然她態度很堅決，還用了「痛苦」這樣激烈的詞語，並且爲此痛哭不止，但湯瑪斯爵士卻認爲她哭成這樣子，或許態度會有所改變，不再那麼執拗；他還想：如果讓那位年輕人當面來求婚，或許效果會好得多。

他覺得在這種情形下，只要求婚人追得緊一點，多堅持一會兒，再多一點耐心，絕對會有效果的。他知道芬妮非常羞怯，非常緊張，只要這位年輕人眞心愛芬妮，能鍥而不捨地堅持下去，或許還是有希望的。湯瑪斯爵士這樣想著，心裡不禁高興起來。

「好了！」他用適度的嚴肅而又不那麼氣憤的口吻說道：「孩子，好了，把眼淚擦乾吧！流淚沒用，也不會帶來好處。妳現在跟我一起下樓去，亨利已經等很久了，妳得親自去回答他，不然他不會滿意的。他一定是誤會了！對他來說，這的確很不幸，妳得去跟他解釋清楚。」

可是，芬妮一聽說要下樓去見亨利，顯然很不願意，看起來很痛苦的樣子。湯瑪斯爵士想了想，也只好由她了。湯瑪斯爵士認爲，他們是沒有什麼希望了！不過，看著外甥女都哭得不成樣子了，覺得這樣去見面也不太妥當，因此，說了幾句不關緊要的話後，便一個人離開了，丟下外甥女一個人可憐兮兮地坐在那裡，爲剛才發生的事情哭泣。

芬妮的心情眞是亂到了極點！一切都那麼可怕，過去、現在、未來——不過，最讓她痛苦的還是姨父發的脾氣。在他眼裡，她竟成了自私自利、忘恩負義的人！她會永遠爲此傷心的。沒人袒護她，沒人給她出主意，沒人幫她說話，她唯一的一個朋友還不在家，如果他在的話，或許會勸父親消消氣，但是這裡所有的人，也許都認爲她自私自利。

她知道周圍的人會永遠這樣責備她，她必須要忍受這樣反覆不斷的責備。這是她看得見，也聽得著的。她不由得開始憎恨起亨利來。

約過了一刻鐘，姨父又回來了。芬妮一看見他，差點暈過去。不過，這次他說話和氣了許多，沒有那麼嚴厲，也沒有再責備她。不管態度還是言語，姨父都讓她有被安慰的感覺。

他說：「亨利已經走了，剛剛才離開。至於我們剛才談了些什麼，我想用不著再重複了。爲了不影響妳的情緒，我就不告訴妳他的想法了。我只想說一句，他極有風度又慷慨大度，這樣的風度更加堅定了我對他理智、心地和性情的極好印象。他知道妳的心情後，馬上體貼地說不再堅持見妳了。」

芬妮本來抬起了眼睛，一聽這話，又把頭垂下去：「當然——」姨父繼續說：「他希望能單獨和妳談一談，哪怕五分鐘也好。這個要求合情合理，無法拒絕。不過，還沒有說定時間，或許明天，或者等妳心情平靜以後。現在妳要設法讓自己平靜下來，不要再哭了，會哭壞身體的。如果妳是我想像中的那樣，願意接受我的意見的話，那就不要放縱這種情感，而要盡可能理智些、堅強些。

「我勸妳到外邊走走，新鮮空氣會對妳有好處。灌木林裡沒有別人，妳可以在礫石路上走上一個鐘頭，新鮮空氣和戶外活動會讓妳慢慢好起來的。芬妮（又回過頭說）我不想在樓下提剛才的事，就是妳伯特倫姨媽，我也不打算說。這樣讓人失望的事沒有必要到處宣揚，妳自己也別講。」

這眞是讓芬妮求之不得的命令，她當願意聽從。她深深領會姨父的這片好意，從心底感激他。這樣她就可以不再聽到羅禮士姨媽沒完全沒了的責任啦！她的責任比什麼都讓人難以忍受，就算是與亨利見面也沒有那麼可怕。

她聽了姨父的話後立即走到戶外，而且盡量按照姨父的要求，止住了眼淚，並設法讓自己平靜下來，堅強起來。她想向他證明，她的確想讓他高興，想重新獲得他的好感。而且，她現在有一個強烈的願望，要向兩位姨媽徹底瞞住這件事。不要讓自己的外表和神態引起她們的疑心，這是當務之急。只要能不聽到羅禮士姨媽的責任，讓她做什麼都行。

散步回來，她走進東屋的時候，不由得吃了一驚，而且是大大地吃了一驚。她一進屋，一爐熊熊烈火映入她的眼簾。生火啦！這簡直是過分嘛！恰恰在這個時候，對她這麼好，讓她感激得到了痛苦的地步。她心裡納悶，湯瑪斯爵士怎麼會把這樣一件小事，放在心上。但是，不久，來生火的女僕主動告訴她，湯瑪斯爵士吩咐過了，以後天天這裡都要生火。

「如果我真的忘恩負義的話，那眞不是人啊！」她自言自語地說：「願上帝保佑我，可不要忘恩負義啊！」

直到吃飯的時候，她才見到羅禮士姨媽和姨父。姨父盡可能地像往常一樣待她，她相信姨父一定不想出現任何變化，只是她的良心在起著微妙的變化。不久，大姨媽就對她嚷了起來。當她聽出大姨媽只是因爲不跟她說一聲就跑出去散步而罵她，不由得鬆一口氣，越來越覺得應該感謝姨父的一片好心，讓她免受因那個重大的問題而帶來的責任。

「如果我知道妳要出去的話，就會讓妳到我家替我吩咐南妮幾件事。對妳來說，到灌木林散步與到我家都一樣。」她說：「結果呢，我不得不親自跑這一趟。如果妳跟我說一聲要出去，我就不會白白地辛苦這一趟了。你看不見嗎？我忙得簡直抽不出身來。」

「是我建議芬妮去灌木林的，那裡乾燥些。」湯瑪斯爵士說。

「噢！」羅禮士太太克制了一下說：「湯瑪斯爵士，你眞是太好了。可是，我向你保證，去我家的路也非常乾，芬妮往那裡走一趟也沒問題，而且還能幫姨媽做點事兒。這都怪她，如果對我們說一聲她要出去——不過，芬妮的確有些與眾不同，只要有可能，就獨自去散步。以前我對此就有所察覺，發現她總是喜歡獨自行動，不願意聽別人的吩咐。我想我應該勸她改改這種神祕、獨立、冒失的毛病。」

這樣的看法，雖然今天湯瑪斯爵士也同樣表示過。不過，他覺得大姨媽這樣指責她並不公平，一直想轉換話題。但是，由於羅禮士姨媽反應遲鈍，不管以前還是現在，在任何時候，她都看不出他多麼看重外甥女，多麼不想讓別人貶低外甥女，來突出他自己的孩子。所以，他一次次的努力都沒有成功。爲了芬妮這次自私的散步，她一直不停地絮叨，忿忿地數落了半頓飯工夫。不過，她終於罵完了。

雖然經歷了上午那場風暴，但隨著夜幕的降臨，芬妮感覺心情比預想的要平靜、快樂一些。不過，現在她想明白了，首先，她深信自己這樣做是正確的，動機是純潔的，她的眼力並沒有將她引入歧途。

其次，她認爲隨著時間的流逝，姨父的不快也逐漸消失。而且，要是他能公正地思索一下的話，他的不快會消失的更快。凡是好人都會認爲，沒有愛情的婚姻是多麼可悲，多麼可鄙，多麼無望，多麼不可原諒。她想姨父最終也會這樣認爲的。

她想等明天所擔心的會面過去後，這個問題就可以結束了。而且只要亨利一離開曼斯菲爾，一切都會恢復正常，就像什麼事都沒有發生過一樣。她相信亨利對她的情意不會折磨他多長時間，倫敦會讓他很快打消他對她的情意。因爲他正是那樣一種人。或許，他到了倫敦後，很快就會對自己的癡情感到莫明其妙，一定會慶幸她頭腦清醒，沒有讓他陷入不幸。

就在芬妮沉浸於這種期望的時候，茶後不久，姨父被叫了出去。本來這是很平常的事，並沒有引起她的注意，她也沒有放在心上。可是十分鐘後，男管家又回來了，並逕直向她走來，說道：「小姐，湯瑪斯爵士想在他屋裡和你談談。」

這時，她心裡想著在那裡可能發生的事，臉色一陣蒼白。不過，她還是立即站了起來，準備隨時聽候吩咐。就在這時，羅禮士太太大聲叫道：「芬妮，別走！不要這麼急急忙忙的。妳要這要幹什麼呀？妳想去哪兒？妳別急，一定不是叫妳，而是叫我。妳也太愛搶風頭了，湯瑪斯爵士叫妳幹什麼？（看了看男管家）巴德利，是找我吧？我這就去。巴德利，我敢說一定是我。湯瑪斯爵士叫的是我，不是普萊斯小姐。」

可是，巴德利果斷地說：「不，太太，叫的是普萊斯小姐，確實是普萊斯小姐。」接著微微笑了笑，似乎在說：「你去有什麼用。」

羅禮士太太討了個沒趣，只好強作鎭靜，又做起活兒來。芬妮忐忑不安地走出去，正如她所擔心的那樣，很快她就發現，她正跟亨利單獨在一起。

2

這次談話並不像芬妮想得那麼簡短，也沒有像她所想的那樣解決了問題。亨利正像湯瑪斯爵士所希望的那樣，準備堅持不懈地追求自己的目標。他是不會這樣輕易就被打發掉的。

起初他盲目地認爲她是愛他的，只是她對自己的這種感情沒有意識到而已。後來的情形使他不得不承認她對自己的感情毫不含糊，但他又自負地認爲，一定會讓她愛上他的，只不過早晚而已。

他墜入了情網，深深地墜入了情網。由於他始終懷著一種積極樂觀的態度，所以，他的這種愛就顯得十分濃烈。而正是由於受到了芬妮的拒絕，他才覺得這份愛的可貴，得之不易，也讓他更加下定了決心。對他來說，讓她愛上自己，是既榮耀又幸福的事。

他不會因爲拒絕而絕望，更不會就此罷休。他會百折不撓地追求她，愛她。他這麼做有充分的理由，她人品好，能夠滿足他對持久幸福的強烈嚮往。她的拒絕充分說明了她是一個不貪心的、性情嫻淑（他認爲這是她最爲難得的氣質）的女子。這更加激起了他的強烈願望，堅定了他的決心。

然而，他不知道他要征服的這顆心早已另有所屬。他認爲她情竇初開，心靈像她妙麗的姿容一樣清純，一樣討人喜愛。這樣的心靈自然很少想這種事，所以，絕對不會有這樣的危險。他還認爲她生性靦腆，對他的百般殷勤根本無法領會，以致覺得他的求婚來得太突然，太出乎她的意料，使得她一時不知所措。

一旦她理解了，他不就成功了嗎？對此，他非常有自信。像他這樣的人，不管愛上誰，只要堅持下去，一定會有回報的，而且花不了多久時間。想到不久以後，就會讓她愛上自己，他不由得滿心歡喜，對暫時沒達成心願也不覺得有多麼遺憾了。對亨利來說，遇到點小小困難並不是什麼壞事，只會更加激發起他的熱情。以前他獲取姑娘們的心太容易了，現在第一次遇到這樣的情況，讓他更有衝勁。

對芬妮來說，她長這麼大就很少遇到順心事，因而這件事也沒有讓她感覺不愉快，只是覺得這一切不很可思議。在她被迫說出那番話後，她發現他仍執意堅持。她眞是無法理解，他的臉皮怎麼會這麼厚。她對他說，她不愛他，不可能愛他，而且一定永遠也不會愛他。這是絕不可能改變的，現在、以後都不會改變。

她還說，這件事讓她很痛苦，求他永遠不要再提了。現在就讓她離開，這件事就算了結了。但是，對方還在逼問她，她又不得不再次重申，她認爲他們是完全不同的，無論從性格、教養，還是從習慣來看，根本就不相配，兩人不可能相愛。

她說這些話的時候，非常情眞意切，卻一點用都沒有。他連忙否認兩人的性情沒有什麼不合的，兩人的境況也沒有什麼不配的，他甚至明確地宣布：他仍然愛她，仍然抱著希望！

雖然芬妮對自己的想法相當清楚，可是卻拿不準自己的舉止。她並不知道自己的舉止過於文雅，而掩蓋了她堅定不移的決心。她羞怯、感恩、溫柔，每次回絕的時候，給人的感覺好像在自我克制，把自己弄得跟他一樣痛苦。

在她看來，現在的亨利已經不是原來的亨利了，不是那個與瑪麗亞偷偷摸摸，又陰險又狡詐，用情不專一的亨利了。原來的那個亨利讓她厭惡，她不願意見他，也不願意搭理他，覺得他身上沒有一點好的德行，雖然討人喜歡，但她卻一點都不覺得。

而現在這個亨利卻成了這樣子：眞誠地向她求婚，對她懷著熾熱無比的愛，他的感情看起來眞摯、赤誠；他認爲因愛情而結婚無比幸福。他滔滔不絕地述說著她的種種優點，一再地表述他對她的感情，用盡一切可能想到的詞語，轉變成一個才華出眾的人；他用他的語言、腔調和神情向她證明，他之所以愛她是因爲她溫柔，因爲她賢慧。不過，對芬妮來說，更重要的是，他現在是幫助威廉晉升的亨利呀！

這些明顯的變化，這些欠下的人情，必然要影響她的抉擇。現在她不可能像在索瑟頓庭園和曼斯菲爾劇場那樣，爲維護貞潔的尊嚴而蔑視他。他現在有權要求她對他另眼相待，而她必須對他謙恭有禮，必須對他憐憫有加。無論看在哥哥的分上，還是看在自己的分上，她都必須以感恩之心對待。

這樣一來，她回絕他的時候，充滿了憐憫和焦慮，言語之中夾雜著許多的感激和關切。在這種情形下，對盲目自信的亨利來說，她是不是仍堅定拒絕就很值得懷疑。所以，在談話結束的時候，他一再宣稱要鍥而不捨、再接再厲、百折不撓地堅持下去。

亨利很不情願地讓她走了，從他臨別的神情上看出，他絲毫沒有絕望，他並非心口不一，看來要他變得理智些，是沒有什麼希望了。

見他這樣子自私狹隘的胡攪蠻纏，芬妮惱怒了。現在他又變成了原先那個讓她吃驚的，令她厭惡的傢伙，既不體諒他人，又不尊重他人。這正是先前那個讓她不屑的亨利的德性。一個沒有情意的人！只要自己快活，他可以完全不講人道，沒有人情，這樣子的人是不會講什麼道義準則的，他向來不都是如此嗎？就算她的感情沒有另有所屬，也許本不該另有所屬，但他也永遠別想得到她。

芬妮坐在樓上，一邊體會著爐火給她帶來的過於奢侈的享受，一邊想著剛才的事，眞實的情節讓她感覺悲哀。過去和現在發生的一切都讓她驚訝，她在猜想接下來又會發生什麼事，但因爲緊張不安，根本就想不出什麼，只知道自己無論如何也不會愛上亨利。她坐在溫暖的爐火邊，這樣左思右想，倒也挺愉快。

對於兩個年輕人交談的結果，湯瑪斯爵士也只好等到第二天再了解了。他希望情況會好一些。第二天，他見到了亨利，聽了他的講述之後，他失望了。他覺得像亨利這樣的年輕人，對芬妮這樣性情溫柔的姑娘，懇求了一個鐘頭，應該會一點效果才對。但他很快又感到了安慰，因爲這位求婚者態度非常堅決，充滿信心地準備堅持下去。見當事人都這樣有信心，他也沒什麼不放心的了。

凡是有助於促成這件好事的，比如禮貌呀、讚揚呀，以至於關照等等，湯瑪斯爵士都在所不辭。他非常讚賞對亨利的堅定不移，對芬妮，他也是連連稱讚，認為他們兩人的結合是世上最為完美的事。而且不論現在還是將來，曼斯菲爾莊園隨時歡迎亨利的到來，想什麼時候來就什麼時候來，完全由他自己決定。他外甥女的家人和朋友，以及一切愛她的人，在這件事上都只有一個想法，一個心願，都會朝著一個目標努力。

凡是能發揮鼓勵作用的話，他幾乎全都說了，而對每一句鼓勵的話，對方也都非常歡喜、非常感激地接受了。臨別時，兩人成了最好的朋友。

看著這件事已經有了很穩妥的、很有希望的基礎，湯瑪斯爵士暗自得意，決定不再強求外甥女，不再公開表示干涉。對芬妮這樣性情的人，影響她的最好辦法就是多關心她。對家人的心願，她是非常清楚的，如果一家人對她寬容些，就可能促成這件事。

基於這個原則，湯瑪斯爵士再一次與她談話的時候，為了打動她，便以溫和而嚴肅的口吻說：「芬妮，我又見到亨利了，從他那裡我了解你們之間的情況。我覺得他的確很不同，不管怎樣，他對妳的情意都非同一般，我想妳應該知道的。只不過妳還年輕，對短暫多變的愛情，了解不是很多，所以，對他碰了釘子還這麼鍥而不捨，妳就不會像我這樣感覺驚歎。這的確難得，他完全是眞心眞意的，或許他這樣做沒什麼好讚賞的，也不值得讚賞，不過，他做出的這種正確選擇，使他的堅定不移顯得非常可貴。如果他選擇的對象不夠好，那麼，對他這種鍥而不捨的精神，我也會不以為然的。」

「亨利竟然還要堅持下去！說實話，姨父——」芬妮說：「我對此感到很遺憾。我知道，我完全不配這樣的抬舉，他這樣做也給了我很大的面子。不過，我相信，而且也對他說過了，我永遠也不會——」

「親愛的——」湯瑪斯爵士打斷她的話：「沒有必要說這些了。對於妳的想法，我完全了解；而對我的心願和遺憾，想必妳也非常清楚。所以，我們沒有必要再說什麼，再做什麼。從現在起，我們不再談這件事了，妳不用再擔心什麼，也用不著為此心神不安。妳不要以為我會勸妳違背妳的意願嫁人。我只是為妳的幸福和利益著想，除此之外，我對妳沒有什麼別的要求。

只不過，如果亨利來勸妳，說你們的幸福和利益並不衝突的時候，我希望妳能聽他他說下去，這對妳並沒有什麼妨害，至於他這樣做有什麼後果，那是他自找的，與妳沒有一點關係。妳我已經答應他了，不管他什麼時候來，妳都要見他，就像以前一樣，當作沒發生過這件事。妳和我們大家一起見他，態度還和以前一樣，把不愉快的事盡可能地忘掉。再說，他很快就要離開北安普敦了，即使是一點小小的委屈，以後也不會常有了。將來會怎麼樣很難說，現在嘛，芬妮，這件事在我們之間算是了結了。」

在姨父的這番話中，唯有亨利的離去讓她感到高興。雖然對姨父的和言好語、包容頗為感動，但她的頭腦還是十分清醒。她知道姨父對許多眞相並不了解，所以她能夠理解他現所採取的態度，不過，如果指望他體貼什麼兒女之情，那無疑是異想天開，從他把瑪麗亞亞嫁給萊斯渥先生這件事上，就可以看出來。不管怎麼樣，她必須盡到自己的本分，也希望隨著時間的推移，會比較容易做到這點。

雖說她只有十八歲，卻能認定亨利對她的愛不會持久。她想，只要讓他一次次碰壁，那麼這件事遲早會結束的。湯瑪斯爵士本來不想再提這件事，但他又不得不再次向外甥女提出來。因爲他準備把這件事告訴她的兩位姨媽，想讓她事先有個準備。其實，他並不想讓她們知道，但是現在他不得不告訴她們，因爲亨利好像根本就不想對這事有所遮掩。

對亨利來說，他就喜歡跟姊姊和妹妹談論他的事，尤其是在情場上得意的消息，隨時都會通報兩位有見識的見證人，所以，牧師府上的每一個人都知道他這件事。湯瑪斯爵士聽說後，覺得必須馬上告訴他的妻子和大姨子，雖然因爲芬妮的緣故，他並不想讓羅禮士太太知道，他與芬妮都害怕她知道這件事的後果。對她好心總是辦錯事的熱情，眞的讓他很頭痛。

不過，這一次羅禮士太太頗讓他放心，她不僅答應了他的要求，而且照辦了。她沒再多嘴多舌對待外甥女，只是臉上看起來惡狠狠的。不過，她的確很生氣，有些怒不可遏。她之所以生氣，倒不是因爲芬妮拒絕了亨利的求婚，而是因爲亨利居然會向她求婚。按理說，亨利應該向茱莉雅求婚才對，她認爲這簡直是對茱莉雅的傷害和侮辱。此外，她也不喜歡芬妮，因爲她認爲芬妮的態度怠慢。一個她一直想壓制的人受這樣的抬舉，當然會讓她氣憤。

對羅禮士太太的良好表現，湯瑪斯爵士給予了高度讚揚，認爲她在這件事上變得謹愼起來了。芬妮也很感謝她，因爲她這次總算沒有責罵她，只是給她臉色看而已。

伯特倫夫人的態度則有所不同。她一直是個美人，而且是個有錢的美人。唯有美貌和有錢能讓她敬重。因此，她得知芬妮被一個有錢人追求後，芬妮在她心中的地位就大大的提高了。芬妮將會攀上一門很不錯的親事，這讓她意識到芬妮是漂亮的（她以前一直懷疑這一點）。這個時候，她覺得能有這麼個外甥女，臉上添上了幾分光彩。

這次她還有點急切地想和芬妮單獨在一起，當屋子裡只有他們兩人的時候，她說道：「喂，芬妮！」她說話的時候，臉部表情非常有生氣。「喂，芬妮，今天上午我聽說了一件事，眞是讓我驚訝。我一定得和妳談談，只說一次。我跟湯瑪斯爵士說，我只和妳說一次，就再也不提了。親愛的外甥女，我向妳道喜。」然後，得意洋洋地望著芬妮，又補充道：「嗯，我們絕對是個漂亮家族。」

芬妮紅著臉，不知該如何回答她。後來，忽然想到她的弱點，便立即說道：「親愛的姨媽，我相信，妳是希望我這樣做的，妳當然不希望我結婚，否則誰來陪你呢？妳會想我的，對不對？妳一定會想我的，不會讓我結婚。」

「不！親愛的，在妳遇到這樣一門好親事的時候，我是不該考慮這個問題的。如果妳能嫁給一個像亨利這樣富有的人，我沒有妳沒關係。芬妮，妳要明白，每個年輕女人都應該接受像這樣一個無可挑剔的對象的求婚。」

這恐怕是八年半以來芬妮從二姨媽那裡聽到的唯一的一項建議，唯一的一條行爲準則。她無言以對，她知道爭論並不會帶來什麼幫助，如果二姨媽不同意她的意見，與她爭論也不會有什麼結果。

伯特倫夫人這時的話還眞多：「芬妮，妳聽我說——」二姨媽說：「我敢說這事是在那次舞會上發生的，他一定是在那天晚上愛上妳的。那天晚上妳眞漂亮，大家都這麼說，湯瑪斯爵士也這麼說。妳知道，那都是因爲有查普曼太太的協助，是我讓叫她去幫妳的，我很高興。這一定是在那次舞會上發生的，我要告訴湯瑪斯爵士。」

此後不久，她仍然沿著這愉快的思路，說道：「妳聽我說，芬妮，下次哈巴狗生小狗時，我送你一條小狗。我都沒送瑪麗亞呢！」

3

在艾德蒙離家的兩個多星期時間裡，家裡發生了一些重大的、意想不到的事情。當他騎馬進村時，就看見亨利和他妹妹在一起散步。對他來說，這就不是件無關緊要的事。

他原以爲他們已經離開曼斯菲爾莊園了。他之所以要在外面耽擱那麼久，就是因爲不想見到美莉。在回來的路上，他已經作好了準備，因爲他將面臨著心酸的回憶和觸景傷情的聯想。然而，當他一進村，卻看見她娟秀的身影，正依著哥哥的臂膀，出現在他的面前。就在之前，他還以爲她遠在七十英哩之外，而現在，她卻在這裡非常友好地迎接他。

這眞是出乎他的意料，即使是他想到回來會遇見她，但也不會想到她會這樣歡迎他。他本是出去辦事的，做夢也沒有想到在辦完事回來的路上，會遇到這麼歡樂的笑聲，這麼動聽的語言，這讓他心花怒放。回到家後，他很快就得知了威廉晉升的好消息。當他了解到這件事的詳情後，心心中欣喜萬分。

吃完飯後，趁旁邊沒人的時候，父親又把芬妮的那件事告訴了他。兩個禮拜以來，發生在曼斯菲爾的大事和目前的狀況，他大概都知道了。

他們在飯廳裡坐的時間比平時久一些，這一舉動自然引起了芬妮的猜疑，她猜他們一定是在談論自己。到了茶點時間，他們終於起身去喝茶了。一想到即將見到艾德蒙，她感覺自己像犯了大錯似的。艾德蒙來到她面前，坐在她身旁，抓住她的手，親切地握著。這時，如果不是大家都忙著吃茶點，只顧注意那些茶具，她覺得她一定會把自己的情感洩漏無疑。

不過，並不像她想的那樣，艾德蒙給她無條件的支持和鼓勵。他這樣做，只想讓她知道只要她感興趣的事，他都很關心；還想告訴她，他剛才聽到了有關她的事，而在這個問題上，他完全站在父親那一邊。

芬妮拒絕了亨利，他並不像父親那樣驚訝。他認為表妹絕不會看上克萊福的；所以，當他提出求婚時，她心裡毫無準備，這完全可以想像得到。不過，他比湯瑪斯爵士更看好這件事，認為這件婚事十分理想。

在深思熟慮之後，他認為這是件好事。他非常讚賞芬妮在沒有情意的情況下的種種表現，甚至比湯瑪斯爵士還要讚賞；他熱切希望，且樂觀地相信，他們會得到幸福的。一旦他們相愛後，就會發現彼此之間的性情很合適，一定會給對方帶來幸福。

他覺得亨利一開始就非常失策，顯得過於冒失，根本沒有和芬妮培養感情的時間。不過，艾德蒙相信，既然男方的條件這麼好，女方的性情又那麼溫柔，事情一定會有個圓滿的結局。現在，見芬妮神情窘迫，他便很小心地不再用言語、神情或舉動刺激她。

第二天，亨利來訪。由於艾德蒙回來了，湯瑪斯爵士便自做主張留他吃飯。亨利當然留下來了，這個面子不能不給。這下子倒讓艾德蒙有了充分的機會，觀察他和芬妮的關係到底如何。

觀察的結果是，亨利除了給她帶來窘迫不安之外，見不到兩人之間的互動。艾德蒙不明白，他的朋友爲什麼還要對芬妮窮追不捨。

當然，芬妮是值得他這麼追求的，值得一個人堅持不懈地爲她做各種努力，值得一個人爲她費盡心機。不過，如果換成他，可能早就打退堂鼓了。對他來說，不管是什麼樣的女人，如果從她的目光中看不到鼓勵的眼神，他是不會死皮賴臉地堅持下去的。他眞希望亨利看得清楚些，這是他經過認眞觀察，爲朋友得出的最適切的結論。

到了晚上，事情似乎有了點轉機，讓他看到了希望。當他和亨利走進客廳時，他母親和芬妮正坐在那裡做針線活兒，她們一聲不響，聚精會神，顯得非常沉靜。艾德蒙見了便說了兩句。

「我們並不是都這樣。」他母親答道：「剛才芬妮還念書給我聽，你們來了才把書放下的。」

桌上的確放著一本書，看樣子剛剛合上，是一本莎士比亞選集：「她經常從這些書中挑些內容念給我聽。聽到你們的腳步聲時，她正在念一段非常精彩的台辭。芬妮，那個人物叫什麼名字？」

亨利拿起桌上的書：「夫人，請讓我把這段話念完。」他說：「我很快就能找到。」他仔細翻著書，找到了那個地方。他一提到紅衣主教沃爾西（莎士比亞歷史劇《亨利八世》中的人物。）伯特倫夫人說就是這段，她感到很滿意。芬妮既不看他一眼，也不幫他，也不說對不對，只是專心專意做活兒，似乎決心對其他的事一概不理不睬。

然而，亨利的朗誦非常棒，她又非常喜歡優美的朗誦。因此，壓抑了不到五分鐘，她的注意力就被強烈的興趣吸引了過來，情不自禁地聽他念了起來。雖然，她聽過不少優美的朗讀，她姨父念得好，表哥、表姊也念得好，艾德蒙念得更美，而像亨利這樣的朗讀，她還是第一次聽到，感覺有一種獨特的韻味。

國王、王后、伯金翰、沃爾西、克倫威爾（《亨利八世》中的人物，國王即亨利八世，王后即亨利八世的妻子，伯金翰即伯金翰公爵，克倫威爾即紅衣主教沃爾西的僕人。），他依次朗讀他們的台辭，他閱讀的技巧純熟，總能隨意找到最精采的場次，以及每個角色最精采的台辭。不論是威嚴還是驕傲，不論是柔情還是悔恨，不論表達什麼，他都能表達得一樣完美。

她曾經從他的表演中第一次感受到戲劇能給人多大的享受，現在他的朗讀又讓她想起他以前的表演；但這一次她的感覺更加愉悅，因爲這次朗讀完全是她料想不到的，況且也沒有她上次看他和伯瑪麗亞同台演出時那種的心境。

艾德蒙仔細觀察芬妮的變化，感到又開心又得意。一開始，她似乎只是專心地做著手裡的針線活兒，她動作漸漸慢了下來，針線活兒竟從從手中脫落，她一動也不動地坐著。最後，她故意躲避了對方一天的目光終於落在亨利的身上，而且一盯就是好幾分鐘。直到亨利把書合上，也把目光轉向她，她這才反應過來，脹紅了臉，低頭使勁做針線活兒，又恢復了之前的樣子。不過，這短暫的目光已讓艾德蒙替他的朋友看到了希望，在亨利向他表示感謝的同時，也希望能表達出芬妮的心意。

他說：「從你的朗誦來看，你好像對劇本很熟悉，看來你一定特別喜愛的這一齣戲。」

「我相信，從現在這一刻起，他將成爲我特別喜愛的一齣戲！」亨利回答說：「我從十五歲起，就沒有讀過一本莎士比亞劇本，但記憶中我好像看過一次《亨利八世》的演出，或是聽哪個看過演出的人談起過過，我已經記不太清楚了。不過，我覺得人們常常不知不覺對莎士比亞就熟悉起來了，這也許是英國人天生的素養。在英國，莎士比亞的思想和美影響極大，幾乎處處都可以感受到他的氣息，人們自然而然地就會對他感到熟悉。一個稍有頭腦的人，只需隨便翻開他的劇本的哪個精采部分，馬上就會被捲入他思想的洪流。」

「這我也相信，很多人在很小的時候就聽說過莎士比亞了。」艾德蒙說：「他那些著名的段落經常都在被引用。在我們閱讀的書中，差不多一半都是他的引文。幾乎人人都在談論莎士比亞，都在運用他的比喻，運用他的形容詞。不過，這只是零星的了解罷了，哪裡能像你這樣充分表達他的意義呢？能完全了解莎士比亞是很不簡單的，能把他的戲劇朗誦得這麼好，這也非得有過人的才華不可。」

「你誇獎了！」亨利故作正經地鞠了一個躬。

兩位先生都瞥了芬妮一眼，看她有沒有一句半句類似的讚揚，但機率甚爲渺小，若是她能注意聽就算是讚揚了，對此他們也該知足了。

伯特倫夫人倒是表示了高度的讚賞：「簡直就跟演出一樣，可惜湯瑪斯爵士沒聽到。」

亨利聽了不禁喜形於色，連智力平庸、精神萎靡的伯特倫夫人都頗爲欣賞，那麼，她那朝氣蓬勃、富有見識的外甥女，會有多欣賞呢？自然是不言而喻。想到這裡，他不由得自鳴得意起來。

過了不久，伯特倫夫人又說道：「亨利，我認爲你很有表演天賦，我想你早晚會在諾福克的家裡建一個劇場。我是說等你在那裡定居後，你會在諾福克的家裡布置一個劇場，我眞的這麼想的。」

「夫人，您眞的這麼想嗎？」亨利趕緊嚷道：「您老人家誤解了！愛芙林姆不會有劇場的。」他說著，用意味深長的笑容看著芬妮，意思是說：「這位女士絕不會允許在愛芙林姆弄個劇場的。」

對這其中的含義，艾德蒙自然聽得出來。不過，他發現其實芬妮對此也非常明白，只是她根本不想理會他的用心。他想，這麼快就領會了他對她的暗示，這麼快就意識到了他對她的恭維，總比完全不明白的好。

兩位年輕人繼續談論著的關朗誦的話題。他們站在火爐邊，談到現在學校普遍忽視對孩子們進行朗誦訓練，致使不少頭腦聰明、見多識廣的大人們在這方面顯得粗俗無知。他們就曾經見過，這種粗俗無知在有些人身上發生令人不可思議的表現。比如，突然叫他們朗誦的時候，由於他們不會控制自己聲音，又不懂得抑揚頓挫，更缺乏判斷，以致於念起來結結巴巴的，甚至錯誤百出。這都是由於不重視這方面的教育，沒有養成習慣而導致的。芬妮又一次聽得津津有味。

「即便在我這個行道裡——」艾德蒙笑著說：「也很少研究朗誦的藝術呀！當然啦，我說的是以前，現在不同了，在二十年、三十年、四十年前，從當時的實際情況看，大多數接受聖職的人當中，都認爲朗誦就是朗誦，佈道就是佈道，但現在情況已經改變，人們開始重視這個問題，逐漸認識到即使是傳播眞理時，也需要清晰的朗誦和飽滿的精神。若跟以前相比，現在具備更多這方面的修養了。不管在哪個教堂，台下的聽眾大多有一定的見識能力，他們能辨別，會批評。」

艾德蒙接受聖職後，主持過一次禮拜。亨利知道這個情況後，便向他提出了各種各樣的問題，問他有什麼感受，主持是不是成功。他問這些問題的時候，雖然出於友好的關心，雖是快言快語問，讓人覺得隨便了些，卻沒絲毫取笑之心，輕薄之意。但艾德蒙心裡清楚，芬妮會覺得這樣似乎太唐突了，因此，艾德蒙很樂意回答他的問題。

亨利還進一步問到主持禮拜時某些具體段落應該怎樣朗誦，並對此發表了自己的意見。看來他對這方面曾有過研究，頗有見地。艾德蒙越來越高興了，他知道，這才是通向芬妮的心靈之路，因爲如果只是憑殷勤、機智和好脾氣是不會贏得她的芳心的。

「我們的禮拜儀式是很講究的。」亨利說：「即使在朗誦這一環節上隨便些，應該不會有多大影響的。不過，那些重複的地方，也需要好的朗誦才能吸引聽眾。我必須承認，至少對我來說，我聽得的時候都不怎麼專心（講到這裡瞥了一眼芬妮），二十次中起碼有十九次，我都在琢磨著這一段祈禱文該怎麼念，希望自已能拿過來念一念。妳說什麼？」

他急忙走向芬妮，用輕柔的聲音問她。她說了聲「沒有！」之後，他又問道：「妳眞的沒說什麼嗎？剛才我看到妳的嘴唇在動，我還以爲妳想告訴我應該專心些，妳不想對我這樣說嗎？」

「沒有！對你的職責你應該很了解，用不著我——」

她停下來，覺得自己有些詞不達意，儘管對方不停地追問、等待，但她就是不願多說一句話。於是，亨利又回到原處，繼續說下去，這一段溫柔的小插曲就像是沒有發生過。

「比起念好祈禱文，佈道就難多了！道詞寫得好，並不稀奇，因爲人們講究寫作技巧和規則，若要講得好卻難多了。一篇精采的佈道詞，又講得很精采的話，能給人帶來很多的快樂，也是一種享受。每次我聽到這樣的佈道，總是非常的羨慕，非常的敬佩，甚至於想接受聖職，然後自己也去佈道。

「我認為教堂講壇上的好口才，是值得讚揚和尊敬的。一個傳道者如果能把有限的、普通牧師已經講過無數遍的主題，賦予一些新鮮或是令人振奮的東西，或講一些讓人關注的內容，而又不讓人倒胃口或反感，從而打動並影響形形色色的聽眾，那他在公眾中所產生的影響與作用，是很讓人敬佩的。我就願意做這樣一個人。」

艾德蒙聽了大笑起來。

「我說真的！每次遇到一個優秀的傳教士佈道時，我都是這樣想的。不過，如果讓我來佈道的話，得有一幫倫敦的聽眾，一幫有知識的聽眾，我只講道給那些能夠評價我佈布步道詞的人們聽；或許他們希望我一連講五、六個禮拜天，但我不知道我會不會喜歡常常佈道，不過，我想我最好還是偶爾講一講就好，整個春天講一、兩次就可以了。不能常講，常講不行！」

芬妮不停地搖著頭。亨利立即來到她的身邊，拉了一把椅子緊挨著她坐下來，追問她這是什麼意思，求她說出來。艾德蒙意識到這位朋友即將開始新一輪的進攻戰了，眉目傳情和弦外之音都會一起用上。於是，他趕緊退到一個角落裡，一聲不響地轉過臉，順手拿起了一張報紙讀了起來。他衷心希望這位狂熱的追求者能夠說服芬妮，解釋一下她為什麼搖頭，好讓他感到心滿意足；他也熱切地希望自己的讀報聲，能夠蓋住兩人之間的交談聲。他讀著各種各樣的廣告：「南威爾斯最令人嚮往的地產」、「致父母與監護人」、「非常棒的、老練的狩獵者」。

這時，芬妮雖然竭力讓自己不說話，卻沒能讓自己不搖頭。她傷心地看著艾德蒙這樣的反應，盡可能在她那文雅穩重所能允許的範圍內，設法挫敗亨利，既避開他的目光，又不回答他的問題。而他是挫而不敗的，不斷地向她眉目傳情，又不停地說著弦外之音。

「你能告訴我搖頭是什麼意思嗎？」他問：「你搖頭是想表示什麼？是不是不贊成我說的話？那麼，妳反對什麼呢？是不是我說了什麼話讓妳不高興了？妳覺得我在這個問題上出言不當嗎？或太輕率呢？如果眞是這樣，妳就告訴我吧！如果我有錯就告訴我，我求妳告訴我妳搖頭是什麼意思？」

芬妮連忙說：「我求求你，不要這樣——求求你！」一連說了兩遍，絲毫沒有作用，她想走也走不了，亨利還是緊緊地挨著她，用低低的急切的聲音，繼續重複剛才問過的問題，這讓芬妮更加不安，更加不悅了。

「你怎麼可以這樣？我很訝異你怎麼能——」

「我嚇到妳了嗎？」亨利問：「妳覺得奇怪嗎？對我的請求，妳有什麼不理解的嗎？我可以跟你解釋，我爲什麼這樣追問妳，對妳的一顰一笑、一舉一動，爲什麼這樣感興趣，爲什麼這樣好奇；我不會常常讓妳覺得奇怪吧？」

芬妮忍不住微微一笑，但是沒說話。

「妳是在我說我不願意經常履行牧師職責的時候搖頭的。沒錯！就是『經常』這個詞，這個我不怕，我可以對任何人拼它、念它、寫它，我看不出這個詞有什麼可怕，妳認爲我應該覺得它可怕嗎？」

「也許吧！」最後，芬妮心裡煩得不得不開口了。總算把她逗開口了，亨利心裡高興極了，他決定讓她繼續說下去。可憐的芬妮本想狠狠責備他，讓他閉上嘴，沒想到卻犯了個可悲的錯誤。這傢伙不停地從這件事追問到那件事，把這套話換成那套話。總而言之，不管怎樣他都能找個問題請她解釋。

對他而言，這個機會實在太難得了。自從在她姨父的房裡與她見面以來，他還從沒有遇到過這麼好的機會。而且，在他離開曼斯菲爾以前，可能很難再遇到這樣的機會了。雖然伯特倫夫人就在桌子那一頭，不過，這沒什麼影響，因爲她總是處於半睡半醒的狀態；而艾德蒙則是一心一意地讀著廣告，對他也不會有任何幫助。

「喔！」在一陣提問和勉勉強強的回答之後，亨利說道：「我覺得我現在很幸福，因爲我現在更清楚妳對我的看法了。妳覺得我不夠穩重，容易受到誘惑，容易放棄，容易被一時心血來潮支配……我要向妳證明，妳冤枉我了，我的感情是可靠的。我不僅僅靠這張嘴，而要用我的行爲來爲我作擔保。

「它們會證明，只要有人有權得到妳，我就有權得到妳。當然，從人品來說，妳強過我不知多少倍，這我無話可說。妳簡直就是個天使，妳身上有些氣質超出了人們所能看見的範圍，因爲人們永遠看不到這樣的東西，而且超出了人們的想像。

「不過，我不會氣餒的。我想應該是誰最能看出妳的美德，誰最崇拜妳的人品，誰對妳最爲忠貞，誰最有權利得到妳的愛。正是基於這點，我才具有無比的信心。我想僅憑這點，我就可以得到妳，也有資格得到妳。我非常了解妳，如果妳能意識到我對妳的感情正如我的表白一樣，我就很有希望了。

「最親愛的芬妮——請原諒我現在就這樣稱呼妳，我白天想的，夜裡夢的，全是『芬妮』。對我來說，這個名字象徵著無比的甜蜜，再也找不到其他的詞來形容妳。」

芬妮再也坐不住了，她想立即走人，不管誰反對。就在這時，忽傳來一陣腳步聲，越來越近了，她鬆一口氣，總算可以解脫了。她早就盼著這腳步聲了，爲什麼一直還沒來。

艾德蒙終於可以說話了，他覺得兩人也談的差不多了，時間已經夠長了，又看到芬妮因煩惱臉脹得通紅。不過，他心想：說了這麼長時間，那位朋友也應該有些收穫吧！

4

對芬妮和亨利之間的事情，艾德蒙本來打算如果芬妮不主動說，他是絕不會提的。但由於父親的敦促，他不得不放棄了原來的打算，決定打破他們之間的沉默，利用自己的影響幫朋友出點力。

克萊福兄妹動身的日期已經確定了，而且很快就要離開曼斯菲爾莊園。在這位年輕人離開之前，湯瑪斯爵士認爲有必要再爲他做一次努力。因爲這樣他賭咒發誓的忠貞不渝，才有希望維持下去。

湯瑪斯爵士自然熱切地希望亨利能成爲對愛情忠貞不渝的典範，希望他能盡善盡美。他認爲實現這一目標的最好辦法，就是是時間不能拖太久。

對父親的要求，艾德蒙倒也樂意接受。其實，他也很想找芬妮談談，了解她心裡的想法。以前她有什麼難處，總要找他商量，但近來，芬妮明顯跟他疏遠了，總是一聲不響，一句話不說，這很不正常。他那麼喜歡她，如果不跟他講心裡話，他可是受不了。

他希望能幫幫她，而且認爲也只有他才能幫她，除此之外，她根本沒有什麼人可以說說心裡話，所以，他相信他一定能幫上她的忙。就算她不需要他出主意，但能聽她說一說，對她也是個安慰呀！他必須打破他們之間的局面，他心裡明白，芬妮也需要他來打破這個局面。

經過這一番思索後，他對湯瑪斯爵士說：「父親，我找她談談。只要有機會，我就跟她單獨談談。」父親告訴他，現在芬妮正一個人要灌木林裡散步。於是，他立即前去找她去了。

「芬妮，我是來陪妳散步的。」他挽起了她的手說：「可以嗎？我們很久沒在一起散步了。」

芬妮情緒低落，沒有說話，只是用神情表示同意。

「不過，芬妮——」艾德蒙馬上又說：「除了在礫石路上散步外，妳不想跟我說點什麼嗎？要想心情舒暢，只是這樣子踱來踱去恐怕還不行，妳得和我談談。我知道妳有心事，我知道妳在想什麼，妳不要以爲沒有人告訴我，但我希望妳自己對我說，難道我只能從別人那裡聽到嗎？」

芬妮又激動又悲傷。她答道：「表哥，既然大家都對你說了，那我就沒什麼可講的了。」

「不是要妳講經過，而是講妳內心的想法，芬妮。妳的想法只有妳能告訴我。不過，我不想強迫妳，妳要是不想說，我就不再提了。我本以爲，或許妳說出來心情會輕鬆些。」

「我擔心我們的想法會不一樣，就算我把心裡的話說出來，也不一定能放輕鬆。」

「妳認爲我們的想法不一樣嗎？我可不這樣認爲。不妨把想法說出來，我們來比較一下。我們來談談正題，我認爲這門親事非常難得，妳應該接受亨利的求婚，全家人都希望妳接受。不過，我也認爲，如果妳不願意接受，妳就拒絕他。這是我的看法，妳覺得我們之間還有什麼不一致的地方嗎？」

「沒有！我原以爲你要責備我，我以爲你反對我的作法。這對我是極大的安慰。」

「如果妳只是想得到這個安慰的話，那妳早就得到了。妳爲什麼會認爲我會反對呢？對於沒有愛情的婚姻，妳怎麼會認爲我也贊成呢？我不懂！就算我平常不太關心這些事，但是事關妳的幸福大事，我怎麼能不聞不問呢？」

「姨父認爲我不對，我知道他和你談過。」

「芬妮，我認爲就妳目前的情況而言，妳做得完全正確。也許我會覺得遺憾，會感到驚奇，也許——但是，我覺得妳做得完全正確。因爲妳根本來不及對他產生感情。事實是，妳不愛他，爲什麼非得要妳接受他的愛呢？」

芬妮聽了之後心情舒暢多了，已經好久沒有這樣的感覺了。

「到目前爲止，妳的行爲是沒什麼好批評的，如果誰反對妳這樣做，那他一定是錯誤的。不過，事情並非這麼簡單，因爲亨利與眾不同，他沒有因爲連連碰壁而放棄，他堅持不懈，大大地改變了以往的不良形象，當然啦，這不是一兩天就能辦到的。不過（親切地一笑），讓他成功吧！芬妮。現在，妳已經證明了自己的正直無私，再讓別人看看妳的知恩圖報及好心腸，這樣妳就可以成爲完美女性的典範，我總認爲妳生來就是要成爲這樣的典範的。」

「絕對不可能！絕對不可能！絕對不可能！我絕不可能讓他得逞。」芬妮非常激動，這讓艾德蒙大吃一驚。待稍稍鎭靜下來後，她不由得紅了臉。這時，她看到他的臉色，聽見他說：「絕對不可能？爲什麼把話說得這麼絕！這麼武斷！這不像妳說的話，不像通情達理的妳說的話。」

「我是說——」芬妮傷心地糾正說法：「如果我能爲未來擔保，我認爲我絕對不可能——絕對不可能回報他的情意。」

「我應該往好的方面想。他的確是想讓妳愛上他，而妳也已經看清楚了他的意圖，但這並不容易，對此我十分清楚，甚至比亨利還清楚。對妳來說，這將意謂著妳以往的感情、以往的習慣都要接受考驗。他想要贏得妳的心，就必須把它從過去的牽絆中解脫出來，但是，經過這麼多年，這些牽絆變得非常牢固，而且，現在聽說要解開它們，反而纏得更緊了。我知道，妳不想離開曼斯菲爾，或許這個顧慮也會成爲妳拒絕他的理由。

「如果他像我這樣了解妳就好了，如果他還沒有說出他的追求就好了，他應該按照我的計畫來行事。芬妮，跟妳說吧，我想我們會讓妳回心轉意的。我的理論加上他的實踐，一定會產生作用的。不過，我認爲他用堅定不移的感情向妳表明他值得妳愛，只要堅持下去，總會有收穫的。我想，妳一定也希望自己能愛他，就是那種由於感激而產生的自然感情，妳一定為自己的冷漠而內疚過。」

「我們屬於完全不同的人！」芬妮避開他的問題說道：「我們的愛好、我們的為人都完全不同。我認為，就算我能喜歡他，我們在一起也不可能幸福，因為我們個性不同，在一起會很痛苦。」

「妳錯了！芬妮。你們很像，差異並不如妳想的那麼大。你們有共同的興趣，你們有共同的道德觀念和文學修養，你們都有熱烈的情感和仁慈的心腸。芬妮，聽我說，妳難道忘了那天晚上他朗誦莎士比亞的劇本時，妳也在一邊聽嗎？任誰看了這個情景，都會認為你們適合做伴侶，妳自己忘記了。

「當然，你們在性情上有明顯的差異，這我承認，他很活潑，妳很嚴肅。不過，這樣反而更好，你們在性格上可以互補。妳容易心情沮喪，容易把困難看得過大；而他開朗的性情會提高妳的興致。他不怕困難，他快樂、風趣，這都將成為妳永遠的支柱。

芬妮，你們在性情上有極大差異，並不能說明你們在一起就不會幸福，妳不要那樣想。在我看來，這倒是個有利的因素。我極力主張，兩個人的性情最好不同。我是說，風度不一樣，興致或高或低，或喜歡與人多交往，或喜歡少交往，或愛說，或不愛說，或嚴肅，或歡快。總之，我完全相信在這些方面有些差別，反而有利於婚後的幸福。彼此之間不斷來點溫和的中和，對雙方都是十分有益的。」

對於他的心思，芬妮完全猜得透。在他的心中，美莉的魅力又恢復了。從他走進家門的那一刻起，他就在興致勃勃地談論她。他現在已經不再回避她，就在前一天，他還到牧師府吃過飯。

芬妮好一陣沒說話，任他沉浸在幸福的遐想中。後來，她覺得應該把話題轉到亨利身上，於是說道：「我認爲我們完全不合適，還不只是性情的問題，雖然在這方面我們的差異非常大。他太有活力了，讓我受不了，還有比這更讓我反感的地方。表哥，我老實跟你說吧，我看不上他的人品，從演戲的那個時候開始，我對他的印象就一直不好。

「那個時候，我認爲他行爲不端，完全不爲別人著想，現在事情已經過去了，我可以說了。他太對不起萊斯渥先生了，他不斷地向瑪麗亞獻殷勤，毫不留情地讓她出糗，傷害他的自尊心，這讓我——總之，演戲的時候，他給我的印象我永遠忘不了。」

「親愛的芬妮！」沒等她說完，艾德蒙說答道：「那個時候大家都在胡鬧，我們不要用那時的行爲來判斷我們的爲人，說實話，我就很不願意回憶那個時期。瑪麗亞有錯，亨利有錯，我們大家都有錯，但我的錯最嚴重。與我比起來，別人都不算有錯。」

「作爲一個旁觀者——」芬妮說：「我或許比你看得更加清楚。有時候，萊斯渥先生很嫉妒。」

「很有可能，這也難怪。總之，整個事件都太不像話了。瑪麗亞竟然做出這種事來，這讓我震驚。不過，既然她都能擔任那樣的角色，做出其他的事也就不奇怪了。」

「在演戲之前，如果茱莉雅覺得他沒有追求她，那就算我大錯而特錯。」

「我好像聽誰說過他愛上了茱莉雅，可我並沒有看出來。芬妮，我並不想貶低我的兩個妹妹，懷疑她的品格。不過，她們中的一個，或者兩個，都希望得到亨利的愛慕，又因爲不夠謹慎，將這種願望表露出來。我記得，她們的確喜歡與他交往。一個像亨利這樣活潑的人，在這樣的情形下，行事難免欠考慮，可能被吸引——其實，這也沒什麼。現在妳應該明白，他對她們根本就無意，而是把心交給了妳。

正因爲他把心交給了妳，他在我心目中的地位到大大的提高，這表示他非常重視家庭的幸福和純潔的愛情，也說明他叔叔還沒有把他教壞。總之，這一切都表明他正是我希望的那種人，而不是我擔心的那種人。」

「我認爲，他對嚴肅的問題缺乏思考。」

「而我覺得根本就沒有思考過嚴肅的問題。妳想想，他那樣的處境，受那樣的教育，又有那麼個人作榜樣，他還能成爲什麼樣子呢？在不良環境的影響下，在那種不利的條件下，他們怎能不成這樣子呢？這沒有什麼可奇怪的。

「我認爲，亨利一直被感情所左右。還好他在感情這方面算是健康的，其他的就需要由妳來彌補了。他非常幸運，愛上了妳這樣一位女孩，這位女孩在行爲準則上堅如磐石，性格上又那麼溫文爾雅，完全可以薰陶他，他眞是太有福氣了，太有眼光了！芬妮，他會讓妳幸福的，我知道他會讓妳幸福。妳想讓他怎麼好就會怎麼好的。」

「我才不願意承擔這樣的責任呢！」芬妮畏縮地說：「這麼大的責任，我承擔不起。」

「妳看妳，又像以前那樣，認為自己什麼都不行！覺得自己什麼也做不了！好吧，我不能改變妳的看法，但我相信妳一定會改變的。說實話，我衷心盼望妳能改變。芬妮，除了妳之外，亨利的幸福是我最關心的了。妳也知道，我對亨利非常關心。」

芬妮心裡自然明白，她無言以對，兩人默默想著各自的心事。艾德蒙又先說道：「昨天美莉說起這件事，她的表現讓我非常高興，我真的很高興。我原以為她會認為妳配不上她哥哥，原以為她會因為哥哥選擇了一個沒有身分、沒有財產的人而遺憾呢！雖然我早知道她喜歡妳，但是，我擔心她難免被世俗的看法所影響而產生偏見。看來，實際情況並非如此。芬妮，她說起妳的時候，言詞非常妥當，合情合理。

「就像妳姨父或我一樣，她也非常希望這門親事能成功。本來我不想提這事的，雖然我也很想知道她對這事的看法，但我進屋不到五分鐘，她便向我說起了這件事，帶著她那種特有的開朗性格，親切可愛的神態以及純真的感情，格蘭特太太還笑她性急呢！」

「這麼說格蘭特太太也在屋裡啦？」

「我到她家的時候，她們姊妹倆都在。芬妮，我們一談起妳，就說個沒完。後來，格蘭特先生和亨利就進來了。」

「我已經好長時間沒看見克萊福小姐了，有一個星期了吧！」

「她也感到很遺憾，她說或許這樣更好。不過，在她走之前，你們會見面的。芬妮，妳要有個準備，她很生妳的氣。她自己說很生氣，她是怎麼個生氣法，妳是可以想像得到的，那只不過是一個妹妹為哥哥感到遺憾和失望。她一直認為，只要她哥哥想要什麼就會得到什麼，而且馬上就能到手，所以，她的自尊心受到了傷害，這也是可以理解的。假如換了威廉，妳也會的。不過，她仍全心全意地愛妳、敬重妳。」

「我早知道她會很生我的氣。」

「我最親愛的芬妮！」艾德蒙緊緊夾住她的手並嚷道：「不要聽說她生氣就感到傷心，她不過說說而已，並沒有眞的生氣。妳知道，她向來只會愛別人、善待別人，而不會記恨別人的。如果妳聽見她是怎麼誇獎妳的，妳就知道了。她在說到妳應該做亨利的妻子時，那副高興的模樣，妳眞應該看看。我還注意到，她說起妳的時候，總是叫妳著妳的名字，以前她可沒這樣叫過，就像是小姑稱呼嫂子，聽起來非常親熱。」

「格蘭特太太不是一直在嗎？她沒說什麼嗎？」

「芬妮，她和她妹妹的意見完全一致，對妳的拒絕都感到十分驚訝。她們無法理解，妳竟然會拒絕像亨利這樣的人。我也只能盡力替你解釋，妳還是儘快改變態度吧！就像她們說的那樣，以證明妳的理智，要不然，她們是不會滿意的。當然，我只是開開玩笑。我說完了，妳不要不理我。」

芬妮鎮靜了一下，非常勉強地說道：「我以為——一個男人就算人人都說他好，也會有某個女人不愛他，拒絕他。我想任何一個女人都會認為有這種可能，即使世上所有的優點都集中在他的身上，我想他也不應該認爲，他想愛誰，誰就一定會答應他。亨利就算眞像他的兩個姊妹想的那麼好，那我也不可能一下子就喜歡上他吧！

他眞把我嚇了一跳。說實話，我從來沒想到過他對我的行爲有什麼用意，而我當然不能因爲他的似是而非，就自作多情地去喜歡他。這點自知之明我還是有的，我這樣的地位，怎麼會想著去打亨利的主意呢？我敢說，如果不是他對我有意的話，那麼，把他看得如此好的那兩個姊妹一定會認爲我自不量力，一點自知之明都沒有。

「他的兩個姊妹爲他打算的同時，是不是也應該爲我想想呀？怎麼能他一說愛我，我就立即去愛他呢？他一要我愛他，我就馬上愛他呢？他的條件越好，我就越不該想到他，而且，而且——如果她們認爲一個女人這麼快就接受別人的愛，看來她們是這樣認爲的，那麼，對於女性的看法，我們就大不一樣了。」

「親愛的，親愛的芬妮，現在我終於明白妳的眞正想法了，能有這樣的想法眞是很難得。其實，我一直也是這樣認爲的。我想我是了解妳的，所以，我替妳向妳的朋友和格蘭特太太做的解釋，與妳剛才所說的完全一樣。她們兩人聽了之後都比較能理解，只不過，妳那位熱心的朋友由於喜歡亨利的緣故，仍是忿忿難平。

我對她們說，亨利用這麼新奇，這麼新鮮的方式向妳求婚，對他並沒有什麼好處，可以說一點用處都沒有，因爲妳是一個最受習慣支配、最不求新奇的人，凡是妳不習慣的，都一概接受不了。爲了讓她們了解妳的性格，我還做許多其他的解釋。

「亨利還談起她鼓勵哥哥的計畫，把我們逗得大笑。她說，或許亨利在度過十年的幸福婚姻生活後，他的求愛才被樂意地接受。所以，她鼓勵他要堅持不懈，不要放棄希望，他的求愛遲早會被接受的。」

芬妮對他的這番話很反感，很勉強地笑了笑。她開始爲自己話說得太多而擔心，生怕爲了防止一個麻煩（指的是小心不要洩露她對艾德蒙的感情），卻招來了另一個麻煩（指的是讓艾德蒙覺得她有可能接受亨利）。讓艾德蒙在這樣的時候藉著這個話題，把亨利的玩笑話學給她聽，她大爲惱火。

她臉上的倦怠和不快，讓艾德蒙立即決定不再談這個話題，連「亨利」這個名都不再提起，除非與她愛聽的事情有關。過了不久，他又說道：「妳知道嗎？他們星期一走，所以，妳一定會見到你的朋友，不是明天就是星期天。我差一點同意在萊辛比待到星期一才回來，他們恰好是這一天離開啊！我差一點就答應了。如果眞是那樣的話，問題就嚴重了。在萊辛比多待上五、六天，我一輩子都會感到遺憾的。」

「你差一點在那兒待下去嗎？」

「我眞的差一點就同意了。主人家眞是太熱情了，一定要挽留我。如果這期間，我收到一封曼斯菲爾的信，知道你們的近況，我想我一定還會待下去。但是，我在外面住了兩個多星期，覺得時間太長了，對家裡的事情一點也不知道。」

「你在那裡過得愉快吧？」

「如果不愉快的話，那也是我的問題，因爲他們都很討人喜歡。不過，他們是不是也認爲我討人喜歡，我還眞有些懷疑。我心情一直不太好，怎麼也擺脫不了，直到回到曼斯菲爾後心情才好起來的。」

「你喜歡歐文家的幾位小姐吧？」

「非常喜歡！她們都是可愛、和善、純眞的女孩。不過，芬妮，對一個與聰慧的女士們交往慣了的男人來說，和善、純眞的姑娘是不夠看的，因爲她們屬於兩個不同的等級。妳和美莉讓我變得太挑剔了，我已經被寵壞了，與一般的女孩合不來。」

看起來，芬妮還是情緒低落，精神倦怠。從她的神情中，艾德蒙看出勸說並沒有多少用。他決定不再勸她了，便以一個監護人的權威，親切地帶著她走進了大宅。

5

現在，艾德蒙認爲，對芬妮的想法，不管是聽她本人講，還是憑自己猜測，他都已經掌握清楚了。正如他先前所料想的那樣，對這件事，亨利的確操之過急了。他認爲，亨利應該給芬妮足夠的時間，讓她熟悉他的想法，讓她習慣於他愛她，再進一步行事。

當父親問他談話的結果時，他便提了這個意見，並建議不要再對她提這件事了，也不要試圖去影響她、勸說她，以後的結果只能靠亨利的不懈努力，靠她感情的自然發展。

對此，湯瑪斯爵士也表示同意。艾德蒙對芬妮性情的描述，以及她的那些想法，湯瑪斯爵士是絕對相信的，不過，他覺得她有這樣的想法很有些不幸。他有點擔心，經過那麼長的時間，可能還沒等她願意接受，那位年輕人已經不再向她求愛了，而這這也是沒有辦法的事，只能由著她了，盡可能往好的方面想吧！

她的「朋友」（艾德蒙把美莉稱作她的朋友）將來拜訪。對芬妮來說，這眞是個可怕的時刻，她一直戰戰兢兢地等待著。她想，這位做妹妹的，由於偏愛哥哥的緣故，一定會怒氣衝衝，說起話來也會毫無顧忌。再說，芬妮覺得，她一向都盛氣淩人，又那麼盲目自信，不管從哪方面來說，都讓芬妮感覺痛苦害怕。

還有，她的不悅，她的敏銳，她的快樂……總之，沒有一樣不讓她感到可怕。唯一讓她稍感安慰的是，會面的時候有別的人在場。因此，她盡可能不離開伯特倫夫人，不待在東屋，不獨自到灌木林裡散步，以免遭到美莉的突然襲擊。

這一招果然有效。美莉來的時候，她正和姨媽待在早餐廳裡。這關算是過去了，因爲不管從表情上還是從言語中，美莉都沒有表現出什麼特別之處。這下子芬妮放心了，心想，只不過稍稍有些不安罷了，最多再忍受半個小時。

不過，她對此過於樂觀了。美莉可不是那種坐等機會的人。她無論如何也要跟芬妮單獨談談，於是，不久後便悄悄對她說：「我們找個地方談談吧！就幾分鐘。」芬妮一聽，頓時吃了一驚，立即感覺自己的每條血管、每根神經都繃緊了。但她不可能不答應，而且平日也溫順慣了，這時她立刻站起來，帶著她走出了早餐廳。

她們一走到門廳，美莉就迫不及待對芬妮搖了搖頭，責怪的目光裡帶著狡黠和親切，抓住了她的手，似乎馬上就要開口說話的樣子，但她只說了一句：「可悲呀，可悲的女孩！我眞不知道該怎麼說妳才好。」其他的話看樣子她想等到進屋後，沒有聽見時再說。

芬妮轉身上樓，領著客人走進了了已是溫暖宜人的東屋。她開門的時候，心裡卻充滿了痛苦。美莉的注意力一下子被這房間吸引了，她發現她又一次來到東屋，這裡的一切讓她感慨萬千；而這情形至少讓芬妮不用擔心災難的降臨了。

「哈！」她立即興奮起來，大聲嚷道：「東屋！我又來到這裡了！以前我曾進來過一次！」她停下來環顧四周，好像在追憶往事，然後接著說：「妳還記得嗎？我來過一次，我是來排練的，還有妳表哥，我們一起排練，妳是我們的觀眾兼提詞員，那是一次非常愉快的排練，我永遠忘不了。就在這個地方，妳看，我們就在這兒排練。我在這兒，妳表哥在這兒，這兒是椅子。唉！這樣的事為什麼會一去不復返呢？」

她自顧自地說著這番話，並不需要她的同伴回答。因爲她正全神貫注地陶醉在甜蜜的回憶中，而這也讓她的同伴感覺幸運極了。

「我們排練的那場戲眞是棒極了！那場戲的主題非常——非常——我該怎麼說呢？他向我求婚，並給爲我描述著婚後的生活，當時的情景，至今想起來仍歷歷在目。他背誦那兩段長長的台辭的時候，就像安哈爾特那樣，又莊重又沉靜。

『當兩顆情意相通的心相結合的時候，就可以稱婚姻為幸福生活。』他說這句話時的模樣，給我留下的印象太深了。我想無論經過多久過，也永遠不會消逝的。想起來就覺得奇怪，我們竟然演了這樣一場戲！我想，在我這一生中，只有那個禮拜的經歷能讓我記憶猶新。芬妮，就是那個禮拜，因為在其他任何禮拜裡，我都沒有這樣幸福快樂過。

「噢！眞是太棒了！可是，就在那天晚上，一切全消失了，那天晚上，妳姨父回來了，在最不受歡迎的時刻出現了。可憐的湯瑪斯爵士，沒人願意見到你呀！雖然我恨了他幾個禮拜，不過，芬妮，不要認為我現在講到妳姨父時不夠尊重，作為這樣一個家庭的家長，他這樣做是應該的。況且，在這冷靜而傷心的時刻，我相信我現在愛你們每一個人。」說完這話後，她轉過身去，帶著溫柔、嬌羞的神情，似乎想穩定一下情緒。

她的這種神情，芬妮以前沒見過，看起來嫵媚極了。過一會兒，她又嬉笑著說：「妳可能看出來了，剛走進這間屋子時，我還怒氣沖沖的，不過，現在都已經過去了。芬妮，本來我是想著來訓妳的，可是，一到這裡我就說不出來了。不如，我們坐下來輕鬆一下吧！」說著便很親熱地摟住了芬妮：「好芬妮，溫柔文雅的芬妮呀！我不知道這一去要多久，一想到這是最後一次和妳見面，我心裡對妳也就只有愛了，哪裡還說得出其他的呢？」

芬妮被打動了。美莉這一招是她根本就沒料到的。一聽到「最後一次」這個詞，她就再也抵擋不停地心中的傷感，不由得痛哭起來，好像她也十分愛美莉姐似的。見此情景，美莉的心腸更軟了，親膩地纏著她，說道：「妳眞是太可愛了，我要去的地方找不到像妳這樣的人，連妳的一半可愛都沒有，我眞不願意離開妳。噢！誰說我們成不了姑嫂呢？我知道我們一定會成爲姑嫂的，我覺得我們生來就要成爲親戚。親愛的芬妮，妳的眼淚讓我相信，妳對此也有同感。」

這話讓芬妮一下子又警覺起來，只回答了她的一部分問題：「妳是要到一個非常要好的朋友那裡去呀，只不過從一群朋友這裡走到另一群朋友那裡而已。」

「一點都沒錯！這麼多年來，弗雷澤太太一直是我的親密朋友。可是，說實在的，我一點也不想到她那裡去。我心裡只有你們，我的好姊姊、妳，還有伯特倫一家人。比起世上的任何人，你們都更重感情，都讓我信任，與其他人交往就沒有這種感覺。

「如果能過了復活節再去就好了，我後悔沒跟弗雷澤太太說，跟她說過了復活節再去看她，但現在是沒辦法往後拖了，我還得到她妹妹斯托諾韋夫人那裡去，斯托諾韋夫人與我的交情更好，不過，這三年來，我並沒有把她放在心上。」

說完這番話後，兩位女孩各自想著自己的心事，默默無語地坐了許久。芬妮在思索著世上不同類型的友誼，但美莉卻沒有想得這麼深奧。她又先說話了。

「我還清楚地記得，上次我準備上樓來找妳的時候，根本就不知道東屋到底在哪兒，但還是摸索著找來了！當時我來的時候，看見妳坐這張桌前，妳表哥一開門見我們在這裡，他好驚訝啊！當然，妳姨父是那天回來的情景，我也記得非常清楚，因爲我從沒遇見過這樣的事情。」

說著說著便又想得出神了。回過神後，她又開始逗弄她這位靦腆的同伴。

「喂，芬妮，妳看起來一副心不在焉的樣子。妳是不是在想那個總是想妳的人啦？噢！我多麼想把妳帶到我們在倫敦的社交圈裡去呀！讓妳在那裡待上一陣子，好讓妳知道征服亨利是一件多麼了不起的事！噢！會有多少人嫉妒妳呀！在他們看來，妳有這本事，是多麼讓人驚訝，多麼不可思議呀！

「對這件事，亨利就像古老傳奇中的主角，寧願受枷鎖的束縛。他是完全不會保密的，跟妳說吧，妳應該到倫敦去，好看看別人對妳的情場得意是如何評價的。如果妳看到有多少人追求他，又有多少人為了他而來討好我就知道了！

「其實，我心裡非常明白，弗雷澤太太一定不會像以前那麼歡迎我啦！因為弗雷澤先生有個女兒，是他前妻留下的，弗雷澤太太急著要把她嫁出去，想讓亨利娶她。如果她知道了亨利和妳的事情，可能就巴不得我回到北安普敦了。可憐的瑪格麗特追亨利追得多緊呀！妳成天安安靜靜坐在這裡，又單純又天真，自然不知道這些事情。妳不知道妳已經引起了多大的轟動，妳不知道有多少人想看看妳到底是個什麼人物，妳不知道我為此要回答多少問題！妳的眼睛怎麼樣，牙齒怎麼樣，髮型怎麼樣，鞋子在哪家做的等等之類的問題，我想瑪格麗特一定會抓著我問個不停。

「我真希望可憐的瑪格麗特早點嫁出去，因為我覺得像大多數夫婦一樣，弗雷澤夫婦過得也不太幸福。不過，當珍妮嫁給弗雷澤先生時，我們都很高興，還認為很不錯呢！因為弗雷澤先生有錢，她卻什麼都沒有，當然只能嫁給他啦！誰知道後來他的脾氣變得越來越壞，要求也越來越苛刻，對一個只有二十五歲的年輕漂亮的女人來說，怎麼可能要求她的情緒像他一樣沒有任何波動呢？

「我那可憐的朋友像好像不知道該怎麼辦才好，她完全不能駕馭他。因爲不管說什麼，她丈夫動不動就發火。我想我住到他們那兒以後，一定會想起曼斯菲爾牧師府上的夫妻關係，不由得讓人敬佩。不管怎麼樣，格蘭特博士對我姊姊還能充分信任，對她的意見也會做適當考慮，多少讓人感覺他們之間還有感情；但是在弗雷澤夫妻身上，卻完全看不到這點。

「芬妮，我會永遠在曼斯菲爾。按照我的標準來看，我認爲我姊姊是個完美的妻子，而湯瑪斯爵士是完美的丈夫。可憐的珍妮不幸上當了，不過，她做得也並不是不妥當。當時，對他的求婚，她也是經過深思熟慮的，並不是很輕率地就答應的。她曾經花了三天的時間認眞考慮，還徵求了所有與她有來往的、有見識的人的意見，尤其是我那親愛的嬸嬸的意見。在那些年輕人眼中，嬸嬸見多識廣，徵求她的意見是理所當然的。而嬸嬸明顯地偏袒弗雷澤先生。

「從這件事上可以看出，似乎無法保證婚後的幸福。至於我的朋友芙羅拉，我就沒有什麼好多說的啦。當年，她拋棄了皇家禁衛騎兵隊裡一位很可愛的青年，嫁給了這位令人討厭的斯托諾韋勳爵。當時我就懷疑她這一步是不是走對了！這位勳爵的頭腦跟萊斯渥先生差不多，但比他難看多了，而且像個無賴，連點上流人士的派頭都沒有。現在，我敢說她這一步的確是走錯了。

「順便告訴妳，在芙羅拉進入社交界的第一個冬天，她想亨利都想瘋了。說實話，如果我把我所知道的愛他的女人都說出來，我想我永遠也說不完。芬妮，只有妳，麻木不仁的妳才會對他無動於衷。不過，妳眞的那無動於衷嗎？就像妳說的那樣嗎？我看不是這樣，我說的對不對？」

這時，芬妮窘得滿臉通紅。她這樣子讓本有猜疑的人，必然會更加起疑心。

「好了，芬妮，我不想強迫你，一切順其自然。不過，親愛的芬妮，妳表哥說妳對這個問題一點準備都沒有，好像不太可能吧，是不是？妳一定考慮過這件事，心裡一定有猜測的，這妳得承認吧！他這樣竭力地討好妳，妳難道一點都看不出來嗎？在那次舞會上，他不是一直都跟著妳嗎？再說，舞會的前一天，他還送了妳項鍊呢？妳難道不記得了？妳把它作爲禮物接受下來了。所以說，妳心裡應該很明白的。」

「美莉，這不公平呀！妳不是說那是妳送給我的禮物嗎？難道說妳哥哥事先知道項鍊的事？」

「他當然知道！這就是他事先安排好的。說來眞不好意思，我根本就沒有想到要這樣做。不過，爲了他，也爲了妳，我很高興地照他的意思做了。」

「我眞不想說！」芬妮答道：「當時，我一點也沒有想到會是這樣，因爲妳的神情有些讓我害怕，但並不是一開始，開始時我一點也沒往這方面想！我眞的沒往這方面想。如果我想到了這點，無論如何也不會接受那條項鍊的。

「當然，對妳哥哥的行爲，我的確意識到與往常有些不一樣。大約有兩、三個禮拜吧，反正有一段時間了，我的確意識到了這點。但是，當時我想他並不是眞的對我有什麼意思，所以，我既不希望他認眞考慮我，也沒想到他會認眞考慮我。

「妳也是知道的，去年夏天和秋天，他與這個家裡的有的人之間發生的事，雖然我嘴裡不說，眼睛卻看得清楚。我看到他在向女人獻殷勤時，根本沒有半點誠意。」

「啊！這我不否認。有時候他的確是這樣子的，根本不在乎是不是擾亂了女孩們的芳心。爲了這事件兒，我也常罵他。不過，他也就只有這麼個缺點，再說啦，在感情上值得讓人珍惜的女孩也並不多。芬妮，妳能征服這麼一個被眾多女孩追求的男人，爲女人出口氣，也算是妳的本事啊，這有多麼光彩呀！唉，我敢說，拒絕接受這樣的榮耀完全不符合女人的天性。」

芬妮搖搖頭說道：「這種玩弄女人感情的人，我看不起！。這種人給女人帶來的痛苦，根本是旁觀者想像不到的。」

「我並不想爲他辯護，隨妳怎麼發落他吧！等他把妳娶到愛芙林姆之後，妳怎麼訓他我都不會管的。不過，我要向妳說明一點，雖然他喜歡讓姑娘們愛他，但是他從來沒有愛上哪個女孩。我想這個缺點對妻子的幸福來說，遠沒有他愛上別人來得危險吧？他是眞的喜歡妳，他從來沒有這樣喜歡過一個女人。我深信，他會永遠愛妳，一心一意地愛妳。我想如果世上有哪個男人永遠愛一個女人的話，那麼，這個男人就是亨利。」

芬妮不由地笑了笑，卻覺得沒什麼可說。

美莉緊接著又說：「妳哥哥晉升的事情辦成後，亨利高興極了！我從沒見他這麼高興過。」

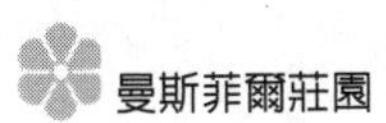

這話又觸到芬妮的痛處。

「噢！我們非常、非常地感謝他啊！」

「這事兒一定讓他費了不少勁，因爲他去接觸的那些人，我都很了解。海軍將軍向來怕麻煩，對求人這種事向來是不屑去做的。再說，求他幫忙的年輕人那麼多，如果不是鐵了心的話，僅僅靠友情和能力，是不會這麼快就辦成的。我想，威廉一定很高興啊！要是我們能見到他就好了。」

可憐的芬妮又被拋進了痛苦的深淵。威廉晉升的事，時時干擾著她拒絕亨利的決心，一想到他曾爲威廉所做的事，她就有些不忍心。她坐在那裡一直默默想著。美莉起初頗爲自得地看著她，爾後似乎又在考慮其他什麼事。

最後她突然喚醒芬妮。對她說道：「芬妮，我們這就說再見吧！說實話，我本想和妳聊上一天的。不過，樓下還有太太們呢，也不能忘了她們呀！我們這就再見吧！我親愛的、可愛的、非常好的芬妮。雖然我們將在早餐廳裡告別，但那只不過是形式上的，我們就在這裡告別了。希望以後能夠快樂地再見。我相信，等我們再見面的時候，目前的情形將會有所改變，我們相互間能夠推心置腹，毫無保留。」

說完這話後，美莉給了芬妮一個非常親熱的擁抱，神情看起來有些激動。

「不久，我就會在倫敦見到妳表哥，他說過不了多久也會去那裡。我敢說，春天的時候，湯瑪斯爵士也會去的。到那時，我相信，除了妳之外，我和妳大表哥、萊斯渥夫婦和茱莉雅，都會經常見面的。芬妮，我求妳兩件事：首先，你要寫信給我哦，一定要和我通信；再則就是我走了以後，替我常去看看格蘭特太太，算是給她一些安慰吧！」

從芬妮的內心來說，她眞不願答應她的要求，尤其是第一個要求。但是，她根本沒有辦法拒絕，美莉對她這麼親熱，她哪裡有辦法拒絕她呢？不僅如此，她還違背意願，欣然、痛快地答應下來。這也難怪，因爲她一向很少受到這種善待；而且從她的天性來說，她又特別珍惜別人善待自己，所以，對美莉的親熱，她自然是受寵若驚。

再說，在她們交談的過程中，美莉並沒有讓她受苦，就像她事先想的那樣。她對此已經感激不盡了。不管怎麼樣，事情總算過去了。她逃脫了，既沒有受到責備，也沒有洩漏天機。她的祕密只有她自己知道。這樣一來，她覺得自己什麼都可以答應她。

當然，告別還沒完，晚上亨利又來了。他坐了一會兒，看起來眞的很難受，幾乎什麼話都沒說，跟平時的表現大不相同。芬妮見他垂頭喪氣樣子，不禁有些心軟，爲他感到難過。不過，她還是不想再見到他，除非他成爲了別人的丈夫。

臨走的時候，他不容拒絕地握住她的手。只不過，他什麼也沒說，或許他說了，但她沒聽見。在他走出房間後，她覺得他們的友誼也結束了。一想到這裡，她就越來越感到高興。

第二天，克萊福兄妹走了。

亨利走了，湯瑪斯爵士便著手怎麼樣讓芬妮思念他。做姨父的滿懷希望地認爲，雖然當時外甥女對亨利的百般殷勤不太在意或感覺痛苦；但是，在沒有了這些殷勤之後，外甥女一定會感到惆悵。外甥女已經嘗到被人抬舉的滋味，而且又是那麼讓人愜意的抬舉，而現在，不會再有人抬舉她了，她又變得無足輕重。他眞希望外甥女的心裡會因爲這樣而感到懊悔。

帶著這個想法，他仔細觀察她，卻看不出什麼反應，也看不出她的情緒有什麼變化。她總是那麼安靜柔和，讓人無法判斷她的心情到底怎樣，他無法了解她，實在無法看透她。所以，他只得請求艾德蒙告訴他，這件事對芬妮到底有沒有影響。比起以前，她快樂還是不快樂了？

艾德蒙沒有看出芬妮有任何懊悔的跡象，他覺得父親也太心急了些，哪能三、四天就看出來呢？

不過，最讓艾德蒙頗感意外的倒是，對亨利的妹妹——她的朋友和女伴，她也沒有表現出什麼思念的意思，甚至很少聽她提到名字，也沒有主動說起這次離別引起的惆悵。對此，他感到很奇怪。

唉！他哪裡知道，亨利的這位妹妹——她的朋友和女伴，正是造成芬妮不幸的主要根源。如果她認爲美莉也像她哥哥一樣，她的未來與曼斯菲爾莊園無緣，如果回到曼斯菲爾莊園的希望也渺茫的話，那她心裡會感覺輕鬆的。但是，回顧往事，以及平時的觀察，她認爲艾德蒙娶美莉的可能性越來越大了。

從情形看起來，男方的願望更強烈了，女方的態度也更加明朗了。他的顧慮，由於為人正直而產生的顧忌，似乎早就煙消雲散，誰也說不清這是怎麼回事；而她的猶豫，由於野心引起的疑慮，也一時化為烏有，而且同樣找不到原因。這大概只能歸之於愛情的力量吧！在愛情面前，他的美好情感與她那不高尚的情感都屈服了，而這樣的結果必然導致兩人的結合。

他就要到倫敦去了，只等桑頓萊西的事務處理完畢，大概要不了兩個禮拜的時間。到了倫敦，他與瑪麗亞相逢後，接下來要發生的事，芬妮不用多想也是知道的。他一定會向她求婚，而她也會欣然接受。這段時間，他總是喜歡談倫敦，談自己將去倫敦。然而，由於她看到了這裡面存在的那些不高尚的情感，所以，對未來的前景，她感到很揪心，她認為這傷心與她自己沒有關係。

雖然，在她們最後的一次談話中，美莉看起來態度頗為親切，舉動也很親熱，但是，美莉還是美莉，並沒有什麼改變。從她的言行中可以看出，她的思想仍舊迷茫困惑，只不過她自己沒有意識到而已；她的心理仍然是陰暗的，而她自己卻認為無比光明。也許她是愛艾德蒙的，但是，除了愛，她沒有任何地方配得上艾德蒙。

芬妮認為，除了所謂愛，他們兩人再沒有任何相通之處；而且，她認為如果在談戀愛時，艾德蒙無法讓她改變看法，無法制約她的思想，那麼，婚後的日子也不會有什麼改變。一想到這麼好的一個人就這樣浪費在她手裡，芬妮不由得傷心了起來。對於她的這些想法，她想即使是古聖先賢在世也會原諒她的。

不過，雖然美莉性情如此，但她也具有一般女人的天性，對自己所喜愛、所敬重的男人的意見，她也會樂於聽從的，並把它當作自己的意見接受。所以，對處於這種境況中的年輕人，也不能過於悲觀。芬妮之所以這樣認爲，自然與她自己的想法有關。她感覺很痛苦，只要一提到美莉就傷心。

而此時，湯瑪斯爵士依然抱著希望努力觀察著。他認爲因爲不再有人迷戀，不再有人青睞，外甥女的情緒必然會受到影響，否則就完全不符合人的天性，她一定會渴望再次得到以前那種百般的殷勤，但是湯瑪斯爵士並沒有完全地、清楚地觀察出上述的跡象，他認爲一定是因爲這位客人的到來，撫慰了外甥女的情緒，這人便是威廉。

原來威廉要到北安普敦郡來了，他請了十天的假，想與大家分享他的快樂心情，還有他的新制服。對於一個剛剛晉升的海軍少尉來說，他恐怕是世界上是最快樂的少尉了。然而，威廉來到了曼斯菲爾後，卻無法展示他的新制服，因爲制度嚴格，除非是值勤，否則不准穿軍服，軍服也只好扔在普茨矛斯了。

艾德蒙心想，如果等芬妮有機會看到軍服的時候，不是制服變得不再鮮豔，就是穿制服的人失去了新鮮感。因爲，到那時這套制服只能是不光彩的標記。如果一個人當上少尉後，一、兩年還沒有得到擢升，眼看著別人一個個升爲校官，誰還願意再展示他的制服呢？艾德蒙這樣想著，便向父親提出能不能透過別的方式，讓芬妮看看皇家海軍「畫眉」號軍艦上少尉穿的那套光彩奪目的制服。

根據艾德蒙的提議，湯瑪斯爵士決定讓芬妮跟著哥哥回普茨矛斯，住上一段時間，看看她的爸爸、媽媽，還有弟弟、妹妹。這個主意是湯瑪斯爵士在一次鄭重思考時想出來的，他認爲這個舉措既恰當又理想。不過，在他下決心之前，先徵求了兒子的意見，艾德蒙也經過多方考慮，覺得這樣做完全可行。

艾德蒙認爲，就這件事本身來說，就非常妥當，又選了這麼個恰當的時機，芬妮一定會非常高興的。湯瑪斯爵士聽後，當即下了決心，果斷地說了聲：「那就這麼辦！」這件事就算決定了！於是，湯瑪斯爵士有些得意洋洋地回房去了。

他之所以決定讓芬妮回家，並不僅僅因爲讓她去看望看望父母，享受享受天倫之樂，最主要的動機無疑是希望她高高興興回去，然後還沒等探親結束，就深深的厭惡自己的家，總之，他認爲讓她暫時離開曼斯菲爾莊園優裕的生活一段時間，會讓她的頭腦清醒些，從而正確認識到別人給她提供的那個更長久、同樣舒適的家的價值。

湯瑪斯爵士認爲外甥女的腦子一定出了毛病，在富貴人家住了八、九年，竟失去了比較和鑒別好壞的能力，而以上就是他給她制定的治療方案。等她住進她父親的房子裡後，她就會明白有錢有多麼重要。他深信，他的這個治療方案定會讓她變得更聰明些，讓她這一生更幸福。

如果芬妮有欣喜若狂的習慣，那麼在聽明白了姨父的建議後，她一定會狂喜的。想想吧，她將去看望離別了幾乎半生的父母弟妹，重新又回到小時候生長的環境，並且還能住上一、兩個月，況且一路上還有威廉的保護與陪伴；最爲高興的是，回到家後，她可以一直看到威廉，直到他出海爲止。

如果她有什麼時候能縱情歡樂的話，那麼，就應該是這個時候。不過，雖然她非常高興，但她的高興是深沉的、心潮澎湃的，卻又一聲不響的。她的話向來不多，在感情最爲強烈的時候，總是沉默不語，此時除了道謝、表示接受之外，她幾乎說不出別的。

只是到了後來，她已經習慣了這突如其來的快樂後，才對艾德蒙和威廉說了說自己的大致感受。但是，還有一些微妙的情感是無法用語言來表達的，例如那些童年的快樂與離家的痛苦——種種回憶一起湧上心頭。這些因爲分離而帶來的痛苦，好像回家一趟就能治癒似的。回到那個童年的家裡，得到那麼多人的愛，這種愛超過了她以往所受到的愛。

她可以無憂無慮、無拘無束地感受人間的愛了！再也不用擔心自己與別人不平等，再也不用擔心有人提起克萊福兄妹，更不用擔心誰會爲了他們而向她投來責備的目光！她懷著柔情想著這美好的前景，然而，這些情感卻不能全部表達出來。

此外，她還將離開艾德蒙兩個月（或許三個月），這對她來說，是再好不過了，只要離他遠一點，或許心境會變得平靜些，不再感覺那麼痛苦。她不用再去感受他的目光或友愛，不用再因爲了解他的心，又想避而不聽他的心事，而產生的煩惱。這樣她就可以稍爲平靜地想到他在倫敦做的種種安排，而不會覺得自己可憐了！

總之，她在曼斯菲爾不能忍受的事，到了普茨矛斯就會變得無足輕重了。

還有個問題一直讓她無法釋懷——伯特倫姨媽是不是離得開她。對別人而言，她或許沒有什麼用處，但對伯特倫姨媽來說，她走後一定會帶來不便，這讓她十分不忍。而在她走後如何安排伯特倫姨媽，也是湯瑪斯爵士最為棘手的問題，但這事也只有他能妥善解決。

作為一家之主，只要他堅持做某件事，絕對是是可以辦到的。現在，就芬妮回家的問題，他與妻子談了很久，他認為芬妮應該回去看看自己的家人，終於說服了妻子。伯特倫夫人同意放她走，與其說是心服，不如說是屈服。因為她向來認為，既然是湯瑪斯爵士讓芬妮去，那她一定就該去。

但是，當她回到寂靜的梳妝室時，因為沒有丈夫那些似是而非的理由影響，她就可以不帶偏見地仔細思考這個問題。她認為，芬妮離開父母已有一段時間了，實在沒有必要再回去看他們，而自己卻很需要她。羅禮士太太認為芬妮走後並不會帶來任何不便，對她的說法，伯特倫夫人堅絕不同意。

湯瑪斯爵士想從良心、理智和尊嚴的角度來勸導她，求她做點好事，克制一下自己，為芬妮稍做犧牲。而羅禮士太太則要她相信，她完全可以離得開芬妮（如果需要，她願意拿出自己的全部時間來陪她），總之，她的意思就是，芬妮並非不可缺少。

「姊姊，我想妳說得很對，或許是這樣的。」伯特倫夫人答道：「不過，我想我一定會很想念她的。」

之後就是與普茨矛斯方面的聯繫。芬妮寫信說明自己要回去看看。很快地，她就收到母親的回信，信很短，但很親切，字裡行間充滿了慈母般的喜悅。這是一個母親即將見到自己久別的孩子時，感情的自然流露。這說明女兒認爲和母親在一起會快樂的看法是十分正確的。她相信，現在的媽媽一定是位熱烈而親切的朋友，而不再像以前那樣不太疼她了。

這麼多年來，她已經懂得了怎麼克制忍讓，如何爲別人著想。所以，對過去的事，她現在很容易就想到是因爲自己的緣故，是因爲自己太敏感；或是因爲自己膽小無助、焦慮不安，因而沒得到媽媽的疼愛；或是因爲她不懂道理，想在那麼需要母愛的孩子中，多得到一點愛。再說，現在由於母親擺脫了滿屋子的孩子所帶來的沒完沒了的牽累，又有閒暇心情了。她相信，她們母女之間的情意很快就會回復了。

與妹妹一樣，威廉聽說這件事後也非常高興。芬妮將在普茨矛斯住到他出海爲止，而且他初次巡航回來說不定還能見到她，這將是多麼快樂的事啊！此外，他也很想在「畫眉號」出港之前讓她看看。正在服役的輕巡洋艦中，「畫眉」是最漂亮的；再說，海軍船塢有幾處也做了修理，他也想帶她去看看。

他毫不猶豫地認爲，妹妹回家住一段時間，對大家都有好處。他說：「我也不知道爲何會這麼想，家裡總是亂糟糟的，非常需要妳的好習慣來幫忙，比如有條不紊等等。我相信，經過妳的整理，家裡就整潔、舒適得多。妳還可以幫媽媽，告訴她該怎麼做；還可以指導蘇珊，教育貝琪，讓弟弟們愛妳、關心妳。想起這些，我心裡多高興啊！」

等收到普萊斯太太的回信時，他們逗留在曼斯菲爾逗留的時間就剩沒幾天了。這期間，他們倆曾遭受了一次不小的虛驚，羅禮士太太差點與他們一起去普茨矛斯。原來在討論怎麼走的時候，羅禮士太太想幫妹夫省錢，便竭力希望並暗示讓芬妮坐價錢便宜一點的交通工具。但後來，她發現自己是白操心了，因爲他們準備乘車去，她還看見湯瑪斯爵士把乘驛車的車資交給了威廉。

這時，她突然意識到驛車裡可以坐三個人，一時衝動想要和他們一起去，去看看她那可憐的、親愛的普萊斯妹妹。她說，她與普萊斯妹妹已經有二十多年沒見過面了，現在她很想和兩個年輕人一起去。對她來說，這是件非常難得的開心事。而且，她年紀大、有經驗，在路上也好有個照應。她認爲，如果有這麼好的機會而沒把握住，她那可憐的、親愛的普萊斯妹妹一定會覺得她太不講情意了。

她的這一念頭把威廉和芬妮嚇壞了。想想吧，本來一次非常愉快的旅行就將被完全破壞掉。他們沮喪地你看我，我看你。不過，對她這一突如其來的想法，沒有誰表示支援，也沒有人勸阻，事情最終還得由羅禮士太太自己決定。在威廉和芬妮提心吊膽地過了一、兩個小時後，羅禮士太太又決定不去了。這又讓外甥、外甥女心裡一陣狂喜。

原來，她又想起目前曼斯菲爾莊園不能沒有她，湯瑪斯爵士和伯特倫夫人都非常需要她，哪怕是一個星期，她也走不開。因此，她只能犧牲自己的樂趣，一心一意幫他們忙。其實，她只是一時興起，雖然去普茨矛斯不要花錢，但回來的時候卻要自己掏錢的。所以，她想只好讓可憐的、親愛的普萊斯妹妹失望了，但錯過了這次機會，她們說不定要過二十年才能相見了。

由於芬妮要去普茨矛斯，艾德蒙的計畫因此受到影響。本來他打算趁這個時候去倫敦的，但是最能給他父母帶來安慰的人卻要在此時離開，在這個時候，他不能也離開他們，他覺得自己得克制、克制，要像大姨媽那樣爲曼斯菲爾莊園做些犧牲才對。所以，他將一直期盼的、決定他終身幸福的倫敦之行，往後順延了一、兩個星期。

他把這件事告訴了芬妮，他又向她推心置腹地談了一次美莉的事。他想反正芬妮已經知道很多了，乾脆就全都告訴她吧！芬妮聽了，心裡自然很不是滋味，她覺得這樣比隨意地提美莉的名字，恐怕在他們之間是最後一次了。

晚上，伯特倫夫人囑咐外甥女要常信回來，她也欣然答應。這時，艾德蒙趁此機會悄悄對她說道：「芬妮，等我有什麼值得告訴妳的事情，或我覺得妳想要知道什麼事情，從別人那裡又不能很快聽到的話，我會寫信告訴妳的。」他的話再明白不過了，就算她沒聽出來，等她抬眼看他的時候，從他容光煥發的臉上也能看出來。

看樣子，她必須做好準備，以承受這一封信的打擊。但沒想到艾德蒙給她寫信，竟成了這麼痛苦的事！人心的變化無常，她還眞沒有多少體驗，但現在，她逐漸感受到人世間的多變，隨著時間的推移和環境的變遷，人們的思想、感情將會發生許多的變化呀！

可憐的芬妮！雖然她急切地想離開曼斯菲爾莊園，但在這最後的夜晚，她心裡充滿了離愁別緒。她傷心落淚，爲大宅裡的每個房間，每個親愛的人。她緊緊抱住姨媽，因爲她走後會給她帶來不便；她吻了吻姨父的手，泣不成聲，因爲她惹他生過氣；最後向艾德蒙道別時，她既沒有說話，也沒有看他，也沒有想什麼，她只知道他以兄長的身分滿懷深情地向她道別。

第二天一早，他們就起程了。當家裡僅剩不多的幾人聚在一起吃早飯的時候，他們說，威廉和芬妮已經走了一段路程了。

7

隨著離曼斯菲爾莊園越來越遠，旅行的新奇，與威廉在一起的快樂，使芬妮的興致漸漸升高起來。當他們走完第一站，跳下湯瑪斯爵士的馬車，向老車夫告別並託他回去代爲問好的時候，她的臉上已堆滿笑容。

一路上兄妹倆談笑風生。威廉興致勃勃，事事都讓他開心不已。他們一會兒說笑話，一會兒談論嚴肅的話題，而他們所談的話題幾乎都圍繞著「畫眉號」。他對未來充滿了希望，猜測著自己將在「畫眉號」上擔負什麼任務，又計畫著如何好好地大展身手，希望可以從中尉儘快再次晉升。

他思考著如何在戰事中立功、受獎，所得獎金又如何分配。他想，除了把獎金慷慨地分贈給父母、弟妹們外，再留一少部分作爲布置自己那座小房子的經費，讓它變得舒舒服服的，等他和芬妮到了中老年時好住在那裡生活。

在他們熱烈的談話中，在談到與芬妮密切相關的事情時，隻字不提亨利。對芬妮與亨利之間發生的事情，威廉是清楚的。在他看來，亨利是世界上最好的人，而妹妹對這個人卻這麼冷漠，他覺得很遺憾，但並沒有責怪妹妹，因爲他現在正處在重視感情的年紀，他明白妹妹的心思，所以，根本不提這件事，生怕惹她煩惱。

亨利並沒有忘記她，因爲在克萊福兄妹倆離開曼斯菲爾莊園的三個禮拜裡，她不斷收到他妹妹的來信，每封信裡他都要附上幾行語意激烈、態度堅定的言詞，與以前他說的完全相同。這讓芬妮感覺很不愉快，看來她以前的擔心不是沒有道理的，的確不應該和美莉通信。

而且，除了亨利的附言她不得不看外，最讓她痛苦的是她不得不將美莉那活潑、熱情的文字讀給艾德蒙聽，因爲艾德蒙每次都堅持要聽她念完信的主要內容，然後，又當著她的面讚歎美莉語言優美，感情眞摯。其實，這些信就是有意寫給艾德蒙聽的，信中充滿了許多消息、暗示和回憶，尤其屢次談到曼斯菲爾。

芬妮覺得這一切眞是太殘酷了！她不得不去做這樣的通信，不得不爲這樣的目的服務，不得不面對不愛的男人無休止的糾纏，不得不忍受自己所愛的男人與別人熱戀。僅從這點來看，離開曼斯菲爾對她也是很有益的。她心裡非常清楚，只要自己不和艾德蒙住在一起，美莉的信一定會大大減少，因爲她再沒有那麼大的動力給她寫信了。等她到了普茨矛斯，她們的通信會越來越少，最後可能完全停止。

就這樣，芬妮一路上思緒紛紛，平安而愉快地乘車前行著。由於二月份的道路比較泥濘，所以馬車走得還算快的，他們一路往前趕。當馬車駛入了牛津，在路過艾德蒙曾經讀過書的學院時，芬妮只是匆匆瞥了一眼。他們到了紐伯里才停下來，將中餐和晚飯合在一起，舒舒服服地大吃了一頓，結束了一天的愉快和疲勞。

第二天早晨，他們早早就動身了。一路上非常順利，他們到達普茨矛斯的郊外時，天還亮著。芬妮環顧四周，看見一幢幢新建築，不由得讚歎不已。過了吊橋，他們進入了市區。這時，暮色漸漸降臨了，馬車一路轟隆隆地，在威廉的大聲吆喝下，從大街轉入一條狹窄的街道，停在了一座小屋的門前。這就是普萊斯先生的家。

芬妮非常激動，心猛然直跳。這麼多年了，她的家會是怎樣的呢？她滿懷著希望，又充滿了疑慮。馬車一停下，便走過來一個邋遢的女僕。看起來她像好像是等在門口迎候他們的，不過，與其說是來幫忙的，不如說是來報信的，因爲一見他們，她立即說道：「先生，『畫眉號』號已經出港了，有一個軍官來過了——」

這時，一個約十一歲，漂亮的高個男孩從房子裡跑出來，一把推開女僕，打斷了她的話，在威廉打開車門的時候，叫嚷道：「你們到的正是時候，我們都等了半個小時了。你知道嗎？今天上午『畫眉號』出港了。眞是太美了！我看見了。他們預估在一、兩天內，『畫眉號』就會接到命令。四點鐘的時候，坎貝爾先生來找過你，他要了一艘『畫眉號』上的小艇，六點鐘回艦上去，希望你能及時回來和他一起走。」

芬妮被威廉扶下車的時候，這位小弟弟只看了她兩眼，算是對她的關注。芬妮吻他的時候，他也表示接受，但心思全在「畫眉號」上，只顧詳細描述著「畫眉號」出港的情景。當然，這完全是可以理解的，因爲他就要到這艘艦艇上開始自己的海員生涯了。

又過一會兒，芬妮進入這座房子狹窄的門廊裡，撲入了媽媽的懷抱，感受媽媽眞誠的母愛。媽媽的容貌讓她彷彿又見到了伯特倫姨媽，這讓她更加欣喜；兩個妹妹也來了，一個是十四歲的蘇珊，已經長成漂亮的大女孩了；還有一個是五歲的貝琪，她是家裡最小的孩子。她們一見到漂亮的姊姊，兩人都很高興，只不過，還不太懂迎接客人的禮儀。芬妮對此倒不計較，只要她們愛她，她就非常滿足了。

接著，她被帶到了一間起居室，這間屋子非常狹小，起初她還以爲只是個小過廳，便站了一會兒，等著把她帶到一間好一點的房間。不過，她很快發現這間屋子再沒有別的門，而且似乎有人住的樣子，這才打消念頭，不由得責怪起自己，生怕他們看出自己的想法。

不過，她媽媽一點沒有察覺芬妮的心思，因爲她很快又跑到街門口去迎接威廉去了。「噢！我親愛的威廉！見到你眞高興。『畫眉號』已經出港了，你聽說了嗎？比我們預料的提早了三天。時間眞是太緊迫了，說不定明天就會接到出海命令，我現在眞不知該怎麼辦，薩姆要帶的東西來不及準備了，我被搞得措手不及！坎貝爾來過了，很爲你著急。你得立即去斯皮特黑德。噢！本想和你聚一晚的，可是現在——現在我們該怎麼辦呢？」

對媽媽一連串的問話，兒子興致勃勃地作了回應，並安慰她說：一切都會有個圓滿結果的；至於不得不走那麼急，也不是什麼大不了的事。

「我當然不希望它離港，如果眞是這樣，我們就可以歡聚幾個小時了。不過，看現在的情形，我還是得馬上走，因爲有一隻小艇靠岸等在那兒呢，這也是沒辦法的事。不知『畫眉號』

停在斯皮特黑德什麼地方？是不是靠近『老人星號』？不過，沒關係！我們怎麼還待在這裡？芬妮在起居室呢！媽媽，來！妳還沒有好好看看妳親愛的芬妮呢！」

兩人一起走進起居室，普萊斯太太再次慈愛地吻了吻女兒，說她個子長高了，然後又關心起他們旅途的勞頓和饑餓。

「可憐的好孩子！你們兩個一定累壞了！你們現在想吃點什麼？貝琪和我等了你們半個小時，還怕你們來不了啦！你們什麼時候吃的飯，現在想吃點什麼？我不知道你們在長途旅行之後，是想吃點肉，還是喝點茶，要不然早就給你們準備好了。本來想給你們做牛排的，這附近街上又沒有賣肉的，眞是太不方便了，我們以前住的那棟房子就好多了。你們想喝點茶吧？」

兩人一致表示想喝茶，喝茶比什麼都好：「好吧！貝琪，快到廚房去，看看蕾貝卡把水燒好了沒有，叫她盡快把茶具拿來。我們的鈴還沒修好，讓貝琪傳個話還是很方便的。」

貝琪正想在這位新來的漂亮姊姊面前展現本事，便愉快地聽話照辦。

「哎呀！」焦躁不安的媽媽接著說：「你們倆一定凍壞了吧？親愛的，把椅子移近一些，這爐火怎麼一點都不旺？半個鐘頭前我叫蕾貝卡弄些煤來的，這半天她不知跑哪兒去了？蘇珊，妳該看好爐火的。」

「媽媽，剛才我在樓上搬東西。」蘇珊大聲地爲自己辯護。芬妮聽了，吃了一驚：「妳剛才說讓我和芬妮姊姊住到另一間屋子裡，蕾貝卡又不肯幫一點忙。」

由於忙亂不堪，她們沒再爭論下去。先是趕車的來領錢，接著在往樓上搬姊姊的箱子時，薩姆非要按他的方式搬，便和蕾貝卡起了爭執。最後，普萊斯先生進來了，嗓門高高的，人沒到聲音已到，只聽他一邊罵一邊踢著放在走廊裡的兒子的旅行包和女兒的紙箱，又嚷著要蠟燭。不過，蠟燭還沒有拿到，他就進屋了。

懷著猶疑不定的心情，芬妮起身迎接父親，但在昏暗中，感覺父親並沒有注意到她，似乎也沒有想到她，便又坐下來。普萊斯先生親切地握了握兒子的手，熱烈地急忙說道：「孩子，見到你很高興，歡迎你回來！你已經知道『畫眉號』今天上午出港了吧？時間太緊迫了！你回來的正是時候，你們那位軍醫來找你，他要來了一艘小艇，六點鐘離岸去斯皮特黑德，最好你和他一起去。

「你的裝備很快就可以做好，我到特納的店鋪去催過了，或許你們明天就會接到命令。不過，遇見這樣的風，如果你們往西巡航的話，恐怕沒辦法啓航。沃爾什艦長認爲，你們一定得和『大象號』一起往西巡航，這正是我希望的。但是，剛才夏力老漢又說，他認爲你們會先被派到『特克賽爾號』上。管他呢！反正我們什麼都準備好了。

不過，可惜你上午不在，沒看見『畫眉號』出港時那個氣派場面，這樣的機會太難得了，就算給我一千磅，我也不願意失去這個機會。今天吃早飯的時候，夏力老漢跑進來說：『畫眉號』就要出港了，已經起錨了！』我跳了起來，三步併作兩步跑到平臺甲板上。我敢說，它看起來眞的非常地完美，任何一隻船都比不上上它。它每小時一定能航行二十八海哩，我想每個英國人都會這樣認爲的。它就停在斯皮特黑德，今天下午，我在平臺甲板上整整看了它兩個小時。它停在大船塢的正東面，緊挨著『恩底彌翁號』，位於『恩底彌翁號』和『克婁巴特拉號』之間。」

「哈！」威廉嚷道：「那可是斯皮特黑德最好的錨位啊！如果是我，也會把它停在那兒的。爸爸，你還沒看見吧？可能光線太暗的緣故。芬妮在這兒呢！我妹妹在這兒呢！」說著便轉過身，把芬妮往前拉了拉。

普萊斯先生說他把芬妮都忘了，然後熱情地擁抱她，對她表示歡迎，說她已經長成大人了，看來很快就要出嫁了。隨後，他似乎又把她忘記了，一心一意地與兒子談論著「畫眉號」。芬妮默默退回到座位上，父親滿嘴的酒氣和粗魯的語言讓她深感痛心。威廉雖然對「畫眉號」也很感興趣，不過，他還是不斷地想讓父親注意芬妮，注意她已經離家多年，及她一路上的旅途勞頓。

又坐了一會兒，終於找來了一支蠟燭，但茶還沒端來，而且根據貝琪從廚房看到的情形，恐怕一時還燒不好。威廉決定先去更換服裝，做好準備，然後再從從容容地喝茶，到時說走時就能立即離開。

威廉走出去後，跑進來兩個衣衫襤褸、渾身髒兮兮、臉色紅潤的男孩，約八、九歲的樣子，他們是芬妮的弟弟湯姆和查理斯。兩人一放學就急忙地跑來看姊姊，報告「畫眉號」離港的消息。查理斯是芬妮走後才出生的，湯姆卻是她曾幫媽媽照顧過的，所以，能再次見面，她感到十分高興。

她十分親切地吻了兩個弟弟，尤其想把湯姆拉在自己身邊，看能否從他的容貌中找到自己喜愛的那個嬰兒的影子，還想告訴他小時候是多麼喜歡她。然而，對小男孩湯姆來說，他可不願讓姊姊這樣子對他，讓他站著不動，還要聽她對自己說話。他只想四處亂跑、吵吵鬧鬧，所以，兩個男孩很快掙脫了她，然後「砰」的一聲出門了，她額頭被震得疼痛。

芬妮和蘇珊之間還有兩個弟弟，一個在倫敦某個政府機關裡當辦事員，一個在來往於英國和印度之間的一艘大商船上做見習船員。現在，除了這兩個，其餘在家的人她都見到了。雖然家裡的人她都見到了，但還沒有特別的感受。約過了一刻鐘，家裡就開始熱鬧了起來。先是威廉在二樓樓梯門口大聲呼喊媽媽和蕾貝卡。原來，他的制服背心不合身，答應要幫他修改，但卻忘記了；貝琪動了他的新帽子，一下子找不到了，一把鑰匙也找不到了，急得團團轉。

這下子普萊斯太太、蕾貝卡和貝琪全都跑到樓上去，幾個人嘰嘰喳喳，說個沒完，其中蕾貝卡叫得最大聲，說得把修改衣物的事情盡快趕出來。威廉想把貝琪趕下樓去，讓她不要妨礙別人，可是卻一點也幫不上忙。由於房間小，牆壁薄，而且每一扇門都是敞開著，所以，樓上的吵鬧聲在起居室裡聽得清清楚楚，就像好像發生在自己的耳邊一樣。

不過，有時候薩姆、湯姆和查理斯的聲音更大，他們在樓上樓下相互追逐，跌跌撞撞，大喊大叫，這些聲音吵得芬妮頭昏腦脹；再加上旅途勞頓，以及近來的種種煩惱，她簡直無法忍受了。屋裡倒是一片寂靜，父親掏出一張從鄰居家借來的報紙，專心地看了起來，似乎已經忘記了芬妮還在屋裡。

他把唯一的蠟燭舉在他和報紙之間，完全沒想到她是不是也需要光亮。不過，她也沒什麼事做，很高興他把燭光遮住，照不著她疼痛的頭。她茫茫然地坐著，不禁黯然神傷，漸漸陷入時斷時續的沉思中。

她回到家了，滿懷希望，可是，沒想到會受到這樣的接待，沒人問她，沒人提及曼斯菲爾！眞讓她──她不讓自己再想下去。她知道自己不應該這樣想，自己已離家多年，哪裡有什麼權利要求什麼呢？讓家人對她另眼相看，她沒有這個權利！家裡人最關心的應該是威廉，向來都是這樣。只不過，她認爲他們不應該忘記曼斯菲爾，忘記那些曾經幫助過的朋友，眞讓她痛心啊！

不過，現在有關「畫眉號」的話題取代了了其他任何話題。它的動向所引起的關注超過其他一切。可能過一、兩天後，情況也許會改變，只怪她自己想得太多了。不過，如果在曼斯菲爾，情況一定不會是這樣的。在姨父家裡，凡事講究分寸，講究規矩，關心每一個人，但在這裡卻不是這樣。

她左思右想了約半個小時，思緒突然被父親打斷。不過，他可不是爲了安慰她，而是因爲走廊裡的聲音實在太吵了，又是腳步聲，又是喊叫聲，他不禁大聲嚷道：「你們這些該死的小雜種！你們想把天鬧翻啊？薩姆的聲音比誰的都大！看來這小子適合當水手長。喂！薩姆，你聽著，別扯著你的尖嗓子亂叫了，小心我揍你。」

但是，在芬妮看來，他的威脅根本起不了作用。雖然三個孩子在五分鐘內都跑進屋裡坐下來，不過，那只是因爲他們跑累了，看他們滿頭大汗、氣喘吁吁的樣子就知道了，而且他們並沒有就此安靜，繼續在他們父親的視線底下，你踢我的腿，我踩你的腳，又突然大喊大叫起來。

門被再次打開，茶具終於送來了！在芬妮幾乎絕望的時候，她以爲今晚上不會喝到茶了。送茶具進來的是蘇珊和一個侍女。從這個侍女的外表來看，芬妮發現先前的那個女僕原來是個管家。

蘇珊把茶壺放在爐火上，看了姊姊一眼，那神情似乎包含兩層意思：一方面爲自己的勤快能幹而得意，另一方面又擔心做這樣的活兒在姊姊眼裡降低了自己的身分。她說：「我到廚房催薩莉去了，幫她烤麵包片、塗奶油，否則，不知要等到什麼時候才能吃到茶點。我想，經過一路的奔波，姊姊一定想吃點什麼東西。」

芬妮十分感激，承認自己的確很想喝點茶。於是，蘇珊馬上動手沏茶，彷彿很高興獨自來做這件事。她還盡量維持著屋子裡秩序，不時警告弟弟們幾句，一副很忙碌的樣子，讓人覺得她的表現很出色。由於得到蘇珊的及時關照，芬妮的頭不再那麼痛了，心裡也好受多了。總之，她在身體上、精神都得了恢復。蘇珊長得像威廉，而且又通情達理，芬妮眞希望她的性情也像威廉，並且像威廉一樣待她好。

在這稍稍安靜的氣氛中，威廉進來了，媽媽和貝琪跟在他後面。他穿上了少尉軍服，整齊的裝束讓看起來更加英俊魁偉，風度翩翩。他滿面春風直接向芬妮走來。芬妮站起身，用讚賞的目光默默看了看他，一時悲喜交集，摟住他的脖子哭了起來。

但她很快就鎮靜下來，擦乾了眼淚，她不想讓別人覺得她有什麼不高興的。威廉那身光彩奪目的服裝，每一處都讓她讚賞不已。威廉還興高采烈地說，在出航之前，他希望每天能抽出一定時間到岸上來，可能的話，還帶她到斯皮特黑德去看看那艘輕巡洋艦。她一聽，精神便振奮了起來。

門又被打開了，進來的是坎貝爾先生，他叫他的朋友了。他是「畫眉號」上的軍醫，一位品行端正的年輕人。屋子裡非常擁擠，好不容易才幫他找了一把椅子，年輕的女孩又趕緊為他洗了一個杯子和茶碟。這時，大人小孩全都動了起來，家裡簡直亂到了極點，也鬧到了極點。

兩位年輕人情眞意切地談了一刻鐘，動身的時間到了，一切準備就緒，威廉告辭離去。三個男孩不聽媽媽勸告，一定要送哥哥和坎貝爾先生到軍艦的出入口，而普萊斯先生則到鄰居家還報紙去，因此一時間，家裡的男人全走光了。

總算清靜些了。蕾貝卡奉命撤去茶具。為了找一隻襯衫袖子，普萊斯太太忙了半天，最後還是貝琪在廚房的一個抽屜找到的。因為來不及為薩姆趕做出行裝，媽媽又為此歎息了一陣。接下來，這夥女人們就變得非常安靜了。這時，普萊斯太太總算有閒暇想起她的大女兒，以及曼斯菲爾的朋友們。

她問了芬妮幾個問題：「不知我伯特倫姊姊是怎麼樣管教僕人們的？是不是也像我一樣，

總是爲找不到像樣的僕人而苦惱？」一提到僕人，她便只顧想著自家的苦楚，思緒也離開了北安普敦郡。她認爲普茨矛斯的僕人們德行都很差，尤其是她家的兩個僕人。她數落著蕾貝卡的諸多缺點，早把伯特倫一家人忘得一乾二淨了。

與此同時，蘇珊也舉出了蕾貝卡的許多不是，貝琪舉的例子更多。蕾貝卡被她們說的一無是處。芬妮猜想，蕾貝卡或許做滿一年，她媽媽就會把她辭去了。

「做滿一年！」普萊斯太太嚷道：「她要到十一月份才滿一年呢！但我現在就想辭去她。親愛的，普茨矛斯的僕人眞是不好對付，如果有人用僕人超過半年，那才叫做奇蹟呢！所以，我根本不指望能找到合適的人，或許辭去了蕾貝卡，換一個會更糟。說實話，她眞夠輕鬆的了。我這個主人不難侍候，而且常常自己把該做的事情都做了大半，再說，還有個丫頭供她差遣呢！」

芬妮坐在那裡望著貝琪，一言不發，倒不是因爲她也認爲僕人的問題不好解決，而是她想起了另一個妹妹，一個非常漂亮的妹妹。當年，她離開家去北安普敦的時候，那個妹妹比現在的貝琪小不了多少，但在她走後不到幾年就死了。她非常喜愛那個妹妹，喜愛的程度甚至超過蘇珊。

她死去的消息傳到曼斯菲爾的時候，芬妮曾經爲此悲傷不已。現在看見了小貝琪，自然而然地就想起了小梅莉，但是，她不願再提起小梅莉，免得惹媽媽傷心。懷著這樣的想法，芬妮端詳著貝琪。這時候，在離她不遠的地方，貝琪拿著一件東西想給她看，但又遮著不想讓蘇珊看見。

「親愛的，妳手裡拿著什麼？」芬妮問：「來給我看看。」

原來是把銀刀。蘇珊見了，跳了起來，說那是她的東西，嚷叫著要奪過來。貝琪趕緊跑到媽媽那裡尋求保護。蘇珊在一旁生氣地責備她，顯然想要獲得芬妮的同情：「是我的刀子，快給我！這是小梅莉姊姊臨死的時候留給我的，本來早該還我了，可是媽媽不肯給我，總是拿給貝琪玩，最後竟然變成她的東西了，媽媽還答應我不會給貝琪！」

這番話讓芬妮大爲震驚，而媽媽的回答也同樣讓她目瞪口呆。她們的對話完全違背了她認爲的母女之間應有的情義、敬重和相親相愛。

普萊斯太太大聲抱怨道：「我說，蘇珊哪，妳的脾氣眞是太壞了！妳別這麼吵，好不好？爲什麼總要爲了這把刀子爭吵呢？可憐的小貝琪，蘇珊對妳太凶了。不過，親愛的，妳把抽屜裡的東西給我拿來就好了，爲什麼要把這把刀子也拿出來呢？我跟妳說過，妳最好不要動它，蘇珊一見妳拿就生氣。

「看來我只有把它藏起來了，貝琪。唉，可憐的小梅莉！在她臨死的前兩個鐘頭，她把這把刀交給我保管，誰知道你們會像狗搶骨頭一樣搶它呢？我想她一定想不到你們會這樣。當時她說：『媽媽，等我死了埋藏後，把我的刀送給蘇珊妹妹。』她說這話時十分衰弱，我只能勉勉強強聽見，眞讓人感動！可憐的小寶貝啊！

「芬妮，妳不知道她有多喜歡那把刀。在她臥床不起的時候，一直都把它放在身邊。這把刀是在她死前六個星期，她的教母麥斯威爾將軍的太太送給她的。可憐的小親親呀！死了也好，免得像我們一樣受罪。我的貝琪（撫摸著她），妳的運氣可沒那麼好，能遇到那麼好的教母，羅禮士姨媽離我們太遠了，怎麼會想到妳這個小人兒呢？」

的確如此，羅禮士姨媽沒給她帶來任何禮物，只是捎來口信，希望她的教女好好念書，做個好孩子。有一次，在曼斯菲爾莊園的客廳裡，她曾聽到竊竊私語，似乎是要送一本祈禱書給貝琪，但後來再也沒聽說這件事了。不過，據說羅禮士太太也曾回家，取下她丈夫用過的兩本祈禱書，可是拿到手裡想了想，她慷慨的念頭便煙消雲散。她覺得其中一本的字體太小，對孩子的眼睛不利；另一本又太重，孩子帶來帶去會很不方便。

芬妮累了，一聽說請她去休息，她非常感激地同意了。因爲今天姊姊回來了，貝琪被允許比平時晚睡一個小時，但一個小時後，她不僅不想睡，還哭鬧個不停。芬妮沒等她哭鬧完，就起身上樓了，只聽見樓下吵得一片混亂。男孩們喊著要麵包加乳酪，父親叫著要喝加水萊姆酒，而蕾貝卡又總是不能讓他們滿意。

8

她和蘇珊共住的臥室非常狹小，幾乎沒有什麼裝飾。她沒想到房間竟會這麼小，走廊的樓梯又那麼窄。相較之下，她在曼斯菲爾莊園住的那間小閣樓就顯得氣派、闊氣多了，雖然那地方人人都嫌太小而不願意住。

外甥女給姨媽寫第一封信時的心情，如果湯瑪斯爵士能了解的話，他就不會感到絕望了。那天早晨起來，由於夜裡睡得還好，芬妮覺得還算愉快，這時家裡又處於比較安靜的狀態，因爲湯姆和查理斯都上學去了，薩姆也在忙自己的事，父親則像往常一樣四處閒逛，而且還有希望很快再見到威廉。於是，她在寫信描述她的家庭時，倒還言詞明快。

不過，她心裡十分清楚，這兒有許多讓人不快的事情，只不過她不想讓他們知道罷了。如果姨父知道她回家住了不到一個星期後產生的想法，就會認爲亨利一定會成功的，而且也會爲自己的英明而沾沾自喜，因爲不到一個星期，她對家裡的一切已經十分失望了。

先是威廉走了，在她來到普茨矛斯後的第四天，他就出海了。原來「畫眉號」接到了命令，而且風向也改變了。在那麼短短的幾天裡，她只見到哥哥兩次，而且每次都匆匆忙忙的，剛剛見面便又分手，因爲他上岸來總是帶著公務，根本就不可能暢暢快快談心，到大堤上悠然散散步，更不要說什麼到海軍船塢參觀，去看看「畫眉號」了。

總之，原來所有的期盼和計畫全都沒有實現，除了威廉對她的情意之外，別的一切都讓她失望。威廉離家的時候，臨走時還想到她，他又回到門口說：「媽媽，好好照顧芬妮，她不像我們過慣了艱苦生活，她有些脆弱，拜託媽媽把芬妮照顧好。」

芬妮不得不承認，威廉走後的這個家，幾乎在各個方面都與她預想的不同，甚至完全相反。這個家總是吵吵鬧鬧、亂七八糟、毫無規矩，個個都不安分守已，事事做得都不妥當，而且她簡直沒有辦法像自己希望的那樣敬重父母。對父親，雖說她本來就沒抱多大的希望，不過，比起她想像中的父親，眼前的父親對家庭更加不負責任，習性也更壞，言談舉止更是粗俗不堪，他愛罵人，好喝酒，又髒又粗野。

說他沒有本事，似乎也不是，只不過，除了他那個行業，除了看報紙和海軍軍官花名冊，除了談論海軍船塢、海港、斯皮特黑德和母親灘〈Motherbank位於英格蘭南部維特島東北沿岸的海灘，是當年英國與東印度群島進行貿易的大貨船的泊地〉之外，他對什麼都不感興趣，對什麼都不關心。在她的印象中，父親總是言語粗俗，舉止粗野，似乎從沒有給過她一絲一毫的溫情；而現在，他除了拿她開個粗俗的玩笑，對她幾乎不屑一顧。

對母親，她就更加失望了。本來她對她寄予了很大的希望的，而現在完全失望了。她對母親的那些種種美好的期望很快徹底落空了。倒不是說普萊斯太太心狠，而是在她自然的本能得到滿足後，她的情感就再也沒有其他來源，對女兒不太關心，不太親切了，完全沒有了女兒剛來的那天晚上的客氣。因爲她的心、她的時間早已被占得滿滿的，既沒有閒暇，也沒有感情用到芬妮身上。

對她的那些女兒們，她向來就是不怎麼看重的。兒子們是她的最愛，尤其是威廉。不過，小女兒貝琪算是個例外，貝琪被她寵得簡不像樣。威廉是她的驕傲，貝琪是她的心肝，剩下的母愛則被約翰、理查、湯姆和查理斯分享，爲他們高興，爲他們擔憂。

她的心被這些事分攤了，而她的時間則被她的家和她的僕人占據了。她的日子過得忙碌而緩慢，忙得總是不見成效，又總是拖拖拉拉；她不停地埋怨，卻又不肯改變現狀；她也想成爲一個會過日子的人，可又不會算計，也沒有條理；她對僕人不滿意，卻沒有辦法讓他們改變；她得不到僕人的尊敬，不管對他們放手不管，還是幫忙做事，或是責備，都沒有什麼用。

比起她的兩個姊姊來，普萊斯太太不像羅禮士太太，倒更像伯特倫夫人。她不像羅禮士夫人那樣勤快，那麼喜歡管理家務，她之所以管理家務完全出是迫不得已。其實她天性懶散，極像伯特倫夫人，不過，她可沒有伯特倫夫人幸運，可以像她那樣家境富足。錯誤的婚姻給她帶來的只是終日勞碌和自我克制。其實，以她的能力來說，她更適合過伯特倫夫人那樣的生活。她可以像伯特倫夫人那樣做一個體面而有身分的女人，而羅禮士太太卻可以憑著微薄的收入，做一個體面的九個孩子的母親。

對母親的這些問題，芬妮自然清楚，但她當然不會說出來。不過，她卻是心知肚明。在她看來，母親不辨是非，懶散邋遢，對孩子既不教育，又不管束，裡裡外外一團糟，令人生厭；至於才幹，她更是談不上，而且嘴又笨；對自己也沒有感情，甚至不願意多了解她，不需要她的友情，也不讓她陪伴，否則，她的這些麻煩也許會減輕些。

芬妮很想做點事，不想讓自己顯得自己比家裡的人優越，好像自己在外受過教育，就不適合或不樂意幫助做點家務事一樣。因此，她立即動手幫薩姆做起事來。她飛針走線，早晚拚命趕做著，最後薩姆登船遠航的時候，他所需要的大部分內衣都做好了。能爲家裡做點事，她感到非常高興。同時，她也擔心如果沒有她，家裡該怎麼辦？

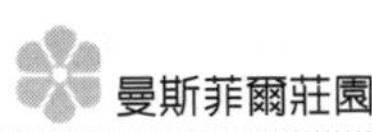

儘管薩姆嗓門大，又盛氣凌人，但他聰明伶俐，派他進城做點什麼事他都樂意去，所以，他走的時候，芬妮還眞有些捨不得，她覺得走掉了三個小弟弟中最好的一個。雖然薩姆對於蘇珊的意見，從來就聽不進去，倒不是因爲意見不合理，而是提的不是時候，但他卻願意接受芬妮的幫助和循循善誘。

至於另外兩個小弟弟——湯姆和查理斯，由於比薩姆小得多，因此，在情感上和理智上，她都無法和他們交朋友，而且還會讓他們嫌棄。每天下午放學後，他們都要在家裡玩各式各樣的遊戲，大吵大鬧的，當她情緒好或有空的時候，也會勸導他們，但他們什麼話也聽不進去，不論她怎麼努力都無法管得動，不久，他們的姊姊便失去了信心。以後，每逢禮拜六下午半天假來臨的時候，她都不免爲此歎息不已。

貝琪也被慣壞了，視字母表爲仇人；而父母放任她和僕人廝混，又縱容她隨意說他們的壞話。芬妮幾乎要絕望了，怎麼也愛她不起來，更無法幫助她；而蘇珊的火爆脾氣也頗讓她頭疼，她與媽媽不斷地鬧意見，動不動就和湯姆、查理斯吵架，對貝琪發脾氣。雖說蘇珊發脾氣並不是沒有原因，但她擔心這樣喜歡爭吵的人怎麼能給自己帶來平靜呢？

這一切都讓芬妮感到心煩。她本想用這個家暫時拋開曼斯菲爾的一切，並克制住自己對表哥的感情。不料卻恰恰相反，眼前這樣的一個家，卻使她不時想起曼斯菲爾來，想起那裡可愛的人們，以及那裡的歡愉氣氛。這裡的一切與那裡形成了鮮明的對比，這裡與那裡完全不同。現在，她眞是無時無刻不在想念曼斯菲爾的風雅、規範、和諧，尤其是那裡的平靜與安寧。

在曼斯菲爾，從來聽不到爭搶東西的聲音，更聽不到大喊大叫，或是有人突然發作，胡蹦亂跳，所有的一切都顯得秩序井然，輕鬆歡快；每個人都有應有的位置，每個人的意見都受到尊重，如果有哪件事缺乏溫柔體貼，那麼，取而代之必然是健全的見識和良好的教養。與她現在這個家的吵鬧比起來，羅禮士姨媽帶來的那些小小不快，簡直不足掛齒。

而這裡總是沒完沒了的吵鬧，似乎人人都在吵，個個都在鬧。（或許媽媽是個例外，她與伯特倫姨媽一樣，說起話來總是輕柔單調。只不過，由於生活上的磨難，聽起來有幾分焦躁不安）要個東西也要大聲叫喊，僕人們在廚房裡辯解也大聲叫喊，門總是不停地砰砰作響，樓梯上總有人上上下下；誰也不肯老實地坐一會兒，誰也不肯認眞聽別人講話。對芬妮這種單薄的身體、怯弱的性情來說，這一切無疑是個巨大的痛苦，就算加上風雅與和諧，也彌補不了這種痛苦。

芬妮根據這一個星期的印象，把兩個家庭作了比較。她藉用詹森博士關於結婚和獨身的著名論斷（詹森博士，薩繆爾．詹森，一七〇九至一七八四，英國作家、評論家、辭書編撰者。他在其中篇傳奇《阿比西尼亞國拉塞斯王子傳》第二十六章中有這樣一句話：「結婚有許多痛苦，但獨身卻沒有快樂。」來評論這兩個家庭：雖然在曼斯菲爾莊園會有痛苦，但在普茨矛斯卻沒有任何快樂。

9

正如芬妮所料，美莉的信果然沒有來得那麼勤了，但出乎芬妮意料的是，這並沒有給自己帶來多大的安慰，接到來信的時候，她還眞高興，她的心理發生了多麼奇怪的變化呀！

但這也是可以理解的。她現在被排斥在上流社會之外，遠離了她向來感興趣的所有事物。在這樣的情形下，能收到她熱愛的那個圈子的某人來信，而且信又寫得那麼熱情，又有幾分文采，這自然讓她感到舒坦如意。

信裡總是說應酬越來越多，所以沒能及時來信。美莉寫道：

「說實在的，現在我給妳寫信，就怕妳覺得不值一讀，因爲信的末尾沒有了世上最癡情的H・C・（Henry）附的幾行充滿愛意的、熱情洋溢的話語。亨利到諾福克去了。十天前，他去了愛芙林姆，說是有什麼事，或許根本沒事的，我認爲他只是想趁妳外出的機會，自己也出去走一走。不過，現在他的確在愛芙林姆。

順便一提，現在少寫信和他這個做哥哥的不無關係。因爲他不在身邊，我就聽不到：「喂，美莉，妳什麼時候給芬妮寫信呀？妳是不是應該給芬妮寫信了？」等諸如此類的催促。另外，經過多次努力，我終於見到了妳的兩位表姊——親愛的茱莉雅和最親愛的萊斯渥太太（瑪麗亞），她們昨天來的時候，我正在家裡。能夠與她們重逢，我感到很高興，好像大家感覺都很高興，似乎有許多話要說。

妳想不想知道當我提到妳的名字時，瑪麗亞臉上的表情？在我看來，她向來是比較沉穩的，可是昨天卻有些沉不住氣。相較而言，茱莉雅的臉色就好看一些，至少在提到妳的時候是這樣；而她那副面孔卻一直沒有恢復正常，從我講到芬妮，並以「小姑」的語氣談到妳的時候。

不過，瑪麗亞很快就會春風滿面了，在二八日那天，她將舉行第一次舞會，我們已經接到了請帖，她將展示溫普爾街最氣派的一幢大宅，到那個時候，她一定會打扮得非常漂亮的。

我曾在兩年前去過那裡，當時拉塞爾斯夫人住在裡面，我覺得我在倫敦見過的房子中，眞的沒有任何一幢能比得上它。所以嘛，那個時候她一定會有像一個王后住在一座宮殿裡一般的感覺，她會感到十二萬分的滿意，但亨利是不可能給她這樣一幢房子的，我希望她能記住這點，她最好能夠滿足於現狀。因此，我絕不會再當著她的面有意提妳的名字，免得刺激她。

至於茱莉雅嘛，從聽到的情況及我的猜測，那位維爾登海姆男爵（《山盟海誓》中的人物，由約翰扮演，見本書第一卷第十四章）仍在追求她。我不知他是不是受到了認眞的鼓勵，不過，我認爲她應該選擇一個更合適的人。說實在的，我想像不出這位男爵有什麼可愛之處，他幾乎一無所有，一個可憐的貴族頭銜能有什麼用？如果他不只是講起話來呱呱叫，收起租來也「頂呱呱」就好了！

不知怎麼回事，你艾德蒙表哥哥遲遲沒來，或許是教區的事務把他絆住了，或許是他需要勸說桑頓萊西的哪個老太婆皈依。我不願意想他是因爲某個年輕女人而不把我放在心上。再見，我親愛的、甜蜜的芬妮，我從倫敦給妳寫了這麼一封長信，妳也該好好回我一封，讓亨利回來可以一睹為快。別忘了跟我講講，妳為了他拒絕了多少年輕英俊的艦長。」

雖然這封信讓她多少感覺有些不快，而且還給她帶來了諸多不安，但由於這封信把她和遠在他鄉的人聯繫了起來，信裡的不少訊息可以讓她回味再三。所以，她倒也願意每個禮拜都收到這樣一封信，而她唯一更感興趣的是她和伯特倫姨媽之間的通信。

至於普茨矛斯的社交活動，也沒有給她帶來絲毫的快樂。不管是父親圈子裡的人，還是母親圈子裡的人，沒有一個讓她有好感。因為她覺得這裡的男人個個粗魯，女人個個唐突，男男女女沒有一個不缺乏教養。不管和誰應酬，她都感覺不滿意。

不過，別人對她也同樣不滿意。起初那些年輕的女孩帶著幾分敬意來接近她，因為她們認為她來自於一位男爵家，一定很有氣派，但她們很快就失望了，因為她們發現她既不肯彈鋼琴，又沒有穿講究的皮大衣，並不比她們優越多少。

雖然家裡處處讓她覺得都不順心。不過，她很快得到了第一個實在的安慰。這個安慰是來自於她對蘇珊的進一步了解，以及可能給她帶來的幫助。雖然蘇珊對她一直不錯，但是，芬妮對她潑辣風格實在不敢恭維，她的性情與自己完全不同。直到過了兩個禮拜，她才開始了解蘇珊，知道她看不慣家裡的許多事，很想改變，對於一個只有十四歲的姑娘來說，在沒有任何幫助的情況下，僅僅憑著自己的理智，想改變家庭的狀況，實屬不易。所以，她採用的方法可能不太妥當，自然也就不奇怪了。

芬妮發現，蘇珊遵循的正是她認同的原則，維持的也正是她認可的秩序。沒想到她小小年紀就能明辨是非，芬妮很快對她的做法不太在意了，開始欣賞她的天賦和智慧。與芬妮不同的是，蘇珊敢大膽地站出來管事，而芬妮總是畏縮不前，遇事只會躲在一邊哭。

芬妮看得出來，不管怎樣，蘇珊的干預還是發揮了一定的作用。如果蘇珊不出面，那些本來已經很糟的事會變得更糟；而她媽媽和貝琪那種過分的、令人不能忍受的放縱粗俗的行爲，正是由於蘇珊的干預，才有可能受到一些制約。

蘇珊每次和媽媽辯論都是有道理的，但母親從不用母愛的柔情來感化她。過去她不被人疼愛，現在也沒人疼愛，對於那些會造成種種不良後果的盲目溺愛，她從來沒有領受過。因此，她自然不會有什麼感恩之心，而且也無法容忍對別人的過分溺愛。

芬妮逐漸明白了這一切，於是，她開始同情和欽佩蘇珊。不過，蘇珊的態度實在不好，而且舉止失當，不合時宜，她的神情和言語常常讓芬妮認爲不可原諒。她希望這一切會有所改變，看起來她的願望是有可能實現的，因爲她發現蘇珊敬重她，希望得到她的指點。雖然芬妮從沒有想到過要指導別人，也從沒有做過什麼權威，不過，她還是希望利用自己受過的良好教育，偶爾給她一些指點，讓她學會如何更好地待人接物，如何做才算聰明。

她的影響力開始發揮了作用，或者說她認識到自己的影響，並有意識地加以利用，這意識起於她對蘇珊的一次友好行動。蘇珊總是爲了那把銀刀與貝琪爭吵，於是芬妮想，其實花不了多少錢就可以把這件敏感的事化解的。因爲臨別時姨父給了她十英鎊，有了這筆錢，她可以很輕鬆地解決這個問題。雖然她早已經想到該如何解決，但她一直猶豫不決，直到最後才鼓起勇氣。

起初，她之所以對這件事滿懷顧慮，是因爲她還從來沒對誰施過恩，除非特別窮的人。對那些與她同等的人，她從沒有糾正誰的不良行爲，也沒有對誰施過恩。所以，她生怕別人以爲她有意擺出大家閨秀的派頭，以此來提高她在家裡的地位。所以，對於自己贈送這個禮品是否合適，她一直下不了決定。最後還是送了禮品，給貝琪買了一把銀刀。

這把嶄新的銀刀再怎麼看也比那把舊的好，於是，貝琪喜出望外地接受下來，並且還慷慨地宣稱，她既然有了一把漂亮的多的刀子，絕不會再要那一把了。這樣一來，蘇珊就完全恢復了對那把舊刀子的所有權。一開始時芬妮還擔心媽媽會因此感到慚愧，但是媽媽絲毫沒有這樣的反應，反而同樣高興。這件事完全收到了應有的效果，徹底化解了造成家庭糾紛的一個根源。蘇珊也從此向她敞開了心扉，她也從此多了一個可以喜愛和關心的人。

爲了成爲這把銀刀的主人，蘇珊至少爭了兩年，現在得到了自然十分高興；不過，她又擔心姊姊對她的印象不好，怕姊姊怨她不懂事，只知道爭來爭去；如果沒有買這把銀刀，家裡就一直不得安寧。由此可見，蘇珊是個心眼極細的姑娘，也是一個襟懷坦白的人，對於自己的顧慮，她毫不掩飾向姊姊承認了，並責怪自己不該那樣子去爭。

從此，芬妮對她可愛的性情，以及希望得到姊姊的意見和指點的心情，有了更深的了解。芬妮又感受到了親情的幸福，而且對一個如此需要幫助，而又應該得到幫助的人，她希望盡自己最大的努力給予幫助。她提出了意見，她的意見既中肯又合情理，只要腦子沒問題的人，都不會反對；她的意見還提得又溫和又體貼，就算是脾氣不太好，聽了也不會生氣。見到自己的意見屢屢產生良好的效果，芬妮心裡眞有說不出的高興。

從她那裡，蘇珊明白了做人的道理，明白了自身的利害關係，所以，都能接受她的意見，並盡可能地自我克制。不過，對蘇珊來說，這畢竟不太容易，但芬妮能夠體諒，所以，對她的要求也不是很高。可是不久之後，她發現不是蘇珊聽不進她的意見，不尊重她的見解，而是蘇珊本身的觀點就非常好，見解就非常正確。這是最讓她感到驚奇的地方，因爲她是在這種無人管教、沒有規矩的環境中長大的，根本不會有什麼表哥艾德蒙指導她的思想，給她灌輸爲人之道，而她竟然有這麼多正確的見解。

在這種情形下，兩人開始親密的交流。她們避開家裡的吵鬧，一起安安靜靜地坐在樓上做事。芬妮幸慶自已得到了安寧，而蘇珊也懂得了一聲不響做事的樂趣。她們的房裡沒有生火，不過，芬妮已經習慣了這樣的艱苦。這讓她聯想到了那間東屋，因此，她並不覺得有什麼苦的。在這一點上，這間屋子與東屋挺想像，但是大小、光線，還是家具、窗外的景色，卻沒有一絲一毫相似之處。

每次想到東屋，就自然想起她那些書籍、箱子和各式各樣舒適的用品，她不由得歎息。這以後，兩個姑娘都在樓上度過上午的大部分時間，剛開始只是做做活，聊聊天兒。幾天後，芬妮越來越想念東屋裡的那些書籍了，這種情緒刺激得她忍不住地又想找書看。

在父親的這個家裡是沒有書的，但是有了錢卻會大方揮霍，無所顧忌。就這樣，她的一部分錢就流向了一家流通圖書館。現在她成了一個訂閱圖書的人，一個租書的人，一個挑選圖書的人！由她選書來幫助別人提升層次，對此，她自己都感覺非常驚訝，爲自己的所作所爲感到驚訝。可是，蘇珊什麼書都沒讀過，芬妮想讓她分享一下自己最重要的樂趣，鼓勵她讀自己喜歡的傳記和詩歌。

當然，她還希望透過讀書來讓自己暫時忘卻曼斯菲爾。如果她只是手裡忙的話，空閒的腦子裡必然縈繞著那些難忘的回憶，尤其是她從伯特倫姨媽的來信中知道艾德蒙已經到倫敦去了的時候。所以，她覺得讀書有助於轉移她的思想，不至於讓她胡思亂想，心煩意亂。

艾德蒙曾說，到時候他會寫信告訴她情況，現在讓她心驚膽顫的事就要到來了。每天左鄰右舍郵差敲門的聲音，都會讓她驚恐不已。如果讀書能讓她把這事忘掉，那怕只有半個小時，她也會感覺收穫很大的。

10

從推測艾德蒙已經到倫敦的那天起，一個禮拜過去了，芬妮還沒有得到他的任何消息。芬妮焦慮地想著其中的原因，認爲有三個原因最有可能：或許是他又延遲了起程的日期，或許是還沒有找到機會與美莉單獨相會；或許他高興得把寫信這事給忘了。到底是哪一個原因呢？芬妮在這之間反覆思慮著。

離開曼斯菲爾已經快四個禮拜了，芬妮幾乎每天都在計算著時間，盤算著已經來了多少天。這天早上，她和蘇珊又準備上樓的時候，忽聽到有人敲門。總是喜歡給客人開門的蕾貝卡，一聽見聲音便忙著跑過去，讓兩人沒辦法回避，只好停下來和客人見面，之後就傳來一個男人的聲音。芬妮一聽，頓時失色。這時，亨利走了進來。

她原以爲在這樣的時候她一定會不知所措，說不出話來，但像她這樣心智穎敏的人，到了關鍵時刻總會有辦法應對的。此時，她發現自己竟然很冷靜地把他介紹給她媽媽，還特意提醒說他是「威廉的朋友」，好讓媽媽想起他。是在家裡人只認爲他是威廉的朋友，不過，等介紹完畢，大家都坐定後，一想到他的來訪目的，她又覺得非常驚恐，幾乎要暈了過去了。

這位客人帶著往日的熱情，眉飛色舞地向她走來。不過，他發現她已經嚇得快要不行了，於是便機靈而體貼地移開目光，讓她從容恢復正常。他與她母親寒暄著，表現得又斯文又得體，還帶著幾許親熱，不管和她講話還是聽她講話，都興味盎然，那風度簡直無可挑剔。

普萊斯太太的表現也不同尋常，她希望在兒子的朋友面前表現得體些。兒子有這樣一位貴友，她心裡很激動，自然說了許多感激的話。這是出自母親的感激之情，絲毫沒有做作的感覺，讓人聽了很愜意。她還說普萊斯先生出去了，並爲此感到十分遺憾。不過，芬妮對此不以爲然。待在這樣一個家裡，已經讓她感到丟臉了，父親如果在家裡的話，她會更感到難堪。雖然她不停地責備自己的這個弱點，可是一點用也沒有。本來已經有很多事情讓她感覺不安，現在她就更加不安了。

他們談起了威廉。這個話題，是普萊斯太太最願意談論的。她滿心歡喜地聽著亨利熱烈地讚賞威廉，覺得眼前這個人太討人喜歡了，還眞是沒碰見過呢！而一個如此高貴、可愛的人到普茨矛斯來，一不為拜訪海港司令，二不為拜會地方長官，三不為到島上觀光，四不為參觀海軍船塢，這讓她不由得感到訝異。

他這次來普茨矛斯的確不是為了顯示高貴，更不是為了擺闊，與她往常的想像不一樣。他是深夜到達的，打算住上一、兩天，現在住在皇冠旅社。來了之後，他也偶爾碰到一、兩個熟悉的海軍軍官，不過，他這次來不是為了看他們。

他介紹完這些情況後，眼睛盯住芬妮，顯然下面這話是說給她聽的。對於他的目光，芬妮倒還可以勉強忍受，他說他妹妹託他向她表示最眞摯、最親切的問候。在離開倫敦第一天晚上，他曾與妹妹在一起待了半小時。由於時間很倉促，來不及寫信，但能夠與美莉相聚半小時，他感覺已經不錯了。因為他從諾福克回到倫敦，在倫敦待了還不到二十四小時就到這裡來了。據他了解，她的艾德蒙表哥已經到倫敦好幾天了，雖然他本人沒見到他，不過聽說還不錯。他離開曼斯菲爾的時候，家裡的人也還好。

芬妮鎮定地聽著他這番話，不管怎樣，總算有了消息，她似乎可以鬆口氣了，這對她那疲憊不堪的心靈來說，只要知道了個結果，就算是一種解脫。她心裡想到：「看樣子，這事情完全定下來了。」想到這裡，她也只是微微臉紅，沒有流露出更多的情緒。

他們又談了談曼斯菲爾，芬妮顯然對這個話題頗感興趣。爾後，亨利又暗示她，希望早些出去散散步：「今天早上天氣眞好！最好能抓緊時間活動、活動，這個季節的天氣非常多變。」但他的暗示沒有得到回應，他只好直接了當地建議普萊斯太太以她的女兒們：最好抓緊機會到外面去散散步。

不過，由於家裡孩子太多，普萊斯太太除了禮拜天，平時幾乎從不出門，她根本沒有時間到外面散步。於是，亨利又說道：「那麼，在這樣美好的天氣裡，您可不可以讓您的女兒們出去走走，並允許我來陪伴她們呢？」普萊斯太太自然是求之不得，當即點頭應允：「當然可以，我的女兒們很少出門，總是關在家裡，主要是因爲普茨矛斯這地方太糟糕了；再說，我知道她們有些事情要到城裡去辦辦。」不到十分鐘的時間，芬妮莫明其妙地就和蘇珊跟著亨利一起上街了，而這情形讓她感覺又尷尬又煩惱。

然而，過了不久，她又碰到了一件讓她更加尷尬和煩惱的事。在他們剛走到大街，她的父親便迎面走來。雖然今天是禮拜六，但父親的外表並沒有因此而有什麼改變，讓人感覺很不體面。他停了下來，芬妮不得不把他介紹給亨利。他將會對父親將產生什麼樣的印象，芬妮是十分清楚的，他一定會替他感到害臊，會厭惡他。

或許他會因此很快放棄她，絲毫不再考慮這樁婚事。雖然她一直想治好他的相思病，不過，透過這樣的方法嚇走她的追求者，實在是很一件很糟糕的事。我相信，沒有一位年輕小姐願意這樣，她寧願忍受一個聰明、可愛的年輕人的不幸追求，也不能忍受他被自己粗俗的至親嚇跑。

不過，對未來的老丈人，亨利也許不會用時裝模特兒的標準來看待吧！然而，讓芬妮深感欣慰的是，她發現父親與平日在家裡的表現判若兩人。在這位非常尊貴的陌生人面前，他完全變成了另外一個普萊斯先生。他和顏悅色，熱情洋溢，言談舉止雖談不上優雅，但也相當不錯。他看起來通情達理，說起話來儼然像位疼愛女兒的父親；他的大嗓門在戶外聽起來倒還悅耳，而且沒有帶一句髒話。見到亨利的文質彬彬，他也自然生起了敬意。總之，不管結果怎樣，至少現在芬妮覺得非常欣慰。

兩位先生寒暄一陣後，普萊斯先生建議帶亨利參觀海軍船塢。雖然亨利去參觀過不止一次，不過，實在盛情難卻，況且他也想與芬妮在一起多走走。所以，對於這個建議，只要兩位普萊斯小姐不怕辛苦，他倒十分樂意接受。兩位小姐似乎不怕辛苦，從她們的行動可以看出，或者說她們以某種方式表明，或是暗示吧！總之，大家一致贊同去海軍船塢。

本來普萊斯先生想直接帶他們去船塢的，至於女兒們是不是還要上街辦事，他根本就沒有考慮。幸而亨利比較細心，提出自己的意見，建議她們先到商店去一趟。由於芬妮向來不願意給別人添麻煩，或是讓別人等自己，所以，她們並沒有耽擱多少時間，很快買完東西出來了。而這時，站在門口的兩位先生才剛開始談到最近頒布步的海軍條例，以及現役的三層甲板軍艦還有多少等問題。

於是，大家一起向海軍船塢走去。在亨利看來，普萊斯先生根本就不是個稱職的帶路人。因爲他總是大步地往前走，一點都沒顧慮後面的兩個女孩們是不是跟得上。如果完全由著他帶路，兩個女孩就得吃苦頭了。對於這種狀況，亨利不時地想改變一下，雖然這改變達不到他所希望的程度。每逢到了十字路口或人多的地方，普萊斯先生只是喊幾聲：「來，女孩們小心點！注意點！」而亨利卻要特地跑回去關照她們。

一進入海軍船塢不久，他們便遇見一個經常與普萊斯先生一起厮混的朋友，他正執行日常任務，前來察看情況。顯然由他來陪普萊斯先生會比克萊福合適的多，亨利頓時覺得他有希望和芬妮好好談談了。果然，過了不久，那兩位軍官就樂呵呵地走到了一起，談起了他們同樣感興趣並永遠感興趣的話題。而幾位年輕人或是坐在院子裡的木頭上，或是在參觀造船台時，在船上找個座位坐下。因爲芬妮覺得累了，想坐下休息，這自然給亨利提供了機會，他爲此喜不自禁。

不過，他希望她妹妹最好也離得遠一點。與伯特倫夫人相比，蘇珊這麼大的女孩是世界上最糟糕的第三者了，目光敏銳，耳朵靈敏，只要她在面前根本就無法說要緊的話。他只能說一些客氣話，讓蘇珊也分享一份快樂。只不過，對心中有數的芬妮，他不時要暗示一下，或使個眼色。

諾福克是他談得最多的話題。他在那裡住了一段時間，對那裡進行了一番改造，現在那裡更是了不得。亨利這個人，不管從什麼地方來，從什麼人那裡來，總會帶些趣聞逸事。他話題特別廣泛，他的旅途生活和他認識的人都可能成爲他的談話內容，蘇珊覺得極爲新鮮有趣。

除了他那些熟人的偶然趣事，爲了獲取芬妮的歡心，他還講了一些別的事。他詳細講述了在這個不尋常的季節，他去諾福克的實際原因。看來這次他眞的是去辦事的。原來他懷疑他的代理人耍了詭計，以前簽的租約可能危害了一大家子（他認爲是）勤苦人的幸福。於是，他決定親自跑一趟，徹底調查這裡面的細節，重新訂了一個租約。

這一趟做的好事超出了他的想像，幫助的人比他預想的多得多。由於履行了自己的義務，他心裡感覺非常欣慰，覺得眞應該爲此自我慶賀一番。這次他還探訪了一些農舍，這些農舍雖然就在他的莊園上，但他一直不了解；他還會見了一些佃農，而這些人都是他過去從沒有見過的。這些話是說給芬妮聽的，看來收到了良好的效果。

芬妮眞的爲他感到高興，他說的話那麼有分寸，在這件事上表現得又那麼得體。那是和受壓制的窮苦人做朋友啊！對芬妮來說，再沒什麼比這更高興的了。她剛想向他投以讚許的目光，不料立即被嚇了回來，因爲她聽到亨利又加了一句：希望不久的將來，他能有一個助手，一個朋友，一個指導者，與他一起實施愛芙林姆的公益和慈善計畫。他們將共同把愛芙林姆以及周圍的一切整治的更加宜人。」

芬妮聽了這麼露骨的話，不由得把臉轉向一邊，她希望他不要再說這樣的話。雖然她必須承認，他的好品格質也許會比她過去的想像要多些；而且，他最會可能也會變成一個好人。可是，他眞的一點也不適合她，永遠也不會適合的，他應該對她放手才對。

這時，亨利也覺得，愛芙林姆的事談得差不多了，似乎應該談點別的事了，於是把話題轉向了曼斯菲爾。此時說這個話題是再合適不過了，他才一開口，便吸引了她的注意力和目光。

對她來說，曼斯菲爾具有巨大的吸引力，不管是聽別人講，還是自己講，她都非常著迷。她離開這個地方以及那些熟悉的人已有很長時間了，現在聽他提起，就像是聽見了朋友們的聲音。

他讚美曼斯菲爾美妙的景色和舒適安寧的生活，這也讓她連聲讚歎；他誇獎她姨父頭腦機敏，心地善良；她姨媽性情和藹，比誰都可親。她高興極了，也跟著同聲稱讚。

亨利還說，其實他自己也十分眷戀曼斯菲爾，希望將來把大部分時間都消磨在那裡，一直都住在那裡，或者住在附近一帶也行。他特別希望今年能在那裡度過一個非常快樂的夏天和秋天，他相信這個願望會實現的，他覺得他應該辦得到。比起去年的夏天和秋天，這個夏天和秋天要美麗清爽得多。今年一定會像去年一樣興致勃勃，一樣豐富多彩，一樣熱鬧，而且有些情況會比去年更加好。

「曼斯菲爾、索瑟頓、桑頓萊西……」他接著說：「在這些大宅裡，我們會玩得多麼開心呀！到了米迦勒節，說不定還會增加一個去處，然後在每個去處的附近建一個狩獵的小屋。至於桑頓萊西，艾德蒙曾熱情邀我和他一起住，幸而我早有預知，覺得不能去。其中的原因嘛，我想至少有兩個，都很充分、絕妙而且無法抗拒。」

他這一說，芬妮的話就更少了。但是事後，她又有些後悔，認爲應該鼓起勇氣表明自己知道其中的一個原因，這樣她就可以多聽聽他妹妹和艾德蒙的情況了。她應該提提這個問題才對，但她總是畏首畏尾的，也就錯過機會了。

因爲普萊斯先生和他的朋友把他們要看的或有時間看的地方都看過了，其他人也準備動身一起回去了。在回去的路上，亨利好不容易找了一個機會，與芬妮說上幾句悄悄話。他說他再也忍受不了這麼長久的分別了，這次來普茨矛斯就是爲了看她，在這裡住一、兩天也是爲了她，完全是爲了她。

芬妮覺得遺憾，非常遺憾。不過，雖然他說了這些話，還說了些她認爲不該說的事，她還是覺得自從分別以來他有了很大進步。與上次在曼斯菲爾比起來，他變得文雅得多，對人懇切得多，也能體貼別人的心情，而且非常和藹可親，她從沒見過他這樣。對她的父親，他的態度無可挑剔，而他對蘇珊的關注也顯得特別親切、特別得體。他的進步是很明顯的。她希望第二天趕快過去，希望他住一天就離開。不過，比起她原先的預料，她覺得事情並沒有那麼糟，而且談起曼斯菲爾來還眞充滿無窮樂趣呢！

況且，她還得爲另外一件事感謝他呢！對她來說，這件事還不是小事。原來臨別的時候，他父親邀他來與他們一起吃羊肉。芬妮一聽，又是一陣驚恐。這時，他卻推辭說自己已經有約在先了。他說在皇冠旅社遇見幾個熟人，一定要請他請飯，已經跟別人約好一起用餐。不過，他第二天上午會再來拜訪他們。隨後，他們就分手了！

芬妮心裡有說不出的欣慰。因爲這她避免了多麼可怕的災難呀！想起讓他來和她家裡人一起吃飯，她就感到極度可怕！因爲，那時候家裡的種種缺陷都將暴露在他面前。蕾貝卡做的那些難以下嚥的飯菜，以及服侍進餐時的那種態度；貝琪在飯桌上的那副吃相，毫無規矩，見什麼好吃就往自己面前拉。這一切都讓芬妮看不順眼，經常因此吃不好飯。只不過，她之所以看不慣是由於她天生知趣，而他卻是因爲在榮華富貴、講究吃喝中長大的緣故。

11

第二天，亨利來的時候，普萊斯一家人正準備動身去做禮拜。他不是來做客的，而是要和他們一起去做禮拜。他們邀請他一起去駐軍教堂，這正合他意，於是他們一起向駐軍教堂走去。

這家人今天看起來還眞不錯。他們洗得乾乾淨淨，穿上最好的衣服，每逢禮拜天他們都是這樣，加上造物主又給了他們頗佳的容貌，所以，禮拜天總是給芬妮帶來許多的慰藉，而這個禮拜天更是如此。

她母親今天看起來還像個樣子，而平日裡無論從哪個方面看，都不像是伯特倫夫人的妹妹。一想起這些，她就覺得悲哀，她可憐的母親與伯特倫夫人的差距是多麼大呀！她母親日子過得多麼拮据，看起來又是多麼枯槁憔悴、邋遢寒酸呀！她並不比伯特倫夫人長得醜，而且還小她幾歲，造物主並沒有給她們造成很大的差異，環境卻給她們造成了如此大的差異。

不過，禮拜天的時候，她就變成一個非常體面的普萊斯太太，帶著一群漂亮的孩子，暫時忘了平日的操心事，看起來十分愉悅的，令人賞心悅目。只是在孩子們過分調皮，或看見蕾貝卡帽子上插著一朵花從她身邊走過時，她才感到心煩。

走進小教堂，他們分開就座，亨利卻一心想著離女眷們近些。做完禮拜之後，她們來到大堤上，他仍然緊跟著她們，夾在她們中間。

每逢禮拜天天氣晴朗的時候，普萊斯太太都會在大堤上散步，一年四季都是如此，通常做完禮拜後便直接去散步，直到吃正餐的時候才回去。這是她難得悠閒的日子，在她的這個交遊場所裡，她見見熟人，聽聽新聞，談談可惡的僕人，然後打起精神去應付接連而來的六天的忙碌生活。

現在他們就來到了這個地方。亨利最爲興奮了，因爲兩位普萊斯小姐理所當然由他來照顧。因此，到了大堤後不久，不知不覺間，他竟然走在了兩姊妹之間，挽著她們的手，一邊一個。芬妮完全沒有料到會是這種情況，也沒弄清是怎麼回事，就更談不上拒絕，或是該怎麼樣結束了。她感覺很不自在。不過，由於天清氣朗，景色迷人，她的情緒並沒因此受太大影響。

雖然還在三月，但這一天的天氣完全像四月天了，陽光明媚，偶爾掠過一抹烏雲；和風輕拂，溫暖舒適，非常宜人。在燦爛的陽光下，斯皮特黑德的艦船及遠處的海島都呈現出一種絢麗的美。站在大堤上遠眺，只見海天一色，雲影相逐，漲潮的海水色彩變幻；而大堤邊，海浪澎湃激盪，發出激動人心的巨響。

眼前這一切，讓芬妮漸漸忘卻了眼下的不自在；再說，如果不是亨利挽著她，她一定走不了兩個鐘頭的，所以，她很快就意識到了她需要這隻手臂。一個禮拜不活動，必然會出現這樣的狀況。自從到了普茨矛斯後，她就中斷了日常的活動，現在這種影響開始顯現出來，她的身體大不如以前了。如果沒有亨利的扶持，如果不是天氣宜人的話，她一定不會堅持這麼長時間的。

與她一樣，亨利也充分感受到了自然的美景，天氣的宜人。他們常常情趣相投地停下腳步，依著牆欣賞一會兒。芬妮不得不承認，雖然他不是艾德蒙，但對於大自然的魅力，也有一番領略，而且能很恰當地表達出來。芬妮不時陷入沉思，有幾次他趁機端詳她的面容，她都沒有察覺。

他發現她依然迷人，跟過去一樣，卻失去了以前的靈氣了，從她的臉色就可以看出來。雖然她一直說自己身體不錯，那只是不願意讓別人有什麼看法。其實從各方面來看，他認爲她在這裡的生活並不舒適，對她的健康十分不利。他希望她能回到曼斯菲爾，在那裡她會快樂得多；而自己在那裡見到她，也會感覺快樂得多。

他問道：「妳來這裡有一個月了吧？」

「還沒到一個月。從離開曼斯菲爾那天算起，明天才到四個禮拜。」

「妳計算得也太精確了。照我說，這就是一個月。」

「我是禮拜二晚上才到這裡的。」

「妳打算在這裡住多久？兩個月嗎？」

「姨父說是兩個月。我想應該不會少於兩個月吧！」

「到時候妳怎麼回去呢？誰來接妳？」

「我也不知道。姨媽在信中還沒提過這事，或許我會多住些日子。如果一到兩個月就來接我，對他們來說，可能不太方便。」

亨利想了想，說道：「我知道。對於曼斯菲爾，對於那裡的情況，我完全了解。我知道他們錯待了妳，來接妳還要看他們是否方便；或許他們已經把忘了，然後一個禮拜、一個禮拜地往後拖。這可不行！他們也許認爲湯瑪斯爵士親自來接妳，或是派妳姨媽的侍女來接妳，會影響他們下一季度的計畫。不過，我覺得讓妳在這裡住兩個月太長了，我看六個禮拜就夠了。」

他又對蘇珊說道：「我這是擔心妳姊姊的身體。她需要經常出來活動，透透氣，而普茨矛斯沒有個活動的地方，這對她的身體很不利。如果妳像我一樣了解她，妳就知道了，鄉下新鮮的空氣和自由自在的生活對她是不可缺少。

「因此（又轉向芬妮），如果妳覺得身體有什麼不舒服，感覺大不如以前，或是不想再住下去——本來這就沒什麼大不了的，而回曼斯菲爾又困難的話，只需要跟我妹妹說一聲，或向她稍稍暗示一下，我和她就會立即趕來，把妳送回曼斯菲爾。妳知道，對我來說，這不過是舉手之勞，況且我又非常樂意做這事。那時，我們會是怎樣的心情，我想妳是知道的。」

芬妮對他表示感激，但只是一笑置之。

「我是認眞的！」亨利說道：「這妳應該很清楚。如果妳身體有什麼不舒服，一定要告訴我們，千萬不要瞞著我們。眞的！妳不該瞞著我們，也不能瞞著我們。長久以來，妳寫給美莉的每一封信裡都說自己很好，我相信妳不會說假話，也不會撒謊，所以，這麼久以來，我們都以為妳身體很好。」

芬妮再次向他道謝，但她心裡忽然有些煩，情緒瞬間低落下來，不想再說什麼，而且也不知該說什麼。這時，他們也快走到終點了，但他堅持把她們送到家門口，然後才向她們告別。他知道她們快吃飯了，便推說自己另外約了人。

別人都進屋了，他仍然纏著芬妮：「眞不忍心把妳累成這樣子。眞的很遺憾，把妳搞得這麼累。需不需要我在城裡替妳辦什麼事？我正計畫最近再去一趟諾福克。妳知道，我對麥迪森非常不滿意。我敢說這傢伙背著我還在耍詭計。他想把他自己的親戚弄到磨坊去，而把我想安排的人頂掉。以前我對他還不夠直言不諱，現在，我必須跟他講清楚。我要讓他知道，在愛芙林姆，不管是它的南邊還是北邊，他都別想捉弄我、矇騙我，我的財產自然由我來當家。

「我恨不得立即就回一趟諾福克，把這些事都安排妥當，讓他以後別想再搗鬼。妳知道，如果莊園上有這麼個人做壞事，那麼對主人的名譽和窮人的安居樂業，會造成多麼大的危害呀！簡直讓人難以置信。當然，麥迪森是個精明人，如果他不想取代我的話，我自然不會撤換他。不過，被一個我不欠分毫的人捉弄，不是太傻了嗎？如果聽由他讓一個心腸又硬，又貪婪的人頂掉我已經基本答應的正派人作佃農，難道不是傻上加傻嗎？妳說我應不應該去？妳同意我去嗎？」

「我同意！你知道該怎麼辦。」

「聽了妳的意見，我就知道該怎麼辦了。妳的意見就是我判斷是非的準則。」

「不！不要這麼說。我們人人都有自己的判斷力，而且往往聽從自己的意見，比聽任何人意見都要好。再見！祝你明天旅途愉快。」

「眞的沒什麼事需要我在城裡替妳辦嗎？」

「謝謝你，眞的沒有。」

「不給誰捎個信嗎？」

「請代我向你妹妹問好。如果你見到艾德蒙表哥，麻煩你跟他說，我希望很快能收到他的信。」

「一定照辦。如果他懶得動筆，或者沒把這事放在心上，我就寫信告訴妳他爲什麼這樣做。」

芬妮不能不進屋了，亨利無法再說下去，便緊緊握了握她的手，又看了看她，然後掉頭而去。他去和別的熟人一起消磨了三個小時，然後，又在一家頭等餐廳享受了一頓上等的飯菜；而她卻轉身回家吃了一頓簡單的晚餐。

她家的日常飲食與他的完全不同。其實，除了缺少戶外活動外，她吃得苦頭要多得多，根本是他想像不到的。她根本吃不下蕾貝卡做的布丁和肉末土豆泥；盛菜的盤子又不乾淨，吃飯用的刀叉更髒。因此，對這頓豐盛的飯菜，她常常不得不藉故拖延著，甚至不吃，到了晚上再請弟弟幫她買點餅乾和麵包。她是在曼斯菲爾長大的，此時才到普茨矛斯接受來磨練似乎已經太晚了。

如果湯瑪斯爵士知道這一切的話，一定會認爲外甥女從身體到精神的饑餓，倒有利於讓她看重亨利的深情厚意和豐厚資產。不過，他只是藉由這個方案來糾正她的毛病，並不想要她的命，所以，他大概不敢把他的這一方案繼續執行下去。

芬妮回來後，情緒一直很低落。雖然可以不用再見到亨利了，但她並不因此高興多少。不管怎麼樣，剛才與她告別的那個人總還算個朋友吧！雖然從某種意義上說，她很高興能擺脫他，但她現在就像被人人遺棄似的，讓她想起離開曼斯菲爾時的那種滋味；而且她想到他回城後經常與瑪麗亞和艾德蒙相聚，免不了心生嫉妒，但又爲此恨自己。

而她周圍發生的一切不但沒能安撫她的低落情緒，反而讓她的心情更加沮喪。晚上的時候，她父親的幾個朋友總要來家裡坐到很晚，如果父親沒有陪他們出去，他們就會不停地吵鬧、喝酒，從六點一直要鬧到九點半。

她唯一感到安慰的是，亨利有了驚人的進步。當然，這是她拿他與這裡的人相比較得出的結果；而她過去是拿他與曼斯菲爾的人相比的。兩地的人大不相同，相比之下自然有天壤之別。她相信比起以前，他現在眞的文雅多了，對別人也關心多了，從他的表現就可以看出來，不僅僅從言語上，從神情上也是這樣。他那麼關心她的身體，對她那麼體貼入微，在小事情上這樣，在大事情上就不會這樣嗎？在這樣的情形下，也許過不了多久，他就不會再那麼令人討厭地苦苦追求她了。

12

看來亨利第二天上午就回倫敦去了，因爲他再也沒來過普萊斯先生家。兩天後，他妹妹給芬妮寫了一封信來，證明他確實是第二天走的。芬妮一收到來信，就迫不及待地打開了，因爲她急於想了解另外一件事。懷著極大的興趣，她匆忙地讀了起來。

我最親愛的芬妮：

我知道，亨利到普茨矛斯去看過妳了。在上個禮拜六，你們一起去海軍船塢遊玩。第二天，你們又一起在大堤上散步。亨利回來跟我談起這些時簡直欣喜若狂，清爽的空氣、閃爍的大海、美麗的風景，與妳那可愛的臉龐、甜蜜的話語，交相輝映，能不讓他心潮洶湧嗎？

我知道的也就這些了，亨利催著寫信我給妳，但我不知道還有什麼別的可寫，只好提提他這次的普茨矛斯之行。兩次難忘的散步，妳把他介紹給妳的家人，特別是妳的一位漂亮的妹妹，一位十五歲的可愛女孩。這位妹妹與你們一起在大堤上散步，我想，從你們這裡她上了第一堂愛情課。

本來這是一封談正事的信，想傳達一些不能耽擱的消息。所以，我沒有時間多寫了，就算有時間，也不宜再多寫。我親愛、親愛的芬妮，如果妳在我身邊，我有許多話要跟妳說呀！我有讓妳聽不完的話，妳有出不完的主意。我眞的有千言萬語呀！可是在信裡連百分之一也寫不了，不如乾脆放下筆，由妳隨便猜吧！

我沒有什麼新聞告訴妳，政治上的新聞就不必說了。至於我的生活嘛，也沒什麼可寫的。如果把我連日參加的舞會和應酬的人一一羅列出來，我怕妳會不耐煩的。妳大表姊第一次舉辦的舞會，我本該幫妳描述一下，不過，那已經是很久的事了，當時我懶得動筆，現在寫來也沒多大意義。總之，舞會很成功，一切都辦得很得體，親朋好友們極爲滿意，她的穿著和風度讓她極爲風光。

如果能住到這樣的房子，我的朋友弗雷澤太太會非常高興，我也會很開心。復活節後，我去看過斯托諾韋夫人，她看起來很快活，心情相當不錯。我想斯托諾韋勳爵一定脾氣很好，待人和藹。我覺得他好像沒有以前難看了，因爲比他更難看的人還不少。說實在的，跟妳表哥艾德蒙比起來，他自然是遜色多了。

對這個我剛提到的出眾人物，我眞不知該說些什麼。如果我完全不提他的名字，妳會起疑心的。那我就說說吧！我們見過他兩、三次，我這裡的朋友們都覺得他風度翩翩，一表人才，對他印象很好。弗雷澤太太是個有眼光的人，她說像他這樣的長相、高矮和風度的人，她在倫敦只見過三個。

我必須承認，幾天前他來我們這裡吃飯的時候，在座的十六個人中，竟沒有一個能與他相比。幸虧現在服裝上沒有差別，看不出什麼名堂。但是——但是——但是——

我差點忘了一件重要的事（這都怨艾德蒙，他攪得我心神不定），我和亨利想把把接回北安

普敦。我親愛的小寶貝，爲妳的美貌著想，不要再待在普茨矛斯了。要知道，那裡惡劣的海風會毀掉妳的美貌和健康。我那可憐的嬸嬸只要離海十英哩以內，就會感覺不舒服，海軍將軍當然不信，可我知道就是那麼回事。

親愛的，只要妳和亨利吩咐，接到通知一個小時後我就可以動身前往。對於這個計畫，我是十分贊同的，我們還可以順路去看看愛芙林姆，只需要稍稍繞個彎就行。另外，如果妳不反對的話，我們穿過倫敦，到漢諾威廣場的聖喬治教堂裡面看看。不過，在這期間，我最好不要再碰見妳艾德蒙表哥，我不想讓他攪亂我的心。

信寫得太長啦！哦，再說一句吧！亨利準備再去諾福克一趟，說是辦一件妳贊同的事。不過，在下禮拜三之前，這事還辦不成。也就是說，在十四號之前，他無論如何也走不了，因爲十四號晚上我們要舉辦舞會。妳一定想像不到，在這樣的場合，像亨利這樣的男人有多麼重要！我告訴妳，那是無法估量的。他會見到萊斯渥夫婦，我倒不反對他見見他們，他有些好奇，我是這樣認爲的，可他自己不會承認的。

她把這封信匆匆地看了一遍，然後又細細地讀了一遍，但她還是沒把信的內容弄明白，幾乎每件事都讓她百思不解。從信上看，唯一能確定的是，事情還沒有定下來。是艾德蒙還沒有開口嗎？到底發生了什麼事情？

到底美莉心裡是怎麼想的，她究竟想怎麼辦？是不是她想放棄她的想法，或是違背她的想法？對她來說，現在艾德蒙是不是還像分別前那麼重要；如果不是，那麼，是不是會越來越不重要了呢？或是又變得重要起來……幾天來，她反覆思索著這些問題，但始終沒想出個所以然。

或許美莉到了倫敦，回到以前的生活圈子後，原來的熱情可能冷下來，決心也可能發生動搖，但是，也可能因爲太喜歡艾德蒙，而願意接受他。這是縈繞在她腦子裡最多的一個念頭，也許美莉出於對世俗利益的考慮，可能會抑制自己的情感，可能會猶豫，可能會戲弄他，定出一些條件，向他提出很多的要求，但最終她還是會接受他的求婚。這是芬妮心裡最常出現的揣測。

在倫敦給她弄一幢房子！這怎麼可能呢，絕對不會！不過，很難說美莉不敢要。她表哥遇到麻煩了！聽聽這個女人對他的議論吧，怎麼可以這樣呢？只議論他的長相！這算什麼愛嘛！而且還要靠弗雷澤太太來肯定！而她自己還和他那麼親密無間地相處了半年！芬妮眞替她感到害臊。

相對來說，有關亨利和她自己的那部分，她倒沒有什麼感觸。亨利是十四號前還是十四號後去諾福克與她沒有絲毫的關係。不過，從各種跡象來看，他也許很快就出發了。她覺得美莉竟然讓他和瑪麗亞相見，眞是惡劣之極，顯然是居心不良。做妹妹的應該承認，他的感情比她健康得多。芬妮希望他不要受墮落願望的影響，因爲他曾說過他對瑪麗亞絲毫無意。

收到這封信後，芬妮更加急切地盼望倫敦的來信。但是幾天過去了，連信的影子也沒見著。她一心盼望著，那些來過的信和沒來的信，攪得她心神不寧，坐臥不安，也沒心思與蘇珊一起讀書、聊天了。她想轉移自己的注意力，但是辦不到。如果亨利把她的話轉告給了表哥，那麼，表哥一定會給她寫信的。表哥向來對她很好，她相信他一定會寫信給她的。她一直心神不安期待著，直到三、四天後，還沒見到來信，才慢慢打消了這個念頭。

她終於平靜一些。或許是時間起了些作用，她的自我克制也發揮了相當的作用。這件事暫時被她拋在腦後，她不想為此傷神，以致於什麼事也做不了。她又開始像以前那樣認眞關心起蘇珊來。

現在蘇珊已經非常喜歡她了。雖然，比起芬妮小時候，她並不那麼喜愛讀書，也不是那麼坐得住，對知識也不那麼渴望，但是，她又不願意讓別人覺得她一無所知。在這樣的情形下，又加上頭腦靈活，她就成了一個刻苦用功、進步神速，又知恩圖報的好學生。芬妮成了她崇拜的偶像。芬妮的講解和評論成了每篇文章和每章歷史的重要補充，她發現，姊姊講得比哥爾德斯密斯（Oliver Goldsmith，一七三〇—一七七四，英國詩人、劇作家、小說家）書裡寫的更讓她記得牢些，她認為姊姊的解釋比任何個作家都好，她的不足之處就是小時候沒有養成讀書的習慣。

她們談話的內容廣泛，不僅僅侷限於歷史、道德之類的話題。比如，曼斯菲爾莊園就是她們最常談的、談得最久的話題。她們談那裡的人，那裡的規距，那裡的娛樂，那裡的習俗。對於溫文爾雅、禮貌周全的人，蘇珊生來就羨慕，所以，如饑似渴地聽著，芬妮講得也更加津津有味。她覺得自己這樣做並沒有什麼錯。不過，蘇珊很快就對姨父家的一切豔羨起來，恨不得自己也去北安普敦看看。這讓芬妮感到，她似乎不該在妹妹心裡激起這種無法滿足的願望。

可憐的蘇珊幾乎和姊姊一樣不適應自己的家了。對此，芬妮完全能理解。她開始想，自己離開普茨矛斯的時候，一定心裡不會感覺愉快，因爲蘇珊不能跟她一起走。把這樣一個可塑性很強的好女孩扔在這樣的環境，她心裡總不是滋味。如果她自己有個家，就可以把妹妹接去，那該有多好呀！如果她能回報亨利的愛，他是絕不會反對把妹妹接去的，他的脾氣那麼好，他一定會樂意的，如果這樣，她該有多麼幸福呀！

13

芬妮終於收到那封盼望已久的來信，這時已過了七個禮拜了。她打開信，一見那麼長，便料想信裡一定會詳細描述他怎麼樣幸福；而對那位主宰他命運的幸運人兒，他會用盡溢美之詞盡情傾訴他對她的千般情、萬般愛。

親愛的芬妮：

請原諒我現在才給妳寫信。亨利告訴我說，妳盼望著我的來信。但是在倫敦，我實在沒有心情寫。我想對我爲什麼沉默，妳是能夠理解的。我說過如果有好消息，一定會寫信給妳，可是我現在沒有什麼好消息。如果說當初離開曼斯菲爾時，我心裡還有幾分把握的話，那麼回來後，就不那麼有把握了。我想對於這一點，妳大概已經覺察到了。

美莉對妳那麼好，一定會對妳說心裡話的。所以，我現在的心境如何，妳應該能夠猜得到。不過，這對我直接寫信告訴妳並無妨礙。我們兩人對妳的信任不會發生任何衝突。我什麼也不問了，我和她之間不管存在什麼意見分歧，我們都會愛著妳，妳是我們共同的朋友，一想到這裡，我心裡就感到幾分欣慰。

至於我目前的狀況以及我的打算，如果還有打算的話，我倒非常樂意和妳談談。我在倫敦住了三個禮拜，禮拜六回到了曼斯菲爾。在倫敦，我還算是經常見到她，不過，那是倫敦的標準，而我竟然以爲還可以像在曼斯菲爾時那樣來往，看來我眞有些不太理智。其實，見面的次數倒不是關健，問題在於她的態度。

弗雷澤夫婦對我非常關心，這是意料中的事，而她對待我的態度實在出乎我的意料，從一開始就變了，爲此我差點馬上離開倫敦。具體的過程我就不詳細說了，反正妳也了解她性格上的弱點，對她那讓我感覺痛苦的心情和表情，想必也能夠想像得到。她的思想本來就比較活躍，而她周圍又都是些思想不健康的人，在他們的影響下，其結果可想而之。

弗雷澤太太就讓我很不喜歡。我認爲她是個冷酷無情、愛慕虛榮的女人，她根本是是爲了錢才與她丈夫結的婚。這樣的婚姻顯然是不幸的，然而，她卻認爲不幸的根源是由於自己不如她所認識的許多人那樣有錢，特別是沒有她妹妹斯托諾韋夫人有錢，而不是由於自己動機不純，性情不好，以及比方年齡懸殊太大的緣故。這樣的人自然會對貪圖錢財、愛慕虛榮的人給予最積極的支持。

美莉和這姊妹倆關係密切，多年來她們一直把她往邪路上帶，這是我和她生活中最大的不幸。如果能把她們拆散就好了！在我看來，並不是沒有這種可能，她們雖然非常喜歡她，但她似乎並不像愛妳那樣愛她們。我看她們之間還是那姊妹倆情意比較深一些。一想到她對你那麼好，那麼情深意切，我就覺得我不能捨棄她。作爲小姑，她的表現多麼明事理，心地多麼光明呀！就像變了一個人，一個行爲高尚的人。想到這裡，我就覺得自己不應該對她太苛求了，她只不過性情活潑些而已。

芬妮，我不能捨棄她。她是世界上我唯一想娶的女人。當然，如果她對我無意，我是不會這樣說的，可是我確定她對我有意，我相信她一定喜歡我。我不會嫉妒任何人，我嫉妒的是那個花花世界給她帶來的不良影響，我擔心的是財富給人帶來的不良習性。對於財產，她的要求倒也沒踰越允許的範圍，但是，我們的收入加在一起也維持不了她的需要。不過，即便是如此，對我來說也是一種安慰。不管怎樣，因爲錢不多而失去她，總比因爲職業的關係失去她，讓我心裡感覺好受些。

這只能說明她不想爲了愛而犧牲利益，其實，我也不應該要求她爲我犧牲。如果她拒絕我，我想只能是這個原因，這是她眞實的動機。但我又認爲她的偏見沒有以前那麼深了。親愛的芬妮，我想把我的想法都如實地告訴妳，這些想法雖然有時是互相矛盾的，但卻是我最真實想法。既然都說到這裡了，不如我全說出來吧！

我不能捨棄她，芬妮，我們已經交往這麼久了，我不想就這樣放棄，捨棄了美莉，就等於失去了幾個親密的朋友。妳明白嗎？就等於失去了妳和亨利，就等於失去了遭遇不幸時給我帶來安慰的房子和朋友。如果我真的被拒絕，事情已經成了定局，我想我應該知道如何忍受這個打擊，知道如何盡力擺脫她對我心靈的控制，可能要幾年的時間吧！唉，看我都胡說些什麼呀？如果我被拒絕，我必須要能夠承受。但在沒有被拒絕之前，我絕不會放棄努力。這才是我現在該做的事。

現在唯一的問題是如何爭取？什麼方法才切實可行？有時我想復活節後再去趟倫敦，有時又想等她回曼斯菲爾再說。她說六月份要回曼斯菲爾。不過，六月份太遙遠了，我想我寫信給她！透過書信來表明我的心跡。對！就這樣辦。我想早點把事情弄個明白。我目前的處境真是讓人心煩。看來寫信是個比較好的辦法，有許多話不便當面說，可以在信裡說，而且她也有時間從容思索後再回答。

我覺得她經過從容思考後的回答，會比她憑一時衝動的回答要好得多。我就是這樣認為的。但最大的危險來自於弗雷澤太太，怕她徵求她的意見，而我又離得太遠，實在是鞭長莫及。她收到信後一定會找人商量，如果在這關鍵時刻，在她沒下決心之前，不合適的人給她出主意，讓她做出以後可能會後悔的決定，那就太不幸了。我得再仔細考慮一下。

現在來談談妳吧！芬妮。總是談我的事，就算小芬妮對我再好，也會厭煩的。我上次在弗雷澤太太的舞會上見到了亨利。根據我的觀察，他越來越讓我滿意了。他像是鐵了心，決心絲毫沒有動搖，能擁有這樣的品格還眞是難得啊！我看見他和我大妹妹待在一個房間裡，不由得想起妳以前對我說過的話。妳放心好了，他們看起來關係並不融洽。我妹妹對他很冷淡，他們幾乎不說話。亨利看起來竟有些驚惶失措的樣子。我感到很遺憾，對身爲伯特倫小姐時受到的冷落，萊斯渥太太至今還耿耿於懷。

或許妳想知道瑪麗亞婚後是不是快活，我告訴妳吧！她看起來還眞快活，我想他們相處得不錯。我在溫普爾街和她吃過兩次飯，本來還可以多去幾次的，可是，妳知道我眞不太願意與這樣的妹夫在一起。茱莉雅在倫敦似乎玩得特別開心，而我在那裡卻是不怎麼快樂，不過，回到家卻更不快樂。整個家一片死氣沉沉，家裡特別需要妳，我非常思念妳，我無法用語言表達。我母親更是時時惦記著妳，天天盼著妳的來信，時刻都在念著妳。唉！一想到還有那麼多個禮拜，她才能見到妳，我眞爲她感到難過。在復活節過後，父親去倫敦辦事的時候，他準備親自去接妳。

希望妳在普茨矛斯過得快活，不過，不能每年都這樣。我要妳待在家裡，有關桑頓萊西的事，還要徵求妳的意見。只有在明確它會有一位女主人之後，我才有心思對它進行全面的改建。我想我一定還會再寫信給妳的。格蘭特夫婦準備禮拜一離開曼斯菲爾前往巴斯，這讓我高興。現在我心情不好，不願與任何人來往。看來妳姨媽不太走運，曼斯菲爾這麼一條重大新聞竟然不是由她，而是由我寫信告訴妳。

給最親愛的芬妮，妳永久的朋友

看完這封信後，芬妮暗自叫道：「希望我從沒有收到過這樣一封信，我絕不希望再收到這樣的信，除了給我帶來失望和悲傷，還能給我帶來什麼？竟然復活節過後才來接我，我怎麼受得了？可憐的姨媽時刻都在念著我呀！」

雖然芬妮竭力抑制著自己的情緒，不過，才半分鐘不到一個念頭又冒了出來：湯瑪斯爵士對姨媽和她太不厚道了！她有些憤怒，而信裡談到的主要問題更讓她氣憤，對艾德蒙感到氣憤。「這樣拖下去會有什麼好處？」她想：「為什麼不能定下來呢？事實就擺在他的面前，他卻視而不見，真不知什麼能讓他睜開雙眼？他就是要娶她，就是要去過苦日子，真是不可思議！願上帝保佑，千萬不要受她影響而失了他的體面！」

她把信又讀了一遍：「她對我那麼好？完全是胡說。除了愛自己和哥哥，她誰都不愛。「她的朋友一直把她往邪路上帶！」到底誰把誰往邪路上帶，還真說不清呢？我看很可能是她把她們往邪路上帶，或許她們是相互影響，臭味相投。如果她們更喜歡她的話，那她受的危害應該輕一些才對。只不過，她們的恭維可是大大地害了她。

「世界上我唯一想娶的女人！」這我完全相信。或許他這一輩子都將被這種癡情左右。他的心似乎永遠交給她了，不管對方是拒絕他還是接受他：「失去了美莉，就等於失去了妳和亨利。」艾德蒙，你太不了解我了！如果不是因爲你，這兩家人怎麼會聯結在一起。寫吧！寫吧！最好馬上結束目前這種狀態，懸而未決最讓人痛苦，不如定下來，承諾下來，然後自己受苦去吧！

不過，這種幾近怨恨的情緒並沒有支配她太長時間。過了不久，怨氣便煙消雲散了，她又爲他傷心了起來。想起他的親愛關懷，他的熱情話語，他的坦誠相見，她的心弦又被觸動了。他對每個人都太好了！總之，到了最後，這封信成了她的無價之寶，讓她無比珍惜。

正如艾德蒙所說，伯特倫夫人的確不太走運。只要是喜歡寫信而又沒有多少話說的人，包括許多的女人在內，都會同情她的。像格蘭特夫婦要走這樣的特大新聞，她竟然沒能用上，不能不說是一種遺憾。這麼個消息到了她兒子手裡，竟毫不在意地在信的末尾一筆帶過，眞是讓人生氣！如果讓她來寫的話，再怎麼也要洋洋灑灑地寫上大半張。

伯特倫夫人之所以擅長寫信，是因爲她初結婚時，由於一天到晚閒著無事，加上湯瑪斯爵士又常在國會，就養成了寫信的習慣，練成了一種揮灑自如的風格，一點芝麻大的小事也能寫成一封長信。但不管怎麼樣，她總得有點東西來寫，如果完全沒有事可寫，她也寫不出來，即便是對外甥女也是一樣。格蘭特博士的痛風病和格蘭特太太上午來拜訪，都是她寫信的素材，但她很快將失去這些材料。而在這個的時候，一次報導他們情況的機會又被剝奪，對她來說，無疑是殘忍的。

不過，她很快得到了很大的補償，伯特倫夫人開始走運了。在芬妮接到艾德蒙的信後沒幾天，姨媽的信就接著來了，信的開頭是這樣寫得：

親愛的芬妮：

我要告訴妳一個驚人的消息，妳一定會非常關心。

這消息比格蘭特夫婦準備旅行的新聞要強多了，其中的詳情細節夠她寫好幾天。原來，她從幾小時前收到的快信中了解到，她的大兒子病情嚴重。

原來，湯姆和一幫朋友從倫敦去紐馬基特時，從馬上摔了下來，但他沒有馬上就醫，而是肆無忌憚地去酗酒，結果發起了高燒。後來，大家各自散去，他卻不能動彈了，只能獨自待在別人家裡，除了僕人，沒有人陪伴和照顧病痛中的他。他原本認為病馬上好了，再去追趕他的朋友們，沒想到病情更加嚴重了。不久，他自己也感覺到自己病情嚴重，於是，在醫生的建議下，給曼斯菲爾發了一封信。

妳可以想像得到的，這個不幸的消息讓我們十分不安，我們憂心如焚。湯瑪斯爵士擔心他的病情危急，艾德蒙基於手足情深，提出馬上去探望哥哥。不過，在這樣的憂心時刻，湯瑪斯爵士答應不離開我，怕我受不了這個打擊。艾德蒙走了，剩下的這幾個人眞是太可憐了。

不過，我相信而且也希望，艾德蒙發現病人的病情不像我們想的那麼嚴重，而且很快能把他帶回曼斯菲爾。湯瑪斯爵士認爲，從各方面考慮，把他盡快帶回來是最好的辦法。我也是這麼想的，希望病人早些回來，免得在外面不方便或遇到更大危險。親愛的芬妮，我深知妳對我們的感情，在這樣焦心的時刻，我會很快再寫信給妳的。

比起姨媽的文風，芬妮的感情要熱烈、眞摯得多。她替他們每個人著急，一心惦念著他們。想著如今湯姆病情嚴重，艾德蒙也去照顧他了，曼斯菲爾就剩下可憐巴巴的幾個人，她就憂心如焚。只不過，她還有點自私的念頭，她很想知道，艾德蒙在得到這個消息之前是否已經給美莉寫了信。除此之外，久久縈繞在她心裡的都是純眞的感情和無私的焦慮。

姨媽總是想著她，一封又一封地給她來信。他們不斷收到艾德蒙的報告，姨媽又不斷將這些情況轉告給她。這些冗長、雜亂的信中滿是猜測、希望和憂慮，還有故作的驚恐，種種因素摻雜在一起，給人亂糟糟的感覺。其實，由於湯姆還沒有回到曼斯菲爾，她並沒有親眼看到他的病情及變樣的容顏，所以對她的想像不會有多大影響。所以，在寫下自己的焦慮及可憐的病人時，她心裡是比較輕鬆的。

然而，後來她在寫給芬妮的一封信中，結尾卻風格大變，表達了她的眞實情感和眞正的驚恐，這正是她的內心話：「親愛的芬妮，他剛回來，已經被抬上樓。一見到他我大吃一驚，眞不知怎麼辦才好。看得出來，他病得非常嚴重。可憐的湯姆，我眞爲他傷心。我很害怕，湯瑪斯爵士也一樣。如果妳能在這裡安慰我，該有多好呀！不過，湯瑪斯爵士說，他明天會好一點，可能是路上太勞累的緣故。」

但是，在母親心中激起的眞正憂慮並沒有消失，回到家後，湯姆又發起燒來。大概是急著想回到曼斯菲爾，享受一下家庭的舒適生活，而這是他在無病無災時從不看重的。但在一個禮拜之中，湯姆的病情越來越嚴重了，家裡的人都嚇壞了。

伯特倫夫人每天寫信告訴外甥女自己的恐懼，使她外甥女幾乎天天生活在憂慮中，不是為今天的來信痛苦，就是為明天的來信憂慮。其實，她對大表哥並沒有什麼特殊的感情，怕他短命只不過是出於惻隱之心。她只是純粹從道德的角度為他擔心，覺得他這一生眞是白過了。

不管是在這樣的時候，還是在平常時候，蘇珊總是陪伴著她，聽她傾訴苦惱。蘇珊很願意聽她說，也很善解人意，而別的人是不會關心這些的。百里之外的人家有人得了病，這與他們可沒有什麼關係，即使是普萊斯太太也不會把這事放在心上，最多也只是在看到女兒手裡拿著信的時候簡單地問上兩句，或者偶爾平靜地說一句：「我那可憐的伯特倫姊姊一定很難過。」

這麼多年來，由於雙方的處境完全不同，手足之情早已蕩然無存。她們以前的感情就像她們的性情那麼淡，何況是現在呢？只不過徒有虛名罷了。對於伯特倫太太怎麼樣，普萊斯太太是不會去關心的，伯特倫夫人也同樣如此。假如普萊斯家的孩子被大海吞沒了三、四個，只要不是芬妮和威廉，不管死哪一個，哪怕全都死光，伯特倫夫人也不會在意的；而羅禮士太太甚至還會說：對她那可憐的妹妹來說，這可以說是件大好事，是莫大的幸運，因為這幾個孩子再也不會缺吃少穿了。

14

在湯姆被接回曼斯菲爾約一個禮拜後，他脫離了危險，大夫說他平安無事了，他母親這下子完全放心了。由於伯特倫夫人已經習慣於兒子的痛苦不堪與臥床不起，聽到的又都是些吉利話，加上她又不善於聽弦外之音，生性又恬淡，所以，只要醫生稍稍一哄，她就成了世上最快樂的人。

他的病本來就是發燒引起的，燒退了病自然就好了。伯特倫夫人覺得沒事了，芬妮也和姨媽一樣樂觀。後來，她收到了艾德蒙的一封信，只有短短幾行，是特地告訴她哥哥的病情的。原來，湯姆燒退後，出現了明顯的癆病症狀，他們擔心他的肺。艾德蒙還把他和父親從醫生那裡聽來的一一告訴了她。對於醫生的疑慮，他們認爲不是沒有根據，但最好不要讓伯特倫夫人知道，以免受到驚嚇。不過，他們沒有理由不讓芬妮知道眞情。

艾德蒙只用了幾行字，就把病人及病室的情況說得清清楚楚、明明白白，比伯特倫夫人滿滿的幾頁紙寫得準確得多。在曼斯菲爾莊園，可以說誰都能根據自己的觀察把情況說得比她清楚，對她的兒子來說，誰都比她更有用，除了悄悄進去看看他，她什麼也做不了。

不過，艾德蒙才是他最需要的人，特別在他能說話，能聽人說話，或能讓人給他讀書的時候，他只願意讓艾德蒙陪伴。對於心情煩躁，身體虛弱的人來說，大姨媽不停的問長問短頗令他心煩，而湯瑪斯爵士從來不會輕聲細語。

對此，芬妮當然深信不疑，見他那樣關照、服侍、安慰病中的哥哥，對他就更加敬重了。

現在她才知道，大表哥不僅身體虛弱需要關照，他的精神也受到了很大的刺激，情緒十分低落，更需要撫慰和鼓勵；而且她還認為，他的思想也需要正確引導。

芬妮雖然為大表哥擔心，但想到這一家人沒有肺病史，所以總覺得他會好起來的。只不過，一想到美莉，她心裡就沒有那麼踏實了。她想也許上天為了滿足美莉的自私和虛榮，會讓艾德蒙成為獨子，因為她一直是個幸運的寵兒。即使在這樣的情形下，艾德蒙也沒有忘了她，他在信的附言中寫道：「對於上封信裡跟妳談到的那個問題，本來我已經開始動筆了，但是湯姆一生病，又耽擱了下來。不過，現在我改變了主意。我擔心那些朋友的影響，所以，我想最好還是去趟倫敦，等湯姆好些就去。」

然而，湯姆的病情好轉非常的慢，曼斯菲爾一直處於這樣一種狀況，直到復活節，也沒有什麼明顯的改變。每次姨媽寫信來的時候，艾德蒙只要附上一句，就足以讓芬妮了解那裡的情況。

復活節到了，總算到了！芬妮感覺今年的復活節來得特別慢，那是因為她聽說要過了復活節後，姨父才會來接她回曼斯菲爾的緣故。然而，復活節都過了，她仍沒聽到要她回去的消息，甚至於也沒聽到姨父去倫敦的消息。如果姨父不到倫敦，她怎麼能離開普茨矛斯呢？雖然姨媽特別盼她回去，可是姨父並沒有來信。

芬妮猜想，姨父可能離不開他的大兒子，可是這樣一直耽擱下去，對她來說是殘酷的、可怕的。四月都快過去了，她離開他們來到這裡過著清苦的生活，差不多快三個月了。她不想讓他們完全知道她在這裡的狀況，是因爲愛他們，不想讓他們操心，可是這樣下去，他們什麼時候才想到她，來接她呢？

她急切地盼望著能夠回到他們身邊，心裡時刻都想著考珀《學童》裡的詩句，嘴裡總是念著：「她多麼渴望回到自己的家！」這句詩充分表達了她的思家之情。

當她離開曼斯菲爾的時候，她稱普茨矛斯是她的家，喜歡說她回到了自己的家。當時對她來說，「家」這個字是多麼親切呀！現在也是如此，不過，現在指的卻是曼斯菲爾莊園。那裡才是她的家，普茨矛斯不是，曼斯菲爾才是。現在她認定了這種想法，而姨媽在信中也表達了這樣的意思，這讓她感到非常欣慰。

「不能不告訴妳，我感到非常遺憾，因爲在這讓人焦心的時刻，妳卻不在家，這讓我難以忍受！我相信，而且眞心地希望妳以後再也不要離家這麼久了。」這是她最愛讀的句子。不過，出於對親身父母的體諒，她只能把對曼斯菲爾的強烈思念埋在心裡，生怕流露出對姨父家的偏愛。她總是這樣說：「等我回到北安普敦，或回到曼斯菲爾，我會如何如何。」

不過，由於思念之情越來越強烈，在她抑制了很長一段時間後，終於失去了警惕，不知不覺地談到回到家如何，爲此，她感到很內疚，滿臉羞愧，不安地看著父母。然而，她發現她根本用不著擔心，因爲父母並沒有露出不高興的樣子，似乎根本就沒注意她說什麼。他們對曼斯菲爾一點也不嫉妒，至於她想去那兒，或想回那兒，他們並不關心。

對於芬妮來說，不能領略春天的樂趣是十分遺憾的。如果沒有來到普茨矛斯，沒有離開曼斯菲爾，她就不能知道在城裡度過三月和四月會失去什麼樣的樂趣；也不知道萬物復甦、草木吐翠會給她帶來的多麼大的喜悅。在鄉下，雖然春季的天氣也變化無常，但景色總是非常宜人；她總是懷著欣喜之情仔細觀察著它匆匆前行的腳步，欣賞它越來越美的丰姿。姨媽的花園裡，那些早早綻放的花朵，姨父的種植場及樹林裡那些翠綠繁茂的樹木，這一切都讓她精神振奮。

然而，對此刻的芬妮來說，她不僅失去了自在的生活、新鮮的空氣、百花的芬芳、草木的青翠不說，而且還必須生活在狹窄、吵鬧的環境裡，感受囚禁似的日子、污濁的空氣及難聞的氣味。但是，比起惦記著最好的朋友思念自己，以及渴望爲需要自己的人做點事來，這些都算不了什麼了！

她想如果她現在在家裡的話，一定對他們每個人都會有幫助的。她覺得她對人人都有用，爲他們分擔一些憂愁，或者出一份力。只要她在家，不說別人，僅僅對姨媽就有說不完的好處，她可以幫助她消除寂寞，更爲重要的是，她可以幫她擺脫那位焦躁不安、好管閒事、又喜歡誇大危險以突出自己的夥伴。她總想著，如果她在的話，她將怎樣陪姨媽讀書，怎樣陪姨媽說話。既要讓她感到現時的快樂，又要讓她對可能發生的事作好精神準備，還可以上上下下爲她送信，以減少她上樓、下樓的次數。

讓芬妮吃驚的是，儘管湯姆在程度不同的危險中病了幾個禮拜，但他的兩個妹妹竟然能心安理得地待在倫敦不回家。對她們來說，回曼斯菲爾並不是件困難的事，只要她們願意，隨時都可以回去。然而，她們卻不回家。這讓芬妮不能理解。就算瑪麗亞有事走不開，茱莉雅總該可以脫身吧！姨媽在一封來信中說過，茱莉雅曾表示如果要她回去她可以回去，但也只是說說罷了。其實，她根本不願意離開倫敦。

芬妮覺得，從兩位表姊的情況來看，倫敦對人的美好情感的薰陶顯然無多大成效的，美莉的情況也證明了這一點。本來她對艾德蒙的眞情是可貴的，對她的友情也無可挑剔，這是她品格中最爲可貴的部分，然而，這兩份感情都到哪兒去了呢？芬妮已經有很長一段時間沒收到她的來信了，這讓她十分懷疑她過去大談的所謂「友情」。

幾個星期來，除了從曼斯菲爾的來信中知道一些克萊福兄妹的消息外，其他的一概不知。至於亨利是否去了諾福克，她覺得除非能再見到他，否則，是永遠也無法知道了。她還認爲在今年春天，再也不會收到他妹妹的來信了。但就在這時候，她收到了一封來信，喚起了她的舊日情懷不說，還激起了幾分新的情懷：

親愛的芬妮：

懇請妳原諒，很久沒給妳寫信了。我想妳一定會原諒我的，是不是？我知道妳心腸好，不管我配不配，妳都會對我好。所以，我的這個請求和期待好像不過分。我求妳看了這封信後，馬上給我個回音。我想了解曼斯菲爾莊園的情況，妳一定可以告訴我，是不是？

他們遇到這樣不幸的事，如果誰還能無動於衷，那就太冷酷無情了。我聽說，可憐的湯姆恐怕很難康復，起初我並沒把他的病放在心上，認爲像他這樣的人，隨便生個什麼小病，也會大驚小怪，別人如此，他也一樣。可是現在，大家都說他的病得極爲嚴重，而且每況愈下，至少家裡已有幾個人意識到了這點。如果眞是這樣，那麼妳一定是了解實情的幾個人之一，所以，我懇請妳告訴我，這消息到底有幾分正確。

我不說妳也知道，如果消息有誤，我該有多高興啊！可是現在，這消息傳得沸沸揚揚，我感到非常驚訝。一個風華正茂，儀表堂堂的年輕人，忽然撒手人間，這眞是件十分不幸的事啊！可憐的湯瑪斯爵士將會多麼悲痛，我爲此而深感不安。芬妮，芬妮，我看見妳在笑，眼裡閃著狡黠的目光。不過，說實話，我這輩子可從來沒有收買過醫生。

可憐的年輕人啊！如果他死去，這世上就會少掉兩個可憐的年輕人（意思是說，可憐的湯姆死去後，可憐的艾德蒙將成爲家產和爵士稱號的繼承人，就不再可憐了。），我可以理直氣壯、毫不畏懼地告訴任何人，財富和門第將會由一個最配享有的人來擁有。雖然去年耶誕節，他一時愚蠢，誤入歧途（指艾德蒙做了牧師），不過，那只是幾天的錯誤，完全可以抹去。他失去的只是他名字後邊的「先生」（意思是換成「爵士」頭銜）。

芬妮，憑著對他的眞情，就是有再多的缺點，我也不會計較的。希望妳立即給我回信。請一定要當回事兒，理解我焦急的心情吧！把妳從曼斯菲爾來信中得到的實情告訴我。現在，妳不用爲我的想法或妳的想法感到羞愧。請相信我，妳我的想法是合乎常理的、道德的，甚至於是仁慈的。妳想想，如果由「艾德蒙爵士」來掌管伯特倫家的全部財產，是不是比其他任何人都合適，都能做更多的好事。

如果格蘭特夫婦在家，我就不會麻煩妳啦，可是現在我只能向妳打聽，因爲跟他的兩個妹妹也聯繫不上。萊斯渥太太到特威克納姆和艾爾默一家人過復活節去了，現在都還沒回來。茱莉雅像好像到貝德福德廣場附近的什麼親戚家去了，他們的名字和住的街名我又不記得。不過，說實話，即使我能夠向她們中的任何一個打聽，我還是情願問妳。因爲她們只關心自己如何尋歡作樂，對其他的事總是視而不見。

我想，過了不多久，萊斯渥太太的復活節假期就要結束了。對她來說，這眞是個徹底放鬆的假日，艾爾默夫婦都討人喜歡，她丈夫不在家，做妻子的當然盡情玩樂。而她敦促丈夫去巴斯把母親接來以盡孝道，這倒是件值得稱讚的事，但是，她與那個老寡婦住在一起能和睦相處嗎？

亨利不在跟前，我不知道他會說些什麼。我想如果不是因爲哥哥生病，艾德蒙早就來倫敦了，妳也會這樣認爲的，是不是？

妳永遠的朋友美莉

我剛開始疊信時，亨利就進來了，但是他並沒有帶來什麼確實的消息，所以，對我發信並沒有影響。萊斯渥太太今天回到溫普爾街了，因爲老夫人已經來了，亨利今天上午見到她了。據她說，湯姆的狀況越來越不好了。哦，你不要不安的胡亂猜疑。他去里士滿住了幾天。每年春天，他都要去那裡住幾天的。放心吧，除了妳，他誰也不放在心上。

他渴望見到妳，整天忙著盤算著怎麼跟妳見面，籌畫著如何讓他快樂，也讓妳快樂。我這樣說可是有證據的哦，他現在又重複了一遍他在普茨矛斯說的話，而且更加情眞意切。他說要接妳回家，我也非常支持。親愛的芬妮，馬上給我們寫信吧，讓我們去接你。對我們大家來說，這都是十分有益的事。妳知道，現在曼斯菲爾多麼需要妳，如果妳有辦法回去的話，從憑良心說，妳是不能不回的（當然妳是講良心的）。

而我和亨利——妳是知道的，我們可以住在牧師府，不會給曼斯菲爾莊園的朋友們帶來任何麻煩。說實在的，我還眞想見他們一家人。對他們來說，在這樣的時候，多兩個人來往，也是有好處的。

亨利要我轉告的話很多，我沒有時間也沒有耐心一一轉述。不過，請妳相信，他要說的每句話都表達了一個中心意思，那就是他堅定不移的愛。

信的大部分內容都讓芬妮感到厭倦，她眞不願意把艾德蒙表哥與寫信的人聯繫在一起，因此，對信的末尾提出的建議，她不能正確地判別是否應該接受，但對她個人來說，這個建議倒是極具誘惑力。在三天內就可以回到曼斯菲爾，這該有多麼幸福呀！可是，一想到這幸福竟要來自於這兩個人，她高興的心情就會大受影響。在她看來，目前這兩個人的思想行爲有許多地方應該受到譴責。

她認爲妹妹野心勃勃，冷酷無情；而哥哥呢，貪圖虛榮，損人利己；而且或許他還在與瑪麗亞鬼混，如果接受他，不是自取其辱嗎？她還以爲他有所進步呢！幸好她不需要像美莉那樣，在兩種相反的意願和兩種衝突的觀念之間反覆權衡，也沒有必要斷定是否讓艾德蒙和美莉繼續分處在兩地，她只需要遵循一條規則就可以了。她非常清楚該怎辦，那就是斷然拒絕這個建議。

她向來懼怕姨父，不敢隨便對他。如果姨父想讓她回去，就會派人來接她的，就算她自己提出要早些回去，但也應該聽從他的安排，而不應該自行其事。於是，她向美莉表示感謝，卻態度堅決地回絕了她：「家裡來信說，我姨父要來接我。我表哥病了這麼多個禮拜，家裡都不需要我，我想我現在回去是不受歡迎的，大家反而會覺得我是個麻煩。」

接著，她又按自己的理解述說了大表哥的病情，估計生性樂觀的美莉讀後，會對自己所追求的東西充滿了希望。看來，只要錢財能夠得到保證，艾德蒙當牧師這事是可以寬恕的，對他的偏見也可以克服。對她來說，除了金錢，別的都無足輕重。不可思議的是，艾德蒙還會因此而謝天謝地。

15

芬妮知道她的回信一定會讓對方失望，而且依美莉的脾氣，一定還會再次來信催促。一個禮拜過去了，信仍然沒到，但芬妮沒有改變自己的這一想法。果然就在這個時候，信來了。

一接到這封信，她立即料定信寫得不太長，從外表上看，像是一封在匆忙中寫完的事務信件。看來這封信的目的很明顯，她忽然想說不定他們當天就會來普茨矛斯接她，這信可能是通知她的。想到這裡，她不由得一陣慌亂，不知怎麼辦才好。不過，轉眼間這種慌亂和擔心就消失了，因爲她又想到，或許克萊福兄妹已經征得了她姨父的同意。於是，她又放下心來，把信打開。信的內容如下：

親愛的芬妮：

我寫這封信是要告誡妳，千萬不要相信那些謠傳。這個謠傳非常荒唐、非常惡毒，我也是才剛聽到的，請妳一定不要相信。這裡面一定有問題，過一、兩天就會水落石出的。不管怎麼樣，亨利一點錯都沒有。就算他一時不小心，他心裡也只有妳，沒有別人。請千萬不要對任何人提這事，也別去聽什麼、猜什麼，更不要去傳，等我下次來信再說。

我相信這件事不會張揚出去，只怪萊斯渥太蠢。就算他們一起走了，也不過是去曼斯菲爾莊園，我敢擔保！況且，茱莉雅也和他們在一起。可是，妳爲什麼不讓我們來接妳呢？但願妳不要爲此後悔。

永遠是妳的

芬妮一時被驚得瞠目結舌。她覺得這封信寫得莫名其妙，什麼荒唐、惡毒的謠言，她一點也不明白。不過，從信的內容看，這件事一定與溫普爾街和亨利有關。她猜測可能那裡發生了什麼極不光彩的事，鬧得沸沸揚揚，可能美莉擔心她聽到了會嫉妒，於是寫這封信來告知。

其實，美莉大可不必為她擔心，她只是替當事人和曼斯菲爾感到難過，如果消息真能傳這麼遠的話，但最好不要傳這麼遠。從信裡看，好像萊斯渥夫婦到曼斯菲爾莊園去了，如果真是這樣，在這之前就不該有什麼不愉快的事，即使有也不會引起人們的注意。

至於亨利，她倒希望能透過這件事讓他了解自己的德性，讓他了解不管是哪個女人，他都不會忠貞不渝地對待她，這樣的話他就不會死皮賴臉上來糾纏她了。

真是奇怪呀！居然還認為他真正愛她，對她的情意非同一般。他妹妹還說他心裡沒有別人。不管怎樣，他向表姊獻殷勤的時候，一定太招搖、太不檢點了。

這封信搞得芬妮心神不寧，她沒辦法把這封信的內容從她腦子裡抹去，也無法找人談一談，好讓心裡輕鬆些。在等著下封信到來之前，她一直處在這樣的狀態。其實美莉不用這樣叮囑她，她知道其間利害關係，為了表姊，她一定會保密的。

芬妮在坐臥不安中迎來了第二天，整個上午她一心盼望著來信，沒半點心思想別的事，但是第二封信也沒有來，她感到非常失望。到了下午，父親像平時一樣拿著報紙回到家裡，她也沒想到可以從這裡獲得點什麼消息，所以，她的心思一時移到了別處，想起別的事情來。

她想起第一天晚上坐在這間屋子的情景，想起父親舉著唯一的蠟燭讀報紙的情景，而現在太陽大約還要一個小時才下山呢！這陽光讓她實實在在地感覺到在這裡待了三個月了。強烈的陽光照進起居室，並沒有帶給她喜悅，反而讓她感覺一點悲哀。這是一種令人生厭的、令人窒息的強光，完全與鄉下的陽光不同，這種強光只會使污穢和濁垢更明顯地顯現出來。

城裡的陽光既不能給人帶來健康，也不能帶來快樂。在刺眼的陽光下，在飛舞的灰塵中，芬妮看到的只是四面牆壁和一張桌子，牆上有父親的腦袋靠髒的污跡，桌子被弟弟們刻得坑坑洞洞，桌子上的茶盤從來沒有擦乾淨過，杯子和碟子上有一道道的污痕，一層薄薄的藍色灰塵浮在牛奶上，塗著奶油的麵包上，沾著蕾貝卡手上的油污。

茶還沒有沏好，父親依舊讀著他的報紙，母親仍舊嘮叨著，抱怨蕾貝卡總是不把那破地毯補一補。這時候，父親讀到一段新聞，叫了一聲，又琢磨了一番，然後喚醒沉思中的芬妮。

「芬妮，妳城裡的闊表姊家姓什麼？」

芬妮定了定神，答道：「萊斯渥，父親。」

「他們是不是住在溫普爾街？」

「是的，父親。」

「他們家出倒楣事了！瞧，（把報紙遞給芬妮）這些闊親戚給妳帶來的好處。我不知道湯瑪斯爵士怎樣看待這件事情，對於他來說，一個做慣了謙謙君子和侍臣的人，不可能對女兒不好。不過，我向上帝發誓，如果她是我的女兒，我非用鞭子使勁抽她不可。不管男女，預防這種事的最好方法就是用鞭子使勁地抽打。」

芬妮接過報紙念起來：「本報向世人公布發生在溫普爾街拉先生家的一場婚姻鬧劇。新婚不久、有望成爲社交界女皇美麗的L太太，跟L先生的密友、著名的風流人物K先生一起離開丈夫家出走。至於他們的去向，本報不得而知。」

「父親，一定弄錯了！」芬妮立即說。「這怎麼可能？一定是弄錯了！一定是別人。」

其實，對於她說的話，她自己也不相信，那不過是絕望中的本能反應，想替當事人遮醜而已。她在讀報的時候，就已經深信不疑了。她感到十分震驚，面對如洪水般向她襲來的事實，她簡直不知所措，眞不明白自己當時怎麼還能說出話來，怎麼還能透過氣來，事後想起來都覺得奇怪。

其實，普萊斯先生並不太關心這條消息，因此，也沒有過問女兒，只是說：「也可能完全是謊言。不過，現在有許多闊太太就是這樣毀了自己，對誰也不能打包票啊！」

「我眞希望沒這回事兒！」普萊斯太太同情地說：「要不然多可怕呀！唉，我跟蕾貝卡已經說過十幾次地毯的事了，是不是，貝琪？她要不了十分鐘就可以把它補好。」

而此時，芬妮的內心已經到了非常驚恐的程度，簡直沒法用語言來形容。這是罪孽吧？它會帶來什麼樣的後果？這讓芬妮擔心到了極點。剛聽說這件事時，她一下子呆了，隨後，她迅速意識到這件醜事是多麼駭人聽聞。她無法懷疑這則新聞的眞實性，不敢奢望這只是謊言。她把美莉的信反覆看了無數遍，其中的每句話都背得滾瓜爛熟，這封信與這條消息驚人地相似。

美莉迫不及待地爲哥哥辯護，希望不要張揚這件事，顯然爲這事感到十分不安，由此可見問題的嚴重。她相信，如果這世上還有良家女子把如此深重的罪孽看成小事，並試圖輕描淡寫地掩飾過去，以逃避應有的懲罰，那麼這個人就是美莉！芬妮現在才明白，她根本就把信給看錯了，根本就沒弄清楚信裡所說的事情。現在她明白了，不是萊斯渥夫婦一起走了，而是萊斯渥太太和克萊福先生一起走了。

這件事給芬妮帶來的震憾是前所未有的。她的安寧被徹底打破了，整晚都沉浸在悲哀之中，一刻也睡不著。她先是感覺極度難受，然後又被嚇得發抖；先是一陣陣發燒，爾後又是一陣陣發冷。這件事讓她難以接受，她怎麼也想不通，有時覺得這絕不可能。想想一個才結婚六個月，一個則是信誓旦旦地要娶某個女人，而這兩個女人還是近親，這怎麼可能？他們怎麼做得出這樣的事？

兩家人關係密切，都是朋友呀！這種猥劣不堪的罪孽，這種齷齪透頂的罪惡，實在令人作嘔！如果人不是處於極端野蠻的狀態，是絕對做不出這種事來的！然而，理智告訴她，事實的確如此！亨利向來感情飄浮不定，只是受虛榮心的支配；而瑪麗亞又對他一片癡情，兩人向來又沒有道德準則，那麼，發生這樣的事不是沒有可能，而且美莉的來信也證實了這點。

對這件事將帶來的毀滅性後果，她眞是不敢想像。然而，她還是情不自禁地想到後果會如何？誰能逃脫傷害？誰能不爲之震驚？誰能不爲此而永遠失去內心的寧靜？艾德蒙？還是美莉本人？她不敢再往下想，覺得這樣想下去會非常危險。她努力只讓自己或試圖只讓自己去想這件事必然給家庭帶來的不幸。如果這件事被證明是眞實的，並且公諸於世，那麼，這個家裡的所有人都會被捲進去。

想到姨媽的痛苦、姨父的痛苦，她不由得頓了頓；想到茱莉雅的痛苦、湯姆的痛苦、艾德蒙的痛苦，她更是不敢再往下想。這件事對兩個人的打擊尤其慘重——關心兒女湯瑪斯爵士，對他們寄予了很大的希望，而且有高度的榮譽感和道德觀；艾德蒙爲人正直坦誠，感情純眞強烈，從不猜疑別人。所以，在蒙受了這一番恥辱後，他們很難再安心地生活下去。從現在的情形來看，對萊斯渥太太的親人們來說，最大的福音就是立即毀滅。

第二天過去了，第三天過去了，兩班郵車都來過了，沒有帶來任何闢謠的消息，私人信件上沒有，報上也沒有。總之，沒有發生任何事來緩解她的驚恐。美莉再也沒來信作解釋，曼斯菲爾也是音信杳無，按理姨媽早該來信了。這一切都說明問題的確嚴重，超乎她的想像。

她情緒低落，臉色蒼白，渾身不停地地抖動，卻得不到一絲一毫的安慰。對她這種狀態，凡是做母親的，除了普萊斯太太，只要不是太心狠，都會看出來的。就在第三天，突然響起了揪心敲門聲，又一封信遞到了她手裡。信上蓋著倫敦的郵戳，是艾德蒙寫來的。

親愛的芬妮：

我想，對於我們目前的悲慘處境，妳是知道的，願上帝給妳力量，讓妳能夠承受住妳所分擔的那部分不幸。我們已經到倫敦兩天了，卻是一籌莫展，無法查到他們的去向。而且，我還要告訴妳另一個打擊，可能妳還沒聽說——茱莉雅私奔了，她和約翰跑到蘇格蘭去了，我們到倫敦的時候，她剛離開幾小時。假若這件事發生在其他時候，也是件可怕的事；而現在，這根本算不了什麼，不過，這無疑於火上澆油。

還好，父親沒有被氣倒，他還能思考，還能行動。他要我寫信叫妳回家照顧母親。所以，在妳收到這封信的第二天上午，我就會趕到樸資茅斯，希望妳做好準備，我一到便立即動身回曼斯菲爾。父親希望蘇珊也能一起去住幾個月，不過，事情還得由妳來決定，妳覺得該怎麼辦就怎麼辦吧！

在這樣的時候，提出這個建議，他自然是一番好意。我想妳能夠體會到的。雖然我還不太明白他的意思，不過，我想妳能領會他的好意，至於我目前的狀況，我想妳想像得到的。不幸的事不斷地向我們襲來。乘坐的郵車明天一早就會到達。

永遠是妳的

芬妮從來沒有像現在這樣需要幫助。這封信猶如一劑強心針，讓她的精神即刻振奮起來。明天！明天就要離開普茨矛斯了！她眞擔心在大家都在悲傷的時候，自己卻可能喜不自禁。她沒想不到一場災給她帶來了這麼大的好處！

沒想到這麼快就要離開普茨矛斯了，而且還是這麼親切地來接她，接她回去安慰姨媽，還要帶著蘇珊，眞是錦上添花呀！她不由得心花怒放，一時間所有的痛苦都被她拋在腦後了，甚至於她最關心的那些人的痛苦，看來她暫時也不能分擔了。

至於茱莉雅私奔的事，現在幾乎對她沒有什麼影響，雖然她還是爲此驚詫，爲此震撼，但她並非時時耿耿於懷，她只強迫自己去想，認爲這事又可怕又可悲。要不然，聽說就要回家了，她只顧著激動、緊張、高興，忙著做準備，很快就會把這事給忘記的。解除憂傷的最好辦法就是做事，積極地去做那些必需要做的事。甚至做不愉快的事，都可以排解憂傷，何況她現在要做的是高興事呢！那件聳人聽聞的事件——萊斯渥太太私奔（現在已經得到證實），已不再影響她的情緒。她沒有時間，她有許多事要做，二十四小時之內她就要離開，時間很倉促，要跟父母親話別，要讓蘇珊有個心理準備，每件事都得立即準備好，一天的時間還不一定夠用。

她把這消息告訴了家人，他們個個興高采烈，幾乎忘掉了信中提到的那些不幸。蘇珊聽說能跟姊姊一起走，自然是欣喜若狂；父母親對此也欣然表示同意，弟弟、妹妹們更是舉雙手贊成，這一切都讓她內心充滿了喜悅。

伯特倫家發生的不幸，並沒有引起普萊斯家人太大的同情。雖然普萊斯太太念了一會兒她可憐的姊姊，不過，她主要關心的還是蘇珊的衣服用什麼東西來裝，因爲蕾貝卡把家裡的箱子都給拿去玩壞了。對蘇珊來說，能遇到這樣的大喜事，她做夢都想不到；加上她又不認識那些人，不管是犯事的，還是傷心的，在這樣的情形之下，對一個十四歲的女孩來說，她能夠控制自己不笑顏逐開，已經相當不錯了。

準備工作已經做得差不多，再沒什麼事需要普萊斯太太出主意，也沒什麼事需要蕾貝卡幫忙，兩位女孩就等著明天出發了。本來在動身之前應該好好睡上一覺的，可是兩人怎麼也睡不著，想著前來迎接她們的表哥，便激動不已，一個是滿心歡喜，一個是心神不寧。

早晨八點，艾德蒙來到了普萊斯家。芬妮聽見後急急走下樓來，想到即將見到表哥，想到他心裡一定很悲痛，便不由得悲傷起來。她走進起居室時，幾乎就要倒下去了。艾德蒙一個人在那裡，憂傷滿懷，見到她後立即迎上來，把她緊緊抱在懷裡，斷斷續續地說道：「我的芬妮，我唯一的妹妹，現在妳是我唯一的安慰。」然後，便久久說不出話來，芬妮也說不出一句話。

艾德蒙轉過身去，努力讓自己平靜下來。然後，他又開始說話，雖然聲音仍在顫抖，但他盡力克制著，決心不再提發生的事：「你們吃過早飯了嗎？什麼時候可以出發？蘇珊要不要去？」他一連提了幾個問題，看樣子是想盡快上路。一想到曼斯菲爾，時間就顯得寶貴起來，而且在他這樣的心情下，唯有行動才能給他帶來安慰。

於是，他們約好，艾德蒙去叫車，半小時後趕到門口。芬妮負責招呼大家吃早飯，半小時內把一切準備好。艾德蒙想到大堤上去走走，到時候再跟著馬車一起過來接她們。他已經吃過早飯了，不想待在屋裡看著他們吃飯，所以，他只好暫時離開芬妮，走了出去。他氣色看起來很不好，顯然是因爲內心承受著巨大的痛苦，而又無法發洩的緣故。芬妮不由得感到害怕，也爲他擔心。

車來了，艾德蒙又走進屋來，正好可以和這家人相處一會兒，再看一看——不過，還眞沒什麼看的，送別兩位女孩時，這家人幾乎無動於衷。他進來時，一家人剛圍著餐桌坐下來，當馬車從門口駛走時，早餐才擺放齊全。芬妮在父親家的最後一餐吃的東西與剛到時第一餐吃的完全相同，而家裡人送走她時的態度也與迎接她時一樣。

馬車駛出普茨矛斯時，芬妮心裡有說不出的喜悅和感激之情，而蘇珊更是笑顏逐開。只不過，由於她坐在前面，又有帽子遮著，所以看不見她的笑容。

看來這是個沉悶的旅行，一路上艾德蒙只是不停地長吁短歎。如果只有他們兩人，不管他怎麼樣控制自己，也會忍不住地向她傾述內心的痛苦。然而，因爲蘇珊在場，他不得不把滿腔的心事埋在心底，只說些不關緊要的事，但總是找不出什麼話說。

芬妮一直關切地注視著他，有時他察覺了，深情地朝她笑一笑，讓她多少有些欣慰。第一天旅途結束了，他絲毫沒有提讓他沮喪的事。第二天早晨，他稍稍提了一下。

那是在從牛津出以之前，蘇珊正在視窗聚精會神地觀看一大家人離店上路的情形，他們則兩人靠近火爐站著。芬妮憔悴的面容讓艾德蒙非常不安，他不知道她在父親家過的清苦生活，還以爲是最近發生的事把她變成這樣的。於是，他抓住她的手，用很低沉的聲音但意味深長的口吻說道：「芬妮，妳一定受了刺激——妳一定感到痛苦，這也難怪！曾經那麼愛妳的人，怎麼突然就拋棄妳啊！不過，芬妮，妳投入感情的時間還不算長。」

第一段路程讓他們走了一整天，到達牛津的時候，他們都非常疲憊。比起頭一天，第二天的行程結束得要早得多，當他們進入曼斯菲爾郊外的時候，離平時吃正餐的時間還早著呢！

隨著目的地的臨近，兩個女孩的心情開始沉重起來。芬妮害怕見到姨媽和湯姆，家裡出了這麼大的事，不知他們會怎樣呢？蘇珊卻是十分緊張，因爲她的風度禮儀及剛學來的規矩就要接受考驗了。她不斷回想著有教養和沒教養的行爲，以往的粗俗表現以及新學來的文雅舉止；不斷地默想著那些銀餐具、餐巾和涮指杯。

一路上，芬妮看到鄉下的景色與她二月份離開時有很大的不同，尤其進入莊園後，這種感覺就更加強烈，而她的喜悅之情也就更加不可抑制了。三個月了，她離開莊園足足有三個月了，冬天已經變成了夏天，滿目都是翠綠的草地和種植園，樹林雖然沒有濃蔭蔽日，但也翠綠可人，而且很快就會變得更加秀麗多姿。景色如此賞心悅目，而她只能獨自享受。艾德蒙靠在座位上，顯得更加鬱鬱寡歡。他兩眼緊閉，好像不堪承受這明媚的景色，想要把這些美景都關在在外面似的。

見他這樣子，芬妮的心情又沉重了起來。一想到家裡人正承受著巨大痛苦，她就覺得這座優雅美麗的大宅似乎也蒙上了一層陰影。

她沒有料到，在家裡這些愁苦的人中，有一個正望眼欲穿地盼著他們。芬妮剛從一本正經的僕人身邊走過，伯特倫夫人就已經從客廳裡走出來迎接她了。她一反平常懶洋洋的樣子，趕上前來摟住她的脖子說：「親愛的芬妮呀！這下子我好過多了。」

16

家裡剩下的這三個人眞是太可憐了，他們個個都覺得自己最可憐。不過，最爲傷心的還要數羅禮士太太，因爲她對瑪麗亞的感情最深，跟她也最親。她最喜歡她，最寵愛她，這門親事也是她一手操辦的，而且她常常爲此沾沾自喜，爲此驕傲，而現在出現了這種事，對她的打擊是可想而知的。

她像是換了個人，不再多言多語，不再精明能幹，也不再支使別人，更不關心周圍的一切，完全糊塗了，成了個沒用的人。通常在這種的時候，正是她大顯身手的機會，照顧妹妹和外甥，張羅家務，然而，她卻眼睜睜錯失了展現機會。當災難降臨，大家最需要她的時候，不管是伯特倫夫人還是湯姆，都得不到她絲毫的幫助，而她也根本沒有想到去幫助他們。她的幫助還沒有他們自己相互間給予的幫助多。

他們三個人都是那麼孤寂，那麼無奈，那麼可憐。現在他們回來了，伯特倫夫人得到了芬妮，湯姆得到了艾德蒙，而羅禮士太太卻什麼也得不到。不僅如此，由於她心中有一股無名的怒氣，還把芬妮看成是製造這起禍端的元兇，見到她只能讓她更加惱怒。假如芬妮早答應了亨利，還會發生這樣的事嗎？這樣一來，她的兩個同伴因爲他們的到來而減輕了痛苦，她卻是更加可憐和悽慘。

她看蘇珊非常不順眼，一個窮外甥女，一個陌生的闖入者，一個密探，一看就讓她起反感，怎麼看怎麼討厭。不過，蘇珊卻得到了另一個姨媽的友好接待，雖然她不太跟她說話，也沒在她身上花很多的時間，但她認為既然是芬妮的妹妹，就有權利住在曼斯菲爾。因此，她喜歡她，熱情地親吻她。

蘇珊來到這裡之後感覺特別快活，也特別幸運，可以從此避開許多讓人不快的事，就算別人對她再冷淡，她也能承受。至於羅禮士姨媽的態度，因為在來的時候就做好了準備，知道她不會給她好臉色看，所以，蘇珊倒沒覺得有什麼不滿意。

由於有許多的時間自由支配，她便盡可能地去熟悉大宅和庭園，日子過得非常自在，非常快活；而那些可以給她關照的人卻整天關在屋子裡，忙著各自的事情，給那些需要他們的人最大的安慰。芬妮悉心照料著伯特倫姨媽，比以往更加盡心盡力，因為她覺得姨媽需要她，就算做再多也是應該的；艾德蒙則盡力撫慰著哥哥，藉以化解自己的痛苦。

現在伯特倫夫人僅有的一點安慰，就是跟芬妮講講那件可怕的事，講一陣兒，又傷心一陣兒。但只要有人耐心聽她訴說，能夠忍受她的嘮叨，並給她體貼、同情的回答，她就算得到最大安慰了。伯特倫夫人雖然認為問題簡單，但在湯瑪斯爵士的指點下，對所有重大的問題，她還是看得準的。至於這件事的嚴重性，她是完全清楚的。所以，她不想自欺欺人地認為這不是什麼大不了的醜事和罪惡，也不想讓芬妮來開導她。

她對兒女的感情並不是很強烈，也不是個特別執著的人。所以，過了一段時間後，芬妮就發現，把她的思緒引向別處，重新喚起她對日常事務的興趣，並不是不可能。只不過，每次伯特倫夫人一想到這事，就只會認為自己失去了一個女兒，家門的恥辱將永遠無法洗刷。

芬妮從她那裡知道了整個事件的詳情。雖然姨媽講話不是很有條理，但從她和湯瑪斯爵士的幾封來往信件中，以及自己了解到的情況，加上合理地分析，她很快就掌握了這件事的全部情況。

瑪麗亞去了特威克納姆，跟她剛剛熟悉的一家人一起過復活節。這家人性情活潑，討人喜歡，亨利幾乎一年四季都會去做客，大概是在道德和規矩上彼此投合的緣故吧！芬妮早知道亨利就住在附近。因爲萊斯渥先生不在場，茱莉雅也不在，於是，瑪麗亞便毫無顧忌地跟這些朋友們一起廝混。

此時萊斯渥先生去了巴斯，在那裡陪他母親幾天，然後帶母親回到倫敦，而茱莉雅早在兩、三個禮拜之前就離開了溫普爾街，住到了湯瑪斯爵士一個親戚家去了。現在想起來，她之所以要去那裡，可能是爲了方便與約翰接觸。

在萊斯渥夫婦回到溫普爾街不久，一位住在倫敦與湯瑪斯爵士特別要好的朋友寫了一封信給他。這位老朋友因爲耳聞目睹了許多他女兒與亨利的事而大爲吃驚，便趕快寫信告訴老友，建議他親自到倫敦制止這種親密關係的繼續發展。因爲這種關係已經給瑪麗亞招來非議，而且已經引起了萊斯渥先生的不安。

湯瑪斯爵士看了信後，立即決定動身前往倫敦，但沒對家裡任何人透露信的內容。就在他準備起身的時候，又收到一封信。這封信是那位朋友用快遞發來的，信中透露兩位年輕人的關係已經進展到不可救藥的程度，因爲瑪麗亞已經離開丈夫家，萊斯渥先生非常憤怒，非常痛苦，來找他（哈丁先生）出主意。

哈丁先生擔心可能發生了嚴重的出軌行爲，萊斯渥老太太的女僕把此事說得更爲駭人聽聞。哈丁先生盡力想幫忙掩蓋，希望瑪麗亞還能回來。但是，那位住在溫普爾街，萊斯渥先生的母親卻不斷施加壓力，嚷著要把這事張揚出去，因此，要作好準備，隨時可能會出現最壞的結果。

事已至此，已經沒法再瞞住家人。湯瑪斯爵士決定動身，艾德蒙跟他一起去。留在家裡的人個個都惶惶不安，後來，倫敦又來了幾封信，讓他們更加愁苦。這時，事情已經完全公諸於眾了，沒有一點挽回的餘地。萊斯渥老太太的女僕掌握了足夠的證據，加上又有老太太爲她撐腰，自然不會保持沉默。原來，老太太和少奶奶住在一起沒幾天，兩人就鬧不和，老太太如此記恨兒媳婦，一半是因爲她不尊重她本人，一半也因爲她看不起她的兒子。

誰也拿她沒有辦法。不過，即使她不那麼固執，即使她對她的兒子沒那麼大的影響——那個兒子總是誰最後跟他說話，誰控制他不讓他說話，就任誰擺佈——事情依然沒有希望。因爲瑪麗亞從此再沒出現，而就在她出走的那天，亨利說是去旅行，也離開了他叔叔家。由此有充分理由斷定，他們兩人一起躲到什麼地方去了。

不過，湯瑪斯爵士在倫敦還是多住了幾天，想設法找到女兒。雖然女兒已經名譽掃地，但他不想讓她更墮落。

對於姨父目前的狀況，芬妮不忍去想。幾個孩子中，只有艾德蒙沒有讓他痛苦。湯姆聽到妹妹的事後深受打擊，病情加重，幾乎沒有康復的希望，連伯特倫夫人也看出來了，驚恐得趕緊寫信告訴丈夫。到了倫敦後，茱莉雅的私奔又給了湯瑪斯爵士一個重擊，這打擊的力量雖然不是那麼沉重，但也足以給他造成極大的痛苦。她看得出來，事實正是如此，從姨父的來信就知道他是多麼的痛心。

不管從哪方面看，這都不是件稱心的婚事，況且他們又是偷偷摸摸地結合，而且還選了這麼個不恰當的時候，這一切都充分說明了茱莉雅的行爲很愚蠢，甚至不可原諒。湯瑪斯爵士認爲她這是在最糟糕的時候，用最糟糕的方式，做了一件最糟糕的事情。雖然與瑪麗亞相比，她可以稍稍得到寬恕，就像愚蠢與罪惡相比，可以得到稍稍的寬恕一樣。不過，湯瑪斯爵士認爲，茱莉雅既然邁出了這一步，那麼她今後的下場極有可能與她姊姊一樣。這就是他對女兒私奔的看法。

芬妮眞的非常同情姨父。現在除了艾德蒙，他沒有別的安慰。其他幾個孩子把他的心都撕碎了。她相信，他考慮問題的角度一定不同於羅禮士太太，原來對她的不滿這下子完全可以消散除了，因爲事實證明她沒有錯。現在看來，當初她拒絕亨利是完全正確的。不過，雖然對她來說，這非常重要，但對湯瑪斯爵士不一定是個安慰。以前姨父的不滿讓她非常害怕，但現在，當她被證明是正確的時候，她的感激和情意對他又有什麼意義呢？艾德蒙才是他唯一的安慰。

然而，她想錯了，艾德蒙並不是沒有給父親帶來痛苦，只不過這種痛苦沒有其他的來得強烈罷了。湯瑪斯爵士認爲，由於妹妹和朋友的行爲，艾德蒙的幸福必然會受到了很大的影響。看得出來，他很愛那位女孩，而且極有可能獲得成功。然而，這件事發生後，他必然要和他一直追求的女孩分手。誰讓那位女孩有個如此卑鄙的哥哥呢？其實，從各方面看這樁婚事還是挺合適的。

在倫敦的時候，做父親的就看出來了，艾德蒙除了家裡的痛苦，還有他自己的痛苦。他猜測他與美莉可能見過一面，而這次見面除了增加他的痛苦以外，沒能給他帶來什麼。湯瑪斯爵士看出他的心事後，一方面基於這個考慮，一方面也有其他考慮，便急忙讓兒子離開倫敦，接芬妮回家照顧姨媽。這對大家都有好處，對艾德蒙也有好處，應該能減輕他的痛苦。

姨父心裡的祕密，芬妮自然不清楚。其實，湯瑪斯爵士不了解美莉的爲人，如果他知道她對兒子說了些什麼，他就不會希望兒子娶她了，雖然她的財產已經從兩萬英鎊變成了四萬英鎊。

艾德蒙與美莉的關係從此中斷了。不過，在沒弄清艾德蒙的眞正想法之前，芬妮還是沒有多大信心。她認爲他也有同樣的想法，但她需要知道的更確切些。以前，他跟她總是無話不談，如果現在他也能這樣，對她算是個很大的安慰。但是，她發現這似乎成了件不容易的事，她很少見到他，幾乎沒有單獨相見的機會，或許他是有意回避與她單獨見面。

這說明什麼呢？除了說明家裡的不幸，還說明他忍受著一份痛苦，這苦痛撤心扉，讓他沒有心思與別人說話。此外，還說明因事情所帶來的恥辱而痛心，卻不願意向人透露半點。他一定處在這樣的狀態，他接受了命運的安排，卻是懷著難言的痛苦而不得不接受的。看來要讓他重提美莉的名字，或者重新與芬妮傾心交談，恐怕要等上一段時間了。

這種狀態果然持續了很長一段時間。他們是星期四到曼斯菲爾的，直到禮拜日晚上，艾德蒙才和她談起這個問題。禮拜天晚上，一個陰雨連綿的晚上，在這樣的時刻，只要與朋友相對，誰都會敞開心扉，無話不談的。他們坐在屋裡，除了母親以外沒有別人。而此時，他的母親在聽完一段令人感動的佈道之後，已經哭著睡著了。

在這種時候，兩人一定會說點什麼。於是，像平常一樣，艾德蒙先來了段開場白，讓人弄不清他到底要說什麼，然後，又像平常那樣，說他的話不會太長，只求她聽幾分鐘。她倒不用擔心他會舊話重提，這個話題的確不能再談。就這樣，他欣然地談起了對他來說非常重要的情況和想法，他相信會得到她眞摯的同情。

對此，我們可以想像，芬妮是多麼好奇，多麼關切，又帶著怎樣的痛苦，怎樣的喜悅，對他激動的聲音又是如何關注，兩眼又如何小心翼翼地回避著他。他一開口就讓她吃了一驚。他去見了美莉，還是應邀前去的。斯托諾韋夫人寫信給他，求他去一趟。他心想這是最後一次見面了，又想到身爲亨利的妹妹，現在一定會羞愧難當，於是，他滿懷著滿腔的柔情赴約了。

芬妮頓時覺得這不可能是最後一次見面，但隨著他的講述，她的顧慮漸漸消除了。他說她見到他的時候，神情看起來很嚴肅，甚至有些激動，還沒等艾德蒙說完一句話，她便打斷他，說起了另外的話題，這讓艾德蒙吃了一驚。「她說：『我聽說你來到了倫敦，我想談談這件傷心事。你看，我們這兩位親人愚蠢到了什麼程度呀？』我沒有說什麼，不過，我相信我的眼神告訴她，我對她的話很不滿，她感覺到了。

「然後，她用更爲嚴肅的神情和語氣又說道：『我並不想爲亨利辯護，把責任推到你妹妹身上。』她是這樣開始的，然而下面的話——芬妮，下面的話，我實在不便——不便學給妳聽，我已經想不起來了，就算想得起來，我也不想細說。她恨兩人太愚蠢，她罵哥哥愚蠢，不該被一個他瞧不起的女人勾引，做出這樣的事，失去了自己愛慕的女人。

「不過，在她看來，瑪麗亞更愚蠢，人家早已表明對她無意，她卻以爲別人眞的愛她，讓自己陷入難堪的困境。妳想想，芬妮，聽了這話，我心裡是什麼滋味？那個女人——就這樣輕描淡寫地只說了個『愚蠢』！如此隨意，如此毫不在意！絲毫不感到羞怯，也絲毫沒有驚恐，哪裡還像個女人？可以這樣說吧，她連一點起碼的憎惡都沒有，這只能說是這個世界造成的。芬妮，她的條件多優越呀？哪裡還能找到像她那樣有天生優越條件的女人？被帶壞了！她被帶壞了啊！」

稍稍思索一會兒，他又說道：「我把一切都告訴妳吧，以後絕不再提了。」他的話語裡帶著一種絕望的冷靜：「她把這事看成一件蠢事，只是因爲他們太不謹愼，太不警惕，太不小心，讓這事給暴露了。他在特威克納姆的時候，他不應該住在里士滿，而且千不該萬不該，她不應該被一個僕人控制。總之，不該讓人發現。噢！芬妮，她罵他們愚蠢並不是因爲他們做了壞事，而是讓人發現了。她說瑪麗亞昏了頭才會不計後果，逼著亨利放棄更好的計畫，跟她一起逃走。」

他停了下來。這時，芬妮覺得似乎自己應該說點什麼，便問道：「那你又怎麼說呢？

「什麼也沒說，也不知該說什麼，我像被打暈了一般。她又繼續往下說，說起了妳，她說起了妳，對失去了妳感到非常惋惜。她說起妳的時候，似乎還沒失去理智，她對妳一直挺公道的，她說：『可惜呀，亨利失去了這樣一個女人，以後再也碰不到第二個了。芬妮能夠治住亨利，讓他一生都幸福的。』

「最親愛的芬妮，事情都過去了。我講這些本來有希望，現在卻絕不可能的事，是希望妳高興，不是讓妳痛苦。妳不想讓我住口吧？如果想讓我把嘴閉上，妳只要看我一眼，或說一聲，我就立刻閉嘴。」

芬妮既沒看他，也沒出聲。

「感謝上帝！」艾德蒙繼續說道：「我們當初對妳的行為都想不通，現在看來，這是上帝仁慈的安排，祂不讓老實人吃虧。她對妳很有感情，提起來總是讚不絕口。不過，其中也含有單不單純的成分，甚至有點惡毒，因為她講著講著便驚叫起來：

『可是芬妮為什麼不答應亨利？這完全是芬妮的錯。蠢丫頭！我永遠也不會原諒她。如果她當初答應了，現在或許他們就準備結婚了。亨利那麼幸福，那麼忙，自然不會有時間去找別人，根本就不會費勁地和瑪麗亞恢復來往。最多以後每年在索瑟頓和愛芙林姆舉行舞會時，兩人調調情而已，根本無傷大雅。』妳能想到會有這樣的事嗎？那股魔力總算被揭穿了！我的眼睛終於睜開了。」

「冷血！」芬妮說：「眞是冷血！在這種時候還尋開心，還說這樣的話，而且還是講給你聽！眞是太無情了！」

「妳認爲這是冷血嗎？我倒以爲她生性並不冷血，她並不是有意要傷害我的感情，這點我們的看法不同。問題其實還要複雜得多，她根本不知道，也沒有想到我會這樣認爲，她覺得以這樣的心態看待問題是非常正常的，她之所以要說這樣的話，只是因爲聽慣了別人這麼說，於是，她認爲大家都會這麼說的。這是一種反常的心態，但她並沒有感覺，她的天性不應該是這樣的！

「她不會故意讓別人痛苦，雖說我可能看不準，不過，我認爲她不會故意來傷害我，傷害我的感情。芬妮，她犯的過錯，是原則上的過錯。完全不知道體諒別人，完全是思想上的腐蝕墮落。對我來說，或許這是最好的想法，這樣一來，我就不那麼覺得遺憾了。但我寧願忍受失去她的痛苦，也不願意把她往壞處想，我把這想法對她說了。」

「是嗎？」

「是的，我離開時對她說的。」

「你們在一起多長時間？」

「二十五分鐘吧！她又接著說：『盡力促成他們結婚是現在需要做的事。』芬妮，她說這話的口氣比我還堅定。」他不得不停了一下，才又往下說：「她說：『爲了顧全面子，我們必須要說服亨利和瑪麗亞結婚。現在芬妮絕不會再跟他了，我想可能他會同意這樣做的。他只能放棄芬妮，他自己應該明白，他不可能娶芬妮了，所以說服他應該不會有太大的問題，我要全力促成這件事，我的影響力還是挺大的。

「如果他們結了婚，她自己那個有聲望的家庭再給她適當的支持，那她多少能在社會上站得住腳。雖然有些圈子絕不會與她結交，不過，只要備上好酒、好菜，多請請那些人，總會有人願意接受她的；再說，人們現在比以前更能以寬容的心態看待這種問題了。

「我的意見是，你父親最好保持沉默，勸他順其自然，不要干預這件事，否則，由於他的強行干預，讓女兒失去了亨利的保護，那麼，亨利娶她的可能性就大大減少了。其實，不如讓她跟著亨利。我知道怎麼樣讓他接受勸告，而湯瑪斯爵士也會相信他還是個顧全面子、有同情心的人。總之，一切都會有個好的結局。不過，如果他把女兒給拉走，問題就不好解決了。』」

艾德蒙說完這番話後，情緒起伏很大。芬妮默默地看著他，目光充滿了關切之情，她後悔不該談這個話題。艾德蒙久久說不出話，最後才說道：「芬妮，我快說完了！我把她說的主要內容都告訴妳了。我一得到說話的機會便對她說，我以這樣的心情走進這座房子，沒想到會遇到讓我更加痛苦的事，幾乎她的每句話都給了我更深的傷痛。我還對她說，在我們認識的過程中，雖然我常常意識到我們有些意見分歧，尤其在某些比較重大的問題上，但是我從沒想到我們的分歧會有這麼大。

「對她哥哥和我妹妹所犯的可怕罪行（他們倆到底誰該負主要責任，我不想妄加評論。），她的態度簡直讓我吃驚。她的談論，她的怒罵，沒有一句有理。而對於這一罪行的惡劣後果，她竟然認爲只能用不正當的、無恥的辦法平息。尤其不該的是，她竟建議我們委屈求全、妥協、默認，任罪惡繼續下去，以便讓他們結婚。而在我看來，對這樣的婚姻，我們不僅不能促成，而且還要堅決制止。

「唉！這一切都讓我意識到，以前我對她一點也不了解。多少個月來，我心靈上眷戀的那個人只不過是我想像出來的，根本就不是這個克萊福小姐。或許對我來說，這也是件好事，至少我可以少些遺憾，因爲對她的友誼、情意和希望，現在完全消失了。然而，我必須承認，我絕對情願懷著失去她的痛苦，也不願恢復她原來在我心目中的形象，對她繼續保持愛意和敬重。

「這就是當時我對她說的話，在當時，我說這話的時候沒有現在鎮定，也沒有現在有條理。她感到非常驚訝，還不僅僅是驚訝，簡直是萬分震驚。我看見她的臉色都變了，她滿臉通紅。我看得出來，她的心情非常複雜，竭力在眞理和羞愧之間掙扎，不過，這時間很短，習慣又迅速占了上風。

「她如果還笑得出來的話，一定會大笑的。不過，她只是勉強地笑了笑，說道：『眞是一篇很棒的講演呀！這是你最近一次佈道的部分內容吧？這樣看來，曼斯菲爾和桑頓萊西的每個人很快就會被你改造了。說不定我下次聽你講的時候，你可能已經成了哪個大教區傑出的傳教士，或是派往海外的傳教士。』雖然她說話時盡量顯得滿不在乎，但她心裡並不是不在乎。

「我衷心祝她好運，誠摯地希望她不久就能學會公正地看問題，可以學到最寶貴的知識——

了解自己，也了解自己的責任，不需要非得透過慘痛的教訓才能學到。說完後我就走了出去。

「芬妮，我剛走了幾步，就聽到背後開門的聲音，她說：『伯特倫先生！』我回頭望去，她的笑帶一種輕浮，一種挑逗，與剛才的談話很不協調。我知道她想制服我，但我抵制著，儘管快步往外走，我知道那是一時衝動之下的抵制，其實，有時我會突然後悔當時沒回去。

「不過，我知道我那樣做是對的。我們應該結束了！這算什麼嘛！這回我上當了！上了哥哥的當，也上了妹妹的當！芬妮，非常感謝妳能聽我講。說出來後心裡就痛快多了，以後我們再也不要講這事了。」

對他這話，芬妮毫不懷疑，以爲眞的不會再講這事了。可是剛過了五分鐘，又談起了這件事，直到伯特倫夫人醒來，談話才終於結束。

他們一直談論著美莉。艾德蒙對她多麼著迷，她多麼討人喜歡，如果能早些落在好人的手裡，該有多好。而此時，芬妮不再有所顧慮，認爲自己有責任讓表哥多了解美莉的眞面目。於是，她向他暗示說：「美莉之所以願意與他和解，與他哥哥的健康狀況有很大關係。」這個暗示可不大容易接受，感情上難免會抗拒。不管怎樣，如果把美莉的感情看得純潔一些，心裡自然會好受很多。

不過，艾德蒙的虛榮心不是很強，感情對理智的抵抗沒能堅持多久。最終，他接受了芬妮的看法，認爲美莉的態度的確受著湯姆病情的左右。不過，他還給自己保留了一個想法，認爲不同的習慣造成的各種矛盾，美莉對他的愛已經超出了可以指望的程度。他相信正是由於他的緣故，她才沒有太偏離正道。

對此，芬妮也完全同意。他們還一致認為，這樣的打擊必然給艾德蒙心裡留下不可磨滅的印象及難以消除的影響。但是隨著時間的逝去，他的痛苦必然會減輕，要徹底忘卻是不太可能的。至於說以後再和別的女人交好，簡直就更不可能。一說這事就讓他生氣，他只需要芬妮的友誼。

17

讓別的文人去描寫不幸和罪惡吧！我要盡快拋開這令人厭惡的話題，讓那些沒什麼過失的人重新過安樂的生活。

這時候芬妮過得還眞快活，雖然她仍為別人的痛苦而難過，她其實過得十分快樂，因為她有太多快樂的理由。她又回到了曼斯菲爾莊園，再也不會被亨利糾纏，而且對別人有用，受人喜愛。湯瑪斯爵士回來後，雖然憂心忡忡，但對外甥女還是十分滿意，並且更加喜愛。這一切都讓她高興極了。而且，她還有個讓她更雀躍的理由，那就是艾德蒙不再上美莉的當了。其實，僅僅這麼一個理由，就足以讓她過得非常快活了，何況還有那麼多讓她高興的事呢！

可憐的湯瑪斯爵士已經意識到身為父親的過失，因而他痛苦的時間最長，也最為深刻。他覺得當初不該答應這門親事，本來他對女兒的心思是非常清楚的，卻又同意了，這不是明知故犯嗎？他覺得自己受到自私和世俗動機的支配，為了一時利益而犧牲了原則。這樣的內疚要得到撫慰，是需要一定時間的。

瑪麗亞給家裡帶來不幸後，雖然沒有傳來什麼讓人欣慰的消息，但是別的子女卻帶來了意想不到的安慰。首先，茱莉雅的婚事並沒有他當初想得那麼糟，她也知道自己錯了，希望得到家裡的原諒；約翰也巴望著得到這個家庭的接納，以便能夠仰仗湯瑪斯爵士，得到他的指導。雖然他不是個很正經的人，卻有可能變得不再那麼輕浮，至少有可能變得顧家一些、安分一些。而且，現在也弄清了，他的地產還不算太少，債務也不太多，總之，他把湯瑪斯爵士看成最重要的朋友來對待、來求教，這多少給爵士帶來一些安慰。

其次，湯姆也給爵士帶來了不小的安慰。他不但漸漸恢復了健康，而且只顧自己、不顧別人的習性也改正了。一場病讓他吃盡了苦頭，也學會了思考，反而因禍得福，從此變好了。這真是意想不到的好事。對溫普爾街發生的事件，他深感痛心，而且覺得自己有不可推卸的責任，如果當初不演那場戲，男女之間就不會過分親膩，就不會造成這樣的後果。他已經二十六歲了，腦子又不笨，也不缺良師益友，所以，這種內疚長久在他心裡，發揮了良好的作用，從此後，他不再只顧自己，開始懂得為父親分憂解愁，變成了一個安分守己、穩重的人。

這真是令人欣慰啊！與此同時，父親還發現以前讓他擔憂的艾德蒙，心靈上也有了明顯的成長，因此，心情就更加舒暢了。整個夏天，艾德蒙天天晚上都和芬妮在一起散步，或坐在樹下休息，經過不斷的傾心交談，他心裡的結漸漸打開了，恢復了以往的愉快心情。

正是這些爲人帶來希望的現象，漸漸緩解了湯瑪斯爵士的痛苦。他不再爲過去的一切憂傷，也不再和自己過不去。不過，他深感自己在教育女兒這件事上，的確發生了重大的失誤，但現在已經太遲了，而這將成爲他永遠的痛。

在家裡，瑪麗亞和茱莉雅總是受到兩種完全相反的教育。父親對她們過於嚴厲，而姨媽對她們又過於寵溺，這對年輕人品格的形成最爲不利。當初，他發現羅禮士太太的做法不對，便想用相反的方法來加以糾正，沒想到這樣做反而更糟，這只能讓她們在他面前掩飾自己的情緒，使他無法了解她們的眞實想法。而在這樣的情況下，他又把她們交給只知道盲目寵愛、過度誇獎她們的人，讓她們肆意放縱，以致造成這樣的惡果。

這種做法雖然糟糕，但他漸漸意識到，這還不是最可怕的錯誤。他想一定是女兒本身還缺乏什麼，否則，這些不良影響也應該被時間磨去許多了。他猜想，一定是缺少了原則，缺少應有的做人的原則。只要有了責任感，一切都會迎刃而解；然而，他從來就沒有認眞教育她們要用責任感好好控制自己。她們只學了一些理論，卻從來沒有要求她們去實踐這些理論。

他培養的目標只是想讓她們才華出眾，舉止優雅，而這些對她們絲毫無法產生正面的影響，也沒有發揮道德教育的作用。他本想讓她們好好做人，卻沒有在她們的性情上下功夫，而是把心思用到了了提高她們的心智和禮儀上。那些可以幫助她們的人從沒有告訴過她們，必須克已，必須謙讓，這讓他感到非常遺憾。

在女兒的教育上存在這樣大的缺陷，讓他深感痛心，但又覺得難以理解。他花了那麼多錢，那麼多心血來培養女兒，在她們長大成人後，卻不知道自己的首要義務是什麼；而他對女兒們的性情和品格也根本不了解，這讓他感到非常傷心。

尤其是瑪麗亞，她總是自以爲是，妄自尊大，又欲望無窮，缺乏道德準則。這一點也是出了事後，父親才有所省悟的。她怎麼都不肯離開亨利，不管大家如何勸說，她希望嫁給他，兩人生活在一起，後來才終於明白這不過是場夢而已。她感到非常不幸，由於極度失望，轉而憎恨亨利，脾氣也變得極壞，兩人成了仇人，最後以分手而告終。

兩人在一起時，亨利總是怪她毀了他和芬妮的美滿姻緣；而她已經把他們拆散了，這是她離開他時唯一的安慰。在這樣的情形之下，還有什麼比這樣一顆心更加淒楚的呢？

萊斯渥先生沒費多大的勁就離了婚，一場婚姻就此結束。其實，當初訂婚時就已經給這樁婚姻埋下了禍根，除非碰到意想不到的好運，否則這樣的下場也是必然的結局。當時，妻子就沒瞧上他，而是愛上了另外的男人，這個情況他也十分清楚。而對於因爲愚蠢而蒙受恥辱，導致自私的欲望落空，人們是不會同情的。他受到了懲罰，而他妻子罪惡更重，受到的懲罰當然也更重。

離婚之後，他覺得丟盡了臉面，總是鬱鬱不樂，除非再有個漂亮的女孩打動他的心，讓他再次結婚，否則這種狀態將不會結束。他也有可能再次結婚，但願這次比上次成功，就算是受騙，騙他的人至少脾氣要好些，運氣要好些。而瑪麗亞呢？再也沒有希望了，再也無法挽回名譽了，從此後，她只能懷著無限的悲傷，忍辱含垢地遠離塵世。

而如何安置她，卻成了一個很傷腦筋、很重要的問題，需要認眞商討。自從外甥女做下錯事以來，羅禮士太太似乎更疼愛她了。她主張把她接回家，求得大家的原諒，湯瑪斯爵士卻堅決不同意。羅禮士太太認爲他之所以反對是因爲芬妮的緣故，因此更加怨恨芬妮。

她一口咬定湯瑪斯爵士之所以不同意，就是因爲芬妮住在家裡。但湯瑪斯爵士非常嚴肅地說，即使家裡沒有年輕的女孩，不怕與她相處有什麼危險，也不怕會對他們產生不良影響，他也不會讓她回來，因爲他不想給莊園招來禍害。

作爲他的女兒，只要她眞正認識到了自己的錯誤，他會保護她，給她安排舒適的生活，鼓勵她重新做人的，他完全可以辦得到。但是，他不可能越過這個限度，對罪惡更不能採取姑息的態度，因爲她毀了自己的名聲，他不可能爲她恢復無法恢復的東西。他不會替她遮羞，把這樣的不幸再帶到另一個男人的家裡，她別期待人們會對她客氣。

討論的結果是，羅禮士太太決定離開曼斯菲爾，悉心照顧不幸的瑪麗亞，她們將住到偏遠的異鄉，過著與世隔絕的生活。可以想像得到的是，一個心灰意冷，一個頭腦不清，兩人的脾氣必然成爲彼此的懲罰。

羅禮士太太搬出了曼斯菲爾，湯瑪斯爵士頓時覺得輕鬆了許多。自從安提瓜回來後，他對她的印象就越來越差。從那時開始，每一次的交往，不管是日常談話，還是辦事，還是閒聊，都讓他對她的看法越來越糟。他眞不知道是她老糊塗了，還是當初對她的估計就過高，而對她的行爲過於包容。

他覺得她的不良作用時刻都存在著，而且沒完沒了，除非她老死，否則沒別的辦法；她像他的一個包袱，他要永遠揹在身上，因此，對他來說，能夠擺脫她眞是件好事。一件壞事卻帶來了這麼大的好處，如果沒有她走後留下的痛苦，他簡直要爲這件壞事叫好了。

對於羅禮士太太的離去，曼斯菲爾莊園沒有任何人感到遺憾。即使是她平時最疼愛的人，也沒有眞正愛過她。瑪麗亞經過那件事後，脾氣變得相當暴躁，到哪裡都讓人受不了。即使是芬妮，也不再爲羅禮士姨媽流淚，就算姨媽要永遠走了，她也沒掉一滴淚。

茱莉雅的下場之所以沒有瑪麗亞那麼慘，從一定程度上說，是由於兩人性情不同，處境也不同的緣故；但還有一個最重要的原因，那就是她的美貌和才學只居第二位，大姨媽對她沒有像對待姊姊那樣寵愛，那樣捧她，那樣慣她，她自認比瑪麗亞差一些，所以性情也就隨和些，也不會過分的妄自尊大；雖然她的性情有些急躁，但比較容易控制。

自從在亨利那裡碰釘子後，她就能很好地把握住自己。起初受到他的冷落，她心裡還有些難受，但是沒過多久，她便不再想他了。後來，與亨利在倫敦再次相遇後，他又成了萊斯渥先生家的常客，爲了避免再度落入情網，她果斷地撤離，選擇這時候去了親戚家。實際上，這才是她去親戚家的眞正原因，與約翰沒有多大關係。雖然她任憑約翰對她獻殷勤，但從沒想過要嫁給他。

只是因爲姊姊出事後，她怕見到父親，怕回家後被父親管得更嚴。爲了避免眼前的可怕災難，她才不顧一切地選擇了這條路，否則約翰還不會得手。茱莉雅之所以要私奔，只是由於害怕，和一些自私的念頭，其他倒也沒什麼。總之，是瑪麗亞和罪惡導致了茱莉雅的愚蠢。

至於亨利，他就壞在早年繼承了一筆豐厚的家產，而且還有一個不好的榜樣。因此，長時間以來，他醉心於挑逗女人的感情，盡做些薄情負心的事，並以此為榮。起初對芬妮，他也沒有絲毫誠心，後來，卻眞心愛上了她。雖然芬妮對他有抵抗的情緒，但他獲得幸福的可能性是相當大的，如果他能滿足於贏得一個可愛女性的歡心，假如他能繼續堅持，就能逐步贏得芬妮的尊重和好感，獲得最後的成功。

他的苦苦追求已經獲得了一定效果，他對她已經產生了一定的影響，如果他表現再好些，必定會有更大的收穫。尤其是，如果他妹妹和艾德蒙結了婚，她一定會與他在一起。我們相信，這樣一來，在艾德蒙與美莉結婚後不久，芬妮就會以身相許來報答他，而且是心甘情願的。

如果按照他當時的想法，從普茨矛斯回來後立即去愛芙林姆，也許他的幸福就會就此決定。但是別人勸他留下來參加弗雷澤太太的舞會，說舞會沒有他將會黯然失色，加上在舞會上還可以見到瑪麗亞。在好奇心和虛榮心的驅使下，他那顆不習慣於為正經事做出犧牲的心，無法抵禦眼前快樂的誘惑。他決定晚一點去諾福克，認為沒什麼重要的事，只要寫封信就可以了。於是，他留了下來。

他見到了瑪麗亞，瑪麗亞對他很冷漠，他知道這是因為芬妮的緣故。本來兩人從此井水不犯河水，但是，他的虛榮心占了上風，他認為自已被冷落太沒面子了，而在以前她的喜怒哀樂是完全掌握在他的手中的，他實在不能忍受，因此必須施展本領讓她再次屈服，他必須要打掉她的囂張氣焰，讓她還像當小姐時那樣待他。

他懷著這種心態開始進攻了。他振奮精神，堅持不懈，很快就達到了目的。他們又恢復了原來那種親密關係，又是獻殷勤，又是打情罵俏。本來他的目標僅止於此，但他沒有料到，她的感情進展到了非常熱烈的程度，他成了她感情的俘虜。其實，一開始時瑪麗亞還是小心防犯他的，因爲她的怒氣還沒消；如果她能繼續堅持，就不會發生後來的事了。然而，她的謹慎最後還是被摧毀了。

她對他非常癡情，並公然表示要珍惜他的一片情意。這時，他想退步已經來不及了。他陷入了虛榮的圈套，根本沒有什麼愛情可言，對她的表妹也依然忠貞不貳。他首先要做的就是保守祕密，不讓芬妮和伯特倫家的人知道這件事。他覺得，這樣做一方面爲了萊斯渥的名譽，一方面也是爲了他自己的名譽。

從里士滿回來後，他本來不希望再見到瑪麗亞，但由於這位太太的唐突行爲，克萊福在無奈之下，只得與她一起私奔。他當時就因芬妮而感到後悔了，在經過一番折騰後，他就更加後悔了。幾個月來，透過比較，他更加覺得芬妮溫柔的性格、純潔的心靈和高尚的情操是多麼寶貴。

我們知道，根據他在這一事件中應負的責任，給予他適當的懲罰，把他的醜事公諸於眾，

並不是社會保護美德的防火牆。在當今世界，對罪行的懲罰並不像人們希望的那樣嚴厲。不過，像亨利這樣聰明的人，雖然我們不敢說他今後的前途如何，但是，他如此報答別人對他的熱情，破壞別人家庭的安寧，自然會給他招來煩惱；況且，他還因此失去了最好的、最可敬的、最珍貴的朋友，失去了從理智到情感都深愛的女孩，難道說他不會因此而悔恨嗎？或許有時候，這些煩惱會變成內疚，悔恨會變成痛苦。

這事讓伯特倫家和格蘭特家深受其害，他們彼此疏遠了。在這樣的情形下，如果兩家人再做鄰居，就會感覺很不自在。還好，格蘭特家故意將歸期延遲了幾個月，最後又永遠地搬離了曼斯菲爾。眞是謝天謝地！原來，透過一個幾乎不抱希望的私人關係，格蘭特博士在威斯敏教堂繼承了一個牧師職位，這樣一來，他不僅有理由離開曼斯菲爾，有藉口住到倫敦，而且還增加了收入，所以，不管對要走的人，還是留下的人，都是件大好的事。

格蘭特太太向來對人和善，也討人喜歡，離開習慣了的人和景物，自然有幾分惆悵。不過，像她這樣的性格，不管走到哪兒，與什麼人相處，都會感到快樂。而且，她又可以為美莉提供一個家了！而對這半年來的虛榮、野心、戀愛和失戀，美莉感到厭煩了，對她的那些朋友，也感到厭倦。她需要姊姊眞正的關愛，需要過一種理智而平靜的生活，所以她們住在一起。

後來，格蘭特博士由於在一個禮拜內參加了三次慈善機關的盛大宴會，導致中風而死。她們姊妹倆仍然住在一起，美莉決定不再愛上一個次子，然而，她久久都找不到一個合適的人。

那些貪圖她的美貌和兩萬英鎊財產的國會議員，還有閒散成性的法定繼承人，沒有一個能滿足她在曼斯菲爾養成的高雅情趣，沒有一個人的品格和教養符合她在曼斯菲爾所形成的對家庭幸福的憧憬，也無法讓她徹底忘掉艾德蒙。

而艾德蒙在這方面卻比她幸運得多。美莉給他留下的感情空白，很快就有更合適的人補上了，沒有讓他等待，也沒有讓他期盼。當失去美莉而感到的懊惱剛剛過去，當他剛剛對芬妮說過他再也不會碰到這樣的女孩時，他突然意識到：難道說非要找她那樣的女孩嗎？別的類型或許更適合自己，比如芬妮，她的微笑，她的表現，是不是也會像美莉那樣，讓他感覺親切和重要；而她對他那熱烈的、親密的情意是不是足以構成婚愛的基礎。

這次我有意不寫明具體日期，讓讀者隨意去猜測吧！因爲大家知道，不同的人對醫治不易克服的激情，轉移堅固不移的癡情，需要的時間是很不相同的。我只要各位相信，在最恰當的時候，艾德蒙不再眷戀美莉，而是急切地想與芬妮結婚了。這也正是芬妮所期盼的。

長期以來，他一直非常關心芬妮，那是因爲她的天眞無邪和孤苦伶仃；後來，隨著她越來越可愛，他對她也就越來越關心，因此，發生這樣的變化再自然不過了。從她十歲的那年起，他就愛她、保護她、指導她，可以說她的價值觀是在他的關心下形成的，她得到的安適也是他關愛的結果。他特別關心她，而她又覺得在曼斯菲爾，他比誰都重要，都更親。

現在，他只需要放棄那雙閃閃發亮的黑眼睛，喜歡這雙柔和的淡色眼睛。由於近來總和她在一起，總與她談心，加上失意的心態開始出現有利的轉機，所以，這雙淡色的眼睛便在他心中占據了地位。

一旦邁出了第一步，那麼一切就非常明朗了。在通往幸福的這條道路上，他幾乎沒有任何障礙。他不需要謹慎恐懼，也不需要放慢前進的步伐。至於她的人品，他不用去懷疑，也不用擔心兩人興趣不同，更不必操心怎麼樣克服不同的性情來獲得幸福。她的思想、氣質、見解和習慣，他都十分了解，所以，也不害怕再受蒙蔽，而且將來也不用費心去改造。在心智上，那就更不用說了，顯然她更勝一籌，當他神魂顛倒地迷戀美莉時，他也承認這點。

她簡直好得讓他配不上，不過，難道自己配不上就不能去追求嗎？因此，他決心堅定地追求這份幸福，並且相信對方也會給他鼓勵。對芬妮來說，雖然她比較羞怯、多慮，易起疑心，性格柔弱，但有時她也會抱著堅定不移的成功希望，只不過，她總在事後才會透露令人驚喜的眞情。

在得知自己被這顆心愛了那麼久後，艾德蒙該有多麼高興呀！這是一種令人欣喜若狂的幸福！這種幸福的心情筆墨難以形容。而對於另一顆心來說，這種幸福也是無法言喻的。一個年輕女人，在聽到自己所愛慕的男人向她表白時，任何人想去描述那種心情，那眞是自不量力。

在他們說明了心意之後，其他的事就好辦了。既不要爲貧困發愁，又沒有父母反對。其實，湯瑪斯爵士早就有這個意思了。貪圖權勢和財富的婚姻已讓他厭倦，他越來越重視道德和性情，尤其渴望用最堅固的眞情來締結家庭的幸福。他早就知道，這兩個失意的年輕人早已心靈相通，可以互相安慰。所以，艾德蒙一提出來，他就歡喜地答應了。

他不但同意芬妮做兒媳婦，而且還像得了寶似的非常興奮。與當初那個小女孩相比，現在的芬妮是多麼不同呀！時間總是給人們帶來意想不到的結果，它既教化了當事人，也讓大家充滿喜悅。

看來他當年發的善心爲他帶來了最大的安慰，芬妮正是他需要的那種兒媳婦。他的慷慨得到了豐厚的回報，他好心對待她，也應該受到這樣的報答。本來他可以使她童年更快樂，但因爲他看起來太嚴厲，以致讓她誤解，在早年的時候沒能多關愛他。現在，他們彼此之間相互了解了，感情自然也就加深了。她住在桑頓萊西，他幾乎每天都去看她或者把她接回來，無微不至地關心著她。

長久以來，伯特倫夫人基於對自身利益的考量，對芬妮一直很親，所以，她不願意放她走。不管是爲了兒子的幸福，還是爲了外甥女的幸福，她都不希望他們結婚。不過，現在她可以放手了，因爲蘇珊頂替了姊姊的位置，成了家中的常駐外甥女，她對此也非常樂意，覺得蘇珊和芬妮一樣適合。芬妮性情溫柔，知恩圖報；而蘇珊則反應敏捷，喜歡做事。看來家裡是絕對少不了蘇珊的。況且，她住在曼斯菲爾，不但能讓芬妮快樂，還能幫助芬妮，替代芬妮。這一切都表明，她會長久住在這裡。

蘇珊的膽子一向比較大，性情又開朗，所以，這裡的一切都讓她感覺適意。她腦筋靈活，很快就摸透了周圍人的脾氣和性情，加上又大方，有什麼想法也從不放在心裡，大家都喜歡她，都用得上她。芬妮走後，她自然而然地承擔起了照顧姨媽的任務，漸漸贏得了姨媽的喜愛，甚至更甚於芬妮。

一切似乎都很順利，蘇珊勤快，芬妮賢慧，威廉表現突出，事業蒸蒸日上，家裡的其他人個個身體健康，處處順利。這讓湯瑪斯爵士感覺自己為大家做了這一切後，永遠有充分的理由感到高興。他還領悟到：小時候吃點苦頭，管教要嚴些；人生就是要奮鬥，要吃苦。

這對表兄妹生活幸福，眞是世上少有。他們雖不是特別有錢，但也不缺錢花；他們不缺少朋友；他們愛得那麼眞實，他們都喜歡家庭生活，都喜歡田園風光，他們的家充滿了恩愛和安樂。後來，格蘭特博士去世了，艾德蒙繼承了曼斯菲爾的牧師俸祿，這下子他們不僅增加了收入，離父母家也不遠，眞可謂錦上添花！

他們搬到了曼斯菲爾。當初這座讓芬妮畏縮、驚惶的牧師宅，才沒多久芬妮就適應了，還覺得它非常親切、舒適，就像曼斯菲爾莊園內其他的景物一樣親切，一樣完美。

延伸閱讀

一、《諾桑覺寺》(*Northanger Abbey*)

《諾桑覺寺》是珍・奧斯汀的前期作品，初稿寫於一七九八至一七九九年間，曾取名《蘇珊》，直到作者去世後的第二年，也就是一八一八年，小說才得以出版。與珍・奧斯汀其他幾部作品一樣，這也是一部有關婚姻愛情的小說。不同的是，它除了描述愛情之外，還貫穿著對哥特小說的嘲諷。

小說女主角凱薩琳・莫蘭是個牧師的女兒，隨鄉紳艾倫夫婦來到巴斯。在一次舞會上，她與青年牧師亨利・蒂爾尼一見鍾情。同時，她還碰到了另一位青年約翰・索普。索普以為凱薩琳是艾倫先生的財產繼承人，便打定主意要娶凱薩琳為妻。

索普生性喜歡吹牛，為了抬高自己的身價，向亨利的父親蒂爾尼將軍狂吹莫蘭家的財產。蒂爾尼將軍信以為眞，便竭力慫恿兒子亨利去追求凱薩琳，還熱情地邀請她到諾桑覺寺他們家做客。

後來，索普因為追求不到凱薩琳，便惱羞成怒，又在蒂爾尼將軍面前竭力詆毀莫蘭家，說他們如何一貧如洗等等。蒂爾尼將軍再次信以為眞，竟把凱薩琳趕出了自己家門，並命令兒子把她忘掉。但凱薩琳和亨利沒有屈服，經過一番波折，終於結為夫妻。

在巴斯期間，凱薩琳熱中於閱讀哥德小說。當將軍邀請她到諾桑覺寺作客時，她不禁欣喜若狂。凱薩琳到了諾桑覺寺後，憑著哥德小說在她頭腦中喚起的種種恐怖幻影，在這裡展開了一場荒唐的「冒險」活動。比如，她第一次走進自己的臥房時，看見有只大木箱在壁爐旁邊，便懷疑箱裡有什麼奧祕，膽戰心驚地好不容易把箱子打開，沒料到裡面只放著一條白床單！

連連的碰壁沒能讓她清醒，她的幻覺更進一步升級，竟然懷疑蒂爾尼將軍殺害了自己的妻子，還在寺院裡搞起了「偵破」活動。後來，被亨利撞見了，說她疑神疑鬼，才讓她從哥德傳奇的夢幻中省悟過來，當即下定決心「以後無論判斷什麼或是做什麼，全都要十分理智」。

《諾桑覺寺》充滿了幽默風趣的喜劇色彩，展現了作者一貫的寫作風格。

二、《愛瑪》（*Emma*）

《愛瑪》是珍．奧斯汀後期的作品，發表於一八一六年，也是一部反映愛情婚姻生活的長篇小說。

愛瑪家境富有，又聰穎美麗，自然有些嬌生慣養，自以為是。自從家庭教師泰勒小姐嫁給了鰥夫韋斯頓先生後，愛瑪便失去了夥伴。深感寂寞的愛瑪，便與寄宿學校的同學海莉交往甚密。

海莉是私生女，不知父親是誰。愛瑪認為她有可能出身名門，便竭力勸她與農夫馬丁一家斷絕來往，要她去追求年輕的牧師愛爾頓先生。愛瑪自以為愛爾頓先生愛上了海莉，她撮合的婚姻計畫必定成功。

奈特利先生把愛瑪的缺點看得非常清楚，當他得知愛瑪的這個婚姻計畫後，深感憂慮。果然，愛爾頓先生私下向愛瑪求婚。原來愛爾頓先生以爲愛瑪鼓勵他追求海莉，實際上是鼓勵他向自己求婚，這讓愛瑪十分懊惱。

不久，來了一位叫珍的姑娘。她聰慧貌美，與愛瑪不相上下。珍到達後不久，緊跟著又來了一位英俊又有教養的年輕人——邱吉爾，他成了愛瑪家的常客，由於他以前就與珍認識，所以不時去拜訪。

就在這時，珍收到了一架鋼琴，卻不知送禮者是誰，愛瑪懷疑是奈特利先生。一想到奈特利先生和珍結婚，她竟然無法忍受。不過，透過觀察，她發覺奈特利先生對珍的關心只是出於友誼，而不是愛情。

邱吉爾最後一次到愛瑪家做客時，似乎很想告訴愛瑪什麼。愛瑪自認爲邱吉爾想向她表白愛情。不過，她對邱吉爾卻只有友情。

不久，愛爾頓先生帶回了新娘。在一次舞會上，他竟然拒絕與海莉跳舞，這讓海莉傷透了心。這時，奈特利先生主動邀請她作舞伴。從此，海莉愛上了奈特利先生。這件事連愛瑪都不知道。

愛瑪開始考慮選邱吉爾做海莉的丈夫，但讓愛瑪沒想到的是，邱吉爾和珍早已祕密訂婚，而且，她也終於明白了海莉傾心的是奈特利先生。直到這時，愛瑪才突然意識到自己愛的也是奈特利先生。

奈特利先生向愛瑪求婚了，海莉也接受了馬丁的再次求婚。

本書對人物的性格和心理的刻畫細緻入微，而且構思巧妙，具有出人意料的喜劇效果，展現了作者一貫的寫作風格。

曼斯菲爾莊園

暢銷新裝版

Mansfield Park

美麗心靈與純潔愛情

文學菁選 13

作　　者／珍・奧斯汀（Jane Austen）
發 行 人／詹慶和
總 編 輯／蔡麗玲
執行編輯／白宜平
編　　輯／蔡毓玲・劉蕙寧・黃璟安・陳姿伶・李佳穎
封面設計／黃聖文
執行美編／陳麗娜
美術編輯／李盈儀・周盈汝・翟秀美
出 版 者／雅書堂文化事業有限公司
郵政劃撥帳號／18225950
戶　　名／雅書堂文化事業有限公司
地　　址／新北市板橋區板新路206號3樓
電子信箱／elegant.books@msa.hinet.net
電　　話／(02)8952-4078
傳　　真／(02)8952-4084

2015年05月二版一刷　定價350元

總經銷／朝日文化事業有限公司
進退貨地址／新北市中和區橋安街15巷1號7樓
電話／（02）2249-7714
傳真／（02）2249-8715

國家圖書館出版品預行編目(CIP)資料

曼斯菲爾莊園：美麗心靈與純潔愛情 / 珍・奧斯汀（Jane Austen）著.
-- 二版. -- 新北市：雅書堂文化, 2015.05
面；　公分. -- (文學菁選；13)
譯自：Mansfield Park
ISBN 978-986-302-242-8 (精裝)

873.57　　104005915